KB252482

말씀 되시는 그리스도께서
사람이 되어 우리 가운데 계셨다
우리가 그의 영광을 보니
하나님 외아들의 영광이었고
은혜와 진리가 충만하였다

(요한복음 1장 14절)

여인의 후예(하)

최운상 지음

발행처 · 도서출판 청어
발행인 · 이영철
영　업 · 이동호
홍　보 · 최윤영
기　획 · 천성래 | 김홍순
편　집 · 김영신 | 방세화
디자인 · 김바라 | 서경아
제작부장 · 공병한
인　쇄 · 두리터

등　록 · 1999년 5월 3일(제22-1541호)

1판 1쇄 인쇄 · 2013년 9월 1일
1판 1쇄 발행 · 2013년 9월 10일

주소 · 서울 서초구 서초3동 1595-10 봉양빌딩 2층
대표전화 · 586-0477
팩시밀리 · 586-0478

홈페이지 · www.chungeobook.com
E-mail · ppi20@hanmail.net
ISBN · 978-89-97706-78-5 (03810)
ISBN · 978-89-97706-76-1 (03810) (세트)

이 책의 저작권은 저자와 도서출판 청어에 있습니다.
무단 전재 및 복제를 금합니다.

* 이 책은 2005년 초판 발행된 『여자의 후손 - 예수, 제3복음』의 개정판입니다.

예수의 제3복음

여인의 후예 (하)

최운상 장편소설

청어

예수를 닮으려는 雲想의
『여인의 후예 – 예수의 제3복음』

유현종
(소설가)

나는 작가 최운상을 늦게 출발한 문인 중 한 사람이며 목회자라는 사실은 알고 있었다. 또한 그가 늦게 출발했지만 주목받는 시인이요 소설가라는 것도. 다만 그의 목회자로서의 내면적 사상은 잘 알지 못했다. 그러다 이번에 탈고했다는 대하실록소설 『여인의 후예 – 예수의 제3복음』을 읽고는 광야에 나선 성자의 모습을 발견한 듯 새삼 옷깃을 여미게 됐다.

그는 이 소설을 쓰게 된 동기에 대하여 나에게 이렇게 말했다.

"1998년이었을 겁니다. 포르투갈의 작가 주제 사라마구의 노벨문학상 수상작품인 『예수의 제2복음』을 읽고 너무나 큰 충격을 받았습니다. 창조주 하나님은 삼위일체의 신이십니다. 성부와 성자와 성령이지요. 그러나 그 작가는 성령을 부정하고 있었습니다. 나는 거기에 격분했습니다. 세계적 권위를 자랑하는 노벨상 위원회가 어쩌다 그런 이단적인 작품에 손을 들어주었는지 정말 화가 났습니다. 그래서 그에 대한 반발로 제대로 된 신앙소설을 써보겠다 결심하고 이 작품을 쓰게 된 것입니다."

그래서 그는 예수의 제3복음이라 할 수 있는 『여인의 후예』를 썼다는 것이었다.

조금 다른 얘기지만 조지 부시 미국 대통령은 강경파 네오콘들의 지지를 받아 대통령이 되었다고 한다. 한 꺼풀 벗기고 보면 보수적인 청교도 신앙관을 가진 기독교 원리주의로 돌아가자는 모럴리스트들이 조지 부시를 지지한 세력이라 할 수 있다. 더 이상 기독교의 타락을 두고 볼 수 없다는 미국인들의 자성에서 비롯된 신앙운동인 셈이다.

요즘 와서 부쩍 세계적인 사상가나 지성들 혹은 작가들은 기독교의 타락을 더 이상 방치해서는 안 된다는 경고문을 드러내고 있다. 『다빈치 코드』나 영국의 티모시 교수의 『예수는 신화다』라는 안티그리스도의 쓰레기 같은 작품은 더 이상 읽혀서는 안 되고, 더 이상 혹세무민하도록 놔둬선 안 된다고 이구동성으로 지적한다.

성부는 창조주 하나님의 본질(本質)이고, 성자는 하나님의 말씀이 육신을 입으신 본체(本體)이며, 성령은 하나님의 본령(本靈)이다. 본령은 성령이라 하기도 한다. 인간에게는 조상이 있지만 하나님은 조상이 없는 자존(自存), 즉 스스로 존재하는 유일한 분이고 그 스스로 계시는 분이다.

태초에 말씀이 있었다는 것은 하나님이 있었다는 말이며, 그 말씀이 육신이 되어 온 분이 성자인 예수 그리스도라는 것이다. 법은 보이지 않으나 그 법을 집행하는 존재가 있듯이, 아버지(성부)는 보이지 않는 법이며, 아들(성자)은 보이는 본체로서 인류에게 오시어 역사 속에 계시고, 성령은 거룩하게 된 성도 안에 계시는 하나님의 본령이다.

인류를 구원하기 위해 이 땅에 구세주로 오신 성자 예수 그리스도의 공생애와 그의 족적에 관한 일대기는 전 세계 역사적으로 수많은 작가에 의해 소설화되고, 영화인들에 의해 영화화되었다. 하지만 운상의 이번 소설처럼 성경적인 작품으로 성공한 작품은 없다고 본다.

율법이 지배하던 시대는 구약시대이고, 예수가 와서 복음을 전한 시대는 신약시대라 한다. 예수가 오시어 죽으실 때까지의 말씀을 들으면 은혜가 되고 마음에 기쁨이 되지만 체험은 없다. 예수께서 십자가상에서 죽고 부활하신 후, 그 말씀을 듣고 배우고 전하면 우리에겐 체험이 되는 것이다. 체험이란, 곧 거룩한 성도들의 가슴속에 살아 있는 성령을 말한다. 예수는 부활한 후 마가의 다락방에 모인 제자들에게 예루살렘을 떠나지 말고, 성령을 받은 후 권능을 받으리라고 말씀했다.

이 소설은 바로 예수께서 세상에 출생하시기 전부터 시작된다. 동정녀 마리아의 몸에 초자연적인 성령으로 잉태되어 이 땅에 태어나시고, 공생애 동안의 고난과 죽음 그리고 부활과 승천에 이르기까지 나사렛 예수의 생애를 유유하고 아름답게 천리 장강을 흐르는 강물 같은 필치로 그려내고 있다.

예수는 평범한 인간이 아니기 때문에 그의 일상이나 사유 혹은 행동거지에 대하여 묘사하거나 표현한다는 것은 무척 어렵고 까다롭다. 그는 창조주로서 인간으로 육화된 신이기 때문이다.

〈패션 오브 크라이스트〉라는 영화를 보면, 예수의 신성(神性)보다는 인성(人性)을 강조하여 그의 죽음을 사실적으로 그리고 있다. 옛날 영화 같으면 불경으로 비난받았을 것이다. 옛날 영화에 등장하는 그리스도는 절대 얼굴을 보여주지 않았고 앞모습 역시 보여주지 않았다. 뒷모습과 음성만을 보여주거나 들려주었던 것이다. 신성불가침을 나타낸 존경의 표시이다. 하지만 현대에 와서는 달라지고 있다.

그렇다 하나 성자 예수는 육화된 신이기에 그의 지고지순한 신성은 지켜져야 한다. 거기에 예수 그리스도를 그리는 데 어려움이 따르는 것이다. 인간 예수 속에서 신의 본체를 찾아야 하고 그걸 그려내야 하기 때문에 어려운 작업이 되는 것이다. 그래서 아무나 쓸 수가 없다.

작가들은 누구나 평생에 있어 '어머니'에 대한 소설 한 편쯤은 남기고 싶어 한다. 하지만 세계적인 명작을 남긴 작가들도 흡족할 만큼 '어머니'에 대한 성공적인 소설은 남기지 못하고 있다. 왜 그럴까. 어머니란 존재는 필설로 표현하기엔 너무도 크고, 높고, 넓은 가슴이어서일까? 그래서이기도 하지만, 위대한 작가가 웬만큼 잘 쓴다 해도 모든 독자를 감동시키기는 힘들다는 것이다. '제 눈에 안경'이라는 말처럼 어머니 없는 사람이 어디 있는가. 세상의 모든 이들은 다 자기 어머니에 대해서는 누구보다 절절하게 잘 알고 있다. 거기다가 어머니는 이런 것이라고 아는 체해 봐야 별로 공감하지 않는 것이다. 그래서 어머니에 관한 소설이 웬만해선 성공하기 힘들다.

그 예가 합당한지는 몰라도 예수 그리스도의 생애를 그림에 있어서도 그런 어려움이 있을 것으로 보인다. 예수를 그리려면, 나사렛 예수를 닮아야 한다. 예수를 닮지 않고는 예수 그리스도를 소설로 쓸 수 없지 않을까. 예수를 닮는다는 건 불가능할까. 그런데 운상은 그 불가능을 가능으로 만들기 위해 광야에 나가서 사십 일 동안 금식 기도하며 정신적·육체적인 고통을 감내하는 수도자처럼, 예수가 살았던 그 시절로 돌아가 베들레헴과 갈릴리와 요단과 예루살렘을 찾아 헤매는 고행을 겪었다.

예수 그리스도는 과연 실존 인물이었으며, 그의 말씀도 실재한 것일까. 지금까지 많은 학자, 사상가, 문인들이 의문을 나타내기도 했다. 예수의 존재에 대해 의심을 가진 것이다. 그들은 예수를 전설 속의 인물 혹은 민중이 대망(待望)하던 구원자로서의 상징적 허구 인물로 설명하기도 했다.

그러나 구약에 나오는 '노아의 배' 편린이 발굴되어 성서의 기록이 사실임을 입증하고 있으며, 최근에는 예수가 태어나 어린 시절을 보낼 때 자주 나들이했던 나사렛 인근의 갈릴리 해변과 고대 도시 유적이 발견되어 현재 발굴 작업 중이다. 그러한 증거나 실례(實例)를 들자면 이루 다 들 수 없을 정도이다.

그리스도와 성경, 그 모든 것을 의심하는 태도는 헬라식(式) 접근법이다. 헬라식은 인간 구원을 목표로 하여 '어찌하여' 이렇게 되었을까 의심하며 분석적인 태도를 취하는 것을 말한다. 하지만 히브리식은 신의 뜻이라며 처음부터 의심하지 않고 믿고, '왜' 이렇게 되었을까 성경을 상고한다. 이는 아주 중요한 것이라 애초부터 신의 의도하는 바를 온전히 믿느냐, 믿지 않느냐에 따라 성경이 달라 보이며 예수도 달라 보이는 것이다. 그처럼 의심하여 말하고 저술해온 사람들을 운상은 허위와 허상이라 말하고, 진실이라 했으나 그처럼 일시적인 허구요 유한(有限)이 판을 쳐온 지구촌의 슬픈 이력들을 개탄한다. 그래서 이 작품을 썼으리라.

위대한 작품은 거의 노래로 지어졌다. 호메로스의 대서사시 「일리아드」나 「오디세이」를 봐도 그렇고, 중국의 고전들도 모두 서사시이다. 구약성경도 대서사시이며 노래이다. 따라서 운율이 살아 있다.

제정일치(祭政一致) 시대에는 음유시인이 있었다. 신에게 제사를 지낼 때 그들은 신을 찬양하는 운율 시를 지어 칭송하였고, 신과 부족을 위해 용감하게 싸우다 죽은 용사들과 영웅들의 무용담을 만들어 신 앞에 낭송하며 기렸다.

서사시는 영웅들의 무용담에서 출발하고, 그 서사시가 소설이 되었다. 운상의 문체는 시(詩)적이다. 흥분을 자제하고, 그렇다고 분식(粉飾)하지 않으며, 화려함을 절제하고, 그러면서도 유장(悠長)하다. 경건하면서도 장중하다. 작품은 분석적인 산문이 아니라 시적 변용을 거친 대서사시이다. 나사렛 예수 탄생 전부터 시작되는 이 작품은 탄생과 성장 그리고 고난과 죽음 그리고 부활에 이르기까지 장중하고 유려한 노래로 이어져 깊은 감격을 던져준다. 그리고 가슴을 흔든다.

다음은 예수의 생애에서 드러나지 않은 부분까지도 철저한 답사와 고증을 거쳐 소설화하고 있다는 점을 높게 평가하고 싶다.

예수의 어린 시절이나 청소년 시절에 대해서는 잘 알려져 있지 않다. 어떤 이들은 청소년 시절 예수는 인도로 가서 수행하고 돌아왔을 것이라 하기도 하지만, 그건 어디까지나 상상의 허구일 뿐이다.

작가 운상은 예수의 청소년 시절을 몇 단계로 보고 있다. 예수는 먼저 광야의 고행 길에 나섰다가 만나게 된 토기장이를 따라 토기장이로서 청년기를 맞는다. 그 첫사랑 한나와의 애틋한 이별 장면이 가슴에 절절히 맺힌다. 이어서 성령의 인도하심을 따라 양치기 목동 생활을 하며 자연과 신을 알고, 이후 구약성경을 필사하는 생활을 하며 하나님의 뜻을 복습하다가 홀연히 광야로 떠나고 있다. 청년 예수가 광야로 떠나는 장면은 순교지로 가는 메시아의 모습이다.

예수가 탄생할 때 말구유에 찾아와 메시아가 탄생했다며 경배했던 동방 박사 세 사람은 쿰란에서 청년 예수를 만나고 쿰란 종파의

지도자로 앉히려고 간절하게 권했다. 하지만 예수는 하나님의 말씀에 순종하고 준행하려면 자신은 아사셀 양이 되어야 한다며 거절한다. 그러면서 아사셀 양의 희생적 의미가 뭐냐고 알면서 되묻는다.

— 아시는 바와 같이 아사셀 양은 실상은 선택받은 염소입니다. 이스라엘의 대속죄일에 대단히 중요한 역할을 담당했습니다. 대제사장이 두 마리의 염소를 앞에 놓고 제비를 뽑아 정합니다. 야훼를 위한 염소는 그 옆에 서 있던 제사장이 '이것은 하나님을 위한 염소이다.' 하고 선포하게 되어 있습니다. 따라서 하나님을 위한 염소를 즉시 잡아 대제사장이 직접 피를 뿌리는 것입니다. 물론 이는 대제사장이 잡고 대제사장이 직접 피를 뿌리는 법입니다. 그리고 이어서 아사셀을 위한 염소는 그 머리에 안수하여 백성들의 원죄와 자범죄를 다 전가하여 얹은 후 미리 정해진 사람에게 이끌려 광야로 쫓기고 낭떠러지로 보내어 죽게 합니다.

왜 낭떠러지로 떨어뜨려 죽여야 할까요? 이유는 두 가지입니다. 첫째는 대속입니다. 낭떠러지로 떨어뜨려 죽인다는 그 비참함은 '내가 저렇게 죽어야 하는 것을 내 대신 염소가 죗값을 쓰고 죽었다. 그러므로 나는 야훼 앞에 온전히 속죄함을 받았다.' 하고 통절하게 느끼며 새로운 성결한 심령으로 살게 하기 위한 사랑의 은혜인 것입니다. 그리고 다른 하나의 이유는, 아사셀은 사탄의 이름입니다. 사람을 하나님께 늘 참소하는 사탄입니다. 그 사탄은 염소를 선물로 받는 것입니다. 그러므로 아사셀 염소는 사탄이 그 선물을 받고 잠시나마 인간을 하나님께 참소하지 않게 되는 것입니다.

현자 니코라이의 대답이다.

– 바로 그 말입니다. 그 아사셀 양이 필요한 때입니다.

청년 예수는 그 말과 함께 홀연히 광야로 떠난다. 인류의 죄를 대속하려고 십자가를 진 채 골고다 언덕을 올라가는 참예수의 모습이 바라보이는 장면이다.

소년 시절에 광야의 여행길에서 만난 이집트 대피라미드를 보면서 왕은 백성을 위하여 죽어야 한다는 처절한 교훈을 받는 장면, 십자가에 달리신 모습, 부활과 천상의 모습이며, 예수를 만난 많은 인생들의 변화된 모습, 인생들의 삶과 죽음에 얽힌 갖가지 실상을 들려주는 말씀들이 너무도 감동적이다.

작가 운상이 참예수를 드러내 보이기 위해 노심초사한 흔적이 곳곳에 보인다. 동남아의 어느 스님이 생선 가시로 자기 피를 찍어 평생 동안 팔만대장경을 옮겨 쓰다가 쓰러져 죽었다는 해외 토픽을 본 적이 있다. 잉크 대신 피로 쓴 운상의 『여인의 후예 – 예수의 제3복음』을 칭송하는 이유는 바로 그 때문이다.

이 작품을 읽는 동안 나는 헨델의 '메시아'를 듣고 있는 느낌이었다. 아니, 이 소설이 끝나가는 부분을 읽을 때는 베토벤의 교향곡 9번 대합창 '환희의 송가'를 듣고 있는 듯한 감동의 전율을 느꼈다.

⊥ *contents*

12장
천상천하의 불꼴

1

예루살렘 도성을 독수리 날개처럼 옹호하고 있는 감람산의 밤은, 그 넓이와 높이와 깊이를 헤아릴 수 없었다. 무수한 나무 그림자가 하늘을 가리고, 별들은 나뭇잎 사이에서 숨바꼭질을 하기 때문이었다. 별들의 술렁거림이 나뭇잎 사이에서 술래를 찾았고, 감람나무는 꼭꼭 숨어라, 꼭꼭 숨어라 하고 손뼉을 치며 풍성한 가지의 품을 열었다 닫았다 하여, 바람과 더불어 대지의 온기를 희롱하였다. 숲 속의 온기는 낮 동안 태양이 들랑거리며 사랑을 나누고, 못다 누린 채 떠나간 열정의 잔해였다. 그 사랑의 결과는 온갖 생명으로 충만한 식물의 군락을 이루었다.

제자들은 으레 예수를 따라 산에 올라서자마자, 제각각 숨바꼭질 하는 별 떨기처럼 여기저기로 뿔뿔이 흩어지게 마련이었다. 제 모습 제 성품대로 싹이 나고 자라고 열매를 맺으며, 대지에 굳건한 생명의 찬가를 누리는 갖가지 식물처럼 말이다. 예수도 그들을 탓하기는커녕 제자들과 돌 던질 만큼 사이를 두거나 홀로 우뚝 선 곳을 찾아, 한

낮 동안의 온갖 신산 고초를 씻어내고 신랑을 맞이하는 새 신부처럼 거룩한 선경(仙境)에 드는 것이었다. 감람산의 식물은 그 품종도 다양했으니 모두가 풍성한 복지의 군락을 누릴 수 있었다.

상큼한 수취를 풍기는 회양목이며, 월계수는 으레 단짝처럼 나그네를 맞이한다. 아카시 나무와 삼목과 전나무는 이웃사촌이기를 즐겼다. 서늘한 서기를 내뿜었다. 또한 노간주나무와 히숲 풀이라 하는 우슬초는 긴 날개를 드리우고 길손을 영접하였다. 당아욱과 도금양은 야생 감람나무와 함께 그 그늘에서 서식하는 기생물이다. 상수리나무와 소나무와 소합 향나무는 서로 기세의 우열을 다투는 노련한 사이였고, 테레빈 나무와 버드나무 또한 서로 우쭐거리며 자웅을 결하는 처지였다. 그 키 자란 나무들 아래에는 부들과 쇠뜨기 풀이 하늘을 우러러 우쭐거리고, 황창포와 목초와 동심초와 큰 고랭이 풀이 서걱거리며 키 재기 숲을 이루었다.

예루살렘 도성을 마주 건너다보는 감람산은 이토록 다양하고 풍성한 산이었다. 제자들은 적당한 자리에 선 채로 한동안 가죽 신발로 대지의 풀숲을 더듬다가 하룻밤의 처소로 삼고 드러눕거나 배부른 양처럼 엎드려 하늘을 우러러보았다. 둘씩 혹은 셋씩, 나란히 자리를 잡고 마주 바라본다.

이윽고 하늘에 별이 초롱거리고 은빛 달이라도 둥그렇게 솟아오르면, 세상사 온갖 시름과 서글픔을 벗어나 제각기 말씨들을 찾아 나선다. 두고 온 고향이며 그리운 얼굴들이 멀고도 가깝게 느껴지는 것이다. 천천만만의 초롱거리는 별 떨기와 시름을 나누는가 하면, 각각 제 별을 찾아 데리고 밤의 긴 여행을 떠나는 것이다. 혹은 야훼 하나님의 말씀을 붙잡고 오랜 고역의 세월을 통하여 구원의 방주를 지었던 아라랏 산정의 선조 노아로부터, 믿음의 조상들인 아브라함과 이삭과 야곱과 요셉과 모세와 여호수아와 이어지는 족장 시대를 두루 거친다. 야훼 하나님의 은총으로 반갑고 친절한 환영의 절차가 따른다. 오직 말씀과 믿음의 순종으로 절절한 만남의 생애가 순환되는 것이었다.

이어서 사사들 시대의 유다와 삼갈과 드보라와 기드온과 아비멜렉이며 경외하는 지도자들이 무수하게 펼치는 희로애락의 사연들이 마음을 사로잡았다. 제 뜻과 체질 따라서, 어느 날부터 선택하여 마음에 지주로 삼았던 별들에 탐닉하여 찾아 나선다. 그리하여 밤이 맞도록 주거니 받거니 속살거리는가 하면, 호소하고 기원하고 주 야훼의 뜻을 묻는 한밤의 여행을 즐긴다. 그러다 보면 여기저기서 고단한 육신의 달콤한 꿈나라가 펼쳐지는 것이었다. 깊어가는 밤에 별들은 으레 어미의 눈물 같이 빛나는 이슬로 땀을 씻어주거나, 세속의 온갖 근심과 고초를 보드랍게 어루만져주었다. 어디선가 구슬픈 새 울음이 들렸다. 구구거리는 비둘기 소리가 흔했지만, 부엉이가 잠들기 전에 인사를 나누는 소리도 들렸다. 때로 먼 곳 하늘을 날아 순례 길을 떠나는 나그네 철새들을 바라기하는 때도 있다. 또한 어디선가 먼 곳으로부터 여우나 늑대가 처량한 긴 울음을 울었다. 밤이 깊어가고 있다는 증표였다.

하지만 예수는 흔히 가장 늦게까지 잠들지 못하는 축이었다. 생각도 많았고, 아버지 하나님과 주거니 받거니 말씨도 많았던 탓이다. 감사와 찬미도 드렸고, 당부도 듣고, 권면도 받았고, 간구도 드렸다. 하늘에 긴 꼬리 샛별이 반가워했다. 유성이 파란 눈시울에 눈물처럼 길게 흐르고 있었다. 초롱초롱 수런거리는 이 밤에도 제자들과 상당한 거리를 두고 하늘 향하여 마주선 예수는 어느새 부드러운 부들과 황창포를 자리로 깔고 앉았다. 그 입에서 감사의 찬미에 이어 말씨가 소곤거려지기 시작하였다.

 ─ 아버지여, 저들이 아들을 쫓는 것은 표적을 본 까닭이 아니요, 단지 빵을 먹고 배부른 까닭입니다. 이제 저들이 세상의 썩는 양식을 위하여 일하지 않고 썩지 아니하는 영생의 양식을 위하여 일하게 하소서. 저희가 묻기를, 우리가 어찌하여야 야훼 하나님의 일을 하겠습니까? 하나이다. 우리가 무엇을 하여야 아버지 하나님의 일을 하겠나이까? 예수는 스스로 묻고, 스스로 그 영혼이 깨우치는 대로 답을 골라 말하기도 하였다.

 ─ 하나님의 보내신 자를 믿는 것이 하나님의 일이라 하여라. ─ 그러면 우리가 보고 당신을 믿게 행하시는 표적이 무엇입니까? 하시는 일이 무엇입니까 하나이다. 토라에 기록된 바 하늘에서 저희에게 빵을 주어서 먹게 하였다 함과 같이 우리 조상들은 광야에서 만나를 먹었나이다. ─ 하늘에서 내린 빵은 모세가 준 것이 아니라 오직 너의 아버지 야훼께서 하늘에서 내린 참 빵을 너희에게 주셨으니 하나님의 빵은 하늘에서 내려 세상에게 생명을 주려는 것이니라. ─ 아버지여 이 빵을 항상 저에게 주시어 생명을 나누어주게 하소서. ─ 네가 곧 생명의 빵이니라.

 ─ 내가 곧 생명의 빵이니 내게 오는 자는 결코 주리지 아니할 터이요 나를 믿는 자는 영원히 목마르지 아니하리라. 그러나 저들은 이르기를 저를 보고도 믿을 수 없다 하나이다. 하지만 아버지께서 내게 주신 자는 다 내게로 올 것이요, 내게 오는 자는 내가 결코 내어 쫓지 아

니하겠나이다. 내가 하늘로서 내려온 것은 내 뜻을 행하려 함이 아니요, 나를 보내신 아버지의 뜻을 행하려 함이었나이다. 나를 보내신 아버지의 뜻은 내게 주신 사람들 중에 하나라도 잃어버리지 아니하고 마지막 날에 다시 살리는 이것입니다. 하지만 아버지여, 제가 하늘로서 내려온 빵이라 하므로 형제 유대인들이 수군거리며 오히려 저를 죽이려 하나이다. 저 사람은 헨리 요셉의 아들 나사렛 예수가 아닌가, 그 부모를 우리가 아는데 제가 어찌 하늘로서 내려왔다 하느냐?

 – 제가 그들에게 타일렀습니다. 너희는 서로 수군거리지 말라. 나를 보내신 아버지께서 이끌지 아니하시면, 아무라도 내게 올 수가 없으니, 오는 그를 내가 마지막 날에 다시 살리리라. 선지자 이사야의 예언서에 기록된 대로 저희가 나 하나님의 가르침을 받으리라. 아버지께 듣고 배운 사람마다 내게로 오느니라. 이는 아버지를 본 자가 있다는 것이 아니라 오직 아버지 하나님에게서 온 사람만 아버지를 본 자녀라 하였고, 그렇게 믿는 자녀가 진실로 영생을 가졌나니 내가 곧 생명의 빵이라 하였나이다. 다시 말하였거니와 너희 조상들은 광야에서 만나를 먹었어도 죽었거니와, 이는 하늘로서 내려온 빵이라 사람으로 하여금 먹고 죽지 않게 하려는 것이니라. 저는 하늘로서 내려온 산 빵이니 사람이 이 빵을 먹으면 영생하리라. 나의 줄 빵은 곧 세상의 생명을 위한 내 살이로라 하였나이다.

 – 아아! 아버지여 한 알의 밀이 빵이 되려면 어찌하여야 합니까?

 – 두려워 말라. 내가 너와 함께 행하리라.

 – 하지만 형제 유대인들은 서로 다투어 말하기를 이 사람이 어찌 능히 제 살을 우리에게 주어서 먹게 하겠느냐 하기로 내가 말하였나이다. 진실로, 진실로 너희에게 이르나니 야훼 하나님의 아들인 나의

살을 먹지 아니하고 나의 피를 마시지 아니하면 너희 속에 생명이 없느니라. 내 살을 먹고 내 피를 마시는 자는 영생을 가졌고 마지막 날에 내가 그를 다시 살리리니, 내 살은 참된 양식이요 내 피는 참된 음료로다. 내 살을 먹고 내 피를 마시는 사람은 내 안에 거하고 나도 그 안에 거하나니, 살아 계신 아버지께서 나를 보내시매 내가 아버지를 인하여 사는 것 같이 나를 먹는 그 사람도 나로 인하여 살리라. 이것은 하늘로서 내려온 빵이니, 선조들이 먹고도 죽은 그것과 같지 아니하여 이 빵을 먹는 자는 영원히 살리라 하였나이다.

  – 잘하였다. 사랑하는 아들아, 내 사랑하는 아들이여! 그러므로 내가 말하였으니 나 야훼가 자기 백성을 버리셨느냐? 그럴 수 없느니라. 나도 이스라엘인이요, 아브라함의 씨에서 난 자요, 베냐민의 지파요, 다윗의 후손이라 하였나이다. 하나님이 그 미리 아신 자기 백성을 버리지 아니하셨으니, 너희가 성경이 엘리야를 가리켜 말한 것을 알지 못하느냐. 저가 이스라엘을 하나님께 송사하되 ? 주여, 저희가 주의 선지자들을 죽였으며 주의 제단들을 헐어버렸고 나만 남았는데 내 목숨도 찾나이다. 하니 저에게 하신 대답이 무엇이었더냐? 나 야훼가 나를 위하여 바알 신에게 무릎 꿇지 아니한 사람 칠천을 남겨 두었다 하였으니, 그런즉 하물며 나의 사랑하고 기뻐하는 아들이랴! 만일 은혜로 된 것이면 행위로 말미암지 않음이니, 그렇지 아니하면 은혜가 은혜 되지 못하느니라.

  그런즉 어떠하더냐? 이스라엘이 구하는 그것을 얻지 못하고 오직 택하심을 입은 자녀가 얻었고, 그 남은 사람들은 완악해졌느니라. 기록된 바와 같이 야훼 하나님이 오늘날까지 저희에게 혼미한 심령과 보지 못할 눈과 듣지 못할 귀를 주셨다 하리라. 그런즉 어찌 너의 행사를, 저들이 바로 보고 듣고 깨달아 알기 쉽겠느냐? 다만 이제 온전히 너와 나 야훼는 하나니라. 아들아, 기뻐하고 즐거워하라.

－ 때가 다가왔느니 정녕 야훼 아버지께서 온전히 함께하시는 때가 왔나이까.

－ 내가 항상 너와 함께하였느니라.

예수는 두 손을 하늘 향하여 활짝 펼쳐들었다. 둥그런 달이 환한 얼굴로 한결 가깝게 손아귀에 잡힐 듯 다가왔고, 별똥별이 길게 손가락질을 그리며 수정 같은 눈물을 반짝거렸다. 꼬리를 물고 나그네 철새가 화답하듯 하늘에 긴 포물선을 그었다.

그러나 이 신비한 속삭임의 밤에도 종내 잠들지 못하는 사람은 예수만이 아니었다. 드문드문 기름 등불을 끄지 못한 도성의 장막들 가운데 헤롯 왕의 궁전이, 하늘의 별빛에 비하면 초라하기 그지없지만 새침한 불빛을 어둠 속에서 저항하듯 발산하고 있었다. 이방인의 안뜰을 거쳐 여자들의 안뜰 건너 있는 궁전의 은밀한 거처였다.

월삭 전 로마 여행을 떠났던 헤롯 안디바는 귀향하는 도중에 팔레스타인의 연안 도시에 살고 있던 의붓형제 빌립을 방문하였고, 그의 아내이자 자기의 친조카인 헤로디아의 매혹에 사로잡혔다. 미모인 헤로디아는 야식가였다. 한밤의 만찬에 초대받았던 안디바와 중년의 헤로디아는 급기야 불타오른 정욕의 충동을 견디지 못하고 번개같이 일을 해치웠다. 권력은 그들의 범계를 합법화하는 데 유력하였다. 넘치며 타오르는 기름 불빛 속에서 밤마다 주저 없이 펼쳐지는 유혹의 손길을 따라서, 당대의 통치자 헤롯 안디바가 그의 의붓동생 빌립의 아내이자 제수인 헤로디아와 심야의 역사를 즐기려는 황음무도의 광기를 벌이고 있었다.

그들은 이미 열 명의 아내를 거느리고도 눈에 보이고 귀에 들리는 대로 무수한 여인의 향락에 맘껏 빠져들었던 헤롯 대왕의 혈통을 이어받은 터인지라, 이 새로운 음탕의 광기야말로 새삼스러운 일은 아니었다. 꼬리에 꼬리를 물고 뒤엉기는 뱀의 흘레처럼, 단지 세상을 비웃고 민심을 저항하듯, 야훼 하나님의 율례와 법도를 짓밟고 뿌리치는 맛이라 할까? 맘대로 하지 못할 바가 없고, 누리며 즐기지 못할 향락이 없다는 광기의 발작이 아닐 수 없는 행태였다.

주홍같이 펼쳐지는 도성의 불빛을 향수 어린 꿈결처럼 바라보며 감람산에 올랐던 사내가 더듬거리며 다시 산을 내려가고 있었다. 그는 정녕 꿈이 아니라, 너무도 생생한 꿈같이 전신을 근질거리는 육욕에 시달리다 못해 마침내 스스로 결심을 굳히고 한밤의 모험에 나서는 젊은이였다.

눈앞에 가물거리는 유혹의 불빛은 너무도 강렬하였고, 그 정욕을 충동하는 젊음이야말로 야훼 하나님께서 베푸신 생명의 본능인지라, 딱히 그가 누구며 무엇을 하려는가 하고 따질 수만은 없는 노릇이었다. 사람살이에 식욕과 색욕과 명예욕이야말로 예나 지금이나 모든 현자의 말로도 야훼께서 베푸신 생명의 은총이라 할 터이니 말이다.

그의 가물거리는 눈에는 그날 석양에 양식을 위하여 거래하였던 저잣거리의 아낙이 너무도 또렷하게 살아 숨 쉬고 있었다. 가룟인 유다와 야고보의 아들 유다와 더불어 장터의 점포에 들렀을 때, 그는 이미 강렬한 유혹의 눈길을 받았다. 기골이 장대하고 사내다운 그의 생김새 덕분이었다 할까? 그의 눈을 마주 보던 여인은 하얀 피부에 부푼 밀가루처럼 어깨가 둥글고 눈은 깊고 푸르렀다. 머릿수건을 들추며 재차 마주 보는 그 눈길을 대하는 순간, 그는 이미 혼미해가는 정신을 추세기가 어려웠다.

점포는 좁고 보잘것없는 거리의 집이었다. 그러나 서둘러 빵을 흥정하고 동전 육십 데나리온을 치르고 이틀 분의 식량을 가죽 부대에 챙겨 넣고 점포를 떠나서 이삭의 우물가로 걷는 내내 바돌로매는 제정신이 아니었다. 뱀의 눈길에 쏘인 비둘기의 가슴이었던지, 두근거리며 속살거리는 유혹의 소리가 내내 그를 사로잡았다. 여인의 눈이 역력히 호소하고 있었다.

– 주인은 집을 떠났나이다. 밀을 구하러 도성에 갔으나, 그 전대에 금과 은의 달란트를 많이 가졌어요. 이 밤은 저 홀로 있답니다. 밤은 길고 깊고 두려워요. 문은 열려 있답니다.

그녀는 정녕 창기는 아니었다. 하지만 젊고 어여쁘고 부족함이 없었지만, 왠지 짜증스럽고 한심스럽고 안타깝고 초조하고 불만스러운 게 사실이었다. 그 눈이 흔하고 많은 사내 가운데 그 사내를 보는 순간 두 눈은 활짝 뜨였고 귀가 열렸고 가슴이 갑자기 철렁거렸다. 눈이 장미처럼 빨갛게 물들고 심장이 설렁거리며 온몸이 화끈거렸다. 그리 흔하지 못한 이 경험이야말로 그녀가 진정 무엇을 사모하고 아쉬워하고 무엇이 그리운지 비로소 알 듯싶었다. 따라서 그 눈은 자연스럽게 이글거리는 관능의 숯불처럼 타오르기 시작하였고, 그 눈을 보고 느낀 사내의 가슴 역시 본능의 재빠른 반응으로 불붙기 시작했다. 물로도 끌 수 없고, 세상의 어떤 바람으로도 결코 잠재울 수 없는 열정의 불이요, 욕정의 화산이었다. 그 불길은 밤이 깊어갈수록 숨죽인 잿불처럼 속으로 활활 타오르다가, 마침내 젊은 혈기의 부추김을 받았다.

사내의 발걸음은 거칠 것 없이, 늑대처럼 내리달아 어느새 장거리에 당도하였다. 어둠 속에서 서럽고 두렵다는 듯 개가 조각달을 향하여 짖어댔다. 그러나 사내에게는 그마저 반가운 기척으로 들렸다. 졸음을 참아가며 하늘의 별들이 겨우겨우 길을 인도하였고, 가슴은 갈수록 새처럼 설레었다. 마침내 눈여겨두었던 발걸음은 자연스럽게, 그 길가의 점포 앞에서 멈추었다. 그는 지체 없이 창문을 가만히 두드렸다. 자연의 섭리란 때로 짓궂은 봄바람처럼 상통하는 기운인 것이었다.

기다렸다는 듯, 덜컥하고 문이 열렸다. 눈여겨 어둠을 보며 바람 소리에 귀 기울이고 있었던 여인의 손에 사내는 가벼운 옷가지처럼 끌려들었다. 뜨거운 손길의 영접을 받으며, 마주 보던 사내와 여인의 숨결은 불꽃처럼 하늘로 치솟기 시작하였다. 뜨거운 만남은 성급하고도 자연스러웠다. 앞을 가리어 스스로 입혀주었던 무화과의 잎은 부스러지기 십상이었다. 야훼께서 입혀주셨던 짐승의 가죽도 벗고 보면 그대로 드러나는 짐승에 다름 아니었다. 남녀의 본능은 천상천하의 그 무엇보다 통렬한 절창이다. 이것은 세상의 그 무엇으로도 막을 수 없고 감출 수 없는 자연의 충동이요, 본능이 가르치는 이치인 터이다. 그리하여 생명의 향락은 치열한 충동이 이끄는 대로 정상을 향하여 끝없이 오르고 음부를 향하여 무섭게 내림으로 질주하려는 것이었다. 그리하여 무수하고 처절한 욕정의 발산이 격랑처럼 해일을 일으키는 것이다.

남녀의 멀고도 깊고 높은 문이 열리고, 그리로 구중궁궐의 씨알이 울컥거리며 쏟아지고, 쏟아지고 추락할수록 절창은 감미롭고 아프고 쓰리고 저리고 오묘하다. 육체와 정신의 건강이 허락하는 대로, 피와 살이 부딪고 뼈와 뼈가 뒤엉기며 깊고 오묘한 육욕이 뭉개지고 으깨어지고 비비대는 향연의 연출이야말로 창조의 탁월한 솜씨가 아닐 것이랴. 급기야 으으! 이는 내 뼈 중의 뼈요, 살 중의 살이라. 하고 탄성을 터트리는 절정을 맞게 되는 것은 인생의 극치이다. 실로 영생이 그 한 순간에 통하고, 그 순간이 영원에 가름하는 멀고도 가까운 나 그네의 합일이었다. 그 한 순간에 영원과 영혼의 무한을 맛보는 신묘막측한 용해였다. 뉘라서 그 광기 어린 탐락의 처절한 몸부림을, 그 무슨 잣대로 욕하고 타매하여 추악하다, 비창하다, 비하하여 저주할 것이랴? 비록 합법이나 불법이라도 엄위한 도량으로 혹은 상찬하고 때로 타박할지라도 실로 쓴실긴 생녕의 근원이 하체의 양물에서 쏟아지고 검붉은 음부의 처절한 합창에서 비롯됨이 분명하고 절실한 터에 말이다.

하지만 그 밤에 감람산을 떠나지 못하고, 그냥 풀숲에 누운 채 잠 못 이루는 젊음 또한 없지 않았다. 야심의 사내 가룟 사람 유다와 열심당파 셀롯과 의심의 눈초리가 예리한 도마였다. 도마의 얼굴은 유달리 검붉었다. 그들은 설핏 한잠을 자고 나자 이내 눈이 뜨였고, 잠시 어두운 하늘의 별을 바라보다가 서늘한 바람처럼 서로 의기가 투합하였다. 누가 먼저랄 것도 없이 은근한 입이 열렸다.
    ─ 정녕 메시아의 때가 가까운 건 숨길 수 없는 사실이다. 아니 그런가?
    도마의 신중한 음성이었다. 메시아를 말할 때마다 가슴은 떨리고 입술이 타오르는 것이다. 이스라엘 백성의 참 목자요, 야훼 하나님을 대신하여 백성을 도탄에서 건지고 통치하시는, 그날을 고대하는 민족이었다. 야훼 하나님이 다윗 선조와 맺은 계약의 집행을 기다리는 백성이었다. 결코 식언치 아니하실 야훼이시다. 더구나 이방 로마 제국의 수탈과 포악한 통치는 극에 달하고 있었다. 젊은 도마의 몸이 산바위처럼 돌출하였다. 고요한 어둠 속에서는 작은 속삭임도 산을 들썩거리는 웅장한 소리가 되는 법이다. ─ 아니 그런가? 하고 힐론(詰論)하는 입들이 근질거렸다. 젊은 열정은 때로 먹이로도 잠으로도 억눌림으로도, 세상 그 무엇으로도 다스릴 수 없는 무서운 충동이 되는 터이다. 보이지 않는 뜨거운 피가 소리 없이 들끓기 시작하면 말이다.

─ 메시아, 메시아라! 이스라엘의 메시아란, 드디어 야훼 하나님의 때에 다가왔으니 말이요. 아니면 죽음이야말로, 영원한 메시아의 때인 셈이요.

한참을 뜸들이던 시몬 셀롯의 대꾸였다. 그는 가슴을 펴고 숨결을 토했다. 어둠 속에서 그 눈이 살쾡이처럼 빛을 발하였다. 격정을 숨기지 못하는 그 눈을 엿보며 도마가 자연스레 말을 이었다.

─ 목마른 자에게 생수를 공급하고 굶주린 백성에게 빵을 먹일 수가 있다면, 또한 병들고 짓눌린 백성들을 해방할 수 있다면, 그가 곧 메시아의 징조가 아닐 터이요? 다만 시작일 뿐이니 말이지요!

─ 세월은 무정한 법입니다. 우리는 정녕 기적을 보았습니다. 하지만 한두 번의 기적으로 백성에게 참다운 메시아의 도래라고 선포하기는 이른 법이요. 광야의 생수와 하늘의 만나를 사십 년간 먹었어도 마침내 가나안의 구원을 받지 못했던 우리의 역사는 결코 옛 이야기일 수만은 없으니 말이요. 문제는 저 강력한 이방 로마 군병의 철권통치를 어찌하느냐? 하는 것이요. 파라오의 전설을 잊지 못하는 까

닭이 바로 그 때문이지요.

가룟인 유다였다. 그의 계산은 언제나 치밀하고 민첩하여 빈틈이 없었다. 그의 검은 눈이 어둠을 흠씬 사로잡고 있는 듯 반짝거렸다. 그 눈이 멀리 도성의 불빛을 쏘아보고 있었다. 뭔지 모를 그리움에 삭신이 저려드는 듯한 빛이었다. 벌써 자리를 고쳐 앉은 셀롯이라 하는 시몬이 말을 받았다.

– 그런즉 조직이 필요하고, 조련이 요청되는 법이요. 죽음에 대한 두려움을 극복하지 못하는 자는 세상을 말하지 말라 하였소이다. 주님 랍비께서 병든 자를 고치고, 주린 자들을 먹이고, 따라서 구름처럼 몰려드는 이 백성들을 우리는 조직하고 조련하여 야훼 하나님의 군대를 삼아야 한다는 말입니다. 마침내 로마의 군병만이 아니라 천하에 강대한 장병을 일으켜야 한다는 말이지요. 광야의 소리가 소리로서 끝나는 일은 없어야 할 터요. 아니 그렇소이까?

그는 다시 한 번 도래한 이 기회와 역사를 냉철하게 주시하였다. 나사렛 예수와의 만남을 통해 전에 가말라 사람 유다가 로마의 총독 구레뇨의 호적 명령에 대항하여 일어났으나, 안개처럼 사라졌던 애국 운동을 떠올렸다. 힘을 길러라! 백성이 강력한 군대로 일어서야 한다. 힘없는 민족의 구호나 이상이 얼마나 헛되고 서글픈 망상이었던가! 단지 광야에서 솟았다가 스러지는 회오리에 지나지 않는 법이다. 사망의 음침한 골짜기에서 헛된 죽음만이 그들의 몫이었다.

– 이제 우리의 할 일이 자명해지고 있는 겁니다.

그는 긴 말이 필요치 않다는 듯, 단호하게 부르짖고 입을 다물었다. 무리의 동태를 관망하는 자세였다. 과연 이 메시아 운동에 다시 한 번 도전할 재목들이 되겠는가. 이미 그는 랍비이신 예수를 통해서, 그 가능성은 확고하게 점치고 있었다. 그래서 조직과 조련의 필요성을 기회 있을 때마다 목이 타는 사슴처럼 역설하는 입장이었다. 하지만 랍비이신 예수부터 어쩐지 세상사에 관망하는 자세가 보일 때마다 그는 감당할 수 없는 회의에 빠져드는 것이다. 세상의 소금이요 빛이요 생명이라니, 그래서 도대체 어찌하겠다는 말씀이신가?

다른 이들보다 으레 적극적인 동지 유다가 입을 열었다.

— 우리의 랍비 예수께서 왕이 되실 것은 뻔한 일이지요. 저 쥐새끼 같은 썩은 통치자들을 몰아내고 나아가 군림하는 이방의 세력을 무너뜨리는 일은 별문제가 없을 터이요. 야훼 하나님의 뜻이라면 말입니다. 이집트 파라오의 역사가 바로 우리의 실증이 아니었습니까? 단지 그 절차와 방법이 문제인즉, 좀 더 신중하게 때를 기다리는 것이 랍비의 의도가 아니리까? 우리는 주님 랍비의 지팡이를 주목해야 할 겁니다.

— 선조 모세의 지팡이 끝에서 반석이 갈라지고 홍해가 무너진 것은 이미 지나간 역사였소. 이 시대가 아니란 말이요. 새 술은 새 부대에 넣어야 할 테니 말이요. 이때는 더욱 주님의 말씀에 귀를 기울이고 그 권능을 확인하는 신중한 자세가 필요한 때란 말이요. 아직은 모두가 성급해요. 눈으로 보고 귀에 들리는 소문만으로 세상을 바꿀 수는 없는 법이지요.

— 어찌 소문이라고 치부해버린단 말이요?

— 단지 소문에 불과하다는 말이 아니라, 현실이 그렇다는 말이지요. 내 말의 뜻을 새겨들어야 할 터이요. 아니 그렇소?

— 아무튼 메시아! 메시아로서 랍비께서 왕이 되신다면…… . 정녕 그렇게 되어가고 있다는 건 사실입니다. 아니 그렇소?

도마의 조심스런 말씨에 열정의 사람 셀롯이 끼어들었다가 급히 정정하였다. 실마리가 풀리지 못한 채, 헛돌고 있는 대화의 자리였다. 그러나 밤은 깊어갈수록, 어둠 속에서 더 많은 미래를 약속하는 힘이 있었다. 하늘의 무수한 별처럼 말이다. 이슬이 내리고 소슬한 바람이 불 때마다 셀롯은 몸이 으슬으슬 떨려왔다. 풀 길을 찾지 못한 그의 열정이 뜨거운 피로써 갈 길을 재촉하는 듯한 몸부림이었다.

그들은 밤이 맞도록 서로의 생각을 주고받았다. 무어라 결론지을 수 없는 소망이요 풀릴 길 없는 열정이었으므로, 그들은 섣불리 잠들지 못하는 것이었다. 단지 은근히 염려해온 동료들 중에 세리였던 마태오나 어부 출신에 불과한 베드로나 안드레 형제와 세베대의 아들들 가운데서 의기 상통하는 동시적 결속이 소중한 보람으로 느껴지는 밤이었다.

고개를 들어 건너다보이는 랍비의 모습은 여전히 하늘 아래 늠름한 기둥과 같았다. 잠들지 못한 제자들은 랍비 예수의 철야에서 선조를 떠올리고 있었다. 아버지 이삭의 축복은 받았으나 장자의 명분을 빼앗긴 형 에서의 통분에 쫓겨 광야로 나섰다가 돌베개를 베고 잠들려던 야곱처럼, 그 기둥 꼭대기에서 오르락내리락하는 환상의 사다리를 그들은 기대하고 있었다. 거기에 기름을 붓고 야곱은 평생의 서원을 드렸다. ― 이곳이 야훼 하나님의 성전이 될 터이요, 나의 평생에 섬기는 하나님이 되실 것입니다. 하지만 오늘날 랍비 예수를 따라 광야로 나선 제자들에게는 실상, ― 나를 따르라. 그리하면 사람을 낚는 어부가 되게 하리라 하신 그 언약의 말씀밖에 그들에게 실제로 보이는 것은 없었다.

2

새날마다 산을 내려오는 예수의 제자들은 밤새 이슬처럼 내리는 성령의 권능을 덧입고 있었다. 이슬에 젖은 몸은 날개라도 돋친 듯 가뿐해지고, 눈알이 샛별같이 밝아지고 마음은 사해처럼 넓어지고, 전에 그처럼 들끓던 불안이나 불평 대신 평안을 느끼며 서로 앞서거니 뒤따르거니, 화기애애한 것이었다. 하지만 세속에 대한 기대치는 갈수록 높아지고 있었다. 밤하늘을 바라보며 찬란한 별빛에 이글거리는 야망이 불붙어 온갖 세속적인 꿈과 소망으로 부풀어 올랐다.

– 보라 네 후손이 저 셀 수 없는 별처럼 많으리라, 하고 언약했던 아브라함 선조의 늙은 가슴에서 타오르던 바로 그 불씨였다. 랍비이신 주님께서 왕이 되신다면! 정녕 그러할 터인즉……. 단지 그들은 의식하지 못할지라도, 따라서 야망의 불길은 쉽사리 꺼질 줄을 몰랐다.

이튿날 빵과 양가죽 통의 물로 조반을 마친 예수와 제자들은 산에서 내려오며 곧바로 성전을 향하여 걸음을 재촉하였다. 유월절 행사에 미진한 느낌이 들었다. 어제는 베데스다 연못가 행각에 들어 삼십팔 년 되었다는 중풍병자와 몇몇 병자를 고치고 이내 말씀의 향연에 빠져들었었다. 정녕 유월절 축하는 끝난 셈인가! 엿새 동안의 큰 명절 끝 날의 대속죄일이었다. 무언지 모를 더 크고 신명나는 일이 시작될 기대치에 부풀었다. 펼쳐지는 햇살과 함께 성전의 쇼바 나팔소리가 도성을 뒤흔들고 있었다. 공중을 가르는 산비둘기 떼가 유난히 평화롭게 보였다. 성문에 가까이 다가들자 벌써 몰려든 백성들로 장터처럼 법석거리는 분위기였다. 군중이란 쉼 없이 몰려드는 검은 두건의 물결이었다.

예수는 전에 없이 가벼운 발걸음을 느꼈다. 밤새 아버지 하나님과 은총의 대화가 풍성했던 까닭이었으리라. 날이 갈수록 백성들의 기대치는 높아가고 있었으나 무엇 하나 자신감이 서지는 못했다. 대체 이 백성을 위하여 자신이 해야 할 몫이 무엇인가! 상하고 병들고 비루먹은 양떼들을 위하여 무엇을 할 터인가? 하지만 온전히 아버지 야훼께서 함께하시리라. 하늘의 음성은 시시로 충만하였다.

날씨가 유난히 화창하였다. 이윽고 성전 문에 들어서고 있었다. 그때 예수는 한 무리 화난 군중을 마주 보며 눈을 크게 떴다. 머리에 주먹만 한 두건을 눌러쓴 바리새인과 서기관 일당이었다. 무리 앞에는 한 여인이 끄덩이를 잡힌 채 끌려오고 있었다. 여인의 몸이 슈바 자락 속에서 허깨비처럼 비틀거렸다. 놀라고 기이한 눈으로 백성들은 구경을 즐기고 기괴한 함성에 들떠 있었다. 어느새 예수 앞에 끌려온 여인은 넝마처럼 팽개쳐지고 있었다. 그 참담한 모색에 예수는 눈을 감았다.

— 랍비여, 이 여자는 밤새 간음하다가 현장에서 잡혔습니다. 모세 선조는 이런 여자를 돌로 쳐 죽이라고 하셨는데, 랍비께서는 어떻게 말씀하겠습니까?

율법사와 바리새파 사람들의 고소였다. 그들은 분을 못 이긴 늑대처럼 씨근벌떡거렸다. 이내 돌덩이가 날아들 듯이 험악한 기세였다. 예수는 고요한 눈으로 그들 참소자들의 중심을 보았다. 정녕 틈을 엿보고 시비의 조건을 찾으려는 속셈이 여실하였다. 예수의 파란 눈이 다시금 여인의 모색에 머물렀다. 흡사 가죽을 벗긴 뻘건 양 새끼의 꼴이었다. 들쳐진 슈바 자락 사이로 밀가루 반죽 같은 허연 살덩이가 드러나 보였고 머리는 헝클어져 있었다. 옷깃을 여미며, 여인의 붉은 눈에 눈물이 고이고 넘쳐흘렀다. 예수는 통분을 느꼈다. 사랑하는 양 떼가 늑대에게 찢긴 참상이었다.

여인이 호소하듯, 붉은 눈으로 예수를 바라보았다. ─ 주여, 긍휼을 베푸소서. 차라리 죽여주소서. 그 눈을 대하자 다리가 후들거렸다. 예수는 몸을 굽혀 손가락으로 땅 위에 글씨를 썼다. 한동안 잊고 있던 글 쓰기였던 셈이다. 심령이 상할 때도 글을 쓰면 잊어지곤 했던 쿰란 시절의 기억이 새로웠다.

─ 저는 상한 양이다. 아니다! 건강하고 실한 양이다. 그러기에…….

예수는 잠시 들여다보다가 바닥의 글씨를 손으로 문대어 지워버렸다. 다시 쓰기를 시작했다.

─ 저는 사랑하는 이스라엘의 딸이다. 아니다, 나의 딸이다. 죄란 무엇이랴? 야훼 하나님을 떠나고 버림이 진정한 죄일 터, 죄 없는 자가 세상에 누구이랴?

─ 랍비여, 어찌 말씀이 없습니까? 이런 죄인을 어찌하시겠습니까?

낯을 찌푸리며 율법사가 재촉하고 있었다. 수염이 파들거리고 성깔스럽게 떨렸다. 그를 바라보던 예수가 급기야 입을 열었다.

─ 죄인이라니! 이 죄인을, 너희 가운데, 죄 없는 자가 먼저 돌로 치거라!

준엄하고 단호한 음성이었다. 단풍잎이 떨듯, 붉은 한숨이 흘러넘쳤다. 예수의 등 뒤에서 제자 바돌로매가 한숨을 토하고 있었다. 한밤 내내 더불어 몸부림치던 여인의 처참한 모색에 기가 질리고 어간이 막혔다. 꿈결처럼 뜨겁고 황홀한 밤이었다. 영겁을 주고도 바꿀 수 없는 치열한 밤의 향연이었다. 그러나 새벽에 미쳐 들이닥쳤던,

그 황당한 현실을 떠올리기도 괴로웠다. 음부의 골짜기가 있다면, 쫓기는 산 꿩처럼 머리를 처박고 영영 숨어버리고 싶었다. 하지만 새날은 이렇게 밝아왔다. 예수의 서글픈 눈이 제자들과 바돌로매와 여인과 군중을 바라보았다. 다 보시고 아시고 들으셨다는 자애와 긍휼이 넘쳐나는 눈이었다.

─ 너희 가운데, 죄 없는 자가, 먼저 돌로 쳐라.

중년의 사내가 뭔지 모를 소리를 중얼거리며, 손에 들었던 돌 한 덩이를 등 뒤로 버리고 있었다. 연이어 개미떼처럼 술렁거리며 돌들이 땅에 굴렀다. 양심의 가책으로 술렁거리는 소리였다. 각기 제 모습들이 드러나고 있었다. 예수는 다시 땅에 쓰기를 계속하였다.

─ 빛으로 오신 야훼 하나님께서 함께하시느니라. 참된 빛 앞에서, 감추어질 것이 없으리라. 여기 빛이 비추고 있느니라.

이윽고 눈을 들어 본 치죄(治罪)의 현장에는 다 물러가고, 오직 엉거주춤하고 있는 여인과 예수밖에 없었다. 예수가 입을 열었다.

─ 너를 정죄하던 자들이 다 어디에 있느냐?

─ 주, 주님이여! 다 물러가고 없습니다.

─ 그렇다면 나도 너를 죄인 취급하지 않겠으니, 가서 다시 죄를 범하지 말라.

예수는 조용히 말하고 혼잣소리로 중얼거렸다. 하지만 어찌하랴! 젊고 아름다운 딸인 것을……. 나는 너를 아노라, 생명의 열정이 그러한 것을 나는 아노라. 그것이 젊음으로 들끓는 어둠의 사랑인 것을, 그러기에 어둠에 사로잡혀서는 아니 되느니라. 나는 세상의 빛이니라. 나를 따르는 사람은 어둠에 다니지 않고 생명의 빛을 받을 터이다. 그런즉 나를 따르라. 그리하면 빛의 자녀가 되리라. 빛의 자녀란 어둠의 세력을 이길 수 있는 힘을 얻으리라.

어느새 많은 유대인 가운데 바리새파 사람들이 예수에게 다가오고 있었다. 그들은 분한 모양으로 예수에게 시비를 걸었다.

– 당신이 자기를 스스로 빛이라 증거하고 있으니, 당신의 증거는 참되다고 할 수 없소이다. 아니 그렇소이까?

예수는 머뭇거리다 입을 열었다. 성전에서 오늘도 부르신 아버지 하나님의 뜻을 헤아려보았던 것이다. 이들의 시비를 가리고 깨우침이 오늘의 사명이 아닐 것이랴.

– 나는 내가 어디서 와서 어디로 가는지를 알기 때문에, 내가 나를 증언한다고 해도 내 증거는 참된 것이다. 그러나 너희는 내가 어디서 와서 어디로 가고 있는지를 알지 못한다. 따라서 너희는 사람의 표준대로 판단하지만, 나는 아무도 판단하지 않는다. 내가 만일 판단하더라도 내 판단이 옳은 것은, 내가 혼자 있는 것이 아니라 나를 보내신 아버지께서 나와 함께 계시기 때문이다. 너희 율법에도 두 사람의 증거는 참된 것이라고 기록되어 있다. 내가, 나를 증언하기도 하지만 나를 보내신 아버지께서 나를 증거해주신다.

이 말을 듣고 청중들 가운데 시비꾼들은 통분하여 고함치듯 소리를 높였다.

– 당신의 아버지가 대체 어디에 있다는 말이요?

– 너희는 나를 알지 못하고, 내 아버지도 모른다. 만일 너희가 나를 알았다면 내 아버지도 알았을 것이다.

예수의 뒤편 우람한 회랑 앞에 웅크린 헌금 통이 보였다. 뭇사람이 눈치를 살피는 듯했으나 아무도 더 이상 다른 시비를 걸지 않았으며,

다른 횡포가 없는 것은 아직 그의 때가 아니었던 까닭이었다. 고개를 주억거리던 예수의 입이 다시 열렸다.

- 나는 이제 떠나갈 것이다. 너희는 나를 찾다가 너희 죄 가운데서 죽을 것이다. 내가 가는 곳에는 너희가 올 수 없을 터이다.

이에 유대인들은 서로 헷갈린다는 눈치를 주고받으며 소곤거렸다.

- 자기가 가는 곳에는 우리가 가지 못한다고 하니, 그럼 이 사람이 자결이라도 하겠다는 것인가?

예수가 그들의 속셈을 알아차리고 대꾸하였다.

- 너희는 아래서 났고 나는 위에서 났으며, 너희는 이 세상에 속하였고 나는 이 세상에 속하지 않았다. 그래서 내가 너희는 너희 죄 가운데서 죽을 것이라고 말하였다. 만일 너희가 나를 진정한 메시아, 즉 그리스도로 믿지 않으면 너희가 정말 너희의 죄 가운데 영영 죽을 것이다.

이 말에 다소 어리둥절하던 유대인과 바리새인들이 다시 입을 모아 물었다.

- 대체 당신은 누구요? 당신이 진정 하늘에서 온 사람이란 말이요?

- 내가 누군지 처음부터 너희에게 말하지 않았더냐? 내가 너희에 대해서 할 말도 많고 판단할 것도 많지만, 나를 보내신 분이 참되시므로 나는 그분에게 들은 것만 세상에 말하는 것이다. 또한 하나님의 나라는 말에만 있지 아니하고 능력에 있느니라. 나의 하는 일을 보지 않았더냐?

하지만 그들은 예수의 말씀을 듣고도 하나님 아버지에 대해서 말씀하셨다는 것을 깨닫지 못하였다. 그 어리둥절한 모색을 보며 무언가 작심하신 듯, 예수가 다시 입을 열었다.

– 너희가 나를 십자가에 못 박아 죽인 다음에야 비로소 내가 그리스도라는 것과, 또 내가 아무것도 스스로 말하지 않고 아버지께서 가르쳐주신 대로 말한다는 것을 알게 될 것이다. 나를 보내신 분이 나와 함께하신다. 내가 항상 그분이 기뻐하시는 뜻을 좇아 일하기 때문에, 그분은 나를 혼자 버려두지 않으셨다.

이 말을 듣고 제자들은 다소 혼란을 느꼈으나, 더 많은 유대인들이 예수를 메시아로 믿기 시작하였다. 메시아란 영광의 왕이 아니랴? 하지만 – 너희가 나를 십자가에 못 박아 죽인 다음이라니, 세상을 뒤바꿀 대왕이 되실 메시아를 십자가에 못 박아 죽이다니……. 있을 수 없는 일이라고 충격적으로 고개를 저었다. 예수가 그들을 바라보며 안타까운 듯 말씀을 이었다.

– 너희가 내 말대로 살면 참으로 나의 제자가 되어 진리를 알게 될 것이며, 그 진리가 너희를 자유롭게 할 것이다.

이 말에 또다시 유대인과 바리새인은 모욕을 느낀 듯 수군거렸다.

– 오라, 우리가 서로 변론하자. 너희의 죄가 주홍 같을지라도 양털 같이 희어질 것이요. 진홍 같을지라도 눈과 같이 되리라 하고 되뇌며, 예수는 그들의 항변에 귀를 기울였다.

– 우리는 아브라함의 후손으로 남의 종이 된 적이 없는데, 어째서 당신은 우리가 자유를 얻게 될 것이라고 말하시오?

– 내가 분명히 너희에게 말한다. 죄를 짓는 사람은 누구나 다 죄의 종이다. 종은 주인의 집에서 영구히 머물러 있을 수 없지만, 아들은 그 집에서 영원히 산다. 그러므로 아들이 너희에게 자유를 주면 너희는 진정으로 자유로운 사람이 될 터이다. 너희가 아브라함의 후손이

라는 것을 나도 알고 있다. 그러나 너희가 내 말을 받아들이지 않기 때문에 나를 죽이려고 한다. 나는 내 아버지 앞에서 본 것을 말하고, 너희는 너희 아비에게 들은 것을 행한다.

　- 우리 선조 아버지는 오직 아브라함이요. 다른 역사가 없었소이다.

　유대인과 바리새인들이 함께 소리를 높였다. 이에 예수가 그들을 바라보며 응답하였다.

　- 너희가 아브라함의 자손이면 아브라함을 본받아야 하지 않겠느냐? 그러나 너희는 지금 하나님에게서 들은 진리를 말한 나를 죽이려 하고 있다. 아브라함은 그렇게 불순종하지 않았다. 너희는 너희 아비가 하는 짓을 하고 있다.

　- 우리는 사생아가 아니요. 우리 아버지는 하나님 한 분뿐이요.

　- 너희 아버지가 정말 하나님이시라면 너희가 나를 사랑했을 터다. 이것은 내가 하나님에게서 나와 이곳에 왔기 때문이다. 나는 내 마음대로 온 것이 아니고 아버지께서 나를 보내셨다. 왜 너희는 내 말을 이해하지 못하느냐? 이것은 너희가 내 말을 알아들을 수 없기 때문이다. 너희는 너희 아비인 마귀의 자식이므로 너희 아비가 원하는 것을 하고 싶어 한다. 그는 처음부터 살인자였다. 그에게는 진리가 없으므로 진리 편에 서지 못한다. 그는 거짓말을 할 때마다 자기 본성을 드러낸다. 이것은 그가 거짓말쟁이이며 거짓의 아비이기 때문이다. 너희는 내가 진리를 말하기 때문에 나를 믿지 않는다. 너희 중에 내게서 죄를 찾아낼 사람이 누구냐? 내가 진리를 말하는데도 왜 나를 믿지 않느냐? 하나님께 속한 사람은 야훼 하나님의 말씀을 듣는다. 그러나 너희가 듣지 않는 것은 하나님께 속하지 않았기 때문이다.

이 말에 유대인들이 항변하듯 거친 어조로 반박하였다.

– 우리가 당신을 사마리아 사람이며, 당신은 귀신들린 사람이라고 말하는 것이 옳지 않다는 말이요?

– 내가 귀신들린 것이 아니라, 내 아버지를 공경하는데도 너희가 나를 멸시하고 있다. 나는 내 영광을 구하지 않는다. 그것을 구하고 판단하시는 분은 하나님이시다. 내가 분명히 너희에게 말한다. 누구든지 내 말을 지키면 영원히 죽지 않을 것이다.

그러자 유대인들은 수염을 추스르며 다시금 거칠게 항변하였다.

– 이제 보니 당신은 귀신이 들려도 단단히 들렸소! 아브라함도 예언자들도 다 죽었는데, 당신의 말을 지키면 영원히 죽지 않는다니, 그렇다면 당신이 죽은 우리 조상 아브라함보다 위대하단 말이요? 모세나 선지 예언자들도 다 죽었는데 대체 당신이 누구란 말이요?

– 내가 내 자신에게 영광을 돌리면, 그것은 아무 가치도 없다. 나를 영광스럽게 하는 분은 바로 너희가 너희 하나님이라고 부르는 내 아버지이시다. 너희는 그분을 참으로 모르지만, 나는 알고 있다. 만일 내가 그분을 모른다고 하면 나도 너희처럼 거짓말쟁이가 되고 말 것이다. 그러나 나는 그분을 알고 그분의 말씀을 지키고 있다. 너희 조상 아브라함은 내 날을 보리라는 생각에 즐거워하다가 마침내 보고 기뻐하였다. 선조 모세도 오직 야훼 하나님의 말씀을 사모하였고, 선조 다윗 왕도 사슴이 시냇물을 찾기에 갈급한 심정으로 목자를 사모하였다. 나는 야훼 하나님의 말씀이요, 이스라엘의 영원한 목자가 되리라.

이때 유대인들이 가소롭다는 듯 부르짖었다.

– 당신은 아직 쉰 살도 못 되었는데, 아브라함을 보았다는 말이

요? 모세와 다윗 왕을 끌어대다니……. 도대체 그게 무슨 소리요?

이에 예수는 우러러보던 하늘에서 고개를 돌리고 작심하듯 말씀을 이었다.

– 내가 진실로 너희에게 이르나니, 나는 아브라함이 나기 전부터 있었다. 너희가 참으로 나를 알기를 원하느냐? 들어라 이스라엘이여! 나로 말미암지 않고는 세상이 있지 못할 터이다. 나는 빛도 짓고 어둠도 창조했으며, 시간과 세월도 내 손에서 비롯되었다. 귀 있는 자들은 이 말을 듣고 새길지어다.

그러자 – 대체 이것이 무슨 소리인가! 하고 바리새인과 서기관들은 극도로 흥분하여 티끌을 날리고 부르짖으며, 돌을 들어 미치광이로 단정하는 예수를 치려고 하였다. 그러나 예수는 그들의 심중을 벌써 알았다는 듯, 설핏 몸을 피하여 성전 밖으로 나가고 말았다. 그 뒤를 따라서 제자들과 백성들이 꼬리에 꼬리를 물었다.

3

예수의 일행은 성전을 떠나서, 한동안 말없이 걷고 있었다. 하늘이 착 가라앉아 내려왔다. 구름이 낮고 가볍게 철새처럼 흐르고 있었다. 그 하늘을 마주 대하며 예수는 어쩐지 무렴하고 처절한 심정이었다. 그토록 제 몸을 발가벗긴 듯, 여실하게 자신을 드러내게 될 줄은 꿈에도 생각지 못했다. 스스로 빛이라 하였고, 아버지 하나님의 아들이라 하였으며, 나를 믿으면 살고 죽지 아니하리라 하였다. 또한 저들이 십자가에 못 박아 죽이리라 하였다. 그 후에야 나를 믿게 되리라

하였다. 자신의 죽음에 대하여 그토록 분명한 입장을 밝히게 될 줄이
야 생각지도 못했던 것이다. 이가 진정 그 어떤 예언이라는 말인가?
자연스럽게, 너무도 태연하게 아버지의 사랑과 권능에 사로잡힌 위
엄으로, 태양에서 빛이 대지의 온갖 생명에게 비춰듯, 말씀이 자신의
육신에서 스르르 풀려나왔다. 하지만 스스로 생각해도 알 수 없는 순
간적인 실수처럼만 느껴진 것이었다. 예수는 이 모든 착잡한 심사에
서 벗어나려는 듯 망연한 눈으로 앞을 바라보았다.

그때 비척거리며 다가서는 나그네를 만났다. 바람에 흔들리는 요
단 강변의 갈대처럼 허청거리는 걸음이었다. 그 손에 지팡이를 온전
히 의지하는 모색이 분명 앞 못 보는 소경인 것을 알려주고 있었다.
뒤따르는 제자들 중에서 누군가 입을 열어 말했다.

– 저는 날 때부터 소경이었던 거지 바디메오가 분명하구나. 착한
사람인데, 참으로 안됐단 말이야! 오가는 길손들에게 손 벌리는 길밖
에는 달리 살아갈 재주가 없으니 말이야.

그가 하늘을 향하여 호소하듯, 허청거리는 걸음으로 예수 앞으로
다가왔다. 앞장서서 걷던 빌립과 도마가 소경을 피하여 예수를 돌아
보았다. 예수는 성전에서의 참담한 심경을 어느덧 다스린 듯, 차분하
게 소경을 바라보았다. 하지만 가슴에 처연한 심사를 숨길 수는 없는
모양이었다. 소경의 걸음걸이를 바라보며, 문득 시야에 가득한 흑암
과 혼돈과 공허를 마주보았다. 땅은 흔들리고 절망에 휩쓸리는 참담
함을 맛보고 있었다. 천지가 아득한 느낌이 들었다. 예수는 무어라
말할 수 없는 분노가 치밀었다.

– 이런, 이런 게 사람의 모습이 아니다. 아버지 하나님께서 지으신
사람의 모습이란, 보시기에 심히 좋았었거늘……

예수는 화풀이하듯 중얼거렸다. 급한 걸음으로 다가선 베드로가 헐떡거리며 입을 열었다.

– 주님, 예수여! 대체 저가 저렇게 된 것이 누구의 죄입니까? 자신의 죄일까요. 아니면 그 부모의 죗값일까요?

– 죗값이라? 아니다. 이 사람의 죄도 그 부모의 죄도 아니다. 그 누구의 탓도 결코 아닌 것이야! 단지 그에게서 아버지 하나님의 하시는 일을 나타내시려는 것뿐이야! 이제 곧 보게 되리라.

예수는 통분하는 심정으로 입을 열었다. 그 푸른 눈이 주홍빛으로 밝게 빛나고 있었다.

– 우리는 낮 동안에 나를 보내신 그분의 일을 해야 한다. 밤이 오면 그때는 아무도 일할 수가 없다. 내가 세상에 있는 동안에, 나는 세상의 빛이다.

예수는 소경을 향하여 입을 열었다.

– 보아라! 빛이 있어라!

멈춰 서서 허우적거리는 소경에게 예수는 거듭 말씀하였다.

– 네 눈을 열고 빛이신, 나를 보란 말이다.

아무도 거역할 수 없는 권능의 말씀이었다. 제자들은 순간 눈이 부셨다. 잠시 지팡이에 의지하여 귀를 기울이고 하늘을 우러러보던 소경은, 곧바로 몸을 떨며 눈을 꿈적거리고 입을 열었다. 두려움에 떨리는 소리가 흘러나왔다.

– 주님이여! 뉘시옵니까? 나무 같은 것들이 걸어가는 것이 보이나이다. 하늘이 밝아지고 있나이다. 아아! 태양이란 저토록 찬란하고, 세상이란 이런 것인가요? 저기, 저것이 무엇인가요?

예수가 문득 진토와 같은 먼지의 땅을 바라보며 침을 뱉었다. 허리를 굽혀 침을 이겨 소경의 눈에 발랐다. 그런 후 다시금 입을 열어 말씀을 이었다.

－ 가라! 실로암 못에 가서 눈을 씻고 밝히 보아라. 알아들었느냐?

소경 거지는 말씀을 듣자마자 급한 걸음으로 비척거리며 달려갔다. 그 뒷모습을 바라보며 예수는 입을 열었다.

－ 순종이 제사보다 나으니라. 마귀도 야훼 아버지의 말씀을 들으나 순종하지 못한다.

제자들은 가던 길을 멈추고 이 신비한 기적 앞에서 입을 다물지 못했다. 소경은 연신 발을 굴러대며, 허깨비처럼 팔을 휘두르며 경이에 들뜬 소리를 질러대고 있었다. 환희와 감격에 벅찬 울부짖음이었다. 실로암 못가로 청중들의 발걸음이 뒤따르고 있었다. 실로암이란 항용 쓰이는 헬라의 말로 '보냄을 받았다' 는 뜻이었다. 그러나 곧바로 소경의 환호하는 함성에 바리새인과 서기관들의 안식일 시비가 뒤따르는 꼴을 보면서 제자들은 발길을 재촉하였다.

철옹성 같이 탄탄한 성벽을 바라보며 조금 지나자 푸른 감람산이 마주 보이는 평지가 나왔다. 몇 그루의 감람나무가 그늘을 드리우고 있었다. 훈훈한 열기를 느끼며 예수가 걸음을 멈추자 뒤따르던 무리도 함께 자리를 잡았다. 어느덧 무리는 예수를 옹위하여 나무 그늘에 군락을 이루었다.

예수와 제자들은 잠시 숨을 돌리며 하늘을 바라보았다. 태양은 구름 속에서 머뭇거리고 있었다. 이제 어디로 가야 하는가? 가는 곳마다 할 일은 많고, 상하고 병들고 배고픈 사람도 많았으며, 따르는 무리도 배가하였다. 단지 일을 치를 때마다 영광의 박수는 잠시였으나,

시비도 늘었고 이를 갈며 훼방하는 무리가 뒤를 따르고 있었다. 이것이 야훼 하나님의 뜻인가! 진정 메시아의 길인가?

그때 회오리처럼 바람을 일구며, 한 무리가 헐레벌떡 뒤따라왔다. 눈을 들어 본즉, 앞장을 선자는 소경이었던 거지 바디메오였다. 목자처럼 지팡이를 휘두르고 있었다. 그를 뒤쫓아 옷자락을 펄럭거리며 무리가 달려들었다. 제자들은 예수의 눈치를 살폈다. 조용히 기다리고 있었다. 다가선 무리 가운데 바디메오가 소리를 높였다.

– 어른들이여! 랍비 예수! 나사렛 예수를 보셨나이까? 방금 이곳으로 지나가지 않으셨나요?

– 왜 무엇 때문에 예수님을 찾는단 말인가?

베드로가 나서며 물었다.

– 나사렛 예수! 그분이 나의 눈에 빛을 주신 분이라 했나이다. 그분의 말씀대로 순종했더니, 실로암에서 눈을 씻고 광명을 찾았나이다. 이것 보세요, 그분을 따라야 하겠나이다.

손가락으로 제 눈을 가리키며 말하고 다가서던 바디메오가 무리 가운데서 예수를 발견하자 금세 몸이 굳어졌다. 서로의 눈빛이 마주쳤다. 그는 황급히 몸을 굽혔다.

– 랍비여! 진정 하나님께로 오신 선생님이십니다. 창세 이후로 소경의 눈에 빛을 주셨던 사람의 말을 들어본 적이 없습니다. 저를 용납하여 주소서. 저를 따르게 하여 주소서. 어른들이 저더러 너를 눈뜨게 한 그가 누구냐? 하고 꼬치꼬치 묻습니다. 영광을 다만 야훼 하나님께 돌리라고 하셨사오니, 저는 랍비께서 저의 눈을 뜨게 하신 줄을 믿습니다.

그는 아연 흥분을 감추지 못하고 있었다. 입술에 버캐가 끼어들면서 말을 내뱉고 있었다. 눈이 번쩍거리며 진주처럼 빛을 뿜내었다.

－순종하는 믿음이 너를 구원했느니라. 나를 믿으면 영원히 살리라.

예수가 사랑에 겨운 음성으로 마주보았다. 이것이 바로 구원의 길이다. 눈은 잠시 세상 것 보다가 흐려지고, 사물은 낡아지고, 몸은 늙고 병들어 쇠하고 말 터이다. 그 장막 집이 무너지기 전에 영혼이 살아야 한다. 영원히 살아야 하는 이것이 곧 길이요 진리요 생명이다. 이를 위하여 내가 세상에 왔느니라. 하지만 이 말씀을 깨우치는 길은 멀고 아득하였다. 보이는 사물에 저토록 감격하고 감사하는 인생이 아니더냐? 웅성거리며 뒤따르던 소란 속에서 고성이 일었다.

－너는 영광을, 그 영광을 단지 야훼 하나님께 돌려라! 우리는 이 사람이 참람한 죄인인 줄 알고 있느니라.

끈질긴 바리새인과 서기관들의 항변이었다. 정녕 아까부터 이어진 변론의 연속인 듯하였다. 그들은 숨을 헐떡거리며 제자의 무리를 둘러싸고 있었다. 그들을 어이없는 눈으로 바라보며 바디메오가 입을 열었다.

－그분이 죄인인지 아닌지, 나는 모릅니다. 그러나 내가 한 가지 분명히 알고 있는 것은 소경이었던 내가, 지금 이처럼 대명천지를 훤히 보게 되었다는 이 사실입니다.

－그 사람이 너에게 무슨 짓을 했으며, 대관절 어떻게 네 눈을 뜨게 하였다는 말이냐?

－내가 이미 말했는데도 듣지 않고, 왜 다시 묻습니까? 당신들도 그분의 제자가 되려고 하십니까?

묻던 자들은 땅에 침을 뱉으며 욕설을 토했다. 재수 더럽다는 투였다. 그 가운데 중년의 사내가 두건을 들추며 입을 열었다.

– 너는 그 사람의 제자가 되겠으나, 우리는 모세 선조의 제자이다. 야훼 하나님께서 모세에게 말씀하셨다는 것을 알고 있지만, 우리는 이 사람이 어디서 왔는지조차 모른다. 망령되게 함부로 혀를 놀리지 말거라.

그러자 바디메오는 희한한 낯빛으로 청중을 휘둘러보았다. 도무지 이해할 수 없다는 눈치였다.

– 정말 이상한 일입니다. 그분이 나의 눈을 뜨게 해주셨는데도 당신들은 그분이 어디서 오셨는지조차 모르신다는 말씀입니까? 우리는 야훼 하나님이 죄인의 말을 듣지 않으시지만, 그분의 뜻대로 사는 경건한 사람의 말씀을 들으시는 것으로 알고 있습니다. 세상이 생긴 이후로 시금까시 소경의 눈을 뜨게 했나는 말을 들어본 적이 없습니다. 이분이 만일 하나님이 보내셔서 오신 분이 아니시라면 도저히 이런 일을 할 수가 없을 것입니다.

이에 몇몇 바리새인이 통분하듯 소리를 질렀다. 외식하던 경건마저 잊어버린 듯 험악한 소리였다.

– 네가 날 때부터 죄인으로, 못난 소경으로 난 주제에 감히 우리를 가르치려 드느냐? 물러가거라!

그들은 발을 구르며 스스로 몸을 돌려 물러가고 있었다. 그 모습을 끈기 있게 바라보던 예수가 드디어 입을 열었다.

– 눈이 멀고 귀가 가려운 자는 어찌할 방도가 없는 법이다. 선지서에 기록되기를, 야훼 하나님이 오늘날까지 저희에게 혼미한 심령과 보지 못할 눈과 듣지 못할 귀를 주셨다 함과 같으니라. 완고하여 가련한 자들이여! 그런즉 네가 하나님 아들을 믿느냐?

바디메오는 황급히 말씀을 받았다.

– 랍비여! 그분이 누구십니까? 말씀해주십시오. 제가 믿겠습니다.

– 너는 이미 그를 보았다. 지금 너와 말하는 내가 바로 그 사람이다. 또한 너는 네게 이루어진 일을 순종하여 믿지 않았느냐?

– 주여 제가 믿습니다. 믿고 따르겠나이다.

그는 배부른 양처럼 넙죽 엎드려 경배를 드렸다. 일어서는 그를 바라보며 예수가 입을 열었다.

– 보아라. 내가 심판하러 이 세상에 왔으니, 보지 못하는 사람은 보게 하고, 본다는 사람은 소경이 되게 할 터이다.

제자들이 잠시 어리벙벙한 사이에 남았던 몇몇 바리새인이 기가 죽은 음성으로 물었다.

– 그러면 우리도 소경이란 말이요? 이 말씀 듣기 심히 어렵습니다.

– 너희가 차라리 소경이었다면 죄가 없었을 것이다. 하지만 지금 본다고 하니, 너희 죄가 그대로 남아 있다. 무슨 말인지 알아듣겠느냐? 죄란 보는 데서부터 시작되는 것이다. 보지도 말고 먹지도 말라 하신 말씀을 들었느냐? 보았더니 먹음직도 하여 선악과를 따먹지 않았더냐? 또한 우상이란 보고서 믿는 것들이다. 금송아지를 만들어놓고, 눈으로 보면서 신이라 하였지. 이방의 모든 신들이란 실상 보고서 믿으려 드는 헛된 형상인 것이다. 바알 신을 보아라. 아세라 신상을 보아라. 저 로마의 독수리 황금신상들을 보아라. 저 이집트의 피라미드, 저들의 사자상 스핑크스, 그 거창하게 보이는 신들 앞에서 절하고 섬기는 가증한 꼴을 보란 말이다. 야훼 하나님께서 어찌 진노하지 않으실 터이냐?

예수는 치가 떨리듯, 몸을 떨었다. 눈이 붉게 충혈되었다. 청중은 말씀에 녹아드는 물처럼 숨결을 죽이고 있었다. 경이로운 정적이 흘렀다. 그들을 자애롭게 둘러보던 예수가 차분히 입을 열었다.

－ 아버지 하나님의 언약의 말씀을 듣고, 믿어 순종하는 것이 우리의 복이니라. 말씀으로 상천하지에 만상을 창조하시고, 오직 말씀하시어 스스로 나타나신 하나님, 그 말씀의 불꽃이 빛이 되었고, 이제 말씀이 육신이 되어 나는 세상의 빛으로 왔느니라. 선조 모세가 겨우 광야의 아카시 나무떨기에서 불타는 영광으로 야훼 하나님을 보았느니라. 너희가 저 하늘의 태양을, 그 눈으로 바로 볼 수가 있다더냐? 그러므로 빛으로 보아야 한다. 어찌 감히 창조주 하나님을 그 티끌 같은 눈으로 보고서 믿겠다는 말이냐? 거룩하시고 영광스러운 야훼가 아니시더냐! 단지 말씀을 듣고, 빛으로 보아야 한다. 그런즉 나로 말미암지 않고는 아버지께로 올 사가 없느니라.

예수는 한숨처럼 말씀을 맺었다. 산비둘기 한 쌍이 하늘을 가르며 예루살렘 도성으로 향하였다. 그 하늘에 무수한 양과 소와 비둘기 제물의 향기가 끝 모를 하늘을 향하여 연기로 스러지고 있었다. 저 제물의 향기를 야훼 하나님께서 과연 흠향하시는가? 양떼구름이 물결처럼 넘실거리며 구슬픈 가락으로 흘러가고 있었다.

13장
하늘의 소리, 땅의 말씀으로

1

유대인의 큰 명절인 유월절기가 지나고 오순절이 다가오고 있었다. 밭을 갈며 씨를 뿌리고, 농사를 서두르는 절기이다. 때를 따라 이른 비가 넉넉히 내렸던 까닭에 들녘은 습기가 충만했다. 햇빛과 수목의 향기를 나르는 마파람도 상큼한 느낌이 들 만큼 좋은 절기였다. 들밭과 구릉에서는 여기저기 나귀를 몰고 밭가는 농부의 모습이 눈에 띄었다. 그들이 몰이하며 내지르는 소리가 허공에 새떼처럼 날았다.

양떼몰이도 신바람이 나는 절기였다. 들녘에 파릇파릇 풀싹이 솟아오르기 때문이었다. 무화과나무에도 습기가 올랐고 대추야자와 포도나무 가지에 새싹이 물방울처럼 솟아오르고 있었다. 앞장선 목자를 뒤따르는 양떼들은 발길질로 허공을 차 넘기며 제자리를 맴돌았다. 회색빛 털을 산들바람에 휘날리며 활개를 마음껏 떨쳐보는 꼴이 역력했다. 암양의 코맹맹이 소리가 허공을 갈랐다.

하지만 나라를 빼앗기고 짓밟힌 민족의식으로 충만한 백성들은 언제나 오시려나, 하고 메시아를 기다리는 갈망의 눈으로 벌겋게 타오르고 있었다. 지팡이 하나로 파라오를 물리쳤던 선조 모세와 양치기의 물맷돌로 골리앗 대장군을 넘어트렸던 다윗 성군과 같이, 아니 그보다 야훼 하나님의 권능으로 이방을 물리치고 짓밟힌 나라와 사람살이를 새롭게 가꾸어나갈 메시아의 대망 사상! 그것은 이미 유대 지방의 풍속이요, 갈릴리의 비린 바람이요, 팔레스타인 전역의 공기 속에 농축된 취기였다. 북쪽으로 장엄하게 펼쳐진 헤르몬 산 계곡에서 시작된 그 같은 바람은 레바논과 시리아 광야를 거치며 갈릴리의 생수처럼, 온 세상에 타오르는 갈증의 풍랑과도 같이 무시로 불어왔다.

한편 통치자 로마에 빌붙어 권력과 부요를 소유한 사람들은, 그것들을 유지하고 누리기 위하여 다시 권력의 노예가 되고 그 특권을 악용하였다. 그러나 몇몇 유대인 지도자들은 야훼 하나님을 섬기는 아브라함의 후손으로서 자기들의 위치를 끝까지 고수하였다. 왜냐하면 그것만이 유대인과 이스라엘 동족을 위한 최선의 길이라고 생각했기 때문이었다. 그들은 야훼 하나님만 온전히 섬기고 순종할 것을 갈망하였으며, 따라서 그들은 메시아를 막연하게 기다릴 뿐이었다. 반면 항간에 흔히 회자되는 메시아 운동에 대하여는 귀를 막았다. 광야의 세례자 요한의 외침이나 근자에 들불처럼 확산되고 있는 나사렛 출신의 랍비 예수를 진정한 메시아라고 따르는 무리에 대해서도 차가운 반응을 보이고 있었다. 왜냐하면 다분히 그들 하층민의 내력이 귀치 않았기 때문이요, 정탐의 들리는 바에 의하면 야훼의 법도와 율례를 소홀히 한다는 전언 때문이었다. 무시로 성스러운 안식일을 범할 뿐만 아니라, 바리새인과 서기관들의 권고를 무시한다는 의식도 그들의 귀를 막는 요인이었다.

반면에 열심당이라 부르는 소수의 종교 집단들은 자신들의 신앙에 깊숙이 빠져 있었으며, 그 신앙을 위해서 걸림돌이 된다 하면 죽이고 죽는 일도 기꺼이 받아들였다. 이들의 명칭은 히브리의 철학으로 적극적인 열심파요, 야훼 하나님을 위한 정열로 시기와 질투가 많은 젤롯으로 부터 비롯되었던 것이다. 그리하여 그들은 율법을 못 지키거나 죄를 피할 수 없을 바엔, 스스로 목숨을 끊는 일이 낫다고까지 주장하였다. 금식과 기도에 아낌없이 목숨을 걸었다. 따라서 민족의 독립과 주권회복을 위한 저항운동에 이르면 통치자 로마군정의 커다란 골칫거리였다. 사해지역에서 근거리인 마사다 바위산 동굴에 근거를 두었던 그들은 어둠 속의 굶주린 늑대처럼 흰 눈으로 기회와 동기만을 엿보고 있다. 소규모의 기습공격과 무력시위를 항상 준비하고 있었던 것이다.

젤롯당! 그들은 두 집단의 영향을 받았다. 벌써 십여 년 전부터 호전적이며 무서운 유혈사태를 만들었던 마카비 운동에 직접 개입했으며, 바리새파의 영향권에 있었다. 그러나 폭력은 바리새인들의 지지를 받지 못했으며 결과적으로 대부분의 사람들은 젤롯 도당의 철학을 거부했다. 이 두 집단의 정치, 종교적 견해는 유사한 면도 없지 않았다. 따라서 몇몇 바리새인들은 그 차이를 깨고 젤롯의 입장을 받아들이기도 하였다. 젤롯당은 공식적인 정치나 군사조직이라기보다, 그들 스스로 젤롯이라 부르고 종교적 신앙에 몰입하였다. 따라서 그들의 메시아 운동이란 야훼 하나님의 율법에 대한 절대적인 순종이요, 성결한 청빈 운동이라 할 터이다. 또한 정치 군사 집단에 대해서는 결코 타협점을 찾을 수 없어, 사로잡힌 독수리처럼 끊임없이 쪼아대고 고개 내두르는 저항만이 유일한 방책이라 믿고 있었다.

예수의 제자들 중에 젤롯이라 하는 시몬과 알패오의 아들 야고보도 그들 중 하나였다. 그들은 랍비 예수를 통한 야훼의 뜻을 고대하고 있었다. 백성들을 도탄에서 건지고 질병과 가난과 짓눌림에서 해방하는 구원의 메시아! 하지만 오늘도 랍비이신 예수는 세상사에 별로 관심조차 두지 않는 듯 유유히 흐르는 하늘의 구름처럼 태연한 모색이었다.

바람의 향방을 따르듯, 구름의 장난에 취한 듯 멀리 떠가는 세월에 귀를 기울이고 있었다. 따라서 그의 발걸음은 성도 예루살렘을 떠난 후 베다니에서 하루 낮을 활동하였고 감람산으로, 거기에서 하룻밤을 보낸 후 다시 여리고 읍에서 엠마오 성으로, 옛 기럇여아림 성으로 거침없이 나아갔다. 각 성 각 촌으로, 발길 닿는 대로의 나그네였던 셈이다. 걷고 걸으며 뒤따르는 제자들에게 생명의 복음을 전하였다. 그 복음이란 달콤하면서도, 때로 알쏭달쏭한 말씀이었다. 씨를 뿌리는 농부처럼 한유하면서도 진지한 모습이었다.

따르는 무리는 남정네뿐 아니었다. 악귀를 쫓아낸 베다니 마리아와 일곱 귀신이 들렸던 막달라인 마리아와 병 고침 받은 여인들 가운데는 헤롯 왕의 청지기 구사의 아내 요안나와 또 수잔나와 다른 여자들도 함께 따르며 수종을 들고 뒷바라지를 자청하였다. 그녀들은 긴 슈바 자락을 펄럭거리며 검은 아마포 숄로 얼굴을 가리고, 하늘과 땅 사이에 오직 목자요 랍비이신 예수만을 믿고 따르는 암양들이었다. 구사의 아내 요안나가 내놓은 상당한 재물은 살림꾼 유다의 가슴을 낙타의 등처럼 부풀려주었고, 안색이 환하게 밝은 수잔나와 다른 여인들의 슈바 자락에서도 으레 데나리온의 은전 소리가 철렁거렸다.

여인네의 정성스러운 돌봄이 모처럼 제자들의 안색을 밝게 하였다. 그녀들 또한 예수의 가르침을 듣고 배우며 따르는 제자라 할 수 있었다. 따르는 무리는 마을과 성읍을 지날 때마다 갑절로 더하였다. 대체 이 무수한 무리를 이끌고 어디에서 무엇을 할 터인가? 백부장, 천부장이라도 세워야 할 판이었다. 마치 사울 왕의 창과 끈질긴 저주의 칼을 피하여 동굴로 피신했던 다윗 선조를 뒤쫓아 아둘람 동굴로 향했던 육백여 무리와 같은 꼴이었다. 따라서 빌립과 세배대의 아들 야고보와 바돌로매는 갈수록 들끓는 흥분을 느끼고 있었다. – 와 보아라! 야훼 하나님께서 준비하신, 우리의 때가 가까워지고 있다고 확신했던 까닭이었다.

이 큰 무리를 이제는 조직하고 조련하여, 야훼의 큰 군대로 일어서게 되리라는 나름대로의 속셈이 부풀고 있었다. 철지난 대추야자처럼 깡마른 뼈들이 야훼 하나님의 말씀을 듣고 즉시 생기를 얻고, 살이 올라 큰 군대로 일어섰던 에스겔 골짜기의 역사도 그들은 선지서를 통하여 잘 기억하고 있었다. 홍해를 가르고 아말렉을 물리치며 블레셋을 지중해로 쓸어 넣었던 모세와 여호수아와 다윗 왕의 전설적인 행적들이 뒤죽박죽이 되어 제자들의 꿈을 부풀리고 있었다. 지나간 세대의 바벨론과 페르시아와 저 로마의 폭정이야 별것이랴? 랍비요, 권능의 목자이신 예수의 말씀 속에서 이제 곧 흘러나올 정행(征行)의 낌새를 목마르게 기다리고 있었다.

옛 성읍 기럇여아림의 평야에 이르러 석류나무 그늘에 자리를 잡자 예수가 청중을 마주하였다. 마침 이 지역은 다윗 왕의 초창기에 야훼의 법궤를 블레셋 적진으로부터 탈환하여 임시로 보관하였던 산성이라 하였다. 그때부터 사람의 자손과 짐승조차 번성하였고, 축복을 받았다는 풍요로운 지방이었다.

뭔가를 기대하는 인간의 심리는 항상 이것저것 사유에 토를 달아 기대치를 높이는 법이다. 제자들은 이제야말로 무언가 새로운 뜻과 결의가 깃들인 말씀이 랍비의 입을 통하여 우러나올 것으로 기대하였다. 가슴이 벅차오르는 기대였다. 이윽고 습관처럼 하늘을 우러러보시던 랍비 예수가 입을 열었다.

– 귀 있는 자는, 내 말을 잘 들어라.

제자들과 여인들은 침을 꼴깍 삼켰다. 목울대 넘어가는 소리가 여실하였던 것이다. 어디선가 새소리가 찌르륵 하고 울었다.

– 한 농부가 씨를 뿌리러 들에 나갔다. 밭을 갈고 씨를 뿌리기 시작하였다. 그런데 어떤 씨는 길가에 떨어져서 발에 밟히고 새들이 와서 먹어버렸다. 그리고 어떤 씨는 돌밭에 떨어져서 싹이 나왔으나 물기가 없으므로 말라버렸다. 또 어떤 씨는 가시덤불에 떨어졌는데, 가시나무가 자라 그 기운을 막아버렸다. 어찌하면 좋겠느냐?

예수는 지나온 들녘에서 지켜보았던 농부들의 모습을 떠올렸다. 활갯짓하며 씨를 뿌리던 힘찬 모색이었다. 아버지 하나님의 사랑과 말씀은 결코 멀리 있는 것이 아니다.

– 아이, 그것은 우리가 다 아는 사실입니다. 그까짓 거, 그래도 씨는 뿌려야 하는 법이지요.

달리 말수가 없던 마태오가 답답증을 누르듯 입을 열었다. 그까짓 것, 하고 비웃하는 언사는 다른 제자들도 같은 심정인 듯하였다. 그들을 둘러보던 예수가 고개를 주억거리며 다시금 입을 열었다.

– 그렇다. 그래도 씨알은 뿌려야 하는 법이지. 그래야 어떤 씨알은 좋은 땅에 떨어져서 잘 자라고, 마침내 아버지 하나님의 은총으로 삼

십 배, 칠십 배, 백 배의 결실을 맺게 되는 법이지. 아니 그런가? 또한 새들도 먹고 자라다가 죽기도 하겠지만 말이다. 그것이 사랑이란다. 귀 있는 자는, 잘 들어라!

유달리 커다란 외침이었다. 제자들은 다소 놀란 듯 눈을 떴다가, 이내 시큰둥한 기색이었다. 대체 이 평범한 상식을 왜 저렇게 신중하게 말씀하신다는 말인가? 나이 많은 베드로가 무겁게 입을 열었다.

- 대체 무슨 뜻으로 이런 말씀을 하시는지, 까닭을 모르겠습니다.

- 베드로! 그대의 귀도 가려졌다는 말이냐? 마음에 탐욕이 가득하였기 때문이다. 탐욕을 버리고, 귀를 기울이라 하지 않았더냐? 이것은 하늘나라 비유의 말씀이다. 너희에게는 하나님 나라의 비밀을 아는 것이 허락되었으나 다른 사람에게는 비유로 말한다. 이것은 그들이 보아도 알지 못하고 들어도 깨닫지 못하게 감추어진 때문이다. 때가 되면 세상이 알게 되리라. 이 신비한 비유는 이렇다.

청중들은 바짝 다가서며 귀를 기울였다. 가룟 유다와 알패오와 셀롯 시몬이 제자들을 밀치며 한층 다가섰다. 여인들도 귀를 쫑긋거렸다. 비밀이란, 하찮은 것이라도 사람들의 호기심에 불을 댕기는 것이 세상이다. 하물며 랍비의 입에서 처음 나온 듯한, 하나님 나라의 비밀이라니.

- 비유의 뜻은 이렇다. 씨는 하나님의 말씀이다. 잘 들어라. 길가에 떨어진 씨알은 사람들이 듣기는 하였으나, 그들이 믿고 구원을 받지 못하도록 마귀가 와서 그 말씀을 빼앗아가는 것을 말한다. 돌밭에 떨어진 씨알은 말씀을 들을 때에 기쁨으로 받았으나, 뿌리가 없으므로 잠시 믿다가 시험을 받으면 떨어져나가는 사람을 말한다. 또 가시덤불 속에 떨어진 씨알은 말씀을 들었지만 살아가는 동안에 세상의

염려와 재물에 얽매이고 쾌락에 빠져 말씀대로 생활하지 못하는 사람이다. 너희는 과연 어떠할 터인가?

여기저기서 한숨이 터져 올랐다. 안도의 한숨인지, 걱정의 한숨인지 알 수 없었다. 예수가 자비로운 눈길로 바라보며 입을 열었다.

– 그러나 좋은 땅에 뿌려진 씨알은 바르고 착한 마음으로 말씀을 듣고, 그 말씀을 잘 간직하여 인내로 열매를 맺게 하는 사람을 가리킨다. 생각해보아라. 뿌려진 씨알이 먼저 죽지 아니하면, 어떻게 싹이 나고 꽃이 피고 열매를 맺겠느냐? 또한 등불을 켜서 그릇으로 덮어두거나 침대 아래 둘 사람은 아무도 없다. 오히려 그것을 등잔대 위에 올려놓아 들어오는 사람마다 기름이 타오르는 그 빛을 볼 수 있도록 하지 않겠느냐? 감추어진 것은 나타나게 마련이고, 비밀은 반드시 알려지고 드러나기 마련이다. 그러므로 너희는 내 말을 귀담아 들어라. 누구든지 가진 사람은 더 받을 터이나, 갖지 못한 사람은 가졌다고 여기는 그것마저 빼앗길 것이다. 과연 누가 나의 형제요 자매요 모친이겠느냐? 나의 아버지 하나님의 말씀을 잘 듣고 실천하는 이 사람들이다. 이 말을 꼭 기억하여라. 새겨들었느냐?

랍비 예수의 절절한 호소가 청중의 심금에 불꽃처럼 파고들었다. 하지만 몇 무리의 가슴에서 연기처럼 솟아오르는 한숨 소리를 숨길 수는 없었다. 구국의 열정으로 피가 끓었고, 이미 달구어진 뜨거운 가슴이 불타고 있었다. 그들의 기대와 생각은 어긋날 수밖에 없었다. 말없는 제자들을 둘러보며 생각에 잠겨 있던 예수가 조용히 입을 열었다.

– 이제 서둘러 갈릴리 바다로 가자! 거기에 우리 할 일이 많으리라.

그러나 예수의 말씀에 의지하여 자리를 털고 즉시 일어서며 뒤를 따르는 무리는 절반도 못 되었다. 훈훈한 대지에 궁둥이가 들러붙은 듯, 뭉그적거리던 많은 무리는 고개를 갸웃거리며, 서로 눈치를 살피고 각자 본향을 향하여 발걸음을 옮기기 시작하였다.

뒤따르는 제자들의 무리도 발걸음이 무거웠다. ─ 뿌려진 씨알이 먼저 죽지 아니하면…….

불확실한 미래의 도전이란, 결코 쉬운 법이 아니었다.

─ 한 알의 밀이 땅에 떨어져 죽지 아니하면 한 알 그대로 있고, 죽어야 많은 열매를 맺으리라. 이는 너무도 범상한 자연의 사실이요, 멀고도 가까운 하늘의 음성이 아니더냐?

랍비요 목자이신 예수의 말씀을 따라, 긴 행렬의 꼬리를 이은 제자들은 푸념처럼 중얼거렸다. 또한 선조 모세가 야훼 하나님의 말씀을 대변자 아론에게 일렀던 것처럼 전언은 뒤로, 뒤로 꼬리에 꼬리를 물고 따랐다.

─ 갈릴리 바다로 가자! 거기 우리의 할 일이 많으리라.

2

남북으로 길게 오십 리에 달하고, 동서쪽 지중해를 마주하며 이십여 리 넓이의 거대한 심장을 닮은 갈릴리 바다는, 그 갖가지 이름처럼 풍요한 호수였다. 팔레스타인 북쪽에 위치한 민물의 호수였다. 원체 넓고 커서 바다라 했지만, 실상은 소금기에 절인 바다라기보다 담수호인 터이다. 게네사렛을 끼고 있어서 게네사렛 호수라 하는가 하면, 갈릴리 지방의 여러 골짜기의 육수를 다 그러모은 호수인지라 갈릴리 호수라 하였다. 또한 디베랴 바다라고도 불렸다. 구약시대에는 긴네롯 바다라 하였다. 깊이가 이백 피트이며 해면이 육백팔십 피트의 저지대로 낮은 곳이었다. 이처럼 낮은 곳에 위치하여 아열대성 기후인데다, 눈에 덮인 거대한 헤르몬 산곡이 멀지 않은 북녘에 있었기 때문에 갑작스럽게 격렬한 회오리와 폭풍이 이 호수를 둘러싸고 있는 산들의 경사로부터 쏠려 내려와 거친 광풍을 일으켰다.

물빛은 갠 하늘처럼 푸르고 맑아 거울처럼 찰랑거렸다. 하지만 깊은 호수에 갖가지 어류가 풍성하였다. 어족은 유대인의 율례를 따라 먹을 수 없는 메기, 뱀장어, 민물상어, 홍어, 칠성장어나 조개류와 석화 굴 등을 제하고도 무려 이십여 가지, 따라서 고기잡이가 주업인 어촌 도시를 이루었을 뿐 아니라, 물가에 심겨진 나무처럼 생육하고 번성하는 주변의 도시들도 많았다. 사방으로 가버나움과 벳새다 광야며 고라 산과 막달라 성읍이며 거라사 지방의 물산도 풍부하였다. 조금 떨어진 주변에 가나 마을과 나사렛 성읍이 풍성한 소비처의 시장을 이루었다.

이 모든 생물과 산물이 거대한 갈릴리 호수의 심장운동에 힘입어 젖줄의 피와 양분의 생명력을 공급받았다. 따라서 그 무엇보다 나사렛 사람 예수는, 끊임없이 출렁거리는 호수를 신비롭게 여기고 소년 시절부터 한결같이 사랑하였다. 배를 타고 삐걱거리며 노를 젓거나, 돛대를 세우고 바람이 떠미는 대로 유유히 흘러가는 뱃사람에게서 무한한 자유와 평화를 보았다. 그들의 노동으로 얻은 고기의 풍성한 수확은 야훼 하나님의 은총으로 여겼다. 거대한 바다요 호수에 생수를 풍성하게 가두어주시고 갖가지 고기를 양육하여 먹고 살아가게 하시는, 그 사랑을 어찌 감사하지 않으랴? 더구나 하늘처럼 열려진 바다가 아니었던지라, 그 깊은 속의 궁금증은 자신의 미래처럼 늘어 갔고, 또한 흐르고 넘쳐서 요단강을 통하여 온 성읍과 누리에 생명의 젖줄이 되고 있는 이 신비를 무어라 형용할 수 없었다. 광야로 나서기 전에 많은 날들을 낯익혀 온 갈릴리 바다였다.

생각에 잠겨 앞장선 랍비 예수를 뒤따라, 제자들은 급하게 서둘러야 했다. 랍비의 발길이 유달리 넓고 큰 걸음걸이였던 터이다. 남녀의 무리는 길게 꼬불거리는 산길을 쉼 없이 걸었다. 베드로와 안드레 형제는 말할 것 없고, 어부 출신인 세배대의 아들들과 도마와 마태오도 어쩐지 들뜬 걸음이었다.

이틀 길이었다. 걷고 걷다가 해가 지면, 그 자리가 바로 여숙(旅宿)이었다. 밤 추위도 별로 느끼지 못할 만큼 강행군이었던 셈이어서, 대지에 몸을 눕히고 슈바 자락이나 장삼으로 얼굴을 가리며, 양처럼 웅크리기 무섭게 코고는 소리가 진동하였다. 낮 동안에 태양에 달구어진 어미 품 같은 대지였다.

마침내 공기 중에 훅훅 끼쳐드는 비린내를 느끼기 시작하였다. 아벨 산이 멀리 보이는 남녘 디베리아에 당도하였기 때문이었다. 지중해로 태양이 기웃거리며 잠자리를 살피고 있었다. 그 석양에 예수 일행은 갈릴리 호수에 도착하였다. 예수의 등에는 땀이 흘렀다. 하지만 그는 가슴에 치미는 열정과 희열을 느끼며 호수를 굽어보았다.

– 배를 타자! 호수 저편으로, 건너가 보자는 말이다.

예수가 갑자기 들뜬 어조로 가까운 제자에게 일렀다. 그의 눈이 빛나고 있었다. 호수 저편이라면 거라사 땅이라는 사막지대였다. 누렇게 퇴색한 듯 깡마른 바위산이 건너다 보였다. 그러나 호수는 석양을 따라 일손을 마친 어부들이 서둘러 귀가한 탓인지, 서너 척의 뱃소리 외에는 잔잔하였다. 배들도 느릿느릿 귀항의 뱃머리를 서두르고 있었다. 어부 출신의 제자들은 익숙한 솜씨로 한가하게 출렁거리고 있는 물가의 배에 닻줄을 풀었다. 랍비이신 주님의 말씀인지라, 달리 주인의 허락을 받을 이유도 없었던 셈이다. 바닷가에서 여인들은 저녁 채비를 서둘렀다. 그러모은 갈대 나무로 불을 피우고 빵과 음식을 데우려는 것이다. 며칠 만에 생활다운 살림을 누리게 된 셈이다.

서둘러 배에 오른 예수와 베드로와 야고보와 빌립은 출렁거리는 호수처럼 오랜만에 들떠 있었다. 젊은 야고보가 노를 잡았다. 강바람은 살랑거리며 한결 상쾌하였다. 뱃전에 물살이 가볍게 부서지고 물 냄새가 울컥거렸다. 하얗게 부서지는 물살을 정겨운 낯으로 바라보던 예수는 눈을 지그시 감았다. 멀리서 해오라기가 퉁소와 같은 목쉰 소리로 울었다. 갈매기 한 쌍이 느긋이 날면서 서로 목을 어긋맞았고, 이내 하늘로 솟구쳐 올라가고 있었다. 그 사랑스러운 모습을 바라보던 예수는 물밀 듯 밀려오는 졸음에 못 이겨 스르르 고개를 떨어뜨렸다.

능숙한 노질 솜씨에, 금세 자그마한 고깃배는 삐걱거리며 갈릴리의 강변을 멀찍이 떠나고 있었다. 물살이 긴 꼬리를 흔들었다. 꼬리가 크게 일렁거렸다. 바람결이 한결 높아지고 있었다. 바람은 점차 파고를 높게 일렁거렸다. 회오리가 하늘로부터 바다로 내리꽂히고 있었다. 베드로가 고개를 들어 바다를 유심히 살피다가 소리를 질렀다.

– 뱃길을 돌려라. 심상치 못한 바람이다. 어서 뱃길 돌리란 말이다!

야고보는 힘써 노를 잡았으나, 이미 제멋대로 나뒹구는 노 끝을 감당하려고 애쓰는 중이었다. 바람이 마주치면서 노질이 마음대로 되지 않았던 터이다. 누렇게 뒤집힌 파도가 출렁거렸다. 그럴 때마다 배는 무엇에 이끌리듯 수심이 깊은 곳으로 울렁거리며 솟구쳐나가는 것이었다. 야고보는 이를 갈았다. 젖 먹던 힘을 다하여 씨름하듯 노와 버티기를 계속하였으나, 갈수록 뱃길은 강변이 아니라 강심(江心) 쪽으로 너울거리며 나대고 있었다. 파도의 물보라가 그의 얼굴을 뒤덮어 휘뿌렸다. 그는 물살에 흠씬 두들겨 맞은 꼴이었다. 아이! 어찌하면 좋은가? 그때 구세주처럼 능숙한 베드로가 덤벼들었다. 그의 팔 힘이며, 왕년의 노질 솜씨란 갈릴리 강변에서는 떠르르 소문이 났었다.

한편 이쪽 호숫가에서는 흉악한 징조를 알아차린 제자와 군중이 탄식하여 부르짖고 야단법석이었다.

– 아이 저, 저를 어쩌면 좋다는 말인가?

배가 강변을 떠나기 무섭게 파도가 내리치고, 바람은 막 불타오르던 갈대나무의 불길을 심술쟁이가 훅 하고 불어버린 듯 하늘로 솟구쳐 올랐다. 막달라 마리아와 요안나와 수잔나는 머리끄덩이를 바람에 사로잡혔다. 숄이 팽그르르 하늘로 솟구쳤고, 긴 슈바 자락도 그녀들을 감싸고 휘돌았다. 회오리는 다시금 호수 위로 빙글거리며 파도를 휩쓸었다. 이른바 그 유명한 디베랴 광풍의 실상을 여실하게 보게 된 것이었다.

– 랍비여! 베드로 형이여! 오오, 야고보여, 빌립아!

부르짖는 음성이 하늘로 솟구쳐 올랐으나, 바람은 한결 무섭게 그 모든 염려와 걱정까지도 휩쓸어 삼켜버리고 말았다. 산곡의 높은 바람이 해면의 깊은 강바람에 머리 부딪히며, 소용돌이를 치고 있었다. 배는 점점 멀어지고, 조그맣게 보이던 사람들이 그나마 흔적조차 없이 강바람 속으로 사라지고 없었다. 갑자기 통곡을 터트리는 여인들로 삽시간에 강변은 초상집으로 변하고 말았다. 하지만 랍비 예수가 배에 타고 계시지 않는가! 물고기를 순식간에 사로잡으신 권능의 사람이시다. 무얼 걱정하는가? 하는 신앙의 소리도 들렸다.

– 저런 철부지 같으니, 이 같은 자연의 엄연한 횡포 앞에서야 천하장사라도 견딜 수 없다는 사실을 부인할 셈인가?

– 그렇지만 이미 주님의 권능은 자연을 다스렸단 말이야. 그것은 보리 빵 다섯 개로 오천 명을 먹이시는 능력으로 보증이 된 셈이지! 아니, 항아리의 맹물이 변하여 포도주를 만드신 주님의 권능이, 이 같은 광풍이 변하여 잔잔한 훈풍이 나부대는 호수로 만들지 말라는 법이 있을까?

한동안 설왕설래가 이어졌다. 하늘은 어느덧 검붉은 눈으로 그들을 굽어볼 뿐이었다.

돌연한 상황에 빠져 황당한 사람들과 바다를 뒤흔든 광풍의 횡포로 검푸른 천지가 흔들리고 있었다. 하지만 풍랑 속의 예수는 편안한 모습으로 잠들어 있었다. 노련한 베드로의 손에서 뱃길은 잠시 방향을 바로잡는 듯했으나 아니었다. 갑자기 성난 파도와 함께 배는 사자에 놀라 흥분한 낙타처럼 길길이 날뛰었다. 한번 날뛰기 시작한 고깃배의 흥분은 가라앉지 못했다. 급기야 세상모르고 아기처럼 잠든 랍비 예수를 발견한 빌립이 덤벼들었다.

– 보소서! 주, 주님이여. 우리가 죽게 되었나이다.

– 주 예수여! 우리가 죽게 되었습니다.

야고보와 빌립은 예수의 몸을 흔들며 부르짖었다. 빌립의 눈에서 눈물이 왈칵 쏟아지고 있었다. 그 많은 소망과 기대가 한꺼번에 무너지고 이렇게 고기밥이 될 줄이야, 꿈에도 상상할 수 없는 일이었다. 경외하는 랍비는 세상아, 나 몰라라! 하고 잠들었다. 빌립은 미처 탄식하기도 바빴다. 하지만 그 순간 눈을 번쩍 뜬 예수가 주변을 둘러보았다. 바람과 파도가 사자처럼 어룽거리며 춤을 추고 있었다. 그는 벌떡 누웠던 자리에서 일어섰다. 갈잎처럼 흔들리는 뱃전에서 손을 쳐들었으나, 어찌할 바를 몰랐다. 잠시 중심을 잡고 머뭇거렸다. 그러나 그 순간 하늘을 우러러보는 그의 파란 눈에 넓고 푸른 홍해가 펼쳐지고, 그 뒤를 따르는 천만인 백성들의 탄식과 폭풍처럼 진격하는 파라오 왕의 기병대가 떠올랐다. 선조 모세처럼 바다를 향하여 손을 번쩍 쳐들었으나, 그는 약간 노한 음성으로 호령하였다.

– 바람아, 잠잠하라. 파도야 잔잔하여라! 이 무슨 소란이냐?

순간 바람은 풀썩 고개 숙였고, 파도는 야단맞은 엄지 양처럼 철썩거림을 멈추었다. 요란 떨던 배가 살랑거리는 바람에 고요히 흔들리고 있었다. 실로 꿈같은 일이었다. 예수가 조용히 입을 열었다.

– 너희 믿음이, 대체 믿음이 어디에 있느냐? 나와 함께 있으면서 어찌 이처럼 두려워했느냐?

– 주! 주님이여, 대관절 주님께서 누구시기에 바람과 파도가 이처럼 복종합니까? 어찌 이럴 수가 있습니까?

베드로가 새삼스레 무릎을 꿇었다. 빌립과 야고보도 덩달아 엎드리며 탄성을 터트렸다.

– 왕이신 주여! 메시아이신 주님이여! 감사합니다. 찬양합니다!

– 그러기에 나의 하는 일을 보고, 나를 믿으라 하였다. 어서 가자! 저편으로 건너가자고 했지 않았더냐?

배는 어느덧 건너편 거라사 강변에 도착하고 있었다.

언제 무슨 일이 있었는가 싶게 바다는 흔연한 안색이었다. 물빛은 석양을 받아 수줍은 듯 낯을 붉히고, 새색시처럼 가슴을 울렁거렸다. 하지만 미풍으로 살랑거리는 금빛 파도에 실려 잔잔한 물길을 가르며 배가 육지에 당도하자마자 예수 일행을 영접한 것은 흉악한 몰골의 사내였다.

그는 동굴 속처럼 음침한 냄새를 풍기며, 배에서 내리는 예수와 제자들에게 다가왔다. 그가 비척거리며 가까이 다가설수록 악취는 역겨울 만큼 진동했다. 검은 무덤 속에서 썩고 문드러지는, 바로 그 주검의 냄새였다. 머리는 수세미처럼 헝클어졌고, 얼굴에는 고통과 경악으로 헝클어져 저주의 빛이 역력했다. 눈은 붉고 코에는 검은 그림자가 드리워 빼꼼한 두 구멍이 돼지의 주둥이처럼 벌름거렸다. 튀어나온 광대뼈와 턱이 날카롭게 상대를 대척하듯 살피고 있었다. 정녕 무덤 속에서 썩다가 살아 나온 사람이란 말인가? 베드로 야고보는 저도 모르게 몸서리가 쳐지며 이가 맞부딪쳤다.

빌립이 몸을 떨면서 담대하게 소리를 질렀다.

– 네가 무엇이냐? 도대체 귀신이냐 사람이냐?

깜짝 놀란 듯, 팔을 치켜들던 사내가 붉은 눈을 들어 예수를 바라보았다. 예수의 눈빛이 샛별처럼 반짝였다. 그러자 그는 즉시 고개를 떨치며 예수 앞에 쓰러지며 엎드렸다. 이내 그의 입에서 고약한 냄새와 함께 쉰 목소리가 터져 올랐다.

– 가장 높으신, 높고 존귀하신 하나님의 아들 예수여! 제발 나를 괴롭히지 마소서. 제가 무슨 상관이 있습니까? 예수님이여! 제발 저를 괴롭히지 마소서.

귀신은 귀신같이 알아보는 법이다. 과거를 알고 미래를 점친다. 사람을 알고 야훼 하나님 말씀도 듣고 아는 법이다. 그러나 완고하고 강퍅하여 종내 순종하지 못한다. 예수는 그를 만나본 순간에, 엄중히 말씀하고 있었다.

- 더러운 귀신아! 그에게서 나오너라. 어서 나오란 말이다.

사내는 쇠사슬에 묶였던 발을 쳐들고 발발 떨었다. 그를 묶어놓고 지켰던 친척들을 그는 단숨에 떨쳐버리고, 항상 광야와 공동묘지로 거처를 삼고 지냈던 청년이었다. 귀기(鬼氣)로 두 눈을 번뜩이는 그 모색이 참담하고 가련하였다. 살아 숨을 쉬는 사람의 아들의 몰골이라니, 세상에 이럴 수도 있는 것인가? 야훼 하나님 아버지께 생명과 호흡을 받았던 백성이다. 야훼 하나님을 섬겨야 할 사랑의 사람이었다. 악령에게 빼앗기고 도적맞은 영혼이었다. 예수는 새삼스레 울분을 느꼈다.

- 네 이름이, 대체 무엇이냐?

예수의 물음에 그는 사자에게 찢긴 양 새끼의 가죽 같은 몸을 떨면서 억지로, 힘써 겨우 응답하였다.

- 구, 군대! 군대라 하옵니다.

- 무슨 군대란 말이냐?

- 블레셋 군대라 합니다. 광야에 떠돌던 이천 명의 군대가 들었습니다.

아하! 하고 제자들은 생각하였다. 다윗 왕 시대, 선조의 이스라엘 군병에게 몰살당했던 군대 마귀란 말이다. 저들은 죽어서도 갈 곳이 없었다는 말인가? 떠도는 주검의 원혼들이 가끔 호수에 광풍을 몰아치며 때로는 하늘에 흉흉한 징조를 일구고 있었던가? 언젠가, 어떤 동기와 경로를 통하여 원한에 사무친 선량한 사람 속에 잠입하여 자리를 잡았다. 원한은 끝이 없다. 제자들은 고개를 끄덕거렸다. 무언지 모를 영적인 세계가 엿보이는 듯싶었다. 이것이 바로 흉악한 악령의 참상이 아닐 것이랴!

– 제, 제발! 제발 무저갱(불타는 지옥)으로 들어가기는 싫습니다.

귀신들린 사내는 걸레 같은 손을 싹싹 빌었다. 그 흉측한 소리가 한층 절박하였다. 그때 어디선가 돼지 떼들의 기척 소리가 들렸다. 사내의 귀가 나풀거리고 코가 벌름거렸다. 둘러본 산비탈로 수많은 돼지 떼가 툴툴거리며 풀뿌리와 땅속의 벌레를 뒤지고 있었다. 검은 고자리들처럼 우글거렸다. 돼지치기 사내가 장대를 들고 뒤따르고 있었다. 귀신들린 사내가 웃음인지 울음인지 모를 안색을 그리며 입을 열었다.

– 주, 주님이여! 원하오니, 저들에게로 보내주소서.

사내는 거듭거듭 탄원하였다. 그 간청이 너무도 절박하였다. 예수는 순간 고개를 주억거렸다. 더러운 귀신은 더러운 돼지에게로……. 유대인의 의식 속에 돼지란 먹지도, 그 주검을 만지지도 말아야 할 더러운 짐승이었다. 이것은 야훼 하나님의 율례였다. 더러운 죄인을 구원하여 생명의 빛을 따르게 하리라. 이윽고 귀신들렸던 사내에게서 검은 연기가 퍼져 올랐다. 온갖 검은 어둠의 세력이 솟아오르듯, 물씬거리며 솟구쳤다. 검붉은 연기는 주검의 사자와 같이 툴툴거리는 돼지 떼에게 스며들고 있었다. 돼지들이 갑자기 충동을 못 이겨하며 몸을 떨었다. 뒤미처 쏜살같이, 바다를 향하여 곤두박질을 쳤다. 꼬리에 꼬리를 문 돼지 떼가 눈앞에서 바다로 사라져 몰살하고 말았다. 눈 깜짝할 사이의 일이었다. 아하! 하고 제자들은 발을 굴렀다.

수천 마리의 돼지 떼를 삼킨 호수는 한동안 부글거리다가 이내 잠잠하였다. 그러나 이 큰일을 당하여, 돼지 떼를 잃은 돼지치기 사내는 소리 높여 부르짖으며 거라사 마을로 뛰어갔다. 놀라운 소식을 전하려는 것이었다. 제자들 앞에 선 귀신들렸던 사내는, 어느새 정신을 차린 듯 맑은 눈으로 예수를 바라보았다. 악취도 한결 가시고 얼굴에는 화색이 돌았다. 맑은 눈물이 빛살처럼 어리고 있었다.

— 물을 먹여라! 먹을 것도 주어라.

야고보가 허리의 가죽통 물을 내밀었다. 그는 받아들며 벌컥벌컥 마셨다. 마치 타오르는 불을 끄려는 듯 성급한 모양이었다. 실로 맑고 깨끗한 물이야말로 생명의 본질인 터이다. 물과 성령으로 거듭나야 하는 법이다. 그때 불난 집에 몰려들듯, 마을 사람들이 몰려왔다. 앞상선 사내가 연신 팔을 휘둘렀다. *그*가 다가오며 소리를 높였다.

— 저분이 바로, 그 사람이요. 권능의 말씀이란 말이요!

— 저 사람은 귀신들렸던 거라사 나아만이 아닌가? 아니, 저렇게 멀쩡한 새사람이 되었단 말인가! 맛사다의 동생이 아닌가 말이야!

사람들은 연신 손가락으로 가리키며 놀라고 두려워하였다. 급기야 그들은 예수를 그 마을에서 떠나가 달라고 간청하였다. 이천 마리의 떼죽음 당한 돼지의 손해를 어찌하란 말인가? 하고 분분하였으나, 새사람을 맞이한 그의 형 맛사다는 큰 기쁨을 주체하지 못하였다. 천하보다 귀한 생명이 아니랴? 돼지를 잃고 사람을 찾았으니 어찌 감사하지 않으랴.

— 하지만 저희는, 랍비를 감당할 수가 없나이다.

그때 정신이 온전하여진 사내가 입을 열었다.

— 주님이여! 저는 랍비를 따르겠나이다. 허락하여 주십시오.

— 아니다. 너의 할 일이 많으리라. 거라사 마을에 가서 너에게 나

타난 야훼 하나님의 사랑을 증언하여라. 생활을 새롭게 하란 말이다.

베드로가 앞장서 말하였다. 예수는 묵묵히 바라보며 고개를 주억 거렸다. 제자들은 입을 모아 찬탄하는 거라사 지방 사람들을 떠나 배 로 돌아왔다. 잔잔한 호수가 그들을 기다리고 있었다. 아득하게 건너 다보이는 디베리아 땅으로 노를 저어 건너야 했다. 빌립과 야고보가 거의 동시에 합창하듯 입을 열었다.

– 주님이여! 이 큰 영광을, 어찌하오리까? 진실로 야훼 하나님의 일입니다.

3

밤이 깊어가고 있었다. 호수는 어둠에 한층 깊숙이 잠겨, 그 큰 눈 을 가물거렸다. 하늘은 뭉실뭉실 흐르며, 멈칫거리는 구름에 가리어 달빛이 젖어들었다. 구름에 얼룩진 반쪽 달이었다. 높은 하늘에서도 구름을 타고 배가 떠가는 듯했다. 더 멀리 별들이 영롱해지고 있었 다. 청년 빌립이 노 젓는 물결 소리 따라서 한가로운 정적이 별빛처 럼 흩어지고 반짝거렸다.

신비한 느낌이 올리브 향기처럼 솟아오르는 밤이었다. 이따금 이 름 모를 밤새가 박쥐처럼 해면을 가르며 날아가고, 짝을 찾느라 호소 하는 요염한 가락이 들려왔다. 아늑한 평화와 사랑이 넘쳐흐를 듯했 다. 새의 날갯소리와 배 저어가는 방향은 같은 지중해 쪽 디베리아 지역이었다.

– 도대체 이런 일들이, 어떻게 일어난 것일까요?

— ……?

— 귀신이, 사람의 말씀에 휘둘리다니 말입니다. 광풍과 파도가 쫓겨 가고, 이 잔잔한 호수에서 이천 마리나 돼지 떼가 몰살을 하고, 썩은 냄새를 풍기던 사람이 새사람으로 살아나고…….

북녘 먼 하늘의 칠성을 찾아 바라보며, 노 젓기에 열을 올리던 젊은 빌립이 거듭해서 소리를 질렀다. 그의 음성은 독백처럼 정적을 깨뜨리는 함성과 같이 어둠의 허공을 크게 울렸다. 한동안 생각에 잠긴 듯 입들이 열리지 않았던 것이다. 경이로운 일들 앞에서 말이란 하찮은 경우가 많은 법이다. 연신 밀어닥친 신기로운 일들을 어찌 말로 다 할 수 있더란 말인가! 그러나 이심전심이듯 신중한 입이 열렸다.

— 그야, 사람이 다 모르는 일늘이 많은 것이 세상이라네. 네 입속에 혀가 어찌 돌아가는지 알고 말을 하는가, 어디?

중년을 넘어선 베드로의 지혜로운 응답이었다. 야고보와 랍비 예수는 여전히 은빛으로 하얗게 갈라지는 물살을 바라보고 있었다. 한동안 말이 없다가 못 이긴 듯 야고보가 예수를 바라보며 입을 열었다.

— 주님, 랍비여! 가르침을 베푸소서. 도대체 이런 어찌하여 일들이 일어나는 것인가요?

— 그대는 어떻게 생각하는가? 다만 건너가서라도 함부로 말하지 않음이 좋으리라. 보고서도 믿지 못하거늘, 듣고야 어찌 믿겠느냐.

예수의 조용한 말씨가 더욱 입을 막아버릴 듯했다. 이윽고 베드로가 자리를 고쳐 앉으며 입을 열었다.

— 사단의 장난이지요. 마귀란 사단의 졸개입니다. 사단은 영적인 큰 능력을 힘입어 세상을 혼란케 하고, 아름다움을 파괴하고, 형제를 참소하고, 대적하는 바알세불이요 벨리알이요 아바돈과 아불루온이

요, 공중 권세를 잡고 희롱하는 자들입니다. 온 천하를 꾀는 자요, 유혹하는 자요, 사람을 타락케 하는 자요, 큰 용이요, 거짓의 아비요, 비방하고 미워하고 절망하여 살인하는 자요, 시험하는 자요, 옛 뱀이요, 이 세상 임금들이 아닙니까? 동방의 의인이던 욥 선조께서도 그로 인하여 재난과 죽음과 악창을 만나 큰 시험을 당했습니다. 선조 모세도 때때로 낙심하였습니다. 다윗 왕도 유혹을 못 이겨 간음하였고, 살인하여 크게 범과하였습니다. 솔로몬도 미혹되어 타락하였습니다. 히스기야 왕도, 여호사밧 왕도 절망하였습니다. 아합 왕도 그의 아내 이세벨과 어울려 극도로 타락하였습니다. 온 백성들이 야훼 하나님을 버리고 세상과 우상에게로 떠났습니다. 야훼의 율법이 땅에 짓밟혔습니다. 야훼 하나님의 온 백성들이 이방에 포로가 되고 짓밟혔습니다. 이 모두가 천하를 어지럽힌 사단의 계략이 아니었나이까? 그런데 주님 랍비께서는 오직 말씀의 권능으로, 책망하시고 쫓아버리신 겁니다. 아니 그렇습니까?

그때 느닷없이, 커다랗게 웃음이 폭발하였다. 배를 움켜쥐고 못 견딜 듯한, 그래서 마침내 폭발한 예수의 박장대소였다. 어둠이 흠씬 놀란 듯, 희번덕거리며 물러가는 환한 웃음이었던 것이다. 제자들도 덩달아 함소를 머금었다.

– 어찌 그리도 능통하더란 말이냐? 그대 시몬이여, 정녕 베드로가 대견하도다. 그런즉 마귀를 대적하라, 그리하면 너희를 피하리라. 하나님을 가까이 하라, 그리하면 너희를 사랑하리라. 하고 기록되어 있지 않았던가!

랍비 예수의 칭찬에 베드로는 희멀쑥한 낯을 붉혔고, 야고보와 빌립은 고개를 주억거렸다. 이어서 베드로의 입이 다시 열렸다. 예수와 제자들은 주거니 받거니 진지한 토론이 전개되었다.

– 욥기서의 사단은 땅에 두루 돌아 세상을 살피고 왔다 하였습니다. 야훼 하나님과 그 백성들을 대적하는 자로서 분주한 모습입니다. 오늘날 헤롯 왕가의 처사를 볼진대, 세상을 다스린다는 군왕의 짓거리가 바로 사단의 계략이 아니겠습니까? 저 간음쟁이 헤롯 안디바왕의 선조라는 분봉 왕 헤롯 대왕의 치세라는 것은 무엇입니까? 마치 로마의 황제라도 되는 듯 무려 열 명의 아내를 두고도 모자라서, 닥치는 대로 간음과 폭력과 살육을 빵 먹듯 하는가 하면, 특히 죽기 직전에도 베들레헴에서 탄생했다는 메시아를 죽이겠다고, 두 살 아래의 사내아이들을 몰살시켰습니다. 과연 메시아가 죽음을 당하고 말았을까요?

극도의 불안과 상심으로 마침내 온몸이 썩고 악취가 진동하는 흉악한 피부병과 불치병이 점점 심해지자 유대 전역의 모든 귀족을 자기의 운명과 함께 몰살시켜서 애도의 물결을 이루라 하였답니다. 왕위를 노린다 하여 아들 안티파테르를 즉시 처형했습니다. 그러나 야훼께서는 더 많은 생명을 그의 흉계에서 건지셨습니다. 도무지 야훼 하나님을 두려워할 줄 모르고 여우처럼 율법을 짓밟았으며, 도대체 인간의 짓거리가 아니었지요. 그러면서도 자기의 사자를 광명의 천사라 속입니다. 어찌 사람의 짓이라 하겠습니까?

천사 루시퍼의 설화를 들었습니다. 그의 교만과 거짓 지혜로 진리를 거슬러 사람을 혼미하게 합니다. 사람들의 눈을 멀게 하고, 귀를 막아서 듣지 못하게 하고, 입을 막아서 거짓을 일삼는 속임의 아비입니다. 마침내 세상을 혼란케 하여 환난과 가난과 질병과 고통과 시기와 미움과 다툼과 더러움을 발생시키는 악령의 작란입니다. 궁극의 목적은 야훼 하나님의 역사를 방해하지만, 결국 무저갱의 함정에 빠지고야 말 터입니다.

— 그런즉 전능하신 야훼 하나님이 어찌하여 그토록 내버려두는 것입니까? 환난과 살인과 전쟁과 간음과 폭력과 도적질과 온갖 죄악이 세상에 관영하고 있는 터에 말입니다.

야고보가 탄식하듯 받았다. 그는 어부 베드로의 한 맺힌 듯한 절규에 공감하고 있었던 것이다. 잠잠하여 제자들의 진솔한 토론에 귀 기울이고 있던 예수가 입을 열었다. 차분하고 신중한 어조였다.

— 들어라, 이스라엘이여! 곡식 가운데 알곡과 가라지가 함께 자라는 것을 보지 못하였느냐? 아버지 하나님의 때가 오느니라. 보라! 천국이 가까이 왔다고 선포했느니라.

— 그때에, 우리가 해야 할 일이 무엇이겠습니까? 우리가 주님을 위하여 무엇을 하여야 하겠습니까?

— 믿음이니라! 오직 믿음이니라. 나의 하는 일을 보고 아버지 하나님을 믿어라. 이 믿음이 마침내 세상을 이기고 사단을 정복하리라.

예수는 노를 젓고 있는 빌립과 금세 뱃전에서 일어서려는 야고보를 돌아보았다. 야고보가 빌립과 노의 일손을 바꾸어 주고받았던 것이다. 배는 미끄러지듯 유유히 흘러가고 있었다.

— 그런즉 기억하여라. 사단의 세력을, 야훼 하나님과 진리의 원수라고 하였다. 그러하나 사단은 결코 신이 아니다. 그는 전지전능하지도 않고 무소부재한 것도 아니다. 그는 야훼 하나님의 말씀과 언약을 어긴 그때로부터 아담을 참소하여 방대한 세력을 도적질하여 나왔지만, 그 세력은 분명히 한계가 있는 것이다. 그는 나와 같이 스스로 있는 자가 아니다. 피조물에 불과한 것이다. 야훼 앞에서 타락한 존재

인고로 진리에 서지 못한다. 마침내 나의 때가 이르면, 그는 영원한 무저갱의 음부에 빠지리라. 따라서 그는 세상에서도 계속 실패할 터이다. 진리와 정의가 너희를 참으로 자유롭게 하리라. 평강의 하나님이 사단을 너희 발아래 속히 상하게 하시리라. 말씀을 믿고 따르는 사람만 그날의 즐거움을 누리게 될 터이다.

– 주님, 랍비여! 그런즉, 주님의 나라는 이 세상에 속한 것이 아니라는 말씀은 어찌하여야 합니까? 하늘나라가 가까이 왔다고도 하였나이다. 선과 악과의 갈등은 언제까지이며, 사단과 그 무리의 돌이킬 수 없는 운명의 결과를 우리가 언제까지 기다려야 하는 것입니까? 마귀와 그 사자들을 위하여 영원한 불이 예비되었다고도 하였습니다.

빌립의 의아한 질문에, 예수는 한동안 입을 다물었다. 그러나 이윽고 말씀이 이어졌다.

– 믿음의 시초란, 토라에 이미 기록하였다. 들었는가? 여인의 후손이, 저주받은 뱀 머리를 상하게 하실 터, 정녕 여인의 후손이니라.

배는 어느덧 디베리아의 물가에 이르고 있었다. 호수의 잔물결에서도 하늘의 별빛이 유난히 초롱거리며 부서지고 있었다. 건너편 물가에서 웅성거림이 여실히 살아 올랐다. 그것은 죽었던 사람을 맞이하는 경악의 훤화(喧譁)였다. 실로 눈앞에서 바람과 파도가 삼켜버렸던 랍비 예수와 형님과 아우, 제자들이 살아서 돌아오고 있었다. 혹시나 유령은 아니신가? 어둠은 속단하기 어려웠다. 절망의 끝장에서, 대지에 발을 구르며 통곡했던 제자들과 여인들의 눈물이 새삼스레 흘러넘치는 밤이었다.

물가에는 모닥불도 꺼져 있었다. 어둠과 함께 눈물조차 메말라가는 눈으로 절망에 가득한 하늘을 우러러보며, 여명이 다가오기를 기다리고 있었다. 여명은 한층 짙은 어둠이 기승을 부리는 터다. 어둠 속에서 웅얼거리며 광풍에 사라진 랍비와 새날을 기다리고 있던 무리들 중에서, 일곱 귀신이 들렸던 막달라 마리아가 갑자기 미친 듯이 소리를 높였다.

– 저기, 저건 분명히 유령이 아니라 사람입니다. 사람의 소리요, 뱃소리가 적실합니다. 아아! 주님, 랍비여! 주님, 예수여!

그러자 어둠 저편의 잠잠한 호수를 살피던 제자들도 무언가를 발견하였다.

– 형 베드로의 음성이 적실합니다. 형님이여! 어찌된 셈입니까?

안드레가 소리를 높였다. 배는 불쑥불쑥 물살을 가르며 다가왔다.

– 염려하지 말지어다. 야훼 하나님께서 함께하시는 평강이니라.

노를 끌어당기며, 야고보가 어른스럽게 고함을 질렀다. 빌립은 재빨리 삿대질로 배를 물가에 끌어대었다. 환호와 탄성과 감사와 기쁨이 팥죽같이 끓어 넘치는 부두였다. 이내 배에서 풀썩거리며 뛰어내리는 예수와 제자들을 붙잡고 통곡을 터트리는 여인도 있었다. 그것은 슬픔의 통곡과는 본질적으로 다른 것이었다. 살아서 돌아왔을 뿐만 아니라, 서로 입이 벌름거려지는 자랑거리도 풍성하였다. 그러나 아무도 함부로 입을 열지는 못하였다. 이미 랍비이신 주님의 언명이었다. 예수는 인자한 미소를 그리며, 환호하는 제자와 여인들에게 옹위되었다. 때에 갑자기 야고보가 고함을 질렀다.

– 바람아 잠잠하라! 파도야 잔잔하여라! 왜 이리 소란스러우냐?

그러자 빌립과 베드로가 활짝 웃었다. 예수도 커다란 웃음을 터트렸다. 일갈에 잠잠하고 잔잔하던 바람과 파도처럼, 남았던 제자들과 여인들은 입을 다물었다. 이내 그들은 모두가 느끼고 있었다. 아하! 그랬었구나! 하고 기쁨과 경이를 감추지 못했다. 하늘과 땅이 뒤집힌 듯 요동치던 광풍이 한순간 풀썩하고 기세가 꺾였었다. 말씀의 권세와 능력을 다시 보았던 셈이다. 그들은 이미 여러 차례 예수의 입에서 나타난 말씀의 권능을 보았으나, 그 천지를 삼켜버리며 진동하는 바다 파도 앞에서 단지 죽음만 생각하며 흔들렸다.

하늘이 수줍은 듯 붉게 물들었다. 태양의 날이 시작되었다.

하지만 예수와 제자들이 미처 좌정하기도 전에 새사람을 맞이해야 했다. 바리새인의 복장으로 머리에 두건을 썼으나 얼굴은 희고 수염을 아담하게 다스린 정중한 모색이었다. 그는 진중으로 다가서며, 곧바로 예수 앞에 납작 엎드렸다.

– 주여! 회당장인 야이로라 하옵니다. 문안을 드립니다.

발 앞에 엎드린 중년의 모색이 너무도 절박하였다. 제자들이 만류하려는 빛에 그는 한층 다가섰다. 잠시 밀고 당기는 실랑이가 일었다. 그때 강변에 남았던 안드레가 랍비 예수님께 고하였다.

– 주님이여! 저분은 디베리아 지방의 회당장인 야이로인데, 그의 열두 살 난 외딸이 죽어간다고 합니다.

– 주님이여, 긍휼을 베푸소서! 제 딸을 살려주옵소서.

야이로는 긴 슈바 자락으로 땅을 쓸 듯이 연신 몸을 굽실거리고 젖은 음성으로 호소하였다. 눈에는 눈물이 가득하였다.

– 어린 딸의 죽음이라! 예수는 중얼거리며 이내 몸을 돌려 앞장을 서듯 걸었다. 그의 눈에 사망의 검붉은 그림자가 어렸던 것이다.

– 가자! 나를 따르라. 내가 가서 고쳐 주리라!

마을의 입구에 들어서기도 전에, 앞뒤로 밀어닥치는 군중은 어느

새 벌떼처럼 몰려오고 있었다. 제자들이 여왕벌처럼 예수를 옹호하였다. 그러나 서로 손이라도 만져보려는 듯 밀고 당기는 실랑이가 일고 있었다. 그 가운데 예수의 뒤를 허겁지겁 필사적으로 다가서는 여인이 있었다. 허깨비처럼 손을 허우적거리며 입에서는 침을 흘리고 눈은 붉은 핏빛이었다. 주님! 랍비여, 랍비 예수여! 소리를 지르고 물속에 빠져들어 허우적거리며 지푸라기라도 붙잡으려는 듯한 그 모색이 너무도 절박하였다. 마침내 그 손끝이 예수의 등에 얼추 닿았다. 제자 시몬 셀롯이 그녀를 떼어놓았다. 그러자 예수께서 뒤돌아보며 입을 열었다.

– 누가 내 옷에 손을 대었느냐?

– 주님이여! 사람들이 이렇게 밀치고 당기는데 어떻게 알겠습니까?

베드로가 짜증스럽게 말했다. 상관하지 마시고 어서 가시지요. 하는 투였다. 하지만 예수는 걷기를 멈추며 말씀을 이었다.

– 아니다. 내게서 능력이 나갔느니라. 나에게 믿음으로 손을 댄 사람이 있다.

그제야 여인은 비로소 숨길 수 없음을 알았던지, 두려움과 감격에 들뜬 음성으로 소리를 높였다.

– 주님, 랍비여! 제가 감히 손을 대었나이다. 저는 혈루증 환자로서 눈과 코와 입과 하체로 피를 쏟으며 십이 년 동안 죽지 못해 살았나이다. 여러 의원에게 있는 것도 다 허비하였나이다. 보소서. 이제 즉시 혈루의 근원이 마르고 다 나았습니다! 이렇게 다 나았습니다.

그녀는 춤을 추듯 제자리에서 맴을 돌았다. 그녀의 환호와 탄성이 멈출 줄을 모르자 예수가 가던 길을 나서며 입을 열었다.

– 딸아, 네 믿음이 너를 낫게 하였다. 이제 평안히 갈지어다.

– 주님, 랍비여! 과연 저가 낯빛이 금세 환하게 밝아졌나이다. 주께 영광 찬양하옵니다.

베드로와 빌립이 한목소리로 합창하였다. 하늘은 한층 새날 빛으로 밝아오고 있었다. 태양처럼 사람들의 가슴이 뜨겁게 달아오르는 아침이었다. 진정 하늘 아래 새날을 맞이하는 여인들의 들뜨는 심정이었다.

그들의 눈앞에 다섯 명의 전령이 급한 걸음으로 다가오고 있었다. 뒤따르던 회당장이 그들을 맞았다. 그 가운데 한 여인이 통곡을 터트렸다.

– 주인! 따님이 죽었습니다. 더 이상 랍비를 괴롭게 마시옵소서.

– 두려워하지 말고 믿기만 하라! 그러면 당신 딸이 구원을 받으리라.

예수가 무리의 전언을 들으며, 즉시 입을 열어 말씀하였다. 웅성거리는 소요와 함께 일행이 마을로 들어서자, 제자들을 돌아보며 예수가 언명하였다.

– 베드로와 야고보와 요한, 그리고 딸의 부모만 나를 따르라. 또한 너희는 모두 집 밖에서 기다려라.

문밖에는 벌써 죽음을 애통하는 여인들이 밀려오며 야단법석이었다. 그 훤화를 바라보며 예수가 입을 열었다.

– 울지 말라! 딸이 죽은 것이 아니라, 잠들었도다.

이 말씀을 듣고 집 안에 있던 여인들이 입을 비죽거렸다. 비웃음이 여실하였다. 그들은 소녀의 주검을 눈으로 보고 온 터이다. 한 인간에게 죽음은 엄숙하게 다가올 것이다. 그때 누구나 다름없이 어려서부터 배운 쉐마의 한 구절을 읊는다. – 들어라! 오, 이스라엘이여! 주 야훼 하나님은 오직 한 분이시니 그 품에 안기어라……. 이때부터 너나없이 통곡을 터트리고 애도하는 것은 슬프고도 아름다운 풍속이었다. 하얀 세마포로 얼굴을 덮지 아니하였던가! 이제는 통곡 속에서 장례식을 이십사 시간 이내에 치러야 하는 법이다. 이윽고 대지가 그를 삼켜버릴 것이기 때문이다. 폭풍 앞에 들의 꽃과 같이, 무시로 낙화하는 인생인 것을…….

하지만 예수는 태연하게 집 안으로 들어서며 세마포를 걷고 소녀의 손을 잡았다. 하얗게 굳어진 싸늘한 손이었다. 잠시 주검을 통분하듯 들여다보던 예수의 입이 열렸다.

– 소녀야! 일어나라! 돌아오라, 내 사랑!

호소하듯 일갈하듯, 큰 소리의 외침이었다. 바로 그 순간, 깜짝 놀란 듯, 길 떠나던 영혼이 뒤돌아 왔고, 소녀의 눈이 뜨이고 입이 열렸다. 그 입으로 긴 숨결이 흘러나왔다. 이윽고 가냘픈 몸이 서서히 일어나 앉았다. 백합 같이 예쁘고, 눈과 코와 입모습이 또렷하게 그린 듯한 얼굴이었다. 그 큰 눈이 두릿거리며 예수와 제자들의 얼굴을 살피고 있었다.

– 아아! 한나여, 사랑하던 한나여! 하고 예수는 문득 중얼거렸다. 아득하게 잊었던 토기장이의 딸 한나의 바로 그 얼굴을 보았다. 그녀와 닮았다는 느낌 정도가 아니었다. 바로 그 슬프고도 아름다운 얼굴이 길 떠나기로 작정했던 청년 예수를 가슴 조이며 바라보았다. – 가지 마세요! 소녀의 입술이 떨렸다. 예수의 눈에서 눈물방울이 진주처럼 또르르 굴러 내렸다. 사랑스러운 눈으로 바라보던 예수가 경이감

에 사로잡힌 부모에게 한숨처럼 입을 열었다.

　– 먹을 것을 주어라. 그리고 이 일을 함부로 말하지 말지어다.

　도대체 이 말씀은 무슨 까닭인가! 어찌 이 신령한 생명의 사건을 감추려고 하시는가? 하고 제자들은 한껏 들뜨던 가슴으로 서로의 얼굴을 마주보았다.

14장
하나님의 사심을 사람 사랑으로

1

　회당장인 야이로의 집에서 배설한 잔치는 흡사 가나의 혼인 잔치와 같았다. 푸른 생명의 젖줄과도 같이 포도주는 풍성하였고, 양을 두 마리나 잡았고, 어린 수소도 한 마리 잡았다. 번제의 희생 제물이 아니라 감사의 화목제였다. 죽었던 외동딸을 새 생명으로 돌려받은 어버이의 기쁨을 무엇으로 보답하랴?

　예수의 제자 가운데 여인들은 팔을 걷어붙이고 요리에 솜씨를 돋보였다. 손발이 척척 맞는다 하였다. 덕담과 흥겨움에 넘치는 제자들은 배가 부르고 기운이 솟구치자 누가 먼저랄 것 없이 일어나 노래하고 춤을 추었다. 자고로 이스라엘 백성은 춤추기를 즐기고, 팔다리에 멋과 흥겨움이 넘쳐나는 족속이었다. 어깨를 들먹거리고 손가락을 끄덕거릴 때마다 눈과 귀가 마치 까만 눈의 어린양처럼 기쁨으로 반응하는 것이었다. 포로와 종살이의 고난과 고픔과 아픔으로 통곡해야 할 일들이 많았던 탓이요, 때마다 야훼 하나님을 찬양하는 습속이 몸에 젖어 있기 때문이기도 하였다. 희락은 절망의 산물이요, 춤과 노래는 극도의 탄식이 어울려 빚어내는 생명의 가락이다. 몸이 묶이면 손가락을 까닥거렸다. 손이 묶이면 발로 땅을 딛고 발장단으로 두드릴 수도 있었다. 발이 묶이면 고개를 끄덕거릴 수 있는 법이다. 온몸이 결박을 당하면 가슴으로 야훼 하나님의 계명과 율례를 묵상하고 지혜서와 시가서를 낭송할 수 있다. 그것이 바로 오랜 유대 역사의 신앙이었다. 신앙은 영혼의 산물이요, 생명의 뿌리였다.

　― 눈물을 흘리며 씨를 뿌리는 자는, 정녕 기쁨으로 단을 거두리로다. 울면서 씨를 뿌리는 자는 웃으며 열매를 거두리로다.

　노래하였으며, 노래에는 너나없이 화창이 따르는 법이다. 바벨론 포로 시절 이후에 저들의 선조는 ― 야훼 하나님께서 시온의 포로들을 예루살렘에 돌아오게 하실 때에 우리가 꼭 꿈꾸는 것 같았도다. 그때 우리는 너무 기뻐서 웃고 즐거운 노래를 불렀으며, 다른 나라들은 우리를 향하여, 야훼께서 큰일을 행하셨다 하고 탄복하였다. 정말 야훼 하나님께서 우리를 위하여 큰일을 행하셨으니, 우리의 기쁨은 말할 수 없구나. 야훼여 마른 땅에 시냇물이 흐르듯 우리를 다시 회복시켜주소서. 그때 우리는 바벨론 강변에 앉아서 시온을 기억하며 울었습니다.

　제자 야고보가 앞장을 섰다. 도마가 선뜻 마음을 열었고, 야고보의 아들 유다가 손뼉을 치며 일어섰다. 모든 손바닥이 마주쳐 주홍빛으로 타오르는 올리브 기름불이 흔들거리며, 어둠의 장벽이 무너지고 물러가는 것이었다. 앉아 있던 중년의 베드로가 새롭게 설 소리의 창을 높였다.

　― 우리가 수금을 버드나무 가지에 걸었으니

우리 눈에는 눈물이 흘러서 넘쳐났도다.

막달라 마리아가 슈바 자락을 펄럭거리며 나서자, 수잔나와 요안나와 다른 여인들도 질세라 소고를 들고 나서며 화답하고 뒤따랐다. 구경꾼들의 박수가 숲 속의 소나기처럼 푸짐하게 쏟아졌다.

 - 우리를 사로잡은 자들이 우리에게 노래를 청하고
우리를 괴롭히는 자들이 즐거운 노래를 요구하며
시온의 노래 중 하나를 불러보라 하고 청하였나이다.

구경하던 소녀와 소년들, 모든 남녀가 화답하고 한목소리로 뒤를 이었다. 집 안마당으로 가득 춤사위가 가을날 밀밭의 잠자리 떼처럼 맴을 돌았다.

 - 우리가 이방의 땅에서 어떻게 야훼 하나님의 노래를
부를 수 있었겠나이까? 하지만 우리는 찬양을 부르며,
눈물을 흘렸나이다. 눈물에 젖은 찬송으로, 예루살렘아!
우리가 너를 잊는다면, 내 오른손이
수금 타는 법도 잊어버리기를 원하노라.

남녀 노유가 한데 엉클어져 창화는 허공을 떠돌다가 하늘로 솟구치고 어둠을 꿰뚫고 마을을 들썩거렸다. 슬픈 가슴에서 억지로 솟구치는 노래란, 그 얼마나 처염할 터인가. 하늘에서 별들이 다투어 합창하였고, 맑은 눈으로 내려다보며 달빛이 덩달아 주춤거리며 맴을 돌았다.

– 내가 너를 기억하지 않거나, 우리가 너를 가장 큰 기쁨으로

여기지 않는다면 내가 다시는 노래를 부르지 못하게 하라.

야훼여, 예루살렘이 함락되던 날에 에돔 사람들이 한 짓을

기억하소서. 그들이 예루살렘 도성을 헐어버려라.

그 기초까지 몽땅 헐어버려라 하였습니다.

바벨론아, 너는 기필코 멸망할 것이다.

네가 우리에게 행한 대로 갚아주는 자가 복이 있으리라.

네 아이들을 잡아다가 바위에 메어치는 자 복이 있으리라.

하였나이다. 이 얼마나 통한에 저린 소원이었나이까?

– 이제 때를 따라 야훼 하나님께서 귀 기울여 들으시고

긍휼을 베푸시어, 오히려 우리의 생명을 구원하셨나이다.

감격하고 노래하며 찬양하고 기쁨이 넘치는 모색이었다. 원한이 사무치던 가슴에, 희열도 솟구치기를 원하는 생명이었다. 슬픔이 넘치는 눈에 기쁨의 빛이 번뜩이며 차고 오르는 것이 눈물이었다. 통분이 변하면, 감사와 찬양도 뿌리를 내리는 터전이 바로 야훼의 기뻐하시는 피조물의 세계였다. 이것이 곧 야훼 하나님의 속성이요 사랑이었다.

예수는 한동안 제자들의 기쁨과 환담과 춤사위에 매료당하고 있었다. 얼굴이 포도주 빛으로 붉고, 깊은 눈에는 순결한 희열에 들떠

있었다. 옆에는 회당장 야이로가 끝내 긴장을 풀지 못하고 앉아서 랍비 예수를 접대하였다.

석조 건물인 그의 집은 넓고 우람하였다. 구석구석의 어둠이 사람들의 동태를 엿보듯 깃들어 있었다. 또한 바리새인과 서기관으로 보이는 사람들도 연신 들락거렸다. 그들의 심사를 예수는 훤히 들여다보고 있었다.

마침내 밤이 깊어가고 잔치가 파할 무렵, 예수는 한숨을 쉬었다. 덩달아 춤을 추고 뒤엉켰던 몇몇 제자와 남녀의 짝이 보이지를 않았다. 늘 가까이 따르던 바돌로매가 눈에서 사라졌다. 불과 며칠 전, 도성의 광장에서 간음죄를 지었다 하여 병든 양처럼 내동댕이쳐지던 여인의 너부러진 모색이 떠올랐다. 셸롯 시몬노 바람처럼 사라졌다. 안드레도 보이지 않았으나, 그는 곧 되돌아와 자리를 지켰다. 야고보의 아들 유다가 어느 결에 짝을 이루며 사라졌다. 가룟인 유다도 보이지 않았다. 베드로가 민망스러운 눈으로 랍비 예수를 바라보았고, 나다나엘이 눈을 부라리며 한숨을 쉬었다. 포도주 빛으로 물든 그의 얼굴이 유난히 붉었다. 붉은 포도주란 사람을 순식간에 원숭이와 같이 변화시키는 법이다. ― 저는 참 이스라엘 사람이라 하고 말했던, 첫 만남의 기억을 예수는 떠올리고 있었다. 빌립이 그와 나란히 앉아 있었다.

하지만 사람이란 그런 법이다. 먹고 마시며 배가 부르면 벼락같은 충동을 느낄 수밖에 없다. 스멀스멀 이와 벼룩처럼 핏속에서부터 스몰거리는 그 충동을 이겨낼 장사가 없는 법이다. 몸이 군실거린다. 온몸에 피가 빠르게 돌아가는 것이다. 가슴에서 아랫도리로, 기어내리고 오르다가 혈색 좋은 남녀의 눈과 눈이 마주치면, 번개같이 불이

켜지는 그것이 바로 젊은이의 자랑스러운 힘이요, 생명의 본능이다. 이윽고 대지에 물이 스며들듯, 떨리는 손과 손이 마주 잡히면, 밤은 화답하듯 유혹의 빛으로 유난히 반짝거리고, 하늘은 그들의 길을 밝히는 데 인색하지 않았다. 식물이거나 동물이거나 사람이라고 다를 수는 없었다.

피곤을 못 이긴 듯, 예수는 하늘을 우러러 눈을 감았다.

– 랍비여! 쉬실 자리를 마련하였나이다. 비록 대지의 품보다는 작사오나 정결하고, 침대에는 나아드 향기를 뿌렸습니다. 편히 쉬소서.

예수의 눈치를 살피던 회당장 야이로가 서둘러 입을 열었다. 정성을 다하여 생명의 은인에게 사례하였다.

– 아! 아니요. 우리에겐 아버지의 집이 있습니다.

– 하지만 오늘 밤만은 제가 모시기로 작정된 밤이 아니옵니까? 영광을 거두지 마옵소서! 제발 청원하오니, 제 집은 주님의 처소입니다. 여기에서 한 걸음도 못 나가십니다.

야이로가 울듯이 매달렸다. 예수는 웃었다. 기분이 환하게 밝아지는 새벽빛 같은 웃음이었다. 그때 문밖이 수런거리며 급한 발자국이 덤벼들었다. 남은 제자들과 예수는 자리를 떨고 일어섰다. 야이로가 당황하여 하인들을 불렀다. 그러나 그 전에 소나기에 쫓긴 양떼들처럼, 한 무리의 인파가 집 안으로 몰려들었다.

예수의 큰 동생 야고보와 베냐민이 들어서고 있었다. 그 뒤로 부축을 받으며 들어서는 여인은 어머니 마리아였다. 그 뒤를 따라 일곱 명이 넘는 여인과 양치기 차림의 남자들이 들어서고 있었다. 마리아는 쓰러질 듯 예수의 품에 안겼다. 입이 부들거리다, 이윽고 말씨를 토했다.

– 아들 예수여! 요한이, 우리의 사촌 세례 요한이 잡히어 죽음을 당했습니다. 풍문을 듣고 밤새껏 찾아왔나이다.

나이보다 훨씬 겉늙은 마리아는, 어쩐 일인지 미안한 표정으로 간신히 말하고 눈물을 터트렸다. 예수는 망치로 머리를 맞은 듯 충격을 느꼈다. 전에 아버지 헨리 요셉의 부음을 들었을 때에도 못 느꼈던 충격이었다. 그의 입이 부들거렸다.

– 정녕 여우가, 간교한 여우 헤롯 왕이 계교를 이루었을 터입니다.

이스라엘의 분봉 왕 헤롯 안디바스의 생일잔치가 흥청거리며 치러지고 있었다. 잔치는 사흘 동안, 황실처럼 호화롭고 사치하게 꾸며진 왕궁에서 수백의 군신들이 모이고 헤어지며 계속되었다.

이때 이미 광야의 소리 세례 요한은 감옥에 갇혀 있었다. 특히 헤롯 안디바스를 향하여 한번 터트린 그의 입은 절제를 못했던 셈이다. 이복동생 헤롯 빌립의 아내 헤로디아를 겁탈하여 아내를 삼은 것은 간음죄를 짓고 살인죄를 지은 것이라 하여, 폭정을 멈추고 회개하지 아니하면 불같은 심판이 임하리라, 경고하였던 것이다. 미모와 간교를 자랑하는 여인 헤로디아가 이 말을 못 견디어 원한을 품고 있었다. 또한 그의 끊임없는 회개의 불같은 촉구를 못 견딘 바리새인과 제사장들의 참소와 폭력을 선제(先除)하려는 로마 군병들의 결실이었다. 감옥은 헤롯 궁의 돌무덤에 안치되어 있었다.

생일의 축하연은 무르익고 있었다. 이 밤이 지나면 영원히 못 만날 사람들처럼 먹고 마시고 토하고, 또 먹고 마시는 축연이었다. 여기저기서 온갖 죄악을 토설하듯, 먹은 것을 게워내는 소리가 요란하였다. 속을 비우고 또 먹고 마셨다. 꿩의 요리와 닭의 간과 똥집과 그 벼슬 머리와 늑대의 혀와 곰의 발바닥과 양의 허파와 소의 위장과 원숭이의 꼬리 부분이 일급 요리라고 상찬이 쏟아졌다. 그 이물들을 상등 대추야자와 백포도주와 밀가루 소주에 곁들여 먹고 토하고, 또 먹어대는 것이다. 여인들이 뱀의 꼬리처럼 사내들의 사이사이로 누비고 다녔다. 하인들은 끝없는 접대에 충성을 다하고 있었다. 헤롯 대왕이 눈을 부라리는 뜻이었기 때문이다. 그는 하늘 높은 줄 모른 듯, 자신의 허화를 과시하는 데 혈안이 되었다.

춤추는 여인들 가운데 마침내 헤로디아의 딸 살로메가 등장하였다. 헤롯 왕의 의붓딸인 살로메는, 어미의 미모와 교태와 눈꼬리를 쏙 빼닮은 성숙한 소녀였다. 그녀의 매끈한 춤사위가 장내를 가르며 마치 물에 붉은 술을 붓듯이 펼쳐질 때, 헤롯 안디바스는 야릇한 신음 소리를 참지 못하였다. 그의 눈이 독사의 그것처럼 예리하게 충혈되었고, 그의 가누기 힘든 몸이 경련을 일으켰다. 향방을 모르는 욕정이 불끈거렸다. 턱없는 왕의 홀을 잡은 손이 부들거렸다. 춤사위를 맴돌아가며 살로메는 부왕의 눈치만을 살피며, 연신 눈을 찡긋거렸다. 붉은 혀가 날름거렸다. 청중의 박수가 소나기처럼 솟구쳐 올랐다. 급기야 참을 수 없다는 듯 헤롯 왕의 입이 열렸다.

— 살로메! 그대 소원이 무엇이냐? 진정 말만 해보아라.

하지만 살로메는 연신 방글거리며 간장을 태우듯 춤을 추었다. 네 소원이란 반드시 내 소원이 깃들이게 마련인 인간이다. 헤롯 안디바스는 갈수록 목이 타오르고 입술이 말랐다. 눈앞의 소녀, 이집트 산 슈바 자락에서 회오리처럼 나부대는 하체가 보는 사람들의 눈을 멀게 하였다. 급기야 왕은 소리를 버럭 질렀다.

— 아아! 살로메, 어서 말을 해보란 말이다. 그대 소원이 무엇이냐?

나라의 절반이라 할지라도 기꺼이 주리라.

춤을 멈춘 살로메가 잠시 어미 헤로디아와 입을 맞추었다. 여인 헤로디아의 입이 야릇한 모양으로 일그러지고 있었다. 어미와 입을 맞추고 돌아서는 살로메가 왕의 붉은 눈을 향하여 입을 열었다.

— 대왕이시여! 진정 그러하시면, 여기에 세례 요한의 머리를 베어 제게 주소서. 어서 이 쟁반에 담아 오소서. 약조하시겠습니까?

갑자기 장내는 소나기처럼 술렁거렸다. 세례 요한의 머리라? 선지자의 목을 베다니⋯⋯. 천하의 왕이라 할지라도 이는 어려울 터, 하지만 대왕의 체통이 있는 법이다. 말씀대로 능히 이루지 못한다면, 어찌 백성을 회유할 터인가? 아니다. 그럴 수는 없는 법이다. 설왕설래가 궁진에 가득하였다. 백관들은 회심의 미소를 그리며 왕의 동태를 주목하였다. 한동안 얼이 빠진 듯, 취한 듯 건들거리던 헤롯 안디바스는 금세 토악질하며 몹시 역겨운 눈치였다. 그는 사방을 둘러보았다. 호소할 곳은 아무데도 없었다. 피할 길을 찾지 못한 그의 눈이 가물거리며, 그 입이 발악하듯 크게 열렸다.

— 들어라! 경호병들은 가라, 지체 말고 요한을 목 베어 오라. 지체하지 말라.

그는 자리에서 벌떡 일어서며 제자리에서 초조한 기색을 감추지 못하고 맴을 돌았다. 이윽고 철렁거리는 발자국 소리가 장내를 울렸다. 충직한 근위대는 민첩하였다. 채 한숨을 돌리기도 전에 쟁반을 받쳐 든 군졸이 왕의 앞에 고개를 내밀고 마치 어린양의 피 쟁반처럼, 제물을 바쳤다. 천하에 존귀한 야훼 하나님의 한 생명이 권력과 정욕의 농탕질에 불태워 사라진 셈이었다. 하지만 근위병들이 뒤늦게 보고 놀랐던 사실은, 세례 요한의 머리를 담은 쟁반이 감옥에서부터 왕실로 들어서는 동안 흐르고 넘치는 피가 연신 발자국처럼 붉게 물들었다. 먼지를 적시고 석조물을 적시고 궁전의 카펫을 점점이 주홍빛으로 검붉게 물들였다.

광야의 세례자 요한, 그는 제사장 사가랴와 늙은 엘리사벳의 외아들이었다. 노쇠한 부모가 일찍 조상에게로 돌아가고, 회당 교육이 끝나며 성인식을 치르자 그는 천성을 좇아 광야의 사람이 되었다. 야훼 하나님의 율법과 계명에 심취하였고, 광야의 에세네파에 들어 민족을 위한 구국운동에도 관심을 쏟았다. 사해 부근에서 한때 쿰란의 필사생을 자처하였으나, 방랑의 기벽을 견디지 못하여 다시 광야로 나섰다. 그의 음식은 메뚜기와 석청이었다. 맑고 깨끗한 영혼은 야훼 하나님의 손에 이끌림을 받아, 드디어 민족과 통치자의 회개를 촉구하며 백성의 세례를 주도하는 청결자가 되었다.

요단강에서 예수와의 만남은 그의 영광이었다. 항상 사모하던 하늘의 음성을 분명히 들었기 때문이었다. 주의 길을 예비하는 첩경의 사명을 확인했다.

이때 그는, 나사렛의 사촌 예수를 향하여, ─ 보라 세상 죄를 지고 가는 하나님의 어린양이로다. 하는 야훼 하나님의 음성을 대변하였고 이어서, ─ 저분은 흥하여야 하겠고 나는 쇠하여야 하리라. 하였다. 착하고 충성된 소임을 다했던 것이다. 나사렛 예수 또한 그의 앞에서 세례를 받은 후, 그 사역을 존귀하게 여겨 말하였다.

─ 보라! 여인이 낳은 자 중에 저보다 더 큰 이가 없겠다.

실로 주의 첩경을 평탄하게 하려는 아름다운 사명자 요한이었다. 감옥에 갇혀, 나사렛 예수가 과연 메시아인가 하는 갈망으로 한때 번민하였으나, 갑자기 군졸의 내방을 들은 그는 스스로 목을 어루만지며 태연하게 말하였다.

－이제 기뻐하리라! 하늘에서 영광이요, 세상에 평화로다. 이 피가 곧 주님 예수의 진리요, 생명의 길을 닦는 세례가 되리라. 어서 네 맡은 일을 행하여라.

목을 내밀었다는 것이었다. 제자들은 그의 머리 없는 시신을 수습하여 사해 부근의 요새인 마케루스에 안장하였다. 안장하고 통곡을 터트리며 내려오다가 그들은 울음을 멈추었다. 감옥에서 마케루스의 산성까지 점점이 붉게 물든 피의 흔적 때문이었다. －생명은 피에 있느니, 피는 곧 생명이라. 토라는 정의하였다. 앞장서서 피로 점철된 생명의 길이 그의 첩경이었다.

어머니 마리아와 요한의 제자들에게 자세한 소식을 들은 예수는, 그 밤 여명에 제자들을 불러 모았다. 어디론가 흩어졌던 열두 제자가 허겁지겁 모여들었다. 그들을 앞에 두고 자리를 잡은 예수는 한동안 말이 없었다. 여명은 한층 깊은 어둠의 세력이 세상을 주관하는 때였다. 예수가 말없이 우러러보는 하늘에 별들은 졸음을 이기지 못하여 눈을 가물거렸고, 달은 이미 지중해로 숨어버렸다. 일찍 깬 새소리가 살금살금 살아 오르고 어디선가 닭의 첫 횃소리가 생수처럼 솟았다. 그때 흠칫 놀란 듯, 예수의 입이 열렸다.

－가자! 우리가 모두 예루살렘으로 가자! 이제 내가 예루살렘으로 가야 하리라. 하지만 아직은 한낮인즉 일하여야 할 때이다. 먼저 너희가 가야 하리라. 가야 할 때가 되었느니라.

－주여, 영생의 말씀이 계시온데, 우리가 어디로 갈 터입니까? 예루살렘은 주님을 잡으려는 독사들이 득시글대고 있습니다.

베드로가 두려운 듯 신중하게 입을 열었다. 제자들은 침을 삼키며 서로를 둘러보았다.

– 두려워 말라! 나는 너희를 보았고, 또 잘 아노라. 이제는 사람을 낚는 어부로서 능력을 입히리니 단지 두려워 말아라.

말씀을 마치며, 예수는 정결례를 행하던 작은 항아리로 잔에 포도주를 따랐다. 이어서 베드로와 세배대와 빌립과 안드레와 나다나엘과 셀롯 유다에게 차근차근 내밀었다. 그리고 말씀을 이었다.

– 이것은 요한의 피, 곧 나의 피니라. 너희가 이 잔을 마시고 가는 곳마다 마귀를 멸하고 귀신을 쫓아내며, 병든 자를 고치고 가난한 자를 구제하며, 상한 자를 위로하고 천국의 복음을 전하여라. 그것이 곧 생명의 길이니라.

– 주여, 우리가 어찌 감당하겠나이까?

빌립과 야고보가 동시에 입을 열었다. 다른 제자들은 한숨을 쉬었다. 그러나 예수는 조용히 말씀을 이었다.

– 다시 말하니, 두려워 말라! 단지 여행을 위하여, 지팡이나 두 벌 옷이나 전대에 은이나 금을 모을 생각을 하지 말라. 내가 너희와 함께하리라. 알아듣겠느냐? 또한 어느 집이건 들어가면서 복을 빌어라. 받을 만한 사람이 거기 있으면 그가 받을 것이요 아니면 너희가 도로 받으리라.

다시금 남은 제자 여섯에게도 잔을 내밀었다.

– 이것은 요한의 피, 곧 나의 피니라. 너희가 이 잔을 받고 이 피를 마시면 내가 너희와 항상 함께 있느니라. 또한 내 말을 믿으면, 나의 하는 일을 너희도 하리니 이보다 더 큰 일도 하게 될 터이다.

제자들은 두려움과 송구함을 느끼면서도 제물의 피를 마시듯, 붉은 포도주 잔을 비웠다. 마치 고별의 순간이라도 다가온 것처럼 눈에서 눈물이 흘러넘치고 있었던 것이다. 과연 우리의 랍비요 대망의 메시아가 피를 흘리고, 그 피를 우리가 마셔야 한다는 말인가? 예루살렘으로 가야 하리니, 아직은 한낮이라 하신 말씀이 무엇인가? 제자들은 막연한 지레짐작으로, 한층 가슴에 벅차오르는 혼란과 두려움을 느끼면서도 야릇한 흥분을 맛보았다. 그것은 단순히 한 잔 포도주의 취기가 아니었다.

— 어느 성에나 마을에 들어가서 너희를 영접하면 곧 주는 대로 먹고 마시며 복을 빌려니와, 너희를 영접하지 아니하면 너희 발에 묻은 먼지라도 털어버려라. 그리하면 그 성과 마을이 저주를 받을 터이다.

랍비 예수의 선에 없이 단호한 말씀은, 제자들의 마음속에 남았던 한 호리의 두려움마저 회오리바람처럼 쓸어가 버렸다.

2

그로부터 사흘 후, 가버나움의 갈릴리 호숫가 근동 각처 각 성읍으로 둘씩, 둘씩 짝짓기로 떠났던 제자들이 속속 당도하였다. 그들은 떠날 때와 달리 의기양양하였다. 호수 북쪽으로 뱃세다와 막달라 성읍, 아벨산 밑의 산성과 티베리아 그리고 좀 더 멀리 전에 혼인 잔치가 있었던 가나 마을과 세포리스와 나인 성과 옛 도시인 엔돌 지역과 티베리아 등이었다. 주변 성읍과 마을을 온전히 정복한 개선장군들처럼 기세 등천하였다.

예수는 모처럼 차분한 여유를 누리며, 안식과 기도로 날을 보내고 있었다. 갈릴리 바다에서 가까운 가버나움 지역의 회당장인 야이로의 집에 머물며, 어머니 마리아와 함께 낮에는 쉬고 밤이면 아벨산에 올라 멀리 예루살렘 도성과 하늘을 바라보며 기도로 밤을 새우던 예수는 제자들을 맞이하며 고개를 주억거렸다. 내가 다 보았고, 들었으니 알고 있느니라. 하듯 흔연한 빛이었다. 오랜만에 평안과 감사가 넘치는 절기였던 셈이다.

하지만 나사렛의 고향에는 여동생 리자와 야고보와 베냐민과 샤론이 어머니와 큰형을 기다리고 있었다. 어머니 마리아는 곧 떠난다, 떠난다 하면서도 큰아들 예수와 함께 있기를 갈망하는 심정을 숨기지 못하였다. 이에 회당장 야이로는 은근히 부채질하듯 사모하여, 예수를 만류하였다. 딸의 생명을 건진 첫날부터 ─ 주여, 이 집은 주님 처소입니다. 하고 권했던 그대로였다.

선발대로 당도하였던 베드로와 도마가 이마에 땀을 훔치며 품신하였다.

─ 주님이여! 귀신들도 우리에게 항복하였습니다. 고창병으로 금방 숨넘어가던 자가 순식간에 고침을 받았고 앉은뱅이도 일어섰고요.

뒤이어 빌립과 바돌로메도 기다렸다는 듯 소리를 높였다. 그들의 등에는 가죽 부대에 두툼한 먹을거리가 지워져 있었다.

─ 랍비여! 가는 곳마다 주님의 이름으로 영접이 대단했습니다. 소경의 눈이 떠졌고 중풍병이 떠나갔습니다. 앉은뱅이와 각종 질병으로 짓눌렸던 백성들에게서 귀신들이 소리치며 쫓겨 갔습니다. 그런즉 이처럼 선물이 풍성하였고, 아무 염려가 없었습니다.

또한 야고보와 요한의 팀도 당도하였다. 그들은 의기양양하였다.

─ 주님이여! 저희는 멀리 가나 마을과 세포리스를 거치며 주님의

놀라운 소식을 전하고 천국의 복음을 전하였나이다. 메시아가 다가왔고, 하늘나라가 가까이 왔다고 전파하였나이다. 주님, 예수여! 랍비께서, 그 지역에 언제쯤 오실 터인가 하고 문후하는 백성들이 많았나이다.

그러자 그들의 양양한 모색을 살피며, 귀 기울여 듣고 있던 예수가 태연하게 입을 열었다.

─ 내가 너희와 함께하리라고 말하지 않았더냐? 나는 사탄이 번갯불처럼 하늘에서 떨어지는 것을 똑똑히 보았느니라. 내가 너희에게 뱀이나 전갈을 짓밟고 원수의 모든 힘을 꺾을 권능을 주었으니, 이제는 아무도 너희를 해칠 수 없을 것이다.

예수는 세사들의 반응을 살피듯, 뜸을 들였다가 다시금 입을 열었다. 한층 절실한 느낌의 어조였다.

─ 그러나 귀신들이 너희에게 항복한다고 기뻐하지 말고, 너희 이름이 하늘의 생명록에 기록되어 있는 것으로 기뻐하여라. 세상사란 모두가 잠시 잠간일 터이다.

그때 안드레와 나다나엘이 튜닉 자락을 거머쥐고 예수 앞으로 다가서며 입을 열었다. 그들은 멀리 남쪽의 옛 성읍 엔돌 지방까지 다녀왔다고 하였다.

─ 주님, 랍비여! 헤롯 왕이 주님의 소식을 듣고 거의 미치광이가 되었다 하옵니다. 세례 요한을 죽인 후 흉측한 음란과 광기를 드러내더니, 이제는 주님의 행하신 일로 인하여 이는 세례 요한이 살아났다고도 하는가 하면, 엘리야가 나타났다고도 하고, 옛 선지자 중 하나가 살아났다고도 하며, 스스로 숨을 곳을 찾으며 두려워 떨고 있다는 것입니다. 밤낮으로 눈을 부라리며 장졸들을 닦달하는가 하면, 세례

요한은 내가 분명히 목을 베었다. 저 피를 보아라! 그렇다면 소문에 들리는 이 사람 예수란 대체 무엇인가 하고 꼭 만나 뵙기를 갈망한다 하옵니다.

그들은 입에 거품이 마를 새 없이 흥분하여 들떠 있었다.

그때 한 바리새파 사람이 랍비 예수와 홀취한 상태로 들떠 있는 제자들이 앉은 자리로 다가왔다. 그들은 항상 거리를 두고 엿보던 눈치였다. 그가 두건을 들추며 예수께 목례를 드리고 입을 열었다.

– 랍비여! 저는 엘리샤엘이라고 합니다. 이처럼 영광스러운 날에 저의 집에 초청하고 싶사오니 허락하소서. 주님의 모친과 제자들, 그리고 여기 있는 모든 권속을 모시고 잔치를 배설하겠나이다.

그의 눈이 빛나고 음성은 간절하였다. 정녕 제자들의 보고와 가는 곳마다 승전의 소식에 감동을 받은 듯하였다. 항상 시기하고 질투하던 자세에서 벗어나 무언가 접점을 찾아보려는 열망이 보였다. 제자들의 보고와 활동 소문이 저들의 심령에 두려움과 호기심으로 작용하여 마음을 열 수밖에 없었던 셈이다. 그는 겸손한 모습으로 손을 비비며 예수의 응답을 기다리고 있었다. 깨끗한 튜닉 차림과 잘 다듬어진 터부룩한 수염을 찬찬히 들여다보며, 예수는 즉시 그의 초청에 응하겠노라고 허락하였다. 하지만 회당장 야이로는 오늘 밤 하루 더 만찬을 나누겠다고 하여 잠시 실랑이가 일었다.

– 형제여! 진정 고맙소이다. 때를 따라 주시는 은혜가 있는지라, 이제는 떠남이 옳을 듯합니다. 허락하소서.

예수가 회당장에게 양보를 구했다. 그러나 그의 딸 안나도 나와서 예수의 튜닉에 매달리듯 하였다. 예수와 제자들은 다시 오겠노라고 언약하였다. 예수가 그 맑은 눈을 바라보며 고개를 주억거렸다.

— 딸아, 안심하여라. 주님께서 사랑하시느니라.

마침내 서둘러서 짐을 챙기고 나서자, 회당장의 가족들은 동구 밖까지 전송하며 석별의 정을 표했다. 하지만 초청자 엘리샤엘은 순진한 소년과 같이 기뻐 날뛰듯 앞장을 섰다. 목자를 따르는 나그네의 긴 행렬이 가버나움의 작은 언덕을 하나 넘어서자, 보다 크고 웅장한 성읍이 내려다 보였다. 아담한 석조 건물 앞에 당도하자 벌써 전갈을 받은 영접객이 나왔고, 이내 자리를 잡고 앉았다. 개 짖는 소리, 닭 울음소리가 바닷가의 물결처럼 차랑차랑하였다. 키 큰 거위가 긴 목을 쳐들고 날개를 파닥거리며 유난히 끼룩거렸다. 주변에 구경꾼들이 욱시글대고 있었다. 예수는 손을 들어 구면인 것처럼 반갑게 사랑을 나누었다.

예수의 모친 마리아와 제자들, 그리고 둘째 동생 요한과 베냐민 유다가 커다란 식탁에 둘러앉았다. 여인들이 연신 들락거리는 찬간에서는 지지고 볶는 음식 냄새와 소란이 들끓었다. 석양의 주홍빛이 이 모두를 축복하는 향기로운 빛으로 넘치고 있었다. 자리가 잡히자, 주인장 엘리샤엘이 바리새인의 친구들을 소개하였다.

— 이 사람은 가말리엘 문하에서 동문수학하였고, 성경에 능통한 사람으로서 랍비께 대한 기대와 관심이 크옵니다.

— 이처럼 가까이 뵙게 된즉 영광입니다. 가버나움의 요엘다나라고 합니다. 가르침을 베푸소서.

낯빛이 유난히 희고 멀쑥한 중년의 사내가 목례를 드렸다. 예수는 허리를 굽혀 예를 표하며 입을 열어 말하였다.

— 보시고 들었으면 족한 법입니다. 듣고 보았으나, 믿음으로 화답

하지 못하는 사람이 문제이지요.

　― 저는 시몬 빌립이라고 하옵니다. 역시 동문수학한 외우(畏友)입지요. 높으신 랍비의 말씀을 청하여 듣게 되어 대단히 반갑습니다.

　― 높고자 하는 사람은 낮아져야 하는 터입니다. 물은 낮은 곳으로 흐르지 않습니까? 달과 별들도 가까이 다가올 때 정이 드는 사이가 됩니다.

　예수는 흔연한 낯빛으로 대꾸하였다. 모두 귀를 기울였다. 하지만 말씨가 끊기면 자리는 무언가 모를 무거움이 드려지고 있었다. 마치 처음 만난 숫양들이 은근한 경계심을 감추고 서로 입을 마주 대며 탐색하는 듯했다. 주인장과 나란히 바리새인은 서서 물러가지 않고 있었다.

　그때 그들의 사이를 가르며 한 여인이 얼굴을 내밀었다. 말끔하게 씻은 얼굴이었으나 지분(脂粉) 자국이 선명한 얼굴은 분홍빛으로 달아올라 있었다. 그녀가 무턱대고 예수 앞에 엎드렸다. 깜짝 놀란 듯, 주인장 엘리샤엘이 몸을 떨었다. 하지만 여인은 재빨리 예수의 발에 기름을 붓고 엎드려 머리털로 그 발을 씻겼다. 그 눈에 눈물이 가득 넘쳐서 눈물인지 기름인지 알 수가 없을 정도였다. 값진 나아드 향유 냄새가 온 집 안에 흘러넘쳐 올랐다. 예수는 약간 당혹한 기색이었으나, 이내 차분하고 안쓰러운 눈길로 여인의 지극한 사랑과 헌신을 받아들이고 있었다.

　눈물로 예수의 발을 적시던 여인이 고개를 쳐들며 입을 열었다.

　― 주님이여! 저는 용서받을 수 없는 천한 여인이요, 죄인입니다. 주님 랍비를 뵈옵기가 마음에 소원이었나이다.

　예수는 아무 말 없이 고개를 주억거렸다. 하지만 바라보던 바리새인들은 통분하는 기색이 역력하였다. 중얼거리는 탄식이 여실히 들리고 있었다.

─ 이 사람이 만일 선지자요 예언자라면, 자기를 만지는 이 여인이 그 흉측한 창기 샤로이카라는 것을 알아볼 터인데, 결코 용서받지 못할 죄인이 아닌가? 율법은 이러한 자를 돌로 치라 하였거늘……

예수가 고개를 주억거리며 입을 열었다. 근엄한 음성이었다.

─ 시몬 빌립이여, 엘리샤엘이라 하였지요? 말하고 싶은 점이 있구려.

─ 랍비여, 어서 말씀하십시오. 저희가 듣겠나이다.

그들은 반색하였다. 심중의 난색을 잠시 밀쳐두고 심판을 청구하는 듯, 조급함이 엿보였나.

─ 어떤 수전노에게 빚을 진 두 사람이 있었는데, 한 사람은 오백 데나리온을, 또 하나는 오십 데나리온의 빚을 졌다오. 둘 다 갚을 돈이 없으므로 수전노는 난생처음으로 그들의 빚을 모두 탕감하여 주었답니다. 그 두 사람 중에 누가 더 그를 사랑하고 감사하겠습니까?

─ 그야! 제 생각에는 아무래도 더 많이 탕감을 받은 사람이겠지요. 아니 그렇습니까?

─ 그대 말이 옳습니다.

예수는 반갑게 말하고 여인을 돌아보았다. 그러나 다시 바리새인들을 향하여 입을 열었다. 한층 근엄하고 신중한 어조였다.

─ 이 여인을 보셨지요. 내가 당신의 집에 들어왔을 때, 당신들은 나에게 발 씻을 물도 주지 아니하였으나, 이 여자는 눈물로 내 발을 적시고 입을 맞추었소. 또한 당신은 내 머리에 아무 기름도 발라주지 않았으나 이 여인은 값진 향유를 내 발에 부었고 머리털로 씻어주었소!

예수는 다소 가슴이 벅차오른 듯, 말씀을 멈추었다. 이윽고 엄숙한 말씀이 이어졌다.

– 그러므로 여러분에게 분명히 말하거니와, 이 여인의 모든 죄는 용서를 받았소. 그것은 이 여자가 나를 누구보다 많이 사랑하였기 때문이오. 그러나 적게 용서를 받은 자는 적게 사랑할 것이오.

뒤이어 예수는 여인을 향하여 엄숙하게 선언하였다.

– 딸아! 네 죄 사함을 받았다. 이제 온전히 빛에 거하여라.

네 죄 사함을 받았다? 도대체 이 사람이 누구이기에 죄인의 죄를 사할 수 있다는 말인가? 지체 없이, 일고의 여지도 없이 분란이 일었다. 죄악을 벌하고 탕감하실 수 있는 것은 오로지 야훼 하나님의 권능인 터이다. 실로 불경스럽고 참람하도다! 바리새인들은 대놓고 손가락질을 하며 울분을 토했다.

그러나 예수는 태연한 안색으로 여인에게 말씀을 주었다.

– 딸아, 안심하라! 네 믿음이 너를 구원하였다. 평안히 가거라. 야훼 하나님께서 나와 함께하시므로, 마침내 세상이 내가 죄를 사하는 사람의 아들임을 알게 될 터이다.

만찬의 분위기는 내내 삭막하였다. 음식은 풍성하였으나 바리새인들은 자리에 앉지도 않고, 마치 시급한 고발자들처럼 발로 땅을 구르며 떠나가 버렸다. 제자들은 생각에 잠긴 채 진설된 성찬으로 구복을 채우기에 여념이 없었다. 주인장 엘리샤엘은 참담한 얼굴로 안절부절못하는 기색이었다. 저 나사렛의 랍비가 과연 백성을 구원하고 죄인의 죄를 용서할 하나님의 메시아인가? 아니면 정녕 흉악한 귀신이 들렸다는 동문들의 판단이 옳은가! 그는 사뭇 어리둥절한 심정이었다. 주객이 뒤바뀐 입장이 되어, 마지못한 접대에 신경을 곤두세우고 있었다.

저녁 만찬 후, 생각에 잠겨들었던 예수가 드디어 입을 열었다.

– 이 밤에 호수 저편으로 건너가자. 너희 중에 몇 사람은 이곳에서 잠시 쉬어라. 그리하면 내가 다녀오리라.

예수는 서둘러 베드로와 요한과 야고보를 데리고 앞장을 섰다. 흰눈을 흘끔거리며 떠나간 바리새인들의 모색을 지우지 못하고 음울한 심사였다. 무엇인가 급히 볼일이 생긴 듯한 모색이었다. 어머니 마리아와 여인들이 아들이요 랍비인 예수를 전송하였다. 다른 제자들은 잠시 벌린 입을 다물지 못하였다. 주인장 엘리샤엘이 무언가 준비하여 베드로에게 건네려 하자 예수가 고개를 주억거렸다. 사랑과 호의를 거절하기는 어려운 법이다. 진정한 사랑과 심려는 한 뿌리에 하나의 가지이다.

길을 건너, 언덕을 넘고 갈릴리 호숫가로 나오자 제자들은 숨통이 트이는 기분이 들었다. 붉게 물든 하늘에 별들이 초롱거리고 조각달이 슬금슬금 노 저어 다가오고 있었다. 어디선가 밤새들이 보금자리를 찾아 헤매는 듯 처량하게 울었다. 이슬에 젖어가는 대지의 먼지 냄새가 향기처럼 솟아올랐다. 사각거리는 사석을 걷던 청년 요한이 앞장을 서며 소리를 질렀다.

– 아! 장엄하고 아름다운 주님의 세계가 펼쳐지고 있습니다. 역시 밤하늘을 바라보아야, 세상을 사랑하게 되는 법인가 합니다.

뒤대어 베드로가 예수에게 다가들었다. 그는 가만히 주님의 심정을 살피고 있었다.

– 주님, 랍비여! 저들을 용서하소서. 저들이 어찌 주님의 권능을

온전히 이해할 수가 있겠나이까? 어리석은 것을 용서하소서. 이제 저들도 차츰 주님의 크신 뜻을 깨달아 알게 될 때가 올 터입니다.

랍비이신 예수를 위로하려는 저의가 엿보이는 투였다. 예수는 사랑스러운 눈으로 그들을 바라보았다. 너희는 과연 어떠한가? 진실로 나를 알고, 나의 하려는 일을 안다고 말할 수 있더란 말이냐? 사람이란 간사하고 심히 간교한 법이다. 만물보다 부패한 것이 사람의 마음이 아니던가! 너희가 지금 나를 따르는 것은 단지 빵을 나누고 먹고 배부른 까닭이요, 전에 보지 못한 신비한 기적을 보았던 까닭이 아니겠는가? 단지 말씀을 듣고 반석과 같이 흔들리지 않는 믿음으로 세상을 이겨야 할 터인즉, 아직도 더 많이 보고 듣고 따라서 배워야 할 터이다. 온전히 사람을 낚는 어부가 되려거든 말이다.

밤이 고요한 어둠으로 향기롭게 익어가고 있었다. 깊은 밤은 산 영혼의 새벽인 터이다. 추적거리는 나그네들의 걸음은 어느덧 게네사렛 호숫가에 당도하고 있었다. 잔잔한 파도 소리를 반갑게 들으며, 예수가 입을 열었다.

— 이 밤에 저편으로 건너가 보자 하였지? 어서 배를 끌어오너라.

세배대의 아들 야고보가 번개처럼 달려 나갔다. 발 빠른 야고보였다. 그는 갯가에 매인 채 서로 몸을 비비적거리며 떠 있는 배의 닻줄을 잽싸게 풀었다.

— 어서 오르시지요.

예수가 먼저 배에 오르며 입을 열었다.

— 며칠 전 디베랴의 광풍을 기억하느냐? 오늘도 그런 일이 없으리라고 장담할 수 있겠는가? 주를 시험하는 것은 범과이니라.

— 시험할 까닭이 없습니다. 단지 믿고 따르면 염려할 것 없습니다.

– 믿고 따른다 하였는가? 과연 그러한가?

예수는 모처럼 호방한 웃음을 터트렸다. 생각에 활짝 불을 밝히는 듯한 웃음이었다. 밝은 웃음은 어두운 미래를 밝히는 빛을 불러 모은다. 어두운 심령도 밝은 웃음 한 자락으로 순식간에 회색 커튼을 젖혀버린 것이다. 예수는 그런 사실을 일찍부터 보여주고 있었다.

– 너희는 이 밤에 배에서 쉬고 있어라. 나는 건너편 산에 오르리라.

예수의 말씀에 제자들은 입을 다물었다. 실상 뱃사람으로 평생을 살아온 베드로요 야고보요 청년 요한이었다. 배를 타면, 그 기웃거리는 맛이 체질적으로 맞았다. 마치 어머니 품에서 어르는 기분을 느끼는 그들이었다. 노 끝에서 흩어지는 물살이 여인네의 속살처럼 부드럽고 가냘프고 향기롭다. 고기 비린내가 여인네의 향기처럼 물씬 풍겨 오르기도 하였다. 그 물길 속에 온갖 생물이 무수하고 다양한 생명을 누리고 있는 터이다. 백년이 가고 천년의 세월이 흘러도 결코 다함이 없는 생산이요 산물이었다. 바람과 물너울이 비비대는 사랑의 열매요 소망의 그릇이다. 실로 호수는 야훼 하나님의 품이요 가슴이었다. 또한 그 심장이요 자궁이라 할 터이다. 얼마나 무수한 사람이 이 바다의 젖줄에 목숨을 부지하고 사는가? 작은 배는 그 생명의 터전 위를 아는 듯 모르는 듯 무심하게 흘러가고 있었다. 배는 말없이, 제각기 생각을 노 저어 가듯 건너편 거라사 땅에 당도하였다.

마침내 배에서 기다렸던 듯 훌쩍 뛰어내린 예수가 입을 열었다.

– 오늘 밤에 저 산에 올라 기도할 터인즉, 너희는 자유롭게 행하여라. 그리고 새벽에 미쳐 데리러 오면 고맙겠다. 알아듣겠는가?

– 랍비여, 그리하겠나이다. 평강을 누리소서.

밤이면 산에 올라 기도하는 모습은, 이미 주님의 습성이 되었다. 한밤 내내 기도하고 하산하시는 발걸음마다 신비한 힘을 느낄 수 있었다. 진정 아버지 하나님을 대면하시는 거룩한 행사였다. 그러나 제자들은 흉내 낼 수 없는 비범한 영역이기도 하였다. 이슬은 얼핏 추위를 느끼게 하였고, 별보다 앞서 졸음이 몰려오고, 달은 볼수록 눈이 부실 뿐이었다. 주거니 받거니 밤이 맞도록 대화를 나누는 그 모습을 어찌 흉내인들 낼 수가 있던가? 장난감을 가지고 시간 가는 줄 모르고 노는 어린이의 취미와도 같다고 할 터인가! 이 밤에도 주님 예수는 아버지 하나님께 품신하고 간구하고 맘껏 하소연하고, 권면을 듣고 새 힘을 얻고 누리며 새날을 맞으러 내려오실 터이다. 그 신비한 영적 훈련이 제자들에게는 아직도 무리였다.

산에 오르는 예수의 몸은 우람하고 늠렬한 그림자를 거느렸다. 감람나무와 대추야자며 상수리나무 등 산의 군락을 이루는 무수한 나무들을 장졸처럼 지휘하는 군장이었다. 키 큰 백양목이 도열하는 나무 군졸을 거쳐 더 높은 산등에 올라선 예수는 가슴을 활짝 열고, 하늘을 우러러 기지개를 맘껏 폈다. 가슴 밑창에서 치솟는 생명의 호흡이 하늘을 더듬는다. 어느 순간 별들이 우르르 하강하며 영접하였고, 은빛 달은 활짝 웃으며 어서 오세요, 오르세요. 하고 등을 굽혀주었다. 훌쩍 타고 오르는 하늘길이 환하게 밝혀지는 것이었다.

천상천하에 만물이 발 굽이에서 경배를 드린다. 드넓은 게네사렛 호수를 갓돌아 나인 성과 사마리아 지역을 둘러보고 예루살렘 도성을 훌쩍 떠돌아 살핀다. 사해의 깊은 속셈처럼 잠든 세상의 온갖 신음과 비명과 비음을 듣는다. 지중해를 건너고 흑해를 지나 대서양을 휘돌아본다. 바다는 맑고 대지는 어둡고 산야는 생물의 숨결 소리로

창일하다. 가는 곳마다 서로 비비고 부대끼며 살아가는 생물들의 사랑스러운 모색이다.

아버지여! 저들을 긍휼히 여기소서. 보살피고 감싸주소서. 낳고 살아가며 죽이고 죽어가며, 먹고 마심이 모두가 회전하는 그림자인 셈입니다. 아버지여, 이 부질없는 세상에서 아들이 해야 할 도리를 일러 주옵소서. 갈 길을 지로(指路)하여 주소서. 보라, 낳고 살다가 죽음이 바람개비요, 떴다가 지우는 그림자와 같지 아니하던가? 죽어야 사느니라. 또한 씨알은 죽어서 싹이 트고 자라며 꽃이 피고 열매를 맺는다. 그 위로 은총의 이슬이 내린다. 구름이 양떼처럼 몰려들었다. 목자처럼 지팡이를 휘두르며 바람이 인도하는 대로 한밤의 순례는 끝없이 이어지는 것이었다. 산을 넘고 바다를 건넌다. 헤르몬 산이 높다 하나 발아래 구릉일 뿐이다.

어느덧 새벽 미명이 다가오고 있었다. 미명은 어둠이 깊어가는 징조로 다가왔다. 별들이 졸음을 못 이겨 유난히 까물거린다. 첫 홰를 치는 수탉 소리가 제일 먼저 반긴다. 새벽 미풍이 옷깃을 여미며 설렁거렸다.

이편 강변의 뱃전에서 잠들었던 제자들은 랍비이신 예수를 맞이하기 위하여 꾸물거렸다. 베드로가 노를 잡자 청년 요한은 눈을 비비며 꿀맛 같은 단잠을 아쉬워했다.

― 벌써 새날이 다가왔나요? 미처 한숨도 못 잔 것 같은데…….

― 주님을 모셔 와야 할 것이 아닌가! 어서 잠들을 깨게나. 물결이 아무래도 심상하지 않은걸!

청년 요한의 투정에 중년의 노련한 베드로는 살 부드러운 소리로 응수하였다. 배를 강바닥에 띄우면 언제나 삼가는 것이 뱃사람의 도리이다. 바다란 심술쟁이다. 언제 무슨 작란으로 사람을 다루려는지 알 수 없는 까닭이었다. 그것은 뱃사람의 경험이요, 교육이요, 생존의 철학이었다.

아닌 게 아니라, 배는 육지에서 떠나자마자 넘실거리는 파도에 시달리기 시작하였다. 너울대는 물결이 유난히 거칠었다. 하나 이는 실상 달이 숨넘어가는 소리요, 별바라기로 으레 따르는 미명의 자연 현상인 것을, 갈릴리의 물길에 노련한 베드로는 알고 있었다. 그는 은빛으로 부서지고 너울거리는 뱃머리를 바라보며 노를 젓다가 갈증난 목으로 기침을 크게 다스렸다. 그때 무엇인가 눈에 활짝 띄었다. 정녕 파도 등을 타고 짓밟아가며 둥둥 떠오듯, 다가오는 물체를 발견했다. 가슴이 잦은 방망이를 두드렸다.

- 저 저건, 유령이 분명합니다.

뱃전에 앉아 있던 야고보가 소리를 질렀다. 청년 요한이 벌떡 일어섰다. 그들도 동시에 소리를 질렀다. 아아! 저건 유령이 분명합니다. 온몸에 부쩍 소름이 솟아오르고 눈앞이 아찔하였다. 말로만 듣던 유령을 어두운 미명의 바다에서 만나게 된 터이다. 그때 바람결을 가르며 청량한 소리가 실려 왔다.

- 나다! 두려워하지 말고 안심하여라.

랍비 예수의 음성이었다. 정녕 자애롭고 단호한 그 음성이었다. 노를 잡고 있던 베드로가 즉시 화답하였다.

- 주여! 주님이시거든 나를 명하여 물 위로 걸어오라고 하소서.

- 어서 오너라. 두려워 말라!

예수의 말씀 앞에서 망설이고 두려워할 베드로가 아니었다. 하지만 그는 삼가 조심스럽게 물 위로 내려섰다. 몸의 중심을 잡자, 그는 춤을 추듯 팔을 벌리고 바다 위를 걸어갔다. 바라보는 요한과 야고보는 덩달아 춤을 추고 싶었다. 갈릴리의 바다 물 위를 걸어가는 랍비 예수님과 제자들, 이 얼마나 신바람이 나는 밤인가! 세상에 목이 터져라 고함하고 싶었다. 물 위에서 바람도 함께 춤을 추었다. 배가 넘실거렸다. 그 순간 파도에 눈길을 돌렸던 베드로는 우쭐거리며 물속으로 가라앉고 있었다. 그의 벌린 입에서 날카로운 비명이 터져 올랐다.

– 주여! 나를 살려주소서. 아이고 주여, 어푸!

예수께서 즉시 손을 내밀어 베드로를 붙잡았다. 낚시에 걸린 큰 고기처럼 베드로는 예수의 손길에서 덜렁거렸다. 뱃전에 매달려 간신히 끌어올려진 베드로는 고개를 숙이며 물을 토했다. 환란 중에서도 청년 요한과 야고보가 너털웃음을 터트렸다.

– 믿음이 적은 사람아! 어찌하여 파도를 바라보고, 무얼 두려워 의심하였느냐? 다만 나를 보아라!

말씀을 듣고 베드로를 따라서, 요한과 야고보는 덩달아 예수 앞에 엎드렸다.

– 주님이여! 주님은 참으로 하나님의 아들이십니다.

베드로의 몸은 물에 젖은 생쥐 꼴이었으나, 예수의 옷자락은 고슬고슬하였다. 바다나 파도나, 세상이 범접할 수 없는 랍비였다. 노 젓기를 잊은 듯, 배는 스스로 유유히 흘러가고 있었다. 어느덧 게네사렛 강변에 이르렀으나 그들을 영접한 사람들은 주변 지역에서 무수히 몰려온 각색 병든 자와 굶주린 백성들이었다. 그들은 입을 모아 합창하였다.

– 주님, 예수여! 단지 주님의 옷자락만이라도 만지게 하여 주소서,

3

나사렛 예수의 발길이 닿는 곳마다 병든 자를 고치고, 배고픈 자를 먹이고 제자들을 가르치는 일들이 일상사가 되었다. 제자들은 수종 들기에 바빠서 몸에 불이 날 지경이었다. 몰려드는 환자들을 양떼들처럼 줄 세워 질서를 지키게 하고, 중환자는 앞으로 불러들인다. 예수의 옷자락이라도 만지려 드는 군중을 밀쳐내야 할 경우도 많았다. 이 사역에 나서며 스스로 랍비 예수의 제자라 일컫는 사람들이 날로 늘었다. 예수가 직접 불러서, ― 나를 따르라. 그리하면 내가 너희를 사람을 낚는 어부가 되게 하리라 했던 열두 제자에 이어, 삼십 명, 오십 명, 칠십이 명이라 하였다. 예수는 손을 들어 그들을 영접하였고, 머리에 안수하고 사랑하였다. 너희는 나의 형제이니라. 내가 너희를 가르쳐 파송하여 나의 일을 하게 하리라.

게네사렛 지방에서 예수의 사역은 한층 활기를 띠었다. 몰려오는 사람마다 고치고 가르치다가 안식일이 되면 회당에 들어섰다. 회색 빛으로 웅장하게 신축하여 가꾸어진 회당은 정결하고 조용하였다. 예수는 기대와 기쁨으로 들떠서 회당을 찾아들었다. 결례에 따라서 손과 발을 씻고, 간단한 경건례를 드리고 야훼 하나님의 말씀을 읽고 가르치는 것이었다. 그러나 쉴 참이 되면 으레 먼저 틈새를 노린 것은, 저 멀리 예루살렘과 유다 각처에서 몰려왔다는 바리새파 사람들과 율법사들이었다. 그들은 예수 앞에 나와 서며 위대하신 랍비여! 하고 정중한 예를 표하는가 하였으나, 실상은 번번이 말꼬리를 잡는 것이 일이라 할 터였다.

― 랍비여, 당신의 제자들은 어찌하여 조상 대대로 지켜온 전통을

깨뜨리고 있습니까? 그들은 식사할 때 손을 씻지도 않습니다.

– 랍비여! 당신의 제자들은 안식일에 산을 넘어 이곳까지 여행을 했나이다. 동구 밖을 벗어나면 위법인 것을 모른다 할 터입니까? 도대체 무법천지가 되어가려는 듯합니다. 어찌하실 터입니까?

– 랍비여, 야훼의 안식일에 어찌하여 물을 긷고 목욕을 하는 것입니까? 마을에 두레 소리가 울려 퍼지고 있으니 무슨 변고입니까?

그들은 울분에 못 이겨 대뜸 흥분하기 일쑤였다. 예수는 그들을 반가운 얼굴로 영접하였다. 그러나 그 힐문에는 분명하게 선을 긋듯 말씀하였다.

– 너희는 왜 너희 전통 때문에 야훼 하나님의 계명을 어기느냐?

– 그게 무슨 말씀입니까? 우리가 야훼의 계명을 어겼나니, 무슨 까탈을 잡으려고 하시는 겁니까?

갈릴리의 물게는 옆 걸음이 바른 줄 알고, 요단강의 가재는 항상 앞에 있는 것은 모두 제 것이라는 속담이 있었다. 번뜩이는 제 눈의 까탈이 예수의 심상으로 비쳤던 터, 그들이 바로 그러한 모양이었다. 예수는 여유 있게 답변하였다.

– 들어라. 하나님께서는 네 부모를 공경하라 하시고, 또 부모를 저주하는 사람은 반드시 죽여야 한다고 말씀하셨다. 그런데 너희는 누구든지 부모에게 드려야 할 것을 하나님께 드렸다고만 하면 부모를 공경하지 않아도 된다고 가르친다. 그러므로 너희는 바로 그러한 전통 때문에 하나님의 말씀을 헛되게 하였다. 위선자들아! 바로 너희와 같은 사람들을 두고 선지자 이사야가 이렇게 예언하셨다. 이 백성이 입술로는 나를 공경하나 마음은 멀리 떠나 있구나. 그들은 사람이 만든 법을 마치 내 교훈인 것처럼 가르치고 있으니, 나를 헛되이 예배

하고 있는 셈이다.

그들은 차분히 사리를 밝혀 따지기도 전에 이를 갈았다. 단지 몰려든 백성들의 눈치를 살피기에 분주했던 것이다. 예수는 그들의 심사를 헤아려보며 더 많은 군중을 향하여 입을 열었다.

– 너희는 귀 기울여 듣고 깨달아라. 입으로 들어가는 것이 사람을 더럽히는 것이 아니라 입에서 나오는 것이 사람을 더럽힌다.

그때 야고보와 청년 요한이 성큼 다가와 예수의 귀에 소곤거렸다.

– 주님이여! 바리새파 사람들이 말씀을 듣고 울분거리는 것을 모르십니까? 금세 정죄하고 돌 탕을 던질 듯합니다.

예수는 고개를 주억거리며 군중을 돌아보았다. 이윽고 조용히 입을 열어 타이르듯 말했다.

– 하늘에 계신 내 아버지께서 심지 아니한 나무는 모두 뽑힐 것이다. 그러니 내버려두어라. 그들은 눈먼 인도자들이다. 소경이 소경을 인도하면 둘 다 구덩이에 빠질 것이다. 아니 그런가?

베드로가 앞으로 나서며 즉시 말씀을 받았다.

– 주여, 그 비유를 우리에게 설명하여 주십시오.

– 너희도 아직까지 깨닫지 못하였느냐? 입으로 들어가는 것은 모두 복중을 거쳐 몸 밖으로 빠져나가는 것을 알지 못하느냐? 그러나 입에서 나오는 것은 부패한 마음에서 나오는 것이다. 상하고 부패한 마음에서 나오는 그것들은 악한 생각, 살인, 간음, 음,란 도둑질과 거짓 증언, 그리고 비방하는 것들이다. 이런 것들이 사람을 더럽히는 것이며, 씻지 아니한 손으로 먹는 것은 사람을 더럽히는 것이 아니다.

제자들은 고개를 갸웃거렸고, 바리새인들은 한층 이를 갈았다. 예수의 모친 마리아와 여인들은 불안한 눈으로 구름이 낮게 흘러가는 하늘을 바라보았다.

이튿날, 예수는 회당을 떠나 두로 시돈 지방으로 자리를 옮기었다.

그때 그 지역에 사는 가나안 여인이 나타났다. 자줏빛 차림의 바알 신을 섬기는 여인이 황급히 사람들을 가르며 나아와서 예수 앞에 무릎을 꿇었다. 예수는 걷던 걸음을 멈추지 않았다. 그녀의 절박한 눈길을 피하듯 앞길을 바라보았다. 가나안 사람은 정통 유대인들의 바알 신에 대한 혐오증으로 멸시를 받아온 터이다. 여인이 손을 쳐들어 허우적거리듯 소리를 질렀다.

- 랍비여! 다윗의 후손이시여! 저를 불쌍히 여겨주십시오. 제 딸에게 흉악한 귀신이 늘렸나이다.

그러나 예수는 들은 척 못들은 척, 흔연히 가던 길을 재촉하였다. 여인은 계속 소리치며 뒤를 따랐다. 죽기 살기로 덤벼드는 절박한 모습이었다. 마침내 베드로가 예수에게 다가섰다.

- 주님이여! 저 가나안 여인이 끈질기게 따라오고 있습니다. 쫓아버릴까요?

예수가 돌아서며 모두 들으라는 듯, 전에 없이 큰 소리로 입을 열었다.

- 여인이여, 나는 잃어버린 양과 같은, 이스라엘 사람에게만 보내심을 받았다. 이 말을 알아듣겠느냐?

단호하고 냉정한 말씀이었다. 그러자 여인은 한층 초조한 모양으로 예수 앞으로 바짝 마주 서며 엎드렸다.

- 랍비여 불쌍히 여겨주십시오. 천하에 구원을 받을 만한 다른 신이 없는 것을 알고 있나이다. 제발 자비를 베풀어주소서.

예수는 다소 놀란 듯 걸음을 멈추었다. – 천하에 구원받을 만한 다른 신이 없는 것을……. 이야말로 희귀한 믿음의 소리가 아닌가? 그러나 예수의 입에서는 한층 분명한 말씀이 튀어나왔다.

– 사랑하는 자녀들 빵을 빼앗아, 개들에게 던지는 것은 옳지 않다.

– 랍비여, 주님의 말씀이 옳습니다. 그러나 개들도 주인의 상에서 떨어지는 부스러기를 먹습니다.

예수는 비로소 가던 길을 멈추고 뒤돌아서서 여인을 바라보았다. 여인의 눈에 눈물이 철철 흘러넘치고 있었다. 그녀를 주목하던 예수의 파란 눈에 기이한 감동의 빛이 번쩍거렸다. 전에 로마의 백부장 하인을 고쳐주었던 기억이 떠올랐다. 백부장의 인자하고 안타까워하던 모색이 내내 뇌리에서 떠나지 않았다. 참으로 생각지 못한 이방의 장병에게서 큰 믿음과 사랑을 보았다. 그때 예수는 주변을 돌아보며 제자들과 바리새인, 그리고 따르는 무리에게 분명히 단언했었다.

– 또 너희에게 말한다. 동서 사방으로부터 많은 이방인이 모여들어 하늘나라에서 아브라함과 이삭과 야곱과 함께 잔치 자리에 앉을 것이다. 그러나 유대인, 나라의 본 자손들은 바깥 어두운 곳으로 쫓겨나 거기서 통곡하며 이를 갈음이 있으리라.

이 여인의 믿음이 얼마나 대단한가? 진실로 아버지 하나님의 사랑은 크고도 넓다.

– 여인이여! 정말 네 믿음이 크구나. 네 믿음대로 될지어다.

예수의 감동에 넘치는 음성이었다. 그러자 여인은 예수 앞에 무수히 절을 올리고 춤을 추듯 달려 나갔다. 모래 먼지를 남기며 암사슴처럼 뛰어가는 여인을 바라보다가 제자들에게 눈길을 돌리며 입을 열어 교훈의 말씀을 남겼다.

– 들어라! 이스라엘이여, 이 가나안 여인은 이스라엘의 모든 사람보다 더 큰 믿음으로 구원을 받았다. 그러므로 너희는 아브라함의 후손인 것을 자랑할 것이 아니라, 믿음을 자랑하여야 할 터이다. 보고 듣고도 깨닫지 못하고 믿지 못하는 사람은 차라리 저주를 받은 셈이다. 하지만 저와 같은 믿음과 순종은 아버지 하나님의 온전한 선물이다.

야단법석을 피해가며 말씀을 전하던 예수는 이윽고 그곳을 떠나 군중들에게 떠밀리듯, 갈릴리 호숫가로 나섰다. 잔잔한 호수의 물소리를 들으며 거닐다가 산발치에 올랐다. 석류나무 밑에 자리를 잡고 있기가 무섭게 병자들이 몰려들었다. 지팡이에 온몸을 실은 질뚝빌이와 중풍병자, 고창증으로 배가 만삭된 여인처럼 부풀어 오른 환자, 눈은 하늘을 향하였고 지팡이는 땅에서 터덜거리는 소경, 입만 헤벌리는 벙어리, 심지어 서너 사람이 떠메고 올라온 앉은뱅이도 예수를 구세주처럼 바라보았다. 예수의 눈이 뜨거운 눈물에 젖어들었다. 그의 눈은 눈물을 삼키려는 듯 하늘을 향하여 멀뚱거렸다. 태양 빛이 부시게 떠올라 있었다. 아름다운 태양이 민망스럽고 무참한, 세상의 꼴이었다.

– 아버지여! 이 백성을, 대체 어찌하시렵니까? 이처럼 처절한 고통의 모습은 생명의 복락이 아니라, 실상은 죽음만도 못한 저주가 아닙니까? 아버지께서 심히 기뻐하셨던 생명들의 이 모양을 보소서. 대체 어찌하시렵니까? 이 고통을 무어라고 설명해야 하겠습니까?

예수는 잠시 묵상하였다. 말로써 피할 수 없는, 헛된 도모일 뿐이라는 느낌이 들었다. 이윽고, 스스로 자문자답하기 시작하였다.

– 하지만 저들의 고통이란, 영혼을 빚어내는 순간일 뿐입니다. 값진 진주를 보아라. 그들 자아(自我)의 껍데기가 깨어지는 것임을 보았습니다. 과일의 씨알도 햇빛을 쐬려면 부서져야 하듯이, 그러므로 저들의 고통을 이해하지 않으면 안 될 터입니다. 그리하여 오늘날 만일 삶의 나날의 기적들을 가슴속에 경이로서 간직할 수 있다면, 고통도 기적 못지않게 경이롭게 될 것을 압니다. 그리고 만물이 들판 위로 지나가는 계절에 언제나 순응했듯이, 저들 가슴의 계절도 즐거이 받아들이게 될 터입니다.

– 그러면 그대들, 슬픔의 겨울 사이로 고요히 바라보게 되리라. 그대들 고통의 대부분은 스스로 택한 것, 그대들 내부의 의사가 병든 자아를 치료하는 쓰디쓴 한 잔의 약이다. 그러므로 의사를 믿어라. 그리고 말없이 침착하게 그가 내주는 약을 마셔라. 왜냐하면 그의 손은 아무리 무겁고 딱딱할지라도 보이지 않는 이의 보다 부드러운 손길에 인도되고 있으므로, 그가 내주는 잔 또한 아무리 그대 입술을 불타게 할지라도, 토기장이가 자기의 신성한 눈물로 적신 흙으로 빚은 것이므로, 그런즉 내가 새 하늘에서 새 땅을 가꾸고 있노라 하지 않았더냐? 아들아! 마음에 근심하거나 슬퍼하여, 염려하지 말라. 네가 스스로 아버지 하나님의 사랑으로 할 수 있는 도리를 다하여라. 지금 너의 큰 사랑을 나타내어라. 너와 나의 때가 다가오고 있지를 않더냐?

예수는 복중의 팥죽이 끓어오르듯, 스스로 묻기도 하고 주고받으며 비로소 고개를 주억거렸다. 밀려드는 백성에게 손을 내밀어 줄줄이 늘어서는 상하고 찢기고 병든 몸을 어루만지기 시작하였다. 그의 손이 닿고 사랑의 눈빛이 만나는 순간마다 악취를 내뿜으며 병마는 쫓겨 가고, 소리 지르며 병자는 벌떡벌떡 자리를 털고 일어서는 것이었다. 눈을 떠서 둘레둘레 세상을 바라보던 소경이 버럭버럭 소리를 질렀다.

― 아하! 참, 이것이 과연 주님의 세계입니까? 보아라. 참으로 아름답구나! 저 빛나는 태양을 보아라! 그리고 찬양하여라! 대체 무엇이 나로 하여금 보지 못하게 하고, 이 아름다운 하늘의 찬양을 듣지도 못하게 했던가? 참으로 신비하고 아름답구나!

벙어리가 한층 소리를 높였다. 난생처음 질러보는 고함 소리에 스스로 흥분하여 날뛰었다. 앉은뱅이도 일어나 춤을 추었고, 절뚝발이는 지팡이를 멀찍이 내던지며 자랑스럽게 고함을 질렀다.

― 가라! 저 밀리 가란 밀이다. 양치기에게 가란 밀이다. 나는 오직 믿음으로 걷고 뛰며, 신바람 나게 살아가리라.

제자들은 땀을 흘리면서도 벙실거렸다. 상하고 병들고, 고장 난 인생들을 이처럼 무수히 고쳐주시는 주님의 능력에 감탄할 겨를도 없었다. 여인들은 저녁 차비를 서둘렀다. 하지만 마음뿐으로, 실상은 셀 수 없이 연신 몰려드는 군중을 먹일 수 있는 채비가 없었으므로 망연할 뿐이었다. 단지 물을 길어와 토기 잔마다 가득가득 따라서 마시게 하였다.

하늘은 어둠이 깃들고 있었다. 그러나 어둠 속에서 멀고 작은 별빛은 더욱 빛나는 법이다. 붉게 타오르는 지중해 쪽에서 빛과 어둠은 동시에 살아나고 있었던 것이다. 횟소와 열기 속에서 잠시 눈을 돌려 어두워지는 하늘을 바라보던 예수가 제자들에게 입을 열었다.

― 이들이 나와 함께 있은 지 어느덧 사흘째로구나. 병들었다가 고

침을 받은 사람은 먹을 것을 주어라 하지 않았더냐? 먹고 마셔야 새 힘이 날 터이다. 이 밤에 그대로 내려 보내면 굶주린 백성들이 병들까 염려로다. 너희가 먹을 것을 나눠주어야 하지 않겠느냐?

— 주님, 랍비여! 이 벌판에서 어디서 빵을 구하여, 이 많은 무리에게 먹일 수 있겠나이까? 이백 데나리온 빵을 사도 부족할 듯합니다.

빌립이 이마에 땀을 훔치며 말하였다.

— 너희에게 빵이 몇 개나 있느냐?

— 우리에게 있는 것은, 보리 빵 일곱 개와 물고기 몇 마리뿐입니다.

가룟 사람 유다가 재빨리 보고하였다. 그러나 그의 전대에는 상당한 은전이 담겨 있었던 것이다. 회당장 야이로의 자선금이었다. 예수가 제자들을 바라보며 진지한 얼굴로 차분히 입을 열었다.

— 작은 빵이라도 나누어주어라. 나눔이란 그대들 가진 것을 나눌 때 그것은 온전한 나눔이 아니다. 그대들 자신을 나누는 것일 뿐, 그대들 가진 것이란 사실 무엇인가? 내일 혹 필요할까 두려워 간직하고 지키려는 것 외에? 그래, 내일은 또 내일이다. 하지만 성도(聖都)로 가는 순례자들을 좇아 제 뼈는 자취도 없이 모래 속에 묻어버리는, 지나치게 조심스러운 개에게 내일이 무엇을 가져다 줄 수 있을 것인가? 또 모자랄까 두려워함이란 무엇인가? 두려워하는 그것이 이미 모자람인 것이다.

— 주여, 이백 데나리온의 빵을 산다고 해도 모자랄 수밖에 없나이다.

안드레가 재빨리 주의 말씀을 받았다. 예수가 다시 입을 열었다. 한층 진지한 음성이었다.

— 가진 것은 많으나 조금밖에 나누지 못하는 이들, 그런 사람은 알

아주기를 바라며 나누는 이들이다. 그리하여 그들의 은밀한 욕망은 그들의 선물마저 불결하게 만들어버린다. 그러나 가진 것은 조금밖에 없으나, 전부를 베푸는 사람이 있다. 그것이 믿음이다. 이들이야말로 삶을 믿는 이들이며, 삶의 자비를 믿는 이들이며, 그리하여 그들의 주머니는 결코 비워지지 않을 터이다. 들어라! 세상에는 기쁨으로 나누는 사람이 있으니, 그 기쁨이 바로 그들의 보상이다. 또 고통으로 나누는 사람이 있으나, 그 고통이 바로 그들의 세례식이다. 하지만 또 나누되 고통도 모르고 기쁨도 찾지 않으며 덕을 행한다는 생각도 없이 나누는 사람이 있으니, 그들은 마치 저 계곡의 백향목이 허공을 향하여 향기를 풍기듯 그렇게 나눈다. 그리하여 이런 이의 손길 사이로 아버지 하나님은 말씀을 이루시고, 이들의 눈 속에서 그분은 대지를 향해 미소를 짓는 것이다.

— 주님이여! 그런즉 우리가 어찌하여야 합니까?

안드레와 빌립이 초조한 듯 성급히 말씨를 뿌렸다.

— 시급히 요청받을 때 주는 것, 그것은 좋은 것이다. 하지만 요청하지 않을 때에도 다만 이해함으로 나누어주는 것, 그것은 더욱 좋은 일이다. 그러므로 마음이 넓은 이에게는 받을 사람을 찾음이 나눔보다도 더 큰 기쁨인 것을 아는가. 그런데 지금 그대들이 움켜쥐고 있는 것은 무엇인가? 그대들 가진 것이란 모두 언젠가는 다 주어야 하는 것들이다. 그러므로 지금 주어라. 나눔의 때가 그대들 뒷사람의 것이 아니라 바로 그대들의 것이 되게 하라. 이것이 믿음이니라. 이 믿음으로 보아라! 하늘과 땅은 서로 나눔으로 서로가 공존하는 삶터가 아니더냐?

제자들은 서둘러 백성을 오십 명, 백 명씩 무리 지어 앉혔다. 양떼들처럼 순종하고 기뻐하는 사람들이었다. 그 사이사이로 제자들은 분주히 오가는 것이었다. 그들의 바구니에는 빵과 고기가 바닥나지 아니하였다. 먹고 마시며 웃고 떠드는 모습은 보기에 참으로 좋았다. 하늘 아래서, 마치 하늘의 은하수 물가에서 달은 덩그렇게 실어오고, 별들은 어울려 주거니 받는 듯한 이 아름다운 모습을 바라보며 예수는 말씀을 이었다.

– 나는 생명의 빵이니라. 그대들은 가끔 말한다. 나는 나눠주리라, 그러나 오직 보답이 있을 것에만 나누리라. 하지만 그대들의 과수원 나무들, 목장의 양떼들은 결코 그렇게는 말하지 않는다. 그들은 스스로 살기 위하여 나눈다. 서로 나누지 않고 움켜쥠이야말로 멸망하는 길이기에, 실로 낮과 밤을 맞이하여도 좋은 것이라면, 그대들로부터 다른 모든 것을 받기에 부족하지 않은 사람들이다.

삶의 바다를 마셔도 좋은 사람이라면 그대들의 작은 시냇물로 그의 잔을 채워도 좋은 것을, 받아줌의 저 용기와 확신을 보아라. 아니, 사랑 속에 놓여 있는 것보다 더 큰 보답이 어디에 또 있을 것인가? 그런데 그대들은 어떤가. 사람들로 하여금 자기 가슴을 찢게 하고 자존심을 벌거벗게 하며 그리하여 형편없이 된 가치와 찢어진 자존심을 보는 그대들은, 무엇보다 우선 그대들은, 스스로 나눌 수 있는 자로서, 나눌 수 있는 그릇에 합당한가를 생각해보아라.

실로 생명을 주는 자는 삶, 그것뿐이다. 다만 그대들, 스스로 시혜(施惠)자라고 생각하는 그대들은 실상은 그 증인에 불과할 뿐이다. 그리고 그대들 받는 이들이여, 물론 그대들은 모두가 받는 사람들이지만……. 얼마나 감사해야 할까에 대하여 생각지 말라. 그것이야말로 그대들 자신에게도, 나누는 사람에게도 멍에를 씌우는 일일 뿐이다. 그보다 그이와 함께 날개 치듯 그의 선물을 타고 올라라. 지나치게 그대들의 빚을 걱정함은 그의 자비심을 의심하는 것이 될 뿐이다. 넓은 마음의 대지를 떠난 어머니의 가슴으로, 야훼 하나님을 아버지로 한 그 자비를 말이다. 주라! 그리하면 후히 되어줄 것이요, 의심하는 자는 바다의 물결 같으리니, 아무것도 받을 것이 없으리라.

랍비 예수가 모든 사람에게 말씀을 나누는 동안 제자들은 쉼 없이 빵과 고기를 나누었다. 먹고 마시며 백성들은 꿈인가 생시인가 하였다. 서로 얼굴을 들여다보며 웃고 취한 듯 건들거렸다. 제자들은 땀을 흘리며 쉴 사이 없이 나누기가 끝나갈 무렵부터 다시 부스러기를 모으기가 시작되었다. 이윽고 베드로가 예수 앞에 큰 소리로 보고하였다.

— 주님이여! 전과 같이, 먹고 남은 빵을 일곱 광주리나 거두었나이다. 먹은 사람은 남녀를 합하여 무려 사천 명이나 됩니다.

— 전에는 보리 빵 다섯 개와 물고기 두 마리로 오천 명이 먹고도 열 두 바구니를 거두었나이다. 이게 도대체 어찌 된 까닭입니까?

빌립과 안드레가 동시에 다가서며 감격과 신비감에 넘쳐서 도무지 감당할 수 없다는 얼굴로 반문하였다. 이것이 꿈인가? 정녕 꿈이 아닐까! 하여 스스로 살을 꼬집어보기도 했다. 단지 랍비 예수의 말씀을 따라서 몇 개의 작은 빵을 서로 나누기 시작했을 뿐인데, 이 많은 백성들의 이 같은 풍성한 잔치가 되다니, 생각할수록 신비한 일이었다. 가나의 혼인집에서 맹물이 변하여 맛난 포도주가 되었던 소문을 그는 듣기만 했다. 하나님의 메시아가 아니라면, 상상조차 할 수 없는 기적 아닌가? 신비감에 넘치는 빌립의 눈에 새삼 눈물이 어렸다. 그 눈을 묵묵히 들여다보던 예수가 입을 열었다.

– 기이하게 여기지 말라! 단지 나누어주시는 야훼의 손길이시다. 야훼 하나님께서 기뻐하시면, 숫자란 무의미할 뿐이다. 온 세상에 나누어주신 야훼가 아니시더냐? 다만 아버지 하나님의 사랑이 이처럼 풍성함이니라.

예수는 제자들을 한눈에 돌아보며 음성을 높였다.

– 사람들아, 들어라! 나 또한 이 사랑으로, 이 몸이 곧 생명의 빵이니라. 전에 너희 조상들은 광야에서 만나를 먹었어도 다 죽었거니와, 이 빵을 먹고 나의 피를 마시면 영원히 목마르지 아니하고 죽지도 아니하리라, 하고 말하지 않았더냐? 가자! 우리가 예루살렘으로 가야하리니…… 내가 이 일을 위하여 왔느니라.

하지만 말씀을 들은 제자와 백성들은 단지 고개를 갸웃거릴 뿐이었다. 그때 원숙한 제자 베드로가 급히 입을 열었다.

– 주님이여! 예루살렘 그곳은, 랍비 주님을 죽이려는 바리새인과 서기관들이 득시글거리는 도성입니다. 사자 굴에서 어찌 목숨을 구하여 도피할 수 있겠나이까? 생각만 해도 두렵고, 심장이 벌렁거립니다. 아니 그렇습니까?

여인의 후예

15장
선한 목자는 양을 위하여

1

그로부터 엿새 후, 야훼의 안식일이 다가오고 있었다. 안식일은 위열한 태양과도 같이 거룩하고 엄숙한 야훼 하나님의 성일이다. 그러나 아침 해가 동녘에서 솟구칠 무렵, 예수는 예루살렘이 아닌 반대편으로 길을 떠났다. 베드로와 야고보와 그의 형제 요한만을 데리고 갈릴리 남서쪽의 높은 삼십 리 길인 다볼 산을 향하여 올라갔다. 남은 무리는 안식일 회당에서 야훼 하나님께 경배하고 기다리라고만 하였다. 무언가 비장한 각오가 느껴지는 발걸음이었다. 베드로와 요한은 왜 갑자기 방향이 바뀌었는지 궁금증이 일었으나, 랍비 예수의 숙연한 모습에 압도되어 감히 질문할 엄두도 못 내고 그저 수걱수걱 뒤를 따르기 시작했다.

다볼 산은 갈릴리 호수에서 불어오는 훈풍에 의하여, 다볼 상수리 나무가 무성한 긴 언덕과도 같은 산이었다. 산세가 완만하여 오르기 쉬울 듯했지만, 실상은 정상의 봉우리가 하늘을 찌를 듯 높았다. 멀리 이스라엘 초기에 사무엘 선지자의 기름부음을 받았던 청년 사울이 상수리나무 숲에 엎드려 스스로 왕권을 확인하였던 산이라고 했다. 사울은 그 산을 넘어 성지 벧엘로 올라가는 세 사람을 만났고, 그들에게서 야훼 하나님의 예정하신 뜻을 깨달았다. 또한 그 전의 역사서 기록에는 여선지자 드보라와 바락의 사사시대로부터 산당 제사의 중심지였던 터전이었다. 여선지 드보라는 바락 장군으로 하여금 그 산에 이스라엘의 군대를 소집하게 하였다. 후에 일만의 군병으로 대척하던 가나안의 무수한 군장들을 태풍 앞에 회오리처럼 순식간에 전멸시켰다. 그 후로 시가서의 찬양에 이르기를, 북녘의 헤르몬과 다볼 산은 서로 어울리는 한 쌍의 형제와 같다고 했었다.

우람한 산은 오를수록 가파르고 좌우로 능선의 균형이 잡혀 있었다. 봉우리가 장사의 머리통처럼 둥그레한 다볼 산은 오르면 오를수록 사방이 환하게 트였다. 어느 방향으로든 가슴이 확 트이고 아름다운 전망을 가지고 있어, 예수는 언젠가 아버지 헨리 요셉과 함께 딱 한 번 올라온 기억을 가지고 있을 뿐, 평소에 사모하는 산이었다. 목수 요셉은 질 좋은 상수리나무 재목을 구하기 위하여 산의 중턱까지 올랐다. 헐떡거리며 오르다가 뒤돌아서 보면, 남서쪽으로 나사렛의 높은 지대가 보였고, 멀리 서쪽은 갈멜의 갑(岬)이었다.

동쪽에는 넓고 푸른 갈릴리 바다였고, 더 멀리는 요단강이 길게 흐르고 남쪽 산의 기슭에는 이스르엘 골짜기가 펼쳐지고 있었다. 예루살렘으로 가자! 우리가 거기 가야 하리라고 했던 주님께서 돌이켜 다볼 산에 오르는 내심을 알 수 없는 제자들이었다. 베드로의 만류에 귀를 기울인 탓이었던가? 아니면 달리 어떤 유혹을 받았거나, 때를 기다리시는 속셈이신가! 아무튼 주님의 특별한 선택으로 다른 제자들을 제치고 동행하는 특권을 누리게 된 세 제자들은 내심 기대와 흥분으로 들떠 있었다.

산은 올라갈수록 상수리와 산 감람나무로 무성하여 푸르고 다정하였다. 랍비 예수를 뒤쫓아 지그재그로 협로를 따라 말없이 각자의 생각에 깊이 잠기는 산행이었다. 이따금 산을 넘나드는 철새들이 긴 날개를 펼치고 높이 날았다. 날갯소리가 살 시위처럼 하늘을 가르고 들려왔다. 산비둘기가 떼 무리로 비행하는 모습이 분홍빛 석양을 아름답게 물들였다. 하룻길이 끝나갈 무렵 일행은 산 능선에 다다른 것이었다. 능선으로 올라서자, 구름이 한층 가깝게 내려앉았다. 넘실거리는 구름 사이로 양 무리가 넘나들었다. 봉우리가 가까울수록 가파른 산이었다. 주님의 발걸음은 변치 않는 보폭으로 쉼 없이 오르고 있었디. 비람 없이도 설렁거리며 나부끼는 튜닉의 엄숙한 뒷모습에 머리가 치렁거렸다. 한층 심오하게 느껴지는 얼굴은 한 번도 뒤돌아보지 않았다. 실상 제자들은 랍비 예수의 얼굴과 별로 대면하여 본 적이 없다고 느꼈다. 마주 보면 왠지 두렵고, 어렵게만 느껴지는 탓이다. 그러나 항상 함께하시는 낯익은 모습이었다. 마치 하늘에 태양을 마주 대하는 기분이었다.

태양은 항상 바라보아도, 실로 그 태양을 눈 뜨고 마주 대하는 사람은 없는 법이다. 그저 붉고 밝고 환하게, 칠보색 빛으로 빛나는 태양일 뿐이다. 때로 구름에 가리거나 동편이나 지중해 서산으로 숨어드는 태양은, 그러나 항상 함께하는 생명의 빛일 뿐이다. 밤의 달처럼 가깝게 다가서는 태양은 희귀한 경우이다. 높은 하늘에 별처럼 멀고 차게 빛나는 태양은 더욱 아니다. 우리의 생활 속에 항상 함께 있는 태양이다. 하지만 그 태양을 뉘 있어, 뜬 눈으로 마주 바라볼 수 있을 터인가?

베드로의 뒤를 요한이 따르고 있었다. 요한의 뒤를 헐떡거리고 쫓으며, 야고보는 생각에 몰두하였다. 앞장서신 랍비 예수에 대한 생각이 전에 없이 깊었다. 지금 오르고 있는 이 산행에서 또 무엇을 만날 것인가? 기대하고 기다리며 기도하는 모색이었다. 날마다 새롭게 전개되는 생활에서 젊은 야고보의 기대치는 갈수록 높아지고 있었다. 도성 예루살렘으로 가자! 하시던 랍비 예수였다. 갑자기 방향을 바꿔 이 산에 오르시는 뜻을 헤아릴 수 없었다. 그러기에 더욱 기대와 기다리는 가슴은 설레게 마련이었다. 더구나 안식일이면 당연히 회당에 들어야 하는 날이다. 비록 안식일에 병을 고치거나 여행으로 거룩한 계명을 범한다 하여, 항상 바리새인과 율법사들의 시비가 뒤따랐지만 말이다. 회당에서 정결례를 행하고, 성경을 읽고, 율례를 행하는 것은 이스라엘의 전통이요 생명의 습관이다. 하지만 랍비는 분명히 이르셨다.

– 안식일에 생명을 살리는 것과 죽이는 것, 어느 것이 옳으냐? 십팔 년 동안 마귀에게 매였던 이 딸을 안식일에라도 건지는 일이 옳지 않으냐? 나는 안식일의 주인이니라. 하셨던 말씀이 새삼스레 떠올랐다. 안식일의 주인을 따라서 야훼 하나님의 안식일에 어느덧 산 정상에 거의 이르렀다. 하지만 이는 분명히 율법을 어긴 여행이었다.

제자들은 까닭 모르게 두렵고 설레는 기분이었다. 앞장서신 예수를 바라보았다. 그는 정상에 올라 하늘 향하여 팔을 치켜들고 있었다. 마치 홍해 앞에 섰던 모세 선조의 모습처럼 늠렬하고 괴위한 모색이었다. 그때에 느닷없는 바람이 산중 소나기처럼, 쏴아 하고 소리 지르며 불어왔다. 향기로운 훈풍이었다. 눈을 들어 본 제자들의 눈에 바람은, 지상에서 산꼭대기로 솟구치는 상승 회오리가 아니라 하늘에서 지상으로 내리꽂히며, 정상의 초라한 노간주나무 가지를 뒤흔드는 신기한 하강의 역풍이었다.

아아! 하고 놀란 베드로가 숨 가쁜 걸음을 멈추었고, 요한과 야고보도 서로를 마주 보았다. 신기롭고 희귀한 일이었다. 구름이 안개처럼 한층 낮게 얼굴을 부드러운 손으로 어루만지듯 흘러내렸다. 베드로는 그 순간 야고보와 요한의 얼굴이 안개 속으로 사라지는 것을 여실히 보았다. 잃어버린 형색이 다시는 보이지가 않았다. 야고보 또한 요한과 형 베드로를 잃어버렸고, 요한은 베드로를 볼 수가 없었다. 더구나 랍비 예수는 안개에 온전히 사라져버렸다. 천지간에 혈혈단신, 아뜩하고 처절히였다. 혼돈하고 공허히였다. 그러나 두려움은 추호도 일지 않았다. 어딘지 포근한 느낌이 들었다. 마치 깊은 밤, 단잠의 꿈속으로 유혹하는 듯 부드럽고 푸근한 손길을 맛볼 수 있었다. 아무도 서로의 이름을 부르지 않았다. 그냥 향기로운 훈풍에 감추어진 채 속살거리는 꽃나무처럼, 아늑한 사랑을 느끼며 기다리고 있을 뿐이었다.

한동안 그들은 서로의 향방을 잊은 채, 그대로 서서 기다렸다. 금세 몸이 깃털처럼 가벼워지며 훨훨 날아가게 될 성싶었다. 나아드의 향훈인가? 이름 모를 성스러운 꽃향기가 무지개의 날개를 타고 넘쳐 흐르고 있었다. 그러나 어느 순간 안개는 스러지고 선명하게 드러나는 산봉우리 정상의 모습이 눈에 보였다. 어느새 잃었던 베드로와 요한과 야고보는 서로 손에 손을 마주 잡고 서 있었다. 반면에 랍비 예수와 함께 나란히 앉은 이들의 모습이 저만치 눈에 뜨였다.

아! 제자들은 벌린 입을 다물지 못하였다. 산 정상에 둥그렇게 둘러앉은 세 분의 모습은 거룩하여 영광스럽고 평화로웠다. 제자들은 그 순간에 느낌으로 훤히 알 수 있었다. 랍비 예수를 중심으로 우편에 시나이 산의 모세 선조와 바른편에 갈멜 산에서 바알 신들의 제사장을 척결하여 야훼 하나님의 권능을 보였던 불의 사자 엘리야 선조였던 것이다. 산 정상에서 열린 원탁회의의 광경이었다. 이곳이 천상인가? 지상인가? 아니면 낙원인가? 정녕 우리가 꿈을 꾸고 있는가? 그 어른들의 모색에서 빛이 흘러넘치고 있었다. 눈보다 희고 세상에, 그 무엇과도 비교할 수 없이 눈이 부시고 서기(瑞氣)가 넘쳐나는 빛이었다. 대체 무엇을 의논하시는가? 말씀을 나눌 때마다 빛은 한층 열기를 띠웠다. 그들의 성스럽고 진지한 모습에 감동하여 한동안 제자들은 넋을 잃고 바라보았다. 랍비 예수는 습관처럼 고개를 주억거렸다. 하지만 때로는 열정적으로 말씀을 토했다. 주거니 받거니 그들의 진지한 향연은 끝없이 이어지고 있었다.

— 주님! 주님 예수께서…… 죽어야 하실 터입니다. 죽음이라 한들 어찌 사양하리까? 죽음은 감당하기 힘든 쓴잔이 될 것입니다. 하오나 진정, 무슨 까닭입니까? 나의 계명과 법도를 어긴 천천만만 생령들의 영겁의 죗값이 아니리까? 이것이 야훼의 사랑일 터입니다. 사랑의 확증이 될 터입니다. 저 무구한 억만 번제물로는 결코 속할 수 없는 진노입니다. 진정 그러합니다. 천천만만의 의식적인 번제물의 향취는 야훼 하나님의 역겨워하시는 바요, 우리 또한 견딜 수 없는 탄원이 되었습니다. 저 예루살렘 도성의 천만 번제는 이제 끝나야 합니다. 다시는 계명이나 율례로는 하찮은 죄악이라 한들 대속하지 못할 것입니다. 오로지 말씀이 육신이 되신 주님의 순종만이 아버지의

사랑으로 확증이 될 터입니다. 하지만 막상, 육신의 죽음이란 감당하기 역겹습니다. 주님께서는 능히 이루실 것이라 믿습니다. 아아! 아버지의 그 믿음이 진실로 감당하기 어려운 사랑입니다.

　- 실상 그대들은, 죽음을 맛보지도 못하였지요. 그렇습니다. 이 작은 종 모세는 느보 산에서 멀리 약속의 땅 가나안을 바라보며 그대로 들림을 받았고, 사환으로 수고했던 엘리야 선지께서는 갈멜 산에서 불 수레를 타고 승천했으니 말입니다. 과연 죽음이란 무엇입니까? 죽음을 맛보지 못했으니, 더욱 죽음을 말할 수 있고 상상할 수도 있겠지요. 하지만 그대들 삶의 중심에서 죽음을 찾지 않는다면, 어떻게 그것을 찾을 수가 있겠습니까? 낮에는 눈멀어 밤의 어둠만이 보이는 올빼미는 결코 빛의 신비를 벗길 수 없는 것을 압니다.

　- 그대들 죽음의 신혼(神魂)을 보고자 한다면, 그대들의 가슴을 넓게 삶의 중심을 향하여 열어야 할 터이요. 삶과 죽음은 한 몸이요, 강과 바다가 한 몸이듯이. 죽는다는 것, 그것은 과연 무엇인가? 다만 바람 속에 벌거숭이로 서서 지중해의 태양 속으로 녹아가는 것이 아니라면? 숨이 그친다는 것, 그것은 무엇인가? 다만 한 숨결이 끊이지 않는 자기의 조류로부터 해방되는 것이 아니라면! 그리하여 높이 오르고 퍼져서 그 어떤 번민도 없는 주 하나님을 찾는 것이 아니라면, 한바탕 꿈결처럼 헛될 뿐이오. 희망과 욕망의 저 깊은 곳에서 그대들은 말없이 미지의 나라를 깨닫게 될 것이오. 그리하여 눈(雪) 속에서도 꿈꾸는 씨앗들처럼, 그대들의 가슴은 봄을 꿈꾸게 될 터이요. 그대들 꿈을 믿어라. 꿈속에서야말로 영원에의 문은 숨겨 있으니, 그대들 죽음에의 공포란 대왕의 손길이 내려져 영광스럽게도 왕 앞에 서게 된 양치기의 전율에 불과한 것이오. 떨리면서도 양치기는 실상 기

쁘지 않겠는가! 대왕의 영화로운 주목을 받게 되었으니 말이요. 그러나 또, 그러므로 더욱 자기가 떠는 것에 신경이 쓰이지 않겠는가, 그 말이요. 그대들은 오직 침묵의 강물을 마실 때에야 진실로 노래하게 되리라. 또 그대들은 산정에 이르렀을 때에야 비로소 오르기 시작하게 되리라. 그리하여 대지가 그대들의 팔다리와 오장육부를 요구하게 될 때, 그때야 그대들은 진실로 춤을 추게 될 터이요.

  – 그렇습니다. 아아! 진실로 죽음이란, 실상 그토록 치열한 아픔이요 슬픔이요 통곡의 심연을 거친 바람인가 합니다. 세상에 그 무엇과도 결코 비교할 수 없는 향기로운 바람인가 합니다. 아무나 결코 맛볼 수 없는 희열의 달콤한 쓴잔입니다. 더구나 사랑하는 아들이 버림을 받고 처절하게 맛볼 죽음이란…… 아버지여 내 뜻대로 마시옵고……. 엘리야 선지여, 그대의 기도에 아버지의 권능이 함께하실 터입니다.

  선조 모세가 불을 토하듯 말씀하시고, 엘리야 선지가 뒤대었고, 감미로운 홍차를 음미하듯 예수는 드디어 입을 다물며 고개를 주억거렸다. 그들 머리 위로 무지개의 칠보라 붉은 빛깔이 찬란하게 광휘를 뿜었다.

  아아! 실로 경이롭고 영광스러운 환영이었다. 형언할 수 없는 감흥에 벅찬 가슴을 움켜쥐고 있던 다혈질 베드로가 갑자기 고함을 질렀다. 흡사 파도에 휩싸여 물속에 빠져드는, 절박한 외침이었다.

  – 주님, 예수여! 여기가 참으로 좋사오니, 다볼 산, 이 변화산의 성지에 주님께서 원하시오면 우리가 초막 셋을 짓겠습니다. 하나는 주님을 위하여, 하나는 모세를 위하여, 또 하나는 엘리야를 위하여, 허

락하소서!

요한과 야고보는 깜짝 놀랐다. 하지만 진정 기발한 착상이라 여겼다. 변화산이라! 이 거룩한 성소의 말씀을 떠나 진토와 같은 세상 어디에 가서 무엇을 하랴? 그러나 그 순간 하늘이 응답하듯, 홀연히 빛난 구름이 저희를 덮으며, 그 속에서 넘치는 폭포와 같은 음성이 들려왔다.

– 이는 내 사랑하는 아들이요, 내 기뻐하는 사람이라!
너희는 다만 그의 말씀을 듣고 따를지어다!

그제야 제자들은 홀연히 밀려드는 경이감을 새롭게 느꼈다. 형용할 수 없는 떨림이었다. 그들은 예루살렘 성전 앞에 버려진 간음 죄인처럼 납작 엎드렸다. 그러자 귀에 익은 주님 예수의 음성이 살아올랐다. 실로 모세의 율법시대가 지났고, 선지 예언자 엘리야의 사명도 안개처럼 사라져갔다.

– 두려워 말라! 하지만 우리는 내려가야 한다. 아직도 세상에 우리의 할 일이 많은 터이다. 아버지 하나님의 일을 보여주고 가르쳐야 할 것이다.

주검처럼 너부러졌던 제자들이 비로소 눈을 들어 본즉, 오직 남은 이는 예수뿐이었다. 선조 모세와 엘리야는 안개 속으로 바람처럼 사라져버렸다. 비로소 야고보가 마른침을 삼키고 입맛을 다시며, 입을 열어 말씀을 이었다.

– 오직 예수! 천상천하에 오직 나사렛 예수! 그 이름뿐입니다.

베드로가 요한의 귀에 같은 말을 뒤대어 들려주었다. 청년 요한이 같은 소리를 세상에 이르듯 고함을 질렀다. 마치 광야에서 수천만의 백성에게 서로가 뒤돌아보며, 뒤대어 연신 전언하던, 바로 그 모습이었다.

그들은 목자 예수를 앞세워 서둘러 하산을 시작하였다. 다볼 산, 베드로가 지적한 대로 변화산의 신비한 성지를 떠나, 예수의 말씀을 따라 내려가야 한다. 산 아래 세상에는 아직도 할 일이 많은 터이다, 하고 중얼거리며 순종하는 발걸음이었다.

내리는 걸음이 후들거렸다. 바람과 파도를 잠잠하게 다스렸던 갈릴리 호수의 밤에 비할 수 없는, 신비하고 영광스러운 모습을 친히 보았다. 이 얼마나 고귀한 은총이 아니랴! 제자들은 꿈이 아닌 것을 새삼스레 감읍하였다. 한동안 꿈속인 양, 피차 말없이 걷던 걸음을 멈추고 예수가 입을 열었다.

– 보고 들었으므로, 너희는 믿으리라! 아니 그런가?

주여! 무엇을 믿으리까? 아무도 말하지 못했다. 믿음이란, 항상 그 실체가 모호하기 마련이었다. 대체 무엇을 어떻게 믿어야 하는가?

– 내가 죽었다가, 다시 사는 날까지, 지금 보고 들은 것을 아무에게도 말하지 말아야 할 터이다. 아버지 하나님의 뜻이니라.

예수의 말씀은 전에 없이 신중하였다. 그 낌새에 눌린 듯 아무도 선뜻 응답하지 못했다. 그러다가 제자들은 일시에 합창하듯 입이 열렸다.

– 주여! 그러면 어찌하여 율법사들은 엘리야가 먼저 와야 한다고 말합니까?

– 엘리야가 먼저 와서 모든 것을 바로잡을 터이다. 그러나 내가 너희에게 말한다. 사실 엘리야가 벌써 왔어도 사람들이 그를 몰라보고

함부로 대하였다. 선조 모세는 시나이 산에서 변화되었으나 백성들이 그를 알아보지 못하였고, 엘리야는 갈멜 산에서 변화되었으나 역시 사람들이 알아보지 못하였다. 불 바람의 사자(使者) 엘리야! 그가 누구인가? 그와 같이 나도 그들처럼, 아니 그들과는 달리 대지에 뿌려진 씨알처럼 고난을 받고 죽을 것이다.

그제야 제자들은 이심전심으로, 랍비 예수께서 말씀하신 엘리야는 이미 고난을 당하고 목 베임으로 죽었던 세례 요한에 대하여 말씀하신 것을 깨닫고 고개를 주억거리지 않을 수 없었다. 따라서 그들의 발걸음은, 한 발자국 또 한 발자국이 대지에 철못을 박듯, 무겁고 숙연하게 지축을 울렸다.

2

예수와 함께 세 제자들이 내려온 산 아래서는 참혹한 장관이 펼쳐지고 있었다. 하늘은 호수처럼 맑고 푸르렀다. 한 쌍의 비둘기가 허공중에서 유유히 활시위를 그렸다. 하지만 산발치에서는 사람들이 뒤엉켜 있었다. 그것은 사람살이에 피할 수 없는 운명과 같은 처절한 씨름이었다. 한 미치광이 청년을 둘러싸고 예수의 제자들은 땀을 팥죽 같이 흘리고 있었다. 몸 둘 바 몰라 당혹감에 떨면서, 어찌할 바를 모르는 그 가운데서 미치광이는 기세 좋게 한층 날뛰고 있었다. 그의 귀기 어린 외침이 사위를 들썽거렸다. 예수와 베드로와 야고보와 요한은 발걸음을 재촉하였다. 검실거리는 구경꾼이 장바닥을 이루고 있었다.

다가서며 바라본 사람들 가운데 사로잡힌 청년의 머리는 산발하였고, 너풀거리며 헐벗은 양가죽의 몸에서는 악취가 진동하였다. 썩고 말라 흩어져가는 주검의 냄새였다. 맨발의 두 발은 찢기어 피를 철철 흘리며 날뛰었다. 흉한 눈에서 광기의 푸른빛이 소름 끼치게 번쩍거렸다. 잔나비와 같은 두 손을 휘두르며 입에 거품을 물었고 시커먼 이를 갈았다. 미치광이는 마귀에게 사로잡힌 청년이었다. 뿌드득거리며 이를 가는 소리가 참혹하게 들렸다. 증오의 늙은 귀신이었다. 입을 비틀고 목을 휘두르며 침을 토악질했다. 불결한 여인네의 마귀였다. 통분을 못 이긴 듯, 아비에게나 아무에게 닥치는 대로 덤벼들었다. 가슴에 맺힌 통절의 귀신이었다. 허리를 뒤틀며 배고픔을 호소했다. 마구 물어뜯으려고 했다. 걸귀의 무리 귀신이었다. 아비에게 대어들며 무어라고 연신 항변하였다. 완악하고 고집 센 항거의 귀신이었다. 이를 갈며 눈을 치뜨고, 간교한 미소를 흘리며 연신 투덜거렸다. 가는 곳마다 분쟁을 일으키는 분란의 귀신이었다. 몸을 비비꼬면서 도망칠 구멍을 찾았다. 우울증과 근심의 귀신이었다. 불안하여 견딜 수 없다는 듯 호소하고 저주하며 원망하고 질시하였다. 그 눈에서 푸른빛이 번쩍거렸다. 불행한 저주의 마귀였다. 황소처럼 나뒹구는 미친 귀신을 붙잡고 제자들은 덩달아 날뛰며 야단을 치고 있었으나, 모두 조롱거리일 뿐이었다.

예수는 안타깝고 처량한 눈으로 마치 일일이 숫자를 헤아리듯 셈하고 있었다. 그를 붙잡고 더불어 나뒹굴던 청년의 아버지가 예수를 발견하자 미친바람처럼 덤벼들었다. 소리를 높여 부르짖었다.

– 아이고, 랍비님! 왕이시여, 우리를 구원해주소서. 대왕이시여! 저 미치광이 내 자식을 부탁하오니 불쌍히 여겨주십시오.

그는 숨을 헐떡거리며 말씨를 골랐다.

– 저가 간질에 걸려서 밤낮 부르짖고 고생하며, 자주 물에도 빠지고 불에도 넘어졌나이다. 차라리 죽여주소서. 주님의 제자들에게 데려왔으나 이틀째 헛수고만 하였나이다.

– 주여! 저희가 감당할 수가 없나이다. 주님께서 산에 오르신 후 이틀 동안이나 밤낮으로 괴로움을 당하였나이다.

예수를 발견한 안드레가 호소하였다. 예수가 불타는 눈으로 날뛰는 청년과 제자들을 바라보았다. 그 아비는 연신 몸을 굽실거렸다. 세상이란, 이토록 참담한 지경이란 말인가! 원수 마귀가 판을 치고 날치는 세상이 되었다. 이 청명한 하늘 아래서 이렇게도 참혹한 꼴이 바로 아버지 하나님이 사랑하시던 세상이요, 인생의 모습이란 말인가? 예수는 가슴을 치며 통분하였다. 참으로 할 일이 많은 사람살이의 삶터라고 새삼 느꼈다. 상하고 찢기고 병든 양들이 이 지경인즉, 대체 어찌하면 옳다는 말인가? 참으로 믿음 없는 세상이요, 인정은 메마른 세계였다. 그러나 예수는 고요히 입을 열었다.

– 믿음이 없고, 비뚤어진 세대여! 내가 언제까지 너희와 함께 있어야 하겠느냐? 너희를 보고 내가 언제까지 참아야 하겠느냐? 그 불쌍한 아이를 이리로 데려오너라.

제자에게 사로잡혀 병든 개처럼 질질 끌려오는 청년은 유리조각을 으깨는 듯 고함을 질렀다. 예수는 다시금 엄한 소리로 꾸짖었다.

– 더러운 귀신아! 사랑하는 아들에게서 나오너라! 냉큼 나오란 말이다.

그 순간, 광풍의 바람은 잔잔하고 파도는 순하게 잦아들었다. 잠시 침을 쏟으며 토악질하던 청년이 고개를 숙이고 엎드렸다. 이윽고 주님을 바라보며 꾸뻑 절을 올렸다. 진흙 속에서 환하게 웃음꽃이 피어나는 얼굴이었다. 그 모습에 넋을 잃고 있던 안드레가 예수의 곁으로 주춤거리고 다가섰다.

- 주님, 랍비여! 왜 우리는 전날 성읍에서와 같이, 이 더러운 귀신을 쫓아내지 못하였나이까?

부끄럽고 민망스럽고, 다소 원망스러운 투였다. 미소 띤 눈으로 그를 바라보던 예수가 말씀을 이었다.

- 너희의 믿음이 적기 때문이다. 이는 힘으로나 사람의 뜻대로 될 수 없는 법, 내가 분명히 말한다. 너희에게 겨자씨 한 알만 한 믿음이 있다면 이 산더러 들리어 여기서 저 바다로 옮겨라 하여도 그대로 될 터, 너희가 못할 일이 없다. 그러나 이런 귀신은, 진정한 기도와 금식 외에는 달리 방법이 없으리라.

- 주님이시여! 진정 기도와 금식이란 무엇입니까? 실행하겠나이다.

야고보와 요한이 한목소리로 화답하였다. 하지만 예수는 제자와 군중들을 수습하며 앞장을 서서 걸었다. 목자를 따르는 양 무리가 길게 꼬리를 끌었다. 하늘은 한층 청명하였다. 이름 모를 새들이 끼룩거리며 떼 지어 날았다. 이윽고 감람나무 숲에 이르자 자리를 잡은 예수는 하늘을 우러러보며 호소하듯 입을 열었다.

- 진정 기도와 금식이 무어라 하였더냐? 들어라! 전에 내가 일렀거니와 다시 이르나니 기도란 생명의 호흡과 같은 법이다. 너희는 괴로울 때에만 기도한다. 또는 필요할 때에만 기도하고 있다. 바라건대 그대들은 기쁨이 충만할 때에도, 나날이 풍성할 때에도 기도하여라. 일용할 양식을 위하여 기도하라 하였으나 진정 기도란 무엇인가? 생

명의 하늘 속에 그대들 스스로가 활짝 피는 것이 아니라면 말이다. 그리하여 안락을 위하여 허공에 그대들의 어둠을 쏟아버리는 것, 또한 기쁨을 위하여 그대들 가슴의 새벽빛을 쏟아내는 것 그것이 기도이다. 그리하여 영혼이 그대들을 기도로 부를 때 그대들 울지 않을 수 없다면 기도는 다시, 비록 웃고 있을지라도 또다시 그대들을 격려하리라. 기어이 웃음에 이르기까지 말이다.

잠시 말을 멈추었던 예수는 말을 이었다.

— 기도란 바라봄이다. 기도할 때면 그대들은, 바로 그 시간에 기도하고 있는 무수한 이들을 만나기 위하여 허공을 바라보며 일어서야 한다. 마치 아라랏 산정에서 오직 하늘을 바라보며 방주를 짓고 살았던 노아처럼 말이다. 그대들, 기도란 기다림이다. 기도 속에서가 아니면 결코 만날 수 없는 이들을 위하여, 그러므로 보이지 않는 성전으로의 그대들 방문을, 황홀하고 달콤한 영교를 위함 외엔 아무 뜻도 없이 하라. 왜냐하면 그대들 비록 구하는 것 외엔 다른 어떤 목적도 없이 들어간다 해도 그대들 아무것도 받지 못할 것이다. 아브라함처럼 언약을 듣고 바라봄이 영원을 향한 기도이다.

또한 기도란 다만, 소원하는 바이다. 야곱처럼 겸양하고자 들어간다 해도 그대들 결코 구원될 수 없을 것이기에, 마음에 불타는 소원을 품고 또한 그대들 심지어 타인의 행복을 빌기 위하여 들어간다 해도 그대들의 기도는 들어지지 않으리라. 보이는 성전으로 들어가는 것, 그것으로 충분할 뿐이다. 내가 그대들에게 기도를 가르칠 순 없다. 또한 기도란 동행하는 삶이기 때문이다. 선조 요셉처럼 말이다. 어떤 말로서 기도해야 할지를, 야훼 하나님의 신은 결코 그대들의 말을 듣지 않으시는 법, 다만 그분 스스로 그대들의 입술을 시켜 말씀하실 뿐이다. 그러므로 내가 그대들에게 말하고 가르칠 수 없다. 그러기에 기도란 손들고 고대함이다. 모세와 같이, 무수한 바다와 숲과 산의 기도를 그대들도 하는 것이다. 다만 그대들이 산과 숲과 바다에서 태어난 그대들만이 가슴속에서 그대들의 기도를 찾아낼 수 있을 것을, 그리하여 만약 그대들 한밤중의 고요에 귀 기울이기만 한다면, 그대들은 침묵 속에서 그들이 말하는 것을 듣게 되리라.

예수는 또 말하였다.

— 기도란 담대함이다. 모세의 사람 여호수아처럼 말이다. — 저희의 신이여, 날개 달린 저희의 자아여, 말씀하시는 것은 저희 속에 당신의 뜻이 명하는 것이옵니다. 욕망함은 저희 속에 당신의 욕망이옵니다. 진정 당신의 것인 저희의 밤을, 역시 당신의 것인 낮으로 변하게 하는 것, 그것은 저희 속에 강한 충동입니다. 이것은 믿음의 기도입니다. 믿음의 사람 다윗 왕처럼, 저희는 당신에게 아무것도 청할 수가 없습니다. 저희 속에 욕구가 생기기 전에 당신은 이미 알고 계시기에, 저희는 당신이 필요합니다. 당신 스스로를 더욱 믿어주심으로써 당신은 저희 속에게 일체를 주시옵니다. 그 일체를 당신의 대지에 온전히 묻어버리는 것, 그것이 진정 야훼 하나님의 기뻐하시는 기도요 금식이라 할 터입니다.

아아! 진실로 내 한 몸과 마음을 온전한 대지에 장사 지내는 것, 대지의 품속에 살아 있는 내가 한 몸으로 거듭날 때, 비로소 야훼 하나님의 기뻐하는 기도와 금식은 흉악한 결박을 풀어주며, 모든 멍에를 꺾어버리며, 억압당한 자를 자유롭게 하는 것이다. 또한 그대들 굶주린 자에게 너희 음식을 나누어주고, 집 없이 떠돌아다니는 가난한 자들을 영접하며 헐벗은 자를 입히고 도움이 필요한 친척을 외면하지 말고 도와야 하리라. 그러면 내 은혜의 빛이 아침 햇살처럼 그대들에게 비칠 터이니, 그대 상처가 급속히 치료되고 내가 항상 그대와 함께하여 사방으로 그대들을 보호하리라. 그리고 그대가 기도할 때에 내가 응답할 것이며, 너희가 도와달라고 부르짖을 때, 내가 여기 있다고 할 터이다. 내 팔이 어찌 짧아서 구원하지 못하겠으며, 내 귀가 어찌 가려워져서 듣지 못할 성싶으냐? 듣고 내가 내 손을 내미는 순간, 그때마다 그대는 마귀를 멸하게 될 터, 사단이 하늘에서 번개처럼 떨어지는 것을 보았다고 하지 않았더냐? 이것이 진정 나의 기도, 기뻐하는 금식이니라.

– 주여! 주님의 기도를 우리에게 보여주소서. 우리가 잘 알아듣게 하옵소서.

베드로가 고개를 갸웃거리며, 다시금 말씀드려 물었다. 그 물음에 응답을 생각하듯 예수는 한동안 잠잠하였다. 성령의 바람이었다. 말씀이 육신이 되었던, 마치 누에고치가 금실을 풀어내고 텅 빈 껍질만 남았던 것처럼 그 파란 눈은 하늘 향하여 새롭게 충족을 기다리며 그 입이 새롭게 열렸다.

– 들어라. 내가 장차 예루살렘에서 사람들의 손에 넘어가 죽임을 당하고 사흘 만에 다시 살아나리라. 이것이 나의 기도요, 아버지의 응답이었느니라.

느닷없이 예수의 죽음에 대한 말씀을 들은 제자들은 한동안 어간이 막혔다. 그들은 서로 돌아보며 슬픔에 잠긴 눈을 주고받았다. 그때 예수가 다시 입을 열어 말씀을 이었다.

– 가자, 모두가 기다리고 있는 가버나움으로. 거기서 할 일을 마치면 예루살렘으로 가야 하리라.

예수가 말씀을 마치고 휘적휘적 앞장을 서자 모두 바람처럼 뒤를
붙잡고 좇았다.

석양이 지중해로부터 산야를 물들이기 전에 일행은 가버나움에
당도하였다. 회당에서 기다리고 있던 마리아와 여제자들, 그리고 마
을 사람들이 반갑게 영접하였다. 그러나 채 인사를 나누기도 전에 뒤
따르던 시비꾼들이 덤벼들었다. 그들은 기다렸다는 듯 제자들에게
고함을 질렀다.

— 당신들의 랍비는, 왜 성전세를 안 바치는 거요?

— 아닙니다. 우리는 다 바칠 것입니다. 잠시만 기다려주십시오.

베드로가 울분거리는 그들에게 성급히 말하고 집 안으로 들어섰
다. 유다는 난처한 기색으로 예수를 바라보았다. 주머니가 바닥날 때
마다 지어 보이는 안색이었다. 그를 바라보며 예수가 입을 열었다.

— 시몬이여, 유다여! 그대는 어찌 생각하느냐? 세상 왕들이 누구
에게 관세나 정세를 받느냐? 자기 아들이냐, 다른 사람들이냐?

— 다른 사람들입니다.

— 그렇다면 아들들은 세금을 내지 않아도 된다. 그러나 우리가 그
들의 감정을 상하게 해서는 안 되겠지. 그런즉 그대는 바다에 가서
낚시를 던져라. 먼저 잡히는 고기의 입을 벌리면 은전 세 개가 있을
터이다. 그것을 가져다가 성전세로 주어라.

베드로는 고개를 갸웃거리며 즉시 문밖으로 뒤쳐나갔다. 그 뒤를
붙좇는 유다의 발걸음이 비호처럼 빨랐다.

3

예수는 마침내 자신의 때가 다가온 것을 육감으로 느끼고 있었다. 야훼 하나님의 말씀이 육신을 입고 영광의 보좌를 떠나 세상에 내려오게 된 아버지 하나님의 뜻을 헤아려보게 된 셈이다. 나는 과연 이름 없는 랍비로 살아갈 것인가? 아니면 실로 이스라엘이 기다리는 참 메시아인가? 세상과 이 백성을 위한 구원자인가?

보라 세상 죄를 지고 가는 하나님의 어린양이로다. 하고 전에 세례 요한은 선언했다. 저는 흥하여야 하겠고 나는 쇠하여야 하리라. 스스로 낮춰 그는 말하였다. 그런즉 내가 해야 할 일이 무엇인가? 아버지의 부름에 의하여 갈 바를 알지 못하고 길 떠났던 소년 시절의 첫 나그네 길과 같이, 그는 앞길이 망연함을 느꼈다. 그렇다 하나, 지금으로선 단지 눈앞에 닥쳐온 일들에 충실할 수밖에 없다. 구덩이에 빠진 양을 보고 안식일에라도 어찌 건져내지 않겠느냐? 하고 물었다. 항시 수많은, 상하고 찢기고 억눌리고 병든 사람의 아들들이 줄을 잇고 있는 마당이었다. 무엇이라고 달리 앞뒤를 가릴 터인가? 잃은 양 한 마리, 상하고 병든 양떼를 위하여, 길가에서 만나는 작은 소자들을 위하여 여기까지 달려왔을 뿐이다.

그러나 무시로 하늘나라에 대하여 말씀하기를 잊지는 않았다.

– 예루살렘으로 가자! 성도로 가야 하리라. 가서 저들에게 많은 고난을 받고 죽었다가 삼 일 만에 살아나리라. 이로서 마귀를 멸하고 사망 권세를 깨뜨리며, 생명의 길을 열어 보임이 나의 길이요 진리니라.

– 보라 여인의 후손이 뱀의 머리를 상하게 하리라. 귀 있는 자는 성령이 백성들에게 하시는 말씀을 들을지어다. 하는 상념이 무시로

귓가에 들려왔다. 이제야 말로 상념에 이어지는 말씀을 따라서, 행동하는 것이 나의 길이다. 예수는 스스로 고개를 주억거렸다. 이 길을 가는 것이 곧 말씀이 육신이 된 자신의 길이다. 하지만 제자들의 반대는 극성스러웠다. 예루살렘으로 가자! 하고 가버나움을 나설 때부터 제자들은 앞 다투어 투덜거리는 나귀처럼 입을 열었다. 예수는 길 떠날 채비를 당부하면서, 그들의 말에 귀를 기울였다.

－ 주님, 랍비여! 갈릴리 이곳이 좋사오니, 가버나움 주변에서 더 많은 백성을 모으고, 힘을 기르는 것이 옳을 듯싶사옵니다.

제자들 중에 으레 개구(開口)쟁이는 베드로였다. 성깔대로 나서는 그의 입 기운을 빌려 다른 제자들이 각자의 소견을 말하는 셈이었다. 갈릴리 이곳이 좋사오니, 이 말은 옳은 말이다. 따르는 무리가 얼마가 되었건 이곳은 협력자가 많았고, 제자들 대부분이 갈릴리 주변 출신이었다. 가버나움은 물산이 풍부한 성읍이요, 여러 회당장과 바리새인까지도 예수를 고귀한 랍비로 주목하였다. 또한 예수의 고향 나사렛과 가나 마을도 하룻길이다. 눈에 환한 터전이었다.

하지만 가야 한다. 이스라엘 온 백성의 성도 예루살렘으로! 문득 다볼 산에서 여기가 좋사오니, 하고 청원했던 베드로의 주장이 떠올랐다. 변화산이라! 스스로 칭하는 그곳에 주님이 허락하시면, 초막 셋을 짓겠다고 하였다. 하나는 주님을 위하여, 하나는 모세와 또 하나는 엘리야를 위하여. 하지만 내려가자! 하고 나섰던 길이다. 내려가서 본즉, 세상의 온갖 마귀에게 짓눌린 사람과 조롱당하던 제자들이 학수고대하고 있었다. 그들을 구원하고 기도와 금식으로 마귀를 대적하여 세상을 이길 복음을 가르칠 수 있었다. 이제 또 여기가 좋사오니, 하고 만류하는 것이었다. 제자와 여인들은 짐을 꾸리던 일손을 멈추고 랍비 예수의 허락을 기다렸다. 예수는 그들의 어린양 닮은 선한 눈을 돌아보며 입을 열었다.

– 시몬이여, 베드로! 이제 더 많은 백성을 불러 모아 힘을 기르자니, 도대체 무슨 소리인가?

말속에 감추어둔 속셈을 모르는 바가 아니다. 저들은 세상을 놀라게 할 값진 보화를 품고 있다. 예수는 짐짓 다시 물었던 것이다.

– 세상을 새롭게 하려거든, 힘이 있어야 할 것이 아닙니까? 저 강대국 로마를 보십시오. 이제는 이스라엘뿐 아니라 이집트와 요르단과 온 천하를 손아귀에 사로잡았다 합니다. 그들에게 빌붙은 저 집권 세력들을 보십시오. 그들을 능가하는 힘이 없고서야 무슨 일을 도모할 수 있겠나이까?

평소에 거의 말수가 없던 시몬 젤롯이었다. 그는 벌써 입에 마른침이 넘치고 있었다. 가슴에 열기를 다스리듯 양가죽 옷자락을 펄럭거렸다. 그는 과연 열혈 청년이었다.

– 주님, 랍비여! 지금 도성의 제사장들과 서기관들, 그리고 그들과 어울린 헤롯 안디바스의 총독부 주변에서는 랍비의 행적을 예의 주시하고 있습니다. 지금까지는 거의 그들의 시비에 걸려들지는 않았지만, 세례 요한을 삼킨 저들이 백성을 선동하여 세상을 분란케 할 큰 집단으로 우리를 제 일급 요시찰로 삼고 있다는 정보입니다. 무슨 힘으로 저들을 대항할 터입니까?

– 그렇습니다. 더구나 바리새인과 서기관이라 칭하는 저들이 사사건건 시비를 거는 까닭을 모르십니까? 자기들의 흔들거리는 지위와 명예를 지키기 위하여 희생양을 찾기에 혈안이 되어 있습니다. 이러한 때에 예루살렘 입성이란 그야말로 사자 굴에 찾아 들어가는 목

자와 양떼들이 분명한 꼴입니다.

바돌로매와 야고보의 아들 유다였다. 빌립의 친구 나다나엘이 자리에서 일어섰다. 공감하는 의사표시로 보였다. 예수는 이 느닷없는 토론에 정신이 바짝 드는 듯한 표정으로 반겼다. 그는 이미 짐작하고 있는 세상사요, 권력자들의 행태라고 여겼던 것이다. 그러나 제자들의 이처럼 적극적인 관심과 안목이 새삼스레 소중한 원력(願力)으로 느껴졌었다. 무식하고 어리석어 갈 바를 알지 못하는 곰 같은 백성들이 결코 아니다. 사람을 낚는 어부가 되게 하리라. 힘을 길러야 하리라. 더 많은 백성들을 모으고……. 하지만 야훼 하나님은 사랑이시다. 예수는 진지한 자세로 입을 열었다.

– 그래 어찌하면, 더 많은 백성을 모으고 무슨 힘을 기를 수가 있다는 말인가? 그 방책이 과연 무엇이란 말인가?

– 랍비께서는 메시아이십니다. 이미 따르는 백성들만이라도 조직하고 조련하면 야훼 하나님의 큰 군대로 일어설 수 있습니다.

알패오의 아들 야고보였다.

– 저희는 이미 백부장 천부장으로 조직을 끝내고 주님의 뜻만 기다리고 있습니다. 천이백 부장입니다. 더 나아가 십만 백만의 군사를 모으는 일은 주님 능력으로 볼 때에, 식은 빵 떼기보다 쉬운 일이라고 생각합니다. 아니 그렇습니까? 말씀만 하시면 됩니다.

바돌로매였다. 그는 섬세하고 치밀하며 조직적인 사람이었다. 백부장 천부장이라, 그와 젤롯 시몬과는 어울리는 행동주의자였다. 이미 그들은 주님의 능력과 권세를 보았던 터이다. 바다와 파도를 잔잔케 하셨다. 말씀 한 마디로, 보리 빵 다섯 개로 사천 명도 오천 명도 먹일 수 있었다. 광야의 만나와 무엇이 다를 터인가? 모세의 능력보다도 윗길이라 하였다. 또한 각종 병든 사람들과 마귀 들린 자, 소경의 눈을 뜨게 했고, 앉은뱅이를 일으켰다. 맹물이 변하여 포도주가 되었다. 뿐만 아니라 다볼 산에서 원탁회의를 하시는 신령한 기적을 보았다. 입이 간질거렸으나, 지금은 참아야 하는 때이다. 분명히 세상이 활짝 바뀌고 어둠의 세력이 물러간 후, 광명으로 변화하는 놀라운 때가 다가온 것이다. 무엇이 두려우랴? 주여 이제 말씀만 하소서! 우리가 앞장을 서겠나이다. 다만 잠시 지체하여, 큰 군대를 일으키기에 힘을 모아야 할 때입니다.

– 주님! 제 생각에는 뱃세다 광야가 전진 기지로 좋을 듯싶습니다.

빌립이 단정적으로 말했다. 그곳은 빌립의 고향이요, 오천 명의 백성들을 처음 먹였던 들녘이있다. 빌립은 이미 그곳에서 군사들을 조련하고 지휘하는 자신의 당찬 모색을 그려보고 있다는 듯 가슴을 폈다. 예수는 고개를 주억거렸다. 더 이상 저들에게 헛된 꿈과 망상에 사로잡히도록 방임해서는 아니 되리라 했다. 내 길과 너희 길은 다르다. 하늘이 땅에서 높음 같이! 또한 나의 힘과 너희와 세상이 생각하는 힘은 다르다. 마치 야훼 하나님의 권능과 마귀의 권세가 다르듯이. 권능이 멈춰라 하면, 설치던 권세는 순식간에 그 세력이 물처럼, 서리 맞은 풀처럼 꺾이지 아니하더냐? 예수는 사랑스러운 눈으로 제자들을 둘러보았다. 믿음의 힘, 믿음의 권능을 길러야 하리라. 그것은 오직 하나님의 말씀으로 비롯된 나의 사랑이다. 그 길만이 사람을 살리고 세상을 구원할 길이요, 진리이다.

그때 침묵이 안타깝다는 듯 안드레가 입을 열었다.

– 주님, 랍비여! 하늘나라에서는 누가 높습니까? 어떤 사람이 가

장 위대할까요? 그 점이 항상 궁금합니다.

　– 빌립과 야고보 바돌로매, 그대들도 그런 생각인가?

　– 그렇습니다. 힘 있는 자가 세상 권세를 잡습니다. 하늘나라에도 높은 사람이 있을 듯합니다. 힘을 길러야 합니다.

　그들은 기다렸다는 듯, 다투어 입을 열었다. 예수는 그들의 중심을 보았다. 당연한 논리이다. 하지만 예수는 잠시 머뭇거리다가 바로 눈 앞에서 어정거리는 수산나의 아들을 보았다. 손짓에 끌려 아이는 예수 앞에 머리를 숙였다. 예수가 머리를 다독거리며 입을 열었다.

　– 들어라! 내가 분명히 말해둔다. 너희가 변화되어, 이 어린아이와 같이 되지 아니하면 결단코 하늘나라에 들어가지 못할 터이다.

　– 그러하면, 우리가 다 어린아이들이 되어야 한다는 말입니까? 어떻게 그럴 수 있습니까?

　– 잘 들어라, 하늘나라에서 가장 크고 위대한 사람은, 이 어린아이처럼 자기를 낮추는 사람이다. 누구든지 내 이름으로 이런 어린아이를 영접하면 곧 나를 영접하는 것이다. 그러나 누구든지 나를 믿는 이런 어린아이 하나를 죄짓게 하는 사람은 차라리 목에 큰 맷돌을 달고 깊은 바다에 빠져 죽는 것이 더 낫다고 할 것이다.

　– ……

　제자들은 어간이 막힌 듯, 누구 하나 입을 열지 못했다. 땅의 소리를, 하늘의 말씀으로 풀어가는 터에 항변할 수는 없는 셈이었다. 예수는 그들의 심중을 살피며 다시금 입을 열었다.

　– 전에 일렀거니와 누구든지 높고자 하는 자는 낮아져야 하리라. 또한 죄짓게 하는 일 때문에, 이 세상에 불행이 닥칠 것이다. 세상에는 죄짓게 하는 일이 항상 있게 마련이다. 힘으로 다스리려는 까닭이

다. 그러나 죄짓게 하는 그 사람에게는 불행이 닥칠 것이다. 들어라! 네 손이나 발이 너희를 죄짓게 하거든 잘라버려라. 두 손이나 두 발을 가지고 영원히 불타는 지옥에 들어가는 것보다는 절뚝발이나 불구자로 영원한 생명에 들어가는 것이 낫다. 네 눈이 너희를 죄짓게 하거든 빼어버려라. 두 눈을 가지고 불타는 지옥에 들어가는 것보다 외눈으로 하나님 나라에 들어가는 것이 더 낫지 않겠느냐? 너희는 이런 어린아이 하나라도 업신여기지 않도록 조심하여라. 그들의 천사들이 하늘에 계신 내 아버지를 항상 뵈옵고 있다. 나는 잃어버린 사람을 구원하러 이 세상에 왔다. 너희는 어떻게 생각하느냐? 어떤 사람이 양 일백 마리가 있는데 그중 한 마리가 길을 잃었으면, 아흔아홉 마리를 산에 두고 가서 그 잃은 양을 찾지 않겠느냐? 내가 너희에게 분명히 말하지만, 그가 양을 찾으면 길을 잃지 않은 아흔아홉 마리 양보다 그 한 마리 양 때문에 더 기뻐할 것이다. 이와 같이 하늘에 계신 내 아버지께서는 이런 어린아이 하나라도 잃는 것을 원치 않으신다.

－ 그, 그런즉! 누가 감히 하늘나라에 갈 수가 있겠습니까? 또한 형제가 내게 죄를 범하면 몇 번이나 용서하면 되겠습니까?

모두 고개를 주억거리는 가운데 큰 소리가 항변하듯 외쳤다. 청년 요한이었다. 그는 도무지 이해할 수 없다는 절망에 가까운 표정이었다. 그의 순수한 영혼이 두려움에 사로잡혔던 모양이다. 예수는 한층 사랑스러운 눈으로 그를 마주 보았다. 진정 순결한 영혼이야말로 죄를 두려워하게 마련이다.

－ 형제가 네게 죄를 범하거든, 너는 그와 단둘이 만나 잘못을 타일러라. 그가 네 말을 들으면 너는 네 형제를 얻은 것이다. 그러나 듣지

않으면 너는 한두 사람을 더 데리고 가서, 두세 증인의 입으로 모든 사실을 증명하여라. 그래도 듣지 않으면 너는 회당에 말하고, 회당장의 말도 듣지 않으면 믿지 않는 사람이나 죄인처럼 여겨라. 내가 너희에게 분명히 말하지만 너희가 땅에서 형벌하면 하늘에서도 처벌할 것이요, 너희가 땅에서 용서하면 하늘에서도 용서하실 것이다. 내가 다시 말한다. 너희 중에 두 사람이 땅에서 마음을 같이하여 무엇이든지 구하면, 하늘에 계신 내 아버지께서 이루어주실 것이다. 두세 사람이 내 이름으로 모이는 곳에는 나도 그들 가운데 있을 터이다.

그러나 베드로가 답답한 표정으로 입을 열었다.

- 주님, 랍비여! 형제가 내게 죄를 범하면 몇 번이나 용서해야 합니까? 일곱 번까지 하면 되겠습니까?

예수는 지극히 사랑스러운 눈으로 제자들을 둘러보았다. 피할 길을 베풀어야 하리라. 스스로 안타까운 심정을 토설하였다. 하지만 꼬리에, 꼬리를 물겠지.

- 일곱 번만 아니라, 일흔 번씩 일곱 번이라도 용서하여라. 죄란 무엇인가? 그대들 영혼이 바람 속을 헤매어 다닐 때면, 홀로 지켜주는 이도 없는 그대들은 누구에겐가 죄를 짓는다. 그대 자신들에게도, 그리하여 이미 지은 그 죄 때문에 그대들은 천국의 문 앞에서 아무도 쳐다봐 주는 이 없이 한동안 문을 두드리고 기다려야 하는 것이다. 내가 이들에 대하여 무엇이라 말해야 할 것인가? 비록 햇빛 속에 서 있지만 태양을 등지고 서 있는 것이라고, 그대들은 자기의 그림자만을 바라볼 뿐이다. 그리고 그것이 그들의 법인 것을, 그러면 그들에게 태양은 무엇이 될 것인가? 그늘을 던지는 것 외에 말이다. 그러나 그대들, 태양을 향하여 걸어가는 자들이여, 대지에 그려진 어떤 영상

이 그대들을 붙잡을 수 있을 것인가? 그대들, 바람 따라 여행하는 자들이여, 어떤 풍향계가 그대들의 길을 인도해줄 것인가? 그대들, 만일 인간이 만든 감옥의 문이 아니라 자기의 멍에를 부수는 것이라면 어떤 인간의 법이 그대들을 묶을 수 있을까? 인간이 만든 쇠사슬에 결코 비틀거리지 않고 그대들 춤춘다면, 어떤 법이 그대들을 두렵게 할까 그대들이 스스로 그대들의 옷을 찢는다 해도 그것을 인간의 길에 버리지 않는다면, 그대들을 판결할 자 누구이겠는가? 그러므로 하늘나라는 종들과 계산하려는 왕과도 같다고 할 것이다.

– 주님, 랍비여! 하늘나라 왕은 어떻게 판결하시고, 무엇을 계산하신다는 말씀이십니까?

안드레가 성급하게 새촉하듯 물었다. 여인들은 이삿짐 꾸리던 일손을 멈추었고, 제자들은 침을 삼키며 귀를 기울였다. 봄바람처럼 성령의 훈풍이 머뭇거리고 있었다.

– 잘 들어라! 어떤 왕이 결산을 시작하자, 일만 달란트 빚진 한 종이 왕 앞에 끌려왔다. 왕이 심문하고 어찌하였겠느냐? 그 종에게는 빚을 갚을 돈이 없는지라 왕은 종에게 그와 아내와 자식들과 그가 가진 것 전부를 팔아서 갚으라고 명령하였다. 그러자 종은 왕에게 엎드려 – 조금만 참아주십시오. 그러면 다 갚아드리겠습니다. 하고 간청하였다. 왕은 그를 불쌍히 여겨 빚을 모두 탕감해주고 놓아주었다. 그러자 그 종은 나가며 자기에게 백 데나리온 빚진 동료를 만나 멱살을 잡고, 당장 내 돈을 내놓아! 하면서 독촉하였던 것이다. 그 동료는 엎드려 – 조금만 참아주게나. 반드시 다 갚아주겠네 하고 간청하였다. 그러나 그 종은 그 사람의 간청을 들어주지 않고 빚을 다 갚을 때까지 그를 감옥에 가두어버렸다. 다른 종들이 그가 하는 짓을 보고

몹시 마음이 상하고 아파서 왕에게 모두 일러바쳤다. 소문을 들은 왕이 그 종을 불러 말하였다. ― 네 이놈, 네가 간청하기에 모든 빚을 면제하여 주지 않았느냐? 그렇다면 내가 너를 불쌍히 여긴 것 같이, 너도 네 동료를 불쌍히 여기는 것이 마땅하지 않느냐? 그러고서 왕은 진노하여 빚을 다 갚을 때까지 그 종을 가두어버렸다. 너희가 진심으로 형제를 용서하지 않으면 하늘에 계신 내 아버지께서도 너희에게 그와 같이 하실 것이다. 아버지 하나님의 탕감은 값없는 속죄가 결코 아니다. 그러므로 나의 가려는 이 길에서 너희는 아버지 하나님의 뜻을 알게 되리라. 가자! 우리가 예루살렘으로 가야 하리라.

예수의 말씀에 토를 달거나 이의를 말하는 제자는 아무도 없었다. 모두가 꿀 먹은 벙어리처럼 말씀을 음미하듯, 제각각 달콤한 입술을 핥으며 생각에 몰두할 뿐이었다. 반면에 여인들은 자리를 떨치며 분주히 짐을 꾸리기 시작하였다. 그 모든 말씀을 유난히 귀 기울여 듣고 바라보던 예수의 어머니 마리아가 예수 앞에 나와서 조용히 입을 열었다.

― 아들 예수여! 그런즉 예루살렘으로 내려가는 길에 나사렛을 지나쳐 가지 말고, 잠시라도 들렀다 갈 수는 없을까? 어쩐지 다시 오기 어려울 듯한 예감이 드는군, 어리석은 여인네의 하찮은 망상이겠지. 하지만 리자와 야고보와 샤론과 베냐민이랑 어린 동생들이 기다리는 것을 생각해보게나.

― 어찌 그럴 수 없겠습니까?

예수는 유달리 반갑게 말하고, 애절한 눈으로 어머니 마리아를 바라보았다. 머리에 흰 서리가 하얗게 앉은 노파의 기색이 역력했다.

보이는 듯 없는 듯 사람들의 뒤에 가려 앉아 기도로 일관된 삶을 살아오신 어머니였다. 남편을 광야의 회오리에 휩쓸려버린 듯 여읜 후, 십여 년이 넘도록 바나나 송이처럼 슈바 자락에 매달린 어린것들을 기르며 험악한 세월을 삭여온 여인이었다. 예수가 문득 눈물에 젖은 파란 눈으로 입을 열었다.

－ 어머니, 나는 종이 아닙니다. 아버지 하나님의 진리를 따라 얼마든지 자유롭게 움직일 수 있습니다. 그러나 참된 목자는 양들을 위하여 목숨을 버리는 것입니다. 어머니의 소원대로 그리하시지요.

－ 그러면 그렇지! 아들 예수여, 우리의 행로는 이제 가버나움을 떠나 막달라 마을을 거쳐 디베랴를 지나고 바로 나사렛 마을로 향하면 좋을 성싶으이, 아니 그런가? 서둘러 짐들을 꾸려야 하겠네.

아들 예수여! 아들 예수여, 이는 마리아의 입에 달린 믿음의 호칭이었다. 실상 이야말로 천사 가브리엘이 일러준 하늘의 음성이었다.
－ 아들을 낳으리니, 그 이름을 예수라 하라. 이는 자기 백성을 저희 죄에서 구원할 자가 되리라. 칼이 가슴을 후비듯, 그 이름은 자나 깨나 입술에서 떠나지 않았다.

여인들은 랍비의 어머니 마리아의 채근을 들으며, 아연 활기를 띠고 있었다. 슈바 자락을 거머쥔 손을 바쁘게 놀리기 시작하였다. 어머니 마리아의 석류꽃처럼 환하게 밝아지는 모습을 보며, 예수는 모처럼 가슴이 뿌듯하였다.

짐이라야 볼품이 없었다. 각각 자리옷들을 거두어 싣고, 가죽 주머니에 물을 채우고 주인댁에서 선물한 길양식으로 약간의 빵과 과일을 거두어 싣는 정도였다. 나귀는 단 두 마리였다. 한 마리는 마리아가 짐과 함께 올라타기로 하였고, 또 한 마리에는 공동의 음식과 물가죽 부대를 실었다. 모두가 서둘러서 짐을 꾸렸기 때문에 작업은 순식간에 끝나고 앞장선 예수와 베드로와 야고보를 줄줄이 뒤따랐다. 남녀가 합하여 거의 백여 명에 이르는 식솔이었다. 늦은 비 절기가 지난 날씨는 여행에 더없이 좋은 날이었다. 실상 예수와 제자들은 어느덧 나그네 여행에는 익숙하게 훈련된 사람들이었다. 언젠가 갈릴리에 다시 오면 잊지 말고 꼭 들러주시라고 당부하며, 전송하는 주인댁 인사를 듣고, 또한 뒤따르는 무리를 돌아보며 예수는 비로소 입을 열었다.

― 내가 분명히 말한다. 양의 우릿간에 문으로 들어가지 아니하고 다른 데로 넘어가는 사람은 도둑이며 강도이다. 문으로 들어가는 사람은 양의 목자이다. 문지기는 그에게 문을 열어주고 양들은 목자의 음성을 알아듣는다. 그리고 목자는 자기 양들의 이름을 하나하나씩 불러서 데리고 나간다. 그러나 양들은 낯선 사람의 음성은 모르기 때문에 따라가지 않고 피해서 달아난다. 이것은 비유의 말씀인데, 알아듣겠는가?

베드로가 입을 열어 물었다.

― 주님 랍비께서는 양치기의 경험이 없지 않습니까? 어떻게 그리도 잘 아시는가요?

예수는 그의 단순성에 빙그레 웃었다. 그러나 구태여 삼 년간의 양치기 광야 생활을 말하고 싶지는 않았다. 어린양을 위해서는 밤잠을 버렸지만, 정작 목동 요나를 늑대의 입에서 구원하지 못했던 절망을 떠올리기가 싫었다. 문득 그런 생각을 지우려고 머리를 흔들 때, 예수는 성령의 임재를 느끼며 힘 있게 말씀을 이었다.

― 나는 양의 문이다. 나보다 먼저 온 자는 모두 도둑이며 강도이

다. 그러므로 양들이 그들의 말을 듣지 않았다. 나는 문이다. 누구든
지 나를 통해 들어가면 구원을 받고 마음대로 드나들며 좋은 꼴을 얻
을 것이다. 또한 도둑이 오는 것은 양을 훔쳐다가 죽여 없애려는 것
뿐이다. 그러나 내가 온 것은 양들이 생명을 얻되 더 풍성히 얻도록
하기 위해서이다. 나는 선한 목자다. 선한 목자는 양을 위해 자기 생
명을 바친다.

  – 주님, 랍비여! 주님을 위해서는 제가 죽겠나이다. 주님께서는 메
시아의 영광을 받으셔야 합니다.

  – 주여, 제가 죽겠나이다. 주님을 위해서는 생명을 바치겠나이다.

  베드로와 야고보와 청년 요한이 거의 동시에 부르짖었다. 모두가
주의 말씀에 차분히 귀 기울이다가 비장한 외침에 놀란 듯 걸음을 멈
추었다. 마른하늘에서 번개가 번쩍이는 느낌이 들었다. 예수는 제자
들의 엄연하고 결의에 찬 모색을 바라보았다. 그러나 다시금 말씀을
이어나갔다.

  – 들어라, 이스라엘이여! 삯군은 목자가 아니고, 양떼도 자기 양이
아니므로, 늑대가 오는 것을 보면 양을 버리고 달아난다. 그래서 이
리가 양들을 물어가고 양떼를 흩어버린다. 그가 달아나는 것은 삯군
이므로 양들에게 사랑이 없기 때문이다. 나는 선한 목자다. 나는 내
양을 알고 내 양도 나를 안다. 아버지께서 나를 아시고, 내가 아버지
를 아는 것과 같다. 나는 양들을 위하여 생명을 버릴 터이다.

  예수는 잠시 말을 멈추고 하늘을 우러러보았다. 갈릴리 호수처럼
푸른 하늘 사이로 무수한 양떼구름이 느릿느릿 흐르고 있었다. 낯익
고 정겨운 모습이었다. 그는 확신에 찬 음성으로 말씀을 이었다.

  – 또 내게는 우리 안에 들어 있지 않은 다른 양들도 많이 있다. 나

는 그들을 데려와야 한다. 그 양들도 내 음성을 듣고 한 목자 안에서 한 무리가 될 터이다. 아버지께서 나를 사랑하시는 이유는, 내가 생명을 다시 얻으려고 내 목숨을 버리기 때문이다. 이 생명을 내게서 빼앗아갈 자는 없지만 내가 스스로 버린다. 나에게는 생명을 버릴 권한도 있고 다시 가질 권한도 있다. 이것은 내 아버지에게서 받은 특권이요, 내가 곧 세상의 생명이기 때문이다.

주님의 말씀은, 예수의 입에서 제자들의 입으로 끝없이 전언되었다. 여인들의 수군거림은 결코 단순한 수군거림으로 끝나는 것이 아니었다. 그 속에 씨알이 깃들었고, 생명의 씨알은 반드시 싹이 나고 때를 따라 열매를 맺게 마련이다. 그날 하루 동안 제자들은 화두처럼, 랍비 예수의 말씀을 곰씹고 서로 의견을 주고받았다. 나는 양의 문이다. 나는 선한 목자다. 선한 목자는 양들을 위하여 그 목숨이라도 버린다. 이것이 어찌 왕이신 메시아의 말씀이라 할 터인가? 세상에 전무후무한 소리라고 아니할 수 없었다.

단지 화제가 풍성한 나그네 길은 결코 멀거나 지루한 것이 아님을, 사람들은 무궁 세월의 바람 속에서 흔히 경험하는 바이다.

여인의 후예

16장
아버지는 아들을 잘 아신다

1

나사렛의 하늘은 무섭게 수눅이 들고 있었다. 시중해의 건널목에서 꿍꽝거리는 천둥소리에 쫓기는 들짐승처럼, 얕은 구름은 뭉텅한 머리를 짓궂게 휘두르며 긴 꼬리는 갈팡질팡 정신을 못 차리고 당황하는 빛이었다. 납빛으로 무겁게 가라앉은 하늘이었다. 그 하늘에 뭉게구름이 숨죽이고 너울거렸다. 흡사 주인에게 야단맞은 엄지 양의 몰골이었다.

열두 제자들과 뱃세다 광야에서부터 따르며, 가는 곳곳마다 물을 긷고 빵과 음식을 준비하고 섬기는 여인들과, 가버나움에서 떠나올 때부터 새롭게 무리에 합류한 백여 명의 백성들을 거느리고 앞장을 서서 걷던 예수는, 그 하늘이 무안했다. 반갑게 영접하는 기색은커녕 냉담한 눈총으로 번뜩거리는 느낌이 들었기 때문이다. 예수는 자신의 눈빛이 너무 치열했던 까닭인가 하여, 너그러운 미소를 지어 보였다. 그러나 하늘의 낯빛은 별로 달라지지 않았다. 여인들의 보행에 맞춰 천천히 걸었고, 중간의 다볼 산 아래서 하룻밤을 묵었기 때문에 정작 이틀 만에 당도한 고향 마을이다. 그 하늘이 왜 이처럼 낯설고 냉담하며 두려워하는 빛이어야 하는가?

어머니 마리아의 말씀대로 리자가 보살피고 있는 어린 동생들과 고향 사람들과 낯익은 풍경이 기다리고 있을 나사렛이었다. 그러나 이 흐리고 배타적이며, 납덩이처럼 무거운 느낌은 도대체 어찌 된 까닭인가? 잠시나마 고향의 정취와 어린 시절의 온갖 추억이 어린 하늘과 산과 들녘을 마음껏 누려보고 싶었던 예수였다. 감람나무의 향기가 스며 있고, 양떼들의 살냄새와 똥냄새마저 구수하고, 포도와 대추야자 농익은 과즙 향기가 유난히 짙은 마을이었다. 메마르고 가벼운 흙냄새가 볶은 곡식가루처럼 유난히 구수한 마을이었다.

― 예루살렘으로 가자! 그곳으로 가야 하리니, 예수가 제자들에게 말했을 때 ― 아들 예수여, 가는 길에 나사렛의 집을 잠시 거쳐 가면 안 될까? 하고 마리아는 어렵사리 엄지 양처럼 말씀하였다. 그때 예수는 무엇보다 그 마을의 정취를 떠올렸다. ― 왜 안 되겠습니까? 저는 자유로운 사람입니다. 진리가 너희를 자유롭게 하리라 하지 않았습니까? 예수는 기꺼이 허락하는 빛으로 마리아를 바라보았다. 어머니의 소원대로 이루세요. 어머니의 뜻대로 순종하겠습니다, 하는 심정이었다. 그때 문득, 이번의 발걸음이 다시 못 올 마지막 걸음으로 느껴지는 것이었다. 하지만 어머니 마리아는, 그 순간부터 활짝 핀 산천의 백합화처럼 아연 활기를 띠고 앞장을 섰다. 그리하여 더딘 발걸음을 서둘러 당도한 마을이었다. 부푼 가슴으로 막상 당도한 고향 산천의 이 배타적이고 냉담한 느낌에 예수는 몹시 안타까운 기분이 들었다.

큰 키에 앞장을 선 채, 마을을 바라보는 아들 예수의 그런 심상을 의식했던 것인지 마리아가 입을 열었다.

– 내가 먼저 가서 리자와 동생들을 보리라.

– 그렇게 서두르실 까닭이 무엇입니까?

예수는 자신의 기분을 숨기려는 듯 여유를 보였다.

– 아니야, 영접하는 사람이 복이 있는 법이야.

– 선한 사람은, 사람을 진실로 반가워하고 영접하는 마음입니다.
또한 마을이나 성읍도 그러합니다. 누구든지 주를 영접하지 아니하
면, 발에 묻은 먼지마저 털어버릴 것입니다.

나란히 걷던 베드로가 단호한 음성으로 끼어들었다.

– 주님을 영접하지 아니하면, 축복은커녕 저주를 받습니다.

– 하오나 실성을 알아야 할 것이 아닌가? 도둑이나 들짐승을 함부
로 영접할 수는 없는 법이지.

응수하다가 마리아는 입을 다물고 말았다. 아들 예수의 거룩한 귀
향에 도둑이나 들짐승이라는 말씨는 그 얼마나 경망스럽고 불길한
소리인가, 하고 사랑하는 어미의 지혜가 임했던 까닭이었다. 양의 문
으로 들어오지 아니하는 자들은 절도요, 강도라 하였다. 이스라엘 천
천만만 양들의 목자이신 아들 예수가 아니신가? 마리아는 슈바 자락
에 신바람을 일으키며 마을의 골목길을 바람처럼 달려갔다.

마을은 저녁참에 젖어 있었다. 이 집 저 집에서 저녁연기가 솟아오
르고 있었다. 낯익은 이웃집 세 아이들이 뛰놀던 길을 비켜섰고, 닭
들이 놀라서 날개를 퍼덕거렸고, 검은 개가 떼 몰려 오는 사람들을
향하여 콩콩 짖다가 꼬리를 사렸다. 하지만 마리아는 개의치 않았다.
늦은 비를 몰고 온 갈릴리의 바람 같이, 흙벽이 두꺼운 집 안으로 달

려들었다.

때마침 이른 저녁을 막 먹으려고 앉았던 리자와 베냐민과 샤론과 요한이 놀라서 미처 어머니를 부르지도 못하고 눈을 커다랗게 뜨며 일어섰다.

－리자야, 내 어린양들아! 어서 나와 보아라. 오빠가, 저기 사랑하는 큰아들 예수가 오고 있단다. 어서 나와서 영접하여라. 나와서 영접하란 말이다.

－우리 큰오빠가요?

－우리 형아가요?

웃자란 어린것들은 믿을 수 없다는 듯 부르짖었다. 대체 이것이 언제 적에 듣고, 이제 또 처음 듣는 소리인가. 또한 어머니의 저 황당한 모습은 어찌 된 셈인가 하고, 어린것들은 어리둥절한 안색이었다. 마치 대왕이라도 영접하란 말씨로 들렸던 것이다.

마리아의 자녀들은 불난 집에서 빠져나오듯, 급한 몸짓으로 뛰쳐나왔다. 문밖에 무수한 발걸음이 웅성거리고 있었다. 예수를 중심으로 여러 어른이 무슨 말인가를 조용조용히 주거니 받고 있었다. 그러나 동생들을 바라본 예수가 큰 소리로 부르짖었다.

－리자! 베냐민과 샤론과 요한이여! 나의 사랑하는 아들들이여! 주님께서 축복하실지어다.

예수의 말씀은 처음 세상에 나온 자녀를 축복하는 아비의 음성이었다. 아비는 아들의 이름을 부르고, 야훼 하나님의 복을 비는 것이 예의요, 법이었다. 맨 먼저 리자가 예수의 품에 안겨들었다. 그녀는 이미 어머니 마리아보다도 더 큰 처녀로 숙성하였으나, 아무런 부끄럼 없이 많은 사람 앞에서 오빠 예수의 품에 듬쑥 안겼다. 벌써 세 해전, 가나의 혼인 잔치에서 처음 보았던 그때보다 훨씬 숙성하고 여성미가 넘치고 있었다. 아아, 신랑을 맞이하여 새 가정을 가꾸어야 할 때가 지났던 셈이다.

예수는 누이동생 리자의 포옹을 받고, 그녀의 등을 두드리며 마음이 아리고 저렸다. 마리아가 예수의 마음을 어루만지듯 리자를 어미 품으로 끌어당겼다. 이어서 누이에게 질세라 베냐민과 요한도 예수에게 덤벼들었다. 마치 목마른 어린양들이 물가에 달려드는 모습이었다. 소녀티가 완연한 샤론은 어미 마리아에게 다가섰다. 그녀는 비질거리며 눈물을 흘리다가 큰오빠 예수를 바라보며 행복한 미소를 짓고 있었다. 때에 예수는 문득 아버지 헨리 요셉의 모습을 떠올렸다. 텁수룩한 검은 수염에 깊고 파란 눈, 아아! 나는 그분 앞에 돌아올 탕자가 아닐 터인가! 아비를 버리고 오로지 재산만을 가지고 멀리 떠났다가 허랑방탕하여 거지로 돌아온 탕자의 긴 이야기! 그 말씀이 아들인 예수에게 마지막으로 들려준 말씀이었다.

― 허랑방탕하지 말거라.

― 허랑방탕이란 무엇인가요?

― 일하지 아니하고 먹고 마시며 사는 사람이 방탕이란다. 세월이 가고 세상이 살기 위하여 몸부림을 치고 있단다. 어찌하여 남의 땀과 눈물로 나의 생활을 누릴 것이랴? 어미 아비는 기다리는 사람이란다. 그것이 사랑이요, 삶이란다. 밤마다 불을 끄지 못하게 환히 켜놓고…….

아들을 기다리다가 삼 년 만에 몸소 찾아서 광야로 나섰다는 헨리 요셉이었다. 그 흔적은 집 안 어디에도 없었다. 아니, 집 안의 어린 동생들! 집과 문짝 침대 모두가 그 아비의 눈이요, 코와 이마요, 머리의 검은 흔적이었다. 사랑의 흔적이었다. 이웃 사람들이 고개를 디밀었다. 거기에도 아비의 모색이 어렸다. 뒤미처 키 큰 형 예수와 어른들이 연신 작은 집에 고개를 디밀었다. 열두 제자와 마리아와 막달라 마리아와 수산나와 구사의 아내 요안나가 들어서자 집안은 가득 차버렸다. 그러나 어미 마리아는 모든 손님을 어서 더 들라고 영접하기에 정신이 없었다.

더 이상은 들어설 자리가 없었다. 집 안에 들어선 사람은 서서 웅성거렸고, 문밖에 있는 사람들은 선 채로 우왕좌왕하였다. 흡사 유월절 절기에 예루살렘 도성의 시끌벅적하여 분비는 모습 그대로였다. 그제야 마리아가 말했다.

— 잠시들 기다리시오. 내 이웃집에, 길손 영접을 부탁해 보리이다.

— 아니, 그럴 것 없습니다. 공연히 폐를 끼칠 것은 없으니까요. 우리는 잠시 후에 산으로 올라가면 됩니다.

— 아니, 그럴 수는 없소. 이곳은 인심이 후한 곳이라오. 손님을 귀하게 여길 줄을 안다오. 더구나 나의 이웃들은 형제보다도 더 귀한 걸! 오히려 반갑게 영접할 거야. 영접하고말고. 염려하지 말거라.

예수는 고개를 주억거렸다.

작은 나사렛 마을은 갑자기 밀어닥친 나그네들로 인하여 장터가 되었다. 하지만 어쩐지 서로가 별로 말들이 없었다. 어머니 마리아가 부근의 일곱 집을 돌아오자, 제자들은 따라온 무리를 안내하여 열 명씩, 혹은 이십 명씩 숙소를 찾아들었다.

모두가 아브라함의 후손이었다. 나그네를 대접하는 일은 야훼 하나님의 축복이라 여겼던 백성이었다. 집집마다 급히 서둘러 빵과 나물 등 음식을 준비하였고, 물과 포도주도 가져왔다. 예수는 좁은 집으로 들어서는 낯익은 이웃들을 일일이 손을 잡고 악수하며 치하하였다. 아나 니우스의 아내와 니코라이 형제와 스테판과 요나 형제가 먼저 찾아온 이웃 친구들이었다. 그들은 서로 등을 두들겨가며 포옹하였다.

더 많은 낯익은 사람들이 그들을 둘러싸고 구경꾼들처럼 기웃거렸다. 그러나 영접이 끝나면 뭔지 모르게 서먹서먹한 분위기가 감돌았다. 마치 광야에서 만난 사슴들처럼 서로 코끝을 더듬어 탐색하는 모습이었다. 그들은 나사렛 예수의 소문을 많이 듣고 있었다. 도무지 믿을 수 없는 놀라운 소식이 많았다. 광야에서 백성들의 두령이 되었다고 했다.

– 너희가 나누어주어라! 하는 말씀만으로 신기한 기적이 일어나 수천 명의 사람들을 먹이고, 약 한 방울을 쓰지 않고 병든 자들을 고친다는 소식도 들려왔다. 또한 갈릴리 바다의 바람과 파도를 꾸짖었다는 웃지도 못할 소문도 들었다. 고기잡이 어부들이 그 앞에서 기적을 보았으므로 경배를 드렸고, 그의 제자가 되었다는 소문도 바람에 실려 넘나들었다.

반면에 그를 비하하는 바리새인과 서기관들의 비아냥거림도 섞여 있었다. 나사렛 예수는 귀신의 왕인 바알세불에 사로잡혔다는 소문이었다. 거룩한 안식일을 범하였고, 야훼의 율례와 법도를 어겼으므로 장차 야훼 하나님의 크나큰 진노와 심판을 당할 것이라고도 하였다. 나사렛 예수와 그 무리를 고소하는 모든 고발장이 예루살렘 도성의 빌라도 총독에게 접수되었고, 바로 그 일에 앞장을 서고 있는 사람은 다름 아닌 제사장들의 수하였다고도 했다. 이제 곧 그들은 로마 군병들의 체포를 당할 것이고, 엄중한 문초에 의하여 형벌을 받게 되리라는 소문이었다. 그 모든 진상을 파악이라도 하려는 듯, 냄새에 둔감한 양들처럼 코끝을 마주 대고 비비는 꼴이었다. 약간의 두려움과 존경심과 그에 못잖은 탐색의 시기심도 발동하였다.

예수는 알고 있었다. 이웃 친구였던 아나 니우스는 광야의 사람으로 생애를 마감하였고, 니코라이의 아버지 역시 돌아오지 못하였다. 스테판과 야고보와 그의 형제 마리우스와 가말리엘과 요나도 마찬가지였다. 갈릴리 지역 사람들 대부분이 열심당의 유다를 찾아 떠났다가 광야의 회오리에 휩쓸려버린 셈이었다. 메시아를 앙망하며 부르짖고 자유와 해방을 찾아 떠났던 백성들은 로마 정복자들의 창칼에 제물이 되기 마련이었다. 아버지 요셉도 그러했고, 요나의 아버지도 집 떠난 후 소식이 끊겼다. 예수와 손을 마주잡은 이웃들은 흡사 그 뒤의 소식을 예수에게 듣기를 소원하는 모색이었다. 또한 어서 우리의 눈앞에서도 당신의 기적을 베풀어보시오 하고, 재촉하는 눈길이었다. 예수의 서글픈 눈앞에서 지중해로 숨어드는 석양이 붉게 물들고 있었다.

날이 어두워지고 있었다. 먹고 마시자, 젊은 몸들은 단잠의 유혹에서 벗어날 수가 없었다. 안드레가 예수 앞으로 다가서며 뜻을 밝혔다.

- 저희는 이제 산에 오르겠나이다.

- 아니다. 이 밤은 나와 함께 나의 장막에서 보냄이 좋을 듯싶구나! 더구나 이 절기는 밤 추위가 쌀쌀할 터이다.

- 아닙니다. 저희는 산에서 경야하는 것이 마음 편합니다.

시몬 베드로가 웃으며 말했다.

－ 마음이란 산에서나 들에서나 어디나 마찬가지란다. 무엇이 그 마음의 주인인가 하는 것이 문제일 뿐. 이 밤에 산에는 무엇을 하려고 간다는 말이냐?

－ 산에서 기도하러 가지요.

－ 진실로 기도하려고 하느냐?

－ 주님, 랍비여! 주님께서 그렇게 하시지 않았습니까?

제자 야고보가 의심쩍은 표정으로 무렴한 듯 미소를 흘리며 말했다.

－ 너희는 항상 잠들지 않았더냐?

－ 잠들었어도 주님 랍비와 함께 있는 것이 저희의 기도입니다.

－ 진실로, 진실로 그렇게 생각하느냐? 내가 너희와 항상 함께하리라. 이 말을 믿어라.

예수는 전에 처음 찾아왔을 때, 단 하룻밤도 옛 집에서 잠들지 못했던 일을 생각하며 거듭 만류했다. 그러나 제자들은 랍비 예수를 그대로 남겨두고 앞장선 베드로를 뒤따라 습관처럼 산으로 올라가서 잠자리를 찾아들었다.

열두 제자가 썰물처럼 사라지자 마리아가 입을 열었다.

－ 새날에는, 곧 다시 예루살렘으로 떠나갈 셈인가?

예수는 흰머리가 듬성한 어머니 마리아의 수척한 얼굴을 가만히 들여다보았다. 눈빛이 호수처럼 파랗고, 유난히 콧날이 오뚝한 어머니였다. 사랑하는 어미와 만 사람의 목자가 된 아들의 눈이 마주치는 희귀한 순간이었다. 어미의 눈빛이 찌르듯, 아들 예수를 마주보았다. 산과 강의 바람에 씻긴 바위처럼 거칠어진 안색이었다.

－ 고운 모양도 없고, 흠모할 만한 아름다움이 없구나.

꽃 아기 적, 눈에 익은 그 모습 그대로, 광대뼈가 유난히 굵고 하관이 길고 이마가 넓고 코는 헤르몬 산처럼 솟구치고 있었다. 마리아의 눈에는 꽃반지처럼 예쁘고 웅걸차고 아름다운 모습이었다. 하지만 그 이마에 관 자국처럼 생긴 둥근 테를 유심히 들여다보았다. 그러나 금세 어머니 마리아의 눈은 흡사 태양을 우러러보듯 부신 눈을 가물거렸다.

– 어머니여, 그래야 할 듯싶지 않습니까!

예수가 신중한 음성으로 말씀을 드렸다.

– 주님은 때를 따라 행하시되, 스스로 정하는 그때가 바로 야훼 하나님의 때인 것이요. 이삼 일을 더 머물렀다 갈 수는 없을까? 동생들도 그러하고 이 어미도…….

– 옳습니다. 그러나 기다리는 사람들이 얼마나 많습니까?

– 누가 그토록 기다린다는 말씀인가요?

– 병들어 고통하고, 상하고 굶주리고 짓눌린 나의 모든 백성입니다.

– 예루살렘에는 더 많은 바리새인과 서기관과 제사장들이, 아니 그보다 더 많은 로마의 군병들이 이를 갈고 있다 하더이다.

– 두려워하지 마세요. 그들은 단지 어리석은 자기들의 심판의 때를 기다리는 것뿐입니다. 한 번 죽는 것은 정하신 일이요, 그 후에는 반드시 심판의 날이 다가옵니다. 어머니, 두려워하는 것은 믿음이 아닙니다.

– 정히 그러하면, 떠나는 아들에게 내가 꼭 보여줄 것이 있답니다.

– 그게 무엇입니까?

－ 야훼 하나님께서 보내신 선물입니다. 아니, 이제 진정 때가 왔다면, 아주 주인에게 넘겨주어야 할 듯싶군요.

－ 그것이 무엇입니까?

－ 어미가 그동안 숨겨오느라 고심하였고, 참으로 지키기에 어려웠던 선물입니다. 야훼 하나님의 첫 선물입니다. 주님의 때에 긴요하게 쓰시리라 하여, 어미의 지성소에 보관하였던 것이지요.

마리아는 말하며 얼른 돌아섰다. 손님을 접대하기에 정신이 없었던 리자와, 신바람을 내며 설치던 아이들이 잠들어 있는 큰방을 지나서 작은 골방으로 들어갔다.

그러나 잠시 후, 어머니 마리아는 심히 당혹한 얼굴로 뛰쳐나왔다. 흡사 뱀에게 물린 듯 몸을 부들서리며 떨고 있었다. 아니면 전갈에게 쏘였던 것인가? 독거미처럼 날카로운 쌍칼을 지닌 전갈은, 어두운 구석에 흔히 숨어 있는 맹독성 괴물이었다.

－ 오오! 야훼께서는 나의 목자이시니, 사망의 음침한 독을 마실지라도 해를 두려워하지 않을 것은…….

예수는 가만 가만히 다윗 선조의 시가를 낭송하였다.

－ 아아! 아들 예수여, 아무것도 없습니다. 아무 흔적도 없이, 다 사라져버렸나이다.

－ 어머니, 정신을 차리세요. 아들이 여기에 있습니다.

－ 아무 흔적도 없이, 다 사라지고 텅 빈 함만이 남았나이다. 도적이, 천하에 없는 도적이 들었던 것은 진정 아닐 터인데…….

－ 무엇을 말씀하시는 것입니까? 귀한 물건이라면, 꼭 필요한 사람이 갖는 것은 당연한 이치입니다.

－ 황금과 유향과 몰약의 보배합이 텅 비어버렸으니…….

마리아는 한숨처럼 뇌까리며, 기절할 듯 몸을 가누지 못했다.

아들 예수가 급히 손을 놀려 어미를 부둥켜안았다. 리자와 야고보와 요한과 베냐민이 놀라 깨어서 다가들었다. 아아! 동방의 현자들이 멀리서 듣고 찾아와 경배를 드렸고, 진정 야훼 하나님의 선물인즉, 이날 평생을 소중하게 보관하기에 그토록 힘이 들었고, 강도에게 빼앗길 뻔하였고, 요셉 남편에게 시새움도 받았고, 스스로 생활에서 유혹도 받았고, 나의 가장 소중한 지성소에 보장하느라고 그 얼마나 애를 썼던가! 지난번 집을 나설 때도 분명히 벽 틈에 촛농으로 봉인하였던 흔적이 뚜렷한 것을 이 눈으로 확증하지 않았던가?

이제 꼭 필요한 이때에, 그 흔적도 없이 사라져버렸다니, 이 어처구니없는 처사는 무슨 재앙인가? 마리아는 난생처음이라 할 만한 절망을 느꼈다. 그녀는 한숨에 섞어 뜨문뜨문 뇌까리며 흩어져가는 정신을 부둥켜안기에 여념이 없었다. 눈에서 파란 샘이 녹아내리듯 눈물이 연신 쏟아졌다. 앞을 가리는 눈물 사이로, 아들 예수의 모습마저 흐리흐리하였다.

– 아아! 아들 예수여! 랍비 예수 주님이여!

그러나 예수는 어머니의 절망과 통탄하는 모습을 냉담한 눈으로 바라보며 고개를 주억거렸다. 리자의 손에서 밝혀진 촛불이 환하게 비치는 골방 구석에는 마리아의 손에서 흔들거리는 빈 보배합이 초라하게 보였다. 울금색 보배합은 흡사 미라를 빼앗긴 청동 항아리처럼 허무를 드러내고 있었다. 시큼하고 야릇한 향기가 솔솔 피어오를 듯했다.

– 대체 어찌 된 셈인가? 나와 야훼 하나님밖에 모르는 처소인 것을……

이윽고 예수가 입을 열었다.

– 마리아여! 무엇이 보이지를 않습니까? 제 눈에는 분명히 보이는 것을…….

– 주여! 주님, 랍비여! 어디, 어디에 무엇이 있다는 말인가요? 나의 황금과 유향과 몰약이 보인다는 말씀인가요?

어머니 마리아는 스스로 지탱하기 어려운 몸으로 연신 소경처럼 팔을 휘저었다. 예수는, 오히려 그 몸에서 손을 떼면서 입을 열었다. 마리아가 갈대처럼 비척거렸다.

– 잘 들으셔야 합니다. 이스라엘아 들어라! 야훼의 선물이란 보이는 것이 아닙니다. 보이는 것이란 전하 만불인 터이요, 보이는 모든 것은 잠시뿐이요, 헛된 우상입니다. 야훼 하나님의 손길은 말씀하시는 일손으로 보아야 합니다. 헛되이 금송아지를 만들어서는 안 됩니다. 눈에 보이지 않는 것, 그것만이 영원하고 변치 않는 진리입니다.

선물은 여기에 있습니다. 보세요. 잘 들어야 합니다. 듣고 보아야 믿음입니다. 황금과 같이, 변치 않는 믿음을 지녀야 합니다. 유향과 같이, 향기로운 소망을 나누어야 하는 것입니다. 몰약과 같이, 죽어도 썩지 않는 부활의 생명을 지녀야 합니다. 이것이 영원의 길이요, 영혼의 일인 것을 어찌 깨닫지 못하셨습니까?

그러므로 금보다 귀한 믿음이 세상을 이길 터이요, 마귀를 대적하고 천국을 소유할 터입니다. 유향과 같이 소멸하지 않는 향기로운 소망으로 살아야 진정한 샬롬을 누리고 천국의 주인입니다. 몰약과 같이 죽을지라도 결코 썩지 않을 부활의 생명을 위하여, 그 아들이 세상에 온 것을 아버지 하나님의 말씀대로 믿어야 합니다.

어머니, 여인이여! 나의 형제, 아들들이여! 이제 알아들으시겠습니까? 선조 모세는 골육과 친척을 위하여 차라리 내가 저주를 받을지언정, 이 백성을 위하여 내 이름을 그 생명록에서 제하여주소서 하지 않았습니까? 바로 그 일을 위하여 내가 세상에 온 것입니다. 이 아버지 하나님의 크신 사랑을 보고서 믿음이 아니라, 듣고 믿어야 합니다.

예수는 말을 마치며, 새삼스레 어머니 마리아의 몸을 포옹하였다. 마리아의 작은 몸은 사뭇 떨고 있었다. 그 입이 열리지 못했고, 그 마음이 타는 듯 불붙고 있었다. 그 슈바 자락을 감싸고 들듯, 아들딸들이 바나나처럼 매달렸다. 마리아는 온 천하를 품에 안은 어둠 속의 부엉이처럼, 어깨를 펼치고 아들 예수를 우러러보았다. 밝게 빛나는 하늘이었다. 밤은 새날을 잉태하는 신비한 시간이었다. 그 신비한 빛으로 깊고 높은 하늘에 찬란한 별빛이 영롱하게 익어가는 터이다.

어머니 마리아와 아들딸 일곱 자녀들은, 내일이면 또다시 떠나게 된다는 큰아들 예수의 전도를 기원하듯, 그 얼굴에서 눈을 떼지 못하고 밤 깊은 줄을 모르고 별바라기를 앙망하였다. 외롭지 않도록, 뿌연 어둠 속에서 밤새가 긴 울음소리를 가슴 저리게 내지르고 있었다.

2

새날을 맞아 나사렛 마을을 떠나며, 예수는 새삼스레 마을을 뒤돌아보았다. 낮은 석조 건물들이며, 키 높은 백향목이며 감람 향기며 검푸른 대추야자가 풍성하고, 누런 산과 들녘이 모두가 낯익고 정든 마을이었다. 무리를 전송하는 마을의 소리처럼 닭과 개 짖는 소리가 요란하였다. 판자 쪽이 삐걱거리는 소리로 목이 긴 거위도 이따금 성깔 사납게 울부짖었다. 바람이 설렁거리며 등을 떠밀었다.

윗동네 나사렛에서 어미 마리아는 태어났고, 아랫마을 나사렛에서 아버지 헨리 요셉은 태어났다. 목수였던 아버지 요셉은 광야의 바람에 휘몰려 집을 떠난 후, 예수는 그 죽음도 보지 못하였다. 때마다 사람들을 광야로 몰아내는 나사렛의 바람은 회오리의 열병과도 같은 것이었다. 메시아의 향수 바람이었고, 로마 군병과 가난과 온갖 짓눌림에 대한 끊임없는 저항의 바람이었다. 오늘도 그 바람에 쫓기듯, 그러나 혁명군의 광야가 아니라 성도 예루살렘을 향하여 떠나는 예수의 무리는 특이한 풍모였다.

바람에 나부끼는 예수의 슈바 자락이 유난히 가볍고 싱쾌하였다. 그도 그럴 것이 근자에 와서 처음이듯 새로운 복색을 선물로서 갖추고 나선 길이었다. 어머니 마리아의 손 뜸과 정성과 눈물이 적셔진 선물인 새 옷이었다. 해가 금빛으로 온 세상을 향하여 되쏘는 아침에 서둘러 조반을 마치자, 어머니 마리아가 예수를 청하였다.

– 아들 예수여, 여기로 와 보아라!

그 얼굴빛이 전에 없이 자랑스럽고 붉게 물들어 있었다.

– 어머니 마리아여, 무슨 일입니까?

예수도 전에 없이 정겨운 음성으로 뒤를 따랐다.

바로 어젯밤, 세 개의 보배합이 텅 빈 것을 발견하고, 그토록 경악과 절망감으로 몸부림치던 골방이었다. 하지만 이제는 절망의 빛이 아니라, 무언가 신비로운 기대로 미소마저 감도는 낯빛이었다. 아들 예수의 말씀대로 진정 믿음과, 나아드 향기처럼 넘치는 소망과, 죽을지라도 썩지 아니할 사랑의 헌신을 발견이라도 했던 것일까? 마리아가 입을 열었다.

– 예루살렘 도성을 향한다면 그곳은 신성한 곳인즉, 몸과 마음이 정결해야 할 터이오. 아니 그런가!

예수는 문득 말하기 어려움을 느끼고 있었다. 그래서 가만히, 어머니 마리아의 눈을 들여다보았다. 수정처럼 맑고 파란 눈이었다. – 그래요, 정녕 어머니의 그 눈처럼 말이지요.

하지만 마리아는 말없는 아들을 뒤에 두고 아궁이처럼 어두운 골방의 구석에서 자색 세마포의 보퉁이 하나를 꺼내들고 나왔다. 그것을 분주히 끌러내던 마리아가 입을 열었다.

– 어서 그 옷을 벗고, 이 옷으로 갈아입으시게. 겉옷은 통으로 짠 값없는 것이라도, 속옷은 이집트 산 비수스 자색 홍포의 값진 옷이라네. 마땅히 대왕께서 입어야 할 값비싼 속옷이야!

예수는 문득 놀라워하는 기색이었으나, 이내 고개를 주억거리며 어머니 마리아를 마주 바라보았다. 마치 당연한 옷차림을 늦게나마 입게 되었다는 듯 흔연스러운 기색이었다. 하지만 그 눈은 어머니의 손을 눈여겨보고 있었다. 하얀 손등이 검게 끄슬렸고 무언가에 할퀸 상처 자국이 선명하였다. 예수가 그 손을 마주 잡았다. 마리아는 부끄러운 듯, 아들의 손에서 제 손을 빼내었다. 그러나 예수는 그 손을 뒤집어 보았다. 손바닥은 한결 거칠고 옹이가 박혀 있었다. 끊임없는 뜨개질과 가루 빻기의 맷돌질과 물 긷기와 양이나 나귀의 똥 줍기 노동으로 다져진 험한 손바닥이었다. 다섯 아들과 딸들을 먹여 살리고 입히며, 살아온 세월이 여실하게 묻어 있는 손이었다.

어머니 마리아의 손을 놓고 예수는 자기의 손바닥을 들여다보았다. 검지와 장지의 손가락 사이에 뚜렷하게 살아 있는 옹이 자국 외에는 실핏줄이 선명한 손이었다. 콩알 같은 그 손가락 옹이를 마리아가 어루만졌다.

― 쿰란 서원에서 야훼의 토라와 예언서와 시가서 필사로 굳어진 옹이랍니다.

아들 예수가 말했다.

― 이제는 아버지 하나님의 사랑으로, 옹이가 굳어져야 할 손가락이겠군요.

어미 마리아가 처연한 음조로 말을 받았다.

― 세상에! 이토록 손가락에 콩알옹이가 박이도록 야훼 하나님의 말씀을 필사했더란 말인가? 그 아니 크나큰 은총인가!

마리아는 감동에 젖은 눈으로 아들 손가락을 어루만지며, 다시 입을 열었다.

― 어서 낡은 옷을 벗고, 새 옷으로 갈아입으시게.

― 아직 이 옷도 쿰란 서원에서 마련해준 새 옷입니다.

― 하지만 그건 어미의 사랑과 헌신으로 지어진 옷은 아닐 터이오. 이 옷은 아버지 헨리 요셉의 사랑이 묻어진 옷이라네.

― 아버지의 사랑이라니요?

― 실상 아버지의 부의금을 다 들여서 마련한 옷이라네.

마리아는 보퉁이에서 옷을 꺼내어 펼쳐놓았다. 뒤돌아서는 어머니를 바라보며 예수는 잠시 어리둥절한 기색으로 문틈의 하늘을 바라보았다. 금빛으로 찬란한 아침이었다. 아버지 요셉의 부의금으로 지은 새 옷이라니……. 돌아온 탕자에게 새 옷을 입히고 손에 가락지를 끼우고 살진 송아지를 잡았더니라.

하지만 기다리다 못해 스스로 광야로 나갔던 아버지 요셉은 그 죽음으로서 새 옷 한 벌을 아들에게 선사하였던가! 망연한 눈으로 내려다보던 예수는 흠칫하고 몸을 떨다가 겉옷을 벗었다. 세마포 속옷을 벗고 팬츠를 벗으려다가, 문득 양가죽처럼 펼쳐진 속옷을 들여다보았다. 허연 이가 바글거렸다. 옹근 깨알처럼 알찬 이가 어스름 속에서 하얗게 수런거렸다. 문틈으로 스며든 햇빛을 받아 톡톡거리며 피를 토할 듯, 굼실거렸다.

예수는 근자에 들어 소란한 세상사와 같이 유난스레 마음과 몸이 굼실거리던 실체를 내려다보았다. 이 하얀 이가, 마침내 피를 토하리라. 손톱으로 으깨는 순간 새빨간 피를 토하는, 내 살이요 피가 아니던가. 이 피가 수천수만의 어린양 제물이 되리라. 느닷없이 떠오르는 상념을 뒤척이며 예수는 아무런 혐오감도 느끼지 못한 채 고개를 저었다. 붉은 피를 가득가득 머금고 치열하게 굼실거리는 옷깃의 이가, 오히려 소중한 보석 빛으로 느껴졌다.

새 옷을 갈아입고 밖으로 나서자 제자들은 몇몇 마을 사람들에 둘러싸여 있었다. 새롭게 단장한 랍비 예수를 바라보다가 제자들은 박수를 치며 환호성을 터트렸다.

– 주님, 랍비여! 대왕의 과연 복색이 여실합니다.

– 주님, 예수여! 천만인의 왕이로소이다.

너도나도 부르짖었다. 팬츠를 바꿔 입고, 속옷을 갈아입고, 겉옷을 입으며, 예수는 문득 아버지 헨리 요셉의 품에 꼭 안기는 느낌이었다. 멀고 어렵게만 느껴온 아버지의 가슴이 자신을 감싸고 달려드는 것이었다. 겉옷은 호지 아니하고 망토와 같이 통으로 짠 것이었다.

헐벗은 동생들의 얼굴이 떠올랐으나, 이내 어머니 마리아의 사랑으로 감싸는 기분에 사로잡혔었다. 제자들의 환호를 듣자 까닭 모를 눈물이 넘쳤다. 진정 믿음과 소망이 넘치는 사랑의 손놀림이었다.

하지만 밝은 햇살에 비춰진 문밖에는 머리털이 다 빠지고 얼굴이 누렇게 떠버린 아이와, 혈루 증으로 눈에 피눈물이 고였고 얼굴은 밀가루 반죽처럼 핼쑥한 여인과, 고창증으로 배가 함박만 한 늙은이가 예수를 기다리고 있었다. 그들이 의아심 많은 얼굴을 앞세우고 제자들에게 고쳐주기를 호소했던 것이다. 마리아와 함께 새 복색으로 단장한 예수를 영접하던 베드로와 알패오의 아들 야고보가 민망스러운 듯 환자들을 감싸고 어루만졌다.

그 순간 그들은 이내 예수의 새 복장처럼 정결함을 받았다. 바람에 씻긴 듯, 물결에 말끔히 씻겨버린 머리에는 생기가 돌았고, 여인은 성결한 모색이었고, 고창증은 순식간에 물러가 버렸던 것이다. 마을 사람들은 한동안 환호성을 터트리며 기적 앞에서 경이감을 숨기지 않았다.

– 아하! 이것이 도대체, 무슨 조홧속인가?

– 보아라. 이 놀라운 이적을 보란 말이다.

모두가 손뼉을 치며, 츠카 츠카하고 부르짖었다. 그러나 잠시 후, 그들의 눈은 의심과 탐색의 눈길로 번뜩거렸다. 저들이 대체 누구인가? 목수의 아들이요, 항상 먼 하늘을 우러러 바라보던 우리의 이웃 친구가 아니던가? 이것이 도대체 어찌 된 연고인가? 이것은 사실인가!

자랑스러운 안색으로 그들을 관망하는 제자들을 향하여 예수가 입을 열었다.

– 저들이 믿지 아니하여 도움을 요청하지도 않는구나. 그러므로 선지자가 고향에서는 높임을 받지 못한다는 말이 옳은 셈이야! 믿음 없는 세대는 불행한 일이다. 이제 그만, 우리의 갈 길로 가야 하리라. 우리의 하는 그 일로 야훼 하나님의 사랑을 보여야 할 터이다.

뒤돌아보는 나사렛은 멀어지고 있었다. 어머니 마리아는 아들을 돌아보다가, – 어서 먼저 가시게! 때가, 때가 되어 야훼 하나님께서 부르시면 예루살렘으로 찾아가리라. 하고 아들 예수에게 작별을 고하였다.

살랑거리는 바람에 떠밀리듯 뒤따르던 베드로가 입이 초조하고 궁금한 듯 다가섰다.

– 주님, 랍비여. 이처럼 떠난다는 것은 무엇입니까? 고별이란 무엇인가요? 이렇게 머물다가, 정들어 부대끼며 살던 곳을 떠나서 나그네 길에 오른다는 것은 대체 무슨 의미가 있는 것입니까?

예수가 생각에 잠겨 있다가 기다렸다는 듯, 즉시 입을 열었다. 이런 질문은 세상에서, 뭇 현자들이 세세에 화답하리라, 얼핏 생각하면서…….

– 가고 오지 못할 길이란 실상은 없는 법이다. 그대들 떠날 때는 으레 눈물이 앞서는 법이거늘, 바람은 눈물을 막지 못한다. 그러나 바람이란 떠날 때 일어나는 소망이 아니더냐? 바람 속에는 오고 갈 때마다 남기고 가는 보람이 있는 셈이다. 비록 보이지 아니할지라도, 향기가 남는 법이다. 우리가 떠나온 나사렛 마을의 온갖 향기를 그대들은 기억하는가? 또한 씨알을 품지 못한 바람은 없는 셈이다.

따라서 바람에 향기와 씨알이 숨겨 있다면, 다시 되돌아오리라는 기약이 숨을 쉬고 있는 셈이지. 짧기도 하였구나, 나와 함께 보낸 날들이여. 또한 내가 한 말들은 더욱 짧았구나. 하지만 내 목소리가 그대들의 귓가에서 사라지고, 내 사랑이 그대들의 추억 속에서 지워지면, 그때 나는 다시 오리라. 그리하여 보다 풍요로운 가슴, 보다 풍요로운 입술로 영혼에 순종하면서 나는 말할 것을 생각하리라. 그래, 나는 조수의 밀물을 따라서, 옛 터전의 항구로 돌아오게 되리라. 죽음이 나를 가릴지라도, 보다 거대한 침묵이 나를 껴안을지라도, 나는 또다시 그대들의 이해를 구하게 되리라. 그러나 헛되이 구하진 않으리라. 내 말에 조금이라도 생명의 진리가 숨 쉬고 있다면, 진리는 보다 명쾌한 목소리로, 보다 그대들의 생각에 가까운 말로서 스스로를 드러내게 될 터인즉…….

또한 떠남이란 썰물과 같은 것이 아니랴! 바람 때문에 물결은 생성하지만 가고 오는 썰물은 제 나름의 생명이 자라는 터전이 되리라. 푸른 파도는 물결의 힘찬 자랑이지만, 고별의 슬픔을 감추는 허세라고도 할 터이다. 끊임없는 물결의 속삭임 속에서 생명은 자라고 날갯짓하는 터이다. 저 갈릴리의 무수한 생명의 번성과 향연을 생각해보아라. 그 가운데서 야훼 하나님의 숨결을 느끼지 못한다면 어찌 믿음의 사람이라 할 터인가? 바람이여, 오라. 물결의 파도여, 가고 오는 세월이 바로 그대가 거처하는 집인 것을. 그래서 세월은 실상 가고 오는 파도의 장난이다. 생육하고 번성하는 사랑이 없다면, 물결도 세월도 그래서 더욱 무의미할 뿐이지. 그 말은 곧 사랑이 가득하다면, 어찌 가고 오는 물결을 탓하고 세월을 무상하다 할 터인가?

또 한편 고별이란, 밤과 낮이나 같다. 낮이 기울면 소망의 밤이 다가오듯이, 이 또한 은총의 선물이 아니랴! 사람마다 못다 이룬 슬픔과 아쉬움이 있을지라도, 순응하는 믿음만이 누릴 수 있는 보람이요, 가치인 터이다. 소망의 낮이 기울면 사랑을 속삭이는 밤이 오는 것을 알거늘, 어찌 밤을 어둡다 탓하며, 낮을 피곤하다 원망할 터인가? 낮이 떠나는 그 자리가 다시 무수한 하늘의 별들과 만나는 믿음의 자리요, 너와 내가 가깝게 만나는 소망의 밤이요 누림인 것을, 우리는 배우며 사는 셈이다.

진실로 밤이 떠나지 못한다면, 우리는 마음껏 일할 수 있는 낮의 한때를 만나지도 못할 터이다. 보라, 지금은 우리의 일할 때이다. 이 때는 아버지 하나님께서 그 하시는 일로 자신을 드러내는 때인 셈이다. 그래서 우리는 우리의 일을 하려고 저 두려움의 땅 예루살렘으로 가는 터이다. 이제 곧 밤이 오리니, 그때는 아무도 일할 수 없고 오직 야훼 하나님의 심판을 기다릴 뿐이다. 그러므로 떠나는 낮이나 밤을 두려워하지 말거라. 단지 믿음과 사랑으로 기다릴 뿐이다. 그 밤에 영혼의 씨알은 영글어가고, 생명의 향기는 한층 빛을 발하리라.

그러므로 떠남은 은총의 길이다. 이제 육체의 고별을 말할 때가 되었구나. 진실로 육체를 떠나지 못하는 영혼이란, 그 얼마나 고된 누림이랴? 육체의 장막 집이 무너지는 이 떠남을 사람마다 탄식하고 두려워하고 병이라 하고 끝남이라 절망이라고 말하지만, 이야말로 고별의 기적이 베푸는 최대의 은총이다. 그대 영혼아, 찬양하라! 따라서 그대들 육신도 이 떠남을 감사로 누리고 기쁨으로 나눌 때 비로소 영원을 추구하는 지혜의 사람이요, 영원한 사랑의 사람이라 할 터이다.

아아! 오늘 이렇게 떠남은 이 나사렛과의 새로운 만남이 될 터인즉, 어찌 슬프다 하여 말을 못하리오? 바람은 물결을 밀어내고, 밀물은 밤과 낮을 가르며 파도처럼 다가오지만, 영혼이 씨알로 자라는 이 이치를 생각한다면 우리의 이 떠남이 얼마나 크나큰 은총인가! 아니 그런가?

— 하지만 떠날 때마다 가슴이 저리고 마음이 아픈 것은 어찌할 수 없는 노릇이 아니던가요?

제자들의 소박한 물음에 예수는 입을 다물었다. 그러나 이윽고 그가 힘써 말했다. 마치 성령의 깊은 숨결을 내뿜듯.

— 그래서 살았다고 하는 게 아닌가! 죽은 가슴이 어찌 슬픔을 알며, 아픔을 느낄 수 있으랴! 아픔과 슬픔과 고픔과 두려움과 하고픔이 살았다 하는 증표가 아닐 터인가. 그런즉 그 모든 것을 감싸고 기뻐하며 나누는 시혜가 곧 야훼 하나님의 사랑과 은총을 누리는 첩경인 것을, 그대들은 보지 않았던가? 기억하여야 할지니라.

— 그런즉 예루살렘에서는 무엇이 우리를 기다리고 있을까요?

— 그것을 어찌 미리 염려하느냐? 오늘 이와 같이 나와 함께하는 이 나그네 길이 얼마나 슬프고도 아름다운가. 실상 세상의 모든 염려란 바로 그런 것, 내일 일을 염려하지 말라고 하지 않았더냐. 진실로 내일 일은 내일 염려할 것이요, 오늘 한 날의 괴로움이나 슬픔이나 기쁨일지라도 오늘에 족한 법이다. 가자! 어서 우리는 예루살렘으로 가야 하리니, 무엇이 우리를 기다릴까? 다만 야훼 하나님의 뜻이 아니라면, 그 무엇도 아닌 셈이다.

예수는 꿈결처럼 차분차분히 말하며 자주 옷깃을 여미었다. 겉옷 자락을 만지작거리는가 하면, 속옷 비수스를 만지작거릴 때마다 자줏빛 복장이 푸른 잎 속에서 꽃봉오리처럼 환하게 드러나 보였다.

한낮이 못 되어 제자들과 예수 일행은 나인 성에 당도하였다. 나사렛보다 작은 나인 성은 울울창창한 감람 숲에 둘러싸여 있었다. 백양목도 하늘을 향하여 키 재기에 열을 올렸다. 길가에는 풀잎도 풍성하여 팍팍한 걸음으로 힘겹게 걷는 나그네에게는 사막 속의 오아시스와 같은 마을이었다.

검은 성곽의 돌 더미 위로 비둘기가 떼 지어 날았고, 멀리 까마귀 떼가 우짖고 있었다. 한낮의 태양이 머쓱한 느낌으로 다가왔다. 그러나 성안에 미처 들기도 전에 그들을 영접한 소리는 수많은 백성들의 훤화였다. 흰옷으로 단장한 조문객들은 목이 쉬고, 열사의 태양 아래서 눈물마저 메말라버린, 지루하고 끝없는 장례의 행렬이었다. 죽음을 탄식하는 울음소리는 절창을 이루었다. 하늘에 흘러가는 양떼구름처럼 끈질기고 아득하며, 숨질 듯 이어지고 내려앉는 가슴앓이로 울려 퍼졌다. 울음은 가슴을 적시고 눈시울을 점벙거리며 슬픈 영혼에 호소하는 탄식이었다.

– 야훼 하나님이여, 들으소서! 이제 가면 언제 다시 만나랴! 이렇게 버림받은 너와 내가 언제 다시 만나고, 사랑하고 삶을 나눌 터인가? 절통하고 원망스럽고, 기가 막혀 땅을 치며 통곡을 터트린들, 이 무슨 연고인가! 아이고! 아이고! 내가 죽고 네가 살아야 할 터인데, 어찌 이리도 무심하고 사랑의 법도마저 싸늘하게 식었다는 말인가! 아이고, 아이고! 하늘이여 땅이여!

상주들은 뭐라고 지절거려도 말이 되었고, 하늘 향하여 통탄하며 뭐라고 원망해도 누구나 받아들이지 않을 수 없는 호소였다.

예수와 동행들은 발걸음을 멈추었다. 이윽고 하얀 세마포로 단장한 관을 떠메고 흐느적거리며 두어 걸음 걷는가 하자, 한 걸음씩 물러서며 앞장선 행상꾼들이 나타났다. 그 앞뒤로 따르는 무리는 연신 땅을 치며 통곡을 쥐어짜 내고 있었다. 하늘이 무안하여 낯을 붉히고 있었다. 예수는 통분하였다. 들은즉, 나인 성의 그 유명한 과부댁의 외아들이라 하였다. 가난한 이웃들을 구제하고 봉사하며, 선행에 앞장섰기로 유명하다는 과부 드보라였다. 그녀는 지치고 허기져 있었다. 태양이 떨어지고 하늘이 와르르 무너졌으며, 등불이 꺼지고 젖줄은 잘렸으며, 생명의 가락이 끊긴 까닭이었다. 시꺼먼 절망의 죽음만이 그녀 앞에서 커다란 입을 헤벌렸다. 앞에는 홍해가 넘실거렸고, 뒤에는 사자와 같은 파라오의 군병들이 창칼을 쳐들고 소리치며 덤벼들었다.

그녀는 땅을 치다가, 메마른 대지에 입을 맞추듯 엎드려 일어설 기력을 포기하고 말았다. 뼈가 바스러지고 살이 가냘픈 흐느낌처럼 흐느적거렸다. 좌우로 옹위하며 네 명의 여인네가 그녀를 이끌었다. 베드로와 안드레와 요한과 유다가 처연한 눈길로 예수를 바라보았다.

– 그런즉, 어찌하란 말이냐?

통분하여 안색이 붉으락푸르락하던 예수가 머리를 흔들었다.

– 주님이여, 생명을 부르소서!

베드로가 귀띔하듯 예수의 귀에 말씨를 넣었다.

– 네가 이 일을 믿느냐?

– 주님이여! 믿습니다. 주님께 능치 못할 일이 무엇이겠습니까?

– 진정 네 믿음이 크구나. 네가 구하는 네 믿음대로, 내가 시행하리라.

예수가 행상 앞으로 다가섰다. 홍해가 갈라지듯 머뭇거리던 무리는 길을 비켜섰다.

흔들리는 관을 붙잡고, 잠시 하늘을 향하여 기도하는 예수의 입이 열렸다. 탄식과 통곡의 곡성이 멈추었다.

– 주 아버지여! 항상 내 말을 들으심을 감사하옵니다. 찬양하나이다. 이 둘러선 무리를 보소서. 이 불쌍한 여인을 제가 보았나이다. 하나님 아버지는 저를 아시고, 저도 아버지의 사랑을 아옵니다. 이제도 내 말을 들으시고 영광을 보여주소서!

이윽고 그는 단호하게 명령하였다.

– 아이야, 일어서서 나오너라!

그러자 세마포로 묶인 관이 흔들거리며 몸부림쳤다. 놀란 행상들이 즉시 끈을 풀고 관을 열었다. 온몸이 일곱 줄로 묶인 청년이 몸을 흔들었다. 두건을 벗겨내자, 그는 한숨을 길게 토하였다. 굳게 감겼던 눈이 뜨이며, 대지와 사람들과 하늘을 바라보았다. 새삼스레 통곡이 하늘을 향하여 솟구쳤다. 그러나 이는 절망의 탄식이 아니라, 경이와 감사의 찬송이었다. 제자들도 가슴을 벌렁거리며 기쁨을 감추지 못했다.

성미 급한 베드로가 호소하듯 소리를 질렀다.

– 주님, 예수여! 대체 이 죽음이란 무엇입니까? 세상에서 죽음을 정복한다면, 무엇을 두려워하겠습니까?

습관대로 하늘을 우러러보던 예수의 입이 열렸다. 전날의 기억을 새롭게 하는, 성령의 바람이었다.

– 죽음이란, 전에 우리의 친구 요한의 주검 앞에서 말하지 않았더냐? 삶의 중심에서 죽음을 찾지 않는다면 모두가 헛될 뿐이라고, 그러므로 진정한 죽음이란 살기 위한 몸부림에 다름 아니다. 아니, 그

몸부림이란 아버지 하나님의 품에 안기려는 어린양의 부르짖음에 다름 아니다. 그대들이 진실로 죽음의 혼을 보고자 한다면, 그대들의 가슴을 넓게 삶의 몸을 향하여 열라. 삶과 죽음은 한 몸, 강과 바다가 한 몸이듯이, 희망과 욕망은 저 깊은 곳에서, 그대들은 말없이 미지의 나라를 깨닫는다. 어찌 죽음을 통탄으로만 바라볼 터이냐? 그래서 무엇이 달라진다는 말이냐?

자세히 들을지어다. 죽는다는 것, 그것은 무엇인가! 다만 바람 속에 벌거숭이로 서서 태양 속에 녹아가는 것이 아니라면 말이다. 숨이 그친다는 것, 그것은 무엇인가? 다만 한 숨결이 끊이지 않는 자기의 조수로부터 해방되는 것이 아니라면 실상 아무것도 아니다. 그리하여 높이 오르고 퍼져서 그 어떤 번민도 한숨도 없는 아버지 하나님을 찾는 것이 아니라면 말이다. 그러므로 죽음이란 단지 살기 위한 몸부림이요, 아버지 품에 안기려는 어린양의 몸부림이라고 하였다. 그리하여 영원의 문이 열리는 신비한 은총이다. 이 죽음과 삶이란 또 다른 죽음의 날을 기다리는 삶의 연장이요, 세월일 뿐이다.

기억하여라! 한 알의 밀이 죽지 아니하면 한 알 그대로 있고, 죽어야 많은 열매를 맺는다는 것을, 그러므로 우리가 예루살렘으로 가야 하리니, 하고 말씀했던 까닭을 잊지 말아야 할 터이다. 그곳에 천천만만의 양과 소와 염소와 비둘기의 헛된 죽음을 무어라고 설명할 터인가? 어찌 그것들의 죽음으로 사람의 삶을 말할 수 있으랴? 야훼 하나님은 사랑이시다. 보라, 세상 죄를 지고 가는 하나님의 어린양이로다. 이 말을 너희가 듣고 믿었느냐! 믿는 자는 영혼의 복이 있느니라.

오늘 이 죽음을 보았고, 과부의 외아들을 내가 살리게 된 것은 아버지 하나님의 사랑이다. 장차 예루살렘에서 야훼 하나님 외아들의 죽음을 보게 될 터이요, 사흘 만에 살리시는 부활의 은총을 보여주시는 셈이다. 오직 믿음을 위한, 믿음의 말씀이었느니라. 따라서 성도의 죽음을 야훼 하나님은 소중하게 보신다고 시가서는 찬양했느니라.

3

나사렛에서 사흘 길인 예루살렘 도성이 가까워지고 있었다. 나인성을 나설 때 따르던 무리도 거의 뒤처졌고, 뒤돌아본즉 근래에 드물게 홀가분한 행군이었다. 열두 제자와 여인들이 다섯이었다. 여인들은 회색 겉옷을 홀렁 둘러쓴 차림이어서, 마치 소금기둥이 걷는 것처럼 보였다.

건너다보이는 도성의 향취는 유다른 데가 있었다. 그것은 죄악의 번제물이 불타는 시큼한 소돔 성 유황의 냄새로 보였고, 또한 생명의 젖줄이 파도처럼 넘실거리는 유향의 향취와도 같았다. 길가의 양들은 코를 벌름거리며 향취의 향방을 탐색하였고, 수상쩍은 느낌에 서로 코를 마주 대고 몸을 떨며 발을 버둥거리는 모습이 바로 유월절의 풍경이기도 했다. 이는 마치 도살장 앞에서 본능적으로 방어적인 자세를 취하며 뒤로 버둥거리는 짐승들의 감각이라고도 할 터이다. 또한 밀림의 생존에 민감한 맹수들의 약육강식을 체험하는 처절한 본능이라고 하였다. 하물며 영혼의 파수꾼인 사람이리요, 하고 예수는 생각하였다.

도성이 가까울수록 예수와 제자들의 반응은 날카롭게 작용하였다. 이는 갈수록 역겹고 참을 수 없는 저항감의 실체였다. 때마다 예수는, 오래전 이집트의 황야에서 까마득하게 올려다보았던 피라미드 성채의 냄새를 떠올리면서 구역질을 견디지 못했다. 가까이 다가서며, 성안의 동굴로 들어서서 볼수록 참으로 거창한 피라미드는 오로지 대왕을 위한 백성들의 끝없는 고혈의 착취 성이었다. 천만인 백성들을 위한 대왕인가! 백성들은 오로지 단 한 사람, 왕이라는 우상을 위한 도구였던가? 하는 질문에 답할 염치가 없었다. 사랑하는 양들을 위하여 목숨을 버리는 목자가 되어야 하리라. 생각할 때마다 참혹한 느낌으로 분노하며 몸을 떨었던 예수였다. 과연 이 도성 예루살렘은 무엇이 다른가?

야훼의 율법은 살아 있고, 갖가지 율례와 법도로서 하늘의 창조주 야훼 하나님을 섬기는 이 도성은 거룩한 도시라 하였다. 천천만만을 셀 수도 없이 많은 제사장과 서기관과 바리새인들이 야훼 하나님을 섬기며, 그에게 끊임없이 번제와 화목제와 속건제와 속죄제의 제물로 양과 소와 숫양과 숫염소와 황소와 암소와 비둘기를 목 잘라 바친다. 불태워 화제와 번제물의 연기를 살라 올리는 것이었다. 그 피는 제단의 사방에 흩뿌리고, 그 살과 뼈는 불태워 하늘로 소향을 피워 올리는 법이다. 성하고 실한 짐승이 아니면, 야훼께서는 진노로 응답하신다. 그리하여 이 나라 백성은 세상 만민 중에서 특별한 야훼 하나님의 택한 백성이요, 은총과 사랑을 듬뿍 입은 자녀라고 하는 터이다. 대체 이것이 무슨 작란인가? 심지어 이런 생각조차도 이미 마귀의 꼬임에 빠진 타락이라고 못을 박고 있는 터이다. 불경이요, 불신앙이요, 따라서 야훼 하나님의 진노와 심판과 모든 불행의 단초라는 것이었다.

– 과연 그러한가?

예수는 고개를 모로 주억거렸다.

이런 생각에 골똘히 잠겨든 채, 말없이 앞장서서 걷고 있는 예수의 뒤를 따르며, 제자들 또한 궁리가 없지 않았다. 그들은 각각 꿈에 부풀어 있었다. 정녕 이번의 예루살렘 입성은 전과는 달리 결정적인 메시아의 입성일 터이다. 세상을 새롭게 다스릴 대왕으로서 입성이 분명한 때이다. 나사렛의 고향 마을을 떠날 때 랍비 예수의 복색을 보아라! 통으로 호지 아니한 겉옷과 속옷은 값비싼 자색 비수스였다. 그동안 보고 들어온 모든 정황으로 살필 때, 준비는 끝났고 야훼의 때가 다가왔다고, 랍비요 주 예수가 친히 말씀하셨고, ─ 가자! 예루살렘으로 가야 하리니, 친히 선언하시고 나서지 않았던가? 가서 우리의 하는 일을 통하여 야훼 하나님의 영광을 나타내리라 하였다. 야훼 하나님의 영광이라 하였다. 대왕의 권세와 영광이라 하였다. 지나간 세월 동안 모든 것을 버리고, 오직 랍비이신 주님을 따르며 이날을 기대하고 기다렸던 나의 권세와 영광은 과연 무엇일 터인가?

수군거리는 가슴의 소리는 서로를 바라보게 하였다. 저보다 내가 윗자리에 앉아야 할 터이다. 저보다는 나를 더 사랑하시는 주님 랍비이시다. 나의 충성과 헌신을 항상 기뻐하시는 랍비요, 주님이시다. 마침내 그들의 가슴에서 들끓는 소리는 말씨가 되어 붉게 익은 석류알처럼 벙긋거리며 입을 열게 하였다.

─ 주님이여, 나를 주님의 우편에 앉게 하여 주소서.

─ 에이, 이 사람아, 나는 주님의 좌편일세.

─ 그렇다면 나는 어찌하란 말인가. 나야말로 항상 선봉장이었지 않은가?

─ 그게 무슨 방자한 소리인가? 주님의 살림꾼은 항상 나였다는 사

실을 잊지 말게나!

– 나야말로 주님의 오른편이었다는 것을 천하가 다 아는 사실일세.

그때 예수가 갑자기 입을 열었다.

– 너희가 무엇을 서로 의논하느냐?

– 아니, 아무것도 의논하지 않았습니다.

– 높고자 하는 자는 섬기는 자가 되어야 하리라는 말씀을 잊었느냐? 높고자 하는 자는 낮아질 것이요, 크고자 하는 자는 섬기는 종이 되어야 하리라. 나는 세상을 섬기러 왔고 죄인을 위하여 왔느니! 성한 사람에게는 의원이 필요하지 않을 것이나, 가난하고 병든 자에게는 의원이 구세주가 될 터이다. 나는 아버지 하나님의 세상을 끝까지 사랑하여 이 세상을 고치러 왔느니라, 하신 이 한 말씀을 잊지 말지니라.

제자들은 스스로 고개를 들 수가 없었다. 무언가 못된 짓을 하다가 들켜버린 아이들처럼 심한 자책감을 느꼈다.

– 이제 성읍에 들어서면, 우리가 유월절을 준비하여야 하리라.

– 주여, 어디서 준비하기를 원하십니까?

베드로가 민망스러운 자리를 피하려는 듯, 급히 나섰다.

– 성안 아무 집에나 들어가서, 주님께서 이 집에서 유월절 만찬을 나누시기 원하신다 하여라. 그리하면 예비된 다락방을 보여주리니, 그곳이 우리의 처소가 될 터이다.

때는 유월절 절기가 아니었다. 그러나 제자들은 그 누구도 반론을 제기하지 못했다. 주님의 때란, 주님 스스로 만들어가는 것이다. 안식일은 사람을 위하여 있는 것, 사람이 안식일을 위하여 있는 것이 아니라고 말씀하셨던 통쾌한 기억을 가지고 있었다. 또한 나는 안식일의 주인이라고도 하셨다. 안식일의 주인이신 랍비께서 아무 때나, 이날을 새로운 유월절이라고 선포하시면 될 터가 아닌가 말이다.

그러나 이날 유월절의 만찬은 이루어지지 않았다. 노상에서의 의논으로 발걸음이 더뎠던 탓에, 도성의 길은 아득하였다. 석양을 쫓아 성문 앞에 당도했을 때, 도성의 성문은 이미 닫혀 있었다. 파수는 안으로 문을 걸었고, 철옹성은 굳게 잠겨들었다. 제자들과 예수는 성문 밖 감람산으로 발걸음을 옮겼던 것이다.

어찌 된 셈판인지, 저녁거리도 준비하지 못한 채 한밤을 산에서 경야하게 되었다. 누구도 감히 입을 열지 못하였다. 자책감이었을까? 그토록 일상에 자상하시던 주님의 눈치만 살피는 꼴이었다. 주님 또한 아무런 대책이 없었다. 별이 성글거렸고, 쪽배와 같은 조각달이 솟아오르자 밤바람이 옷깃에 젖어들었다. 굶주린 배를 움켜쥐고 밤이 깊어갈수록 성안의 풍경이 눈앞에 환하게 펼쳐졌다. 이런 경우를 자업자득이라 할 터였다.

때마침 허겁지겁 일행을 뒤따르는 발걸음 소리가 들려왔다. 감람산에서 둥그렇게 머뭇거리던 제자들은 올라오는 객을 맞이하였다. 낯선 청년이었다. 희부연 달빛에 떠오른 그의 얼굴은 기름지고 윤택했으나, 눈동자가 불안스레 휘둥거리고 있었다. 그의 숨결에서 배부른 사자와 같은 비린내가 풍겼다. 그가 하늘을 향하여 기둥처럼 서 있는 예수의 앞에 다가서며 입을 열었다.

– 선하신 랍비여! 소문을 듣잡고 사흘 길을 뒤좇아 왔나이다.

예수와 제자들은 말없이 그를 바라보았다. 그가 굵직한 목덜미를 어루만지며 민망스러운 듯, 말을 이었다.

– 선하신 랍비여! 제가 영원한 생명을 얻으려면 어떤 선행을 해야 합니까?

예수는 기다렸다는 듯, 즉시 대답했다.

– 어째서 선한 일을 내게 묻느냐? 선한 분은 한 분밖에 없다. 네가 영원한 생명을 얻으려면 야훼 하나님의 계명을 지켜라.

– 어느 계명을 말씀하십니까?

– 살인하지 말라. 간음하지 말라. 도둑질하지 말라. 거짓 증언하지 말라. 네 부모를 공경하라. 그리고 네 이웃을 네 몸 같이 사랑하여라 하지 않았더냐?

청년은 거침없이 말했다.

– 저는 이 모든 계명을 다 지켰습니다. 아직 저에게 부족한 것이 있다면 무엇입니까?

예수는 잠시 청년을 응시하였다. 곧 입을 열어 말씀을 이었다.

– 네가 완전한 사람이 되기 위해서는, 가서 네 재산을 팔아 가난한 사람에게 나누어주어라. 그러면 네가 하늘에서 보물을 얻을 것이다. 그리고 와서 나를 따르라.

그러자 청년은 심각한 얼굴로 제자들을 돌아보다가, 근심 빛으로 비실비실 물러가 버렸다. 허허한 그림자가 너울너울 춤추듯, 그 뒤를 황급히 따랐다. 그 모습을 안타까운 눈으로 바라보던 예수가 제자들을 향하여 입을 열었다.

– 보아라! 내가 분명히 그대들에게 말한다. 저가 부자인고로, 오히려 근심하는구나. 차라리 가진 것이 없었더라면……. 재물이란 그런 것이다. 그대들에게 대지는 자기의 모든 열매를 아낌없이 허락하고

있다. 그러니 그대들이 어떻게 손에 넣을지만 안다면 결코 부족함이란 없으리라. 풍요와 만족이란 대지의 선물을 교환함으로써 찾을 수 있는 것이다. 하지만 그것이 사랑과 부드러운 정의(情誼)의 나눔이 아니라면, 그는 다만 사람들을 탐욕으로 혹은 굶주림으로 이끌 뿐이리라. 따라서 진실로 부자가 하늘나라에 들어가기가 매우 어렵다. 내가 다시 말하지만, 부자가 하나님 나라에 들어가기는 낙타가 바늘귀를 통과하는 것보다 더 어렵다.

제자들은 이 말씀에 심히 놀랐다. 베드로와 야고보가 입을 다물지 못하고 소리를 질렀다.

— 그렇다면, 주님, 랍비여! 대체 누가 구원을 받을 수 있겠습니까?

— 사람의 힘으로는 할 수 없지만 아버지 하나님께서는 다 하실 수 있다. 이 말을 믿는 자가 구원을 얻으리라.

베드로가 다시 소리를 높였다.

— 주님, 랍비여! 우리가 모든 것을 버리고 여기까지 주님을 따랐으니, 무엇을 받겠습니까?

이에 예수는 잠시 하늘을 우러러보다가 입을 열었다.

— 들어라, 나의 백성 이스라엘이여! 새 시대가 되어 내가 나의 영광스러운 보좌에 앉을 때, 너희도 열두 보좌에 앉아 이스라엘의 열두 지파와 그를 따르는 온 세상을 심판하게 되리라. 또한 나를 위하여 집이나 형제나 자매나 부모나 자녀나 재산을 버린 사람은, 누구든지 갑절의 상급을 받을 터이며, 영원한 생명을 얻을 것이다. 그러나 지금 앞선 자도 나중에 뒤떨어지고, 뒤떨어져도 나중에 앞설 사람이 많을 것이다. 알아듣겠느냐?

예수는, 알아듣겠느냐, 하고 되묻는 말씨에 유달리 힘을 실었다.

190

제자들의 얼굴마다 하늘에 별빛이 유난히 반들거렸다. 혈색이 좋은
모색이었다.

그 밤에 예수는 따로 기도하려는 기색이 아니었다. 으레 돌 던질
거리만큼, 제자들과는 거리를 두고 밤새껏 하늘을 우러러 주거니 받
거니 응답하는 랍비였다. 그러나 둘러앉은 제자들과 예수는, 그 밤새
많은 이야기를 나누었다.
  ─ 하늘나라는 이렇게 비유할 수 있다, 하고 먼저 입을 연 사람은
랍비 예수였다. 젊은 제자들은 고파오는 배를 움켜쥐고 사슴처럼 귀
를 기울였다.
  ─ 어떤 포도원 주인이 있는데, 아침 일찍 일꾼을 구하러고 나겼
다. 그는 일꾼들에게 하루에 한 데나리온씩 주기로 약속하고, 품꾼들
을 포도원에 들여보냈다.
  안드레와 야고보가 침을 꿀꺽하고 삼켰다.
  ─ 아홉 시쯤 되어 다시 나가보니, 일거리가 없어 장터에서 놀고 서
있는 사람들이 있었다. 그래서 주인은, 너희도 내 포도원으로 가서
일하라. 일한 것만큼 내가 삯을 주겠다, 하자 그들은 신바람이 나서
일터로 향하였다. 주인은 열두 시와 오후 세 시에도 나가서 그렇게
하였다.
  유다와 바돌로매가 시샘하듯 메마른 기침을 토했다.
  ─ 오후 다섯 시가 되어서 나가보니 여전히 일거리가 없어 서성거
리는 사람들이 있었다. 너희는 어찌하여 하루 종일 여기서 놀고 있느
냐? 하고 주인이 묻자, 우리를 품꾼으로 쓰는 사람이 없습니다, 하고
그들은 탄식하듯 대답하였다. 그래서 주인은, 너희도 나의 포도원에

가서 일하여라, 하였던 것이다.

해가 기울고 날이 저물자, 주인은 포도원 감독에게 일꾼들을 불러 나중 온 사람부터 차례로 품삯을 주라고 지시하였다. 오후 다섯 시에 온 사람들이 와서 한 데나리온씩 받는 것을 보고 먼저 온 사람들은 좀 더 많이 받을 줄로 생각하였으나, 그들도 한 데나리온밖에 받지 못했다. 그러자 그들은 품삯을 받고 나서 주인에게 불만을 털어놓기 시작하였다. 나중에 온 사람들은 한 시간밖에 일하지 않았는데, 종일 더위에 시달리며 수고한 우리와 똑같이 대우해준다니 말이나 됩니까? 그러나 주인은 그들 중 한 사람에게 이렇게 대답하였던 것이다. 내가 잘못한 것이 무엇이냐? 너희가 나와 한 데나리온으로 약속하지 않았더냐? 네 것이나 가지고 가거라. 나중에 온 이 사람에게 너와 똑같이 주는 것은 내 마음이요, 사랑일 뿐이다. 내 것을 가지고 내 뜻대로 못한다는 말이냐? 나의 너그러움이 네 비위에 거슬리느냐? 이와 같이 하나님 나라의 일은, 앞선 사람이 뒤떨어지고, 뒤진 사람이 앞설 것이다.

제자들은 선뜻 나서지 못했다. 무언가 미진한 구석이 있는 듯했으나, 딱히 꼬집어 말할 수가 없었다. 가슴 넓은 주인의 마음이요, 사랑이라 하였다. 듣고 느끼는 서로의 숨결이 손에 잡힐 듯 뜨거워졌다. 별들이 초롱거리는 하늘은 한층 가깝게 다가들고 있었다. 하늘과 구름과 숲과 대지와 사람의 사이가 이렇게 정답게 느껴지는 것은 신비한 일이었다. 태양에 붉게 물들었던 시공 중에서 달구어진 열기의 향연이 만상을 하나로 융합시키는 반응이라 할 터인가? 그것은 말로 형용할 수 없는 사랑의 힘이었다. 온몸의 머리로부터 발가락 끝까지 피가 돌고 생명력이 솟구치듯, 야훼 하나님의 사랑이 바로 그러할 터이다. 온 누리와 생명의 가슴마다 충만한 열정의 사랑이다. 그 한결같은 사랑의 힘으로 만물은 철따라 소생하고, 생명을 누리고 생육하고 번성하는 터이다. 이가 곧 밤새 소리 없이 내리는 이슬처럼, 거룩한 성령의 역사다.

이윽고 랍비 예수가 신중한 음성으로 다시 입을 열었다.

– 앞으로 자주, 하늘나라에 대하여 보여주고 알게 하리라. 지금 우리는 예루살렘에 당도하였다. 저 깊이 잠들어가는 도성의 밤은 흉악한 꿈을 꾸고 있다. 들어라! 저기서 나는 장차 대제사장과 율법학자와 바리새인들의 손에 넘겨질 것이다. 그들은 나에게 세상을 놀라게 하는 죄를 씌워 사형선고를 내린 다음, 나를 이방인들에게 넘겨줄 것이요, 그들은 나를 조롱하고 채찍질하고 십자가에 못 박을 것이다. 이는 다름 아닌, 선조 모세가 원망하다가 죽어가는 백성들을 위하여 광야에서 구리 뱀을 든 것같이 이 사람도 들려야 하리라. 기억하여라. 보라, 세상 죄를 지고 가는 하나님의 어린양이로다, 요단 강가에서 들려주던 세례자 요한의 예언의 말씀을 기억하느냐?

– 주여! 그럴 수 없습니다. 주님을 위하여 제가 불구덩이라도 들어가겠습니다.

베드로가 격정으로 몸을 떨며 단호하게 부르짖었다.

– 하지만 나 예수는, 삼 일 만에, 정녕 다시 살아날 것이다.

예수가 엄숙하게 말했으나, 베드로의 열정적이며 거친 항변에 이 말씀은 물꼬리처럼 묻혀버린 듯하였다.

17장
하늘나라 주인을 찾습니다

1

새날의 태양이 대지를 찬란한 빛으로 짐령하여 올 무렵, 늦잠이 들었던 예수와 제자들은 눈을 비비며 산을 내려가기 시작하였다. 밤새 이슬에 젖은 몸이 새순처럼 가뿐하고 순결한 느낌이다. 가슴마다 신령한 말씀으로 충만하였고, 눈빛은 이슬을 머금은 진주와 같이 반짝거렸다. 산정에서 하늘거리며 내려온 아침의 미풍이 감람 이파리를 희롱하듯 성글대었다.

하지만 모자라는 단잠의 아쉬움이 열기처럼 파고들었고, 무엇보다 배가 고팠으므로 그들은 서둘러 산을 내려섰다. 서로 부대끼는 사람살이의 터전이라야 먹고 마실 수가 있는 법이다. 산곡에서 밤새껏 예수의 말씀으로 영혼은 배가 불렀다고 할지라도, 제자들의 젊은 육신이 고픈 배를 어찌할 수는 없었고, 그렇다고 랍비 예수나 베드로와 야고보나 제자들 그 누구도 전과 같이 보리 빵 몇 개라도 내밀어 빵을 만들어 먹거나 돌 하나라도 손에 들고 기적을 베풀어보았으면, 하는 말을 하지 않았다. 그것은 주님의 능력을 시험하는 일이라고 암묵

적으로 금하고 있었다. 주 너희 하나님을 시험하지 말라. 토라는 엄중히 금하고 있다. 엄지 양을 따르는 순한 양떼들처럼 제자들의 발걸음은 단조로웠다.

나무와 숲 사이로 좁고 비틀거리는 오솔길이 길게 이어졌다. 한동안 말없이 걷던 무리가 문득 걸음을 멈추어 섰다. 앞장선 엄지 양을 본받는 셈이었다. 감람나무 틈새에 한 그루의 무화과나무가 풍성한 녹색 잎을 거느리고 돋보였던 것이다. 그 앞에 랍비 예수가 멈추어 선 채로 기웃거리고 있었다. 아하! 주님 랍비께서도 배가 고프셨던 모양이로다. 하고 제자들은 생각하면서, 민감한 동질성을 느끼며 서로 돌아보았고, 무언가 신비한 이적이라도 발견한 승자(勝者)들처럼 야릇한 희색의 미소를 주고받았다. 추위와 더위와 심음과 거둠에 따라서, 아프고 고프고 기쁨과 슬픔을 느끼며 세상사 삶을 누리기는 그 누구라도 피할 수 없는 매한가지인 것이 인생인 셈이다.

무화과나무 가지 사이로 이리 기웃 저리 기웃거리는 랍비 예수를 따라, 안드레와 야고보와 요한이 덤벼들었다. 하지만 잎만 무성한 가지 사이로 보이느니, 꽃이 피지도 못할 꽃망울이 덜렁거렸다. 그것은 거세당하여 안으로 숨겨진 궁중의 내시와 같은 무화과의 운명인 것을 사람들은 알고 있었다. 한동안 살피던 예수의 입에서 가녀린 한숨이 터져 올랐다. 제자들은 그 자상하고 정성스러운 모색을 흥겨움으로 지켜보았다. 그러자 베드로가 검고 풍성한 수염을 다스리며 가만히 입을 열었다.

– 주님, 랍비여! 지금은 무화과의 때가 아닙니다. 이제야 겨우 꽃망울이 선을 보이고 있지 않습니까?

그러나 예수와 다른 제자들은 들은 척 만 척이었다. 여인들도 행여 무화과나무의 열매가 있을까 하여 기웃거렸으나, 모두가 헛수고였던 것이다. 이윽고 나무에서 빈손을 털고 돌아서던 랍비 예수의 입에서 질책하는 음성이 솟구쳐 올랐다.

  ─ 게으른 무화과나무여! 다시는 네가 열매를 맺지 못하리라. 어찌 주인의 때를 모른다 하겠느냐?

  제자들은 예수의 노여움에 두려운 느낌이 들었으나 쫓기듯 어서 내려가야지, 하고 발걸음을 재촉할 뿐이었다. 랍비여, 지금은 무화과의 때가 아닙니다. 게으른 무화과나무여! 다시는 네가 열매를 맺지 못하리라. 그리하면, 어떻게 되는 것인가? 아무도 상상할 수 없었다. 단지 뒤틀린 예수의 심사가 잔잔한 호수에 돌을 던지듯, 한마디 던진 깃뿐이라고 지나쳤을지도 모른다. 하지만 하루 동안 예루살렘의 행사를 치르고 석양빛을 누리며 다시 산으로 올라가던 제자들은 랍비 예수의 진노가 어떤 모양이었던가를 여실하게 보았다.

  ─ 주여! 주님, 예수여! 저주하신 무화과나무가 뿌리로부터 말라버렸나이다.

  앞장섰던 베드로가 고함을 질렀다. 놀라서 돌아본 제자들의 눈앞에 그 무성하고 파랗다 못해 짙은 녹색으로 번쩍거리던 생명력의 무화과 숲은 빨갛게 단풍 들어 있었다. 석양의 금빛이 어울린 반사작용이었던가 하였으나, 다가서서 만져보자 부슬거리며 메마른 잎이 떨어지고 가지도 뻣뻣한 삭정이가 되어버렸다.

  ─ 고모라 성에서 뒤돌아본 여인은, 소금기둥이 되었더라.

  제자 중에 누군가가 탄식처럼 말했다. 랍비 예수는 민망스러운 안색으로 한숨을 토하며 고개를 저었다. 그 파란 눈이 사람의 심중을 투사하듯 서늘하였다. 다시 걷기 시작하며 랍비 예수가 입을 열었다.

– 이런 일을 인하여 야훼 하나님을 믿어라! 하나님의 말씀을 믿어야 하리라. 내가 분명히 이르거니와, 너희가 의심하지 않고 믿기만 하면, 내가 저 무화과나무에게 한 일을 너희도 할 수 있다. 그뿐 아니라 이 산을 향하여 땅에서 들리어 바다에 빠져라, 하여도 그대로 될 것이다. 믿는 자는 복되려니와 믿지 아니하면 슬픔과 탄식으로 갚음이 임하리라. 이것이 곧 공의로운 심판의 법이 아니겠느냐?

예수는 가만가만 타이르듯 말씀을 이었다.

– 하지만 두려워하거나 낙심하지는 말아라. 야훼 하나님의 공의는 죽이는 일이 아니라, 살리려 함이니라. 그것이 사랑의 힘이니라. 공의와 사랑! 이런 양면의 모습이 곧 야훼 하나님의 형상이 아니겠느냐? 이제 너희는 살리시는 아버지 하나님의 사랑을 보게 될 터이니, 그 일을 위하여 세상에 내가 온 것을 잊지 말아라. 알아듣겠느냐?

말씀 끝에 가끔 다짐하듯 확인하는 것은, 어느덧 예수의 입술에서 듣는 사람의 마음으로 파고들며 심어지는 어법이 되고 있었다.

예수와 제자들은 베다니 마을로 들어섰다. 베다니란 대추야자, 혹은 무화과의 집이라는 뜻으로 불리는 작은 촌락이었다. 예루살렘 동남쪽 약 삼 마일 지점에 있고, 여리고로 향하는 갈림길 감람산 옆에 위치하고 있었다. 벳바게와 베다니, 서로 등을 마주 댄 듯한 이웃 마을이다. 예수와 제자들의 발걸음이 예루살렘을 바라보며 먼저 이 마을로 들어서게 된 것은 자연의 끌림이라 할 수 있었다. 쇠붙이는 으레 작은 자석에도 끌리는 법이다.

그곳에는 잘 아는 사람이 살고 있었고 또한 은밀한 사랑이 숨 쉬고 있었다. 다름 아닌 마리아와 마르다가 그 주인공이요, 그 오라비 나사로의 집이 있었기 때문이다. 나사로는 심장병을 앓고 있었다. 그 남매들의 부모가 이름 모를 열병으로 하룻밤 새에 세상을 버리며 유산처럼 물려주고 떠나간 병이라 하였다. 정녕 그 사망의 충격에 의하여 발병했던 것이 아닐까? 항상 얼굴이 민들레의 들꽃처럼 노랗게 들떠서 젊은이라고 볼 수가 없었다. 하지만 예수만 들렀다 가면, 노랑꽃은 사라지고, 얼굴에 붉고 환한 화색이 돌고 숨쉬기가 편해진다는 것이었다.

하지만 병색은 물러갔다가도 다시 돌아오곤 하였다. 그래서 마귀병이라고도 했다. 한 마리의 마귀가 잠시 물러갔다가 일곱 마리의 마귀를 불러들인 것이었다. 예수는 그동안의 안부를 궁금해하며 발걸음을 재촉하였다. 그러자 문득, 작년 유월절 무렵의 일이 바로 엊그제의 일처럼 생생하게 떠올랐다.

큰 명절이었던 유월절 행사를 치르고 갈릴리로 돌아가는 길에 잠시 들렀던 나사로의 집에서는 랍비 예수와 제자들을 영접하여, 때 아닌 잔치를 배설하였던 것이다. 그들이 마을로 들어서자 벌써 소문을 듣고 나선 그 누이 마르다와 마리아는 대문을 활짝 열었다. 성전에서 만났던 친구 나사로의 가냘픈 손길에 이끌려 토방으로 들어서자, 마르다는 - 어서 오십시오. 랍비 예수여! 잠시 문안을 드린 듯 만 듯, 부엌에서 건너편 광으로, 광에서 부엌으로 쏜살같이 들락거리며 음식 준비에 정신이 없었던 것이다.

- 마리아야, 기름 좀 내오고, 밀가루도 더 가져와야 하겠다. 사라의 집에서 접시도 좀 빌려오고, 물도 모자라겠어…….

하지만 마리아는 눈꽃을 빛내며 랍비 예수의 발 앞에 바짝 다가앉았다. 지난해에 그녀는 성인식을 치른 지 벌써 두 해가 지났다고 자랑스럽게 말하며, 새말간 눈물로 예수의 발을 씻기고 머리털로 감싸는 바람에 예수와 제자들은 그녀의 가슴에서 솟구치는 용암과 같은 뜨거운 사랑을 엿보았다. 또 한 해가 지난 마리아는 놀랍게 키가 커졌고, 호리낭창한 몸의 향내가 물씬 풍기며, 웃자란 암사슴처럼 성숙하였다. 더구나 그녀의 갈색 눈빛은 버들잎처럼 치렁한 머릿결 속에서 형언할 수 없는 매력으로 빛나고 있었다.

– 어찌하여, 이제야 오셨나요? 밤낮으로 하늘에 샛별처럼 기다렸다고요! 하고 투정하는 기색이 역력했다. 그녀의 손길은 랍비 예수의 옷자락을 차마 놓칠 수 없다는 듯, 뒤를 바짝 따라서 어미 닭의 병아리와 같이 예수의 품에 파고 숨어들었다.

예수는 전율을 느꼈다. 피할 수 없는 관능이 눈길로부터 발끝까지 살아 움직이는 뜨거운 전율이었다. 저도 모르는 새 가슴에 불이 타듯 열기가 전이되었고, 오관은 수액처럼 빠르게 출렁거렸다. 문득 한숨이 터져 나왔다.

– 주님, 랍비여, 우리에게 한 말씀을 전하여 주소서!

그때 느닷없이 베드로가 가르침을 청하였다. 예수는 피할 길을 찾은 듯, 제자들을 바라보며 정신없이 말씀의 꼬리를 이어갔다.

– 그대들은 평화로이 생각하고 있지 않을 때……, 말을 시작한다. 그리고 그대들의 가슴이 고독을 더 이상 참을 수 없을 때 떠들기 시작하며, 그럴 때 소리란 기분 전환이 되고 소일거리가 되는 법이다. 그리하여 그대들이 떠들고 있을 땐, 생각이란 거의 사라져버린다. 왜냐하면 생각이란 우주를 날아가는 새들이기 때문이다. 말씨의 둥우리 속에선 아마도 날개를 펼칠 수 있을는지는 몰라도 날아갈 수는 없을 것이기에…….

예수는 문득 말이 막혔다. 더 이상 끌어댈 만한 말의 씨알이 떠오르지 않았던 셈이다. 그때 예수는, 현기증으로 까물거리는 눈앞에 활짝 뜨이는 마리아의 불타는 눈총을 다시 보았다. 예수의 입에서 떨어지는 말씨 한마디 한마디를, 마치 제비 새끼처럼 맛깔스럽게 납죽납죽 받아먹고 있는 마리아였다. 그 무슨 심오한 진리라도 받아들이는 듯, 예수는 감동하였다. 야훼 하나님의 말씀이 육신이 된 예수였다. 말씀에 생명이 깃들어 있고, 말씀을 듣고 믿어야 사는 법도를 위하여 세상에 오신 예수의 체질을 숨길 수는 없었던 까닭에, 본능적으로 융화하는 감동이라 할 터였다.

그러나 그 순간, – 랍비 예수여! 저를 도와주십시오. 저 철부지 마리아를 제게 보내어, 이 분수한 손길을 높게 하여 주십시오. 고함치는 언니 마르다의 타박에 예수는 정신이 번쩍 들었다. 하지만 무언지 모르게 아쉽고 애틋한 느낌이 뒤대었다. 제자들도 민망한 듯 고개를 주억거렸다. 예수는 조용히 입을 열었다.

– 마르다야, 마르다야. 네가 한 가지만 하든지, 이것저것 너무 신경 쓰지 마라. 좋은 편은 언제나 하나요, 한 가지인 법이다. 마리아는 그 좋은 편을 택하였으니, 결코 빼앗기지 아니하리라. 천국은 침노하는 사람이 주인이 될 터이다. 결코 빼앗기지 아니하리라. 진정 좋은 것이란 아버지 하나님의 사랑이 아니겠는가?

예수는 지난날의 그 장면과 자신의 말씨를 새록새록 떠올리고 있었다.

베다니의 하늘은 우중충하다 못해 금세 늦은 비라도 쏟아질 듯, 그렁거리는 눈물을 머금고 있었다. 메마른 땅에 소중한 단비일 터이다.

하지만 서글픈 강물이 출렁거리는 느낌이 들었다. 낮게 내려앉은 구름은 긴 꼬리를 사리는 양떼처럼 행렬을 이루고 흘러갔다. 양들의 털이 흠뻑 젖어 있었다. 그 하늘을 바라보며 예수와 제자들은 가까이 다가서는 마을에 기대를 걸고 서둘러 걸었다. 서둘러 음식을 마련하고, 깜짝 놀라는 눈으로 영접할 마르다와 마리아의 모색이 떠올랐다.

 ─ 핼쑥한 친구 나사로는 잘 있는가?

 왠지 불안한 검은 그림자가 스치고 지나갔다. 벌써 두 끼니를 걸렀다. 먹어야 숨결도 가벼워질 성싶었던 절박한 상황이었다. 하늘이 노랗다고 뒤에서 떠드는 소리가, 앞서서 걷는 예수의 귓가에 들렸다. 그렇다면 하늘이란 보는 이의 눈에 따라 혹은 마음에 따라서, 똑같은 하늘이라도 이렇게도 저렇게도 변하는 것인가? 예수는 생각했다. 씨 뿌리려는 농부가 바라보는 하늘은 희망이 넘치는 단비의 하늘일 터요, 배고픈 나그네가 바라보는 저 하늘은 허둥대는 발걸음을 재촉하는 성급한 양떼들의 하늘이요, 별들이 초롱거리는 밤하늘은 낯익은 꿈결을 밝히는 하늘이요, 슬픈 자가 바라보는 하늘이라면 함께 울어주는 눈물에 젖은 하늘이 아니겠는가. 예수는 고개를 주억거렸다.

 진정 그러했다. 베다니의 하늘에서는 슬픈 통곡의 소식이 그들을 기다리고 있었다. 실상은 마을을 가까이 다가설수록 병든 양처럼 쥐어짜는 통곡의 쉰 소리가 예수와 제자들을 영접하였다. 그들이 백향목과 종려가지가 하늘 향하여 늘비한 동구에 들어서자, 마을 사람이 그들을 영접하면서 소리를 질렀다.

 ─ 랍비여! 나사로가 죽어서, 벌써 장례를 치렀답니다.

 그 순간 예수는 마주 고함치듯 말했다.

 ─ 아니다. 죽은 것이 아니라 잠들었느니라.

– 단잠이 들었으면 좋은 징조입니다.

바짝 뒤따르며, 베드로가 응대하였다. 하지만 예수는 이미 느끼고 있었다.

– 이는 야훼 하나님의 영광을 위함이로다. 야훼여, 찬미를 올립니다.

그들의 발걸음은 한층 빨라졌다. 개 짖는 소리와 닭 소리가 홀연히 소나기 쏟아지는 물소리처럼 살아 올랐다. 그 사이로 하얀 숄에 얼굴을 가린 마르다가 뛰쳐나오고 있었다. 그 뒤를 좇아서 마리아의 앳된 상복 차림도 하늘거렸다. 곧 쓰러질 듯, 기진맥진한 꼴이었던 것이다.

이윽고 마르다와 마리아가 거의 동시에 예수의 품에 안겨들었다. 성숙한 여인들이 한꺼번에 넘벼드는 바람에 예수는 하마터면 숨결이 컥, 막힐 뻔했다.

– 주여! 랍비 예수여! 주님께서 일찍 오셨다면 저희 오라비가 이렇게 허무하게 죽지는 않았을 터입니다. 분하고 원통하기 그지없습니다.

마르다가 부르짖었다. 원망인지 눈물인지, 한꺼번에 쏟아지는 통곡을 예수는 감당하기 어려운 짐처럼 떠맡고 있다. 그가 다급하게 도피하듯 입을 열었다.

– 이런 병은 죽을병이 아니다. 잠들어 쉬는 것이다. 어서 가보자! 어디에 뉘었느냐?

– 무덤에 장사한 지 벌써 나흘이 지났습니다.

– 죽음이란 그러한 것이다. 죽기까지가 어렵고 힘든 것이지, 영혼이 장막 집을 떠나고 나면 세월이란 한층 살 같이 흐르는 법이란다. 그래서 피할 수 없는 운명이라 하지 않더냐?

예수는 변명처럼 위로의 말씨를 늘어놓았다.

이 통곡의 죽음이란 무엇인가? 얼핏 나인 성 과부의 통곡과 그 아들의 하얀 관이 떠올랐다. 그때 자신은 말했던 것이다. 죽는다는 것, 그것은 다만 바람 속에 벌거숭이로 서서, 태양 속으로 녹아가는 것이 아니라면, 숨이 그친다는 것은, 그것은 무엇인가. 다만 한 숨결이 끊이지 않는 자기의 조수로부터 해방되는 것일 뿐, 그리하여 높이 오르고 퍼져서, 그 어떤 번민도 아픔도 다시는 눈물도 없는 사랑을 찾아가는 길이라고? 그랬던가? 정말 그러한가? 그러면 이 기막힌 통곡의 정체는 과연 무엇인가! 어서 앞서거라.

산등성이에 돌무덤들이 널려 있었다. 호숫가의 게딱지처럼 올망졸망 서로 마주 대하며 숨을 죽이고 엎드려 있었다. 그러나 어디서도 잔물결의 파도 소리는 숨을 쉬지 못했다. 다만 마르다와 마리아를 따르던 여인들이 두셋씩 서로 부축하며 억눌린 울음소리가 목 졸린 숨결 소리처럼 이어지고 있었다. 크고 작은 묘석 가운데 마르다가 발을 멈춘 묘실은 제법 웅장하였다. 여기, 그 부모와 함께 얼굴이 노랗고 항상 어깨를 들먹이며 숨쉬기를 어려워하던 나사로가 잠들어 있을 터이다. 진정 평안한 가족의 단란한 쉼터가 아니랴? 하지만 저 딸들의 통곡과 절망을 보아라. 저 여인들의 슬픔과 탄식을 들어라. 저 무수한 사람들의 두려움과 탄원을 듣고 보아라. 예수는 분연히 솟구치는 통분을 느꼈다. 저도 모른 새 고함처럼 입을 열었다.

— 이제 무덤을 열어라! 주검을 막고 있는 돌문을 열란 말이다.

— 주님, 예수여! 죽은 지 벌써 나흘인지라 상한 냄새가 나고 있습니다.

마르다의 말을 야고보가 대신하고 있었다. 그러나 베드로와 요한과 바돌로매가 힘을 모으고 덤벼들었다. 장정의 키 같은 돌문이 성가시다는 듯, 마지못해 삐걱거렸다.

마르다가 입을 열었다.

– 주님, 예수여! 주께서 여기 계셨다면 내 오라비가 죽지 않았을 터입니다. 그러나 나는 이제라도 주께서 무엇이든지 야훼 하나님께 구하는 것을 주실 줄 아옵니다.

– 네 믿음이 크구나. 네 오라비가 다시 살리라.

– 마지막 날, 부활에는 다시 살 줄을 내가 아나이다.

– 나는 부활이요 생명이니, 나를 믿는 자는 죽어도 살 터이다. 아는 것이 아니라 믿음이니라. 무릇 살아서 나를 믿는 사는 영원히 죽지 아니하리니, 이것을 네가 믿느냐?

– 주님이여, 그러하옵니다. 주는 그리스도시오, 살아서 오신 하나님의 아들이심을 내가 믿나이다.

마리아가 눈물을 씻고 예수의 품에 안겨 들었다. 그 뜨거운 체온을 느끼며, 예수는 주변을 둘러보았다. 어찌할 수 없는 여인의 향신료가 물씬 풍겨왔다. 머리가 아찔할 만큼 고혹적인 향취였다. 아하! 이렇게 살아 있는 생명이란, 뜨거운 법이다. 예수는 탄식하듯, 스스로의 느낌을 억제하였다. 열기가 순식간에 온몸으로 파고들었다. 이처럼 가슴 벅찬 생명의 향락을, 저토록 냉혹하고 음침한 사망의 골짜기로 쓸어버렸다는 말인가? 죽는다는 것, 그것은 다만 바람 속에 발가숭이로 서서 태양 속으로 녹아지는 것이 아니라면, 숨결이 그친다는 것, 그것은 무엇인가 하고 성령의 바람 소리로 떨구었던 말씨가 떠올랐다. 하지만 이는 정녕, 흉악한 꼴이요 원망과 탄식의 형상인 것을 새롭게 보았다. 잠시나마 아버지 하나님의 손길에서 멀어진 사망의 음침한 골짜기가 아닐 것이랴. 그것이 곧 사망의 실상이다.

– 이처럼 악한 죽음이여! 더러운 사망 권세야! 물러갈지어다.

예수는 통분을 터트리며 엄히 책망하였다.

마을의 여인들과 제자들, 그리고 더 많은 구경꾼이 빙 둘러서서 숨을 죽이고 지켜보았다. 예수의 심령에 민망스러움과 통분이 일었다. 저도 모른 새 주룩 눈물이 흘렀다.

– 참으로 사랑하는 사이였다네!

누군가 감동 어린 투로 말했다. 돌문이 넓게 열렸다. 혹독한 주검처럼, 검은 동굴의 속 깊이가 들여다보였다. 예수는 눈을 들어 하늘을 우러러보았다. 어느새 눈물이 걷힌 듯, 양털 구름은 포실하고 맑은 하늘이었다.

– 아버지여! 내 말을 들으심을 감사하나이다. 항상 내 말을 들어주신 것을 믿습니다. 그러나 이 둘러선 사람들이 아버지께서 나를 보내신 것을 믿게 하려고, 이 말씀을 드립니다.

예수는 말하며 팔을 쳐들어 머리 위로부터 선을 그었다. 손이 입가에 이르자 입이 열렸다.

– 나사로야, 나오너라!

한 목소리 크게 외치자, 이윽고 검은 동굴에서 하얗게 묶인 세마포를 뒤집어쓴 채, 시체가 비척비척 걸어 나왔다. 괴물이 흔들거리며 걷고 있었다. 한순간 군중은 숨을 죽였다. 비칠거리며 스스로를 가누지 못해서 숨결을 토하는 자들도 있었다. 신음을 삼키며 부르르 몸을 떨고 바라보던 마리아가 덤벼들었다. 예수가 재빨리 그녀를 사로잡아 제지하였다. 하늘이 맑게 빛나고, 태양이 얼굴을 드러내었다.

– 너희가 믿고 보았다면, 이제는 풀어놓아 다니게 하라!

예수가 말하자, 베드로가 말씀을 받았다.

– 주님이여! 이보다 더 큰 사랑이 과연 무엇이겠습니까? 이제야말로 세상을 이길 수 있는 야훼 하나님의 사랑을 여실하게 보이셨나이다.

예수가 그 말에 응답하였다.

– 야훼 하나님의 사랑은, 단지 살리는 사랑만이 아니다. 이 사람은, 우리와 함께 이제 다시 죽음으로 향하는 것뿐이다. 가냘픈 몸에 무거운 장막을 지고 길 가는 나그네가 아니더냐? 그 영혼이 저 헐거운 장막에 갇힌 채, 잠시 더 헐떡거리며 영원을 향하여 나가는 나그네길일 터이니 말이나. 아니 그런가!

2

사흘째 감람산에 오르며, 예수와 제자들은 한동안 제각각 생각에 잠긴 채 말을 잊고 있었다. 며칠 동안의 일들이 너무도 변화무쌍하여 가슴이 벅차올랐던 터이다. 전날 아침에 산을 내려서자 허기진 그들을 기다리고 있는 백성은 소경의 무리였다. 저들은 여리고 지방으로부터 나사렛 예수의 소문을 듣고 좇아 왔노라 하였다. 흰 눈을 번뜩거리고 하늘을 향하여 팔을 휘두르며, 지팡이로 대지를 두들겨가며 허겁지겁 좇아온 두 사람의 소경, 그들은 귀담아 들은 대로 나사렛 예수를 향하여 부르짖었다.

– 다윗의 자손이신 랍비 예수여! 우리를 불쌍히 여겨주십시오.

감람산 발치에서부터 웅성거리며 뒤따르는 무리가 배가되고 있었다. 나사렛 예수와 그 무리가 예루살렘을 향하여 입성한다는 소문이 순식간에 햇살처럼 퍼졌던 것이다. 베다니 마을에서 나사로의 부활 소식은, 세상을 팥죽처럼 들끓고 부글거리며 놀라게 했다. 그 후로 몸살이 날 만큼 따르는 무리가 날로 와글거렸던 터이다. 제자들은 소경들의 나팔 소리와 같은 세상의 외침에 넋이 나갈 지경이었다.

모두들 잠잠히 좀 따르라고, 군중은 제자들과 맞장구치듯 제지하였다. 그러나 두 청년 소경은 막무가내였다.

– 나사렛 예수여! 우리를 불쌍히 여기소서. 우리의 눈 뜨기를 소원합니다. 주님 얼굴만이라도 뵙기를 소원합니다.

더 큰 소리로 외쳐대었다. 마침내 앞장섰던 예수가 걸음을 멈추고 그들을 맞았다.

– 도대체 어찌하란 말이냐?

예수는 안쓰러운 눈으로 그들을 바라보았다. 곳곳마다 이처럼 눈 먼 소경이 많은 까닭이 무엇인가. 정녕 저 치열한 광야의 태양 탓인가? 생명을 살리는 태양의 빛살이 어느 순간 착각의 여린 눈망울에서, 시력을 거두어버리는 독소로 작용한 탓이다. 암흑에 짓눌린 자녀들이 발악하듯 연신 부르짖었다.

– 다윗의 자손이여, 말씀만 하소서! 우리의 눈 뜨기를 소원합니다. 이 눈을 뜨고 주님을 보게 하소서.

사람마다 소원으로 사는 법이다. 하지만 소원은, 진정한 소망이 되어야 할 터이다. 진정한 소망이란 믿음으로 마침내 열매를 맺으리라. 고개를 주억거리며 예수가 입을 열었다.

– 너희가 나의 말씀을 믿겠느냐?

－ 주여 믿습니다. 야훼 하나님의 말씀으로 믿습니다.

예수의 뜨거운 눈이 그들을 영접하였다. 믿는 자 앞에서는, 언제나 마음이 약해지는 예수였다. 이가 곧, 아버지 하나님의 어찌할 수 없는 뜨거운 사랑이 아니겠는가! 그 파란 눈에 눈물이 흘러넘치고 있었다.

－ 이리 오너라! 너희의 믿음이 크다. 네 믿음대로 될지어다.

그러자 소경은 마른하늘에 불벼락 맞은 듯, 경악하며 환호성을 터트렸다.

－ 아하! 하늘이, 하늘이 보입니다. 저기 태양이! 세상이, 저렇게 아름답게 보입니다. 태양과 세상의 주인이 우리 앞에 섰나이다. 야훼 하나님의 권능이 찬란하고 장엄합니다.

가슴이 놀란 사람들과 춤을 추며, 연신 경배하고 사례하는, 소경이었던 두 청년과 뒤따르는 제자들을 거느리고 예수는 도성의 동문을 향하여 걸음을 옮기기 시작하였다. 제자들의 가슴은 허기가 졌으나, 형언할 수 없는 기대와 감격으로 벌름거렸다.

그때 서둘러 걷던 세배대의 아내 수산나가 예수 앞으로 다가서며 입을 열었다. 그녀의 두 아들 야고보와 요한은 항상 예수의 발치를 호위병처럼 멀찍이 따르는 겸손한 사람들이었다. 요한은 사춘기를 갓 벗어난 듯, 수줍음을 타는 아름다운 청년이었다.

－ 랍비 예수여! 문안을 드립니다.

수산나의 두건 벗은 얼굴을 바라보며 반기는 표정으로 예수가 물었다.

－ 그대의 소청이 무엇인가?

－ 주님, 예수여! 나의 두 아들을 주님의 왕국에 임하실 때에, 하나

는 주님의 오른편에, 하나는 주님의 보좌 왼편에 앉게 하여 주십시오.

예수는 고개를 주억거리며, 서글픈 눈으로 그녀를 바라보았다. 이윽고 그 입이 열렸다.

— 너희는 지금 마음으로 구하고 있는 것이 무엇인지도 알지 못하고 있다. 내가 곧 마시게 될 고난의 쓴잔을 너희도 마실 수 있겠느냐?

— 마실 수 있습니다. 용맹스러운 장수가 되어, 전쟁에도 앞장을 서서 죽음이라도 대신하겠습니다. 선봉장이 되게 하여 주십시오.

수잔나는 남성들이 쓰는 용어를 거침없이 구사했다. 여인은 약하나, 어미는 강한 법이었다.

— 들어라, 여인들이여! 나의 싸움은 혈과 육에 대한 것이 아니다. 세상의 권세와 명예가 아닌 터이다. 악한 영과 마귀 권세와 사탄의 머리를 상해하기 위하여 죽기까지, 순종과 고난의 쓴잔을 마실 터이다. 너희가 소원하면, 정말 나의 쓴잔을 마실 수 있을 것이다. 그러나 나의 오른편과 왼편에 앉는 것은 내가 정하는 것이 아니라, 내 아버지께서 미리 정해놓으신 사람들의 몫이다. 단지 순종이 있을 뿐이다. 알아듣겠느냐?

그러자 듣고 있던 제자들은 불퉁거리며, 통분하는 심사를 여실히 드러내었다. 그들을 지켜보던 예수가 다시 입을 열었다.

— 모두 가까이 다가오너라. 너희가 아는 대로 세상의 통치자들은 백성을 권력으로 지배하고, 고관대작들은 세도를 부리며 착취하기에 혈안이 되어 있다. 그러나 나의 사랑은, 그것을 두고 볼 수가 없는 터이다. 우리는 그럴 수 없다. 따라서 나의 나라는, 누구든지 크게 되고 싶은 사람은 남을 섬기는 사람이 되어야 하고, 으뜸이 되고 싶은 사람은 남의 종이 되어야 한다. 나는 섬김을 받으러 온 것이 아니라 섬

기러 왔으며, 많은 사람의 죗값을 치르기 위하여 내 생명마저 주려고 왔다. 아직도 이것을 깨닫지 못한다는 말이냐?

보아라, 지금까지 나의 행하는 일과 내 왕국의 질서가 어떠한 것을 보지 못하였느냐? 진정 나를 따르는 나의 백성들이 누구더냐? 상하고, 병들고, 찢기고, 가난하고, 굶주리고, 헐벗고, 쫓기고, 잘리고, 넘어지고, 흩어지고, 보지 못하고, 듣지 못하며, 말하지 못하고, 가슴을 치며, 통곡하고, 부르짖고, 애통하고, 탄식하고, 절망하고, 넘어지고, 쓰러지고, 휩쓸리고, 아프고, 쓰리고, 주리고, 목마르며, 붓고, 터지고, 깨지고, 뜯기고, 빼앗기고, 통분하여, 흐느끼고, 낙심하고, 기막히고, 혼돈과, 공허함과, 암흑과, 깊음 속에서, 헤어나지 못하는 영혼들이 아니더냐?

나는 상한 갈대를 꺾지 아니하리라. 꺼져가는 생명의 심지를 끄지 아니하고 성령의 기름을 부으러 내가 왔느니라. 가라! 그리고 기억하는가! 너희는 이제 나와 함께 사람을 낚는 어부가 되리라고 언약하지 않았더냐? 가자! 예루살렘으로! 거기서 나의 할 일이 우리를 기다리고 있는 터이다.

– 주님이여, 우리가 어디로 가오리이까?
– 베드로와 야고보 너희는 이제 저 맞은편 마을로 가거라! 벳바게라는 작은 마을이다. 얄궂게도 덜 익은 무화과라는 마을이다. 이제 곧, 나로 인하여 속살 깊고 잘 익은 열매의 맛을 드러내리라. 거기에 가면 나귀 한 마리가 새끼 나귀와 함께 매여 있을 터이다. 그 나귀를 끌고 오너라. 누가 무슨 말을 하면, 주님께서 쓰신다고 하여라. 그러면 곧 보내줄 것이다. 이것은 전에 다음과 같은 예언을 이루기 위하

여 행하는 일이다. 스가랴 선지서에 이르기를 시온 사람들에게 말하라. 보라! 너희의 왕이 오신다. 그는 겸손하여 나귀를 탔으니 어린 나귀, 곧 나귀 새끼이다! 하였느니라.

베드로와 야고보는 선봉장이라도 된 듯 서둘러 길을 떠났다. 그들은 전에 없이, 속살 깊고 검은 씨알이 톡톡 씹히며, 여인의 몸내처럼 향기 물씬거리는 무화과 맛을 음미하듯, 사모했다. 발걸음이 날개라도 돋친 듯 빨랐다. 가서, 과연 말씀하신 대로 행하였다. 그들의 손에 나귀와 새끼 나귀를 끌고 왔던 것이다.

제자들이 앞 다투듯 겉옷을 벗어 나귀 등에 펴자 예수님이 올라 타셨다. 랍비 예수는 어린 나귀 등에 오르며 자색의 비수스 속옷이 내비치는 것을 사양하지 않았다. 어머니 마리아의 사랑과 값비싼 헌신의 속옷이었다. 과연 이때를 위하여 예비하신, 대왕의 복장이라 할 만하였다. 하지만 어린 나귀는 장정을 감당하기에 힘에 겨운 듯 비척거렸다.

어느덧 뒤따르던 많은 군중이 겉옷을 벗어 길에 펴기도 하였고, 나뭇가지를 꺾어 길바닥에 깔기도 하였다. 또한 손마다 종려가지를 꺾어 휘두르며 호산나를 불렀다. 호산나, 대왕을 찬양하라! 예수와 어린 나귀를 앞뒤로 에워싸고 가는 군중은 도성이 울리도록 화답하며 환호성을 터트렸다.

– 아아! 여리고 성은 이렇게 무너져 내렸던가? 다윗 왕의 후손에게 호산나! 주의 이름으로 오시는 분에게 찬양을! 가장 높은 곳에서 호산나! 영광을 받으소서!

– 대체 이것이 무슨 꼴이며 이 어찌 참람하고 해괴한 작태인가?

군중 가운데서 수군대는 사람들은 바리새인과 율법사들이었다.

그들은 솔로몬 성전 바깥에 거주하며, 야훼 하나님을 섬기는 제사장의 족속이었던 것이다. 불시에 갈릴리의 나사렛 예수가 입성한다는 정보를 듣자 불난 집에 구경꾼처럼 닥쳐왔다. 다윗 왕의 후손에게 호산나 찬양이라니, 이는 진정 이스라엘이 대망하는 메시아에 대한 환호가 아닐 터이랴! 백성들의 환성에 그들은 혼돈하였고, 따라서 분개하였다. 무기력은 때로 분노를 부추기는 법이다.

반면에 분봉 왕 헤롯 안디바스의 첩자들은 잠시 기웃거리다가 비웃고 사라졌다.

― 호산나! 대왕이라니, 참으로 가관인걸! 그 꼴에 대왕의 행차라니, 낙타가 코웃음을 칠 일이로다.

맥없는 아이들과 추레한 백성들이 혼취하여 흔드는 종려가시의 찬양이 가소로웠던 것이다. 그들은 찬란한 로마 군병들의 승전고와 깃발에 눈 익어 있었다. 열혈당의 폭동 기미는커녕, 세상을 뒤엎을 듯 들리는 소문의 진상마저 하찮게 여겨지는 꼴이라 치부했던 셈이다. 그들 이방인은 성전 안으로 들어갈 수 없었다. 그것은 통치자와 비록 피압박자일지라도 로마 황제와 분봉 왕 헤롯 안디바스와 총독 빌라도와 유대인과의 엄연하고도 신성한 묵계인 터이다. 이스라엘과 유대인은 비록 국권은 상실했다 할지라도, 주권은 엄연히 존재하였던 것이다. 왜냐하면 그들의 주권은 야훼 하나님의 율법이요, 그것은 저들의 자존이요 생명이었던 까닭이다. 이것은 수천 년 역사의 성문율이었다. 따라서 유대인의 메시아란, 그 주권과 국권의 온전한 회복자를 뜻한다. 역사적으로 이집트 종살이의 해방인 모세 선조와 다윗 대왕과 같은 구원자를 기다림이었다.

이처럼 예수를 앞세운 군중의 요란한 입성이 전파되자 예루살렘 도성은 순식간에 큰 소동과 혼란이 일었다. 마치 광풍이 몰아친 갈릴리 호수의 파도처럼 법석을 떨어대었다.

－ 대체 저분이 누구요?

－ 갈릴리 나사렛에서 오신 예언자 예수요! 메시아가 오신 것이요.

－ 예수 메시아라니? 과연 나사렛 출신 예수가 메시아라는 말인가! 저 제자들이란 어부들이요, 세리 마태와 양치기들이 아닌가?

백성들의 철없는 환호와 바리새인이며 율법사와 서기관들의 시기와 질투와 부르짖음은, 온 성내를 들썩거리며 진동하였다.

열사의 태양이 지중해로 빠져들고 날이 저물자, 세상과 사람들은 고요하게 잠드는 듯했으나 한층 속 깊이 내연하는 불씨가 되는 경우도 많은 법이다. 뜨거운 열대의 하루를 마감하며, 잠자리를 찾아드는 생활인들은 일상의 고역에서 놓여나와 달과 별들이 초롱거리는 밤을 즐긴다. 밤하늘은 서늘한 바람과 은하수가 흩어 뿌리는, 이슬 같은 은총으로 대지와 사랑하는 사람들을 품에 안는다. 눈을 찌르고 피부를 불태우며 들볶는 태양의 광기에서 해방을 맞이하는 사람들이었다. 낙타와 나귀나 황소와는 달리 단지 먹고 마시며 고역을 모른다 할지라도, 수많은 가축들도 마찬가지이다. 달콤한 휴식과 사랑과 향락을 누리려는 은총이다.

하지만 한낮이 지나고 밤이 올지라도 정작 누림보다는 탐욕이 꿈틀거리는 족속도 있는 세상이었다. 고요히 잠들 수 없는 넘치는 정욕과 게으른 도둑들과 야심의 권세욕으로 벌겋게 달아오른 눈들이 바로 그 주인공이다. 비록 불경스럽다고 책망을 듣게 될지언정 선하신 야훼 하나님도, 그 편에 들 수밖에 없는 경우였다. 왜냐하면 유별난 사랑으로 세상을 지으셨던 까닭이다. 그 세상을 다스리고 주관하여야 할 책임을 저버릴 수는 없을 터이니 말이다.

예수와 제자들은 곧장 예루살렘 성전으로 향하였다. 쇼바의 울림으로 성문이 닫히고 성전도 웅장한 철문을 닫아버릴 시간이 가까워졌기 때문이었다. 예수는 전에 없이 서두르는 기색이었다. 야훼 하나님께 감사제를 드리려는가? 드려야 할 제물을 준비하지 못했다. 어찌하시려는가? 하지만 제자들이 알기에, 이는 전에 없던 일이었다. 까닭을 모르는 제자들은 성급히 뒤를 따랐다. 번번이 사람들의 기를 꺾어 죄책감을 북돋는 장엄한 회색 성전이 다가오자, 하루 동안 온갖 죄악이 불살라 바쳐진 갖가지 제물들의 악취가 진동하였다. 또한 백성의 헌물을 놉기 위한 장사치늘은, 이제 막 하루를 결산하면서 슬슬 묶였던 양과 비둘기와 팔리지 못한 제물을 헤아리고 자리를 거둬들이기 시작하였다. 양들은 툴툴거리고 비둘기는 날갯짓을 파닥거리고 숫염소는 넘치는 정욕으로 성난 뿔을 휘둘렀다.

마지막 떨이를 외치는 상인들의 아우성과 환전상들의 호객으로 성전 문은 탐욕이 들끓는 난장판을 이루고 있었다. 제자와 뒤따르는 무리를 발견한 호객꾼들이 한층 열렬하게 부르짖었다.

– 흠이 없습니다. 이 건강미 넘치는 귀를 보세요. 살지고 아름다운 제물입니다. 마지막 번제가 드려질 순간입니다. 어서 오세요.

두건 아래서 수염을 다스리는 상인의 손길에 사로잡혀 뒤흔드는 대로 몸부림치는 비둘기와 양들은 비명을 터트렸다. 새끼 양은 쥐새끼처럼 뒷다리를 잡고 휘둘렀다.

서둘러 입성하던 예수의 발걸음이 멈추었다. 서글피 바라보던 그 눈에 분노의 불이 붙고 있었다. 무언가 충동을 받은 듯, 눈 깜짝하는 순간 예수는 그들에게 사자처럼 달려들었다. 환전상의 자판이 뒹굴었다. 동전이 땡그랑거리며 흩어졌다. 비둘기와 양들은 묶임에서 자유롭게 풀려났다. 매매하던 사람들은 파닥거리며 날갯짓하는 비둘기에 정신이 쏠렸다. 하늘과 땅에 전에 없던, 새로운 난장판이 열렸다.

– 이 도적들아! 물러가라, 썩 물러가라!

랍비 예수의 열정에 넘치는 탄핵이었다. 경악하는 장사치들을 향하여, 그는 울분을 터트리듯 연신 고함을 질렀다.

– 내 집은 만민들의 기도하는 집이라 했거늘, 너희는 강도의 굴혈을 만들었구나. 다 물러가란 말이다! 이 한통속의 도적들아!

예수의 호통은 차라리 가슴 저리는 통곡이었다. 그 불타듯 이글거리는 눈에 눈물이, 핏물처럼 흘러넘치고 있었다. 실로 야훼 하나님을 사랑하는 순결한 열정의 통분이었다.

하지만 분노는, 예수의 흉중에만 넘치는 것이 아니었다. 보고를 들은 대제사장과 율법학자들은 즉시 바리새인들의 소집령을 내렸다.

– 야훼 하나님의 성전에서 이 무슨 해괴한 작태란 말인가? 대체 이 무슨 난동이란 말인가!

천지가 아득한 통분으로 몸을 떨면서 사태를 떠벌렸다. 검은 튜닉 차림의 제사장과 바리새인들이 성전 구석구석 사방에서 벌떼처럼 몰려들었다. 그들은 이미 듣고 있었다. 갈릴리의 무리가 성문에 입성할 때부터, 여러 가지 신기한 일과 호산나 부르짖던 어린것들의 환호와 백성들이 왕으로서의 영접을! 나사렛 출신의 예수가 메시아라니, 대관절 이 무슨 망발이란 말인가? 그들의 율례와 법도와 상식에 어긋난 망동이었던 까닭이다.

그들은 떼를 지어 예수와 제자들에게 몰려들었다. 검은 튜닉의 장막이 작고 초라한 이단의 무리를 에워싸 버렸다. 즉시 심문이 시작되었다. 수염이 터부룩한 뚱뚱하고 성스러운 제사장이 입을 열었다.

－저 아이들의 하는 말을 들었는가? 누가 그대를 왕으로 추대했다는 말인가?

－그렇다. 너희는 어린아이와 젖먹이의 입에서 나오는 찬송을 완전하게 하셨다고 기록한 성경 말씀을 읽지도 못했는가?

예수가 태연하게 말씀을 받았다. 신중한 음성이었다.

－도대체 당신이 우리 유대인의 메시아라니, 당신은 무슨 권한으로 이 같은 난동을 피우는가. 누가 이런 일 할 권세를 주었다는 말이오?

분노한 힐책이 청중을 사로잡았다. 잠시, 키가 크고 우람한 몸짓의 사내를 바라보던 예수가 울림이 큰 소리로 반문하였다.

－나도 한 가지를 묻겠다. 너희가 대답하면 나도 무슨 권한으로 이런 일을 하는지 말하겠다.

－그래 어서 말해 보거라.

－전에 요한의 요단강 세례가 야훼 하나님에게서 왔다고 생각하느냐 아니면 사람에게서 왔다고 보느냐? 말해보아라.

그러자 무리는 서로 수군거렸다. 만일 하나님에게서 왔다고 하면 왜 그를 믿지 않았느냐 할 터이고, 그렇다고 사람에게서 나왔다 하자니 모든 사람이 광야의 세례 요한을 예언자로 추앙하는 터에 백성들의 난동이 일어날까 두렵구나. 그들은 한동안 의논이 분분하였다. 분노의 열기가 치받아 서로 설왕설래하다가 급기야, 내팽개치듯 얼버무렸다.

－우리는 모르겠소이다.

예수가 그들에게 응수하였다.

– 그렇다면 나도 무슨 권한으로 이런 일을 하는지 말하지 않겠다. 단지 나의 하는 일을 자세히 보고 야훼 하나님의 영광을 믿어야 하리라.

예수는 태연하게 제자들을 앞세우고 성전을 빠져나왔다.

그때로부터 제사장과 율법사들과 바리새인들은 한통속이 되었다. 그들은 밤하늘에 초롱거리는 별과 새맑은 달을 즐기거나 안식을 누릴 수가 없었다. 세상에서 야훼 하나님의 율법과 우리들의 자존과 전통적인 신앙을 훼상하는 대적을 만났다고 믿었기 때문이다. 더구나 저들은 소경의 눈을 뜨게 했다고 한다. 죽었던 나사로를 장사 지낸 뒤, 나흘 된 시체에서 생명을 불러 살렸다고 한다. 그로 인하여 믿고 따르는 유대 동족과 백성이 날로 늘어간다는 보고였다.

갈릴리 바닷가에서 행했던 고기잡이와 바람과 파도를 꾸짖었다는 소문과 수천 백성들에게 빵과 물을 먹였다는 황당한 풍문들이, 가면 갈수록 모래 산처럼 커가며 결코 헛것이 아닌 듯싶었다. 과연 저 사람이 메시아가 분명할까? 유대인의 왕이라니, 하지만 율법을 어기고 법도와 규례를 무시하는 온갖 처사를 보라. 이는 정녕 바알세불을 등에 업은 마귀의 일시적인 작태가 아닐 것이냐? 야훼 하나님의 성스러운 율법과 제사와 성직을 위하여 평생을, 아니 자자손손 바쳐온 우리는 대체 무슨 꼴이란 말인가! 하늘의 음성은 결코 쉽사리 들을 수 있는 태평가가 아니었다.

갑론을박하던 제사장과 율법사와 바리새인들은 마침내 작당하여 예수와 그 무리를 처치할 방법에 머리를 싸매고 몰두하였다. 모든 백성이 예수의 가르침과 권위와 행사에 놀라고 칭송할 뿐만 아니라, 그들 스스로 형언할 수 없는 두려움과 질투심으로 기득권의 자리가 흔들리는 불안과 초조감을 주체할 수 없었기 때문이다. 이는 실로 악은 악에서 나고, 선행은 선의 결과라는 속담을 무색하게 하는 옹졸하고 부패한 특권층의 작태였다.

3

제자들에게 둘러싸인 예수는 언제나 화평한 낯빛이었다. 성전에서 상인들을 실책하며 터트렸던 분노의 길바람은 갈릴리의 바람과 파도처럼 순식간에 물러가 버렸고, 철썩거리는 물살은 차분하고 고요하여 송사리가 떼를 지어 물풀을 뜯는 소리라도 들릴 듯했다. 이따금 파닥거리며 하늘을 가르는 새들의 날갯소리에 귀를 기울여 향방을 가늠한다. 북쪽으로 날아가는 새는 기러기다. 실상 그 날갯소리가 들리는 것은 아니었다. 유유히 하늘 물을 가르며 흐르는 물살과 같이 소리 없는 새들의 느낌이 들리는 몸놀림 소리였다. 열 마리, 혹은 열두 마리가 떼를 지어 나른다. 저들은 진정 갈 바를 알고 날아가는 것일까? 혹 죽음의 자리를 향하여 열심히 날갯짓하는 것은 아닐까? 정작 파닥거리는 날갯소리는 으레 살같이 민첩한 비둘기의 시위였다. 들꽃의 향기가 풍성한 장막절이 다가오고 있었다. 성전의 바깥뜰에 둘러앉은 제자들과 예수는 한동안 말을 잃은 듯, 정물처럼 휴식을 즐기고 있었다.

장막절은 유대인의 삼대 명절의 하나이다. 유월절, 칠칠절과 짝하여 역사적 절기의 하나인데, 수장(收藏)절이라고도 했다. 이 절기를 지키는 시기에 나뭇가지로 지붕을 삼거나, 광야에 나와 초막을 짓고 거처하였다. 그래서 초막절이요, 추수기에 포도원의 초막으로 쓰는 까닭도 있거니와 역사적으로 보면 이스라엘이 이집트 해방 후 황야에서 사십 년간 떠돌았던, 길고 긴 나그네의 생활을 추억하며 감사하는 명절이다. 서로 예물을 주고받으며, 사랑과 은혜를 나눈다. 땅에서 나는 모든 곡식, 과일이며 포도주와 대추야자와 감람기름을 거두어 겨우살이를 준비하는 때이다. 그러나 야훼 하나님께 드리는 제물은 오로지 가축에 한하였다. 이렇게 가축만을 드리는 법도는 가나안 족속과 구별되는 민족임을 뜻하기도 하였다. 티스리(10월) 15일에 시작하여 8일이 축제의 기간이었으나, 첫날과 마지막 날에 성회가 있었던 것이다. 첫 7일간은, 온 마을 사람들이 행렬을 지어 실로암에 가서 금 주전자에 물을 떠다가 술과 섞어 제단 앞에 부으며 나팔을 불었다.

아련하고 구슬픈 나팔 소리와 함께, 소년 예수가 광야로 나서기 전에 무엇보다 추억에 서렸던 절기였다. 아버지 요셉은 가죽 샌들을 선물하였고, 어머니 마리아는 세마포 긴 겉옷을 지어주었다. 너무 길고 치렁거리는 어른의 옷이었다. 날마다 키가 자랄 터인즉, 장남인 예수의 옷은 아버지 요셉의 크기로 지었다며, 활짝 웃던 어머니의 모습이 떠올랐다. 때가 되면, 야훼 하나님이 부르시면, 예루살렘으로 찾아가리라, 하고 나사렛을 떠날 때 말씀하시며 속옷과 겉옷을 새롭게 내어놓으셨다. 여름 절기에 몸에 열기를 가득 채우는 옷들이었지만 예수는 한 번도 함부로 벗거나 몸에서 떼어놓지 않았다. 오히려 문득, 무언가 생각이 들 때마다 치렁한 겉옷 속에 자색의 속옷을 매만져보곤

하였다. 근자에 몸에 밴 습관처럼! 왠지 자랑스럽고 푸근한 느낌이 들었다. 그것은 어머니 마리아의 사랑의 힘이요, 또한 야훼 하나님의 믿음과 소망의 확인인 듯싶었다. 아버지 하나님의 나라여! 그 뜻을 따라서 내가 여기에 왔나이다. 이제 정녕 야훼의 때가 다가오고 있다. 이 장막절기의 명절과 같이, 나는 이런 사람이다 하고 그는 스스로 말할 수 없는 긍지를 느끼며 이런저런 상념을 갈무리하듯 입을 열었다.

- 들어라 이스라엘이여! 어떤 사람이 포도원을 만들고 둘레에 울타리를 치고 포도즙 틀을 놓을 구덩이를 파고 망대까지 세운 후, 농부들에게 월세로 주고 멀리 여행을 떠났단다.

제자들은 배부른 짐승들처럼 비스듬히 누웠던 몸을 일으키며 귀를 모았다.

- 아하! 또 하늘나라를 말씀하시는구나!

세상이 소란할 때마다 차분히 일러주시는 하나님의 나라였다.

- 어서 말씀하십시오, 저희가 듣겠습니다.

베드로가 으레 하는 투로, 랍비 예수를 마주 보며 말문을 열었다. 그도 이미 나이가 들어, 서리 앉은 장년의 모색이 분명하였다.

- 마음으로 들어야 하리라. 수장절이 다가오자 주인은 자기 몫의 포도를 받아오라고, 집안 종을 소작인에게 보냈다. 그러나 그 농부들은 종을 잡아 때리고 그냥 돌려보냈다.

- 세상에 그럴 수가 있습니까?

셀롯 시몬이 다가앉으며 분개한 음성으로 응수했다. 그는 열심의 사내요, 정의감이 넘치는 제자였다. 그의 혈기 오른 각진 얼굴을 바라보며 예수가 말씀을 이었다.

– 주인은 다시 다른 종을 보냈으나 소작인들은 그의 머리에 상처를 입히고 갖은 모욕을 하고 푸대접하였다.

– 어허 이! 그럴 수가?

누군가 신음하였다. 마태오와 도마였다. 순식간에 신음은 전염되었다.

– 주인은 또 다른 종을 보냈으나, 그들은 급기야 그 종을 죽여 버렸다. 주인이 더 많은 종을 보냈지만 소작인들은 그들을 때리고 더러는 능멸하고 죽이기까지 했다.

– 아아! 세상에 그럴 수는 없는 법이 아닙니까?

청년 빌립이 괴로운 듯 한숨을 쉬며 말했다. 예수는 잠시 멈추고 제자들의 심상을 살피듯 둘러보았다.

하늘을 우러러 쏘아보거나 땅에 무언가를 긁적거리며 하나같이 심란한 기색이었다. 한 떼의 비둘기가 활시위를 그렸다. 바람이 숨통을 틔우듯 불어왔다. 예수가 한 소리 높이며 말씀을 이었다.

– 주인에게는 이제 보낼 사람이 하나밖에 없었는데, 그는 바로 자기가 사랑하는 아들이었다. 마지막으로 주인은 자기 아들을 보내며 저들이 내 아들은 존경하겠지 하였으나, 그를 본 소작인들은 이 사람은 주인의 상속자이다. 자, 죽여 버리자. 그러면 그의 유산이 우리의 것이 될 터이다 하고 서로 의기투합하여 득달같이 그 아들을 죽인 다음 포도원 밖에 내어버렸다. 그러니 주인이 어찌하겠느냐?

제자들은 한숨도 차마 쉬지를 못하였다. 대체 이 무슨 서글픈 말씀이던가?

– 만물보다 부패한 것이 인생의 마음이니라 하던 말씀이 떠오릅

니다.

세배대의 젊은 아들 요한이었다. 그 음성이 젖어 있었다.

– 그래서 세상에는 진노가 있고, 다툼이 있고 전쟁이 있는 거 아닐까요?

가룻 사람 유다였다. 자포자기 투의 냉담한 응대였다.

– 사람들의 죽음 앞에서 통곡의 깊이를 알 듯합니다.

다정다감한 바돌로매가 받았다. 그는 섬세하고 민첩한 사람이었다. 여인들은 한숨을 쉬고 차마 말하지 못하고 있었다. 함부로 나서지 못하는 여인의 한숨은 길고 높았다.

말머리를 바꾸듯, 예수가 고요히 입을 열었다. 심상이 깊어지는 훈풍처럼 향기로운 음성이었다.

– 그대들 진실로 세상사를 슬퍼하고 탄식하는가? 그대들의 탄식이나 슬픔이란, 실상 가면을 벗은 그대들의 기쁨이다. 그대들의 웃음이 떠오르는 바로 그 샘이, 때로는 그대들의 눈물로 채워진다. 그러니 어찌 탄식만 하고 있을 터인가? 그대들의 존재 내부로 슬픔이 깊이 파고들수록, 그대들의 기쁨은 더욱 커지리라. 토기장이의 가마 속에서 구워진 그 잔이 바로 그대들의 포도주를 담는 토기 잔이 아니던가! 칼로 후벼 파낸 바로 그 나무가, 그대들의 영혼을 달래는 피리가 아닌가? 그대들 기쁨이 넘칠 때, 가슴속 깊이 들여다보아라. 그러면 알게 되리라. 그대들에게 기쁨을 주었던 바로 그것이 그대들에게 슬픔을 주었음을, 그대들 진정 슬플 때에도 가슴속을 다시 한 번 들여다보아라. 그러면 그대들, 그대들에게 기쁨을 주었던 바로 그것 때문에, 이제 그대들 울고 있음을 알게 되리라. 그러므로 장차 그대들은 나를 위하여 울지 말고 그대와 그대 자녀를 위하여 울어야 하리라.

기억하여라.

제자들은 고개를 주억거렸다. 랍비 예수의 입소리에 무어라 선뜻 말할 수 없는 성령의 감동이 이슬처럼 스며들었던 터이다.

이윽고 반응을 살피던 예수의 입이 차분히 다시 열렸다.

― 들어라! 듣고 생각하여라. 너희는 건축자들의 버린 돌이 집 모퉁이의 머릿돌이 되었으니, 이것은 주께서 행하신 일이라고 기록한 성경 말씀을 읽지 못하였느냐? 이것이 바로 이 나라와 야훼 하나님이 택한 백성들의 역사였느니라. 진실로, 야훼 하나님이, 그 택하신 백성을 위하여 얼마나 많은 선지자와 예언자와 전도자를 보내었더냐? 노아와 아브라함과 이삭과 야곱과 요셉과 같은 순종의 사람들! 모세와 여호수아와 유다와 기드온과 아비멜렉과 같은 구원자! 사무엘과 다윗과 솔로몬과 히스기야와 요시아와 같은 믿음의 왕들! 이사야와 에스라와 에스더와 욥과 같은 소망의 지도자들! 에스겔과 예레미야와 다니엘과 스가랴와 호세아와 아모스와 미가와 나훔과 하박국과 스바냐와 스가랴와 말라기와 같은 눈물과 경고의 예언자들을 보내고 파송하여 내 백성이여, 내게로 오라! 와서 나와 함께 변론하자! 너희의 죄가 주홍 같을지라도 양털 같이 희게 될 터이요, 진홍 같이 붉을지라도 눈 같이 희게 되리라고, 그러나 저희가 듣지 아니하고 나 야훼를 버렸느니라.

나를 떠나고 나의 종들을 박해하고 멸시하고, 제멋대로 저희 뜻대로 이방의 풍습과 행태를 좇아 우상을 섬기며, 스스로 타락하고 살아오지 않았더냐? 심지어 야훼 하나님을 섬김도 힘을 다하고 정성을 다하고 뜻을 모으기는커녕, 온전한 사랑과 누림이 아니라, 금송아지

우상과 같이, 타락한 본성대로 제사와 제물로 나 야훼를 구역질나게 할 뿐, 단지 육신의 향락을 구할 뿐이다. 그러니 어찌, 나의 사랑이 통분하지 않으랴? 하지만 가라! 저를 낳은, 그 부모는 저들을 버릴지라도, 나 야훼 하나님의 영원한 사랑은 결단코 버릴 수가 없느니라. 누가 나를 위하여 갈꼬? 누가 나를 위하여 갈꼬! 마침내 그 말씀이 오늘날, 나 예수에게 임하였느니라. 그 말씀이 나의 육신이 되었느니라. 내 영혼의 찔림이 되었느니라. 보아라, 들어라! 저 대제사장들과 율법학자와 자칭 서기관과 바리새인들이 바로 농부들이다. 포도원의 주인과 그 아들은 누구이겠느냐?

제자들이 예수를 감싸고 둘러앉은 울타리 밖에서, 못 견뎌하는 신음 소리가 마치 포도주 틀에서 씨알이 갈리듯, 솟구치고 있었다. 끊임없이 뒤를 쫓는 염탐의 무리가 분명하였다. 정녕 바리새파 사람들이요 헤롯 당파의 무리일 터였다. 사람이란 남의 약점을 잡으려면 자신의 초라함이 먼저 보이는 법이요, 악심을 품으면 스스로가 먼저 괴로움을 겪게 되는 법이다. 그들은 무언가 꼬투리를 잡으려는 귀를 열고 있는 사람들이었다. 그 귀에 들리는 말씀이, 그들의 미처 숨지지 못한 양심을 자극했다. 하지만 예수는 알고도 모른 척, 새가 듣는 낮 말이요, 쥐가 듣는 밤의 소리니라 했다. 제자들 또한 별로 신경을 쓰지 않았다. 그러나 청중 가운데서 한 외침은 높고 가팔랐다.

― 랍비 예수여! 우리가 알기에 랍비는 진실하시고 선하신 분이라, 사람의 겉모양을 보지 않으시고 진리대로 야훼 하나님의 교훈을 가르치셔서, 그 누구에게도 거리낌이 없으신 줄 압니다.

― 어서 말해보시오.

그는 외식하는 위선자 바리새인이 분명하다고 생각했다. 베드로가 투박하게 받았다.

– 그러면 오늘날 우리가 로마 황제에게 세금을 바치는 것이 옳습니까? 옳지 않습니까? 우리가 바쳐야 합니까? 바치지 말아야 합니까?

예수는 즉시 말씨의 올무와 저들의 위선을 간파하고 있었다. 고개를 주억거리며, 서늘한 눈으로 그를 바라보았다. 차분하게 입을 열었다.

– 어찌하여, 나를 시험하느냐? 데나리온 하나를 가져와 내게 보여라.

무리의 품에서 전대가 짤랑거렸다. 그 손에서 동전을 받아든 예수가 청중에게 돈보였다.

– 이런 초상과 글이 누구의 것이냐?

– 카이사르 황제의 것입니다.

– 그렇다면 황제의 것은 황제 카이사르에게, 야훼 하나님의 것은 야훼께 바쳐라. 이것이 공평한 일이 아니겠느냐?

막다른 골목에서 양떼를 몰듯, 올무를 놓아 질문하고 덤비던 바리새인의 입이 막혀버렸다.

잠시 서로 마주 보며 두리번거리던 무리 중에서, 또다시 참소의 입이 열렸다.

– 랍비 예수여! 모세의 율법에는 형이 자식이 없이 아내를 두고 죽으면, 그 동생이 형수와 결혼하여 형의 대를 이어야 한다고 기록했습니다.

이는 정녕 부활이 없다고 주장하는 사두개파 사람이구나 하고 예수는 짐작하였다.

– 그러니 어찌하란 말인가?

검은 두건을 출석거리며, 그가 말을 이었다.

– 어느 곳에 일곱 형제가 있었는데, 맏이가 결혼해 살다가 자식이 없이 죽었습니다. 그러자 둘째가 형수와 결혼하여 살다가 또 자식 없이 죽었으며, 셋째도 넷째도 일곱 형제가 모두 그 지경을 당했습니다. 나중에 그 여자도 죽었습니다. 이렇게 일곱 형제가 모두 한 여자와 살았으니 부활의 때, 그 여자는 누구의 아내가 되겠습니까?

예수는 어처구니없는 표정으로 사두개파의 검은 두건을 바라보았다. 이윽고 그 입이 열렸다.

– 너희가 성경과 야훼 하나님의 능력을 모르기 때문에 잘못 생각하고 있는 것이다. 사람이 죽었다가 다시 살아날 때는 장가도 시집도 안 가며, 하늘의 천사들과 같이 된다. 너희는 죽은 사람들의 부활에 대하여 선조 모세의 떨기나무 기사에서 야훼 하나님이 모세에게, 스스로 있는 나는 아브라함의 하나님이요, 이삭의 하나님이요, 야곱의 하나님이다 하신 말씀을 읽어보지 못했느냐? 하나님은 죽은 자의 하나님이 아니라, 살아 있는 사람들의 하나님이시다. 너희는 크게 잘못 생각하고 있다. 그러므로 하늘나라의 주인은 야훼 하나님의 말씀을 듣고 믿어, 그 영혼이 산 사람이다.

곁에서 귀를 기울이며 머리를 굴리던 한 율법사가 예수의 거침없는 답변을 놀라며, 깡마른 기침을 토했다. 청중의 시선이 그에게 쏠렸다. 그가 예수 앞에 허리를 굽실거리며 입을 열었다.

– 랍비 예수여! 모든 계명 중에서 제일 중요한 것이 어느 계명입니까?

그러자 예수는 조용히 대답하였다.

- 가장 중요한 계명은 따로 없다. 이스라엘 사람들아! 들어라. 우리 주 하나님은 단 한 분밖에 없는 주님이시다. 그러므로 너희는 마음을 다하고, 힘을 다하고, 뜻과 정성을 다하여 주 너희 하나님을 사랑하라. 그리고 둘째로 네 이웃을 네 몸과 같이 사랑하라. 이 두 계명보다 더 큰 계명이 무엇이겠느냐?

그러자 질문자가 다시 응답을 이었다.

- 랍비여! 옳습니다. 야훼 하나님은 오직 한 분이시며, 그 외에 다른 신은 없다는 말씀은 맞습니다. 따라서 마음을 다하고 뜻을 다하고 힘을 다하여, 주 하나님을 사랑하는 것과 이웃을 자기 몸과 같이 사랑하는 것이 양이나 소와 비둘기 등 짐승을 불에 태워 바치는 모든 제물과 그 밖의 여러 제물보다 낫습니다. 어떻게 생각하십니까?

예수는 잠시 놀라운 눈으로 그를 바라보았다. 율법사의 입에서 이 같은 답변을 들으리라고 상상조차 할 수 없었던 셈이다. 감동 어린 예수의 눈이 빛을 발했다.

- 형제여! 그대는 하나님 나라가 멀지 않았다. 진정 나의 아버지 하나님은, 그 나라의 주인을 찾는 터이다. 그대들 진정, 야훼 하나님을 알고자 한다면 스스로 수수께끼의 해답자가 되려고 하지 말거라. 차라리 그대들 주위를 둘러보라. 그러면 그대들은, 그분이 그대들의 아이들과 놀고 계심을 보리라. 또 허공을 보아라. 그리하면 그대들은, 그분이 구름 속을 거니시며 바람 날개와 번개로서 팔을 뻗치시고, 단비로서 세상에 내리고 계심을 보게 되리라. 그대들은 또 그분이 꽃 속에서 미소를 지으시다가, 이윽고 일어나 나무들 사이로 손을 흔드심도 보게 되리라. 그대들 나날의 삶이야말로 그대들의 성전이

며, 야훼 하나님을 만나는 일이다.

그러므로 그곳에 갈 때마다 그대들의 전부를 가지고 가라. 망치와 피리, 그리고 양치기 지팡이와 불태울 나무와 불씨를, 필요해서건 다만 기쁨을 위해서 그대들이 만들었던 모든 물건들도 가지고 가라. 왜냐하면, 마음을 다하고 힘을 다하며 뜻을 다한다는 것은 그대들 환상 속에서도, 그대들이 이룬 이상으로 오를 수가 없고 그대들의 실패 이하로 떨어질 수 없기에 하는 말이다. 또 모든 사람으로 더불어 동행하기를 잊지 말라. 따라서 삼가 저 작은 소자 하나도 업신여기지 말라. 저를 영접하는 것이 곧 나를 영접함이요, 나를 영접하는 사람은 나를 보내신 내 아버지 하나님을 영접하게 되리라. 이가 무슨 말씀인지 알아듣겠느냐?

예수의 이 신비한 물음에 아무도 입을 열지 못하였다.

그러자 제자 베드로가 다소 불만스러운 투로 말씨를 이었다.

– 주님, 예수여! 이 말씀은 무엇을 뜻하는지, 알아듣기 어렵습니다. 어찌하여 하늘나라에 대해서만 말씀하시는지요? 이 땅에서 오늘 우리가 해야 할 일이 많다고 하셨습니다.

예수는 의아한 눈으로 그를 마주보았다.

– 너희도 진정 그렇게 생각하느냐? 어찌 나의 말한 것이, 하나님 나라만을 말씀한 것이라고 생각하는가 말이다.

유다와 빌립이 즉시 반응하였다.

– 그렇습니다. 내일을 위한 모략이 있어야 할 때라고 생각합니다.

– 내일 일은 내일 염려하라고 하지 않았더냐? 또한 나의 말씀이 어찌 하늘나라에 대한 말이냐? 여기를 바로 보아야 저곳을 볼 수가

있는 법이다. 자신을 바로 알아야 상대방을 알 수가 있다고 하지 않았더냐? 지금까지 문답은 카이사르에게 바칠 세금의 이야기요, 야훼 하나님께 바칠 계명의 말씀이요, 형제와 아내에게 행할 윤리의 내용이었지. 하지만 그 모두가 실상 하늘나라에 임할 도리가 아닐 수 없는 셈이다. 따라서 나의 나라는, 이 세상뿐만이 아니란 말을 못 알아듣겠다는 말이냐?

영원을 향한, 영혼을 위한 말씀인 것을! 왜 율법사들은 그리스도를 다윗의 후손이라고 하느냐? 전에 다윗 왕이 성령의 감동을 받아 – 하나님이 나의 주님에게 말씀하셨다. 내가 네 원수들을 네 발 앞에 굴복시킬 때까지, 너는 내 오른편에 앉아 있어라, 하였다. 다윗 자신이 그리스도를 주라! 하고 불렀는데, 어떻게 그리스도가 다윗의 후손이 되겠느냐?

청중들은 이 말에 어리둥절하였다. 예수가 다시 해명의 입을 열었다.

– 나의 말을 듣고 영원을 생각하여라. 또한 율법사들을 조심하여라. 그들은 긴 옷을 입고 다니기를 좋아하고 시장에서 문안 받는 것과 회당의 높은 자리와 잔치 자리에 특석만을 좋아하는 사람들이다. 그들은 과부의 재산을 가로채고, 백성들 앞에서 자신을 거룩하게 보이려고 길게 기도한다. 이렇게 외식하는 사람들은 하늘나라에서 더 큰 심판을 받게 될 것이다.

– 주님, 랍비여! 저들이 헌금하는 것을 보십시오.

예수는 눈을 들어 맞은편 헌금함을 보았다. 때마침 한 부자는 상당한 전대를 주르륵 쏟아붓고 있었다. 그러나 누런 옷으로 몸을 가린 가난한 과부는 고개를 들지 못하고 작은 동전을 드렸다. 그러자 예수가 제자들을 가까이 불러 말씀하셨다.

─ 보아라! 내가 분명히 말하거니와 이 가난한 과부가 헌금함에 넣은 모든 사람보다 더 많이 헌금하였다. 저들은 모두 넉넉한 중에서 약간을 헌금하였으나, 이 과부는 가난한 중에서도 자기의 생활비 전부를 바쳤던 셈이다. 내일을 오직 주님께 맡기는 믿음이요, 야훼 하나님은 그 중심을 보시느니라. 이것이 어찌 하늘나라만의 일이겠느냐? 아니 그런가!

제자와 청중은 약간의 혼란을 느끼면서도, 예수의 지혜와 말씀에 새삼 놀라움을 금하지 못하고 있었다. 누군가 힐난하듯 떠드는 소리가 들렸다.

─ 저 사람이 언제 학문을 배웠다는 말인가? 저 사람은 갈릴리의 나사렛 사람 목수 요셉의 아들이 아니더냐. 우리 가운데 그를 너무도 잘 아는 사람이 얼마나 많았던가? 그러나 듣고 보면 볼수록, 가면 갈수록 저를 알아볼 수가 없고, 그 뜻을 헤아릴 수 없으니, 대체 어찌된 까닭인가! 하늘나라를 말씀하는가 하면 땅의 중심, 세상의 한가운데 섰으니 말이오. 또한 안식일이라도 생명을 살려야 마땅하다 하면서도 죽음을 예찬하는가 하면, 씨알은 마땅히 죽고 썩어야 더 많은 열매를 맺으리라 하고, 눈먼 소경을 통분하여 눈을 뜨게 하는가 하면 눈 번히 뜬 소경들을 혹독하게 탄핵하는, 저 사람은 과연 사람인가? 사람의 메시아인가! 과연 하늘나라의 주인이 아닐까?

예수와 제자들은 그 말을 못들은 척, 아득한 하늘에 유유히 흐르는 별들의 속살거림에 귀를 기울이듯, 피로에 젖은 눈길을 돌리고 있었다. 갈릴리의 호수처럼 길게 누운 은하수와 초롱거리는 별들이 흰 눈을 깜짝거리며, 유난히 반가워했다.

18장
눈물 젖은 어버이의 눈망울

1

세사들은 유식의 필요를 절실하게 느꼈다. 밤낮을 가릴 새 없이 몰려드는 군중 속에서 몸과 마음이 기진맥진하였던 탓이다. 퀭하고 흐리하게 감기는 눈으로 서로의 핼쑥한 얼굴을 들여다보던 제자들은, 누가 먼저 제안한 바도 없이 가까운 베다니 마을이나 여리고 성읍으로 물러가 며칠간 쉬기로 작정하였다. 야훼 하나님의 은총을 누리는 안식의 때라고 생각했다.

일할 때가 있고 쉴 때가 있으며, 찾을 때와 버릴 때가 있으며, 전쟁할 때가 있고 평화로운 때도 있느니라. 사랑할 때가 있고 또, 그러니까……. 너나없이 지혜의 말씀을 중얼거렸다. 마침 양식도 바닥이 났고 유다의 전대도 비었을 뿐 아니라, 단벌 의복을 입고 밤이면 둘러쓰고 뭉개어서, 낮이면 열사의 바람에 휘둘려서 몰골들이 볼꼴이 아니었다. 목욕도 해야 했다. 뒤따르며 섬기는 여인들을 위해서도 한시가 급했다. 멀리 뛰려거든 움츠려야 하리라. 먼 여행을 떠나려거든, 신발 끈을 조이고 천천히 걸어라. 높이 날려는 새는 깊은 우물을 마시는 법이다 하고 지혜는 부추겼다.

성문을 나서 예루살렘 도성을 벗어나자 제자들은 한숨을 길게 쉬었다. 왠지 모르게 하루하루가 숨 막히는 압박감 속에서 살았다. 각일각, 점점 좁혀오는 포위망을 탈출하는 기분이 들었다. 그것은 단순한 육신의 조건일 뿐 아니라, 영적인 예감이었다. 번제단 위에서 제물의 피가 타오르듯, 침울한 열기가 느껴진 터이었다. 진정 야훼 하나님께서는 때마다 살과 피의 제물을 요청하시는가? 유월절이나 칠칠절, 초막절이라는 백성들의 축제인 명절 때마다 온갖 짐승과 사람의 제물을 기쁘게 흠향하시는 아버지 하나님이신가? 변론의 밤에, 검은 두건을 쓴 율법사도 야훼 하나님께서는 사랑의 큰 계명으로 하나님 사랑과 이웃의 사람 사랑, 이 두 가지 계명을 양이나 염소나 황소의 제물보다 더 귀하게 받으신다 하였고, 예수는 그를 크게 치하했다. 그리고 본즉 야훼의 성전이 웅장한 도성은, 못내 정들 수 없는 살벌한 곳인지도 도무지 모를 일이었다.

하지만 살랑거리는 가을바람에 등 떠밀린 동행들의 발걸음은 가벼웠다. 태양이 이글거리며 시고 단맛을 익히는 추수 바람에는, 농익은 포도주의 달콤한 향기가 스며들었다. 대추야자나 숲마다 즐비한 상수리와 석류의 붉은 향기도 넘실거리는 듯했다. 그것은 생수에서 영롱한 칠보 무지개를 끌어올리는 야훼 하나님의 지혜가 이루는 작업이다. 가끔 살지고 토실토실한 양떼를 거느린 목자가 지나치기도 하였다. 목자는 기분 좋은 안색으로 긴 지팡이를 돛대처럼 질퍽거렸다. 보얀 양털에 모래먼지와 때가 묻었으나, 재물을 등에 진 낙타와 같이 뒤뚱거리며 탐스러웠다. 베드로와 야고보와 나란히 앞장선 예수는 양치기 시절을 떠올리며 걸었다. 목자 모하세와 양치기 소년이던 요나! 그 황당한 죽음이 너무도 참혹하였지. 밤새에 늑대의 밥이 되었다니, 앳된 얼굴이 벌겋게 피를 토하고 찢기고 뜯긴 그 아픔과 슬픔을 견디지 못하여, 그곳을 뒤쫓기듯 훌쩍 떠난 지도 벌써 십여 년이 지난 셈이다. 모하세의 목장은 번창했을 거야! 그의 성실과 진실을 생각했고, 갸름한 얼굴에 흐르던 땀방울을 떠올렸다. 목장의 주인 다니엘은 삯꾼이던 예수를 참으로 아껴주었다. 어쩐지 엊그제의 일처럼 선명하게 느껴진다.

그러다 보니 문득 떠오르는 얼굴이 길을 막아선다. 토기장이의 친구 안토스였다. 정말 떠나려는가? 하고 그는 애석한 눈빛으로 예수를 지켜보았다. 그러나 정작 눈물을 펑펑 흘리던 눈은 소녀 한나였다. 환한 나팔꽃처럼 펼쳐지던, 그 눈에서 어쩌면 그토록 넘치는 눈물이 텀벙거리며 쏟아질 수 있는 것일까! 그녀의 수정 같던 눈물샘을, 예수는 말할 수 없는 아픔으로 지켜보았던 것이다. 가슴에 인장(印藏) 같이 새겨진 눈물이요, 눈이었다. 그때는 미처 깨닫지 못했으나, 한 여인의 사랑이라기보다 아버지 하나님의 저리고 쓰리고 아픈 큰 사랑의 체험이었던 셈이다. 견딜 수 없는 그 사랑이, 피난처와 같은 사해 지역 쿰란의 산성으로 그를 인도하였고, 3년간의 평안한 필사 생활에 이어 40일간의 광야 금식으로 이어졌던 것일까? 진정 하나님 성령의 안내였다. 그 아비 토기장이 노인은 벌린 입을 다물지 못했다.

– 토기장이란, 야훼 하나님의 손길과 같은 게야! 솜씨 따라서 맘대로 만드는 거라고! 하나는 작으나 귀히 쓸 그릇을, 또 하나는 크고 함부로 쓸 그릇도 단지, 나의 뜻대로 생각대로 짓는 일인 게야! 아니 그

런가? 하고 노인은 긍지가 대단했었다. 아니 우리를, 더구나 사랑하는 한나를 버리고, 자네가 어찌 떠날 생각을 했다는 말인가? 하는 생각이 머리를 들자, 가슴이 찌르륵 매미 소리를 지르듯이 저려왔다. 두려웠던 것이다. 끝없이 타오르는 정염을 감당할 수 없었다. 엉겅퀴에 불이 타는 듯한 청년의 열정이 한나를 삼키고, 겁도 없이 뜨거운 자신을 삼키고, 마침내 세상을 온통 삼켜버릴 듯 강렬한 충동이 정작 피할 수밖에 없는 두려움이었다.

누추하고 비겁한 소심증이었을까? 순진함이었다. 청순하고 순결한 영혼의 저항이었다. 한나! 소녀 한나, 내 사랑이여! 저도 모르게 한숨 쉬듯 부르던 예수는 얼른 좌우를 둘러보았다. 어머니 마리아의 얼굴이 푸른 그늘 사이로 햇살처럼 다가왔다. 아! 어머니여, 한나여, 어머니 마리아여! 때가 이르렀나이다. 주님의 때란, 주께서 친히 마련해가는 법이라 하셨지요! 그럼요. 당연한 처분입니다. 당연하고말고요.

베드로가, 민들레 꽃씨처럼 훌쩍하고 말씨를 퍼트리며 덤벼들었다.

― 주님의 때는, 바로 우리가 기다리는 절기입니다.

― 무엇을 기다렸다는 말인가?

― 야훼 하나님의 때요 메시아의 대망이 나타날 것입니다. 주님은 안식일의 주인이라 하셨습니다. 우리는 알고 있습니다.

― 무엇을 안다는 말인가?

― 주는 그리스도시요 살아계신 하나님의 아들입니다.

― 그러나 다 각각 제 곳으로, 물러가지 않았느냐?

― 그렇습니다.

어느새 야고보가 느긋이 끼어들었다. 뒤따르는 제자들과 여인들은 서너 명씩 덩실덩실 짝을 이루며, 대언의 은사를 뒤로 또 뒤로 전하였다. 하지만 도성에서 따르던 수백 수천의 청중들은 다 각각 제 곳으로 떠나가 버렸고, 겨우 삼사십 명에 지나지 않았다.

　- 사람이란 각각 자기의 필요에 의해서만 모이고 흩어지는 동물이라 하지 않습니까? 그래서 무리의 법도가 있다고 들었습니다.

　- 그래 너희도 가려느냐?

　- 영원한 생명의 말씀이 계시온데, 우리가 말씀을 저버리고 어디로 가겠습니까?

　- 먹고 마시고, 쉬고 즐기고 나누고, 누리는 그것이 곧 모든 생명이 살아가는 모습이 아니더냐?

　- 그리하여 상차 무엇을 남길 터입니까?

　- 글쎄 말이다.

　- 글쎄라는 말씀은 들먹거리지 마십시오. 비위가 상하는 어투입니다. 예! 하고 아멘 하든지, 아니요 하든지 분명해야 하는 법입니다.

　- 그것이 바로 신앙이란다.

　- 신앙이란 믿고 바라보는 것이라 하셨습니다.

　- 믿음이란 바라는 것들의 실상이란다.

　- 바라는 것이 어찌 실상으로 드러난다는 말입니까? 낙타가 바늘귀로 나가는 것보다 어려울 일이 아닙니까?

　- 그렇지 않다. 그것은 전혀 불가능한 일이라는 말이다.

　- 그런즉 모든 것이 헛되고 또 헛되다는 말이 아닙니까? 지혜의 왕이신 솔로몬이 일찍 그것을 먼저 깨달은 셈이지요.

　- 그렇다. 그러나 그가 깨닫지 못한 것이 있단다. 까닭은 그가 보지 못하는 믿음이 없었기 때문이다.

– 그것이 무엇입니까?

– 그는 가진 것이 너무 많았기 때문에, 정작 믿음은 버렸느니라.

– 어떤 믿음을 말씀하시는 겁니까?

– 살아 계신 야훼 하나님께는 능치 못하실 일이 없다는 온전한 믿음을 말하는 것이다.

– 그분의 온전한 사랑을 우리가 믿을 때, 우리 또한 못 이룰 것이 없다는 말이 되는 것입니까?

– 그렇다. 사랑보다 좋은 것이 없으므로 사랑하면, 더 좋은 것, 그토록 사모하고 바라던 모든 것이 다 하찮은 존재가 되는 법이다.

– 어쩐지 말장난 같이 느껴지는 걸요?

– 그것은 네 자신이 순결하지 못한 까닭이다. 사람이란 단순해져야 하는 법이다.

– 단순하다는 것은 무엇입니까?

– 배가 고프면 부풀지 못한 빵도 꿀맛이 되는 것과 같은 이치이다. 그러나 배가 부른즉, 그 맛 좋은 양고기나 향기 짙은 석류나 포도주라도 구역질이 나는 것을 체험해보지 않았더냐?

– 그것은 말할 가치를 느낄 수가 없습니다.

– 그렇다면 진정 가치 있는 말을 해보아라.

– 길 가는 나그네에게 세 가지가 꼭 필요한 것이 있는 법이라고 들었습니다. 그것은 좋은 벗과 약간의 전대와 맑고 환한 날씨라고요.

– 그렇지 않다. 내가 곧 길이요 사랑이요 좋은 날씨이니라.

– 전대를 어찌하여 사랑이라고 얼버무립니까?

– 전대란, 사랑이 메마를 때 필요한 것일 뿐이다. 오히려 간수하기 곤란한 존재가 곧 전대가 아니더냐? 그렇게 따지지만 말고 생각해보

아라. 전대란 거머리처럼 다고, 다고, 더 다고 하여 챙기기만 하는 본능이 있고, 진정한 사랑이란 철부지처럼 무작정 나누어주려는 속성이 있는 법이다. 그런즉 사랑만 있으면, 전대가 나누지 못하는 행복과 평강을 다 함께 누릴 수 있는 법이다. 그래서 깨닫지 못하고 무지하여 살아가는 방도를 잊어버린 이 세상에 내가 온 것이요, 내가 너희에게 나의 하는 일로써 야훼 하나님의 사랑을 설명하고 생명을 주려고 온 것이다.

─ 이 자리에서는 야훼의 말씀은 하지 마십시오. 또한 하늘나라도 들먹거리지 마십시오.

─ 왜 그렇게 반발을 하는 것이냐?

─ 반발이 아니라 장래의 하늘나라보다는 이 세상이 소중하게 느껴지기 때문입니다.

─ 야훼 하나님이 외면하시는 세상이란 아무런 가치가 없다는 사실을 잊었느냐? 세상이란 아버지 하나님의 사랑 때문에 비로소 의미가 있고 존재의 가치가 있는 법이다. 하나님이 이처럼 사랑하신 세상! 그 사랑을 입은 사람은 천하보다 존귀한 생명의 되는 셈이다. 비단 너희뿐 아니라, 너희의 전하는 그 말을 믿고 따르는 세상의 모든 사람에게도 같은 생명의 은총이 임할 터이다. 그것은 영원한 생명을 말하는 것이다. 이제야 알아듣겠느냐?

─ 주님, 예수여! 어느덧 베다니의 하늘이 드러났습니다.

─ 베다니의 하늘이 어찌 따로 있더란 말이냐? 우리의 친구 나사로의 마을 베다니가 따로 있는 것이 아니다. 그가 버리고 떠났던 하늘이다.

─ 세상을 버리고 하늘로 떠난다는 말씀입니까?

― 하늘은 나의 보좌요, 세상은 나의 발등상이라는 말씀을 기억하지 못하는가? 나와 함께 가는 나그네는 실상 바람 날개를 타고 가는 법이다.

　― 참으로 바람 날개를 타고 왔습니다.

　― 그런즉 어찌 멀고 가까움을 맛볼 수 있겠느냐? 그냥 믿고 바라는 그것들이, 실상으로 나타나는 것뿐이다. 이것을 너희가 들었으니, 그대로 믿겠느냐? 사랑과 믿음으로 바라보는 하늘나라는 바로 그와 같은 것이라는 말이다.

　바로 그 시간, 예루살렘 성전의 동문 밖에 있는 대제사장 안나스의 별관에서도 앞뒤 가림 없는 진지한 토론이 벌어지고 있었다. 대추야자와 석류꽃이 취할 듯한 향기를 토하고, 백양목과 홀리 트리라는 아카시 울타리에 둘러싸인 웅장한 대리석 건물이었다. 오후에 느닷없이 소집된 대제사장의 회중이었다.

　안나스는 율법에 정통하고 덕망이 두터워 상하로부터 존경과 경외의 대상이었다. 뿐만 아니라 현실에 대한 정치 감각도 여우처럼 예민하였다. 그는 실상 수리아의 로마 총독 퀴리니우스의 추천으로 유다 민족의 대제사장으로 임명을 받았으나, 온 민족의 실권을 장악하고 있는 셈이었다. 그 부친은 셋(Seth)이요, 다섯 아들과 사위인 가야바와 손자 맛디아가 모두 대를 잇는 제사장이었던 터이다. 당대의 대제사장은 맏사위 가야바였으나 실세는 함께 누리고 있었다. 따라서 그는 대제사장의 성스러운 직책에 못지않게 세속적인 정치 감각도 날카롭게 활용하였다. 로마의 카이사르 황제 통치와 군부의 월권과 변덕스러운 총독들의 횡포와 줄다리기하면서도, 백성들의 흠숭을 잃지 않고 지켜내기에 성성한 백발이 부끄럽지 않도록 흰 눈을 감추지 못했다. 그의 권위를 경홀히 하는 제사장은 결코 편한 잠을 들지 못했다. 과연 야훼 하나님의 권능이라 할 만하였다.

하지만 세월은 구태여 그의 넓은 가슴을 비켜 갈 이유가 없었을 터이다. 왜냐하면 칠순이 가까운 그의 노안(老顔)에 세상만사가 제 뜻대로 되는 것이 아니라는 지혜로 임했기 때문이다. 그는 지금도 젊은 제사장들이 삼십여 명이나 양쪽 긴 테이블에 반원형으로 마주 보고 앉아서 율법사의 길고 자상한 보고를 듣고 대책을 강구하자는 자리에서 연신 고개를 끄덕거리고 있었다. 결코 만사를 수긍하는 빛이 아니라고, 제사장들과 대제사장 가야바는 수긍하였다. 따라서 회의 분위기는 언제나 마찬가지로 짜증스럽고, 못 선디는 몸부림에 지나지 않았다.

길고 자상한 보고는 명료했다. 몇 마디로 요약하면, 나사렛의 천출 예수에 대한 일방적인 탄핵이요 참소였으니 말이다. 성스러운 지도자인 제사장들의 모임이 짜증스러운 것은 야훼 하나님의 권능이었다. 새삼스럽게 도마에 오른 내용은 아니지만, 죽은 사람이 살아나고, 소경이 눈을 뜨고 무수한 환자들의 질병이 약 한 방울 쓰지 않고도 고쳐지고, 군중들에게 빵을 먹이고, 바람과 파도가 어떻고, 이 모든 일은 마땅히 제사장이나 율법사들이 누리고 휘둘러야 할 야훼 하나님의 특권이 아닐 터이랴? 감히 야훼의 이름을 참칭하면서도 정작 야훼 하나님께서 엄히 금하신 율법과 규례를 묵살하고 훼상한다 하니, 이를 묵과할 방도란 세상에 없다.

— 그가 예루살렘 도성을 떠났다는 정보는 사실인가?

실제의 주례자는 번번이 젊은 대사제 가야바의 몫이었다. 그의 성대는 물소리처럼 맑고 신중했다. 검은 두건이 유달리 장중하여 위엄이 드러났다.

– 베다니 쪽으로 떠나갔으니, 이미 당도했으리라고 봅니다.

코를 후비며 제사장 앗수르가 받았다.

– 아주 갔다는 말인가?

마지못한 듯, 침묵을 깬 가야바였다. 그는 할 수 있는 대로 세상사와는 연을 멀리하고 성스러움을 사모하는 심성을 드러내는 축이었다.

– 그럴 리가 있습니까? 뭔가 새로운 일을 도모하겠지요. 요건은, 우리에게 없는 집행권을 납득시킬 만한 내용이겠지요.

유다였다. 그의 노안도 사려 깊은 덕을 감추지 못하고 있었다.

– 전에 광야에서 멋대로 설치던 세례 요한과 차이점이 무언가요?

비속한 어투를 사양할 줄 모르는 제사장 여호사밧이었다. 이렇게 마지못한 듯 입이 열리기 시작하자, 중구난방은 습관이 되고 있었다.

– 이적이란 믿을 게 못 됩니다. 우둔한 백성들이 문제이지요.

– 백성이란 갈대와 같은 것입니다. 풍문이 좌우하지요.

– 그러니 방치할 수 없다는 심려가 아닙니까? 성전의 제물을 훼파하였다 했지요? 결코 단순한 난동이 아닐 터입니다. 백성들의 가려운 등을 긁어대는 짓들도 많습니다. 제자라는 축들은 어떻습니까? 어부며 세리라나? 천출들이긴 한데 자부심이 대단한 듯합니다.

구태여 충성심이란 말을 삼갔다.

– 총독에게 보고할 재료는 어떻습니까?

– 그 편에서도 예의 주시하고 있다는 정보입니다.

– 두고 보는 게 상책이겠군요.

- 그런 미적지근한 대응의 때가 아닌 듯합니다. 우리 바리새인과 서기관과 율법사들을 싸잡아 독사의 자식들이라고 매도했습니다. 어찌 귀를 막고 있을 터입니까?

- 그건 으레 선지자들이 써 먹은 상투가 아니던가요?

- 그런즉 맥을 끊어야지요. 세상에 만물보다 부패한 백성의 입을 막을 수는 없는 법입니다. 아무튼 상황은 갈수록 유리한 쪽으로 작용할 것은 자명합니다.

- 어느 쪽에 유리하다는 말입니까?

- 그야 야훼 하나님의 법도가 말씀하는 바 아닙니까?

하나 마나 한 소리들이 물거품처럼 소용돌이치고 있었다. 까닭은 불안과 초조감이었던 셈이다. 어쩐지 쇠불안석이었다. 밤이 나오는 때에 긴급한 소집부터가 그럴 일이 아니라고도 했다. 무슨 긴요한 사안이라고, 성스러운 제사장들이 불난 집 수습하듯 법석이란 말인가? 난동 꾼이면 경비대가 처리할 일이요, 자칭 혁명군이면 로마 군병이 진압할 터이요, 이단의 수괴들이면 성전 수비대가 처치할 사안이요, 도적들이라면 총독이 관할할 일이다. 광야의 괴짜 요한도 그러하였고, 황야의 수괴 유다도 그렇게 수급을 취했고, 대부분 갈릴리와 사마리아 출신들도 그렇게 사막의 광풍에 사라졌던 터가 아닌가?

하지만 이번의 자칭 메시아, 예수에 대한 소문에는 성전이 진동하는 듯한 턱없는 불안감이 스며들고 있었다. 어쩐지 잠자리가 편치 못했던 것이다. 근본부터 흔드는 미세한 지진처럼, 점차 요동치는 듯한 느낌을 숨길 수가 없었다. 그래서 긴급히 소집된 자리요 토론이 아니던가. 숨결이 편치 못한 듯, 헐떡거리며 끌어오던 회의는 결론이랄까! 으레 그랬듯이, 정식으로 산헤드린 공의회에 상정하기로 의견이 모아졌다.

산헤드린은 모세의 장로 법도에 따라서 72인의 정족수로 구성되었다. 대제사장과 전직 대사제 율법학사인 서기관과 바리새파 제사장들로서, 유대인 지도자들의 종교적 문제이든, 민·형사 간에 최고 평결기관인 산헤드린 집회는 예루살렘 성전 뜰 남쪽의, 벽돌 방이라는 성스럽지 못한 별칭의 회관에서 개회되는 법이었다. 집회는 특별한 절기가 아닐지라도, 시간은 반드시 아침 제물을 드릴 때로부터 저녁 희생제사가 끝나기 전까지가 법도였다.

첩자를 배가하여 예의 주시할 것이며, 결과에 따라서 법대로 로마 총독에게 즉시즉시 통보할 것이며, 변덕쟁이였지만 으레 산헤드린의 눈치를 살피는 헤롯 왕께 촉구하여 죽일 자는 죽이고 살릴 사람은 법대로 처치하면, 만사는 태평일 터였다. 아니 그러한가? 하지만 대제사장 가야바는 저도 모르게 한숨처럼 중얼거리고 있었다. 나사렛 예수 메시아라! 메시아 예수라! 전에 세례자 요한은 그를 보고 말하기를 – 보라 온 세상의 죄를 지고 가는 하나님의 어린양이로다, 했다지 아마. 진정 그러하다면 한 사람을 죽여서, 이 백성을 도탄의 세월에서 구출할 수만 있다면, 그 아니 다행이랴! 이는 실로, 그 자신이 생각지도 못한 영혼의 숨결 같은 예언으로 느껴지는 소리였다.

문득 회랑의 촛대걸이 위에서 감람유가 스스로 타오르며, 요요한 불빛을 피워 올리기 시작하였다. 너나없이 갑자기 허리가 무거워지기 시작했다. 두드려가며, 마시고 채워야 할 만찬을 나누어야 할 때가 다가온 것이었다. 그러자 제사장이며 바리새인들은 세상만사가 하찮게 여겨졌으며, 몸은 피 냄새 맡은 짐승들의 반응처럼 달뜨기 시작했다. 주방에서 연신 날아오는 비린내의 매혹은 견딜 수 없는 조급

증을 낳았다. 누구 탓이라고도 할 수 없는, 단지 젊고 건강하며 무지
몰각한 백성들 위에서 태평을 구가하는, 야훼의 은총이라 할 수밖에
는……. 대제사장 안나스 저택의 만찬은 야훼 하나님의 축복으로 언
제나 풍요가 넘치는 계절이었다.

2

한편 베다니 마을에도 잔치와 찬양의 축제가 무르익었다. 몇 주 만
에 다시 만난 모임이었다. 얼굴에 장미꽃처럼 화색이 돌고 생기발랄
하게 몸을 추스른 나사로의 영접을 받으며, 이른 저녁을 마친 초저녁
에 베드로는 신신당부했다. 마르다 자매여! 바람에 꽃잎 지듯이, 주
님과 함께 밤이슬처럼 조용히 휴식하려는 게야. 그러니 제발 일찌거
니 문을 닫고 쉬게 해주오. 알아듣겠는가? 그러나 예수와 제자들이
소쇄를 마치고 미처 자리에 들기도 전에, 밖에 나갔다가 들어온 안드
레와 요한이 품고하였다.

– 마을 회당에 삼백여 명의 남녀 주민들이 모여들었는데, 나사로
는 양을 세 마리나 잡았고 여인들마다 머리에 가루음식과 나물과 포
도주와 대추야자와 각종 선물들을 가득가득 이고 모였다 합니다.

– 그래, 무슨 일이라 하던가?

자리에서 벌떡 일어나 앉은 예수가 입을 열었다.

– 메시아 주님을 환영하는 축제라고 합니다.

아하! 그런즉 어찌 외면하랴? 진정한 휴식이란, 영혼의 안식이라
야 하는 법! 기쁨과 감사로 찬양하면 소생하리라.

마침내 흔쾌하게 앞서는 주님 예수를 모시고 회당에 나선 마르다와 마리아는 마을 여인들의 중심에 들어서며 공주들처럼 춤을 추었다. 오라비 나사로의 부활로, 슬픔과 통곡의 세상은 언뜻 환희와 환상의 도가니였다. 하지만 예수는 단 하루 만에 떠나버렸고, 그 허전함을 말로 다 할 수 없던 때에 다시 돌아오신 주님 예수였다. 내가 다시 오마! 하시던, 진정 메시아 예수였다. 참으로 유대인의 부림절기와 같았다.

슬픔이 변하여 기쁨이 되고, 통곡이 찬양으로 바뀌는 부림절은 구약시대의 황후 에스더와 그녀의 외삼촌 모르드개를 통한 유대 민족의 부활절이었다. 인도로부터 에디오피아까지 127도를 다스리던 페르시아 제국의 크셀크세스 황제 당시에, 충신 하만은 황제의 총애를 한 몸에 입고 실권을 장악했다. 황제가 수산 궁에서 즉위한 지 삼 년만에, 성대한 잔치를 베풀고 그 모든 군신과 각 도의 총독과 귀족들을 초빙하였다. 무려 육 개월 간의 잔치가 진행되는 동안 황후 와스디는 황제의 노염을 사게 되었고, 다시는 황제의 부름을 입지 못하도록 실격한다. 전국에서 선발된 청순한 여인 중 유대인 에스더가 마침내 황후 전에 오른다.

한편 황제를 모살하고 반역을 일으킨 모반의 무리를 모르드개가 좌절시킨다. 이로 인하여 승승장구하는 유대인들은, 시기와 질투의 대상이 된다. 급기야 총리 하만의 음흉한 계략에 빠져 모르드개와 유대인 전체가 몰살을 당하게 되는 운명을 맞는다. 하지만 유대인 조카 에스더가 황후가 된 것은, 이때를 위한 야훼 하나님의 섭리라고 믿었던 모르드개의 용기와 지혜, 그 말씀을 따라서 죽으면 죽으리라 하고 금식하며, 부름을 받기 전에 황제에게 나아갔던 에스더의 순종과 믿

246

음으로 유대인을 몰살키로 했던 하만의 장대에 오히려 그와 그들의 족속이 매달려 멸망을 당하고, 유대인은 전국적인 해방을 맞게 된 것이었다.

그때가 아달 월(Adar, 2~3월) 14, 15일이었다. 따라서 유대인들은 통곡의 날 13일은 금식하며 에스더의 날이라 하였고, 14, 15일은 전국에 반포하여 모르드개의 절기라고도 했다. 백성들은 공식적인 예배의식을 마치고 다음 날 회당에 다시 모여 마음껏 먹고 마시며, 슬픔이 변하여 기쁨으로, 절망이 바뀌어 부활을 찬양하고 춤을 추며, 암송 시문들을 화답하였다. 실로 유대인 최대의 감사와 축제의 날이었다.

예수와 제자들은 가나 혼인 잔치 후, 베다니 회당의 축제에서 마음껏 마시고 취했다. 잘 구워낸 양고기는 달고 입맛에 척척 달라붙었다. 포도주와 대추야자 술이 풍성하였다. 막달라 마리아와 수산나와 요안나는 팔을 걷어붙이고 잔칫집의 숙수들인 양 접대로 분주했다. 여기저기서 웃음소리가 석류꽃처럼 활짝 피었다. 안드레와 야고보가 비척거렸다. 요한과 바돌로매도 포도주 잔을 들고 흥청거렸다. 바돌로매가 몸을 간신히 가누며 입을 열었다.

― 대왕이여! 나의 왕이신 예수여! 대체 이 포도주는 무엇입니까? 어찌하여 이처럼 하늘이 가깝고, 땅은 온통 제 발 아래로 엎드리는 겁니까?

회당의 원로 하잔과 청중이 몰려들었다.

― 무릇 술이란, 그대들 자유를 위한 은총의 선물이다. 하지만 그것이 자유는 아닌 것, 술이란 그대들 순수한 욕망의 개화이다.

랍비 예수가 마치 새 술에 취한 듯 약간 어둔한 음성으로 말했다.

— 허나 그것이 열매는 아니다.

— 주님, 예수여 왜 그리도 복잡합니까?

빌립이 혀 꼬부라진 소리를 질렀다. 예수는 포도주의 잔을 든 채, 아랑곳없이 말씨를 골랐다.

— 듣고 마셔라. 술이란 그대들 가슴의 정상을 향하여 소리치는 심연, 하지만 그것은 심연도 아니며 정상도 아니다. 그것은 오히려 날개 달린 새가 우리 안에 갇혀 있는 것, 그러나 사방으로 둘러싸여 있지 않다. 그렇다. 실로 술이 주는 쾌락은 자유의 노래이다. 그러므로 내 기꺼이 그대들로 하여금 가슴 가득히 그것을 노래하게 하리라. 하지만 노래하느라, 그대들 기운을 잃어서는 안 되리라. 그대들이 술을 마셔라. 단지 술이 그대들을 마시게 해서는 기쁨이 변하여 슬픔만이 남는 법이다.

예수는 문득 말씀을 마치고 활짝 웃음을 터트렸다. 흔쾌한 홍소였다. 마태오와 도마도 말씀에 귀 기울이다가, 흠씬 취하여 두 손을 나팔꽃처럼 흔들며 춤을 추다가 쓰러졌다. 베드로가 주님 예수를 바라보며 고함쳤다.

— 주여! 이 부림절기에 하만에게는 저주가 내려라, 하는 말과 모르드개에게는 축복이 내려라, 이 말들을 서로 구별할 수 없을 때까지 마셔라, 했나이다. 이것은 무슨 뜻입니까?

취기로 새맑게 붉어진 얼굴을, 손바닥으로 쓱쓱 문대며 덩실거리던 예수가 응대하였다.

— 그러므로 상갓집에 가는 것이, 잔칫집에 가는 것보다 좋으리라는 지혜서를 읽지 않았느냐? 진실로 나의 나라에서 원수의 저주도

없으려니와, 미움과 살인은 오히려 사랑과 축복으로 바뀌리라 하는 예언이로다. 이 말을 믿는 자들은 복이 되리라. 그대들 듣지 못했는가? 뿌리를 캐다가 대지의 품속에서 보물을 찾은 이야기를? 또한 그대들 중에 어떤 이는 술에 취하여 저지른 잘못처럼, 후회로서 쾌락을 추억한다. 하지만 후회란 마음의 벌이 아니다. 다만 마음을 흐리게 하는 것일 뿐, 여름날의 수확과 같이 그대들 감사로서 쾌락을 추억해야 하리라. 그러나 후회가 그대들을 위로한다면, 그들로 하여금 위로 받게 하여라. 과연 이 말씀이 구세주 메시아의 은총 아니랴!

듣고 전하던 사람마다, 벌린 입을 다물지 못했다.

마을의 여인들과 청년들은 밤이 깊어가고 있었으나, 아랑곳없이 노래와 춤을 즐겼다. 손에 손을 맞잡고, 달무리의 후광처럼 원을 그리며 발로 대지를 두드렸다. 별들의 합창과 같이 끊일 줄 모르고 이어지는 띠리, 띠리 띠리담 띠리담! 하는 음악은 남자들의 소리였고, 이에 질세라 화답하듯 치카, 치카 츠츠카 하는 음악은 여인들의 입소리였다.

두 노인은 피리를 불었다. 삐리, 삐리, 삐리리릴리이! 하고 마치 먼 길 날아가는 기러기의 입소리로 노래했다. 이에 질세라 수금이 주악을 시작했다. 백단목 수금은 두 여인이 들고 나섰던 것이다. 그러자 일곱 여인들은 손에 손에 양가죽 탬버린을 두들겨댔다. 날카롭고 시원스럽고, 음흉하고 처량한 소리에 어울려 축제는 열기를 한층 더하였다.

하늘과 땅이 뒤엉킨 듯, 암수의 뱀들이 서로 머리를 치켜들고 뒤엉킨 듯 노래와 춤은 한없이 어울리고 회오리치고 솟구칠 때마다 사람들은 덩실거렸다. 그들은 마치 이 시간에 노래와 춤을 멈춘다면, 영원히 기쁨과 찬양의 순간은 다시 오지 못하리라고 두려워하듯, 서로 의지해가며 맴을 돌았다. 미궁 속을 헤어 나오지 못하는 안타까운 안색으로도 보였다. 오히려 손뼉으로 박자를 맞추는 구경꾼들은 흥에 겨워서 비둘기처럼, 날치는 새들처럼 한껏 들떠서 떠날 줄을 몰랐다.

— 우리가 피리를 불어도 저희가 춤을 추지 않는다면, 애곡할지라도 눈물을 흘리지 않는다면 이는 진실로 슬픈 일이다. 아니 그런가?

얼굴이 벌겋게 달아오른 나사로와 랍비 예수도 그들의 희락에 동참하였다.

— 아하! 아버지여, 저들이 멈추지 못하게 하소서. 하오나 포도주의 쾌락이 저들을 삼키지는 못하게 하옵소서.

마을에서 개 짖는 소리가 유난히 폭증했다. 덩달아 거위들도 끼룩거렸다. 춤추던 눈들이 회당 밖을 넘보았고, 십여 명의 아이들이 몰려들었다. 소년들은 물결이 출렁거리듯 소리를 질렀다. 문둥이들이 몰려옵니다. 죽기 살기로 작정하고 덤벼듭니다. 문둥이? 문둥이가 몰려왔다고? 이 무슨 저주란 말인가! 이 무슨 흉한 소리인가! 너나없이 부르짖으며 흥겨웠던 춤꾼들은 순식간에 수라장으로 변했다. 세상에 있을 수 없는 일이었다. 저들이 어찌하여 법도를 어기고 게헨나 골짜기를 벗어나, 이 밤에 마을까지 들어왔단 말인가! 숨이 턱 막히고 기가 찰 노릇인 터이다. 멀리 사마리아 근교의 게헨나 골짜기가 죄악으로 저주받은 저들의 은신처인 것은 세상이 다 아는 일이다. 들개들처럼 어울려 살던 그곳을 벗어나면 마땅히 돌 탕의 세례를 받거나 불태움을 당하는 것은 유대인의 법도였다. 율법이 엄히 금하고 있

250

었기 때문이다. 심지어 옷에나 집 벽에 곰팡이가 슬거나 잡균이 번성하여 의심이 들면, 제사장의 심사를 받았고 불태워버리는 것이 야훼하나님의 율법이라고 지켜왔던 터이다.

예수는 긴장하여 사뭇 떨어대는 나사로의 손을 붙잡고, 그들을 바라보았다. 나사로의 심장은 어쩌면 습관성으로 약한가 보았다. 이방인이나 잡인들의 출입을 엄금하고 있는 회당 문 앞에 누더기로 간신히 몸을 가린 한 무리가 서성거리고 있었다. 달빛에 어울려 장승처럼 우람했다. 열 명의 문둥이가 적실하다고, 눈 밝은 빌립이 보고했다. 예수는 그들을 향하여 가까이 오라고 손짓했다. 어찌 된 일인가? 이래 죽으나 저래 죽으나, 죽기는 마찬가지입니다. 하고 투덜거리던 한 사내가 소리를 질렀다.

― 오! 나사렛 예수여! 나사렛 왕이시여, 우리를 불쌍하게 보아주십시오. 저희도 깨끗하게 고침 받고 하루라도 사람으로 살아보기를 소원합니다.

그 소리는 눈물에 흠씬 젖어 있었다. 눈에서는 피고름이 흘러나왔다. 머리카락은 솔개에 뜯긴 것처럼 빠져버렸고, 귀는 조각난 뭉텅이를 매달고 있었다. 눈썹조차 흔적이 없는 허연 이마에는 박쥐가 엉겼고, 코는 뭉텅한 구멍이 대신하였다. 입술은 뒤틀린 채 잔나비의 항문처럼 벌름거렸다. 그들의 얼굴이나 그들의 남루한 짐승 가죽을 걸친 옷이나, 그들의 음성이 시궁창을 뒤지다 쫓겨난 들개처럼 참혹했다. 아아! 진정 짐승인가. 저주받은 사람이라면, 무덤 속을 헤매던 귀신들린 사내가 풍기던 이 악취는 대체 무엇인가!

예수는 울고 있었다. 그 파란 눈에서 피눈물과 같은 붉은 눈물이 흐르고 있었다. 아버지 하나님이여! 보셨습니까? 사랑이여, 보셨습니까! 어찌하여 이런 참담한 세상이 되었습니까? 탄식하던 예수는 엄중하게 입을 열었다.

– 너희가 무엇을 원하느냐?

– 주님, 예수여! 하루라도 깨끗하여 사람으로 살기를 원합니다. 너희가 그리 될 줄을 믿느냐? 주님께서 소경의 눈을 띄웠고, 죽었던 나사로의 집에 저희가 왔나이다. 저희가 아예 죽으면 죽으리라 하고 왔나이다.

– 너희의 믿음이 크구나! 믿음대로 될지어다.

그 순간 둘씩, 셋씩 둘씩 부둥켜 있던 그들은 즉시 예수 앞에 엎드리며 대지에 입을 맞추었다. 그들은 짐승처럼 대지의 생명을 마시고 있었다.

– 이제 일어서라! 생명의 빛을 누려라!

예수가 고함치듯 부르짖었다. 우르릉거리던 번개처럼 일어서는 그들의 얼굴은 피가 흐르듯 생기가 돌았고, 팔다리에서 낡은 부스러기가 걸레 조각처럼 부슬거리며 쏟아졌다.

– 아하! 하늘이여, 땅이여, 우리를 보소서! 우리가 새사람이 되었나이다.

그들은 통곡을 터트리며 환호성을 질렀다. 제자들이 그들의 손을 잡았다. 예수가 조용히 입을 열었다.

– 저들은 실상, 저 외식하는 바리새인들 서기관이나 제사장들보다 못할 것이 없다. 보아라! 눈썹이 떨어져도 느끼지 못하는 저들이나, 손발이 떨어져 나가도 아픔을 모르는 저들이나, 화인 맞은 양심으로 들어도 알지 못하고, 보아도 깨닫지 못한다면 어찌 우열을 가리겠느냐? 저 가난한 백성을 착취하는 부자들의 끝없는 탐욕을 보았는

가? 저 나약한 백성을 짓밟고 설치는 통치자들의 횡포를 들었는가? 세상이 저 친구들보다 나은 것이 무엇이랴? 아니 그런가? 이제는 너희가 야훼 하나님의 가슴으로, 내가 한탄하는 뜻을 알아듣겠는가?

제자들은 그 엄중하고 참담한 말씀에 입을 다물지 못했고, 몇몇 정탐들은 그 참람한 책망에 아연실색하였다. 달과 별들이 세상을 맑고 환한 눈빛으로 내려다보고 있었다.

이윽고 마리아와 마르다가 주님 예수를 부축하여 집으로 모셔 들였다. 왼팔은 마르다가 붙들었고 오른팔은 마리아에게 맡기듯, 예수는 기쁜 낯으로 의지했다. 작고 부드러운 마리아의 손길에 간지럼을 느꼈고, 언니 마르다의 어깨는 열기가 뜨거웠다. 베다니의 회딩은 직은 규모인지라, 따로 거처할 만한 숙소가 없었던 것이다. 하지만 제자들은 회당 노인 하잔의 친절을 입고 회당의 구석에 자리를 잡고 있었다. 오라비 나사로와 예수 앞에 엎드려 거듭 사례하던 한 사내가 뒤를 따르고 있었다. 예수가 뒤를 돌아보며 물었다.

― 그 아홉 사람들은 다 어디로 갔는가?

― 기뻐서, 너무 기뻐서 다 각각 제 곳으로 갔나이다.

사내가 맑은 음성으로 말했다.

― 정녕 사마리아 사람, 이 한 사람밖에는 사랑을 알고 따르는 사람이 없더란 말이지. 그것이 사람이란다. 알아듣겠느냐?

작은 석조 건물인 집 안에 들면서, 마리아가 흔연한 안색으로 입을 열었다.

― 주님, 예수여! 사랑에 대하여 말씀해주십시오.

말하는 그녀의 가슴은 떨리고 괴로운 빛이 역력했다.

– 아아, 아버지여! 자비를 베푸소서. 저에게 들끓는 마음의 번민이 있습니다. 갈등이 있나이다.

예수는 잠시 흐린 눈으로 하늘을 우러러보았다. 그 가슴도 벅차오르며, 주홍빛으로 물들어가는 것을 숨길 수는 없었던 것이다. 예수는 저도 모른 새, 피리 소리와 같은 작은 음성으로 말씨를 골랐다.

– 마리아여! 마르다 자매여, 사랑이 그대들을 부르면, 그를 따라라. 비록 그 길이 험하고 가파를지라도, 사랑의 날개가 그대들을 감싸 안을 땐, 온몸을 허락하여라. 비록 사랑의 날개 속에 숨은 칼이 그대들을 상처받게 할지라도.

– 주님이여! 이는 가혹한 일이 아닙니까? 실상 그 어떤 상처라도, 사랑의 아픔보다는 못하겠지만 말입니다.

누군가 가쁜 숨결을 내뿜었다. 예수는 자매들과 나사로와 사내를 돌아보며 다시 입을 열었다. 가슴에서 우러나오듯, 애잔한 음성이었다.

– 사랑이 그대들에게 말할 땐, 그 말을 믿어라. 비록 북풍이 저 뜰을 폐허로 만들듯, 사랑의 목소리가 그대들의 꿈을 흩트려놓을지라도 그리하라. 왜냐하면 사랑이란, 그대들에게 영광의 관을 씌우는 만큼 또 그대들을 괴롭히는 것이기에, 사랑이란 그대들을 성숙시키는 만큼 또 그대들을 베어버리기도 하는 것일 터이니 말이다.

– 아아! 주님이여 이 몸이 베어지기를 소원합니다. 이 몸이 찢기고 저리고 괴롬 당하기를 바랍니다.

마리아가 열정으로 몸을 떨면서, 혼잣소리처럼 말했다. 마르다가 체념 어린 한숨을 쉬었다.

예수가 놀란 눈으로 그녀들을 바라보았다. 다시금 그 입이 말씨를 골랐다.

– 사랑은 마치 곡식 단과 같이 그대들을 자기에게로 거두어들이는 것, 사랑은 그대들을 두드려 벌거벗게 할 터이다. 사랑은 그대들을 체로 쳐 쓸데없는 모든 껍질을 털어버리게 하는 것이다. 따라서 사랑은 그대들을 갈아 순백으로 변하게 하는 것, 사랑은 그대들을 반죽하여 유연하게 될 때, 거룩한 향연을 위한 빵이 되도록, 성스러운 자기의 불꽃 위에 올려놓는 것이다. 마침내 사랑은 이 모든 일을 행하여 그대들로 하여금 마음의 비밀을 깨닫게 하고, 그 깨달음으로 삶의 가슴에 한 파편이 되게 하리라.

– 주님, 예수여! 우리는 어찌하오리까? 이 뜨거운 가슴을 우리는 어찌하면 좋습니까?

마르다와 마리아가 한 입으로 부르짖었다.

예수의 푸른 눈이 자매들을 응시하다가 말씀을 계속하였다.

– 그런즉 그대들, 오직 두려움 속에서 사랑의 평화, 사랑의 즐거움을 찾으려 한다면, 차라리 그땐 그대들 알몸을 가리고 사랑의 타작마당을 나가는 게 좋으리라. 계절도 없는 세계로 말이다. 그대들 웃는다 해도 실컷 웃을 수는 없는, 그대들 운다 해도 실컷 울어볼 수 없는 곳으로 말이다.

– 사랑은 저 외에는 아무것도 주지 못하며, 저 외에는 아무것도 구하지 않는 것, 사랑은 소유하지도 소유 당할 수도 없는 것이다. 사랑은 다만 사랑으로 충분할 뿐, 그러므로 사랑은 오래 참는다. 사랑은 친절하며 질투하지 않고 자랑하지 않으며, 성내지 않고 악한 것을 생각하지 않으며, 사랑은 불의를 기뻐하지 않는다. 진리와 함께 모든 것을 참으며 모든 것을 믿으며 모든 것을 바라고 모든 것을 견디는

바로 그것이 아니겠느냐? 내가 가지고 있는 모든 것을, 가난한 사람들에게 나누어주고 또 내 몸을 불사르게 내어준다고 해도 진정한 사랑이 없다면, 그것은 아무 유익이 없을 터이다. 왜냐하면, 내가 곧 사랑이기 때문이다. 그러므로 나를 사랑함이 곧 너희 사랑의 열매가 될 것이다.

– 주님, 예수여! 주님을 제가 사랑합니다. 주님을 위하여 제가 죽겠습니다.

의외로 맑고 큰 소리가 생수처럼 터져 올랐다. 나사로와 문둥이였던 사마리아의 새사람이었다.

– 아니다. 내가 너희를 위하여 죽으리라.

예수가 조용히 말했다.

– 수천의 양떼를 죽인들, 사람을 어찌할 수 있으랴? 죄 많은 사람이 사람을 위하여 서로 피를 흘린들, 사람을 어찌할 수 있으랴? 서로 짓이기는 진흙탕의 고역일 뿐이다. 그러므로 나 아버지의 사랑이 죽어야 하리라. 나는 부활이요 성령의 생명이기 때문이다. 이 말씀을 너희가 믿겠느냐!

마리아와 마르다는 사내를 바라보았다. 죽었던 나사로가 사내의 얼굴을 새롭게 들여다보았다. 문둥이의 흔적이란 찾아볼 수도 없었다. 뚜렷한 콧날, 검은 눈썹, 나비와 같은 귀가 유난히 탐스러운 얼굴이었다. 제가 주님을, 사랑합니다. 두 자매와 나사로는 문득 허전하여, 빼앗긴 듯한 말씨들을 되뇌어보고 있었다. 그러자 이내 까닭 모르게, 가슴이, 포도주의 향기가 차오르듯 풍성해지는 것이었다. 하지만 그들의 눈에서 흐르는 눈물은 아무도 눈치챌 수가 없었다. 봄바람에 헤르몬 산에서 눈이 녹아내리듯 탐욕은 가시고, 정욕도 스러지고,

단지 아지랑이와 같은 성스러운 사랑이 녹아내리는 눈물이었던 까닭
이었으리라.

3

　- 여리고로 가자!

　단호하고 결정적인 어투였다. 하루를 미처 쉬지도 못한 채 조반을
마치자 갑자기 예수가 말씀하며 서둘렀다. 제자들은 영문을 몰랐으
나 서로 마주 보며 내심 한숨을 놓았다. 서둘러 예루살렘으로 가자!
하고 나실 듯한 강박에 시달리고 있었던 탓이었다. 여리고라면 예루
살렘과는 반대 방향의 요단강 쪽이었다. 가서, 급히 만나야 할 사람
이 있느니라. 그게 누구입니까? 하고 베드로도 묻지 않았다. 무언가
여유 있는 기분이 느껴진 때문이었던 것이다. 예루살렘이라면, 으레
다음에 이어지는 말씀은, 내가 죽어야 하리라는 것이 근자에 두드러
진 주님의 언사였던 셈이다. 성급한 제자들, 알패오와 셀롯과 가룻
유다는 주님 예수께서, 여리고에서 만날 사람을 만나고 내친걸음에
요단 강변을 따라 베레아 광야 지역이나 그리심산 쪽으로 올라가 백
성들을 모으고 군사를 조련하는 것이 혁명을 위한 수순이라 속단하
며, 가슴이 부풀어 올랐다. 하늘에서 불이라도 내려서 일을 치른다면
몰라도 혁명이란 피를 보아야 할 터, 그것은 피할 수 없는 운명이요,
듣고 배운 역사가 그러했다.

　저 하늘을 찌르듯 날로 강성해가는 로마의 세력을 보아라. 분봉 왕
헤롯과 각지의 총독들과 그들의 주구인 군병들의 권세를 보아라. 이

방의 통치자와 어울려 천하를 쥐고 흔드는 제사장과 율법사와 바리새인과 서기관들의 위세를 보아라. 광야의 세례 요한이 사라진 후, 유혈 폭동이나 혁명의 소문은 갈릴리의 풍랑처럼 사라져버렸다. 역사와 전통과 야훼 하나님의 권능을 자랑하는 유대 민족이란 마치 무덤 속의 벌레들처럼, 숨을 죽이고 생존에 급급할 뿐이었다. 오직 예수가! 나사렛 예수가 세례 요한의 뒤를 이어 유일한 백성들의 구세주요 메시아의 징조를 보이고 나타난 셈이다.

하지만 그 뜻과 속셈은 갈수록 알 듯 모를 듯, 때로 하늘의 권능으로 임하는가 하면, 나약하고 허술하기 짝이 없는 눈물겨운 모색을 여실하게 드러내고 있었던 터이다. 혁명은 피를 부른다. 결코 나약한 눈물로서 로마를 어찌하겠다는 말씀인가? 나약하고 은혜로운 사랑의 설교로서, 과연 저 간교하고 강퍅한 통치자들의 가슴을 사로잡겠다는 속셈인가? 병들고 가난한 백성을 날마다 먹이고 고치고 천하의 문둥이를 다 살릴지라도, 그것이 국권을 회복하는 혁명은 아닐 터이다. 에스겔 골짜기의 바른 뼈들이라도 다 일으켜 야훼의 군대로 조련해야 할 터이다. 하지만 주님 예수의 말씀과 속셈은 알다가도 모를 일이었다. 내가 하는 일을 보고 하나님을 믿어라 하신다. 믿으면 내가 하는 일을 너희도 할 것이라 하였다. 더 큰 일도 하리라 하셨다. 사람을 낚는 어부가 되리라 하셨다. 살릴 때가 있고 죽일 때가 있는 법이라고도 하셨다. 나의 나라는, 이 세상이 아니라고도 하셨다. 이 나라를 새롭게 하려는 야망에 불타는 젊은 제자들은 알다가도 모를 소리가 많았던 셈이다.

지난번 왕의 체모를 갖추며 예루살렘에 입성했던 이후로 제자들은 기대가 컸던 만큼, 실망 또한 없지 않았다. 느닷없이 채찍을 휘둘러 성전을 소란하게 하였고, 내 집은 만민의 기도하는 집이라 했거늘 너희가 강도의 굴혈을 만들었도다 하고, 제사장들과 율법사들과 바리새인들을 싸잡아 타매하고 대척하는 바람에 저들의 본격적인 적대감만 두드려진 셈이었다. 그때 제자들은 야훼 하나님의 전을 사모하는 순수한 열정이 주님 예수를 사로잡았다고 생각했었다. 연일 하늘나라를 비유하시고 설교하였다. 병자를 고치고 이적을 행하였다. 기회가 닿는 대로 거침없이 통치자와 기득권자를 드러내놓고 책망하였다. 도무지 은밀한 혁명의 방도가 아니라 여겼던 것이다. 일시 예루살렘을 물러난 일은 다행으로 생각했었다. 작전상 후퇴라고, 어려운 문자를 써보기도 했다. 이제 여리고로 가자, 하신다. 한숨을 돌릴 뿐 아니라, 혁명의 구상과 조직과 조련의 기지를 물색하려는 뜻이 아니랴? 베레아와 그리심 산과 요단강 주변의 광야와 산하를 떠올리며, 제자들은 새롭게 가슴이 불타오르기 시작했던 것이다.

그러나 막상 여행의 준비를 마치고 나사로와 눈물 머금은 마리아 자매들의 전송을 받으며 출발하려는 순간, 생각지도 못한 일이 발생했다. 이를 후대 사람들은 해프닝이라 할까? 단순히 웃고 넘길 수 없는 사건이었던 것이다. 하지만 주님 예수는 한층 고무되어 흥분을 느끼는 모습이었던 것은 사실이다.

둘러선 마을 사람들 가운데서 한 여인이 흡사 목에 칼을 맞고 동댕이쳐진 양처럼 예수 앞에 엎드렸다. 모두가 경악하여 숨을 삼키지도 못할 지경이었다. 여인은 엎드렸던 몸을 일으키며 부르짖었다.

― 주님, 랍비여! 예루살렘으로 가셔야 합니다.

― 뭐라고? 예루살렘으로 가셔야 한다고?

양양한 전도를 바라보며 새로운 기대와 꿈에 부풀어 있던 제자들은 이구동성으로 항변하듯 고함질렀다. 대체 이 무슨 훼방이란 말인가? 제까짓 여인이 무얼 안다고 주님의 뜻을 거역하며, 제자들의 부푼 꿈을 일시에 물거품을 삼으려 하는가? 이는 정녕 사단의 훼방이라 여겼던 것이다. 더구나 눈을 들어 예수를 바라보는 그 여인은? 아하! 바로 그 여인이 아닌가!

정녕 언젠가 성문 앞에서 꼴불견으로 바리새인들에게 사로잡혔던 탕녀가 분명했던 것이다. 그때 주님께서는 땅에 글을 쓰시다가, 너희 중에 죄 없는 자가 먼저 돌로 쳐라! 하여 모두가 다 물러가고 구원을 받았던 여인이었다. 나도 너를 치죄하지 않을 터이니 가서 다시는 죄를 범하지 말라고 주님께서 방면하셨거늘, 또 저 꼴인가? 저런 철면피라니, 제자들은 통분하듯 몸을 떨었다. 그러나 그녀는 분명 스스로 주님 앞에 몸을 굽혔다가 일어섰던 것이다. 그녀는 눈물 어린 눈으로 고개를 쳐들며 품에서 옥색 항아리를 꺼내들었다. 잠시 내려다보시던 예수가 그녀 앞에 무릎을 꿇고 앉으시며 입을 열었다.

– 딸이여! 네 이름이 무엇인가?

– 저는 마리아의 딸 데보라입니다. 주여! 이는 저의 사랑입니다. 이는 저의, 생명입니다.

그녀는 말씀과 아울러 문득 그 손에 들린 항아리를 기울여 랍비 예수의 머리에 붓기 시작했다. 청동빛 옥합이었다. 향유 냄새가 순식간에 집 안에 가득해졌다. 값비싼 나아드의 향유였다. 진동하는 향기에 사람들은 한동안 정신이 아찔할 지경이었다.

예로부터 대왕의 연회에 향을 피웠다. 아론은 이스라엘 백성들에게 창궐하는 유행병을 멈추게 하기 위하여 모세의 뜻을 받들어 향을 피웠다. 솔로몬 왕의 침상에는 값진 향냄새가 가득하였다. 로마의 군왕들은 향품을 가장 사치스러운 용품으로 사용하였다. 대왕의 장례식에도 가장 소중하게 쓰이는 것은 야자 향이었다. 신부가 남편을 위하여 값진 유향을 예물로 드렸다. 야훼의 성전에 숱한 양과 소와 비둘기의 제물을 바치는 근본 목적이 하나님을 영화롭게 하는 것처럼, 각종 향료를 불태우는 근본 목적도 야훼 하나님을 영화롭게 하는 데 있었다. 향유가 다 쏟아진 옥합은 여인의 발밑에서 깨어졌다. 예수는 머리로부터 발끝까지 흘러내리는 유향의 세례를 받으며, 그 겉옷을 적시고 속옷이 젖어드는 것을 즐기듯 황황한 모습으로 앉아 있었다. 지성소의 대제사장처럼, 그 안색이 너무도 황홀하여 이제 막 붉고 푸른 불길로 솟구치는 향 기둥으로 화한 듯하였다.

아하! 제자들은 어찌할 바를 알지 못하여 안절부절못했다. 백성들은 감당할 수 없는 무게를 못이긴 듯, 허리를 굽혔다. 무엇 때문에 이 값진 향유를 낭비하는가? 이 향유를 비싼 값에 팔아서 가난한 사람을 구제할 수 있을 터인데……. 통분하여 말을 잇지 못하고 있었다. 가룟인 유다였다. 제자들도 수긍하듯 고개를 주억거렸다. 그러자 예수는 문득 황홀경에서 깨어난 얼굴을 쳐들며 입을 열었다.

— 그대들이 어찌 그 여자를 괴롭게 하는가? 그녀가 내게 꼭 해야 할 좋은 일을 행하였다. 가난한 자들은 항상 너희와 함께 있을 터이나, 나는 이제 곧 떠날 것이다. 이 여자는 향유를 부어 곧 치르게 될, 예루살렘에서의 나의 장례를 준비한 것이다.

제자들과 사람들이 웅성거렸다. 예수가 다시 조용조용히 말씀을 이었다.

— 내가 분명히 말하거니와 예루살렘뿐 아니라 세상 어디에서든

나의 복음이 전파되는 곳에서는 이 여자의 행한 일도 전하여 길이 기억될 터이다. 그러나 딸이여, 이제는 안심하여라. 나는 여리고로 먼저 가리라. 그곳에 만나야 할 잃은 양이 있느니라. 나를 따르라!

여리고는 비록 작은 고을이었지만 역사상 오래된 뜻깊은 성읍이었다. 멀리는 모세의 대통을 이어받은 여호수아가 야훼 하나님의 뜻을 받들어 열두 지파를 거느리고 약속의 땅 가나안의 지경을 점령할 때 첫 전쟁터였다. 당시로는 하늘 끝닿을 듯 우람한 도성이었다. 이스라엘 진영이 열두 명의 정탐꾼을 파송했더니 그들이 다녀와서 보고하였다. 모세의 토라에 기록하기를 − 그곳에 살고 있는 사람들은 강할 뿐만 아니라, 그들의 도시들은 아주 크고 성곽으로 둘러싸인 요새였습니다. 게다가 거기에는 아낙 자손까지 살고 있었습니다. 그 땅에는 힘센 장사들이 수두룩하고 사람들의 키가 모두 컸으며 게다가 우리는 네피림의 후손인 거인 아낙 자손들도 보았는데, 우리가 보기에도 우리 자신들은 메뚜기처럼 느껴졌으니 그들의 눈에도 우리가 그 꼴로밖에는 보이지 않았을 터입니다. 그러자 모든 백성은 밤새도록 통곡하고 모세를 원망하며, 이렇게 말하였다. 우리가 이집트에서나 광야에서 죽었으면 좋았을 텐데! 대체 무엇 때문에 야훼 하나님께서 우리를 인도하여 칼날에 죽게 하시는가? 우리 아내와 자식들이 다 잡혀갈 바에야 차라리 이집트로 돌아가서 종살이하는 것이 낫지 않겠는가! 했더니라.

그때 그 땅을 탐지하러 갔던 눈의 아들 여호수아와 여분네의 아들 갈렙은 옷을 찢으며, 모든 백성에게 말하였다. 우리가 탐지한 땅은 아주 좋은 땅입니다. 야훼께서 우리를 사랑스럽게만 여기신다면 우리를 그곳으로 인도하여 기름지고 비옥한 땅을 우리에게 주실 것입니다. 여러분, 야훼 하나님을 거역하지 마십시오. 그 땅 사람들은 우리의 빵 덩어리에 지나지 않습니다. 그들을 조금도 두려워하지 마십시오. 그들의 보호자는 떠났고, 야훼 하나님께서는 우리와 함께 계십니다. 그러니 조금도 두려워하지 마십시오! 그러나 군중들은 그들을 오히려 돌로 쳐 죽이려고 위협하였다. 그러자 갑자기 야훼의 영광스러운 광채가 성막 위에 나타났다. 그로부터 무려 사십 년간, 광야의 방랑 생활 끝에 비로소 도성 여리고 앞에 당도했다.

야훼 하나님의 사자 모세는 세상을 떠나고 대통을 이은 장군 여호수아는 몹시 두려웠다. 그러나 여호수아는 나약하고 완고한 이스라엘 백성들을 격려하며 새벽마다 쥐 죽은 듯 소리 없이 성을 일곱 번 돌게 하였고, 끝 날에 야훼 하나님의 이름으로 성을 향하여 고함하고 저주하였다. 때에 성벽은 순식간에 우르르 무너져 내렸던 것이다. 첫 싸움의 기적적인 승리였다.

그 후 짧은 기간이나마 열두 지파의 오아시스는 모압 왕 에글론에게 점거 당했었다. 다윗 왕의 몇몇 신복들은 암몬의 하눈 왕에게 박대를 받은 후에, 그들의 뜯긴 수염이 자랄 때까지 여리고에 머물게 했다. 그 후 엘리야와 엘리사는 이 땅 여리고 성에 선지 학당을 세웠고, 젊은 선지자와 제사장들을 양육했으며, 엘리사가 비로소 대대적인 샘터의 공사를 이루어 영구적인 토대를 세웠다. 근대에 와서 헤롯 대왕과 그의 후계자들은 여리고 남쪽인 와디 겔트의 양쪽 제방에 동계 수도를 건설했다. 흔히 축축하고 쌀쌀한 예루살렘의 겨울 날씨에 비하여 이곳은 따뜻하고 쾌적한 편이었다. 요단강 평야로부터 끊임없이 흘러넘치는 수자원은 참으로 이상적인 꿈의 도성이라 할 만했다.

예수를 뒤따르는 제자들의 들뜬 가슴처럼 하늘은 맑았고 투명한 햇살이 풍성했다. 때때로 구름은 바람에 떠밀리고 있어서 여행하기에 더없이 축복된 날이었다. 제자와 여인들의 발걸음은 가벼웠다. 베다니 마을에서는 천천히 걸어도 하룻길이 채 못 되는 여리고였다. 그러고 본즉 언젠가 소경 바디매오의 눈을 고치신 고을이 아니던가! 눈을 뜨고 천하를 얻었던 거지는 지금쯤 장가라도 들었을 터였다. 그를 만나보려는 심산이신가? 하지만 무언가 생각에 잠긴 듯, 발걸음을 재촉하는 예수는 말이 없었다. 뒤따르는 제자들과 여인들의 발걸음도 한층 가벼웠다.

광야를 지나고 전에 요한에게 물세례를 받았던 요단강에 이르렀다. 멀리 흘러오는 맑고 유유한 강물을 대하자 대열은 순식간에 흩어졌다. 목마른 양떼처럼 엎드려 시원한 물을 마시고 얼굴을 씻고 샌들을 벗었다. 여인들은 한층 풍성한 은총을 누렸다. 물과 여인이란 유난히 궁합이 잘 맞는 사이라는 속담이 있지 않던가! 이어서 줄줄이 흐르는 강을 건넜다. 강둑을 넘어서자 텅 빈 들녘이 눈앞에 펼쳐지고 있었다.

예수는 누런 들녘을 바라보았다. 산과 들과 광야가 비슷하고 막막한 누런 시야에 펼쳐져 있었다. 엊그제인 듯, 구름 떼처럼 사람으로 넘실대던 그날의 광경이 선연했으나 벌써 세 해가 지났고, 광야의 불같은 외침은 하늘 끝으로 연기처럼 사라져버렸다. 이는 내 사랑하는 아들이요, 내 기뻐하는 자로다. 하늘에서 그날의 음성이 날빛처럼 쏟아지는 착각에 빠져들었다.

— 이제 어느 쪽으로 방향을 잡으실 터입니까?

곁으로 다가서며 베드로가 난감한 어투로 물었다.

– 그야 내가 알겠느냐?

– 주 하나님께서 만나야 할 사람이 있다고 하셨습니다.

– 글쎄 어디로 가야 할지, 그가 누가 될 터인지 모르겠구나.

– 이제 와서 주님께서 모르신다 하오면, 누가 알겠습니까?

– 글쎄 모르겠다고 하지 않았더냐?

베드로가 황당한 듯 입을 열었다.

– 만나셔야 할 그 사람이 누구입니까?

– 나를 진정으로 영접하는 사람이다. 어느 집이나 어느 성에서나 나와 내 이름을 영접하지 아니하면, 그 집이나 성에서 발에 묻은 먼지까지 털어버려라 하지 않았더냐?

– 주님을 진정으로 영접하는 사람이라면, 병든 자와 소경이나 문둥이, 가난뱅이나 죄인이 아니겠습니까?

안드레와 요한이 서로 얄궂은 미소를 그리고 마주 보며 덩달아 끼어들었다.

– 진정으로 그러한가!

예수가 제자들을 둘러보았다. 겉옷이 홀러덩거리며 바람에 나부꼈다. 그 바람에 자색의 속옷이 돋보였다.

– 그렇다면, 그들은 어디에 있습니까?

– 세상이 모두 병들었고, 가난하고 불쌍한 죄인들이 아니더냐?

– 부자들은 병들지도 않았고 죄인도 아니라고 합니다.

– 그들이야말로 가난하고 흉악한 병에 짓눌린 죄인들이다. 아니 그런가?

예수는 활짝 웃음을 터트렸다. 면구스러운 때 아니, 무언지 모르게 난처한 상황에서 솟구치는 웃음이었다. 때마다 세상이 활짝 밝아지는 느낌으로 무지개처럼 빛나는 홍소였던 터이다. 예수는 간신히 웃음을 멈추며 입을 열었다.

　－ 성은 때를 따라 무너져야 하리라. 여리고 성은 어찌하여 무너졌던가? 생각하여 보았느냐?

　하지만 주님 예수의 저 웃음으로 성을 무너뜨릴 셈이신가? 대체 무슨 까닭일까? 제자들은 도무지 알 수 없는 소리요 뜻이라 생각할 뿐이었다.

　이윽고 삼거리에 다가서자 대열은 본능적으로 푸른 숲이 멀리서 보이는 동쪽으로 방향을 잡았다. 광야의 오아시스는 항용 나그네에게 푸른 숲의 선물이었던 터이다. 숲 속에 물이 고였고, 물속에 대지의 생명이 깃들어 있는 터다. 그 생명을 서로 물고 먹으며 나누어 갖는 것이 무릇 생명들의 법칙인지도 모른다.

　어느덧 성읍 앞에서 사람들이 몰려들며 웅성대고 있었다. 소문은 바람보다도 항상 빠른 법이다. 나사렛 예수께서 성에 들어오신다는 소문이 강한 바람을 일구며 광야의 회오리처럼 몰려오고 있었다. 순식간에 예수와 제자들은 회오리의 중심에 사로잡혔다. 와글거리며 밀고 당기는 줄다리기가 시작되었던 것이다. 그들 가운데 특별한 병인들은 보이지 않았다. 단지 주님, 예수여! 나사렛 예수여! 하고 환호하는 백성들의 환대였다. 성문을 지나 한참을 걸어가자 군중의 틈새를 빠져나가기도 힘이 들었다. 제자들이 앞뒤로 예수를 옹호하며 회당을 향하고 있었다. 유대인 열 가정만 모이면, 으레 세워진 공회당으로 향하는 것이 예수의 가르침과 고치심의 일상이 되었던 셈이다. 넓은 길 좌우에 종려나무 숲과 감람나무와 발삼나무와 어울려 뽕나무가 유난히 눈에 띄었다. 누에를 치고 비단과 자수를 기리는 물산에 밝은 성읍다웠다.

– 야, 하! 저걸 보아라. 잔나비처럼 움츠린 저걸 보란 말이다.

거리의 뽕나무 밑에서 아이들의 조롱 섞인 외침 소리였다. 난쟁이 삭개오, 세금쟁이 삭개오! 잔나비 삭개오를 보아라! 덩달아 돌을 던지고 막대기를 휘두르는 소년도 있었다. 예수가 문득 고개를 들어 올려다보았다. 중천에 솟구친 굵은 뽕나무 가지에서 눈이 반짝거리고 있었다. 두려움과 수치감에 당혹하고 참담해하는 눈이었다. 새카맣게 몰려든 군중들과 예수를 내려다보며, 그 눈망울은 눈물에 젖고 있었다. 내려다보는 눈빛은 하늘의 샛별처럼 반짝였다. 아하! 하고 예수는 저도 모르게 감탄을 터트렸다. 사모하고 사랑하는 눈이 빛나고 있었다. 그 눈빛을 어찌 모르랴! 예수는 그 눈빛으로 그 중심을 보았다. 예수가 입을 열었다.

– 삭개오, 어서 내려오라! 오늘 네 집에 유숙하기로 작정하겠다.

그러자 뽕나무 위의 삭개오는 놀란 다람쥐처럼 굴러 내렸다. 그는 여리고에서 유명한 부자요, 그 부의 원천은 다름 아닌 세금 징수였다. 로마 정부나 그 속국인 지방정부로부터 여리고 지역의 세금 징수권을 사들였고, 실은 징수원을 여럿 고용하여 거느린 세무장이었다. 하지만 유대인이나 로마의 관원들에게도 그는 여지없는 시기의 대상이요, 죄인 취급을 받고 있었다. 그들은 동족의 피를 빨고 돈을 착취하여 재산을 늘리는 세리들을 뱀이나 창기와도 다름없는 죄인으로 보았다. 예수의 말씀을 들은 삭개오는 감격에 벅찬 동그란 몸을 떨었다. 주님, 예수여! 저의 집으로 영접하겠나이다. 영광이요, 찬양입니다. 삭개오는 사뭇 감격하였다. 탄식처럼 떨리는 음성으로 부르짖고 앞장서서 걷는 그의 다리는 짧았고 허리는 둥글둥글했다. 그래서 몸 전체가 돈주머니 닮았다는 세평이었다.

여기저기서 수군거림이 터져 올랐다. 저 사람들이 어찌하여 죄인의 집에 유숙하려 한다는 말인가? 죄인들과 한 부류임을 여실히 드러내는 셈이야. 난쟁이 삭개오가 죄인인 것을 설마 모른다 할 터인가? 하지만 예수와 제자들은 말없이 그 뒤를 따랐다. 제자들은 한편 불편한 심기를 드러내기도 하였다. 또 까탈을 잡히는 처신이라 여겼다.

어느덧 삭개오의 석조 저택에서는 잔치가 배설되었다. 하인들을 휘둘러 세 마리의 양을 잡았고, 암탉을 잡아 지지고 볶는 열기가 충천하였다. 둘러앉은 예수와 제자들의 눈치를 살펴가며 주인댁은 열에 들뜬 듯 허겁지겁 정신을 잃을 지경이었던 것이다.

이윽고 긴 잔칫상을 받들어 드리며 세무서장 삭개오가 예수 앞에 무릎을 꿇었다. 그는 작은 몸으로 키 큰 아내와 함께 경배를 드렸다.

— 주님, 랍비여! 이 큰 영광을 어찌 갚으리까? 이제 청하오니, 저의 집 재산 절반을 헌납하겠나이다. 가난한 사람들과 주님의 행자에 써주십시오.

예수는 말없이 한동안 그들을 바라보았다.

— 그리하여 당신들의 죄가 탕감받을 수 있다고 생각하는가?

제자들 중에 누군가 힐책하듯 입을 열었다. 살림꾼 유다였다.

— 죄란 재물의 많고 적음에 있지 아니함을 알지 못하는가?

전에 세리였던 마태오였다.

삭개오 부부는 더욱 고개를 숙였다.

— 어찌 이리도 무례한가! 아버지 하나님은 사랑이시라.

예수가 다소 노여운 음성으로 책망하였다. 제자들도 고개를 숙였다.

— 주님, 랍비여! 제가 뉘 것을 토색한 것이 있다면, 즉시 사 배나 갚겠습니다.

예수가 놀란 눈으로 그를 바라보았다. 모세의 율례에 탈취물은 배를 갚아야 한다고 했다. 사 배나 갚겠다니, 심히 사모하고 돌이켜 회개하며 사랑하는 심사를 여실히 드러낸 셈이다.

마침내 예수가 큰 음성으로 선언하였다.

— 들어라! 오늘 이 집에 구원이 이르렀다. 이는 아브라함의 믿음을 보여주었기 때문이다.

예수는 잠시 숨결을 기다듬고 다시 선포하듯 말씀을 이었다.

— 오늘 이 큰 성이 무너진 것을 너희는 보았느니라. 야훼 하나님의 사랑이 어찌 유대 백성과 이방인을 구별하시겠느냐? 이 큰 구원은 오늘 온 세상에 선포되었느니라. 이는 재물보다 죄를 멀리하고, 세상 것보다 생명을 소중히 여기는 뜻을 드러냈기 때문이다. 누구나 말로는 쉽지만 행하기는 어려운 법이 아니겠느냐? 세상을 다 누린다고 할지라도 생명을 잃으면 무엇이 유익하겠느냐? 너희가 보고 들었으니, 전하고 행하여라! 내가 성령으로 만나야 할 사람 삭개오는, 오늘 이 일을 다 이루었다. 내가 의인을 위하여 세상에 왔다고 생각하느냐 아니면 잃은 양 죄인 하나를 찾아서 구원하기 위하여 왔다고 믿느냐?

예수는 말을 마치며 겉옷을 제치고 자색 속옷의 넓은 품으로 삭개오를 영접하며 한껏 포옹하였다.

19장
나그네는 주막이 기다린다

1

나는 베드로입니다. 나는 가면 갈수록 랍비 예수를 알 수가 없고, 보면 볼수록 나의 주님 예수에 대하여 말할 수가 없어집니다. 너무 넓고 크고 한없는 하늘처럼 오묘하기 때문입니다. 밤하늘에 갈릴리 바다처럼 도도히 흐르는 은하수를 무어라 말할 수 있겠습니까? 세월이 갈수록 너무도 가깝고, 그러나 다시 보면 멀고 아득하기만 합니다. 저 영롱하게 반짝이는 별들의 아름다움을 어떻게 말로 형언할 수 있을까요!

나의 주님 예수야말로 사람 중의 사람이요, 야훼 하나님의 형상에 다름 아닙니다. 진리의 근본이시요 생명의 본체이십니다. 하지만 나의 사랑이요, 천하 인생들의 랍비이십니다.

주님 예수는 한때 말씀하셨지요.

– 너희를 종이라 하지 아니하고 친구라 하리니, 종은 주인의 하는 바를 알지 못하나 친구는 말하지 못할 바가 없느니라.

이 어찌 감사한 칭호가 아니겠습니까! 사람마다 태양 앞에서는 눈이 부시고, 사랑의 음성에는 가슴이 떨리어 몸을 제 뜻대로 가눌 수 없는 법입니다. 오직 사랑의 권능에 휘둘리고 빛의 뜻대로 사로잡히게 마련이지요. 하늘의 태양이 그 얼마나 멀고, 그러나 무시로 나의 살갗을 태우는 태양 열기와 햇빛은 이 얼마나 가깝던가요? 천하 만물이 하루 한때인들 저 태양과의 멀고 가까운 거리가 아니라면 결코 존재할 수가 없는 것을, 야훼 하나님께서 그리하도록 지으셨기 때문입니다.

내가 그분을 처음 만났던 날을 떠올릴 때마다, 새삼스레 은총과 축복을 느낍니다. 갈릴리의 바닷가는 그날도 거친 물결에 허기진 하루가 저물고 있었습니다. 생각할수록 뼈가 살 속에서 마주 비벼대는 것만큼 감사한 일은, 그 빛이 내 위에 머물렀고 그 음성이 나의 검은 귓전에 들려왔다는 사실입니다. 이를 일컬어 만세 전부터 예정된 선택의 은총이라 할 것입니다.

그날 갈릴리 바다는 유난히 잔잔하고 만상이 미처 안식일의 평온에서 깨어나지 못한 듯 온갖 활동을 멈춘 고요에 머물고 있었습니다. 하늘의 뭉게구름은 방실거리며 때맞춰 내려가야 할 세상을 내려다보았고, 멀리 남녘의 검푸른 다볼 산과 벌건 광야는 이제 막 솟아오른 새신랑 같은 태양에 눈이 부신 신부처럼 다소곳이 눈을 아래로 치뜨고 제 가슴의 소리에 귀를 기울였습니다. 은빛으로 찬란한 갈릴리 바다 위에서 느릿느릿 허전한 귀항을 서두르던 나의 고깃배도 그랬지요. 마치 털 깎는 주인 앞에서 옥색 눈을 꿈쩍거리며 잠잠한 어린양처럼, 주님이여 뜻대로 하소서…….

바로 그때, 바닷가로 철썩거리며 목책의 부둣가로 다가가던 나의 뱃전에 낯선 청년이 성큼 올라탔지요. 나의 아우 안드레와 동년배의 사내였습니다. 안드레는 만사가 귀찮다는 심사로 그를 거들떠보지도 않았습니다.

　– 배에 고기가 있는가?

　그의 나직한 음성에, 안드레는 걸쭉한 입소리로 퉁명스런 대꾸를 보냈습니다.

　– 보시면 모르시겠소! 눈은 그냥 멋으로 달고 다니시오?

　나 또한 으레 숭어 떼가 노닐던 울돌목을 헛되이 휩쓸었던, 빈 그물의 잡티를 떨쳐버리느라 눈을 뗄 수가 없었지요. 단지 어서 뱃전을 떠나 눈이나 한숨 붙이고 싶은 생각뿐이었으니까. 밤새껏 시달린 나의 눈에나 안드레의 눈에서도 별똥별이 튀는 듯했을 겁니다. 사내가 갑자기 말씨를 떨구었지요.

　– 깊은 데로 가서 다시 그물을 내려 보시오!

　그 말을 듣는 순간 하마터면 불같은 역증이 나의 가슴에서 뛰쳐나올 뻔했지요. 하지만 나는 입을 다물고 그를 쳐다보았다오. 그 뭐라 말할 수 없는 향기로운 음성이 성난 가슴에 감람유처럼 스며들었기 때문이었습니다.

　– 갈릴리 바다의 깊은 데다 그물을? 원, 천하에 어부의 어(漁) 자도 모르는 무식한 주제에…….

　기가 막힌다는 듯 화풀이하던 안드레가 비로소 눈을 더욱 크게 떴지요. 그는 벌렸던 입을 다물지도 못하고 어느새 눈길을 그 낯선 사내에게 사로잡힌 채 급히 노를 저었습니다. 갈릴리 바다의 물길이라면, 내 손금보다 훤했던 나 시몬 또한 손금을 들여다보듯 그의 얼굴을 살폈습니다. 정녕 바다 위를 서성거리던 태양의 반사작용이었을 터, 그분의 얼굴은 눈이 부셔서 바로 볼 수가 없었답니다. 그분의 눈길은 나의 기색에는 전혀 무관한 듯 어느덧 심연이 깊은 바다의 파도 위로 두 줄기 시선을 보내고 있었습니다.

그때 나는 온몸이 화끈거리고 기름 불꽃이 타는 듯한 전율을 맛보았어요. 그것은 두 줄기 뚜렷한 광선이었던 겁니다. 그분의 두 눈에서 집어등의 불꽃이 바다에 창날처럼 꽂히고 있었어요. 아카시 떨기에서 타오르던 불꽃처럼, 나는 침을 꿀컥 삼켰지요. 나의 경이로운 심사를 다스리듯 말씀이 떨어졌습니다.

– 어서 그물을 내려라!

그의 입소리가 다시금 차분히 말했습니다. 그러나 확고하고 범치 못할 자비로운 음성이었습니다. 우리의 손을 떠난 그물은 쏜살같이 바닷물을 갈랐습니다. 이윽고 불쑥 솟아오른 바다의 수면은 용솟음쳤습니다. 뒤미처 안드레의 손에서 펼쳐진 그물이 탱탱하게 버텨 올랐고, 고기의 은비늘이 함성과 같이 물결을 용트림하며 휘젓고 있었습니다.

그날의 수확은 더 말해서 무엇할까요? 단지 나의 팔다리는 갑자기 골수가 흘러버린 듯, 나의 눈은 빛을 잃었고, 나의 귀에는 오직 활기찬 송어 떼의 비늘 튀기는 소리로 가득 차버렸습니다. 하늘의 날빛이 무색해지고 있었답니다. 나는 간신히 타는 입술을 축이며 온몸에 힘을 모았던 겁니다.

– 오오, 주여! 나를 떠나소서. 나는 죄인입니다.

이 두세 마디가 간신히 나의 입술에서 탄식처럼 흘러넘쳤습니다. 그건 실상 나의 주님께 드리는 첫 찬미였지요. 탄성은 나의 뱃전에 얽힌 기쁨의 화답송이었습니다. 그날로 나와 동생 안드레는 한 몸 같은 배와 거기에 가득 실린 고기를 모두 마을에 넘겨주고, 그분을 따르기로 했습니다.

세 아이의 어미였던 아내와 장모는 따뜻한 눈빛으로 고개를 끄덕거렸습니다. 떠들썩한 아이들의 키스는 달콤했지요. 우리 모두가 야훼 하나님의 어길 수 없는 권능을 목격했던 겁니다. 그 권능의 말씀 앞에서 좌우를 돌아볼 여지가 없었던 셈입니다.

– 나를 따르라. 내가 너희를 사람 낚는 어부가 되게 하리라!

그 한 말씀은 혼돈과 공허한 가운데 빛이 있어라 하셨던 야훼의 음성처럼, 우리의 앞길에 빛을 비추었던 것입니다. 그날 가버나움에서 세리였던 마태오와 나의 친구 세베대의 아들들이 따라나섰고, 갈릴리 바닷가는 한동안 이별의 슬픔과 영원한 만남의 소망으로 술렁거리는 태풍이 일었답니다. 하지만 그분의 입소리는 언제나 조용하고 엄숙하였으며, 그 눈빛은 항상 따스한 광채였습니다.

달포 후, 나의 장모가 열병으로 앓아 누우셨다는 소식을 듣고 급히 방문했을 때, 열병은 물러가라! 하시던 그날의 신기한 감격을 무어라 할까요?

갈릴리 바닷가에 광풍이 뒤덮었을 때, – 바다야 잠잠하여라!

문둥이의 패거리를 만났을 때, – 내가 원하느니 깨끗함을 받아라!

하혈증의 여인을 만났을 때, – 여인아 네 믿음이 크구나. 네 믿음대로 될지어다 하고 말씀하시던 그분의 입소리는 크고 깊은 장엄한 사랑이었습니다. 사랑은 칼보다 날카로운 것을 우리는 날마다 보았습니다. 그 파란 눈에는 빛과 수정 같은 눈물이 항시 그렁그렁 매달린 듯했습니다. 우리는 때로 배가 고팠고, 밤이면 추운 광야의 한뎃

잠을 청하기도 했지요. 그때마다 그분은 밤하늘 별들의 재롱을 즐기시듯, 혹은 잎만 무성했던 무화과나무를 어루만지기도 했습니다. 하지만 그 입의 말씀은 때때로 두려운 모습으로 드러났습니다. 이르신 말씀대로 즉시즉시 이루어졌으니까요. 생각해보세요! 그것은 신비한 지경을 넘어 두려운 일이 될 수밖에 없는 것을 알게 될 겁니다.

주님 예수와 함께 산에 오를 때마다 우리는 신령한 하늘의 음성을 듣곤 했지요. 들에서 거닐 적마다 향기로운 시(詩)의 소리를 들었고, 광야에 머물 때 뱃세다, 마라, 베다니에서도 우리는 마음껏 먹여주고 마시고 우리 몫은 으레 열두 광주리가 차고 넘쳤습니다. 세상을 살아가는 일들이 신기한 나날이었습니다. 우리는 때로 로마 군병들과의 대회전을 생각했지만, 엘리야의 불꽃처럼 우리 가슴은 그 모두를 내면에서 연소시킬 따름이었습니다. 주의 말씀이 너무도 달콤한 위로요 소망이요 빛이었기 때문입니다.

아마 가이사랴 빌립보 지방에서 일이라 생각됩니다. 그분이 느닷없이 우리에게 물었습니다.

– 너희는 나를 누구라고 생각하느냐? 세상과 무엇이 다른가 말해보아라.

나는 즉시 가슴을 열고 말했습니다.

– 주님은 그리스도시요, 살아 계신 야훼 하나님의 아들이십니다.

주님 예수의 환하게 밝아지던 모습을 지울 수가 없군요.

– 바요나 시몬아, 네 이름이 게바, 곧 베드로라! 하라. 내 교회를 네게 세우리니, 받아라. 이 천국의 열쇠를!

나의 고백은 오로지 성령의 사역이었던 것일 뿐, 나는 그때 신기한 새 술에 취하는 맛을 가나의 혼인 잔치에 이어 두 번째로 맛보았습니다.

생각만으로도 이렇게 하염없이 걷고 또 걷는 나그네의 발걸음을 가볍게 합니다. 이번 여행이 지난 안식일 후, 입성했다가 물러섰던 예루살렘 도성으로 되돌아가는 나그네로서 어떤 의미가 있을 터인지 모르겠으나, 어쩐지 영원으로 이어지는 길이 아닌가 하는 예감을 떨칠 수가 없습니다. 앞장서신 주님 예수의 모습이 이렇게 멀고도, 그의 숨결 소리마저 가슴에서 살아오는 듯 가깝게 느껴지는 일은 그리 흔하지 못했기 때문입니다.

그러나 나 시몬 베드로는 언젠가 갈릴리 바다에서 유령처럼 물 위를 걸으시던 주님을 향하여 손 내밀고, 나 역시 밤바다를 걸어가다가 파도를 보고 휩쓸리는 순간 왜 두려워하고 의심하느냐 하신 책망과 함께, 다시금 솟구치는 힘으로 주님의 손길에서 무사하게 구출되었던 일을 생각할 때마다 그저 주님만 바라보리라! 하는 결심을 새롭게 다져봅니다. 오직 주님 예수만 바라보고, 주님만을 따르는 나그네일 때, 진실로 사망의 음험한 골짜기일지라도 그 무슨 해를 두려워할 것 있겠습니까?

2

– 나의 아들아! 야고보는 무얼 그렇게도 골똘히 생각하는가?

나는 스스로 깊은 생각에 잠길 때마다 주님의 이 말씀을 떠올리며, 항상 나의 가슴을 들여다보는 그분의 눈길을 의식하지 않을 수 없습니다. 나의 아버지 세배대가 아니고, 나를 아들이라 부르시는 그분의 정겨운 음성을 나는 잊을 수가 없습니다. 어찌 나뿐일까요? 우리는 서로 대화를 나눌 때마다 저분은 사람의 중심을 보시는 분이라고, 나의 아우 빌립도 말했고, 마태오도 말했고, 항상 진지한 바돌로매도 그랬습니다. 사람의 가슴속을 들여다보는 사람! 그분을 어찌 단순한 사람이라고 말할 수 있겠습니까? 그래서 선지자요, 선견자요, 예언자요, 위대한 랍비라고 존경할 수밖에는…….

우리는 나사렛 예수를 가버나움 회당에서 만났고, 그 후로 그분을 따라서 이 마을에서 저 마을로, 이 성읍에서 그 이웃 성읍으로 마치 온 세계를 휩쓸고 다니듯 걸었습니다. 걷고 또 걸으면서 양의 가죽으로 만든 샌들이 다 닳도록 광야의 사석(沙石) 길을 걸었습니다.

— 가까운 마을로 가자! 가서 전도하리니, 내가 이 일을 위하여 왔느니라. 하고 앞장서시는 주님이었습니다. 낮에는 구름이 열사의 태양을 가려주었고, 달과 별들이 성큼성큼 다가오는 밤이면 올리브 잎 사이의 비둘기 국궁거리는 소리를 들으며 하늘을 바라보았습니다. 태양은 지중해의 불바다로 스며들었지만, 우리는 밤하늘의 별처럼 행복했습니다. 왜냐하면 저녁이 가면 새 아침이 우리의 태양이신 나사렛 예수를 모시고 위풍당당하게 떠오를 것을 믿어 의심치 않았기 때문입니다.

그분은 여왕벌이었습니다. 우리는 수천수만의 일벌들이었지요. 그분의 가슴에는 언제나 풍성한 꿀이 넘쳐 올랐습니다. 그분은 포도주의 즙 틀이었습니다. 우리는 무수한 빈 잔이었지요. 서로 부딪치며, 그 즙 틀에 몸을 들이밀면 우리의 빈 잔은 푸푸거리며 넘쳐 올랐습니다. 그분은 새 술에 취하여 배부른 양떼들 같이 게으르고 행복에 겨운 우리를 사랑스러운 목자의 눈으로 바라보시는 것이었습니다.

진정한 안식의 맛이었던 것입니다.

— 수고하고 무거운 짐 진 자들아, 다 내게로 오라. 내가 너희를 쉬게 하리라.

그분은 말씀을 시작했습니다.

— 고통의 심연에는 극락이 있는 법이다. 왜냐하면 나는 낙원이기 때문이다. 향락의 심연에는 치욕이 온다. 그러나 나는 그것을 맛보지 않겠다. 나 예수는 기쁨의 샘터이기 때문이다. 향락보다는 심령의 기쁨을, 극락보다는 나와 함께 누리는 고통을 두려워하지 말거라.

생명의 생수는 저 깊고 높은 아버지의 사랑에서 샘솟는 은혜인 것이므로, 주님의 말씀은 으레 나그네의 길양식으로 풍성했습니다.

하지만 우리는 때때로 배가 고파서 길가의 밀, 보리 알곡을 손으로 비벼가며 입에 털어 넣기도 했습니다. 익은 곡식이란 굶주린 사람에게 견딜 수 없는 유혹입니다. 저도 모르게 손길이 먼저 가는 것은 어찌할 수 없는 본능인가 합니다. 안식일을 어겼다는 시비꾼들의 소리를 그때부터 들어야 했으니까요.

무화과나무 잎에서 입에 침을 흘리며 샅샅이 나뭇잎 사이를 헤맨 적도 있습니다. 그러나 잎만 무성했던 무화과나무는 뿌리로부터 파슬파슬 벌겋게 말라버렸던 것을 보았습니다. 주님 예수의 말씀과 야훼 하나님의 저주가 얼마나 무서운 것을 알았습니다. 우리는 삼가 옷자락을 여미며 주님의 모습을 훔쳐보았습니다. 그분의 형형한 눈빛은 방울방울 생수를 머금었고, 그분의 입에서는 아버지 하나님의 영광을 찬미하는 음성이 흘러넘쳤습니다. 우리는 새봄이 오면 그 무화과나무에도 새싹이 돋고 무성하게 녹음을 피울 것이나, 꽃은 영원히 맺히지 못할 것임을 깨달았습니다.

주님 예수와 함께 떠나는 여행은 언제나 가슴 부푼 환상의 길이었습니다. 언제 또 어디에서, 무슨 일을 만나게 될는지 알 수가 없었기 때문입니다. 우리는 두 벌 옷도, 샌들도, 전대에 무거운 동전도 지닌 것 없이 그저 홀가분한 차림이었습니다. 그러나 가는 곳마다 우리는 해야 할 일이 많았습니다. 하지만 정작 예수님은 말씀하셨고 우리가 해야 할 일이라곤 실상 아무것도 없었습니다. 그런데도 일은 항상 수월하게 풀려나곤 했습니다.

때로는 열두 명, 때론 삼십 명, 칠십 명의 식솔들이, 아니 한번은 뱃세다 광야라고 기억이 남습니다만 사천 명을 먹였습니다. 소년의 손길에서 얻은 보리 빵 두 개와 작은 생선 구운 것 몇 마리로 축사하여 오천 명을 배불리 먹이고도 열두 광주리를 거두었던 일이야말로 무어라고 설명할 수 있겠습니까? 마치 이집트 총리대신 요셉의 자비가 풍성했던 것처럼, 우리에게 부족함이 없었습니다.

한번은 내가 입을 열어 말했습니다.

– 주님이여! 우리가 주를 위하여 무엇을 해야 하겠습니까?

그때 주님의 깊고 융숭한 눈빛을 나는 항상 잊을 수가 없습니다. 이윽고 그 입이 열렸습니다.

– 너희는 다만 나 예수의 이름으로 기도하고 기뻐하고 행복하여라. 그리하면 보혜사 성령께서 너희를 위하여 일하실 터이다. 잊지 말아라!

우리는 잠시 어리둥절하여 서로의 눈치만 살펴보았습니다.

– 나더러 주여, 주여 하는 자마다 다 천국에 들어가지 못하리라. 다만 나의 뜻대로 행하는 자라야 한다. 나는 다윗의 목자 예수가 아니더냐? 너희는 다만 나 예수의 이름으로 기도하고 기뻐하며, 기다

려라. 그리하면 성령이 임할 터이다. 항상 잊지 말지어다. 나사렛 예수의 이름을!

나와 시몬 안드레, 요한은 다시 합창하듯 소리 높여 외쳤습니다.

– 나사렛 예수여! 우리가 주를 위하여 무엇을 하오리까?

– 너희가 내 안에, 내 말이 너희 안에 있을 때, 무엇이든지 구하여라. 그러면 안식과 만족을 누리게 될 것이다.

우리는 랍비이신 예수의 주변에 둘러앉아서 밀 빵을 먹었고 무화과 열매를 씹었습니다. 예수의 손에서 빵과 포도주 잔이 들려지고 축사하시는 주님의 음성이 들렸습니다. 무화과 속살처럼 부드럽고 달콤하게 씹히는 맛이 느껴지는 그 말씀을……

– 아버지여! 항상 내 말을 들으신 것을 감사합니다. 찬미합니다. 이들로 하여금 아버지의 영광을 보게 하여 주십시오.

주님은 얼굴을 활짝 펼치시고 담소하셨습니다. 그 얼굴을 바라보는 우리의 눈이 부시고, 우리의 침울하던 가슴은 순식간에 환희와 소망으로 넘쳐 올랐습니다. 그분의 눈과 코를 바라보는 우리의 눈은 생명의 빛을 보았고, 우리의 코는 선악과의 향기에 취했으며, 그분의 입에서는 언제나 영혼의 양식이 흘러넘쳤습니다.

한번은 나인 성을 향하여 먼지에 뒤덮인 발걸음을 옮기고 있었는데, 처량한 장례 행렬과 마주치게 되었습니다. 서리 맞은 양떼들처럼 맥이 빠지고 초라한 행색들이었습니다. 이따금 목쉰 울음소리가 승냥이처럼 길섶을 맴돌며 뒤따르고 있을 뿐, 문득 앞서 걸으시던 예수의 입에서도 울먹거리듯 탄식이 흘러나왔습니다. 그러나 곧 단호한 음성으로 바뀌었습니다. 고요하면서도 장엄한 호통이었습니다.

– 저주받은 사망아! 손을 놓아라. 사망 권세를 내놓아라.

우리는 모두 걸음을 멈추었습니다. 세상에서 처음 들어본 소리였기 때문입니다. 주님께서는 이어서 청년의 얇은 송백 관에 손을 얹으셨습니다. 검은 두건을 쓴 여인이 눈물로 얼룩진 눈을 들어 주님을 바라보았습니다.

그 여인은 나인 성의 수절 과부 드보라였고, 관 속에는 그의 등불이요 생명이던 스무 살의 아들이 누워 있었습니다. 온 마을의 여인들이 깊고 해묵은 한숨을 섞어 예수님께 실토정을 늘어놓았습니다. 주님은 울분 섞인 표정으로 고개를 주억거렸습니다. 이윽고 무언가 결심하신 듯 입을 열었습니다.

– 내가 네게 말하느니, 청년아 일어나라!

주님은 단 두 마디로 말씀을 맺으시고, 하늘을 우러러 아버지 하나님께 영광을 돌리고 있었습니다. 청년의 시체는 그 즉시 검붉은 헝겊에 감긴 채로 벌떡 일어서는 바람에 사람들은 광풍에 놀란 갈대처럼 휩쓸렸던 것입니다. 그날의 장면이 어찌 이렇게도 생생한 어제의 일처럼 떠오르는 것일까요?

그분이 가는 곳마다 생명의 찬가가 들렸습니다. 때로는 태양 빛마저 서리 맞은 식물처럼, 그분 앞에서 창살을 내리고 머리를 조아리는 느낌이 들었습니다. 그분은 천하 영혼의 왕이셨던 것입니다. 그분의 음성은 하늘의 물소리요, 바람이요, 창조의 빛이었습니다. 하늘에서는 산비둘기 세 마리가 축복의 화환처럼 빙글빙글 원을 그리며 날갯소리를 파닥거렸습니다. 부활의 청년과 과부 모친, 그리고 온 마을 사람은 자랑스럽고 놀란 눈으로 다윗의 목자 예수를 바라보았지요. 다만 예수의 눈은 여전히 하늘을 향하여 깜박거렸습니다. 어쩐지 미안스러워하시던, 그 선하고 파란 눈빛을 정녕 잊을 수가 없군요.

진정 인생의 먼 나그네길이란 백 년이 하루와 같고, 오늘의 발걸음이 영원으로 통한다는 말은 경험상 진리인 듯합니다. 이 긴 여행의 나그네를 기다리고 있는 것은 무엇일까요. 언젠가 사마리아 땅을 지나시며 들려주신 주님 예수의 음성을 기억합니다.

– 나그네가 주막이 다가오기를 기다릴까? 아니면 주막이 나그네의 발걸음이 멈추기를 기다릴 터인가? 깊이 생각하여 보거라. 수고하고 무거운 짐 진 사람들을 아버지 하나님이 기다리신다.

3

나는 천직의 농사꾼 나다나엘입니다.

그날 나는 무화과나무 아래서, 그 파랗고 큼직한 이파리 속에 숨은 채 보일 듯 말 듯 익어가고 있는 열매를 바라보면서 생각에 잠겨 있었습니다. 보거나 듣는 모든 사물이란 생각의 재료가 아닌가 합니다. 또한 보이지 않는 것도 파고드는 것이 신비한 상상의 힘일 터입니다. 무화과의 풍성한 육즙, 그 달고 상큼한 맛, 더구나 꽃술이 농축되어 사근사근 씹히는 맛이라니, 어찌 야훼 하나님께 찬미하지 않을 수 있으리오! 하지만 무화과는 글자 그대로 꽃도 피어보지 못하고, 그 열매의 빛도 온전히 익을 때까진 퍼런 이파리 속에서 제 모습이 따로 없습니다. 모양도 그렇고 이름도 없이 빛도 없이, 그러나 그 주인을 온전히 기쁘게 하는 무화과나무와 열매란 신비한 은총의 선물이 아닐까요? 우리 인생도 참된 영혼의 소유자는 무화과를 통하여 주시는 주님의 교훈을 들어야 한다고 생각했습니다.

하잘것없는 농사꾼의 소박한 꿈이라고 웃으시겠지요. 그러나 우리 민족도 꼭 그래야 한다고 생각은 깊어졌습니다. 강대한 로마 군병의 창칼 아래서, 이집트와 바벨론의 오랜 굴레와 짓밟힘 속에서도 오로지 생명의 씨알이 되는 야훼의 말씀을 붙잡고 그 율례와 법도의 수호자로서 사명과 자각 속에서 늠름하게 살아간다면, 우리가 바로 야훼 하나님의 택한 백성인즉 세계의 메시아가 될 터이요, 또한 우리 가운데 천하 인생들의 영혼을 위한 메시아 탄생의 영광을 볼 수 있으리라. 이 또한 방자하기 이를 데 없는 철없는 농투성이의 망상이라고 비웃겠지요. 나는 스스로 어처구니없는 망상을 떨쳐버리려고 고개를 흔들었습니다.

하지만 바로 그때, 우리의 친구 빌립이 내게 다가왔습니다. 빌립은 동문수학한 친구요, 성인식도 함께 치렀던 사이입니다. 그는 빈틈없는 친구였습니다. 그의 부모는 뱃세다 성읍의 유지였고, 빌립 또한 율법에 정진하여 장차 랍비로서 선망을 모으고 있었습니다. 그의 얼굴은 농익은 무화과처럼 주홍빛으로 물들어 있었습니다. 그는 숨결을 다스리며 입을 열었습니다.

— 친구 나다나엘이여, 선조 모세께서 율법에 기록하였고 여러 선지자가 기록한 그분을 우리가 만나 보았소.

도대체 이것이 무슨 소리인가? 나는 한동안 어리둥절했습니다. 참으로 놀랐습니다. 여러 선지자가 기록한 그분이라니?

— 그가 누구요? 우리 동족들이 대망하는 메시아를 만났다는 말씀이요?

— 그렇소, 어서 우리와 함께 가봅시다. 대망의 메시아를 우리 함께

만나러 가봅시다.

나는 평소에 차분하고 진중하던 그 모습을 떠올리며 덩달아 가슴이 벌렁거리는 흥분을 감출 수가 없었습니다. 대체 이 무슨 꿈같은, 기적 같은 소리인가? 메시아! 진정 이스라엘의 영광을 회복하고 아브라함의 후손 유대 민족을 오늘의 질곡에서 건져줄 위대한 영도자 메시아라니! 우리는 무려 사백 년이 넘도록 대선지자 메시아를 밤낮으로 대망하고 살아오지 않았던가? 나는 급히 말문을 열었습니다.

— 어디! 어디에서, 그분은 지금 무엇을 하고 있나요? 도대체 어느 도성 출신인가요?

— 그분은, 그분은 다름 아닌, 나사렛 출신이라오. 나사렛 촌락의, 그 유명한 목수 헨리 요셉의 아들이라오. 어서 나서시구려!

머뭇거리며, 더듬더듬 늘어놓는 그의 입소리를 듣는 순간, 나는 하마터면 꽥하고 분통을 터트릴 뻔했습니다. 역시 앞뒤 가릴 것 없는 농사꾼의 단세포적인 반응이라 하겠지요. 그러나 나는 손사래를 치며 철부지들을 타이르듯 말했던 것입니다.

— 나사렛이라! 나사렛 촌에서, 무슨 선한 사람이 나올 수 있겠소? 기도에나 더욱 정진하시구려.

— 와 보라! 와 보시오. 백문이 불여일견이라는 문자도 모르시오?

나의 서글픈 대꾸에, 그는 확신에 찬 어조로 호통 치듯 응수했습니다. 와 보아라! 하고 앞장을 서시는 그를 따라 우리는 즉시 길을 떠났습니다. 동구 밖을 지나 한참을 내닫자, 몰려오는 한 떼거리 앞에서 걸음을 멈춘 나는 자신의 귀를 의심할 수밖에 없었습니다.

— 보아라! 이는 참 이스라엘 사람이로다. 그 속에 간사한 것이 없구나!

검고 긴 머리에 얼굴을 가린 사내가 말하며 다가왔습니다. 튜닉이 말갈기처럼 바람에 나부꼈습니다. 오연하고 겸비한 기백에, 나도 모르게 고개가 숙여지고 가슴이 두방망이질을 쳤습니다. 보아라! 그분의 파란 눈빛이 저를 사로잡았습니다.

— 이는 참 이스라엘 사람이로다. 그 속에 간사한 것이 없구나!

나는 저도 모른 새 그분의 말씀을 반추하면서, 떨리는 음성으로 입을 열었습니다.

— 이스라엘의 랍비여, 어떻게 저를 아십니까?

— 친구 빌립이 너를 부르기 전에, 네가 무화과나무 앞에서 생각에 골몰하고 있을 때 너를 보았느니라. 모든 생각의 지혜는 내 아버지의 선물인 것을!

그 말을 듣는 순간 나는 부르짖었던 것입니다.

— 랍비여! 주님은 진정 이스라엘의 메시아입니다. 오, 당신을 밴 태와 젖이 복이 있습니다.

나의 입술은 떨렸고, 나의 눈에는 초롱초롱 화끈거리는 눈물이 방울져 흘렀습니다. 참으로 행복한 만남이요, 내 영혼의 환호작약을 나는 꿈결처럼 듣고 있었던 것입니다. 나는 친구 빌립의 손을 붙잡고 또한 동향인 안드레와 베드로와 시몬과 함께 벳새다 광야로 뛰쳐나가 덩실덩실 춤을 추고 싶었습니다. 그때 주님 예수께서 입을 열어 말씀하셨습니다.

— 내가 너를 무화과나무 아래서 보았다 하므로 믿느냐? 이보다 더 큰 일을 보게 되리라. 진실로 그대들에게 이르느니, 하늘이 열리고 야훼 하나님의 사자들이 나의 머리 위에 오르락내리락하는 것을 보게 될 것이다.

그날부터 나는 나사렛 예수, 나의 주님과 함께 동고동락하면서 나의 두 눈으로 보고, 나의 뜨거운 심장으로 느끼며 감격하고 감사했던 그 많은 일을 감히 입을 열어 말하지 않으리라 작심했던 것입니다. 그것은 한마디로 사람의 일이 아니었기 때문입니다. 그것은 바람결에 진동하는 하늘의 향기였던 것입니다. 그것은 백주에 천동이 울리는 뇌성벽력이었기 때문입니다.

– 다 각각 자기 십자가를 지고 나를 따르라. 내가 너희와 온 세상을 쉬게 하리라!

그분의 목소리에는 장미꽃의 짙은 향기가 배어 있었습니다. 때로는 가시의 찔림과 아픔도 느꼈습니다. 그분의 체취는 진정한 안식이요, 평화였습니다. 그분의 피란 눈빛은 죄의 슬픔이요, 불타는 진노의 불꽃이었습니다. 그분의 긴 머리칼에 숨겨진 두 귀는 하늘을 향하여 항상 열려 있었고, 마침내 하늘이 암흑으로 변하고 천지에 쏟아지는 뇌성벽력 속에서도 오히려 세미한 그분의 음성은 마침내 갈보리 동산 십자가의 꼭짓점에서 완성될 아버지 하나님의 사랑의 선포일 터입니다. 와서 보고 들어라! 듣고 생각합시다. 마침내 다 이루었다! 하고 온 천하에 외치실 그분의 말씀을, 우리는 먼저 믿음으로 들어야 할 터입니다. 그러나 또 한마디, 그것은 아버지 하나님이여, 내 영혼을 아버지 손에 부탁합니다!

내 이름은 나다나엘이요, 제자명은 바돌로매입니다. 숨겨진 보배라는 뜻이라고 주님께서 부르신 이름입니다. 실로 과분한 칭호입니다. 무화과의 꽃을 볼 수 없듯, 사람들은 나의 이름을 거의 찾지 못합니다. 그러나 나의 주님은 아신답니다. 보고 믿는 자보다, 보지 않고 믿는 자가 한층 복될지니라! 이는 주님의 간곡하고 은혜로운 말씀입니다.

하지만 그럼에도 불구하고 나는 나의 심장이 터지도록 큰 소리가 온 천하에 뇌성처럼 울리도록 부르짖고 싶은 생각에는 변함이 없습니다. 인생살이에 힘들어하고 무거운 짐 진 사람들아, 다 와서 보아라! 보고 믿으면 알게 되리다! 여기에 진정한 쉼터가 있고, 생명의 꼴이 풍성한 목장이 있소이다. 하고 말입니다. 나그네의 길이란 한마디로 보다 평화로운 쉼터와 영원을 찾아 끊임없이 갈구하는 목마름이 치근대는 몸부림이 아니겠습니까? 주님 예수의 품에 안기기 전에 하늘과 땅, 그 어디에도 그런 곳은 없을 터입니다.

4

나는 돈을 좋아했습니다. 돈을 열심히 추구했습니다. 세상에 그 무엇보다 돈을 사랑했던 것입니다. 돈이란 행복 그 자체였고, 세상의 힘이었고, 돈을 움켜쥐면 세상을 움켜쥐는 쾌감을 맛볼 수 있었던 것은 숨길 수 없는 사실이었습니다. 따라서 나는 청년 시절부터 돈의 매력에 끌려서 여러 가지 직업을 가져보았으나, 마침내 세리로서 레위라는 나의 명함을 드러내게 됐던 것입니다. 가버나움의 세리 레위, 나는 알패오의 아들로서 가문에 똥칠을 했다는 누명마저 오로지 돈의 위력으로 씻어버릴 각오를 품었습니다. 따라서 세리 레위라는 호칭보다는 로마의 징수관 레위라는 직책에 대하여, 나는 긍지와 보람을 느끼고 있었습니다. 왜냐하면 그것은 지극히 사소한, 그러나 항상 악몽 같은 유대 동족들의 멸시나 조소의 눈짓보다 확실하게 나의 주머니와 연결된 축복의 샘터였으니까요. 나의 주머니에는 항시 은화가 쩔렁거렸고, 동전의 묵직한 중량감은 내 가슴을 훈훈한 열기로 채워주었던 것입니다.

한편 성서 잠언의 교훈은 항상 나의 좌우명이 되었던 셈이지요. 지혜가 낫다마는, 가난한 자의 지혜가 멸시를 받고 그 말이 받아들여지지 아니하느니라. 한마디로 지혜보다 나은 돈의 힘! 그 힘의 매력으로 말에도 권위가 따른다는 세상 이치가 아니겠습니까? 많은 바리새인이나 유대 동족들은 돈이나 섹스는 창기나 탐하는 문둥이와 같이 더러운 것이라고, 보란 듯이 내 앞에서 고개를 절레절레 흔들었습니다.

그 추레한 몰골들을 보노라면 구역질이 납니다. 얼마나 가련한 위선이요, 가난한 무능력자의 변명일까요? 그에게는 돈이 없는 까닭에 인생의 향락도 누릴 자격이 없다는 실토정에 다름 아니었지요. 돈의 냄새는 계집들이 마치 생선 가게에 고양이처럼 민감했습니다. 돈주머니 앞에서야 친구들의 입에서 침이 먼저 흘러넘쳤습니다. 돈의 위력 앞에서야 사실 그토록 위엄차고 도도하던 로마 백부장의 눈길도 사뭇 털 깎는 양처럼 연민의 눈빛으로 나의 주변을 서성거리는 꼴을 보았습니다. 돈이나 섹스는 인생의 활력이 되는 보배 중의 진주라고 가르친 어느 랍비의 교훈은 진실한 고백이라고 확신했던 터입니다. 따라서 나의 직책은 숭고한 것이요, 세관의 자리는 존경받아야 마땅한 분복이라고 믿었습니다.

따라서 대 카이사르의 특명으로 절기 따라 혹은 매월 한 차례씩 나의 길벗인 나귀를 타고 권세를 휘두르고 나면, 얼마는 카이사르 황제의 국고로, 얼마는 헤롯 왕의 안락과 영화를 위하여 헌납되었지만,

그에 못하지 않게 나의 몫도 상당했으니까요. 통행세로부터 항만세, 군세, 부역세, 영접세, 조세, 계절세, 추수세 등 지식을 활용하기에 따라서 무한한 가능성으로 우리는 독점권을 발휘하였고, 그럴수록 동족들은 나에게 아첨하였습니다. 감독관이며 백부장, 천부장 등 세력가들도 우리의 비위를 상하게 할까 내심 삼가는 빛이 역력했습니다. 하지만 때때로 나는 솔솔 피어오르는 어둠을 느낄 수밖에 없었던 것도 사실입니다. 나의 세 아들은 회당에서 돌아올 때마다 파김치처럼 기가 죽었고, 그들의 눈빛에 생기가 없이 시큰둥한 맛이었지요.

나의 아내 사보라는 이웃 여인들과 어울리지 못했습니다. 아내와 아들들의 영양 있는 안색과 값진 옷가지가 결코 행복스럽지 못한 듯했으며, 더욱이 나의 영혼은 깡마른 수수바퀴처럼 삐걱거렸던 것입니다. 한 날의 시작으로 어둠이 다가오면 나는 때때로 저 먼 하늘의 별 떨기 속으로 숨어버리고 싶은 충동을 담배 연기처럼 토하곤 했습니다. 그렇지만 분명히 밝혀두고 싶은 사실이 있습니다. 그것은 다름 아니라 세리가 얼마만큼의 세금을 걷느냐 하는 것은 그의 양심과 재간에 달려 있다는 세평처럼, 나 레위는 결코 화인 맞은 양심은 아니었다는 사실입니다. 이는 결코 변명이 아닙니다. 나의 지역을 대신 전대(轉貸)하는 경우 하급 세리들 가운데 나는 인기가 좋은 입장이었고, 광야에서 세례 요한의 소리가 늑징치 말라, 하고 경고할 때도 나는 당연한 말씀이라고 오히려 후련한 기분이었던 것입니다. 이것은 나의 진심이요, 주 야훼 하나님의 이름으로 고백하고 싶은 진실입니다.

하지만 가난한 촌읍 나사렛 출신의 예수께서 내 곁으로 오신 그날을 나는 영원히 잊지 못할 것입니다. 아니 행여 잊을까 두렵습니다.

나를 따르라! 하고 그분은 파란 눈으로 마주 보시며 넘실거리는 봄 향기처럼 말씀했습니다. 그 순간 나는 포도주에 혼취한 듯 붉은 눈으로 그분을 바라보았습니다. 무엇을 어찌하시려고요? 당신이 내게 무엇을 주시렵니까? 하는 짙은 의문이 담긴 나의 눈빛이요, 동작이었을 터입니다. 그분의 입이 다시금 열렸습니다.

- 내가 너와 함께 하리라. 단지 그대 이름을 이제부터 마태오라 하여라.

대체 이것이 무슨 말이었을까요? 은혜의 선물이라니! 그 이름의 뜻을 헤아려보며 나는 그 말씀에 흡수되었고, 나의 생애는 빛을 따르는 그림자처럼 그분과 함께 여행하는 생명의 일체가 되어버렸습니다. 나는 세관의 내 자리에서 빌떡 일어나 그분과 어부들을 내 집으로 영접했습니다. 그날의 잔치는 행복의 서곡이었습니다. 만찬에서 수군거리는 바리새인과 서기관들의 소리가 손가락질처럼 여실했지만 주님 예수는 초연했습니다.

- 너희는 가서 내가 긍휼을 원하고 제사를 원치 아니하노라 하신 뜻이 무엇인지 배우라. 내가 의인을 부르러 온 것이 아니요, 죄인을 부르러 왔노라.

한 말씀에 저들은 꿀 먹은 벙어리가 되어버렸으니까요.

입속의 혀는 입안에 있어야 합니다. 피는 혈관 속에서 마음껏 뛰놀아야 할 터입니다. 물고기는 갈릴리 바다에서 활개 치며 성장해야 하듯, 영혼의 생명은 나사렛 예수 안에 있을 때 온전한 생명인 것을 차츰 깨닫게 되었습니다. 그분은 돈이 주던 그 구린 만족과 갈증을 일시에 해결했습니다. 그분은 여인들의 질탕한 사랑과 갈등을 매 순간 능가하는 풍성한 행복감이었습니다. 그분과 함께 여행할 때 나그네의 산천은 한층 윤택하였고, 초라한 사람들은 한결 사랑스러웠고, 거지도 창기들도 문둥이도 배가 불렀고 어린양처럼 다소곳이 성결했으며, 사람마다 방금 피어난 꽃송이처럼 신비했던 것입니다. 그분 앞에서는 로마 군병들의 창칼은 악동들의 장난감으로 보였습니다. 온갖 불구자나 불행한 여인들, 문둥이, 절름발이, 소경의 인생이 즉시 생명의 빛으로 충만한 환희를 맛보았습니다. 이 얼마나 놀라운 일입니까? 우리는 날마다 여왕벌을 모신 일벌들처럼 꿀 향기를 풍기며 이 마을에서 저 도시로, 저 도시에서 마침내 하늘나라에 이르기까지 우리의 길을 전파하고 확장하기에 기뻐하고 용감했습니다.

― 너희가 나의 하는 일을 보고 나를 믿느냐? 야훼 하나님을 믿어라. 그리하면 이보다 더 큰 일도 하리라.

주님께서 이르신 말씀을 나는 믿습니다. 그러므로 나는 무시로 장차 내가 할 일을 상상해보며 황홀한 꿈을 꾸기에 여념이 없습니다. 분명 세상이 바뀌고 문자 그대로 경천동지할 역사가 일어나고야 말 터입니다. 내가 나인 성에서 병자들에게 손을 내밀었을 때, 기적은 일어났었으니 말입니다. 귀신이 쫓겨 가고, 고창증과 하혈증과 절름발이가 걷기도 하고 뛰면서 야훼 하나님께 영광을 돌렸던 것을 생각만 해도 신바람이 납니다. 그 첫 순례 여행 후 주님께서는 엄히 말씀하셨습니다.

― 귀신들이 너희에게 항복하고 병자들이 고침 받는 것을 기뻐하지 말고, 너희의 이름이 하늘에 기록된 것을 기뻐하고 기다려라.

아아! 세리였던 돈의 사람 레위가 이제는 나사렛 예수의 제자 마태오라! 나는 한동안 두 사람씩 파송했던 제자들의 사역 기간이 너무도 짧았던 것을 아쉽고도 아련하게 생각했습니다.

– 우리가 더 가까운 마을로 가자! 가서 전도하리라. 내가 이 일을 위하여 왔느니라.

주님 예수의 말씀은 우리의 길이었습니다. 어둠 속의 등불이었습니다.

오늘 우리가 여행하는 예루살렘 도성의 발걸음을 나는 압니다. 그곳에서 작당하고 모의하는 바리새인과 제사장들과 서기관의 음모를 우리는 짐작하고 있습니다. 그러나 두려움보다는 마땅히 올 것이 오고 있다는 기대심리가 한층 선명합니다. 단지 주님 예수의 뜻이 무엇인지가 모든 문제의 해답이 될 터입니다. 입성했던 예루살렘을 잠시 떠나 나사로의 부활을 보았던 베다니에서 어리고로 다시 되짚어 돌아가는 우리의 이 여행길은 정녕 영원과도 통하는 영생의 걸음이 될 터입니다.

나는 느닷없이 마치 평생을 돌아보며 유언을 남기려는 원로와도 같이 꿈같은 세월을 되돌아보았군요. 사람 나고 돈 났다는 진부하고 치졸한 속담처럼, 사람이란 영혼을 위한 옹기그릇인 것을 새삼스레 느끼면서, 진주보다 값진 생명의 주님 예수를 따르게 된 것은 나의 행복 중의 큰 축복입니다. 이제 그 길이 곧바로 사망으로 이어지는 음험한 고난일지라도 말입니다. 왜냐하면 나의 주님 예수와 함께하는 여행이기 때문입니다. 나그네는 주막이 기다린다는 속담이 절실하게 느껴집니다.

– 나는 길이요 진리요 생명이니, 나로 말미암지 않고는 아버지께로 올 자가 없느니라. 하신 말씀은 어쩌면 이토록 깊이 새겨진 에벤에셀의 기념비가 되었을까요.

5

나의 걸음걸이는 언제부턴가 껑충거리는 한량이거나 춤꾼의 몸놀림처럼 되어버렸습니다. 그러나 나는 조금도 어색하지 않습니다. 내가 다시 태어난 중생의 날부터 몸에 젖은 버릇이요, 기념물이라 생각하니 말입니다.

세상이여! 들어라, 하늘이여! 땅이여! 저 짙푸른 감람나무 숲이여! 파닥거리며 솟아 올라가는 산비둘기여, 저렇게 노랗고 빨갛게 물든 치자 꽃들이여! 여러분의 찬양을 내 귀는 기쁨으로 듣습니다. 좀 더 크게 외치세요. 두 손을 높이 쳐들고 온몸과 발로 지축을 쾅쾅 울리세요. 무덤들아! 입을 열어라. 저 동산의 달덩이 같은 크고 벌겋게 타오르는 저 불덩이가 태양이라 부르는 우리의 친구라지요? 여러분들이여, 여러분도 다 보셨지요! 벌통에 가득 차서 달콤한 향기가 넘쳐나는 꿀벌들의 붕붕거리는 날갯짓 소리를 들어보셨나요? 천 마리일까요. 만만 마리일까요? 지금 제 가슴은 벌통입니다. 이렇게 부르짖고 시작된 나의 새로운 인생은 날마다 찬란했습니다. 새날마다 황홀했습니다. 날이 새면 새날이요, 새날은 으레 그날이었으니 말입니다.

지금도 이렇게 소리 없이 주님 예수의 뒤를 따르는 제 입술은 꿀벌들의 날갯짓으로 쉼 없이 나풀거립니다. 제가 입만 열면 무슨 향기가 넘쳐 오를 것 같습니까? 여리고의 포도주 틀에서 부글거리며 넘쳐나는 적색 포도의 짙은 향취! 석류의 붉은 씨알에서 솟아오르는 진홍빛 향취에 저는 흠뻑 취하고 말았습니다. 정녕 깨어나고 싶지 않은 꿈입니다. 아, 아니 꿈이라도 좋습니다. 꿈이란 이처럼 황홀한 것일까요? 아니 천국이란 이렇게 꿈같은 것일까요? 천국은 너희 마음에 있으니라, 하시던 주님 예수의 말씀을 저는 아멘 아멘하고, 온전히 수납했습니다.

  ─ 나사렛 예수여! 다윗의 자손 예수여!

나는 참으로 날 때부터 거지였지만 젖 먹던 힘을 다하여 부르짖는 순간, 새 하늘이 열리기 시작했습니다. 내가 귀로 듣기만 하고 입술로 불러보았던 이름이었습니다. 마침내 나의 귀에 대왕의 음성이 들려왔습니다.

  ─ 빛이 있어라! 하늘은 궁창을 내고, 땅은 물과 뭍으로 나뉘어라!

그러나 연신 부르짖는 나의 입을 틀어막고, 내 어깨를 짓누르며 잠잠히 따르라고 꾸짖는 성난 음성을 맞받아서, 다윗의 자손 예수여! 왕이시여! 나의 생명이시여! 눈 뜨기를 소원합니다! 하고 부르짖은 그 순간을 내 어찌 영원토록 찬양하지 않을 수 있겠습니까?

사실 나는 거지 중의 상거지였습니다. 상거지라는 이름을 들어보셨나요? 나는 날 때부터 배가 고팠습니다. 그리고 추웠습니다. 내가 할 수 있는 일이란 딱 두 가지였는데, 그저 입을 열고 소리를 지르는 것과 또 하나는 팔다리를 한껏 벌리고 허우적거리는 짓입니다. 소리 지르고 허우적거리고, 소리 지르고 허우적거리고, 그 소리는 점차 미세하게 귓속으로만 잦아들었고 팔과 다리는 차츰 잦아드는 불꽃처럼 일렁거릴 때 제가 처음 듣고 배웠던 말씨는, 쯧쯧, 하는 탄식이었습니다.

쯧쯧, 쯧쯧! 하는 소리는 이윽고 따스한 온기로 바뀌고 소리마저 잦아들던 내 입술에 젖 향기가 넘쳐 오르곤 했습니다. 꺼져가던 심지에 기름이 부어지곤 했습니다. 생명의 줄기찬 약동이었습니다. 저는 부모님의 얼굴을 모릅니다. 그 손길의 맛을 모릅니다. 제가 눈먼 소경으로 났으니까 당연히 보지 못하고 듣지도 못했을 거라고 생각하시면, 그것은 오해입니다. 저는 다 보고 듣고 정확하게 분별하면서 이렇게 삼십 평생을 살아온 셈입니다. 그러나 나의 부모는 쯧쯧, 하고 수군대는 여인들의 소리로 들어서 알아본 사실에 의하면, 내가 눈을 꼭 감은 채 세상에 태어난 직후, 너무도 큰 절망을 견디지 못하고 도망쳐버렸던 것입니다. 부모의 이름은 디메오라고 기억은 말합니다. 나의 이름은 바디매오이니까요.

그날로부터 태양으로 달구어진 땅은 나의 어머니요, 저 둥글고 광채 나는 위열한 태양을 품은 하늘은 나의 아버지였습니다. 그 땅을 나의 팔다리에 기력이 조금이라도 남아 있는 순간까지 허우적거리고 두드리며, 그 하늘 향하여 한 방울의 기운이나마 쥐어짜듯 소리를 지를 때마다 쯧쯧! 하는 자비로운 목자의 음성이 나에게 생명의 젖줄로 다가왔던 것입니다.

목자는 길 잃고 쓰러진 어린양을 절대로 버리지 않습니다. 상한 갈대를 꺾지 아니하며 꺼져 가는 심지를 끄지 아니하리라. 이 말씀은 참 목자이신 이스라엘의 메시아, 다윗의 자손 예수님의 초상입니다. 저는 그 소문을 듣고서야 허옇게 굼실거리는 제 눈동자 속에서 그 초상을 처음 그려보았던 것입니다.

나사렛 촌마을에서 출생하신 다윗의 후손 예수! 그 소문을 들은 그때부터 제 가슴은 벌렁거렸고 제 심장은 흥분의 열정으로 들썽거렸습니다. 어떤 음성은, 그분은 다윗 왕의 목자라고도 했습니다. 그분을 만나야 한다. 그분을 찾아야 한다! 바람 속에서 그 음성이 들려왔습니다. 아마 꽃향기가 시울거리는 속삭임으로 내게 다가왔을 터입니다. 산비둘기의 날갯짓이 내 몸을 충동했습니다. 하지만 내가 지팡이로 타닥거리는 대지를 두들겨가며 가나 마을로 쫓아갔을 때, 그분은 어느덧 잔치를 끝내고 떠나간 후였습니다.

나는 다만 그 잔칫집에서 향기 짙고 맛난 포도주를 취하도록 마셨지만 결코 거기 쓰러져 뒹굴 수만은 없었습니다. 나의 허연 눈에서는 맹물이 흘러넘쳤습니다. 내가 다시금 허둥거리며 하룻길로 허기진 배를 움켜쥐고 벳새다 광야로 갔을 때, 그분은 갈릴리 바다를 건너고 있다 했습니다. 나는 지치고 땀에 젖은 몸을 상수리나무 아래 눕히며, 누군가 말한 대로 운명이란 술래잡기와 같은 것이라는 말을 곱씹어 보았습니다. 그날도 나는 생전 처음 하늘의 만나와 같이 맛 좋은 빵과 생선으로 배를 채웠지만 그대로 주저앉을 수는 없었습니다. 기적의 빵이라고 속살거리는 소문의 주인공이신 그분을 만나야 한다, 그분을 꼭 만나야 내가 사람답게 살리라! 누군지 모를 소리가 나를 사로잡았기 때문입니다.

마침내 광풍이 뒤흔들고 파도가 아우성치던 밤이 지나고 아침이 밝아올 때 사람들은 모두 외쳤습니다.

– 바다야 잠잠하라, 파도야 멈춰라! 바다야 파도야! 잠잠하란 말이다.

도대체 이것이 무슨 소리들입니까? 바람에 귀가 있고 파도가 말씨를 알아듣는다는 말인가요? 모두가 미친 듯 웃고, 비웃고 떨리는 음성으로 가슴을 활짝 펴고 말하는 소리에 저의 심장은 한층 두근거렸습니다. 드디어 새날이 다가오고 있었습니다.

– 전도하러 가자! 이웃 마을로 전도하여야 하리라.

다그치는 그분을, 길목에서 가슴 졸이며 기다렸다가 만나게 된 것입니다. 나는 다만 캄캄한 어둠을 향하여 부르짖었습니다. 들은 바 그대로, 다윗의 자손 예수여! 다윗 왕의 목자 예수님이여! 하고, 날 때부터 지난 평생 동안 부르짖던 그 모든 외침보다 더한 외침을, 내 생명을 다 쏟아서 부르짖었고, 나는 숨결을 멈추면서 토끼처럼 귀를 기울였습니다.

아아! 들리는 소리라니, ─ 잠잠하여라. 떠들지 말라!

이것은 대체 또 무슨 소리란 말인가? 나는 다시금 가슴을 파고드는 절망과 탄식을 떨쳐버리듯, 다윗의 자손 예수를 부르짖었던 것입니다. 비로소 그때 나는 내 귓속에 불씨처럼 파고드는 그분의 음성을 느낄 수 있었습니다. 나는 답답한 눈을 희번덕거리며 말씨를 음미해 보았습니다.

─ 소자야, 안심하라! 네가 무엇을 원하느냐?

그 순간 나는 멈칫했습니다. 네가 무엇을 원하느냐고? 이런 답답산이를 보았는가? 보시면 다 아실 터, 이런 눈먼 소경 같은 동류에게 입을 열어 말한들 무엇하리오? 내 어찌 이런 분을 만나기 위하여 몇 날 며칠 동안 그 고생을 해가며 허둥지둥 예까지 왔던가! 어느새 나의 눈에는 눈물이 흘러넘쳤습니다. 그것은 울분의 눈물이요, 또다시 끝 모를 나락으로 떠밀리는 절망의 탄식이었습니다. 그러나 나는 조용히, 오직 그분만의 귓전에 이르도록 말씨를 내뱉고야 말았습니다.

─ 주님이여, 눈 뜨기를 원합니다! 이 눈을 떠서 단 한 번이라도 주님을 뵙기를 소원합니다.

─ 네가 믿은 대로 될지어다!

그분의 차분한 말소리가 나의 귓가에 또렷이 들려왔습니다. 그 순간 나는 비로소 깨닫게 된 셈입니다.

　삼십 평생에 내가 보았던 모든 하늘이, 거기에는 천의무봉으로 춤추는 뭉게구름이 없었던 것을, 헛것이었구나! 헛된 세상을 살았구나. 또한 내가 보았던 그 하늘에 태양은 벌겋고 둥글고 우람하지만, 그러나 타오르는 생명의 불꽃은 아니었던 것을! 내가 보았던 산과 숲과 그 위를 날아가는 온갖 새들과 비둘기 떼는 단지 그림자였을 뿐, 그 실상이 아니었잖은가! 믿음이란 바로 이런 것이다. 내가 꿈속에서 바라는 모든 것의 실상이 곧 눈앞에 펼쳐진 믿음과 소망이 넘치는 세상이 아닌가! 저 숱한 사람들! 저 굼실거리는 양떼들! 슈바 자락을 펄럭거리는 여인들, 두 눈이 샛별처럼 초롱초롱 빛나는 아가씨들! 닭이며 기위, 개의 고양이의 모습을 보았습니다. 나는 단지 꿈을 꾸었고, 꿈속에서 보았고, 그 꿈속의 기나긴 방황과 향연이 끝나는 순간 이런 세상이 열리고 새 하늘이 열린 듯했던 것입니다.

　대지와 호수가 온갖 생명을 품어 기르고, 그 위에 찬란한 빛이 저녁마다 창공에는 별무리를 밝히고 아침에는 또 새로운 세계가 약동하는, 그 온갖 축복을 내리신 야훼 하나님을 찬양하는 영광으로 충만한 것을! 나는 기껏 내 코앞에 손을 펼치고 단지 입막음에도 항시 모자라던 양식만을 구걸하면서 무덤 속의 구더기처럼 살아오지 않았던가? 한편 서럽고 다만 가슴이 벅차오르며 감격스러운 이 심사를 뭐라고 해야 옳았을까요? 나의 주님 예수께서 그 온갖 축복을 순식간에 내게 주셨던 셈입니다. 이 소경 거지 바디매오에게……. 하지만, 이제는 아니올시다. 나는 아니올시다. 나는 생명을 누리는 사람이요, 소경이 아니요, 거지가 아니올시다. 따라서 나는 외치기 시작했습니다. 나사렛 예수여! 이제 안심하소서.

나는 나의 음성이 다시금 주님 예수의 귓전에 들려지기를 꿈속에서도 소원합니다. 오직 내 소원은 그뿐입니다.

　- 다윗의 목자 예수여! 보소서, 이 빛나는 생명으로 인하여 기뻐하소서! 이것이 주님의 하신 일이요, 보람이요, 진리의 길이 아니겠습니까?

　나는 새로운 기쁨으로 벅찬 가슴을 펼치며 내 평생의 의지이던 살구나무 지팡이를 냅다 던져버렸습니다. 그것 없이 주님을 따르는 이 길은 바로 주님께서 나의 지팡이가 되고 있다는 자각의 여행입니다. 참으로 길고 긴 나그네의 여행입니다.

　고향 여리고를 떠나 주님 예수를 따라나선 이 나그네 생활도 이제 두 해가 지났습니다만, 모든 일은 꼭 어제의 사건과 같이 갈수록 생생한 그림으로 펼쳐지는 까닭을 알 수가 없습니다. 더욱 알 수가 없는 것은 가면 갈수록 커지고, 보면 볼수록 넓고 깊고 웅장하신 주님은 대체 사람일까? 메시아이신가? 하는 것입니다.

　자꾸만 헷갈리는 것은 주님 스스로 인자(人子)라 하시고, - 가자! 죽으러 가자, 예루살렘으로 가서 죽어야 하리라! 하시는 말씀입니다. 인자란 분명히 사람의 아들을 이르시는 말씀인즉 어찌 사람이라 하겠으며, 메시아란 야훼 하나님의 사자신데 죽어야 한다는 말씀을 어떻게 들어야 하는 것입니까? 그래서 참으로 내일 일은 그날에 염려할 것이요, 한 날의 괴로움은 이 순간에 족하니라 하신 말씀을 곰씹어볼 뿐입니다. 참으로 견딜 수 없는 궁금증은, 진정 주님 예수 앞에서 인생들의 슬픔과 괴로움이란 대체 무엇일까요! 정녕 너무나도 하찮은 것들입니다.

6

나는 안디옥 지방의 의사 누가라는 사람으로, 예루살렘 도성의 진료 길에서 우연히 만났던 나사렛 출신 예수에 대하여 언젠가 자세한 기록을 남겨야 한다는 사명감으로 파피루스를 펼쳐들었습니다. 이는 어느덧 나의 습관이 되었습니다. 그동안 보고 들었던 환자들의 이력처럼 기적적인 사건들이 주마등처럼 떠오릅니다.

주님 예수께서는 죽음을 매우 분하고 억울한 사건으로 보신 듯합니다. 더구나 청년의 주검 앞에서는, 그 과부 어미와 함께 통한의 눈물을 흘리셔서 우리가 당황할 정도였으니까요. 실상 많은 병자를 돌보면서 더 많은 죽음을 보아온 의원으로서는 랍비 예수의 통한의 눈물을 보면서 실망과 당혹감을 금할 수 없었습니다. 과연 우리의 스승이요 선지자요, 이 시대의 혁명가라 할 수 있을 터인가! 그러나 나인성 과부의 죽었던 외아들의 관을 깨치고 일으키신 사건 후, 흥분을 감추지 못한 나는 화급히 물었습니다.

— 주님, 어찌 그리도 하찮은 죽음을 그렇게도 통분하여 하십니까?

나의 질정(叱正) 없는 물음에 주님께서는 차분한 음성으로 응대하셨습니다.

— 들어라. 이스라엘이여! 아버지 하나님은 사랑이시거늘, 너의 사랑은 어디에 있느냐? 죽음을 두려워하고 절망하는 저들을 보지 않았는가! 통곡하고 땅을 치는 그 소리를 듣지 못했는가? 사람으로 한 세상 살다가 죽음이 저토록 통분하는 까닭은 저들이 삶의 주인을 잘못 만난 탓이요, 인생들이 황혼을 슬퍼하는 유래는 동반자를 잘못 선택한 결과이다. 사랑의 가슴인즉 어찌 통분하여 무너지지 않으랴. 어

서, 어서 이 사망의 권세를 몰아내고 인생들을 자유롭게 바로잡아야
할 터인데, 아! 나의 때가 아직 이르지 못하였구나.

주님께서는 전에 없이 초조한 음성이었습니다. 나는 다시 물었습
니다.

– 주님께서 기대하시는 때는 언제이며, 죽음이란 과연 무엇입
니까?

– 죄의 값은 사망이요, 그 후에는 심판이 있으리니 너희가 정녕 죽
으리라고 하지 않았더냐? 하나님은 사랑이시다. 따라서 내가 온 것
은 아버지 하나님의 일을 이루려 함이니, 그러므로 예루살렘으로 가
자! 하는 것이다. 가서 해야 할 일이 바로 이것이니라.

잠시 말씀을 멈추고 흰 구름이 두둥실 떠가는 하늘을 바라보시던
그분의 입이 열렸습니다. 조용조용한 입소리에, 우리 모두는 가던 길
을 멈추지 않을 수 없었습니다.

– 실상 죽음이란 저 태양의 종언(終焉)과 같은 것이다. 지중해로 떨
어져가는 붉은 해를 바라보며 탄식만 한다면, 마침내 선들바람과 함
께 다가올 밤하늘의 찬란한 향연을 어찌 즐길 수 있으리. 또한 달이
지고 별 떨기가 스러짐을 절망으로만 본다면, 여명 후의 황홀한 태양
을 누가 누리고 동참할 수 있겠는가! 그뿐이랴. 긴 여행이 끝났다고
절망하는 나그네는 어리석은 사람이다. 좀 더 새로운 여정을 꿈꾸며
들뜬 심정으로 준비하고 대처함이 지혜요 순리가 아니겠는가? 그러
나 앞뒤를 헤아리지 못하는 저 무수한 양 무리를 어찌해야 옳단 말이
냐? 너희도 아직까지 깨달음이 없는가.

말씀을 마치며 우리의 눈길을 응시하시는 주님의 눈총을 피하기
가 어려웠습니다. 어느덧 감람나무 그늘에 둘러앉은 무리 앞에는 빵

과 마실 물이 나누어졌던 것입니다. 그것은 때마침 도달한 듯, 간신히 피할 수 있는 방편이었습니다. 봄바람은 때를 따라 알 수 없는 방향에서 임의로 왔다가 스스로 향기를 남기는 법입니다. 이윽고 주님 예수는 문득, 손에 들려진 포도주 잔을 내려다보시며 그 향기처럼 피어오르는 말씀을 이었습니다.

─ 죽음이란 영혼을 위한, 영원한 삶의 결정(結晶)인 셈이다. 보아라! 여기 포도주를 마시면서 포도송이의 아픔을 슬퍼만 한다면, 그윽한 이 향취와 설레는 기쁨을 어디에서 맛볼 것이랴? 하지만 덜 익은 포도와 독소를 씻어버리지 못한 열매송이는 또 다른 사망의 음침한 골짜기일 터이다. 너희가 이 성전을 헐라! 내가 사흘 만에 일으키리라, 했던 말씀을 기억하는가! 한 알의 밀이 땅에 떨어져 죽지 아니하면 한 알 그대로 있고, 죽어야 많은 열매를 맺느니라, 한 말도 잊지는 않았겠지? 내가 바로 이 일을 이루러 왔느니, 그 일이 다 이룰 때까지 나의 답답함이 오죽하겠느냐? 그러므로 나의 죽음이 온 인생들의 죽음을 체험하는 일이요, 나의 고생과 십자가와 부활이, 믿고 따르는 자녀들의 생명에 사망의 독을 제거하는 일인 것이다. 사랑이신 아버지 하나님은, 그 자녀들의 죽음을 소중하게 보신다 하였느니라. 어찌하여 죽음을 헛되이 수수방관하려 하느냐?

나는 잠시 어리둥절했으나, 곧 항변하였습니다.
─ 주님, 예수여! 세상에 죽음을 헛되이 방관하려는 사람이 어디에 있겠습니까? 살려고 아등바등하는 몰골들을 못 보셨나요? 하지만 죽음을 피할 사람은 세상에 아무도 없습니다.
의사였던 나의 눈을 스쳐간 무수한 주검을 떠올리며 나는 항변하고 있었습니다. 그러나 그분은 새롭게 고개를 주억거리며 여전히 차분한 음성으로 말씀을 이었습니다.

　– 진실로 그대에게 다시 이르나니, 죽음을 두려워하고 절망하는 까닭은 삶의 주인을 잘못 만난 터이요, 인생의 황혼을 슬퍼하는 까닭은 동반자를 잘못 선택한 결과이다. 네 인생의 주인과 동반자를 뜬 눈으로 다시 살펴봄이 지혜 중의 지혜인 것이다. 기억하여라. 그리고 널리 전파하여라. 인자들아! 길을 잘못 들어섰다면 즉시 돌아설 것이요, 진리를 잘못 들었다면 귀를 밝혀 눈을 뜰 것이요, 생명을 기쁨으로 누리지 못한다면 불타는 사랑으로 호소할 것이라. 그런즉 내가 이미 초청하지 않았더냐? 수고하고 무거운 짐 진 자들아 다 내게로 오라고, 내가 너희를 쉬게 하리라. 천하에 홀로 내가 곧 길이요 진리요 생명이니, 나로 말미암지 않고는 아버지 하나님께 올 자가 없느니라 하신 그가 누구더냐? 나보다 먼저 온 자는 다 절도요, 강도니라. 가자! 예루살렘으로, 내가 가야 하리라.

　– 주님, 예수여! 거기야말로, 절망의 죽음이 들끓고 있습니다.

　어부였던 베드로가 황급히 만류하고 나섰습니다. 그러나 나사렛 예수는 포도주 한 잔을 훌쩍 마신 후 서슴없이 앞장을 섰던 것입니다. 우리 모두는 허겁지겁 소나기에 몰리는 양 무리처럼 그 뒤를 따라나섰던 것입니다. 보시고 아시는 하나님은 사랑이시라. 그런즉 어련하시랴!

　그 순간 안디옥의 이방인 의사로서 나 누가는, 예루살렘 도성의 순례 길에 우연히 만났던 나사렛 출신 예수에 대하여 언젠가 자세한 기록을 남겨야 할 사명을 의식하며 파피루스를 펼쳐들었습니다. 이는 어느새 나의 습관이 된 셈입니다. 그동안 보고 들었던 환자들의 기적적인 사건들이 주마등처럼 떠올랐던 것입니다. 내가 만져본 하혈증 여인의 몸은 물 빠진 두부처럼 굳어지고 있었습니다. 피가 모자란 탓이라고 즉각 느낄 수 있었습니다. 그녀의 입에서는 그저, 주님의 옷자락! 주님 예수의 옷자락이 나를 구원했습니다. 이 썩은 몸을 구원했답니다. 하고 미친 듯이 증언하고 있었습니다. 그 하혈증은 참으로 고약하고 징그러운 병이었습니다. 입과 코와 귀와 눈과 그리고 아래위로, 앞 음문(陰門)으로 뒤 항문으로 연신 피를 흘리는 그 고질병이란 말만 들어도 몸서리가 쳐지는 악질이었던 것입니다. 그녀는 한때 나의 단골이기도 했던 터입니다. 그녀 입으로 십이 년 동안의 병력이었다니, 나사렛 예수의 옷자락이 그녀를 구원했다니, 그래서 나 누가는 조상 때부터 대를 물려온 의업을 다시 돌아보기도 민망스러운 빚덩이처럼 내던지고 예수를 따르게 되었는지도 모릅니다.

나의 시리아 친구들은, 그건 자네의 치졸한 자존심과의 대결이라고도 했습니다. 그렇습니다. 맞는 말입니다. 내가 고심하고 처방했으나 무심한 세월만 탓했던 질병들을 그저 손으로 어루만지거나, 즉시에 말로 다스리거나 귀신을 쫓아내는 간단하고 하찮은 시술로 손쉽게 회복하되 완치될 수가 있다 하니, 어찌 무심할 수 있겠습니까? 더구나 소경이며 앉은뱅이며 문둥이에 이르러서는 더 이상 할 말을 포기할 수밖에 없는 노릇이었습니다. 보아야 한다. 배워야 한다! 아니 그 처방과 의술을 전수받는 것은 피할 수 없는 특혜라고 생각했던 터입니다.

이제 죽음까지도 무심히 넘기지 못하시는 나사렛 예수! 죽음 앞에서 그분의 통한을 우리 의업(醫業)인들은 필생의 은총으로 누려야 할

는지 모르겠다는 생각을 감출 수가 없습니다.

– 사망의 권세를 깨뜨린다!

이 얼마나 꿈같은 소리입니까? 정녕 사람의 생각이라고 말하기도 어렵습니다. 하지만 저렇게 앞장서시는 늠름하고 차분한 뒷모습을 바라보면서, 나는 진실로 우리의 메시아는 바로 나사렛 예수, 그분이신 것을 새삼스러운 감동으로 느꼈습니다. 그리스도이신 예수! 그분의 입소리를 나 또한 음미하면서 그림자처럼 뒤를 좇았습니다. 각종 병자들을 치유하시는 그분의 손길이나 입소리는 실상 해바라기 열매처럼 또렷합니다.

– 네 죄 사함을 받았느니라. 돌이켜 빛을 바라고 나를 따르라! 나는 생명의 빛이니라.

으레 이런 세 마디의 말씀은 실상 야훼 하나님의 음성이 아니고 무엇이겠습니까? 야훼의 성전 예루살렘으로 향하는 유월절의 순례자들로 거리는 끝없이 북적거리고 있었습니다. 저 무수한 순례자 나그네들을 기다리고 있는 도성의 주막들은 대체 무엇을 준비하고 있을까요?

여인의 후예

20장
밤에도 할 일은 많다

1

유월절을 맞이하는 예루살렘 도성의 밤은 유딜리 밝고 화창하기
마련이었다. 검푸른 하늘에 달은 보름으로 만월이었고 별들은 유난
히 초롱거렸다. 별들의 찬양을 귀 기울여 듣는 듯 달이 만월일 때는
바람도 거의 잠들기 일쑤였으니, 이를 야훼 하나님의 특별한 은총이
라고 말하지 않을 수 있을 터인가! 그러나 어둠은 그 존재를 자랑하
듯 사방팔방을 온전히 점령하고 있었다. 혼돈하고 공허한 어둠이었
다. 꼬리에 꼬리를 물고 극성스럽게 파고드는 어둠이었다. 창과 칼을
휘두르며 죽음을 부르는 군병들의 요란한 함성처럼 천지에 가득한
어둠이요, 쫓기던 사슴이 눈을 번쩍거리며 숨 막혀 헐떡거리듯 쏘삭
거리는 절벽의 어둠이었다. 그 어둠 속으로 검붉은 빛은 자리를 넓혔
고 하늘의 별빛과 세상의 여린 빛이 서로 한바탕 자웅이라도 결하려
는 폭풍 전야와 같다고 할까? 고요하게 숨결을 죽이고 있는 셈이었
으니 말이다. 그래서 한층 숨 가쁜 밤이요 처절한 어둠이었다. 그 어
둠을 가르며 이따금 밤새들이 날갯짓했다. 그것은 전령들의 빠르고

조심스러운 족적인 듯싶었다. 문득 반가움이 일었고, 횡단하여 다시 오려나, 하회(下回)가 궁금하였다.

어둠 속에서 빛은 영롱하고 한결 또렷한 법이다. 어둠이 깊을수록 별빛과 달빛은 서로 어우러져 뱀처럼 긴 꼬리에 꼬리를 물고 머리 조아리며, 흡사 혼례를 치르고 신방에 드는 신랑과 신부의 가슴처럼 설레는 홍조를 띠기 일쑤였다. 정녕 그러할 터이다. 하지만, 아니다. 이 밤이 내뿜는 저 도성의 붉고 참담한 취향은 그처럼 평화롭고 요염한 감흥을 자극하는 사랑의 향기가 아닐 터이다. 포도와 대추야자와 석류와 각종 과일을 짓이겨 즙 틀에 넣고 짜내는 혼돈의 향취가 아닐까? 밤공기 속에 용해된 음습한 취기는, 바로 그 같은 생명의 액즙일 시 분명하겠다. 그도 아니라면, 흘기는 눈짓처럼 홍조를 머금은 저 어둠의 빛깔, 아하! 그것은 어쩌면 한낮 동안 처절하고 참혹하게 울부짖고 불태워졌던 짐승들의 번제물 육향이 아닐까? 하루면 수천 만 마리씩, 야훼의 제단에서 칼침을 맞고 목울대를 타고 넘쳐 오르던 피 냄새와 그것들이 겁에 질려 싸갈기고 떠났던 똥 냄새와 비질거리며 흘리던 땀 냄새가 어우러져 빚어낸, 저 추악한 인간들의 발 고린내와 같은 악취가 분명했다.

해마다 유월절의 한 절기에 이같이 피를 쏟으며 죽고 불태워 도성의 하늘로 사라지는 연기의 제물은 하루 이만에서 삼만 마리씩, 그러니까 그 한이레 동안에 무려 이십 만에서 이십오만 마리의 제물이 희생되는 셈이었다. 예수는 문득 성인식 절기에 처음 보았던 야훼 하나님 성전의 광경이 심상의 그림자처럼 떠올랐다. 수천수만의 참배객들이 가슴마다 어린양이나 염소나 송아지를 품고 수십 갈래의 줄을 섰다. 그들의 맨 앞에서 제사장들은 각각 은과 금으로 만들어진 그릇을 손에 들고 줄을 서서 기다리다가 번개같이 짐승의 머리에 칼을 찔러 넣었다.

처절한 단발마의 비명과 함께 쏟아지는 피를 받아들고 제단에서 가까이 있던 제사장은 제단의 받침대 위에 피를 쏟아 붓는다. 피비린내와 악취, 양의 피로 미끈거리는 성전의 대리석 바닥, 넓은 도살장의 살벌한 그 분위기, 따라서 신성함이나 경건함은 찾아볼 수가 없었다. 사랑의 야훼 하나님께서 어찌하여 그토록 참혹한 향취를 흠향하고 기뻐하시리라고 생각인들 할 수 있었을까? 그것이 고작 거룩하고 성스러우신 야훼를 섬기는 법도라고 판단했다는 말인가! 알 수 없는 일이다. 정녕 아닐 터이다.

더구나 거기서 일하는 제사장들의 그 유들유들하고 기름진 얼굴이 떠올랐다. 실상 성전에서 바쳐지는 모든 희생물 중에서 단지 번제물만을 제단의 불로 완전히 태워버렸고, 그 외에는 극히 일부분의 제물만을 불태웠으며 나머지는 제사장들이 차지한다고 들었다. 예루살렘 도성에는 무려 십만여 명의 제사장들이 상주하고 있었다. 그 수는 성전에서 한꺼번에 모두 예배를 드릴 수 없는 정도였다. 따라서 전체 제사장단이 일을 하는 때는 유월절과 초막절 수장절의 축제가 진행되는 기간이다. 그들은 이십사 열로 나뉘어져 있었으며, 각 열은 일년에 두 주간 동안 임무를 수행하였다. 제사장들이 일하는 기간은 일년에 기껏해야 다섯 주간을 넘지 않았다.

그러나 그들의 급료는 엄청난 것이었다. 속죄제물의 경우에는 그 제물이 하나하나의 죄목에 대한 것이라기보다는 인간은 모두가 죄인이라는 의미에서 바치는 것이었다. 이때는 단지 기름기만 불태우고 고기는 모두 제사장들의 소유가 되었다. 특별한 죄에 대하여 바치는 속건 제물의 경우도 이와 마찬가지다. 감사 절기와 같은 특별한 때에 드리는 수은제(受恩祭)가 있는데, 이때에는 기름기는 불에 태우고 대부분의 고기는 제물을 바친 사람에게 주었으며, 가슴살과 오른쪽 어깨살은 제사장의 몫으로 돌아갔다. 또한 소제가 있는데, 이는 다른 모든 제물과 함께 바쳤다. 이 예물은 기름과 밀가루를 바치는 것인데, 이때에는 약간의 제물만 불사르고 나머지는 모두 제사장들의 몫이었다. 요컨대 번제를 제외하고 그 많은 양의 제물을 모두 제사장이 차지하는 것이다. 따라서 음식에 그들만큼 호강하는 층은 없었다.

유대 백성들의 일반 근로자가 한 주간에 한 번 정도 고기를 먹을 수 있다면, 그는 아주 운이 좋은 사람이었다. 반면에 제사장들은 날마다 고기를 너무 많이 먹어서 생기는, 인류 최초의 직업병으로 고생할 정도라 했다. 제사장들의 특권과 급료는 거기에서 끝나는 것이 아니었다. 제사장들은 일곱 종류의 처음 익은 열매를 받았다. 이 일곱 가지는 밀, 보리, 포도와 무화과, 석류와 올리브, 그리고 꿀이었다. 이 제물들은 원래 야훼 하나님의 몫이라 하였으나 결국은 탐욕스러운 제사장들의 소유가 되었다. 그래서 그처럼 살찌고 유들유들하고, 번들번들 기름기 도는 야훼의 제사장들이었다. 천하의 백성들은 짓밟히고 착취당하며 굶주리고 신음하는 터에, 이것이 어찌 거룩하고 성스러운 야훼 하나님을 섬기는 법도라고 판단하며 가르쳐왔다는 말인가? 알 수 없다. 정녕 아닐 터이다. 차라리 이렇게 생각해보자!

아버지 하나님께서 차마 보고 견딜 수 없는 인간들의 횡포를 눈감아 버리는 밤은, 그래서 한결 서글프고 어둡고 눈물겹고 정답고 성결한 셈이다. 차라리 구슬픈 탄현 금 같은 저 어둠의 속삭임에 귀를 기울임이 어떠할까! 선지자 이사야는 야훼 하나님의 탄식을 들었다.

－너희의 무수한 제물이 내게 무엇이 유익한가? 헛된 제물을 다시 가져오지 말라. 나의 구역질을 돋울 뿐, 분향은 나의 가증하게 여기는 바이다.

이 온갖 희생의 제물과 탐학을 보고 선지자 미가는 부르짖었다.

－사람들아, 주께서 선한 것이 무엇임을 네게 보이셨으니, 야훼께서 네게 구하시는 것이 오직 공의를 행하며, 인자를 사랑하며, 겸손히 네 하나님과 함께 행하는 것이 아니겠느냐?

그렇다. 정녕 그렇다. 천하에 야훼 하나님께서 사랑하시는 백성들의 죄를 위한 제물이라면, 영 단번(Onec for all)에 해결해야 할 것이 아닌가? 영(永) 단번이라! 느닷없이 예수는 부르짖었나. 하시만 정녕 이 고요한 밤에 사람들의 집집마다 소곤거리는, 저 소리들은 무엇을 위한 모색일까? 낮 비둘기가 국궁거리며 서로 짝을 이루었듯, 어둠의 밤이야말로 나의 백성들이 일손을 놓고 마음껏 가난한 몸을 비비며 짝을 찾아 누리고 혼례의 중심을 후빈다 해서, 사랑의 아버지 하나님의 설렘은 한층 깊고 오묘하지 않으랴! 이는 실로 오직 순결한 사랑이 가꾸는 생명의 원천이요, 기쁨의 샘이요, 영원의 길이라 할 만했으니 말이다.

초저녁부터 예수의 심상은, 어둠이 터를 잡아가는 밤을 깊이 사색하며 갈등하고 회의하다가 급기야 찬미를 올리는 설렘으로 충만하였다.

밤이란 영원에서 시작하여 영원으로 지향하는 나그네의 쉼터라 할 만하였다. 아버지 하나님께서 기다리시는 쉼터, 하지만 이 밤에도 잠들기보다는 해야 할 일에 몰두하느라 안절부절못하는 백성들 또한 없지 못하리라. 그래서 밤의 꼬리는 더욱 끈질기고 서로 싸고도는 머리는 뜨겁고, 그 가슴은 냉철하리라. 이것은 진정 피할 수 없는 밤의 숙명이라 하겠다. 밤의 매력이 또한 이에 있다고 해야 할 터이다. 피할 수 없는 운명 앞에서 치열한 전열을 가다듬고 숙연하게 대처하는 엄연한 품격 말이다. 진정 그래야 한다. 피할 수 없는 상황이라면, 그 어떤 경우라도 냉정하고 숙연하게 받아들이는 자세야말로 야훼 하나님께서 지으신 존재로서 존재다운 법이다. 하물며 야훼의 뜻이요, 그 말씀이라고 자처해왔던 나의 처신이야 새삼 말하여 무엇하리. 예수는 고개를 주억거렸다. 하늘과 땅의 어둠이 흐느끼듯 화답하였다.

– 주님, 예수여! 준비가 다 되었다고 합니다. 그러한가! 준비란 실상 야훼 하나님의 일이시다. 예수는 여전히 같은 자세로 어둠에 숨어드는 도성을 바라보며 변명하듯 말씀을 이었다. 때를 따라 누리고 즐기며 감사하는 일이 사람의 몫인 것을 잊지 말지어다. 그러하옵니다. 이제 가시어, 누리고 즐기소서. 만찬의 밤이 소리 없이 마련되었습니다. 베드로와 청년 요한이 나란히 양손을 읍하고 서서 예수의 반응을 기다리고 있었다. 예수는 예루살렘 도성의 아련하고 처절하며 무상한 밤으로부터 눈을 돌리고, 그들을 뒤따라 다락방으로 걸음을 옮겼다.

이층의 다락방은 서늘한 기운이 무르익고 있었다. 그 밤을 항변하고 거부하듯 네 개의 회랑기둥에 걸린 등잔에서 올리브 향유가 치를 떨고, 흐느끼는 소리를 지르며 불타오르고 있었다. 새삼스레 전날 마리아 드보라의 손길에서 머리로부터 가슴 가득히 흘러넘치던 나아드 향유의 향기가 떠올랐다. 실로 혼신이 아득하게, 짙고 뜨겁고 매운 향기였다. 그 손에서 떨던 옥합이 떠올랐다. 향유가 바닥나자 즉석에서 팍삭하고, 깨어진 옥합이었다. 본래 신부가 신랑을 위하여 그 몸을 찢고 깨뜨리는 법이다. 그 사랑의 눈물이 방울져 흘렀다. 반면에 흘기는 눈이 번뜩거렸다. 어찌하여 이와 같이 값진 것을 이렇듯 허비하느냐? 삼백 데나리온에 팔아서 구제했어야 할 것을, 탁한 음성이 타매하고 들었다. 아니다. 저는 나의 장례를 준비했느니라. 아아! 그 사랑 영원하리라. 이제 막 있었던 일처럼 또렷이 떠오르는 아우성의 그림이었다. 이 밤의 만찬이 정녕 제자들과의 마지막 회식이 되리라. 예수는 그렇게 알고 있었다. 그래서 하염없는 밤의 깊이와 높이와 넓이가 새롭고 또렷하게 눈에 뜨였던 것일까? 정녕 그랬을 터이다.

전에 없이 예수가 한참을 둘러보다가 자리에 앉자, 제자들이 순식간에 무너지듯 등 없는 의자에 앉았다. 비걱거리는 판자의 몸부림이 유난스러웠다. 말없이 식탁을 굽어보았다. 잘 익은 빵과 붉은 포도주와 산채 무침도 풍성했으나 조촐한 식탁이었다. 그렇게 준비하라고 일렀다. 어찌 이 밤에도 먹고 마심에 급급하랴. 실상 지난날 밤에 종막의 만찬은 끝난 셈이다. 그 밤에 예수는 빵과 포도주를 먹고 마시며, 이는 새 언약의 내 살과 피라고 분명히 선언했다. 그러므로 이 밤의 행사는 최후의 말씀을 이루려는 속셈이 없지 못했던 터이다. 서로 자리를 다투기에 은근한 눈들이 붉어지고 있는, 이 철없이 가슴 뜨거운 제자들에게 섬김의 도리로서 야훼 하나님의 사랑을 전수하려는 터이다. 어떻게 무슨 말로써, 새 언약의 뜻을 이루랴.

하지만 이런저런 생각에 골똘히 잠겨 있던 예수는 입을 열지 않을 수 없었다. 단지 보이고 따르도록 하려는 속셈이었으나 말이란 피할 수 없는 운명인 셈이었다. 말씀이 육신이 되었은즉, 어찌 피하랴! 예수는 잠잠하여, 주님의 뜻을 기다리는 제자들에게 이윽고 입을 열었다.

– 이제 내가, 너희의 발을 씻기리라.

느닷없는 이 같은 말씀에, 잠시 어리둥절하던 안드레와 야고보가 몸을 떨며 항변하듯 외쳤다.

– 주님이여! 어찌 주님 랍비께서 저희들의 발을 씻기게 하겠습니까? 하인이 주인의 발을 씻기는 것이 도리가 아닙니까?

예수는 말없이 겉옷을 허리에 두르고 자색 속옷을 펼치며 싸잡았다. 어머니 마리아의 사랑과 정성이 깃든 선물의 자색 옷이었다. 그 위에 수건을 얹어놓고 새롭게 입을 열었다.

– 그런즉 내가 너희의 종이 되리니, 너희도 서로 이와 같이 하여야 하리라. 너희가 나를 랍비라 혹은 메시아 주님이라 하지 않았느냐? 내가 너희의 랍비요 주가 되어서 너희의 발을 씻겼으니, 너희도 서로 그렇게 하라. 이것이 사랑이니라.

– 주님이여! 주께서 절대로, 저의 발을 씻길 수 없습니다.

시몬 베드로가 열정적으로 부정하며 부르짖었다. 그는 발의 샌들 끈을 움켜쥐고 엎드렸다.

예수는 서글픈 눈으로 그를 바라보았다.

– 진정 그러한가? 그렇다면 너와 나는 아무런 상관이 없느니라.

조용한 예수의 말씀은 빛살처럼 단호하였다.

– 오오, 주님이여! 제 발뿐 아니라, 손과 머리도 씻겨주십시오.

– 아니다. 이미 목욕한 자는 손과 발만 씻으면 되는 법이다. 하지만 다 그런 것은 아니다. 내가 하는 일을 너희가 지금은 몰라도 후에

알게 될 것이다.

– 옳습니다. 발을, 이 발을 주님, 랍비께 맡겨드립니다. 오직 주님의 발걸음만 따르도록 맡겨드리겠습니다. 주님께서 인생의 길이신 까닭입니다.

빌립과 요한과 바돌로매가 다투어 가죽 샌들의 끈을 풀면서 부르짖었다.

마침내 예수는 베드로부터 시작해서 안드레, 요한, 야고보, 빌립, 마태오, 바돌로매, 도마, 셀롯 시몬, 야고보의 아들 유다의 발을 차례로 씻기고, 속옷에 둘렀던 수건으로 그 물기를 닦아나갔다. 발가락 사이에서 기습처럼 내지르는 함성과 같은 악취는 어쩔 수 없는 숙명이었다. 대지의 태양 열기에 날구어신 가죽의 샌들 냄새인지, 순수한 발 고린내인지, 헤아리기 어려웠다. 하지만 예수는 얼굴도 찡그리지 않았다. 제자들은 예수의 손가락이 자상스럽게 발가락 사이를 후비고 들 때 간지러운 듯, 몸을 비틀며 어린아이들처럼 웃다가 울었다. 울다가 웃을 수밖에 없었다. 서로의 순결을 맡고, 가슴의 진동을 느끼며 열정은 뜨겁게 달아오르고 있었다.

– 너희도 이와 같이 서로 사랑하라. 너희가 서로 사랑하면 나의 제자가 되려니와, 내가 너희와 항상 함께 있으리라.

예수는 차츰 익숙한 솜씨로 씻기고 닦으며 말씀을 이었다.

– 내가 너희의 발을 씻길 때 악취가 소멸되고 건강과 활기가 살아나듯, 너희가 서로 발을 씻기는 자리마다 세상의 악취가 스러지고 생명들이 살아나며, 세계가 성결하여 화평을 이루게 되리라. 알아듣겠느냐? 나그네 인생의 발길과 대지의 생명과 영원의 영혼은 결단코 끊을 수 없는 인연이다. 서로 믿고 씻기고 나누고 사랑할 때, 각각 제

구실을 하게 될 터이다. 그러나 전에 우리와 함께 빵을 먹고 말씀과 사랑을 나누던 가룟 유다는 어디로 갔다는 말이냐? 그는 이 밤에도 정녕 제 스스로 할 일이 많았구나. 주인의 뜻을 저버린 자는 부끄러움과 책망을 자초할 뿐, 그는 차라리 나지 아니 하였더라면, 좋을 뻔하였구나.

예수는 말하고 한숨을 쉬었다. 주님 예수의 말씀을 들으며 둘러본 제자들은 정말 자기들과 함께 있던 가룟 유다의 자리가 흔적조차 묘연해진 것을 발견하였다. 밤이 깊어도 쉴 줄을 모르는 사람은 결코 새벽을 누릴 수 없는 법이다. 이제 우리는 가서 쉬어야 하리라.

예수는 세족식을 마치며 몹시 괴로운 기색이었다. 한층 짙게 점령한 어둠을 바라보며 무언가를 사모하고 찾는 듯 두리번거렸다. 제자들은 서로 낯익은 얼굴을 돌아보았다. 이윽고 예수는 잠시 눈을 감았다 뜬 후 입을 열었다.

– 들어라, 나의 백성들아! 하늘나라, 곧 나의 왕국은 마치 자기 아들을 위하여 결혼 잔치를 베푸는 어떤 왕과 같다. 대왕은 종들을 시켜 초대한 손님들을 불렀으나 그들은 오지 않았다. 왕은 또 다른 종을 초대한 사람들에게 보내 살진 소를 잡고 모든 음식을 푸짐하게 준비해 놓았으니 어서 잔치에 오십시오, 하게 하였다. 그러나 그들은 각각 제 일이 바쁘다며 들은 척도 하지 않았고, 어떤 사람은 자기 밭으로 가고 어떤 사람은 장사하러 가고 또 다른 사람들은 그 종들을 잡아 죽여 버렸다. 소식을 들은 대왕은 열화가 치밀어 즉시 군대를 파견하여 살인자들을 죽이고 마을을 불태워버렸다. 그리고 나서 슬픈 왕은 종들에게 말하였다.

나의 잔치는 준비되었으나, 초대받은 사람들은 자격이 없다. 그러니 너희는 이제 길거리 사방에 나가서 만나는 사람마다 새 잔치에 초대하여라. 말씀에 따라서 왕의 종들은 사방으로 나가 좋은 사람이나 나쁜 사람이거나 가리지 않고, 만나는 사람마다 데리고 와서 잔치 자리는 가득 찼다. 마침내 대왕이 손님들을 영접하려고 들어왔다. 하지만 성스러운 자리에 발도 씻지 않고 예복을 입지 않은 몇몇 사람을 보았다. 그대들은 어찌하여 부정한 몸으로 예복도 입지 않고 여기에 들어왔는가? 하고 묻자, 그들은 유구무언, 아무런 대답도 하지 못했다. 대왕은 진노하여 종들에게, 선악을 분별치 못하는 이 사람들의 손발을 묶어 바깥 어두운 곳에 던져라. 거기서 통곡하며 이를 갈게 될 것이다, 하였다. 이와 같이 나의 나라에 초대받은 사람들은 많지만 정녕 택함을 입은 사람은 매우 적을 터이다. 너희가 알아듣겠느냐?

　제자들은 스스로 두근거리는 가슴의 소리에 귀 기울이고 있었다.

　— 초청받은 사람은 많으나, 택함을 입은 사람은 매우 적다?

　이는 실로 누구를 말씀하심인가! 서로 돌아보는 눈짓에 핏기가 가시고 있었다. 그들 사이에 어느새 가룟 유다가 슬그머니 끼어들고 있었다. 마치 음흉한 검은 연기처럼, 그 모습을 놓치지 않고 바라보던 예수는 한층 밝고 환하게 반기는 낯빛이 되었다. 이어지는 말씀은 흥분을 느낀 듯, 피리 소리처럼 제자들의 심금으로 파고들었다.

　— 나의 나라 천국은, 마치 값진 진주를 잃어버린 어떤 여인과 같으니라. 불을 켜고 밤새껏 마당을 쓸며 진주를 찾지 않겠느냐? 찾은즉 즐거워하며, 이웃을 불러 모으고 우리 함께 즐기자! 내가 잃었던 진주를 찾았느니라 하고 기뻐하지 않겠느냐!

　그러나 정작 예수의 입에서는 푸념 같은 한숨이 흘러나왔다.

– 내가 분명히 말해두지만, 이 밤이 지나면 너희 중 하나가 원수들에게 나를 팔아넘길 것이다.

제자들은 불타는 듯 벌건 눈으로 누구를 가리켜 하신 말씀인지 몰라 서로 바라보고만 있었다. 그때 예수의 사랑을 받던 제자가 예수님의 품에 기대 누웠는데, 시몬 베드로가 그에게 눈짓을 하여 누구를 가리켜 하신 말씀인지 물어보라고 하였다. 그는 세배대의 동생 요한이었다. 그래서 그가 습관대로 예수의 품에 기댄 채 물었다.

– 주님이시여, 대체 그 자가 누구입니까?

– 내가 빵 한 조각을 찍어다가 주는 바로 그 사람이다.

예수는 손에 들었던 빵 한 조각을 포도주에 찍어다가 가롯 사람 시몬의 아들 유다에게 주었다. 가롯 유다는 그 빵을 받는 순간, 눈을 붉히고 이를 갈았다. 칼끝이 창날을 찌르는 듯 시퍼런 독기였다. 정녕 사탄이 틈을 엿본 것이라 하고 제자들은 생각하였다. 그때 예수는 체념하듯 고개를 주억거렸다.

– 유다야! 어서 네가 이 밤에 하고자 했던 일을 속히 행하여라.

그러나 식탁에 둘러앉은 제자들은 왜 예수님이 그에게 이런 말씀을 하셨는지, 그 사유를 아는 사람은 아무도 없었다. 그들은 유다가 총중의 살림을 맡고 있었으므로, 주님 예수께서 명절인 유월절에 쓸 물건을 사오라고 하셨거나, 가난한 사람들에게 무엇을 나누어주라고 하신 줄로만 생각하였다. 가롯 유다는 빵 조각을 받은 후 즉시 밖으로 나갔는데, 침통한 어둠은 한층 깊어지고 있었다.

유다가 나간 뒤, 랍비 예수가 다시 입을 열었다.

– 이제 내가 영광을 받게 되었고 야훼 하나님께서도, 나를 통하여 영광을 받으시게 되었다. 하나님께서 나를 통하여 영광을 받으시면,

아버지 하나님께서 나에게도 자기의 영광을 주실 것이다. 내 자녀들아, 내가 너희와 함께 잠시만 더 있겠다. 이제 너희가 나를 찾겠지만 이미 내가 유대인들에게 말한 대로 내가 가는 곳에는 너희가 올 수 없을 터이다. 이제 내가 새로운 계명을 너희에게 준다. 서로 사랑하여라. 내가 너희를 사랑한 것처럼 너희도 서로 사랑하여라. 너희가 서로 사랑하면 모든 사람이 그 사랑을 보고 너희가 내 제자라는 것을 알게 될 것이다.

그때 시몬 베드로가 불쑥 나섰다.

— 주님이여! 어디로 가십니까? 제가 끝까지 따르겠습니다.

— 내가 가려는 곳에 네가 지금은 따라올 수 없으나, 후에는 반드시 따라올 것이다.

예수의 절실하고 단호한 음성이었다. 그러나 베드로는 굽히지 않았다.

— 주님이여! 지금은 어찌하여 따를 수가 없겠습니까? 주님을 위해서라면 제 목숨도 버리겠습니다.

베드로는 열띤 성깔을 높였다. 그러자 예수가 그에게 말씀하셨다.

— 네가 정말 나를 위하여, 목숨을 버리겠느냐? 정녕 그럴지라도, 내가 분명히 너에게 말하지만 여명의 닭 울기 전에 네가 세 번이나 나를 모른다고 부인할 것이다.

— 어허! 주님 예수의 말씀은, 그 말씀대로 못 이룰 것이 없었거늘, 어찌하랴? 어찌하면 좋으랴!

탄식하는 사람은 사려 깊은 안드레와 청년 요한이었다.

2

　예수는 심중에 절박감을 느꼈다. 정녕 기대하던 때가 다가온 것을 예감하게 된 셈이었다. 어둠의 세력이 세상을 온전히 정복하려는 듯 밀려들고 있었다. 여명은 가까울수록 어두운 법이다. 예수는, 빛을 비추어야 하리라, 빛의 말씀을 남겨야 하리라 생각하고 제자들을 둘러보며 입을 열었다. 제자들은 하나같이 검은 머리를 수그리고 입술을 씹고 있었다. 마태오와 야고보와 빌립과 바돌로매는 항상 쓰고 다니는 터번에 가려 얼굴이 보이지 않았다.

　- 너희는 마음에 근심하지 말라. 하나님을 믿으니, 또 나를 믿어라. 내 아버지의 집에는 있을 곳이 많다.

　예수는 확인하듯 둘러보며 말씀을 이었다.

　- 그렇지 않으면, 내가 너희에게 말해주었다. 내가 다시 말하거니와 나는 너희가 있을 처소를 마련하러 간다. 내가 먼저 가서 너희를 위하여 있을 곳을 마련하면, 내가 다시 돌아와 너희를 데리고 가서 내 아버지 집에 너희도 함께 있게 하겠다.

　그때 평소에 거의 말수 없던 도마가 예수께 물었다.

　- 주님이여, 저희는 주님께서 어디로 가시는지도 모르고 있는데 어떻게 그 길을 알겠습니까?

　- 나는 길이요 진리요 생명이라 하지 않았느냐? 나를 믿고 내 이름을 통하지 않고는, 아무도 아버지 하나님께 올 사람이 없다. 너희가 나를 알았다면, 내 아버지도 알았을 터, 이제는 너희가 내 아버지 하나님을 알고 또 보았다.

　그러자 터번을 쳐들며 빌립이 말을 꺼냈다.

- 주님이여! 아버지 하나님을 우리에게 보여주십시오. 그러면 더 이상 바랄 것이 무엇이겠습니까?

그러자 주님 예수가 안타까운 눈으로 바라보며, 이런 말씀을 남겼다.

- 빌립아! 내가 이렇게 오랫동안 너희와 함께 있었는데도 네가 나를 모르겠느냐? 나를 본 사람은 아버지를 본 것인데, 어찌하여 아버지 하나님을 보여 달라고 하느냐? 너는 내가 아버지 안에 있고 아버지 하나님께서 내 안에 계신 것을 믿지 않느냐? 내가 너희에게 말하는 것은 내 마음대로 하는 것이 아니라, 내 안에 계시는 아버지께서 그의 일을 하시는 것이다. 내가 진실로 아버지 안에 있고, 아버지 하나님께서 내 안에 계신다고 말하는 나를 믿으라. 정녕 나를 믿지 못하겠거든, 나의 하는 일을 보고 나를 믿어라. 내가 분명히 다시 너희에게 말한다. 나를 믿는 사람은 내가 하는 일을 할 뿐만 아니라 이보다 더 큰 일도 할 것이다.

- 주님, 예수여! 도대체 어떻게 저희가 주님보다 더 큰 일을 할 수 있다고 말씀하십니까?

제자들을 대신하듯 빌립과 나다나엘이 고함지르며 물었다.

- 그것은 내가 아버지 하나님께로 가기 때문이다. 너희는, 나의 하려는 일을 하기 위하여 택함을 받은 아버지 하나님의 사역자가 아니더냐? 그런즉 때마다 너희가 내 이름으로 무엇이든지 아버지 하나님께 구하면, 내가 다 이루어주겠다. 다시 말하면, 일할 수 있는 권능을 주겠다는 말이다. 이것은 아버지께서 아들을 통하여 영광을 받으시도록 하기 위해서이다. 다시금 언약한다. 너희가 내 이름으로 무엇이든지 구하면, 내가 다 이루도록 시행하겠다. 이제 더 이상 무엇이 필

요할 터인가?

　예수는 잠시 고개를 들어 소리 없이 타오르는 올리브 향불을 바라보다가 새롭게 입을 열었다.

　– 보아라! 저 향불은, 불타는 기름이 희생하는 결과에 다름 아니다. 우리의 사랑이 또한 그러할 터이다. 참 목자는 양을 위하여 목숨을 버린다고 하였다. 친구를 위하여 목숨을 버리면 이에서 더 큰 사랑이 없다고 하였다. 너희가 나를 사랑한다면, 내 계명을 지킬 것이다. 내가 아버지 하나님께 구하면, 아버지께서 다른 보혜사를 너희에게 보내 영원히 너희와 함께 있게 할 것이다. 보혜사 성령이란 위로하는 자요, 돕는 자요, 조력자가 아니더냐?

　– 나의 조력자는 언제나 나의 종이었습니다.

　마태오가 문득 반문하였다. 예수가 그를 마주보았다.

　– 하나님의 보혜사가 사람의 종이라! 사랑은 스스로 종이 되는 법이다. 그분은 진리의 성령이시다. 세상은 그분을 보지도 못하고 알지도 못하기 때문에 그분을 받아들일 수가 없다. 그러나 너희는 그분을 알고 있지 않느냐? 이것은 그분이 너희와 함께 계시고, 또 너희 안에 계실 생명이기 때문이다. 나는 너희를 고아처럼 버려두지 않고 너희에게 다시 돌아오겠다. 조금 있으면 세상은 나를 보지 못하겠지만, 너희는 나를 보게 될 것이다. 왜냐하면 내가 살아 있고 너희도 살 것이기 때문이다.

　겨울이 지나고 봄이 오면, 산과 들녘과 세상은 생명의 바람을 맞이하여, 새싹을 틔우고 가지와 잎이 자란다. 저 넓고 긴 들녘을 보아라. 저 산들을 바라보아라. 마침내 꽃이 피고 갖가지 열매를 맺는다. 이 풍성한 생명의 바람이 곧 성령이라 할 터이다. 그날에는 내가 아버지 안에, 너희가 내 안에 있다는 것을 사람들이 알게 될 것이다. 내 계명을 간직하여 지키는 사람은 나를 사랑하는 사람이다. 나를 사랑하는 사람은 내 아버지에게 사랑을 받을 것이며, 나도 그를 사랑하여 그에게 나를 나타낼 것이다.

그때 항상 다소곳이 듣기를 즐기던 야고보의 아들 유다가 더듬거리며 입을 열었다. 잘 다듬어진 수염과 해맑은 얼굴이 깔끔하였다. 모두가 신기한 듯 그의 입을 주목하였다.

– 주님, 랍비여! 주님께서는 어찌하여 우리에게는 자신을 드러내 보이려고 하시면서, 세상에는 자신을 나타내려고 하시지 않습니까?

예수가 고개를 주억거리며 응답하였다.

– 나를 사랑하는 사람은, 내 말을 지킬 것이다. 그리고 내 아버지 하나님께서도 그를 사랑하실 것이며, 아버지와 내가 사랑하는 그에게 함께 가서 그와 함께 살게 될 것이다. 그러나 나를 사랑하지 않는 사람은, 내 말을 듣지도 못하고 지키지도 않는다. 너희가 듣는 이 말은 내 말이 아니라 나를 보내신 아버지 하나님의 말씀이다. 내가 아직 너희와 함께 있는 동안에 이 말을 너희에게 하였다. 그러나 보호자, 곧 성령께서 너희에게 모든 것을 가르쳐주시고, 내가 너희에게 말한 모든 것을 생각나게 하실 것이다. 나는 너희에게 진정한 평안을 주고 간다. 이것은 내가 너희에게 주는 나의 평안이다.

내가 사랑하는, 믿음의 사람에게 주는 것은 세상이 주는 모든 일시적인 것과는 분명히 다르다. 다시 말하느니, 너희는 마음에 근심하지 말고 두려워하지도 말아라. 너희는 내가 갔다가 너희에게 다시 돌아오겠다고 말하는 것을 들었다. 만일 너희가 나를 사랑한다면, 내가 아버지 하나님께로 가는 것을 기뻐할 것이다. 이것은 아버지께서 나보다 위대하시기 때문이다. 내가 이 일을 먼저 너희에게 말해주는 것은, 그 일이 막상 일어날 때에 너희가 믿도록 하기 위해서이다.

아아! 이 세상 왕들인 사탄이 접근해오고 있으므로, 내가 너희와 더 이상 말할 시간이 없구나. 세상은 내가 아버지를 사랑한다는 것과 아버지 하나님께서 명령하신 것을, 내가 그대로 수행한다는 것을 알아야 할 터이다. 자, 일어나라! 여기를 떠나자. 머물 때가 있고 떠날 때가 있다 하지 않았느냐. 사랑할 때가 있고 미워할 때도 있다 하였지. 주막은 나그네를 기다리고, 사람은 사랑을 사모하고, 그러나 진정한 사랑은 아버지 하나님을 고대하는 법, 바로 그것이 아니더냐! 너희가 서로 사랑하여라.

어둠을 가르며 소리 없이, 남 먼저 뱀처럼 자리를 빠져나가는 그림자가 있었다. 회색 그림자를, 또 다른 그림자가 조심스럽게 뒤를 밟고 따랐다. 석조 건물이 늘비한 마을의 골목을 지나자 산들바람이 일었고, 상수리나무와 대추야자가 잎을 흔들며 그들을 위하여 길을 열어주었다. 잎과 가지 사이로 흐린 별빛이 졸린 듯 가물거렸다. 달빛은 은색으로 그림자를 살리고 있었다. 앞의 그림자는 거침이 없이 걸었으나, 뒷그림자는 몹시 망설거리는 기색이 역력하였다. 젖무덤 같은 구릉 하나를 넘어서면, 예루살렘의 동문 밖이 열릴 터이었다. 흔히 이방인의 거리라 하는 지역이었다. 모두가 잠들어 있었다. 뒷그림자의 슈바 자락이 나풀거렸다. 그러자 그림자의 여인은 옷깃을 여며 쥐고 발길을 재촉하였다.

이윽고 감람산이라 하는 동산에 이를 무렵, 두 개의 크고 작은 그림자는 하나가 되었다. 귀에 입을 마주 대한 듯, 소곤거림은 미세하였다. 하지만 밤은 더욱 정적에 묻혀 있었고, 만상이 그들의 소리에 귀를 기울였다.

— 왜 자꾸 따라오는가? 나를 따르라, 그리하면 내가 너희를 사람 낚는 어부가 되리라고 말한 적이 없는데!

— 사내답지 못하게 비꼬다니요?

— 그렇다면 아직도 약속은 살아 있는가?!

— 영원히 살아 있을 거요. 당신은 길을 잘못 든 거예요.

— 아니다. 이제는 막다른 골목일 뿐이야.

— 앞뒤가 막히면 하늘 길이 열리는 법이지요.

— 가거라! 꺼지란 말이다. 하늘나라 소리는 듣기도 싫고 성나미가 떨어진다.

— 그래도 들어야 해요. 끝까지 버릴 수 없는 사랑인걸요? 더욱 크고 영원한 사랑을 배우고 있을 뿐이요.

— 세상을 버리는 도피자의 변명일 뿐이야!

— 변명이 아닙니다. 운명인지도 모릅니다.

— 좋다! 운명이라면 더욱 좋다. 잘 알지 않는가? 우리가 믿고 바라고 따르던 운명이나 혁명이란, 이런 게 아니었다. 고작 이런 혁명이 하나님의 뜻이라면 그의 뜻대로, 목숨이라도 버리게 하겠다. 너희 중에 하나가 나를 팔 것이라 하지 않았더냐?

— 그건 버릴 수 없는 사랑의 경고일 뿐입니다.

— 아니다. 이것이 그의 말씀을 실현하는 길일 터이다. 나는 단지 끝까지 충직한 제자일 뿐이다.

— 서로 사랑하면, 그분의 제자가 되리라 하였습니다.

－ 네가 나에게 주었던 것은, 껍데기에 불과하였다.

－ 옥합을 말씀하시는가요? 그것은 장례를 준비하는 야훼 하나님의 뜻이라고 하였습니다.

－ 또 무엇이 남았다는 말이야? 데보라! 치워라. 개 같은 수작일 뿐……

그림자의 회색 사내는 거칠어지고 있었다. 그의 가슴속에 질투와 절망감으로 극렬한 유황 불꽃이 피어오르기 시작했다. 언젠가부터 휴화산처럼, 이글거리던 불꽃이었다.

작은 그림자는 눈물을 흘렸다. 눈물에 별빛이 어른거렸다. 별빛이 열 개, 스무 개로 부서지고, 깨어지다가 크게 살아 올랐다. 사랑도 사람도, 이렇게 부서지고 깨어지는 모양이라고 생각했다. 하지만 작은 그림자는 포기할 수 없었다. 마귀에게 붙들린 친구를 위하여 목숨을 버리는 것은, 더 큰 사랑을 실현하는 길이라고 생각했다. 문득 예루살렘 광장에 찢긴 양처럼 동댕이쳐졌던 음녀의 모색이 떠올랐다. 너희 중에 죄 없는 자가 먼저 돌로 쳐라. 나도 너의 죄를 묻지 않겠다. 다시는 죄를 범하지 말라. 안개바람처럼 귓속을 후비는 소리였다.

그러나 이대로 돌아설 수 없었다. 더구나 나는 저를 알았고, 저도 나를 인하여 여인을 알았다 하였다. 유대 민족이 남녀 간에 알았다 하는 말은, 깊고 오묘한 성교를 뜻한다. 이제 이를 위하여, 무엇을 드릴까? 무엇을 감출까? 사랑을 주는 것은 목숨을 주는 것이다. 목숨을 주는 것은 몸을 주는 것이다. 여인의 몸을 주는 것은 스스로 몸을 열고, 그 뜻대로 맡기는 것이다. 서로의 생명을 주거니 받고 누리는 신성한 일이다. 하지만 주님을 따르는 동안, 한동안 잊고 살았던 짓이었다. 빛 속에서, 어둠의 일이란 존재할 수 없었다. 살리고 살아가는,

사랑과 희열이 가득한 나날이었다. 이제 스스로 택한 어둠의 길로 도피하고 있었다. 생명의 빛을 등지고 있었다. 사망의 흉악한 골짜기로 빠져드는 저를 위하여 목숨을 줄 수밖에, 남은 것이 없었다. 이것이 오직 하나의 사랑이요, 여인의 순진한 논리요, 자연스럽게 몸에 익었던 습관이었다.

여인이 상수리나무 밑 부드러운 풀숲에 드러눕자, 사내는 잠시 멍청한 눈으로 내려다 보았다. 음흉한 대지가 스스럼없이 그 몸을 품었다. 이윽고 굶주린 사내의 욕정은 순식간에 불타올랐다. 두 그림자의 눈길이 마주쳤다. 큰 그림자가 늑대처럼 덮치고 들었다. 여인은 사내의 가슴 밑에서 하늘을 우러러보며, 두 손으로 얼굴을 가렸다. 흰 날빛과 졸린 별들의 눈을 가리고 싶었다. 가련한 여인과 헐떡거리는 사내의 만남이었다. 다 맡겨주고, 이 절망에서 그를 건지리라. 뜻대로 이루고 단지, 이 밤 한 순간만이라도 면하게 하리라. 그리하면 새날에는 새로운 모색이 기다릴 성싶었다.

하지만 굶주린 사내는 성난 짐승이었다. 여인은 타다 만 불씨 같은 사랑으로 그를 품으려 하였다. 가슴을 넓게 열고, 깊은 사랑으로 그를 꼭 품어서 놓치지 않으리라 하였다. 그러나 청순한 꿈은, 그 순간 부서지고 있었다. 짐승처럼 덤벼들어 찰나에 몸을 찢고 단지 울분을 터트리듯, 쿨렁거리던 사내는 가래침을 돋우었다. 가래침을 토해내듯 욕정을 쏟기에 몰두하며 사내는, 이 모양 저 모양의 짓거리를 실컷 누리다가 씨근벌떡거리며 일어서 버렸다.

여인은 내내 눈물을 흘렸다. 억울하고 부끄럽고 서러운 눈물이었다. 사랑이란 손톱만큼도 느낄 수가 없었다. 욕정이란 결코 사랑이 아니다. 아아! 영혼의 사랑이란 결코 이런 게 아니다. 여인은 새삼스레 눈물로서 깨닫고 있었다. 주님 랍비의 서늘한 눈빛이 떠올랐다. 푸르고 깊어 눈물에 젖은 눈이었다. 흐린 달과 졸린 별빛이 짓밟히고 버림받은 여인의 몸을 차가운 눈으로 흘기고 있었다. 여인의 애끓는 힘이나 그 단순한 사랑으로는 결코 어찌할 수 없는 절망이었다. 다시는 그 파랗고 서늘한 랍비의 눈앞에 드러낼 수 없는 몸이 된 셈이었다. 어둠의 일은 빛 앞에 정녕 나설 수가 없는 법인가! 슬픔과 한스러움으로 몸을 일으킨 여인은 뱀처럼 서걱거리며 세상을 향하여 사라져가는 사내의 뒷모습을 쫓다가 새롭게 울음을 터트렸다. 내가 다시 오마! 그 간곡한 한마디라도 듣고 싶었으나, 여인의 통곡은 죄와 사망의 음침한 골짜기에서 통분하여 흘리는 곡성일 뿐이었다.

대제사장 안나스의 저택에서 개 짖는 소리가 요란하다가 곧 잠잠해졌다. 검은 올리브나무 숲에 둘러싸인 돔형 석조 저택은 넓고 웅장했다. 회랑마다 촛대에 기름불을 대낮처럼 밝히고 있었다. 그 집 안뜰에서 사내의 음성이 거칠게 터져 올랐다. 역시 대제사장의 직책을 누리고 있는 가야바와 제사장 세 명이 안내하여 온 사내였다. 방금 여인을 개처럼 짓밟고 화살같이 달려온 가룟인 유다, 그의 구지레한 입이 다시 열렸다.

　― 우리의 약속은 분명하다. 싹수가 노랗다고 하지 않았더냐?

　― 그대가 도대체 누구에게 하는 말이냐?

안나스의 사위요, 현직 대제사장 가야바가 물었다. 사십 대의 그 풍모는 깔끔하고 엄중하였다.

　― 늙은 늑대에게 하는 말이다.

– 늑대란 누구를 지칭하는 소린가.

– 헤롯 대왕을 여우라 하지 않더냐? 여우에게 꼬리를 흔들며 먹이를 나르는 족속이 바로 늑대란 말씀이 아니겠는가?

가롯 유다는 말하며, 질금거리듯 너털웃음을 터트렸다.

– 저놈의 간교한 입을 쳐라.

늙은 대제사장 안나스가 헐떡거리며 통박하였다. 그의 풍성한 수염이 파들거렸다. 생전에 못 들어본 모욕이었다. 그러나 막상 사내를 제지하는 손길은 없었다. 그의 태도가 너무도 당당했던 것이다. 마치 하늘의 사자와 같은 담대한 모색이었다. 아니면, 세례 요한이 또 다시 살아난 셈일까? 양가죽의 그 옷자락이 고함을 지를 때마다 우쭐거렸다.

– 그래 약속을 어떻게 지키겠다는 말인가?

가야바가 실무적인 어투로 물었다.

– 진작 그렇게 나올 일이지. 늑대들과 타협은 없다. 단지 흥정대로 움직일 뿐이다. 돈을 내라.

– 장소는 어딘가?

– 나를 따르라. 그리하면 내가 너희로 사람을 낚게 하리라.

– 도대체 무슨 소리냐?

– 이것이 우리의 표징이다. 사람을 낚는 어부들!

– 무슨 말이냐?

– 한 번 들었으나, 깨닫지 못하면 그뿐이다. 준비는 되었는가?

– 기다려온 지 오래되었다. 그 전에 한마디만 더 묻고 싶다.

대사제 가야바의 호소에 사내는 버럭 소리 질렀다.

– 설교나 잔소리는 필요 없다. 귀에 못이 박혔으니 말이다.

– 너의 배신이 무슨 까닭이냐?

– 배신이 아니다. 야훼의 뜻을 이루는 것일 뿐이다. 나 또한 충직한 제자일 뿐이다.

– 모를 소리다.

– 믿으면 알게 된다고 하더라.

– 어둠 속에서 어찌 네놈들의 메시아를 알아보겠는가?

– 내가 먼저 입 맞추는 사람이 그니라.

– 입을 맞춘다?

– 그렇다. 단지 야훼 하나님의 뜻을, 아니 그분의 뜻을 이루려는 것이다. 준비는 완벽한가?

– 체포 조장으로, 로마 군병 오십부장을 파견할 터이다.

– 그는 진정 메시아다. 번개처럼 군병들을 쓸어버릴 수도 있다.

– 백부장으로 늘릴 수도 있다. 천하무적인 로마의 강병이다.

– 그게 문제가 되지 않는다. 다만 그분의 뜻이요, 내 뜻일 뿐이다.

– 제 놈들 뜻이라고? 모를 소리다.

하늘 끝 간 데도 모를 사내를 더 이상 다루기 어렵겠다고 판단한 가야바는 자리에서 일어섰다. 이미 지난 유월절 전, 세 번째 산헤드린 공의회에서 다루었던 문제였다. 첫 공의회는 베다니 마을에서, 죽은 지 나흘 된 나사로라는 청년이 살아났다는 정보에 의한 것이었다. 일찌감치 싹을 자르는 것이 옳다는 중론이었으나, 자신은 문득 한 사람이 죽어서 천만 백성의 제물이 된다면, 하는 생각을 말했던 셈이다. 새삼스러운 확인은 시간 낭비일 뿐이다. 그날의 분노를 떠올렸다. 거룩한 제사장들과 율법사와 바리새인과 서기관들을 싸잡아 모욕하고 권위에 항거할 뿐만 아니라, 자칫 폭동을 지나 세상의 근기(根

基)를 뒤흔들어 메시아적 혁명을 모의한다는 보고였으니, 로마의 법으로나 헤롯 왕가의 심기로나 더 이상 방치할 수 없다는 결론은 자명했다.

그러나 늙은 안나스가 다시 입을 열었다.

– 그 사람은, 메시아가 분명한가?

– 믿으면 메시아요, 믿지 아니하면 사기꾼에 불과하다. 이것이 나의 결론이다. 그러므로 나는 지체 없이 끝장을 보려는 속셈이란 말이다.

– 그는 스스로 왕이라고 칭하지 않았더냐?

– 세상의 왕은, 그의 관심 밖이다. 유대 땅은 진정한 혁명을 이루어야 늑대들과 여우 떼를 다 몰아내고 백성들, 사람 사는 세상을 이룰 것이 아니겠는가 말이다. 아니 그런가?

– 진정한 혁명이라? 늑대와 여우 떼를 다 몰아낸다고? 아니 저 저런 방자한 천출이라니……!

– 하하하! 아하하하!

가롯 유다의 너털웃음은 처절하였다. 눈물을 머금은 그의 눈이 벌겋게 충혈되어 있었다.

– 네놈들은 안식일 범하기를 식은 빵 떼기보다 쉽다 하였지. 안식일을 거듭 범하면 최고 사형인 것을 아는가?

– 그분은 안식일의 주인이라 하였다.

– 거룩하신 야훼 하나님 안식일의 주인이라니, 더 말해서 무엇하리?

그의 눈치를 살피듯 마침내 안나스의 손에서 주머니 하나가 가롯 유다의 발밑에 풀썩 던져졌다.

– 은화 삼십 전이다. 성공리에 마치면 보너스를 주겠다. 알아듣겠
느냐?

– 돈 같은 건 더 필요치 않다. 헐떡거리는 늑대들이나 뜯어먹게 하
여라.

– 저놈의 주둥이를 참아야 한다는 말인가? 야훼 하나님을 두려워
할 줄을 모르다니, 저것만 보아도 놈들의 죄상은 적실하겠다. 아니
그런가?

– 옳습니다. 더 이상 지체할 이유가 없습니다.

가야바의 충언에 제사장들은 마른 갈대처럼 동의하였다.

3

겟세마네 동산은 예루살렘의 동쪽에서 기드론 시내를 건너면 곧
바로 이어지는 올리브 산 안쪽이었다. '기름틀'이라는 향기롭고도
찌르는 듯 날카로운 별칭이 붙은 이 동산은 분지의 도성이 환히 내려
다보이는 언덕에서부터 절경의 숲이 펼쳐지고 있었다. 올리브나무가
유난히 군락을 이루었고, 그 외에 상수리와 솔백나무와 석류와 겨자
나무가 무성하게 자라고 있는 푸른 숲이었다. 예수는 예루살렘 절기
에 올 때마다, 이 동산의 숲을 즐겼다. 도성과 성전의 전모를 굽어볼
수 있는 유일한 터전인 점을 중시하였던 터이다. 숲의 서늘한 향훈이
도성을 부드럽게 감싸고 도는 듯했다. 사람과 짐승들로 북적대는 도
성에서 결코 맛볼 수 없는 아늑함과 휴식을 누릴 수 있었기에 피난처
와 같이 느껴졌다.

겨자나무는 티눈보다 작기로 유명한 씨알과 달리 수목은 크고 높았으며, 치렁거리는 노란 꽃술은 때를 따라서 달콤한 향기와 함께 장관을 이루었다. 꽃봉오리마다 수십 수백 마리씩 벌과 나비가 들끓어 춤을 추었다. 각종 산새와 들새들이 둥지를 틀었다. 언젠가 산에 오른 예수는 제자들에게 설교했었다. 너희에게 진실로 겨자씨 한 알만한 믿음이 있다 할 터이면, 이 산을 명하여 지중해에 빠져라 하여도 그대로 이룰 것이다. 그때 유다와 도마가 나무에 다가서서, 겨우 작은 씨알 하나를 줍고 예수에게 손바닥을 펴보였으나 정작 가까이 마주보려 하자, 콧김에 날린 씨알은 흔적도 없이 사라져버렸다. 겨자씨 한 알만 한 믿음! 보려고 나서면 정작 보이지 않는 믿음, 그것이 믿음의 실체라 하였다. 하지만 생명을 지닌 겨자씨알인지라 싹이 트고 자라나 크게 되면, 각종 새가 깃들고 하늘을 덮는 풍광을 이룬다. 믿음은 단지 바라는 것들의 실상이요, 보지 못하는 것들의 증거이다.

앞장선 예수의 조용조용한 입소리는 아버지 하나님의 찬미를 몇차례나 거듭거듭 낭송하였다. 할렐(Hallel)의 찬양이었다. 할렐이라는 말의 뜻은, 야훼 하나님을 찬미한다는 의미이다. 따라서 이 할렐은 시가서 113편과 118편으로부터 시작되었다. 이 시가의 두 편은 유월절 축제 도중에 불렸고, 나머지 네 편은 축제 끝 무렵에 불려졌다. 마지막으로 축제가 끝나기 바로 전에 위대한 할렐루야의 노래로 백성들을 축복했다. 이것은 시편 136편을 반복하여, 끊임없이 야훼 하나님께 감사하라, 그는 선하시며 그 인자하심이 영원함이로다! 하고 찬미하는 풍습이었다.

예수는 마지막 만찬과 세족식으로 피보다 진한 사랑과 섬김의 도리를 제자들에게 보여준 후, 그의 눈앞에 놓인 육체와 마음과 영혼의 극한적인 고통을 맞서서 행진하여 나갈 때, 이 위대한 찬미의 노래를 부르며 나아가고 있었다. 육체와 영혼의 기름을 짜내듯, 피와 땀을 흘리려는 예감의 걸음 중에도 아버지 하나님의 사랑, 그 변함없는 믿음을 찬미한 셈이었다. 습관을 쫓아 기도하러 가는 걸음이었다. 이제 곧 다 버리고 떠나갈 터이다. 유다와 그의 옛 사랑 여인처럼, 남은 제자들도 한결같이 나약하고 겁 많은 양 무리였다. 보아라! 내가 목자를 치리니 내 양떼들이 흩어지리라. 예언의 속삭임은 점점 가까워오고 있었던 셈이다. 이 밤에 예수는 이 동산에서 고독한 그의 영혼의 절규를 들어야 했다. 예수는 그 고난의 아픔을 바라보면서, 세상 인간들이 그에게 가하는 모든 고통을 참을 수 있었다. 그러나 그 마지막 고민에 있어서는, 자신이 그 자신에게 주는 고통을 참아야 했다.

예수는 문득 뒤따르는 제자들을 돌아보았다. 이제 곧 저들도 다 뿔뿔이 개미떼처럼 흩어질 터이다. 그때와 그 터전을 향하여 자신은 이 산으로 올라온 셈이다. 무언가 다급하고 절절한 아쉬움이 느껴졌다. 마치 세상을 떠나는, 죽음에 임박한 어버이의 처절하고 참혹한 심정이었다. 당부해야 할 말들이 바람에 날리는 겨자씨알처럼 무수하게 몰려들었다. 아아! 더 말해야 한다. 말씀을 남겨야 한다. 나의 말씀이야말로 흑암과 혼란 중에 창조요, 축복이요, 구원이요, 사랑의 열매가 아니더냐! 그는 절박감을 떨치려는 듯 입을 열었다.

　– 들어라! 이스라엘이여, 귀 기울여라.

　그러나 숨결이 가팔라왔다. 작은 음성이 떨려 나왔다.

　– 너희가 보았던 율법사와 바리새파 사람들은 모세의 온갖 율례를 가르치는 사람들이다.

제자들의 전언이 뒤로 이어졌다. 너희가 보았던 율법사와 바리새파 사람들은 모세의 온갖 율례를……. 앞에서 듣고 받아 뒤로, 또 뒤로 전하는 말씀의 전달이었다.

― 그러므로 너희는 그들이 말하는 바는 무엇이든지 듣고 따르고 지켜야 한다. 그러나 그들의 행동은 본받지 말거라. 그들은 말만 하고 실천하지 않는다. 그들은 무거운 짐을 남의 어깨에 지우고 자기들은 손끝 하나 까닥하려 하지 않으며, 또 하는 일마다 남에게 보이려고 한다. 기도할 때 허리에 차는 작은 성구함을 크게 하고 옷 술을 길게 달고 다니지 않더냐? 전에도 말했지만, 그들은 잔치 자리의 상석과 회당의 높은 자리를 좋아하며 시장에서 문안 받는 것과 사람들이 랍비라 불러주는 것을 좋아한다. 그러나 니희는 랍비라는 말을 듣지 말거라. 너희 랍비는 오직 한 분이시며, 너희는 서로 다 형제니라. 또 지도자라는 말도 듣지 말거라. 너희 지도자는 그리스도뿐이다. 너희 중에 가장 위대한 사람은, 남을 섬기는 사람이 되어야 한다.

예수는 말씨를 골라가며 고함치듯 음성을 높였다.

― 들어라! 많은 사제들과 율법사와 바리새파 사람들아! 너희 위선자들에게 큰 불행이 닥칠 것이다. 너희는 하늘나라, 곧 나의 품 안의 문을 가로막고 서서 너희도 들어가지 못하고, 들어가려는 사람도 들어가지 못하게 하고 있다. 너희는 과부의 가산을 가로채고, 사람들 앞에서 거룩하게 보이려고 길게 기도한다. 그러므로 너희는 더욱 무서운 심판을 받게 될 터이다. 너희 위선자들에게 불행이 닥칠 것이다. 너희는 교인 하나를 얻기 위하여 바다와 육지를 돌아다니다가 얻으면, 배나 더 악한 지옥 자식으로 만든다. 눈먼 인도자들아! 너희는 누구든지 성전을 두고 맹세한 것은 지키지 않아도 되지만, 성전의 금

을 두고 맹세한 것은 반드시 지켜야 한다고 말한다. 어리석은 소경들아! 금과 그것을 거룩하게 하는 성전 중에 어느 것이 더 중요하냐? 또 너희는 제단을 두고 맹세한 것은 지키지 않아도 되지만, 그 제단 위에 있는 제물을 두고 맹세한 것은 반드시 지켜야 한다고 말한다. 이 소경들아! 제물과 그것을 거룩하게 하는 제단 중에 어느 것이 더 중요하냐? 그러므로 제단을 두고 맹세한 사람은 제단과 그 위에 있는 모든 것을 두고 맹세하는 것이며, 성전을 두고 맹세하는 사람은 성전과 거기 계시는 분을 두고 맹세한 것이다.

또 하늘을 두고 맹세하는 사람은, 하나님의 보좌와 그 위에 계시는 분을 두고 맹세한 것이다. 율법사들과 바리새파 사람들아, 너희 위선자들에게 불행이 닥칠 것이다. 너희는 박하와 회향과 근채(根菜)의 십일조는 바치면서, 더 중요한 정의와 자비와 믿음은 저버렸다. 그러나 십일조도 바치고 이것도 버리지 말아야 했다. 눈먼 인도자들아! 너희가 하루살이는 건져내고 낙타는 통째로 삼키는구나. 오히려 나를 죽이려는 너희 위선자들에게 불행이 닥칠 것이다. 너희가 잔과 대접은 겉은 깨끗이 하지만, 그 속에는 탐욕과 방탕으로 가득 차 있다. 눈먼 바리새파 사람들아! 너희는 먼저 잔과 대접의 속을 깨끗이 하라. 그러면 겉도 깨끗해질 터이다. 너희는 회칠한 무덤과 같은 자들이다. 회칠한 무덤이야말로 겉은 아름답게 보이지만, 그 속엔 해골과 득시글대는 곤자리와 온갖 더러운 것으로 가득 차 있다. 너희가 예언자들의 무덤을 꾸미고, 의로운 사람들의 기념비를 세우며 우리가 조상들의 시대에 살았더라면 예언자들을 죽이는 일에 가담하지 않았을 텐데 하고 말하니, 결국 너희는 예언자들을 죽인 후손임을 스스로 증거하고 있다. 이제 너희 조상들의 악한 일을 마저 채워라. 이 뱀들아,

독사의 자식들아, 너희가 어찌 지옥의 심판을 피할 수 있겠느냐?

그러므로 내가 너희에게 예언자들과 지혜 있는 사람들과 율법학자들을 보내겠다. 그러나 너희는 그들 중 어떤 사람들은 죽이거나 십자가에 못 박고, 또 어떤 사람들은 회당에서 채찍질하고, 이 마을과 저 마을로 쫓아다니며 괴롭힐 것이다. 그래서 죄 없는 아벨의 피로부터 성전과 제단 사이에서 너희가 죽인 바가랴의 아들 사가랴의 피까지 땅에서 흘린 의로운 사람들의 모든 피에 대한 형벌이 너희에게 내릴 것이다. 내가 분명히 말해두지만 바로 이 세대가 이 모든 죗값을 치르게 될 것이다.

들어라! 예루살렘아, 예루살렘아! 너희가 예언자들을 죽이고 하나님이 보내신 사람들을 돌로 치는구나! 내가 네 자녀들을, 이미 닭이 병아리를 그 날개 아래 품는 것처럼 품으려 한 적이 몇 번이냐? 그러나 너희가 원하지 않았다. 이제 너희의 집이 황폐해질 터이다. 내가 분명히 말해둔다. 너희가 주의 이름으로 오시는 사람이 복이 있다, 할 때까지 다시는 나를 보지 못할 것이다. 진정 잘 알아듣겠느냐?

하늘은 맑고 고요하였다. 스스로도 헤아릴 수 없는 격정에 사로잡힌 예수의 눈에 눈물인지, 밤이슬인지 분간할 수 없는 물기가 촉촉이 젖어들었다. 달이 귀를 기울였고, 별들도 초롱거리는 소리마저 고요히 잠잠하였다. 제자들의 음성이 소곤거리듯, 연신 하늘을 향하여 울리고 있었다.

그들의 눈에도 이슬이 내렸고, 머리에는 은빛이 번쩍거렸다. 내려다보이는 성전에 우람한 돔은, 유난히 황금빛으로 반짝거렸다. 달빛과 별빛이 한데 모인 듯 성전으로 모여들었고, 그로부터 밤 무지개처럼 휘황한 빛을 하늘로 되쏘고 있는 듯했다. 참으로 미석(美石)과 금과 은, 각종 헌물로 꾸민 장엄한 성전을 밤의 어둠도 감히 범접치 못하는 듯, 자못 위엄한 광경이었다.

베드로가 감탄하여 입을 열었다. 마치 이제까지 고요히 듣고 전하던, 그 모든 말씀에 저항하는 어투였다.

– 주님, 예수여, 저 성전이 얼마나 영광스럽습니까? 야훼 하나님께서 살아 계십니다.

그러자 예수가 전에 없이 통렬한 어조로 말씀을 이었다.

– 들어라! 너희가 지금 보고 있는, 저 성전 건물이 돌 하나도 제자리에 첩 놓이지 못할 것이다. 그러나 아버지 하나님의 성전인 이 몸은, 죽임을 당하고 사흘 만에 일으키리라. 너희가 성전을 헐라, 내가 사흘 만에 일으키리라고 하지 않았느냐?

– 주님이여, 어느 때에 이런 일이 일어나겠습니까? 또 주님이 오시고, 세상 끝날 때의 징조는 무엇입니까?

– 너희는 아무도 속지 않도록 주의하라. 많은 사람이 내 이름으로 와서 내가 그리스도다 하고 말하며, 많은 사람을 속일 것이다. 또 난리와 전쟁 소문을 듣게 될지라도 두려워하지 말라. 그런 일이 일어나야 하지만, 아직 끝은 아니다. 민족과 민족이, 나라와 나라가 서로 맞서 싸울 것이며, 곳곳에 기근과 지진이 있을 것이다. 그러나 이 모든 것은 고통의 시작에 지나지 않는다. 그때에 너희는 사람들에게 잡혀 고통을 당하다가 죽을 것이며, 나 때문에 모든 민족에게 미움을 받을 것이다. 또 많은 사람이 믿음에서 떠나 서로 배반하고 서로 미워할 것이며, 많은 거짓 예언자들이 일어나 많은 사람을 속일 것이다. 그리고 악이 점점 더하므로, 모든 사람의 사랑이 식어질 것이다. 그러

나 끝까지 견디는 사람은 구원을 받는다. 그 하늘나라, 곧 나의 기쁜 소식이 온 세계에 전파되어 모든 민족에게 증거가 될 것이니, 그제야 세상이 끝날 터이다. 잊지 말고 귀담아 듣고 믿어라.

겟세마네의 낯익은 기도 터에 다가오자, 예수의 심령은 뚜렷하게 보이는 십자가로 인하여 한층 통분하고 민망스러운 지경에 이르렀다. 예수는 뒤를 돌아보았다. 긴 그림자를 이끌며 띄엄띄엄 뒤따르는 제자들의 행렬은 지치고 혼란스러운 양 무리였다. 자기들의 달빛으로 거느린 그림자도 감당할 기력이 없어 보였다. 그 위로 졸리고 피로에 지친 별빛이 된서리처럼 하얗게 부서지고 있었다. 성령의 도우심과 그 바람이 절실하였다.

고개를 주억거리던 예수가 입을 열었다.

— 베드로와 야고보와 요한은 나를 따르라. 그리고 나머지는 예서 좀 쉬어라. 나와 함께 기도하자. 실상 기도와 고통은 한 나무의 가지인 셈이다.

예수의 심령은 고민의 절정에 이르고 있었다. 그것은 인간이 인간의 손으로부터 생기는 고통이 아니었다. 전능의 손으로부터 오는 고통이었다. 인간이, 인간에게 버림받는 아픔이 아니다. 인간이 자신으로부터 버림받고, 전능의 손으로부터 멀어지는 통분이었다. 이를 대처하려면 전능의 힘이 필요했고, 스스로 전능하지 못하면 영원히 버림받을 수밖에 없었다. 예수는 그때마다 세 사람의 가장 사랑하는 친구에게 손을 내밀었다. 그러나 그들 역시 다른 제자들과 함께 견딜 수 있을까? 그들이 자신과 더불어 잠시 견디어줄 것을 부탁했다. 그러나 그들은 별로 랍비 예수의 처절한 심정에 동감이 없었으므로, 일

순간의 졸음을 이겨내지 못하고 그를 등한시하고 전혀 돌보지 못하였다. 그리하여 예수는 오직 홀로, 천지의 노여움 앞에 버려진 것이다. 예수는 오로지 홀로 지상에 있었다. 세상에는 그의 고통을 느끼고 그것을 함께하는 자가 없었을 뿐더러, 그것을 아는 자도 없었다. 그것을 알고 있는 자는 단지 그와 하늘뿐이다. 처참한 고독과 꽉 막힌 극단의 절규였다.

예수는 동산에 홀로 있었다. 그것은 아담이 전 인류를 타락시킨 쾌락의 동산이 아니라, 전 인류를 구원하려는 고뇌의 동산이었다. 그는 이 고통과 이 처절한 버림을, 밤의 공포 속에서 홀로 참고 견딘다. 예수는 저도 모르게 탄성을 터트렸다. 그러나 그것은 극도의 고통이 더 이상은 견딜 수 없어 자연 발생된 탄식이었다.

– 내 마음이 심히 고민스러워 죽게 되었으니…….

예수는 인간 측에 난생처음으로 벗과 위로를 구했다. 그러나 제자들은 깊이 잠들어 있어서, 그마저 도로로 끝났음을 알았던 것이다. 예수는 세상에 종말이 올 때까지, 홀로 고민할 것이다. 예수는 이렇게 모든 것으로부터 버림받고, 그와 더불어 눈 떠 있도록 선출된 제자들로부터도 외면을 당하면서, 그들이 자고 있는 것을 보고, 그가 아니라 그들 자신이 직면하고 있는 위험 때문에 애를 태우며, 그들이 망은(忘恩)에 떨어져 있는 사이에도 그들에 대한 진심에서 우러나온 애정으로써 그들 자신의 구원과 그들의 행복에 대하여 그들을 깨우쳐, 마음에는 원이로되 육신이 약하도다 하고 부르짖었다.

예수는 제자들이 주님 랍비를 생각하더라도, 아니 그들 자신을 생각한다 할지라도, 눈을 뜨지 못하고 여전히 잠들어 있는 것을 보고, 친절하게도 그들을 깨우지 않고 쉬게 두었다. 이가 진정한 사랑이 아니겠는가! 사랑은 참고 견디며, 무례하지 않는 법이다. 하지만 예수는 아직도 아버지 하나님의 뜻을 완전히 파악하지 못한 채, 홀로 기도하며 죽음을 두려워했다.

– 아버지여! 이 잔을 내게서 면하게 하여 주소서.

이것은 진솔한 인간의 모습이었다. 그러나 그는 눈을 부릅떴다. 모두가 잠들어 있었다. 상천하지에, 나마저 이 잔을 피하고 잠들어버린다면, 아버지 하나님의 큰 사랑과 그 뜻은 어찌되는 것일까? 그는 급히 부르짖었다.

– 아버지여! 내 뜻대로 마시고, 아버지 하나님의 원대로 이루소서.

그러나 그는 잠시 머뭇거리며, 청량한 별을 헤아렸다.

대체 이 큰 사랑의 아버지 하나님께서 무엇 때문에 이런 일을 하시는가? 그 아들 예수에게 진실로 원하시는 것이 무엇인가? 그것은 세상의 어떤 필설로도 헤아릴 수 없는 언약의 축복과 저주였다. 이미 누천년 전에 모세 선지자를 통하여, 또한 700년 전에 이사야 선지자의 입소리를 통하여 예언된 말씀이 아니던가? 그것은 시진한 하늘의 별 떨기처럼, 시공간을 초월한 아득하고 선명한 것이었다.

탈진한 예수는 젖 먹던 힘을 끌어 모아, 진지한 모습으로 귀를 기울였다.

– 들어라 나의 아들, 천하 만민이여! 너희 하나님 여호와의 말씀인 나를 듣고 믿어, 내가 오늘날 네게 명하는 그 모든 명령을 듣고 지켜 행하면, 너희 하나님 여호와께서 너희를 세계 모든 민족 위에 뛰어나게 하실 것이라. 여호와의 말씀인 나를 사랑하면, 이 모든 복이 네게 임하여 너희가 누리리니, 성읍에서도 복을 받고 들에서도 복을 받을

것이며, 네 몸의 소생과 토지의 소산과 짐승의 새끼가 복을 받을 것이며, 광주리와 떡 반죽 그릇이 복을 받을 것이며, 너희의 말씀을 듣고 믿어 나를 따르는 사람들마다, 들어와도 복을 받고 나가도 복을 받을 것이니라. 너희 대적들이 일어나 너희를 치려 하면 여호와께서 그들을 네 앞에서 패하게 하시리니, 그들이 한 길로 치려 들어왔으나 일곱 길로 도망하리라.

여호와께서 명하사 네 창고와 네 손으로 하는 모든 일에 복을 내리시고, 네게 주시는 땅에서 복을 주실 것이며, 너희가 여호와의 말씀을 지켜 그 길로 행하면, 네게 맹세하신 대로 너희를 세워 자기의 성민이 되게 하시리니, 너희를 세계 만민이 보고 두려워하리라. 또한 너희에게 주리라고 맹세하신 땅에서 복을 주사, 너희 몸의 소생과 육축의 새끼와 토지의 소산으로 많게 하시며, 너희를 위하여 하늘의 아름다운 보고(寶庫)를 여시어 네 땅에 때맞춰 비를 내리시리니, 많은 민족에게 꾸어줄지라도 너희는 꾸지 아니할 것이요, 머리가 되고 꼬리가 되지 않게 하실 것이며, 위에 있고 아래에 있지 않게 하실 것이니, 오직 너희는 내가 명하는 그 말씀을 떠나 좌우로 치우치지 아니하고, 다른 신을 섬기지 아니하면 이와 같으리라.

예수는 꿀컥하고 침을 삼켰다. 세미한 성음은 스스로의 심령 속에서 솟아오르고 있었다. 그는 한층 집중하였다.

― 그러나 너희가 만일, 하나님 여호와의 말씀을 듣고 순종하지 아니하며, 내가 오늘날 너희에게 명하는 그 모든 명령과 규례를 지켜 행하지 아니하면, 이 모든 축복 대신 저주가 네게 임하고 미칠 것이니, 네가 성읍에서도 저주를 받고 들에서고 저주를 받을 것이요, 또

광주리와 떡 반죽 그릇이 저주를 받을 것이요, 몸의 소생과 토지의 소산과 우양의 새끼가 저주를 받을 것이며, 들어와도 나가도 저주를 받으리라.

너희가 악을 행하여 그를 잊어버리면, 네 손으로 행하는 모든 일에 저주와 공구와 견책을 내리어 망하며 속히 파멸케 하실 것이며, 네 몸에 열병이 들게 하사 네가 얻은 땅에서 필경 너희를 멸하실 것이며, 폐병과 상한과 열병과 학질과 한재와 풍재와 썩는 재앙으로 치시리니, 이 모든 재앙이 너희를 따라서 진멸하게 하실 것이라. 너희 머리 위의 하늘은 놋이 되고, 아래의 땅은 철이 될 것이며, 비 대신에 티끌과 모래를 네 위에 내리리니 그것들이 하늘에서 내려서 필경 너희를 멸하리라.

또한 너희 원수 앞에서 패하게 하시리니, 네가 한 길로 그들을 치러 나가서 일곱 길로 도망할 것이며, 너희가 세계 만국 중에 흩어짐을 당하고 너희 시체가 공중의 새와 들짐승의 밥이 될 것이나 그것들을 쫓아줄 사람이 없을 것이며, 애굽의 종기와 치질과 괴혈병과 개창으로 치시리니 치료함을 받지 못할 것이며, 하늘의 진노가 너희를 눈 멂과 경심증으로 치시리니 소경이 어두운 데서 더듬는 것과 같이 백주에도 더듬고, 너희 길이 형통치 못하여 항상 압제와 노략을 당할 뿐이니 너희를 구원할 자가 없을 것이며, 처녀와 약혼을 하였으나 타인이 그녀와 같이 잘 것이요, 집을 건축하였으나 거기 거하지 못할 것이며, 포도원을 심었으나 과실은 먹지 못할 것이며, 네 소를 목전에서 잡았으나 고기는 먹지 못할 것이며, 나귀를 목전에서 빼앗김을 당하여도 도로 찾지 못할 것이며, 양을 대적에게 빼앗길 것이나 도와줄 자가 없을 것이며, 자녀를 다른 민족에게 빼앗기고 종일 알아봄으로 눈이 쇠하나 네 손에 능이 없을 것이며, 토지의 소산과 수고로 얻은 것을 네가 알지 못하는 민족이 먹겠고, 너희는 항상 압제와 학대를 당할 뿐이리니 이러므로 너희 눈이 보이는 일로 인하여 미치리라.

너희 무릎과 다리를 쳐서, 고치지 못할 심한 종기가 발생하여 발바닥에서 정수리까지 이르게 하시리라. 너희가 세울 왕을 네 열조가 알지 못하던 나라로 끌고 가리니, 거기서 목석으로 만든 다른 신을 섬길 것이며, 너를 끌어가는 모든 민족 중에서 너희가 놀람과 속담과 비방거리가 될 것이라.

너희가 많은 종자를 들에 심을지라도 메뚜기가 먹으므로 거둘 것이 적을 것이며, 포도원을 심고 다스릴지라도 벌레가 먹으므로 포도를 따지 못하고 포도주를 마시지 못할 것이며, 모든 경내에 감람나무가 있을지라도 그 열매가 떨어지므로 그 기름을 몸에 바르지 못할 것이며, 자녀를 낳을지라도 그들이 포로가 되므로 네게 있지 못할 것이며, 모든 나무와 토지소산은 메뚜기가 먹을 것이며, 너희 중에 우거하는 이방인은 점점 높아져서 네 위에 뛰어나고 너는 점점 낮아질 것이며, 그는 네게 꿀지라도 너희는 그에게 꾸지 못하리니, 그는 머리가 되고 너희는 꼬리가 되리라.

너희가 여호와의 말씀을 순종치 아니하고, 네게 명하신 명령과 규례를 지키지 아니하므로 이 모든 저주가 너희에게 임하고 너를 따르고 네게 미쳐서 필경 멸하리니, 모든 저주가 네 자손에게 영원히 있어서 표적과 감계(鑑戒)가 되리라. 너희가 모든 것이 풍족하여도 기쁨과 즐거운 마음으로 여호와를 섬기지 아니함을 인하여, 네가 주리고 목마르고 헐벗고 모든 것이 핍절한 중에서 너를 치게 할 대적을 섬기게 될 것이니, 그가 철 멍에를 네 목에 메워서 필경 너희를 멸할 것이라.

– 여호와께서 원방에서, 땅 끝에서 한 민족을 독수리의 나는 것 같이 너희를 치러 오게 하시리니 이는 그 언어를 알지 못하는 민족이요, 용모가 흉악한 민족이라. 노인을 돌아보지 아니하며 유치를 긍휼히 여기지 아니하며 육축의 새끼와 토지의 소산을 먹어서 필경은 멸망시키며, 곡식이나 포도주나 기름이나 소의 새끼나 양의 새끼를 남기지 아니하고 멸절시키리라. 그들이 전국에서 모든 성읍을 에워싸고, 네가 의뢰하는 높고 견고한 성벽을 다 헐며, 여호와께서 네게 주시는 모든 성읍에서 에워싸리니, 네가 대적에게 에워싸이고 맹렬히 쳐서 곤란케 함을 당함으로 여호와께서 네게 주신 자녀, 곧 네 몸의 소생의 고기를 먹을 것이라.

너희 중에 유순하여 연약한 남자라도 그 형제와 아내와 남은 자녀를 질시하여 자기의 먹는 그 자녀의 고기를 누구에게도 주지 아니하리니, 이는 대적이 모든 성읍을 에워싸고 맹렬히 너희를 쳐서 곤란케 하므로 아무것도 그에게 남은 것이 없는 연고일 것이며, 또 너희 중에 유순하고 연약한 부녀, 곧 연약하여 발바닥으로 땅을 밟아보지도 못한 여자라도 남편과 자녀를 질시하여, 그 다리 사이에서 나온 태와 자기의 낳은 어린 자식을 눈 가리고 먹으리니, 이는 너희의 대적이 생명을 에워싸고 맹렬히 쳐서 곤란케 하므로 아무것도 얻지 못함이리라.

너희가 만일 이 율법의 모든 말씀을 지켜 행하지 아니하고, 네 하나님 여호와라 하는 영화롭고 두려운 이름을 경외하지 아니하면, 너희의 재앙과 자녀의 재앙을 극렬하게 하시리니, 그 재앙이 심히 크고 질병이 중하고 오랠 것이라. 네가 두려워하던 애굽의 모든 질병을 네게로 가져다가 네 몸에 들어붙게 하실 것이며, 이 율법 책에 기록하지 아니한 모든 질병과 온갖 재앙을 너희가 멸망하기까지 내릴 것이니, 너희가 하늘의 별 같이 많았을지라도 여호와의 말씀을 순종치 아니하므로 남는 자가 얼마 되지 못할 것이라.

이왕에 여호와께서 너희에게 선을 행하시고 번성케 하기를 기뻐하시던 것 같이, 이제는 너희를 멸망케 하는 것을 보시리니 너희가 들어가서 얻는 땅에서 뽑힐 것이요, 너희를 땅 이 끝에서 저 끝까지 만민 중에 흩으시리니, 그곳에서 너희가 알지 못하던 우상을 섬길 것이라. 그 열국 중에서 네가 평안함을 얻지 못하며, 발바닥을 쉴 곳도 얻지 못하고, 오직 거기서 마음으로 떨고 눈은 쇠하고 정신은 산란케 하리니, 생명이 의심나는 곳에 달린 것 같아서 주야로 두려워하며 네 목숨을 보장할 수 없으리라.

네 마음의 두려움과 눈으로 보는 것으로 인하여, 아침에는 이르기를 아하! 저녁이 되었으면 좋겠구나 할 것이요, 저녁에는 이르기를 어허! 아침이 되었으면 좋겠구나 하리라. 너희를 배에 실으시고, 전에 네게 고하여 이르시기를 네가 다시는 그 길을 보지 아니하리라 하시던 그 길로 너희를 애굽으로 끌고 가실 것이라. 거기서 너희가 너희 몸을 노비로 팔려 하나 너희를 살 자가 없으리라. 아하! 이 실로 이 놀라운 저주가 과연 어찌 된 연고요 하리라.

예수는 몸을 떨었다. 머리로부터 발끝까지, 영혼의 처절한 떨림이었다. 이윽고 어눌한 입을 열어 말씀을 이었다.

– 아바, 아버지여! 그 모든 저주와 진노를 이 몸으로 대속하리니 지체하지 마시옵소서. 천하 인간에 그 율법을 온전히 지켜 행하고 복을 받을 자 누구이오며, 심히 두렵고 참척할 저주를 면할 자가 누구

이겠나이까? 천천만만의 숫양과 황소와 염소와 비둘기의 피 값인들 어찌 그 진노를 피할 수 있겠나이까? 오직 주님의 말씀으로 육신을 입고 세상에 보내셨던 이 한 몸으로 영 단번에, 그 모든 죗값을 치르겠나이다.

— 저가 찔림은 너의 허물을 인함이요, 저가 상함은 너희의 죄악을 인함이라. 저가 징계를 받음으로 너희가 평화를 누리고, 저가 채찍에 맞음으로 우리가 나음을 입었도다. 너희는 다 양 같아서 각각 제 길로 갔거늘, 여호와께서 우리의 죄악을 저에게 담당시키셨도다.

— 아하, 선지자 이사야여! 예언하신 그대로 제가 준행하겠나이다.

귀 기울이던 예수는 이렇듯 아버지의 뜻을 확인하는 순간, 제자들을 깨웠나.

— 일어나라! 함께 가자. 나의 때가 다 되었도다.

숲 속에서 수런거리는 소리가 차가운 물뱀처럼 다가오고 있었다. 밀림 속의 물뱀은 혀 밑에 독을 품고, 큰 몸통에 긴 꼬리를 이끌고 비호처럼 먹이를 향하여 기습한다. 그것은 피 냄새를 찾는 늑대와 여우들의 소리와 다름없었다. 기회가 포착되면, 날쌔고 당당한 사자의 기척으로도 살아 올랐다.

어느 순간 부딪는 쇠붙이의 쟁강거림이 깊은 밤을 깨웠다. 희미하게 바래어가는 달빛 속에 뚜릿뚜릿거리는 검은 허깨비가 무수했다. 하늘이 또 다시 숨결을 죽였다. 예수와 제자들은 다가오는 검붉은 운명 앞에서 그림자처럼 기다렸다. 사람이나 짐승이라도 미래를 환히 볼 수 있다고 하면, 실로 유익보다 고통과 두려움을 배가하는 노릇이다. 죽을 때 죽더라도, 피할 수 없는 죽음이라면 죽음의 순간까지 모르고 사는 것이 좋을 터이다. 더구나 스스로 선택한 죽음일 바에야 더 말해서 무엇하리. 마귀와 작당한 사망 권세의 사자는 기도 터의 위치로 정확하게 어둠을 헤치며 접근하고 있었다.

이윽고 다가오던 앞선 허깨비가 확인했다.

─ 내가 입 맞추는 자가 그니라. 무슨 일이 벌어질는지 나는 모른다.

뒤따르던 사제들과 바리새인과 장로들은 멈칫거렸다. 눈앞에 드러난 엄연한 물체들 까닭에, 두려움이 저들을 엄습했던 것이다. 비켜서라! 하고 말하며 거칠 것 없다는 듯, 천하무적이라는 로마 군병들이 밀고 나섰다. 그들의 사이를 가르며, 허깨비가 자신을 드러내었다.

─ 랍비여! 안녕하십니까?

그는 평소의 법대로, 주님 예수의 뺨에 입을 맞추었다. 전에 없이 정겨운 소리였다.

─ 친구야! 네가 하고자 하는 일을 어서 하여라.

예수가 가룟 유다에게 말했다. 그러자 군병들은 투구의 깃꼬리를 흔드는 백부장의 지휘를 따라, 재빠른 솜씨로 순식간에 올무를 던져 예수를 붙잡았다. 무지스럽게 팔을 뒤로 젖히고, 포승을 지우려 했다. 그때 베드로가 급히 칼을 빼들어 군병 하나의 머리통을 잘랐다. 칼은 귀를 가르며 피를 불렀다. 악! 하고 부르짖으며, 귀가 땅에 떨어지고, 검은 피가 옆으로 솟구쳤다. 군병들의 창과 칼이 쨍그랑거렸다. 삽시간에 전투태세가 벌어지고 있었다. 그러나 예수가 엄한 소리로 입을 열었다.

─ 네 칼을 도로 칼집에 꽂아라. 칼을 쓰는 자는 반드시 칼로 망할 것이다. 너희는 내가 아버지 하나님께 청하기만 하면, 지금이라도 십이 군단보다 더 많은 천사를 당장 보내주실 수 있다는 것을 아직도

모른단 말이냐? 만일 그렇게 한다면, 이런 일이 때를 따라서 일어날 것이라고 기록한 성경의 예언이 어떻게 되겠느냐?

말씀을 마치며, 예수는 엎드려 땅에 뒹구는 귀를 주워 들었다. 병사의 구멍 뚫린 귓가에 대자, 조각 귀는 즉시 제자리에 달라붙었다. 말고라는 사내였다. 말고는 얼굴을 찡그리며 웃었다. 할 일을 마친 예수는 스스로 두 손을 내밀며 군병들에게 다가섰다.

– 너희는 마치 강도를 잡는 것 같이 칼과 몽둥이로 무장을 했구나. 내가 날마다 성전에 앉아서 가르칠 때는 너희가 나를 잡지 않았다. 그러나 이 모든 일이 일어나게 된 것은 예언자들의 모든 말씀을 이루기 위해서이다. 보라! 지금은 사망의 권세요, 어두움의 세계로다. 어서 너희의 일을 행하여라.

그 사이에 베드로와 안드레와 야고보와 요한을 비롯한 제자들은 앞을 다투듯 몸을 날려 숲 속으로 도피하였다. 홀로 군병들과 사제들과 바리새인들에게 둘러싸인 예수는 하늘을 우러러보았다. 그 파란 눈에서 별빛이 떼 무리로 하얗게 스며들고 있었다.

21장
주막은 가까울수록 분주하다

1

인간의 역사는 밤을 사랑하고, 따라서 밤은 역사의 산실이라고 실파한 현자가 있었다. 그러므로 역사는 밤에 쓰여진다고도 하는가 보다. 낮에는 밝은 태양 아래서 이야깃거리를 꾸밀 수 없는 엄연함이 존재하지만, 어둠의 세력이 지배하는 밤이면 눈 가리고 아옹 하는 일들이 비일비재하기 때문이다. 주막 또한 그렇다고 할 수 있을 터이다. 낮이면 적막강산으로 잠들었다가 해가 지중해로 빠져들고, 어둠이 슬금슬금 다가오면 아연 활기를 띠고 불을 밝히며 생활을 가꾸는 것이 주막의 생리요, 쉼터를 찾아드는 나그네의 일상일 터이니 말이다. 밤이면 인생과 만물의 사랑도 무르익고, 미움도 한숨을 짓고 숨죽이기 마련이다.

그 밤이 깊은 삼경을 지나서 여명이 가까울 무렵, 두 손을 묶인 나사렛 예수는 로마 군병들과 유대 동족들의 삼엄한 경호를 받으며 대사제인 가야바의 저택으로 끌려들었다. 여명의 어둠은 소리 없는 아우성으로 한층 기승을 부렸다.

웅장한 석조 저택에서는 기다렸다는 듯 화톳불을 둘러싼 하인들과 제사장, 서기관 바리새인들이 득시글거렸다. 하지만 그곳은 피로에 지친 나그네를 위한 쉼터로 마련된 주막도 아니요, 실로 인간의 역사를 새로 쓰기 위한 야훼 하나님의 뜻을 헤아려볼 수밖에 없는 살벌한 현장이라 할 수 있을 것인지도 몰랐다. 피로에 지친 나그네들의 모습은 모든 것을 한눈에 알아볼 수 있을 지경이었다. 묶인 사람이나 끌고 오는 무리나 밤이면 무르익는 인간 사랑의 모양이 아니었으며, 더구나 미움과 두려움에 숨죽이고 있는 차분한 모색도 정녕 아니었으니 말이다. 지극한 혼돈과 공허한 아우성으로, 그리고 깊이 모를 암흑의 실상 바로 그것처럼 보였다.

재판을 거치지 못한 피의자는 어떤 경우라도 결코 죄인일 수 없는 법이다. 하지만 사로잡힌 예수의 겉옷은 찢겨지고 머리는 헝클어졌으며, 기진맥진한 기색이 뚜렷했다. 한밤 동안 거의 휴식을 누릴 새가 없었던 탓이요, 또한 올리브 산에서부터 기드론 시내를 건너 예루살렘의 성문을 지나 성전이 건너다보이는 저택까지 끌려오는 동안, 까닭 없는 미움과 저주에 시달릴 대로 시달렸기 때문이었다. 병사들은 앞장선 사제들과 바리새인들의 충동을 받아가며 흉악한 폭도의 생포라도 그럴 수 없을 만큼, 밀고 당기고 발길질을 해대며 혹독한 분풀이를 쏟아놓았던 것이다. 악은 악에서 난다는 말이 실증되고 있었다. 그것이 흉악한 짓을 스스로를 합리화하고 변호할 수 있는 까닭이었다.

대사제 가야바는 눈이 시뻘겋게 희룽거리는 제사장의 보고를 들으며, 까닭 모를 한숨을 쉬었다. 그토록 혁혁한 풍문을 자랑하던 이스라엘의 자칭 메시아가 이렇게도 허망한 몰골로 끌려오다니, 수금의 현처럼 팽팽히 맞섰던 긴장이 풀리는 한편, 역시 가차 없는 처리가 합당한 결정이었다고 느꼈던 것이다. 문제는 말썽거리를 온전히 인멸하여 버릴 수 있는 증거였다. 로마법이나 산헤드린의 법적 조치에는 증거 제일주의라는 골치 아픈 절차가 기다리고 있었다. 두 사람 이상의 실증이 적용되어야 극형을 처할 수 있다. 차제에, 골치 아픈 사이비나 요사스러운 마력으로 백성들을 선동하는 폭도의 싹을 아예 제거해버리자는 것들이 이미 서너 차례 검토되었던 공의회의 결론이었다.

더구나 이는 엄연한 신성 모독의 죄악인 터이다. 안식일을 범하고 율법을 짓밟는 무리라고 이미 판정한 제사장이나 바리새인들은, 그런 부리의 변명이나 해명을 들어볼 귀가 없었다. 기존의 권위에 항거함은 야훼 하나님을 멸시하는 흉악함이요, 이를 뒤탈 없이 처리하는 것이 대제사장인 자신의 사명인 셈이다. 즉석에서 사실(査實)하여 상소하는 일이 급하게 여겨졌다. 그가 풍문의 사나이 예수를 대면하기는 처음이었다. 내심 만나보기를 기대했던 터였다. 베다니 마을에서 죽었던 나사로를 살렸다 하고, 수많은 병자를 약물 없이 치료했을 뿐만 아니라, 문둥이가 깨끗해졌다는 보고는 사제들의 심사를 거쳐야 했다. 그 증거는 적실한 바가 있었다. 기적에 대한 기대는 인간의 본능적인 호기심의 대상이다. 가야바는 이미 잠들었을 늙은 대사제 안나스를 생각하며 쓴 입맛을 다셨다. 온갖 노회(老獪)한 까탈이 입으로만 모아진 장인 안나스에게 확증을 제시하는 것이 일차적 과제였다.

– 그대가 나사렛의 이단자 예수인가?

가야바는 체모를 갖추어 물었다. 그러나 맥없이 고개를 수그리고 선 예수는 묵묵부답이었다. 단지 그 눈빛이 찌를 듯, 잠시 가야바의 안면을 쏘았다. 그는 문득 소름이 끼쳤고, 오한을 떨치려는 듯 몸을 떨었다.

– 그대가 나사렛 예수가 아닌가?

그는 엄한 소리로 반문하였다. 그러나 돌아온 것은 역시 서늘한 눈길이었다. 비록 더럽게 구겨지고 휘둘린 모양이었으나, 생각보다 큰 키에 수려한 자태였다. 검고 긴 머리가 튜닉의 등을 덮었으나 늠렬하고 초연한 모습이었다. 서늘한 눈짓에도 혐오보다는 자비가 깃든 안색이었다. 평안하고 천연스러운 모색이다. 그는 힐책하듯 다시 물었다.

– 처음부터 함구할 터인가? 그래서 무엇을 얻겠다는 속셈이냐?

역시 아랑곳없다는 듯 묵비권을 행사하는 죄인에게는 꼼짝 못할 증인을 세우기로 했다. 둘러선 사제들과 바리새인에게 눈짓하자 앞다투어 참소가 쏟아졌다. 하지만 결정적인 증거라 할 만한 것은 미흡했다. 그가 초조한 기색을 보이자, 제 차례라는 듯 두 사람이 나섰다. 젊은 제사장 사가리아였다.

– 저 자가 바로, 야훼의 성전을 헐어라, 내가 삼 일 만에 다시 세우겠다고 공언한 사람입니다.

– 그래 그 발언을, 확증할 수 있겠는가?

– 연월일시와 장소를 기록하는 것이 증인의 의무인 것을 나는 압니다.

그는 확신에 찬 어조로 말했다. 가야바는 비로소 안심하며 예수에게 물었다.

– 이들이 네게 결정적으로 불리한 증언을 하는데도 변명이 없는가?

예수는 여전히 오불관언(吾不關焉), 푸른 눈을 깜빡거리며 침묵을 지켰다. 아버지여! 이 모두가 주님의 뜻이지요. 진정 부패하고 헐어진 성전을 다시 일으키겠습니다, 하고 말없이 기도하는 모습이었다.

대제사장 가야바는 결정적인 힐문으로 신속하게 마무리를 짓고 싶었다. 그가 엄숙하게 말씀을 이었다.

– 내가 살아 계신 야훼 하나님의 이름으로 너에게 묻는다. 네가 진정 하나님의 아들 그리스도냐?

– 그렇다. 네 입이 스스로 말했느니라.

문득 푸른 별 숲을 헤치고 드러난 샛별처럼 또렷한 예수의 응대였다. 가야바는 비로소 함구하던 입이 열린 것을 반기는 심사였다.

– 그렇다면, 다시 빈말이 없으렷다!

– 어찌 식언(食言)을 한다는 말인가! 아버지 하나님은 식언치 아니하신다. 내가 분명히 너희에게 말해두지만, 내가 전능하신 분의 오른편에 앉은 것과 하늘의 구름을 타고 오는 것을 너희가 보게 될 것이다.

예수의 음성은 잔잔히 흐르는 물소리와 같았다.

가야바는 충동적으로 몸을 떨었다. 아! 지난 산헤드린의 예심회의 때, 문득 저 한 사람이 죽어 많은 백성에게 유익이 된다면, 하고 생각하며 말했던 기억이 떠올랐다. 역시 저는 하나님의 희생양이 분명하렷다. 그러나 그는 스스로 분에 못 이긴 듯 겉옷을 찢으며 큰 소리로 외쳤다.

– 저 참람한 말을 들었다. 야훼 하나님을 모독하는 말을 우리가 다 들었으니, 이 이상 무슨 증거가 더 필요하겠는가? 여러분도 저 사람의 모독적인 말을 다 들었습니다. 여러분은 어떻게 생각하십니까?

– 사형입니다. 즉각 사형에 해당하고도 남습니다!

제사장과 바리새인들이 단정적이고 무참한 폭로와 함께 발길질과 뺨을 때리는 손놀림에 이어, 여기저기서 가래를 돋우어 침을 뱉었다. 당장에 린치 형을 가하고 있었던 것이다. 몇몇 무리는 깔깔거리며 조롱하였다.

– 메시아여! 그리스도 예언자 예수야? 지금 너를 때리는 이 사람이 누구인가, 알아맞혀 보란 말이다!

베드로는 눈물을 흘리고 있었다. 그것은 정녕 화톳불 연기의 눈물만은 아니었다. 덜 마른 가지에서 솟구치는 연기를 고개 갸웃거리며 피하고 있었다. 추위와 두려움에 얼어붙었던 몸이 녹아들면서, 차츰 정신이 돌아온 듯했다. 활활 타오르는 상수리나무 불가에 손을 내밀고 있던 베드로는, 힐끔거리며 처음부터 예수의 모색을 멀찍이 지켜보고 있었다. 몸이 차츰 뜨거워오자 저도 모르게 눈물이 흘렀다. 예수가 당하고 있는 그 참담한 폭행에도 손끝 하나 움직일 수 없는 무력감으로 치를 떠는 눈물이었던가!

정녕 메시아의 권능이 어디로 사라졌다는 말인가? 밤이 깊고 포악이 마침내 하늘을 찌른다 한들 이럴 수가 있는 것인가? 지나간 삼 년의 세월이 주마등처럼 흘러가고 있었다. 바다야 잠잠하여라! 파도야 잠잠하여라 하고 꾸짖던, 그 장엄한 음성이 생생하거늘, 어찌하여 암흑 권세의 마귀들이 판을 치는 이 폭동을 묵과하는 것인가? 모두가 헛것이었나? 모두가 사기였다던가! 아아, 우리의 메시아는 사라졌고, 우리의 소망도 검은 연기와 함께 불티처럼 날아가 버리고 말았는가! 그는 썰물처럼 거칠고 긴 한숨을 토했다.

그때 한 계집종이 눈을 똑바로 뜨고 다가서며 알랑거렸다.

– 당신도 저 갈릴리 사람이지요. 저 예수와 함께, 맞지요?

베드로는 가슴이 뜨끔하였다. 금세 발길질이 소나기처럼 쏟아지는 착각이 일었다. 그는 발작처럼 부정했다.

– 도대체 무, 무슨 소리를 하는 거냐?

여종이 멈칫하고 물러섰다. 강한 항변에 기가 죽었다. 그 틈을 보았던 베드로는 문간으로 자리를 옮겼다. 그러나 거기 있던 다른 여종이 소리쳤다.

– 바로 이 사람도 정녕 나사렛 예수와 함께 있었어요. 제가 두 눈으로 분명히 보았습니다.

그러자 베드로는 저도 모른 새 히늘을 기리기며 맹세하였다.

– 천만에, 네가 정녕 헛것을 보았던 게로구나! 나는 도무지 모를 일이다.

– 저 사람의 말씨를 들어보세요. 틀림없는 갈릴리 바닷가 사람이요, 한 작당이 분명합니다.

이에 베드로는, 격정적으로 고함을 질렀다.

– 내가 만일 그런 사람이라면, 저주를 받을 것이다. 난 정말, 그런 사람을 알지도 못한다.

그는 마치 대제사장 앞에서 호소하듯 몸을 떨었다. 바로 그때, 가야바 앞에 선 채로 닦달을 당하고 있던 예수의 눈길이 문간으로 향했다. 그 문간 밖에서 새벽닭 울음이 하늘을 찌르듯, 청량하게 솟구치고 있었다. 수탉의 울음소리는 헤르몬 산의 생수처럼 차갑고도 맑고 높았다.

그 순간 두 눈길이 서로 부딪혔다. 베드로의 붉고 겁에 질린 눈과,

랍비 예수의 파랗고 안쓰러운 눈이었다. 그 눈총을 마주 대하는 순간, 베드로는 고해하듯 입을 열었다.

－오! 주님, 주님, 예수여! 닭 울기 전에 네가 세 번이나 나를 모른다 하리라. 어찌하여 그같이 말씀하셨나이까? 차라리, 차라리 제가 죽었더라면 좋았을 뻔하였습니다. 주님의 말씀은 한 마디도 헛됨이 없습니다. 말씀대로 이루어진 것일 뿐…….

말꼬리를 사리며, 왕벌에 쏘인 개처럼 어둠 속의 수탉을 쫓듯 뛰쳐나온 베드로의 통곡은 통절하였다. 별들이 더불어 눈물짓고 이슬에 젖은 밤이 훤히 새도록, 세상이 결코 잠재울 수 없었던 통한의 눈물이었다.

눈 붙일 새가 없었다. 묶이고 선 채로 새날을 맞은 예수는 대사제 가야바의 자택에서 그대로 큰길을 건너, 노제사장 안나스의 저택으로 끌려갔다. 증인들도 다투어 뒤를 따랐다. 첫 새벽부터 죄수를 인계받은 안나스는 한층 혹독한 심문으로 예수를 닦달하러 나섰던 것이다. 노욕은 노추와 더불어 까닭 모를 노염과도 한 나무에 가지이다. 유대 민족의 자존과 권위를 위하여 확실한 범죄 사실을 아울러 총독 빌라도에게 보내야 하는 입장이었다.

－네가 어, 어찌 감히 야훼 하나님의 아들이라 참칭했느냐?

대제사장 안나스는 입에 침을 물고 다그쳤다. 입술에 마른침이 비듬처럼 하얗게 눌어붙었다. 기진맥진하여 갈대처럼 흔들거리는 몸의 중심을 다스리며, 그러나 오연히 서 있던 예수는 조용히 입을 열었다.

－그것은 사칭이 아니라, 진리이다.

예수가 스스로 확인하듯 간단히 말했다.

– 뭐라? 진리라! 진리가 무엇이라 생각하는가?

– 내가 곧 진리이다.

노제사장 안나스는 눈을 크게 떴다.

– 그렇다면, 너와 작당한 갈릴리의 무식한 무리는 무엇인가?

– 그들은 나의 백성이요, 자녀일 뿐이다.

– 네가 과연 이스라엘의 대왕이란 말이냐?

– 그렇다. 영원한 왕이다.

예수는 잠시 눈을 감았다가, 다시 입을 열었다.

– 나는 지금까지 숨김없이 세상에 말해왔다. 내가 언제나 유대인들이 다 모이는 회당과 성전에서 가르치고 비밀리에 말한 것이 없는데, 어찌하여 나에게 새심스레 묻느냐? 내가 무슨 말을 했는지 들은 사람들에게 물어보아라. 그들은 내가 한 말을 다 알고 있을 터이다.

듣고 있던 안나스가 벌컥 흥분하며 응대하였다.

– 저놈의 뺨을 쳐라.

예수가 조용히 받았다.

– 나의 아버지 하나님이 그대를 치시리라.

그러자 곁에 섰던 한 경비병이 예수의 뺨을 갈기며 호통을 쳤다.

– 대제사장에게 대답하는 죄인 놈의 태도가 뭐냐?

예수가 거침없이 응대하였다.

– 내가 말을 잘못했다면, 그 잘못한 증거를 대라. 그렇지 않고 내가 바른말을 했다면, 어찌하여 네가 나를 치느냐?

노제사장 안나스가 소리를 높였다.

– 네 입으로 유대인의 왕이라 하였다. 그것도 진리란 말이냐?

– 그렇다. 영원한 왕이다.

― 우리에게는 카이사르 황제밖에 다른 왕이 없다. 모르느냐? 이자
는, 더 이상 말이 필요 없다. 빌라도 총독에게 보냄이 마땅하겠다.

비로소 노제사장 안나스는 헛된 심문을 끝내고 일사천리의 정치
사범으로 처리하는 것이 좋겠다는 판단을 내렸다. 로마법의 처형은
항시 종교 문제보다 정치적으로 민감한 입장이었던 터이다. 로마의
식민 통치자들은 가급적이면 죽음을 두려워하지도 않는 광신적인 종
교 문제는 손대기를 꺼려하는 입장이었다. 그들의 식민정책은 어디
서나 제정분리의 원칙을 고수하려는 터였다. 유혈폭동이나 혁명분자
를 다루는 것은 천하무적인 로마 강병의 창과 칼로써 식은 죽 먹기이
다. 그것은 이미 갈릴리 출신들의 세포리스 폭동 진압으로 여실하게
입증되었다. 그때에 반란군 가운데 폭도 이천여 명을 십자가 처형으
로 쓸어버리지 않았던가!

그러나 유대 민족은 야훼 하나님을 섬기는 율법이나 성전을 사수
하는 일에는 종교적 순교를 오히려 은총으로 누리려는 민중인지라,
자치를 허용하고 방관하는 입장이었다. 따라서 실질적인 치안 문제
나 질서 확립을 위해서는 산헤드린의 칠십이인 공의회의 예심을 최
대한 존중하고 있는 셈이다. 그러나 일단 사안이 식민지의 통치나 정
국 문제에 이르면, 가차 없는 진압군의 투입으로 철권통치의 세례를
받아야 했던 것이다. 자칭 유대인의 왕이라고 선언하는 저 갈릴리의
괴수를 처치하는 데 이보다 더 편할 방도가 달리 없었다.

어느덧 그토록 극성스럽게 침통하던 어둠이 물러가고 태양이 밝
아오고 있었다. 안식일을 예비하는 금요일 아침이었다.

― 저자를 총독 빌라도에게 호송하라!

한마디를 투박스럽게 던지고 대사제 안나스가 집 안으로 사라진 후, 예수는 선 채로 기다려야 했다. 무언지 모를 열기에 들뜬 경비병들이 시작한 희롱극은 갈수록 재미를 돋우었다. 사제들과 바리새인들의 조롱과 모욕은 끈질기고 추악했다. 팔을 뒤로 묶인 채 올리브 정원수에 포박당한 예수의 얼굴에 침을 뱉고 뺨을 건드리며, 유대인의 왕이여! 평안할지어다, 하고 문안을 드렸다. 정강이를 걷어차며 무릎을 꿇리고, 튜닉을 벗기고 속옷을 들썩거리며, 그들은 비로소 놀라는 기색을 보이기도 하였다.

– 와하! 이야말로 이집트 산 슈스스 자색 옷이라니, 왕의 복장이 아니신가? 대왕이시여, 영광을 받으소서.

허리 굽혀 군례를 드리며 무릎을 꿇고 조롱하던 로마 병정이 한껏 고함을 질렀다.

– 대왕에게는 왕관을! 왕관을 씌워야 할 것이 아닌가?

그러자 예비했던 듯, 가시관을 두 손에 든 제사장이 예수 앞으로 다가섰다. 머리 위로 번쩍 치켜든 두 손의 왕관을 예수의 이마 위로 꾹 눌러 씌웠다. 송곳처럼 날카로운 사막의 홀리 트리, 찔레 아카시의 관이었다.

예수의 탈진한 몸이 불에 데친 풋것처럼 졸아들었다. 허리가 나일 강가의 실버들처럼 후들거렸다. 아하, 으흐! 하고, 짓눌린 신음이 허연 이빨 사이로 삐어져 나왔다. 참을 수 없는 통증이 전신을 쥐어짜 내렸던 것이다. 혼신의 땀구멍이 올올히 일어서고, 일어서다가 주저물러앉았다. 찔림이 밀물처럼 스며들었다. 전신에 피 소리가 솟구치며, 썰물처럼 철썩거렸다.

그 찰나가 천만년 이어온 고통의 무게로 감당하기 참혹했다. 무수한 민생들의 억울함이, 하늘을 떠돌던 사자(死者)들의 원한이, 천천만 만의 지층에 스며든 해골의 통분이, 칼과 창과 포환에 피를 쏟긴 골 수들의 통분이 예수의 한 몸으로 파고들었다. 그리하여 찢어진 심장 과 가슴마다 치밀어 오르는 울분과 통한이, 탁류처럼 솟구치는 통증 이, 불가마의 쇳물처럼 녹아내리는 듯, 참절한 순간이 영원처럼 이어 지고 있었다.

가시와 엉겅퀴가 몸을 들쑤석거렸다. 에덴동산의 무뢰한 잡초였 다. 광야에 쫓긴 가인의 돌 탕에 맞은 아벨의 피 소리가 아우성치며 달려들었다. 눈을 희번덕거리고, 천하를 주름잡던 마귀가 풀썩하고 머리를 떨어뜨렸다. 동굴 속의 박쥐와 같은 떼 무리였다. 스스슥거리 며 풀숲을 헤치며 꼬리 사리는 불 뱀의 행사(行詐)가 여실하게 느껴졌 다. 그 머리가 깨어지고 있었다. 깨어진 머리통에서 기진해가는 힘이 솟구쳐 몸통과 배와 전신이 몹시 꿈틀거렸다.

– 뱀의 머리를 상하게 하리라!

발꿈치를 상한 여인의 후손이 가냘프게 중얼거렸다. 그 순간 죄인 예수는 귀 기울여 들었다.

– 저가 찔림은 우리의 허물을 인함이요, 저가 상함은 우리의 죄악 을 인함이라. 저가 징계를 받음으로 우리가 평화를 누리고, 저가 채 찍에 맞음으로 우리가 나음을 입는도다. 우리는 다 양 같아서 그릇 행하여 각기 제 길로 갔거늘, 여호와께서는 우리 무리의 죄악을 저에 게 담당시키셨구나!

아아, 으흐! 하자 그의 이와 깨물린 입술에서 피와 같은 붉은 것이 주르륵 흘러 옷깃을 적셨다. 피는 진하고 끈적거리며, 아우성치는 듯 악취를 동반하고 연신 흘렀다. 예수는 문득 경악하여 고개를 저었으나 피 냄새를 피할 수는 없었다. 참으로 피할 수 없는 산욕인 듯, 연신 피가 흘렀다. 예수의 입에서 앙 다문 비명과 함께 이마와 눈썹과 귓가로 진홍빛 선혈이 방울방울 흘러내렸다. 예수는 견딜 수 없는 아픔에 벌떡 일어섰다. 선 채로 신음을 삼키며 말이 없었다. 마치 의지를 상실한 허수아비처럼 당하고 견디며, 아무런 감정이 없는 듯했던 것이다. 비가 오면 비를 맞고, 바람이 불면 바람을 마시며, 눈보라를 홀로 덮어쓴, 광야의 노간주나무와 같은 자세였다.

바로 그 시간에 가룟 유다는 제사장 저택의 뜰 밖에 있는 노간주나무에 목을 매달고 있었다. 그는 내내 은전 주머니를 신줏단지처럼 가슴에 안은 채 끌려가고 오는 예수와 제사장들과 바리새인의 주변을 목멘 강아지처럼 맴돌고 있었던 것이다. 그는 심히 번민하고 갈등하였다. 시간이 가고 밤이 깊어질수록 영혼은 붉게 타오르고, 그의 갈등과 번민도 골이 깊어지고 넓어졌다.

— 예수가 사형이라. 랍비 예수가 사형선고라니! 메시아가 사형이라니, 이것이 도대체 무엇인가?

그는 미친 듯 부르짖었다. 그 일에 앞장을 섰던 자신을 온전히 잊은 듯했다.

마침내 안나스의 뜰을 나서며, 제사장과 몇몇 바리새인들을 만나자, 그는 기다렸다는 듯이 은전 주머니를 개차반처럼 내밀었다.

— 이건 당신들의 물건이요.

그는 엄숙한 소리로 선언하였다. 야릇한 미소를 머금었으나 핼쑥하고 태연한 기색이었다.

— 내가 죄 없는 사람을 죽이려고 헐값에 팔았으니 죽을죄를 지었

소이다.

토악질하듯 소리쳤다. 그 모색이 정신 나간 사람처럼 너무도 태연하고 엉뚱하였다. 마치 염소를 흥정하다가 물리려는 거간꾼의 모양이었던 것이다. 누군가 참을 수 없어 킥킥거리며 응수하였다.

— 그것이 우리와 무슨 상관이란 말이냐? 당신이 알아서 할 일이 아닌가?

유다는 낭패를 당한 장사치처럼 고개를 절레절레 흔들다 떨어뜨렸다. 그러나 그의 내심은 이미 돌이킬 수 없는 절망으로 치닫고 있었다.

그는 불 맞은 염소처럼 뛰쳐나갔다. 그의 발걸음이 성전을 향하여 살같이 달리다가 어느 순간 은화 주머니를 성전 문을 향하여 팽개치듯 내던졌다. 다시 돌이킨 그의 발길은 곧바로 제사장의 뜰이라 일컫는 정원에 이르렀고, 다시 서남쪽으로 방향을 잡고 뛰었다. 속칭 '흰 놈의 아들' 골짜기가 검붉은 동굴의 아가리처럼 내려다 보였다. 허리에서 급히 끌러낸 염소의 가죽 띠가 이파리 없는 노간주나무에 걸렸고, 이내 그의 목이 올가미에 걸렸다. 눈 깜짝할 순간의 행동이었다.

한편 제사장 가이사랴가 부르짖었다.

— 여기 이런 돈은 피 값이라. 성전 금고에 넣을 수는 없지 않은가? 차라리 토기장이의 밭을 사서 나그네들의 묘지로 삼는 것이 좋겠다.

그래서 사람들은 먼 훗날까지도 그 밭을 피 밭이라고 불렀으니, 역사의 예언서에는 이미 그렇게 기술되어 있었던 터이다.

— 그들은 이스라엘 백성이 사람의 몸값으로 정한 은화 삼십 개를 받아 주께서 나에게 명령하신 대로 토기장이의 밭을 사는 값으로 주었더니라.

2

제사장과 바리새인들은 경비병들의 지칠 줄 모르는 희롱을 더불어 즐기는 듯하다가, 총독 관저에 몰려들었다. 그러나 그들은 벌써부터 안식일의 유월절 음식을 먹기 위하여 이방인 로마의 관저에 들어서지는 않았다. 그것이 야훼를 섬기는 율례였다.

날이 밝자 총독 빌라도가 우람한 석조 문간의 법정에서 그들을 맞이하였다. 잠을 설친 듯 얼굴이 유달리 붉으락푸르락하던 총독이 엄중한 음성으로 심문하였다. 그의 유난히 큰 키에 긴 튜닉자락이 신경질적으로 후들거렸다.

– 대체 무슨 일로, 새벽부터 설치는 거요. 낭신들은 일을 만들시 못하면 몸살이 나는 백성들이 아닌가?

그러자 제사장 가이사랴가 찡그린 얼굴로 말을 받았다.

– 저 사람이 흉악한 일을 하지 않았다면, 우리가 당신에게 넘기지 않았을 것입니다.

빌라도 총독은 짜증스럽게 받았다.

– 당신들의 법대로 재판을 하시오.

– 빌라도 총독 각하, 아시다시피 우리의 산헤드린 공의회에는 사람을 죽이는 권한이 없습니다.

말속에 씨가 있는 법이었다. 일이 이같이 된 것은 예수가 일찍이 당하실 고난과 죽음에 대해서 이야기하신 그 말씀이 이루어지기 위한 운명의 수순에 불과하였다.

총독 빌라도는 잠시 망설거렸다. 역시 유대 민족의 종교 문제가 아닐 터인가? 더구나 잠자리를 떨치고 나올 때, 항상 뒤끝이 미진하고 아쉬운 듯 매달리던 아내 클라우디아는 새침한 얼굴로 몸서리를 치며 말했다.

－ 예수! 정녕 예수, 그분의 일에는 절대로 손대지 마십시오. 제가 꿈속에서 몹시 핍박을 당했습니다. 제발 부탁입니다.

빌라도 총독은 고개를 흔들며 변명하듯 물었다.

－ 그래, 그자를 왜 기필코 죽여야 한다는 말인가? 로마 총독은 백성들을 선정으로 다스리는 군주인 것을 모르는가!

그러나 유대인들은 코웃음을 치며 예수에게 손가락질하고 부르짖었다.

－ 저 사람은 우리 민족을 그릇된 길로 인도하고 있습니다. 황제에게 세금을 바치지 못하게 하고, 자기가 그리스도요 유대인의 왕이라고 주장합니다. 이 어찌 반역이 아니겠소?

비로소 빌라도 총독은 죄수를 바라보았다.

－ 유대인의 왕이라?

그는 입을 열었다.

－ 그대가 과연 유대인의 왕이냐?

－ 그렇다.

그 순간 빌라도의 눈과 예수의 파란 눈이 마주쳤다. 총독 빌라도는 흠칫하고 몸을 떨었다. 흡사 사자의 눈을 피하는 여우처럼, 아하! 바로 그 눈이 아니던가? 수정 같이 파랗고 깊이 모를 심연 속에서 불꽃이 타오르던 그 눈, 총독은 유대 민족에 대한 속 깊은 경외감이 불쑥 솟구치는 것을 느꼈다. 어느덧 이십여 년 전이었을까? 그 순간 그는 생생한 영상을 떠올리고 있었다. 자신이 청년 장교로서 로마의 백부장으로 봉직하던 시절이 생생하게 떠올랐던 것이다.

갈릴리 지역의 순찰대장이었다. 가버나움 사령부에서 가나와 갈릴리 동부 지역인 나사렛을 거쳐 나인 성까지 정기 순찰해야 일과가 끝날 예정이었다. 조급하고 분주한 발길이었다. 태양이 핏빛으로 대지를 물들이고 있었다. 석양 무렵이었지. 나사렛의 마을 입구에서 바로 저 소년의 눈길 앞에서, 그는 스르르 눈을 피하며 사실상 굴복했던 추억을 떠올렸다. 땅뺏기 놀이에 열중하던 어린애들과의 하찮은 마찰이었다. 흙바닥에 엎드려 땅뺏기 놀이의 구슬을 굴리고 있었던 소년들, 말발굽에 놀라서 모두 물러가 버렸지만 끝내 물러서지 않았던 그 파란 눈이었다. 소년은 대지에 발을 굳건히 딛고 선 채 부릅뜬 눈으로 자신과 백부장, 오십부장을 쏘아보고 있었다. 말발굽에 채여서 죽을지라도 놀이의 땅일지언정, 난 한 걸음도 물러실 수 없다는 단호한 자세였다. 비켜라! 호통을 치며, 오십부장 백부장의 혈기로서 자칫하면 깔아뭉개어 버릴 수도 있었다. 하지만 말들은 고개를 휘두르며 힝! 힝힝! 콧김을 쏟고 뒤로 버텼다. 마침내 순찰대장 빌라도가 눈을 내리깔았다.

– 돌아서 가자! 철부지 어린것들을 탓할 수야 있겠느냐?

그러나 그날의 기억은 뇌리에 생철처럼 각인되었다. 한없이 깊고 파란 수정이 붉은빛으로 쏘아보던 그 눈빛이라니. 잔나비 수컷처럼 거친 소름이 등허리를 타고 올랐었다. 이 민족은 결코 가벼운 존재가 아니다. 뿌리 깊은 저항의식을 보았던 셈이었다. 통치자 로마의 말발굽을 두려워할 줄 모르는 담대함이란 결코 어린아이들만의 것이 아닌 터이다. 그날의 기억은 비록 식민지로 전락했지만, 이 민족의 정신 속에 흐르는 야훼 하나님을 섬기는 천부적인 자존심을 그는 절실하게 인식하고 있었다. 따라서 그 후, 빌라도 청년 장교는 유대 민족을 대함에 있어 한층 단호하고 철저했던 셈이다. 뒤끝 없이, 피 칠갑으로 무장을 하고 살아온 셈이었다. 그래서 그는 불 뱀이라는 별칭을 누리며 승승장구하여, 마침내 유대인 총독의 자리를 보전하게 된 터이다.

그의 눈은 붉고 날카로웠다. 오뚝한 콧날은 강한 의지와 굽힐 줄 모르는 칼날과 같은 인상을 주었다. 그 눈으로 확인하듯 태연하게 서 있는 예수를 다시 보았다. 터번이 아니었다. 그 머리에 쓰인 관이 눈에 띄었다. 가시로 엮은 면류관? 날카로운 가시 한 끝이 칼끝처럼 빛났다. 실뱀처럼 혀를 날름거렸다. 얽히고설킨 가시는 찌르고 찢고 난도질하고 있었다. 창과 칼이, 꼬리에 꼬리를 물고 뒤엉긴 듯했다. 저주와 사랑이 뒤엉긴, 짐승과 사람이 서로 끌어안고 흘레하며 신음하고 있었다. 눈과 귀, 그리고 이마와 볼에는 온통 메마른 피 자국이 띠처럼 얽혀 있었다. 총독 빌라도는 끔찍한 환상에 눈을 감았다. 이마와 머리를 파고드는 아카시의 아픔이 절절하게 느껴진 까닭이다.

예수는 석상처럼 움직임을 멈추고 있었다. 움직일수록 가시는, 창과 칼은, 저주와 사랑은, 살과 뼈골을 파고들 터였다. 과연 유대인의 왕관인가! 총독 빌라도는 까닭 모르게 떨리는 음성으로 입을 열었다.

– 그대가 정녕 유대인의 왕이냐?

– 그렇다고 말했느니!

– 그 왕관이야말로 손댈 수 없고, 세상의 그 누구도 범할 수 없는 것이로다.

총독 빌라도는 진심으로 말했다. 갑자기 현기증이 일어나며 어간이 꽉 막히는 기분이었다. 눈싸움이요, 기(氣) 재기와 같았다. 그는 제사장과 바리새인 유대인들에게 눈을 돌리며 변명처럼 말했다.

– 나는 이 사람에게서, 아무런 죄를 찾지 못하겠다.

그들은 발을 구르고 손을 흔들며 강하게 항변했다.

— 저놈은 갈릴리에서부터 온 유대와 예루살렘에 이르기까지 백성들을 가르치며 선동하고 왔습니다. 죄를 모르겠다니, 말이나 됩니까?

빌라도는 홀연 꼬리를 잡은 듯 물었다.

— 이 사람이 정말 갈릴리 사람이요?

— 그렇습니다. 갈릴리 나사렛 출신입니다.

— 그렇다! 정녕 그렇다면, 헤롯 왕의 관할 지역에 속한 백성이라. 그곳으로 넘기는 게 마땅하겠소. 긴 말이 필요 없소. 즉시 시행하게 하라.

총독 빌라도는 떨리는 손으로 경비병의 호출 부저를 눌렀다. 따라서 예수는 떠넘긴 공처럼 나시 끌려오고 끌려가는 희롱 제물의 신세가 되었다.

때마침 헤롯 왕도 예루살렘 도성에 와 있었다. 헤롯 안티바스는 잔인성과 호기심과 황음 방탕으로 소문난 통치자였다. 번들거리는 굶주린 여우가 그의 별칭이었다. 아내 헤로디아와 그녀의 딸 살로매를 향하는 욕정 사이에서, 그 붉은 눈은 세례 요한을 전격적으로 목 베어 희생양을 삼았던 사내였다.

아침에 예수를 넘겨받은 헤롯 왕은 모처럼 기분이 한결 좋았다. 오래전부터 예수에 대한 소문을 여러 가지로 들었고, 한번 만나보고 싶던 차였다. 그까짓 세례 요한쯤이야 비할 바 없으리라는, 기적에 대한 기대가 없지 않았다.

— 목을 베었던 요한은 유대인의 조상 엘리야 선지자나 예레미야가 살아났다고도 했으나, 나사렛 예수는 무언가? 참으로 세월이 갈

수록 흥미롭고 기괴한 족속이란 말이야!

무시로 온몸에 끓어 넘치는 풀 길 없는 욕정과 갈증으로 군실거리던 아침이었다. 계집이란 한결같은 허망이요, 먹고 마심은 식곤증을 더할 뿐이요, 정치란 신물 나는 모략일 뿐이다. 세상은 갈수록 오리무중이었다. 여기저기서 셀 수 없는 자식들은 구더기처럼 파고들어 역겹고 군시러울 뿐이었다.

— 저가 자칭 유대인의 왕이라 합니다. 헤롯 대왕의 관할이라 하여 호송토록 했으니, 조처하심이 옳을 듯합니다.

파피루스의 설대(舌代)를 받아보면서, 헤롯 왕은 중얼거렸다.

— 건방지고 시답지 않은 녀석, 뱀 같은 사내가 아닌가? 하지만 나의 관할을 존중하는 자세는 기특하다.

하지만 그는 예수의 참담한 몰골을 발견하는 순간 기가 막혔다. 까닭 없는 치욕감으로 분통이 치밀었다. 대체 어쩌자고, 저런 흉악한 쓰레기를 감히 나에게 호송한다는 말인가? 세상에 사람이란 몰골이 저럴 수가 있다는 말인가? 그의 기대와 호기심은 순식간에 무너졌다. 그는 야릇하고 기괴한 심정으로 코웃음을 치며 입을 열었다.

— 그대가 유대인의 왕이라 했던가? 그대는 갈릴리의 의사인가? 그대는 죽은 자도 살린다 했던가? 말귀는 알아듣는가?

헤롯 왕은 화풀이하듯 숨 가쁘게 연신 주워섬겼다.

하지만 예수의 귀는 벽창호였다. 하늘바라기처럼 황홀하게 떠오른 새날을 응시하고 있을 뿐이었다. 그 참담한 모습은 긴 그림자가 삼켜버렸다. 세상의 거친 물 위에 뜬 기름처럼 숭엄하였다. 견디지 못한 헤롯 왕이 소란스러운 세상을 향하듯 침을 뱉었다.

— 과연 유대인의 왕이로다. 대왕에게는 왕복을 갖춰야 하는 법이

다. 내 옷을 한 벌 선사하리라.

헤롯 왕은 즉시 화려한 자색 옷을 가져오게 하였다. 시위병이 급히 꺼내온 겉옷은 색이 약간 빛바랜 홍포였다. 그러나 찢기고 더럽혀진 예수의 튜닉을 벗기다가, 그 속에 드러난 속옷을 보면서 헤롯 왕은 아연실색하고 말았다. 숨은 복병이 드러나듯, 토기 항아리에서 진주가 쏟아지듯, 그 속옷은 삼가 손댈 수 없는 자색 왕복이 분명했던 터이다. 그는 한숨을 후후하고 터트렸다. 제사장과 바리새인들이 잊었다는 듯 참소를 시작했다. 그러나 헤롯 왕은 발작처럼 소리를 질렀다.

― 저! 저 사람을 빌라도의 법정에 세워라! 이것이 나, 아니 너희의, 아니 하나님 야훼의 뜻이다. 빨리 끌어가란 말이다. 지체하지 말라!

그는 급히 숨을 곳을 찾듯 황황히 길음을 옮겼다.

그날 밤 유대인의 총독 빌라도는 늦도록 잠을 이루지 못하고 정무실에서 맴돌다가 퇴청 대신 서가에 앉았다. 하루 동안의 사건과 자신의 처사가 영원에 이를 듯한 예감에 몸을 떨었던 것이다. 결코 자신이 잊을 수 없고, 세상이 또한 망각할 수 없는 결정적이고 영원한 사건이라는 끔직한 환상에 시달려야 했다. 새벽에 심문하다가 헤롯 왕에게 보냈던 예수를 끝내 그의 손에서 처결해야 했다. 산헤드린 공의회의 예심을 거쳐, 대제사장 가야바에게, 거기서 다시 안나스 대사제를 거쳐 총독 빌라도에게, 헤롯 왕에게 황급히 호송했더니 또다시 빌라도의 손에 넘겨진 여섯 차례의 판결이었다. 하루 동안의 불같은 속전속결을 스스로 이해할 수 없었다.

유대인들은 엿새 후에 안식한다고 했던가? 이날의 기괴한 처리는 실로 운명인가 하였다. 그는 최종적인 판결 후, 물을 떠오라 하여 손을 씻었다. 하지만 그 손의 보이지 않는 핏자국은 영원히 지워질 성싶지 않았다. 일생 동안 끊임없이 자괴심을 불러일으켜온 엄지손가락 위의 또 하나의 손가락처럼 말이다.

손을 거듭 씻고 물 묻은 손을 흔들며, 그는 말했다.

- 나는 저 사람에게서 사형에 해당할 만한 죄를 찾지 못하겠다. 너희가 당하겠느냐? 차라리 태형으로 놓으리라.

그러나 유대인들은 한층 소동하며 분명히 부르짖었다.

- 그 피는 우리와 우리 자손들에게 돌리시오.

마침내 그는 이날의 일들을 기억에서 털어버리듯, 판결문을 쓴 다음 아예 머릿속에서 지워버리기로 작심하기에 이르렀다. 끈질기게 뇌수를 파고드는 생각이란 참으로 어찌할 도리가 없다. 생각보다 서판에 쓰는 글이란, 그래서 쉬운 방편이 될 듯싶었다.

이미 한낮이 지났던가, 때 아닌 천둥이 연신 울었고, 그도 까닭 없는 울음을 참을 수가 없었다. 울음처럼 진한 비가 쏟아지고 있었다. 그는 늦은 비처럼 쏟아지는 눈물을 삼켜가며 파피루스를 가까이 끌어당겼다. 그는 취한 듯 벌건 눈으로 먹물을 적셔나갔다.

3

갈릴리의 나사렛 예수가 내 앞에 서기 전에, 내 아내는 그에 대한 얘기를 여러 차례 꺼냈다. 그러나 나는 별로 관심이 없었다. 아내는 꿈을 믿는 여인이다. 제발 그녀의 꿈속에, 나의 근간의 방사가 들통나지 말았으면 했다. 모두가 스쳐 가는 샛바람 같은 봄꽃 장난이 아니던가? 색감 어린 꽃이란 따고, 씹다가 버리면 그뿐이다. 피도 흐르지 않는다. 하지만 아내는 꿈을 믿는 사람이다. 아내 주변의 여인들이 대개 그렇듯이, 아내도 동방의 신과 의식을 받아들이고 있었다. 이러한 종교는 로마 제국에 위험을 던지고 있다. 이 종교는 우리네 여인들에게 접근해 곧 해독을 끼치게 된다. 이집트는 아라비아 힉소스 인들이 전파한 어떤 사막의 신 때문에 멸망했다. 그리스는 시리아 해안에서 온 아쉬타르트와 그의 일곱 여인에게 정복당하여 먼지가 되었다.

나사렛 예수가 자기 민족과 로마인들에게 적으로, 그리고 죄인으로 취급되어 끌려오기 전까지 나는 한 번도 그를 본 일이 없었다. 그는 밧줄로 꽁꽁 묶인 참담한 신세로 나의 새판정에 끌려왔다. 나는 재판장 자리에 앉아 있었다. 그는 천천히, 확고한 걸음걸이로 내게 다가왔다. 그러고는 몸을 곧게 세우고 얼굴을 꼿꼿이 들었다. 그 눈, 그 파란 눈길을 대하는 순간, 내 몸을 쏜살같이 꿰뚫고 지나가는 무엇인가가 있었다. 물론 내 의지와는 상반된 것이었지만, 나는 갑자기 아래로 내려가 예수 앞에 엎드리고 싶은 충동을 느꼈다. 로마 제국보다도 더 위대한 저 카이사르 황제가 들어오는 듯한 착각에 빠졌던 것이다. 아! 그것은, 세월의 망각 속에 감추어진 추억이었다.

나의 백부장 시절, 나사렛의 순찰대장으로서 나는 소년이었던 그를 분명히 보았다. 몇 녀석들이 어울려 땅뺏기인가 뭔가 하는 놀이에 몰두하여 대지에 엎드려 있던 그에게, 나는 어이없게도 참패를 당했던 쓰린 아픔의 기억이었던 것이다. 그 파랗고 깊이 모를 진주와 같은 눈짓에서 피어오르던 홍채의 불꽃에 나와 백부장, 오십부장은 황황히 발길을 돌렸던 것이다. 아니, 말들이 히힝, 힝힝거리며 도무지

겁에 질린 듯 고개를 치켜들고 물러서던 기억을 어찌 잊을 수 있겠는가? 그때 나는 로마의 깃발을 떨쳐버렸고, 그것은 나의 가슴에 깊숙이 묻어두었다.

하지만 나는 곧 제정신으로 돌아왔다. 그러고는 자기 민족에 의하여 철저한 반역죄로 고발당한 그를 담담한 눈으로 바라보았다. 나는 그의 지배자인 로마 총독이었고, 더구나 이날은 그를 재판하는 판관이었다. 그에게 몇 가지 질문을 했지만 돌아온 것은 침묵이었다. 그저 묵묵히 나를 바라볼 뿐이었다. 그는 슬퍼 보였다. 그의 이마와 얼굴과 볼에는 눈물 자국처럼 붉은 피가 얼룩져 있었다. 그러나 내가 죄인이고, 자신이 너그러운 재판관이라도 되는 것처럼, 그는 엄정했다.

그때 밖에서 유대인들의 외치는 소리가 들려왔다. 하지만 그는 연민에 찬 눈으로 나를 바라보며 여전히 침묵을 지키고 있었다. 나는 재판정 밖으로 나와 단 꼭대기에 섰다. 웅성거리던 군중이 일시에 입을 다물었다. 나는 그들을 향하여 입을 열었다.

– 여러분, 이 예수라는 사람을 어찌하겠는가?

그들은 합창이라도 하듯 일제히 외쳤다.

– 그를 십자가에 못 박으시오! 그는 우리의 적이며, 로마의 적이요!

누군가 또 한사람이 한층 소리를 높였다.

– 거룩한 야훼 하나님의 성전을 파괴하려 했던 사람이 바로 그자요! 그는 이 땅에 자기 왕국을 세우겠다고 했습니다. 우리는 카이사르 황제 말고는 그 어떤 왕도 필요가 없소이다.

나는 다시 안으로 들어왔다. 그는 변함없이 머리를 곧게 세운 채 조용히 서 있었다. 문득 그리스 철학자가 한 말이 떠올랐다.

– 세상에 외로운 자가, 가장 강한 사람이다.

그 순간, 이 나사렛 사람이 그가 속한 민족에 비해 더없이 위대하게 느껴졌다. 그러나 나는 그에게 동정심을 느낄 이유가 없었다. 나로서는 감당할 수 없는 사람이었기 때문이다.

– 당신이 유대인의 왕인가?

그러나 그는 여전히 묵묵부답이었다. 나는 인내심을 발휘하여 다시 물었다.

– 유대인의 왕이라고 부르는 소리를 들은 일이 없는가?

그는 나를 똑바로 쳐다보았다. 그러고는 조용히 대답했다.

– 당신 스스로 나를 왕이라 선언했소. 아마도 내가 이 목적으로 세상에 왔고, 또 진리에 대하여 증언하러 왔을 것이요.

이런 순간에, 서 꼴로 진리 따위를 운운하다니! 조급해진 나는 근소리로 그에게 물었다. 어쩌면 나 자신에게 물은 것인지도 모른다.

– 진리? 진리가 무엇인가? 사형 집행인의 칼이 죄 없는 사람을 이미 베고 난 뒤에, 진리라는 것이 무슨 가치가 있다는 말인가?

그러자 예수는 힘 있게 대답했다.

– 진리와 성령이 아니라면, 아무도 세상을 다스릴 수가 없소.

– 당신에게 성령이 깃들었는가, 아니면 악령인가?

내가 다시 물었다.

– 스스로 모르고 있을 뿐, 아버지 하나님의 성령은 당신과도 함께 계신다.

자신의 종교를 지키려고 밖에서 광분하고 있는 저 사람들과, 로마 제국의 이익을 위해 여기 서 있는 내가 죄 없는 사람에게 죽음을 선고하게 될 이때, 성령이나 진리 따위가 대체 무슨 소용이란 말인가? 어떤 사람, 어떤 민족, 그 어떤 나라도 이익을 추구하는 길 중간에서 진리 따위 때문에 멈칫거리는 일은 없다.

나는 그에게 다시 질문을 던져보았다.

– 당신이 유대인의 왕인가?

– 당신이 그렇게 말하고 있지 않소? 이 자리에 서기 전에 이미 나는, 온 세상을 정복했소.

이 말만은 내게 좀 우습게 들렸다. 오직 로마 제국만이 세계를 정복하지 않았던가? 그 순간 밖에서 사람들의 외치는 소리가 점점 더 크게 들려왔다. 까닭 없이 초조하여 나는 말했다.

– 내가 묻는 말에 분명히 대답하라. 내가 그대를 살려줄 수도 있다는 사실을 잊었는가?

– 아버지 하나님의 뜻이 아니라면, 세상에서는 그 무엇도 나를 해할 수가 없는 것이다.

– 그렇다면 자식을 죽이는 너희의 신이라는 말인가? 무슨 까닭에 그토록 잔인한 신을 섬긴다는 말인가?

그는 또다시 침묵했다.

– 너희의 신 야훼도 그대와 같이 침묵하는 신인가!

나는 자리에서 일어서며 말했다.

– 따라오시오.

나는 다시 바깥 계단 위에 섰다. 이때에 예수는 내 곁에 서 있었다. 군중은 예수를 보자 성난 맹수들처럼 으르렁댔다. 그 소란 속에서 내 귀엔 오직 십자가에 못 박으시오! 하는 외침만이 울려왔다. 나는 문득 쫓기고 있다는 생각이 들었다. 저 유대 백성들은 악마에게 쫓기고, 제사장 가야바는 안나스에게 쫓기고, 안나스는 총독인 나를 쫓았고, 나는 헤롯 왕에게 쫓겨 막다른 궁지에 몰렸다는 느낌이 들었다.

예수는 그가 말하는 야훼 신에게 쫓겨난 것이 아닌가? 그렇다면 나인들 어찌할 수 있으랴? 그러나 다시 한 번 예수를 내게 끌어왔던 제사장들에게 그를 다시 넘겨준 다음, 나는 소리쳤다.

– 나에게는 자비를 베풀 특권이 있다. 그대들은 바라바를 놓아주겠는가 아니면 나사렛 예수인가? 선택하라!

– 바라바를 놓아주쇼. 결단코 바라바요. 예수는 십자가에 못 박혀야 합니다.

바라바는 세상이 다 아는 대로 살인과 강도가 직업이던 폭도였다. 그러나 미친 유대인들은 폭동이라도 벌일 기세였다. 그들은 당당하게 외쳤다.

– 카이사르의 충신은 다른 왕을 인정할 수 없는 법이요. 만일 저 사람을 놓아준다면, 당신은 카이사르 황제의 반역자 편이 될 것이오.

나는 기가 막혔다. 꼼짝 못할 기막힌 올무라고 생각했다.

마침내 나는 포기했다. 그러나 나는 분명히 병사가 떠온 물로 손을 씻었다.

– 이 죄 없는 사람을 당신들 손에 맡기겠다. 필요하다면 로마 군병들을 파견하겠다.

그들이 예수를 데려가려 할 때, 나는 판서(判書)에 총독의 인을 치고 예수가 매달릴 십자가 위에 써 붙일 말을 정했다.

– 유대인의 왕 나사렛 예수!

관례에 따라 로마와 헬라어와 아람어로 쓰여질 것이었다. 아니, 나는 이렇게 말했어야 옳았으리라.

– 왕이신 나사렛 예수!

예수는 발가벗긴 채 채찍질을 당하고 제 십자가를 스스로 지고 가서 그 십자가에 못 박혀 죽으리라. 그것은 십자가 사형을 집행하는 로마 제국의 법령이었다. 나는 문득 그의 찢겨진 튜닉 속에 감춰졌던 속옷을 생각하였다. 그것은 분명 대왕에게 합당한 값진 자색 옷이었다. 저가 십자가에 못 박힌 후, 과연 누구의 몫이 될 터인가?

4

사형 판결을 받은 하나님의 사람 예수, 즉시 처형이 기다리는 형장을 향하여 로마의 유대 총독 빌라도 법정을 나서는 죄수를 영접한 사람은 나사렛의 마리아, 예수의 어머니였다. 그녀는 참혹하게 일그러진 아들 예수의 모습을 보고 통곡하지 않았다. 그녀를 부축하고 나사렛의 야고보와 동생 유다가 창백한 얼굴로 비틀거렸다.

마리아는 숙연한 기색으로 예수를 바라보았다. 그녀의 눈에 푸른 빛이 반짝거렸다. 그녀는 입을 굳게 다물었다. 그러나 눈물이 하염없이 흘러내렸다. 눈물은 입술을 타고 작은 입안으로 흘러들었다. 갈릴리의 파란 강물처럼 흐르는 눈물은, 야훼 하나님 사랑의 선물인지도 모른다. 사랑과 눈물은 한 나무를 타고 오르는 한 가지의 수액처럼 생명의 양식이다. 진정한 사랑은 눈물로 꽃을 피우고 마침내 열매를 맺는다. 감사의 눈물이요, 헌신의 사랑인 터이다.

예수는 눈을 크게 뜨고 어머니 마리아를 찬찬히 들여다보았다. 몹시 반기는 눈이었다. 그 품에 성큼 안기고 싶었다. 아기 적에 파란 눈과 눈을 마주 보던, 먼 기억이 풀썩 떠올랐다. 꽃반지처럼, 예쁘고 아름다운 아가야! 그치, 하고 마리아는 입술로 말하곤 했었다. 그 눈과 입술을 마주 보며 어느 사이, 푸근하게 잠들던 아련한 그리움이었다. 그러나 안길 수 없었다. 어미와 아들 사이로 갈릴리처럼 아득한 강물이 흐르고 있었다. 하지만 어미의 그 깊고 푸른 눈이 말하고 있었다.

　– 아들이여! 성령의 아들이여! 네 마음을 찌르리라, 하시던 말씀이 이제 아들의 머리를 찔렀군요. 이마를 찔렀군요. 아아! 가시로 엮은 면류관! 정녕 온 세상에 승리의 월계관이 되고야 말 터입니다.

　하지만 그 순간 예수는 입을 앙다물었다. 입술이 열리고, 그 사이로 하얗게 치아가 드러났다. 새삼스레 참을 수 없이 찌르는 머리의 고통 때문이었다. 채근하는 병정들에게 떠밀리며, 사석의 도로 발걸음에 샌들의 진동이 약간만 울려도 가시는 머리를 파고들었다. 이마의 뼈를 찔렀다. 바람이 약간만 심새를 보여도, 머리의 가시는 예민했다. 고개를 쳐들 수도 없었다. 뒷머리를 찔렀다. 아미를 숙일 수도 없었다. 앞머리를 깊이 찌르고 들었다. 고개를 주억거릴 때마다 가시는 끈질겼다. 맹독이 묻은 살침과 같았다.

　마리아는 난산의 고통을 떠올렸고, 아들 예수의 머리에 평생을 둘러져 있던 테두리를 생각했다. 야고보의 어머니 마리아와 일곱 귀신이 들렸던 막달라 마리아가 예수의 어머니 마리아를 부축했다. 다른 여인들도 뒤를 따르며 하염없이 눈물을 흘리며 울었다. 마리아는 흐르는 눈물을 꿀물처럼 삼켰다.

　– 그가 찔림은 우리의 허물을 인함이요, 그가 상함은 우리의 죄악을 인함이라. 그가 징계를 받음으로 우리가 평화를 누리고…….

　마리아는 눈물을 삼켜가며 이사야의 예언서를 가만, 가만히 낭송했다. 칠백오십 년 전의 선지자 이사야의 기록이었다. 그러자 예수의 눈에 평화가 깃들었다. 그 평화는 실상 마리아의 마음이었는지 모른다. 마리아는 중얼거렸다.

― 성령의 아들이여! 아사셀 양이랍니다. 이제 광야로 나갈 터입니다. 천하 이스라엘의 온갖 죄를 한 몸에 걸머지셨나이다. 보아라! 세상 죄를 지고 가는 야훼 하나님의 아사셀 양이 되었나이다.

그러나 예수의 조심스러운 발걸음이 빌라도 법정을 지나 유대인의 지역에 다다르자, 대제사장 가야바의 뜰이 또다시 그를 기다리고 있었다. 로마의 법정에서 받은 판결은 반드시 유대 민족의 대제사장의 공인을 거쳐야 했다. 그것이 통치의 합의에 의한 법령이었던 터이다.

가야바의 뜰에는 태형이 기다리고 있었다. 아침의 태양이 강렬한 빛으로 세상을 화살처럼 쏘아대고 있었다. 태형의 집행관은 로마 경비병이었다. 그들은 보란 듯, 집행을 서둘렀다. 긴 가죽의 채찍 끝에 납덩이가 달린 걸쇠 채찍이었다. 병정들은 예수의 튜닉과 속옷을 벗기고 득달같이 채찍을 휘둘렀다. 철썩거리는 채찍 소리가 뜰을 타고 넘어 하늘을 찔렀다. 세 번, 다섯 번, 일곱 번째에 예수의 몸은 등으로부터 팥죽처럼 쏟아지고 있었다. 뜯긴 살점과 피가 튀어나가 석벽을 물들였다. 피와 살점은 태양 빛에 곧바로 구절거리고 말라붙었다. 상처에서 피와 살덩이가 곤죽처럼 연신 흘러내렸다.

잠시 예수의 등을 들여다보던 병정은 다시금 고갯짓하는 상관의 눈치를 살피다가 한층 높고 넓고 길게 하늘을 휘두른 채찍을 눈 질끈 감으며 내리쳤다. 온 천하 억겁의 죄악을 쏟아붓고 있었다. 하늘 아래 신원(伸寃)하던 온갖 탄식이 채찍으로 쏟아지고 있었다. 죄악을 못 견뎌하시는 야훼의 진노를 쏟아붓고 있었다. 태양이 눈을 부라리며, 영겁의 소나기 같은 빛을 창살처럼 쏟아붓고 있었다. 푸른 바람은 숨결을 죽였다. 예수의 감았던 눈이 푸른빛을 반짝이며, 잠시 뜨였다. 주먹만 한 하늘을 우러러, 아하! 하고 그 입이 열리려 하자, 눈은 흰 창을 드러내었다. 그때 채찍이 다시 쏟아졌다.

예수의 머리가 곤두박질치듯 땅으로 흘러내렸다. 하지만 넓은 대지의 품도 그의 피난처가 되지는 못했다. 먼저 웃자란 가시와 엉겅퀴처럼 머리의 가시관이 그악스럽게 찌르고 덤벼들었다. 철썩거리는 채찍은, 스스로 통분을 쏟아붓듯 연신 춤을 추었다. 악은 악에서 난다는 말은, 진리인 성싶었다. 미움과 원망은 스스로 통분하는 법이었다. 야훼의 율법은 사랑이었다. 그러므로 율법은 인간의 죄악을 깊이 드러내었다. 골수와 관절을 찔러 쪼개기까지 하였다. 그래서 살아 있는 말씀이었다. 그 말씀이 육신이 뇌신 예수의 몸에 진노의 채찍이 연신 부어지고 있었다. 진정 사랑은 미움을 낳고 미움은 사랑을 낳는 것일까? 뱀의 머리와 꼬리는 한 몸이 아니던가? 이를 갈며 채찍을 휘두르는 로마 병졸은 천하의 통한을 예수의 한 몸에다 분풀이하듯, 더욱 기를 쓰며 피와 살덩이를 탐하는 짐승이 되어가고 있었다. 늑대와 이리와 사자와 승냥이와 굶주린 짐승들의 민감한 피 냄새에, 그는 취하고 있었다. 인간의 잔혹성은 한층 끈질겼다. 사십에 하나 감한 태장은 로마의 신성한 법이었으나 죄인 예수에게는 그 법마저도 실효를 잊은 듯했다.

혼절하던 예수의 영혼이, 그 몸에서 기필코 뜻을 이루려는 듯 돌아오는 낌새가 느껴졌다.

– 저가 상함으로 모두가 나음을 얻으리라.

예수의 신음이 풀어낸, 가녀린 입소리였다. 먼지가 풀썩거리는 삭막한 대지에, 그 땀과 피와 눈물과 살덩이를 곤죽처럼 쏟아붓는 예수를 굽어보며, 하늘은 허옇게 눈을 흘기고 있었다. 병졸들은 법도에 따라 악을 징치하는, 용감한 선의 집행자였을 뿐이었다.

예수는 숨결을 모으고 있었다. 그 몸이, 뜻을 따라서 움찔거리었다.

눈을 부라리던 경비병의 채찍질에 만족했던지, 오십부장의 지시에 따라 곧바로 십자가가 예수의 어깨에 지워졌다. 검푸른 파리 떼가 소리치며 날아들었다. 몸통의 두 배나 되게 길고, 뭉텅한 참나무 십자가였다. 동행은 두 명의 죄수였다. 턱수염이 무성한 한 사람은 전문 살인강도라 했고, 또 한 사람은 살인과 강간에 폭동의 주범으로 알려진 인물이었다. 두 사람의 머리에는 가시관이 없었다. 두 사람을 앞세우고, 유대의 왕 예수가 뒤를 따랐다. 예수의 발길은 극히 조심스러웠다. 한 걸음, 또 한 걸음을 옮길 때마다 머리의 가시가 끊임없이 옥조여 찔렀기 때문이었다. 감각이 두절될 지경도 되었건만, 생각을 버릴 수는 없는 모양이었다. 생각이 멈추지 못하는 한, 머리의 고통도 멈출 수 없다는 듯했다. 인생들의 온갖 구하는 것이나, 생각하는 것에 넘치도록 치르는 대속(代贖)의 고통인가 하였다.

군중은 엄숙한 장례의 행렬처럼 말없이 십자가 죄수들의 뒤를 따랐다. 태양은 소리 없이 강력한 빛으로 기승을 부렸다. 행렬은 예루살렘 동문을 빠져나와 갈보리 동산으로 향하고 있었다. 갈보리란 해골의 동산이라는 민둥산이었다. 풀 한 포기, 나무 한 그루를 구경도 할 수 없는 살벌한 지대였다. 그 길은 멀고 가팔랐다. 길가에 구경꾼들이 가득 메웠다. 울고 따르는 여인들 가운데 제자들은 모습도 보이지 않았다. 아니, 야고보와 요한이 핼쑥한 얼굴을 내밀었다가 사라졌고, 안드레와 마태오와 도마가 얼핏 보였던가 싶었다. 하지만 예수의 눈길이 머물 새가 없었다. 말라붙었던 이마와 귓가의 피를 이제는 흘러내리는 땀이 씻어내고 있었다. 사막의 파리 떼가 엉겨들었다. 여인들이 앞서거니 뒤서거니 하며 끊임없이 흐르는 눈물로 동행하고 있었고, 군중은 때로 병정들의 채찍을 두려움 없이 다가서며 밀고 당겼다. 갑옷에 철모를 쓰고 무장한 경비병들은 귀찮아 죽겠다는 듯, 덤벼드는 백성들을 파리 떼를 쫓듯이 사정없이 몰아붙였다.

그때 울며 따르는 한 무리의 여인들을 내려다보던 예수가 간신히 입을 열었다.

─여인아! 예루살렘의 딸들아! 나를 위하여 울지 말고, 너와 너희의 자녀를 위하여 울어라!

여인들은 이 말씀을 놀라운 눈으로 반기며 읊조렸다. 너희의 자녀를 위하여 울어라! 무슨 뜻으로 하신 말씀인지 알 수 없었다. 나를 염려하지 말고, 너희 자녀를 염려하라 하심인가? 자녀들의 장래가 두렵다는 말씀인가? 선뜻 깨달을 수 없었다. 그러나 달콤한 위로와 사랑이 깃 들인 말씀으로 받았던 것이다. 몇몇 사람들은 예루살렘아! 예루살렘아! 암탉이 그 날개 아래 병아리를 품듯 너희를 품으려 한 것이 몇 번이냐? 그러나 너희가 원치 아니하였다, 하신 말씀과 연통(煙筒)하여 생각했다. 몇몇 여인들은 본디오 빌라도 총독의 법정에서 이 피를, 우리와 우리 자녀에게 돌리라고, 미친 듯이 고함쳤던 유대인들의 저주라고도 생각했다.

그때 주춤거리는 예수를 향하여 째지는 듯한 고함과 함께 로마 병정의 채찍이 날아왔다. 헉, 하고 채찍을 맞은 예수는 비척거리며 쓰러질 뻔했다. 그 몸을 병정이 떠밀었다. 머리에 가시가 찔렸고, 등에서는 십자가가 천 근의 돌처럼 내리눌렀다.

－ 주님! 주 하나님이여! 힘을 주소서!

뒤를 따르던 마리아가 호소하였다. 눈물에 젖은 어미의 애끓는 호소였다.

그때였다. 검고 건장한 사내가 경비병에게 이끌려 예수의 십자가를 받쳐 들었다.

－ 아니야! 나는 아니란 말이요! 세상에 이런 법이 어디에 있다는 말이요?

그는 구레네의 상인 시몬이었다. 도성에 사업차 올라왔다가, 군중에 휩쓸려 느닷없는 봉변을 당하게 된 셈이다. 병정은 가타부타 말없이 그를 십자가 밑으로 떠밀었다. 항변하고 연신 투덜거리면서, 예수와 여인들의 눈길을 마주 보던 그는 자발적으로 어깨를 내밀었다. 마침내 예수의 어깨에서 십자가를 대신 지고 걸음을 재촉했다. 예수는 비척거리며, 십자가의 몸통을 붙잡고 따랐다. 허옇게 솟은 나무 송진이 그의 손에서 끈적거렸다.

천사와 같이 홀연히 등장한 사내가 메고 가는 자신의 십자가를 따르며 예수는 문득, － 아버지여! 불과 나무는 여기에 제가 지고 있거니와 제물로 바칠 어린양은 어디에 있습니까? 하고 묻던 모리아 산정의 이삭을 떠올렸다. 선조 아브라함이 백 세에 낳았던 언약의 아들이었다. 그러나 갑자기 제물로 바치라는 야훼 하나님의 말씀을 따라서 사흘 길을 걸어 모리아 산정에 올랐던 것이다. 심히 당혹한 아비 아브라함은 더듬거리며 말했다.

－ 아들아! 제물로 바칠 어린양은, 어린양은 하나님이 직접 준비하실 터이다.

－ 제물로 바칠 속죄양은 어디에 있습니까?

예수는 고개를 주억거리며 발걸음을 재게 놀렸다. 앞선 두 사람의 동행은 곧 따를 수 있었다. 갈릴리의 여인들도 허겁지겁 예수를 끝까지 좇으며, 눈물을 감추지 않았다.

문득 한 여인이 물통을 내밀며 예수의 입에 대었다. 느닷없는 병정들의 폭거에 혼겁하여 부르짖다가 남편의 십자가 뒤를 따르던 구레네의 아내 샤론이었다. 바라보던 예수가 불타는 눈으로 막 입을 대려 하자, 병정의 채찍이 소리치며 날아들었다. 물그릇은 동댕이쳐지고 물을 땅에 쏟았다. 그녀들의 허망하고 눈물 어린 눈을 바라보던 예수가 다시 입을 열었다.

– 예루살렘의 딸들아, 탄식하지 말거라! 나를 위하여 울지 말고, 니희와 니희 자녀를 위하여 울어야 하리라. 앞으로 사람들이, 임신하지 못하고 아기를 낳아보지 못하여 젖을 먹여보지 못한 여자들이 복되다고 말할 때가 올 것이다. 그때 사람들이 높은 산을 향하여 우리를 덮어라 할 것이요, 푸른 나무와 같은 나도 이런 일을 당하는데, 마른 나무와 같은 너희 유대인들이야 무슨 일인들 당하지 않겠느냐? 오직 야훼 하나님의 사랑을 믿어라! 또한 내 말을 믿어라!

하지만 헐떡거리며 뒤쫓는 군중은 아무도 예수의 이 말을 새겨듣지 못했다. 오르막이 계속되었고, 이윽고 참혹한 행렬은 갈보리 산으로 방향을 잡고 있었다. 네 명의 기마병이 나타나 선도하기 시작했다. 그 앞에 로마의 백부장이 깃털을 세우고 있었다. 군중은 더욱 들끓었고, 붉은 태양은 지글거리며 작열하고 있었다. 치열한 하늘은 아는 듯 모르는 듯, 이 참혹한 행렬에 아무런 동정심도 보이지 않는 것이 분명했다. 이따금 회오리와 같은 바람이 비둘기처럼 순시(巡視)하듯 날아들었다가 슬그머니 사라질 뿐이었다.

5

갈보리 동산에 자리 잡은 골고다는 '해골의 집터'라고도 했다. 야
훼 하나님의 거룩한 성전이 가물가물 건너다보이는 올리브 산의 반
대편이었다. 해골의 터전답게 아무것도 없는 바위산이었다. 멀리 아
담 부부의 해골로부터 세상이 산천이며 골목마다 사람으로 가득 채
워지면서, 때를 따라 장막 집들이 무너지고, 무수하게 널린 해골은
부활의 때를 기다리며 산과 들녘과 바다와 대지의 곳곳에 흩어질 수
밖에 없을 터이다. 죽음의 모양이 갖가지이듯, 해골도 땅에 묻히거나
불살라지거나 혹은 수장되거나 짐승의 밥이 되었다 할지라도, 그 흔
적은 대지가 간직하게 마련이었다. 그것은 오직 야훼 하나님의 지혜
와 권능에 속하는 일이기 때문이다. 사랑할 때가 있고 미워할 때가
있으며, 심을 때가 있으면 거둘 때가 오고, 버릴 때가 있으면 다시 불
러 모을 때가 올 터이라 했으니 말이다.

따라서 야훼 하나님의 뜻을 믿고 따라서 죽기까지 순종하기로 결
심했던, 그 아들 예수의 죽음 자리가 결코 예사로울 수는 없었다. 예
루살렘 성 밖으로 도성이 멀찍이 건너다보이는 골고다에는 선참(先
斬)자들이 많았다. 유명한 사형의 집행장이었기 때문이다. 따라서 사
람마다 한사코 고개를 돌리며 침을 뱉고, 못 본 척하려 드는 흉악한
지대였다. 따르던 군중도 차츰 거리를 두었다. 단지 갈릴리의 여인들
만이 끝까지 뒤를 따랐다. 늙은 까마귀와 검은 새떼가 왕파리처럼 날
았다. 십자가를 내려놓은 구레네 시몬은 병정들의 눈치를 살피며 황
급히 뒤로 돌아섰다. 예수가 말했다.

─ 나의 십자가를 대신 졌으니, 결단코, 그 상급을, 잊지 않으리라.

가시관에 짓눌린 예수는 간신히 고개를 쳐들며 하늘을 우러러보았다. 태양이 극성스럽게 찬란한 하늘이었다. 구름은 냉엄하여 멀고 아득했다. 낯익고 항상 사랑스럽게 영접하던 그 하늘이 아니었다. 로마의 경비병들은 일을 서두르고 있었다. 창과 칼을 어긋나게 세워놓았다. 투구를 번쩍거리며, 두 명의 죄수를 예수의 양옆에 나란히 세우고 참나무 십자가를 땅에 눕혔다. 다른 병사들은 땅에 세 개의 구덩이를 팠다. 그들의 괭이가 대지를 쿵쿵 울리며, 세상을 흔들어대는 듯 요란했다. 반석 같은 대지의 심연에 못을 박기라도 하는 듯, 이윽고 백부장의 지시를 따라서 병정은 예수를 거칠게 끌어당겼다. 그가 엄명했다.

– 마셔라, 쓸개 탄 포도주다. 마지막 자비를 베푸는 것이다.

오십부장이 막대기의 긴 잔을 내밀었다. 정녕 마취약일 거라고 생각했다. 예수는 입에 대었으나, 쓰고 피 냄새와 같이 역했다. 아아! 천천만만의 피! 그것은 예루살렘 성전 곳곳에 배어 있는 매캐한 취기였다. 예수는 고개를 저었다. 병정은 화가 난 듯 예수를 쓰러트렸다. 마치 분통을 터트리는 기색이었다. 그 바람에 예수는 앞으로 쓰러졌다. 거칠게 겉옷과 속옷을 마치 훔치듯 벗겨버렸다. 예수는 자색 속옷을 찬찬히 내려다보았다.

– 어머니, 마리아여! 당신의 사랑이요, 믿음이었나이다.

그러나 말씨는 살아나지 못했다. 동시에 다른 두 사람도 대지에 무릎을 꿇었다.

오른편의 사내가 묶인 손을 쳐들며, 짐승 같은 소리로 울음을 터트렸다. 가여운 생명의 발작 같은 흐느낌이었다. 왼편의 사내는 이를 부드득 갈았다. 예수는 병정이 이끄는 대로 두 손을 날개처럼 활짝 펴고 목판에 누웠다. 누워서 보는 하늘이 한결 가깝게 다가왔다. 까마귀가 큰 날갯짓으로 펄럭거리며 날았다. 어느 순간 이크윽! 하고 예수는 저도 모르게 신음하며 눈을 감았다. 눈알이 펑하고 튀어나오고 있었다. 병정의 손길이 손목을 사로잡았고, 이내 냉철한 쇠못이 손바닥에 느껴진 것이었다.

망치 소리가 하늘을 갈랐다. 뼈가 뚫리고 있었다. 또 다시 거친 손길과 쇠못과 망치 소리가 연신 울려 퍼졌다. 꿈결처럼 여인들의 통곡 소리가 끼룩거리며 살아 올랐다. 악쓰는 소리도 좌우에서 연신 살아 났다. 발등에 쇠못이 뼈를 쪼개며 밀려들었다. 뒤트는 몸이 고통을 더했다. 지글거리며 손과 발에서 불이 타다가 금세 십자가가 세워질 때, 예수의 몸은 출렁거렸다. 손바닥이 찢어지고 발등이 쪼개졌다. 십자가는 원한에 사무친 듯 쿵쿵 대지를 울리며 세워지고, 예수와 죄수들은 허깨비처럼 휘둘렸다. 하지만 허깨비는 아픔도 없을 터였다. 견딜 수 없는 고통으로 정신이 혼미할 때, 예수는 문득 입을 열었다.

- 아버지여! 저들을 용서하소서. 저들은 자기의 하는 일을 알지도 못합니다.

그러자 정신이 초롱초롱해졌다. 구경하는 유대인들의 조롱하는 소리가 살아 올랐다.

- 저가 남을 구원하였으니, 만일 야훼 하나님의 택하신 그리스도 라면 자기도 구원하게 하라!

그 옆에서 예수의 속옷을 나누려고 제비를 뽑던 병정들이 소리를 높였다.

- 보아라! 왕의 옷은 내 몫이다.

그들은 네 몫으로 나누어진 옷을 휘두르며 낄낄거리고 희롱하였다. 다시 신 포도주를 내밀었다.

– 유대인의 왕이여! 송별주나 마시고, 만일 왕이라면, 자신이나 구원해보라!

예수의 머리 위에, 자칭 유대인의 왕이라, 하는 죄 패가 붙어 있었다. 이를 갈던 옆의 죄수가 신음처럼 입을 열었다.

– 당신이 그리스도가 아니요? 제발 당신 자신과 우리를 구원해보시오.

그러자 울음을 터트리던 오른편 죄수가 꾸짖는 투로 입을 열었다.

– 여보시오! 너는 똑같이 사형선고를 받고도, 야훼 하나님을 두려워 아니하느냐? 우리는 죄를 지었기 때문에 천벌을 받아노 당연하지만, 저분은 분명, 죄가 없는 사람이요!

그의 고통이 극한에 달하고 있었다. 그러나 그는 말을 이었다.

– 주여! 나사렛 예수님, 당신의 나라에 들어가실 때, 저를, 이 죄인을 기억해주십시오.

그러자 예수의 눈이 밝게 뜨이며 그를 보았다. 두 번째 입이 열렸다.

– 아들아! 내가 분명히 말하지만, 오늘 네가, 나와 함께, 낙원에 있을 터이다. 이 말을, 믿느냐?

– 예, 믿습니다. 말씀대로 믿습니다.

울컥거리며 부르짖는 소리가, 십자가 밑에서 올라왔다.

어머니 마리아와 글로바의 아내 마리아와 막달라 마리아였다. 그녀들의 눈은 잠시도 예수를 떠날 수 없었다. 예수의 피로 얼룩진 듯한 눈이 그녀들을 내려다보았다. 여인들을 감싸고 있는 제자가 보였다. 젊은 요한이었다. 그의 눈길과 마주쳤다. 예수가 신음하듯 입을 열었다.

— 저가, 어머니의 아들입니다.

— 보라! 네 어머니이시다. 네가 모셔다오.

그러자 예수에게 급박한 통증이 파도처럼 몰려들었다. 예수는 고개를 저었다. 필사의 저항이었다. 고통은 머리로부터 발끝까지 불타고 들었다. 태양이 지글거리며 타오르기 시작했다. 갑자기 온 천지에 암흑이 몰려들었다. 예수가 쥐어짜며 발악하듯 소리를 높였다.

— 엘리 엘리, 라마 사박다니! 나의 하나님, 나의 하나님, 어찌하여 나를 버리십니까?

병정 하나가 그악스럽게 조롱했다.

— 이 사람이 엘리야를 부른다.

그러자 다른 유대인이 소리쳤다.

— 내버려두시오. 과연 엘리야가 와서 저를 구원하는가 구경이나 합시다.

예수는 타는 갈증을 느끼며 한숨처럼 말했다.

— 내가 심히, 심히 목마르다!

그러나 구원의 손길은 어디에도 없었다. 마침내 예수는 크게 외쳤다.

— 아버지여 내 영혼을, 아버지 손에 부탁합니다.

검은 구름이 안개처럼 내리고 태양은 먹물을 들이켜고 있었다. 갑자기 천둥이 울었다. 천둥은 하늘을 두드리듯 연신 진동하였다. 예수가 푸들거리며 몸을 떨었다. 가슴이 펑 뚫리고, 핏덩이와 같은 영혼이, 울컥울컥 쏟아지는 느낌이 들었다.

황홀한 희열이 혼신을 덮어씌웠다. 아아! 아버지여! 그 순간 하늘 향하여, 예수의 입이 크고 넓게 열렸다.

- 다 이루었다!

천둥소리가, 그 말씀을 받아 온 세상에 전하듯 장엄하게 울었다. 다 이루었다! 다음 순간 나사렛 예수의 고개가 옆으로 비틀렸다. 다 끝장이 났다! 하고, 지중해로 태양이 풍덩 빠져들 때처럼 빛이 스러지고, 운명했다.

두려움에 떨던 병정이 미친 듯 창을 들어, 예수의 옆구리를 찔렀다. 물과 피가 울렁울렁 우르르 쏟아져 내렸다. 하늘에서도 비가 소나기처럼 쏟아지고 있었다. 물과 피는 하늘의 소산인지, 사람의 정혈(精血)인지 구분할 수 없는 기세로 세상을 향하여 풍성하게 흘러내렸다. 바로 그때, 해골의 동산 대지의 비명처럼 부르짖는 소리가 울렸다.

- 보아라! 저 사람은 정말 의인이었도다!

이는 로마 병정들의 고함이었다. 구경하던 모든 사람은 가슴을 두드렸다. 바로 그 순간, 예루살렘 성전의 지성소 휘장이 위로부터 아래로 쫙 갈라지는 소리에, 대제사장 가야바와 안나스는 숨결을 죽였다. 그것은 황소의 가죽 여섯 장을 덧대었던, 야훼 하나님과 대제사장의 사이를 가로막고 있는 휘장이었던 터이다. 일 년에 단 한 차례씩 대제사장이 온 백성의 사죄를 선포할 때나 열린다던 휘장이 찢기고, 성큼성큼 걸어 나오신 야훼 하나님을 볼 수 있는 눈은, 특별한 은총이요 오직 믿음일 터였다.

22장
죽고 또 죽어야 영원을 산다

1

길릴리의 요동치는 파도 소리 같고, 갈보리 동신에 불이 다오르는 화염과도 같은 장엄한 광경이 열리고 있었다. 충천하는 물과 불길에 예루살렘의 하늘과 땅이 진동하였다. 갈보리의 십자가 위에서 나사렛 예수의 목이 떨어진 순간, 하늘의 문이 활짝 열리고 있었다. 신령한 향기가 비바람처럼 몰려들었고 빛이, 황홀한 무지개의 빛살이 열풍처럼 펼쳐들었다. 천둥과 번개가 번쩍거리고, 빛과 암흑이 교차하며 하늘 문이 열리고 있는 사이에, 두려움 없이 쏟아지는 비를 맞으며 갈보리 해골 동산의 십자가를 멀리서 바라보던 수많은 백성에게 기적이 일어나고 있었다.

멀찍이 따라오던 문둥이 여섯 명의 살이 씻겨지고, 뒤틀린 뼈가 바로잡히며, 새사람이 되었다. 전에 열 문둥이 가운데 예수께 다시 돌아와 사례했던 사마리아 한 사람의 인도를 받고 예수를 찾아 나섰던 문둥이 집단이었다. 나를 보아라! 가서 만나보자, 하고 그가 앞장을 섰다. 그들이 환호를 터트리며 춤추듯 대지를 두들겼다. 그들의 발밑에서 반석이 깔린 대지는 지진이라도 난 듯 몸을 떨었다. 늙은 마론과 시므온과 베냐민과 젊은 사마리아 유다와 마르다와 사르디다였다. 그들과 함께 다리를 절룩거리며, 뒤따르던 중풍병자가 환호를 터트렸다.

그는 미처 동산까지 오르지도 못하고 멀리서 십자가 예수를 바라보았다. 그가 부르짖었다.

– 주님, 나사렛 예수여! 나를 불쌍히 여기소서!

그 순간에 비에 씻긴 사지가 멀쩡하게 고침을 받았던 것이다. 세 명의 소경들이 지팡이를 던지며 환호를 터트렸다. 천식 환자가 기쁨의 탄성을 터트렸다. 하혈증 여인이 춤을 추고 있었다. 각혈을 하던 가슴앓이 환자가 혈색을 되찾고 덩실거렸다. 일일이 헤아릴 수 없는 많은 병자가 비와 바람과 번개 속에서 새사람이 되었다. 실로, 모세가 광야에서 뱀을 든 것과 같이 인자도 들려야 하리라! 하시던 말씀이 이루어졌다. 사모하는 믿음으로, 순종하는 믿음으로 꿈틀거리는 인자 뱀을 바라본 자마다 성성한 새 생명을 얻었다.

무지개 빛살이 쏟아져 내리는 하늘 문에서 나팔 소리와 같은 큰 음성이 장엄하게 울려 퍼졌다.

– 올라오너라! 이 일 후에 반드시 일어날 일을 그대에게 보여주겠다.

성령의 바람과 같은 감동이었다. 예수가 감겼던 눈을 뜨고 본즉, 하늘에 영광스러운 보좌가 있고 거기에 한 분이 앉아 계셨다. 앉으신 분의 낯익은 모습은 수정과 홍옥 같고, 보좌에는 비취빛 같은 무지개가 둘러 있었다. 그 보좌 둘레에는 이십사 개의 좌석이 있었으며, 거기에는 흰옷을 입고 금관을 쓴 이십사 명의 장로들이 앉아 있었다.

보좌에서는 번개가 치고 요란한 소리와 천둥소리가 울려나오고, 보좌 앞에는 일곱 향불이 켜져 있었는데 이것은 야훼 하나님의 일곱 영이었다. 또 보좌 앞에 수정과 같은 유리 바다가 있고, 가운데 보좌 옆은 비어 있었다.

보좌 주위에는 앞뒤에 반짝이는 눈이 가득한 네 생물이 있었다. 그 하나는 사자의 모습을 닮았고, 두 번째 생물은 낙타와 같이 우람하였고, 세 번째 생물은 날아가는 독수리와 같이 광활하였고, 네 번째 생물은 사람의 형상을 그리고 있었다. 네 생물이 각각 여섯 날개를 가졌고, 날개 안팎으로 눈들이 번쩍거렸다. 그 생물들은 밤낮 쉼 없이 합창하였다.

— 서룩하나! 서룩하나! 서룩하고 무한히 사비하시나! 전능하신 주 하나님! 전에도 계셨고, 지금도 계시며 장차 오실 주님, 예수여!

향기로운 찬양을 올렸다.

실로 천상의 아름다운 찬미 소리였다. 또 네 생물이 보좌에 앉아 계시며 영원히 사시는 분에게 영광과 존경과 찬양을 드리고 있을 때, 이십사 장로들이 보좌에 앉으신 분 앞에 엎드려 영원히 사시는 분에게 경배를 드렸다. 그리고 그들은 자기들의 금관을 벗어 보좌 앞에 던지며 합창하듯 부르짖었다.

— 우리의 주 야훼 하나님! 주님께서는 영광과 존엄과 능력을 받으실 분이십니다. 모든 것은 주님의 뜻을 따라서 창조되었고, 주 하나님의 형상대로 존재하게 되었습니다.

예수는 빗물에 씻기는 눈을 가물거리면서, 다시 올려다보았다. 천둥과 번개가 활짝 시야를 밝혀주었다. 열린 하늘 문에서, 그 보좌에 앉으신 분이 오른손에 책 한 권을 들고 계신 것이 보였다. 그 책에는 안팎으로 글이 씌어 있었고, 일곱 도장이 찍혀 봉인되어 있었다. 그때 한 천사가 날개 치며, 큰 소리로 외쳤다.

– 누가 이 봉한 것을 떼고 책을 펼 수 있겠느냐?

그러나 천상천하가 공허한 침묵이었다. 하늘과 땅과 땅 아래에 그 책을 펴거나 그 안을 들여다볼 사람이 아무도 없었다. 그러자 여기 저기서 통곡 소리가 울렸다. 보좌 주위에 있던 장로 한 사람이 소리쳤다.

– 울지 마십시오. 나 이제 야훼 하나님의 뜻을 받들어 엄숙히 선언하노니, 유다 지파의 사자, 여인의 후손이 이겼으므로 그분이 일곱 군데의 봉한 것을 떼고, 그 책을 펼치게 될 것입니다.

그 얼굴이 해와 같이 무지개의 색채로 빛나고 있었다. 전에 헤르몬의 변화산에서 대면했던 모세와 엘리야였다.

그 말을 듣는 순간, 예수의 가슴에 희열이 밀려들었다. 이미 통곡을 대신하여 참담한 고통 중에서도, 다 이루었다! 하고 선포하였던 바이다. 그러나 그는 마치 전날 가나의 혼인집에서 물이 변했던 포도주를 마신 듯 혼취한 기분으로 입을 열었다.

– 아버지여! 아직 저의 때가 못 되었습니다. 저들을 보십시오. 저들의 슬픔이 변하여 희열이 올 때까지, 저는 멈출 수가 없습니다. 사망의 그늘이 생명의 빛으로 밝아질 때까지, 저는 멈출 수가 없습니다.

– 아들아! 너는 온전히 순종하여, 세상을 이겼느니라.

무지개의 일곱 빛살이 쏟아지는 듯 찬란한 음성이었다.

– 믿음만이 이길 터입니다.

예수가 심호흡을 터트리듯 말했다.

– 내 백성들에게 이 믿음을 더 심어야 할 터입니다. 믿음의 싹을 길러야 합니다. 믿음의 꽃을 피우고 소망과 사랑의 열매를 맺어야 합니다.

– 그런즉, 우리의 성령이 다 이루리라. 이제 그대는 잠잠하여 안식하여라!

천동과 번개가 그치고 비가 멈추었다. 파도가 잠잠하듯, 지중해의 석양이 유난히 맑고 청량하였다. 예루살렘의 산천과 대지가 말끔하게 씻긴 듯, 청결한 모색으로 푸르고 붉고 노랗고 맑고 환한 빛을 내뿜고 있었다. 새들이 날았고, 먼 하늘에 기러기가 편대를 이루며 헤르몬 산 쪽으로 향로를 잡았다.

자색의 홍의로 몸을 가린 싱결한 예수는, 바림 날개를 타고 신 채, 십자가의 예수를 바라보았다. 가시로 엮은 면류관을 눌러쓴 이마에 빗물이 핏물을 깨끗하게 씻어 내렸다. 고통으로 찌그렸던 얼굴은 화평한 안색으로 잠들어 있었다. 꼬인 다리에 무지개의 빛이 맴을 돌았다. 발등에 박힌 못대가리가 뱀의 대가리처럼 냉철하게 빛났다.

예수는 새삼 끔찍하고 찔린 듯 눈을 감았다. 가시 면류관의 머리로부터 발등의 대못까지, 찌르는 나아드의 값진 향기가 솟아올랐다. 여인의 손길에서 옥합을 터트리고 머리에 부어지던 향기가 떠올랐다. 제자들의 책망을 듣고 새삼 눈물을 흘리던 여인의 눈길이 보였다. 저가 찔림은 우리의 허물을 인함이요, 저가 상함은 우리의 죄악을 대신함이라. 저가 징계를 받음으로 우리가 평화를 누리고, 저가 채찍에 맞음으로 우리가 나음을 입었도다. 바람 날개 위에 선 성결한 예수는, 십자가에 매달린 예수를 바라보며, 나사렛의 소년처럼 가만가만 외우고 있었다. 어머니 마리아와 함께 무시로 외웠던 예언서였던 것이다.

– 아아! 어머니여! 울지 마소서. 어머니께서 이기셨습니다. 세상을 이기고, 사탄 마귀를 이기고, 온갖 질병과 가난과 고통을 이기고 영원한 생명과 은총을 나눌 터입니다. 아들을 보소서. 이것이 사흘 만에 일으키는 새 성전이 될 터입니다.

2

모두가 한숨을 토하며, 썰물처럼 내려가던 갈보리 동산의 산길을 거슬러 오르는 사내가 있었다. 그는 아리마대 사람, 유지(有志) 요셉이었다. 그 뒤를 따라서 밤에 예수를 찾아왔던 유대인의 관원 니고데모가 허겁지겁 좇았다. 그의 손에는 몰약에 침향 섞은 향품이 십 관이나 들려 있었다. 그들은 천동이 울리기 시작할 무렵 빌라도 법정을 찾아들었다. 총독을 면회하였다. 침통한 빛으로 내려다보는 빌라도에게 그들은 입을 모았다.

– 총독 각하여! 운명이란, 거역할 수가 없는 법입니다. 단지 피할 길은 있다고 합니다.

빌라도 총독은 기다렸다는 듯 되물었다.

– 그것이 무엇이요? 피할 길이 어디에 있다는 말이요?

– 할 수 있는 한, 선행을 베풀고 자비를 기다리는 지혜입니다.

– 그것이 무엇이요?

총독 빌라도는 초조한 얼굴로 거듭 물었다.

그의 홍색 긴 튜닉이 하르르 떨었다.

– 나사렛 예수의 시체를 우리에게 맡겨주십시오. 거절할 까닭이 없지를 않습니까? 각하의 손을 떠난 일입니다.

빌라도는 놀란 듯 손바닥을 내려다보았다. 물로 거듭 씻었으나, 핏자국이 선연하여 찍어버리고 싶었던 손바닥이었다. 그는 말했다.

– 당신들의 처분대로 하시오. 그러나 경비병을 파견할 터인즉, 조금이라도 말썽이 없기를 바라오.

– 총독 각하에게 야훼 하나님의 자비와 은총을 기원합니다.

마침내 해골의 골짜기에 오른 두 사람은 십자가에 매달려, 예수의 시체를 끌어내렸다. 부드럽고 온기가 살아 있어 방금 잠들었다가, 금세라도 깨어날 듯싶은 몸이었다.

유대인의 관원 니고데모가 눈물을 흘렸다.

– 내가 네게 말하노니 거듭나야 하리라!

– 사람이 어떻게, 어미의 복중에서 다시 날 수가 있습니까?

– 거듭나야 하리라는 말을, 이상하게 생각하지 말거라. 바람이 임의로 불 때에 사람들이 알지 못하는 것처럼, 성령으로 난 사람도 그러하니라. 오직 성령으로 되느니라. 그대는 십자가의 사람을 다시 보게 되리라.

너무도 생생한 말씀이었다. 그는 유대인들의 질시가 두려워 제자인 것을 숨기고 살았던 세월이 새삼 부끄럽게 느껴졌다. 아리마대 요셉이 품에 안듯 예수를 모셨다. 시체는 손댈 수 없을 만큼, 깨끗하게 세척되어 있었다. 하지만 그들은 무어라고 삼가 형언할 수 없는 독취에 코피를 쏟으면서, 피할 길 없는 고개를 막 잠잔 누에의 대가리처럼 휘둘러야 했다. 서로 마주 보며, 슬픈 얼굴을 찡그리며 유대인의 장례법대로 향료를 바르고, 온몸에 몰약을 채운 후, 세마포로 몸을 둥글게 감싸는 동안, 태양은 마지막 숨결을 거두며 지중해로 익사하였다.

두 사람이 마주 들고 내려가는 하얀 시체를 따라 성결한 예수도 대지의 나그네 길 뒤를 따랐다. 두 사람은 아무런 낌새를 느끼지 못한 듯, 다만 걸음을 재촉하였다. 동산 중턱의 숲가에 돌무덤이 덩그렇게 열려 있었다. 굴 입구가 펑 뚫린 새 무덤이었다. 아리마대 요셉의 문중 새 무덤이었다. 두 사람은 시체를 고이 모셔 들인 후, 촛불을 켰다. 세 개의 촛대에 소합향 촛불이 밝혀지고, 하얀 시체의 머리맡이 붉게 물들었다. 두 사람은 뒷걸음으로 물러가며, 힘써 크고 무거운 돌문을 닫았고, 잠시 머리 숙여 경배를 드린 후 이내 돌아섰다. 어둠과 함께 어느새 병정들이 몰려들고 있었다. 열 명이나 되는 로마의 경비병들이었다.

예수의 영체(靈體)는 닫힌 문을 그대로 들어서서 무덤 속으로 들어가 보았다. 어둡고 비좁았으나, 평안한 안식처였다. 세마포의 시체와 함께 누웠다. 죽고, 또 죽어야 영원히 살리다.

그 밤에 유대인 제사장과 바리새인 몇 무리가 또 다시 빌라도 총독을 찾았던 것이다. 총독은 지겹다는 듯 투덜거리며, 방문객을 맞았다. 그 눈이 붉게 충혈되어 있었다.

— 도대체 무슨 까탈이오?

— 각하의 평안과 번영을 기원합니다. 그러나 저 갈릴리 괴수가 전에 하던 말이 있습니다. 내가 죽은 후 삼 일 만에 다시 살아나리라고, 우리는 분명히 기억하고 있습니다. 그러므로 삼 일간은, 그 무덤을 철저하게 경비해야 할 것입니다. 만일 그놈의 제자들이 시체를 훔쳐다 감추어놓고 백성들에게는, 그가 죽은 사람 가운데서 부활했다고

속일지도 모릅니다. 그렇게 되면 전보다 이후의 일이 더 어려워질 것입니다.

빌라도가 고함을 터트렸다.

― 당신들에게 경비병들이 있으니, 데리고 가서 할 수 있는 대로 잘 지키면 될 것 아닌가?

그들은 즉시 물러가며 열 명의 경비병을 파견하였다.

술 취한 병사들은 연신 투덜거렸다. 그러나 십부장 갈리오는 돈주머니를 흔들며 큰 소리를 치고 있었다.

― 제깟 놈들이 어딜 감히, 이 문을 열고 시체를 도적질해 갈 수가 있다는 말인가? 올 테면 와보라지. 모조리 해골을 깨뜨리고, 목을 베어 무덤을 가득 채울 테니까 말이야. 어이 놈지들! 아니 그런가? 한 놈의 시체가 백 냥이면 열 명만 된다면, 천 냥이 아닌가 말이야? 이 정도면 수지맞는 장사가 아닌가 말이야!

3

하얀 세마포의 시체와 함께 누웠던 성령의 사람 예수는 홀로 나와서 한없는 나락으로 빠져들었다. 육신의 장막을 벗어난 영혼은 한없이 홀가분했다. 하지만 갈수록 젖어오는 냉한에 영혼과 정신이 으쓱거리는 음부였다. 어둠과 허무와 갈증과 두려움이 정신과 또 다른 육신을 잠식하였다. 정신은 갈수록 샛별처럼 초롱거렸다. 천리가 한 걸음이었고, 사모하는 마음이면 곧 정신과 육신은 그곳에 당도하고 있었다.

영혼의 주인이신 야훼 하나님의 뜻이 그들을 인도하였고, 야훼의 성령이 그들을 옮겨주었고, 아버지 하나님의 무궁한 지혜가 역사하시는 일이었다. 태초에 뜻이 있었느니라. 태초에 힘이 있었느니라. 태초에 지혜가 있었느니라. 세상에서 영광의 빛을 받은 누군가 그렇게 말했고, 그렇게 느껴지고 믿어졌을 뿐이다.

대체 어디로 인도하시려는가? 예수는 문득 오래전, 내가 누구를 보낼꼬! 하고 심려하시는 영광스러운 아버지 하나님 앞에서 주여, 제가 가겠습니다. 어디든 보내주소서! 하고 자원하여 세상에 내렸던 성령의 잉태를 떠올렸다. 그로부터 한 세상은 참으로 고역이요, 신원(伸冤)하는 피와 땀과 악취로 가득 찬 틈새에서 역겹고 목마르고 참담한 노릇이었다. 때로는 어미 마리아의 무한한 사랑의 위로와 시시로 감싸드는 아버지 요셉의 격려와 영광은 큰 힘이었다. 하지만 주마등처럼 떠오르는 세상살이란 결코 두 번 다시 맛보고 싶지도 않았고 되돌아보고 싶지 않았다.

외롭고 허전하고 쓸쓸한 굴곡이었다. 실로 게헨나의 쓰레기와 같은 세상이었다. '힌놈의 아들'이라는 별칭으로 불리는 그곳은 예루살렘 서남쪽이었다. 아하스와 므낫세 왕의 통치기간에 이방신 몰렉에게 인신 제물을 불태워 드렸었다. 개혁에 나섰던 요시아 왕 때에 엄금하였으나, 살육의 골짜기로 유명했다. 가롯 사람 유다가 살 맞은 늑대처럼 쫓겨 가 목매달아 죽었던 곳이요, 쓰레기와 흉악 죄인들의 시체를 불태워버리는 곳이기도 했다. 그 심연을 지나 성결한 예수는 또다시 끝없는 나락으로 곤두박질치듯 내려가 보았다.

더구나 그 비슷한 세상 속에서, 아옹다옹하며 늑대처럼, 굶주린 사자처럼, 지렁이나 뱀들과 같이 오직 탐욕과 정욕을 위하여 살아가는 사람들과 함께 먹고 마시며 살아야 하는 노릇이 머리를 찌르던 가시처럼 아뜩하였다. 하지만 막상 십자가의 죽음 후, 다시금 따라나선 음부의 골짜기는 과연 어떠할까?

예수는 문득 전날에 엄한 소리로 꾸짖던 일들을 떠올렸다. 내가 너희에게 분명히 말해두지만, 너희의 생활이 율법사들과 바리새파 사람보다 낫지 못하면 결단코 하늘나라에 들어가지 못할 것이다 하였고, 누구든지 형제에게 이유 없이 화내는 사람은 재판을 받게 되고, 자기 형제를 어리석다고 욕하는 사람은 법정에 끌려가게 될 것이며, 이 미련한 놈아! 하고 단죄하는 사람은 게헨나에 들어갈 것이다. 또한 오른 눈이 너를 죄짓게 하거든 빼어버려라. 몸의 한 부분을 잃을지라도 온몸이 게헨나에 던져지는 것보다 더 낫다고 했었다. 그뿐 아니라 누구든지 나를 믿는 이런 어린아이 하나를 죄짓게 하는 사람은 차라리 목에 큰 맷돌을 달고 깊은 게헨나에 빠지게 된다고도 했다.

제자들에게는 세상에서는 몸과 영혼을 게헨나에 던질 수 있는 야훼 하나님 외에는 두려워할 것이 없다고 가르쳤다. 뱀들아, 독사의 자식들아, 너희가 어떻게 게헨나의 판결을 피하겠느냐? 하고 책망했던 기억이 생생하였다. 게헨나가 무엇인가? 심판과 진노, 파멸과 영원한 죽음, 무저갱, 불 못이라 하였다. 이제 그 실상을 보게 된 터였다.

과연 살육의 계곡이었다. 야훼 하나님께로부터 저주받았다는 문둥이처럼 흉악한 죄인들과 세상의 온갖 쓰레기를 한꺼번에 유황불로 살라버리는 곳이었다. 하지만 불태워 없애지는 곳이 아니다. 영원히 불타는 구덩이였다. 온갖 뱀들과 귀신의 무리와 각종 독충과 벌레들과 탐욕의 덩어리와 간사한 무리와 전쟁의 악마가 뒤엉켜 있었다. 이가 이를 갈고, 쇠가 쇠를 깨트리며, 통곡이 통곡으로, 발악이 발악으로, 원망이 원망끼리 서로 시비하고 서로 미워하였다. 서로 질세라 다투고 있었다.

사람인지 사자인지, 짐승인지 벌레인지, 마귀인지 악귀인지, 날카로운 가시와 잡초와 엉겅퀴가 엉겨 있었다. 도무지 알 수 없는 암흑과 혼란과 참화의 극치였다. 성령의 사람 예수는 고개를 저었다. 민망스럽고, 끔찍하고, 통절하여 더 이상 볼 수가 없었다. 탄식하듯 부르짖었다.

– 아바 아버지여! 긍휼을 베푸소서! 주님의 이름으로 냉수 한 잔이라도 대접하는 사람은 결코 그 상급을 잃지 아니하리라, 하였습니다.

구원의 여망이 없어 보였다. 한 줄기의 빛도 보이지 않았다. 한 방울의 물도 없어 보였다. 아아! 하고 한탄하던 성결한 예수는 거듭 고개를 저었다. 그러나 그는 또다시 탄식하듯 부르짖었다.

– 모세가 광야에서 뱀을 든 것 같이, 나 예수가 들렸느니라. 십자가의 나를 보아라! 그리하면 살리라.

이는 그가 실로 마지막으로 외칠 수 있는 생명의 복음이었다. 다 이루었다! 하고 외치던 함성과 같이!

예수는 낙원을 사모하였다. 어서 이 참혹한 처소를 떠나고 싶었다. 사랑하던 사람들이 그리웠다. 주리며 목마르고, 애통하며 의를 위하여 핍박을 받았던 사람들이 그리웠다. 진토와 같은 세상에 사는 동안, 주 하나님의 나라를 사모하며 주님의 영광을 위하여 주님의 이름으로 헌신하던 사람들이었다. 정녕 아벨과, 노아와, 아브라함과, 이삭과, 엘리멜렉과, 야곱과, 요셉과, 모세와, 아론과, 여호수아와, 유다와, 이사야와, 다윗과, 엘리야와, 에스겔과, 에스라와, 에스더와, 한나와, 드보라와, 사무엘과, 예레미야와, 다니엘과, 요나와, 호세아와, 하박국과, 스바냐와, 학개와, 오바댜와, 아모스와, 미가와, 나훔과, 스가랴와, 말라기와, 세례자 요한과, 그 사랑을 입고 그와 더불어 동사했던 형제와 자매들이 거쳐 간 아름다운 동산이 아니냐! 오늘 나와 함께 낙원에 있으리라 하였던 오른편의 형제 아볼로는 어디에 있는 걸까? 산들바람이 게헨나에서 더럽혀진 눈을 씻겨주었다. 바람에 나부끼며, 구름 날개에 실려 가는 동안 성령의 예수가 떠올려본 그리운 사람들이었다.

정말 그랬다. 예수를 반갑게 영접한 사람은 아볼로였다. 천사와 같이 그 얼굴이 밝고 환하여, 처음엔 몰라볼 뻔했던 것이다. 그러나 손을 내밀며 품에 안기는 그 손에 못 자국이 선명하였다. 또한 풋내기처럼 풋풋한 생기가 넘쳐 올랐다.

– 주님, 예수여! 주님의 이름으로 구원을 받았나이다.

그는 경배와 찬양을 드렸다. 세례자 요한과 아버지 요셉도 금세 낯익은 모습으로 성령의 사람 예수를 영접하였다.

– 아버지여! 사랑하고, 사모했습니다.

예수는 머리 숙이며 급히 말했다.

– 아들아! 아니, 사랑하는 주님이여! 사랑하는 모친께서는 강녕하신가? 그 마음이 심히 상하였을 터요, 그 몸이 외롭고 고달팠을 터인데……

목수 요셉이 울먹이며 말했다. 예수는 삼가 경외하는 모색을 보이는 양부 요셉에 대하여, 그 정을 억제하지 않았다.

– 모친께서는 담대한 믿음으로 천만인의 어머니로서 잘 이기셨습

니다. 오래지 않아 영광의 자리에 오르실 터입니다. 근심하지 마십시오.

세례자 요한이 말했다.

— 주님, 예수여! 보아라, 세상 죄를 지고 가는 야훼 하나님의 어린 양으로서 잘 순종하셨습니다. 슬프고 고독한 영혼이 진실로 강한 자이다, 하는 장하신 모습이었습니다.

성결한 예수는 정겨운 눈으로 그를 바라보았다.

— 진실로 아버지의 뜻을 이루었을 뿐, 아직도 할 일이 많습니다. 세상이 험하고 악한 사탄의 계교가 막심한 것을 맛보지 아니하셨습니까?

요한은 말씀을 이었다.

— 만일 우리가 그리스도 안에서 바라는 것이 저 세상뿐이었다면 우리는 그 누구보다도 불쌍한 사람들입니다. 그러나 그리스도 예수께서, 죽었다가 다시 살아나시므로 부활의 첫 열매가 되셨습니다. 죽음이 세상에 한 사람을 통해서 온 것처럼, 죽은 사람의 부활도 한 사람을 통해서 왔습니다. 아담의 죄로 모든 사람이 죽은 것 같이, 예수 그리스도로 말미암아 모든 사람이 다시 살게 될 것입니다. 그러나 부활에는 각자 자기의 차례가 있습니다. 첫째는 첫 열매이신 그리스도 예수이고, 다음은 그리스도께서 다시 오실 때 그분을 믿는 모든 성도입니다. 그런 다음에 세상에 종말이 올 것이며, 그때 그리스도 예수님께서는 영계와 지상의 모든 통치권과 권세와 능력을 없애버리고 나라를 하나님 아버지께 넘겨 드릴 것입니다.

— 믿음입니다. 오로지 믿음만이 구원의 확증이 될 터입니다.

성결한 예수는, 세례자 요한이 광야에서 외치던 소리처럼 날카롭게 확증하는 말에 기꺼운 낯으로 응수하였다.

요한이 한 마디 더 보태었다. 그 목소리가 한결 부드러웠다.

― 주님 그리스도께서 모든 원수를 자기 발아래 복종시킬 때까지 왕으로서 다스려야 합니다. 그리고 멸망 받을 최후의 원수는 사망의 권세입니다.

― 나의 통치는, 오직 사랑의 힘으로 다스릴 터입니다. 칼이나 창보다, 작은 사랑이 강한 것을 보여야 합니다. 그것이 곧 아버지 하나님의 지혜입니다.

성결한 예수의 고요한 응수에 요한은 확증하였다.

― 성경의 시가서는 노래하기를, 하나님이 모든 것을 그의 발아래 복종하게 하셨나이다, 했습니다. 그러나 자기 발아래 복종하게 하셨다고 말할 때, 모든 것을 그리스도에게 복종시키신 하나님은 여기에 포함되지 않은 것이 분명합니다. 하나님이 이렇게 하신 때에는 아들 자신도 모든 것을 그에게 복종시키신 분에게 순종하게 되어 결국 하나님만이 만물을 다스리시게 됩니다. 만일 부활이 없다면, 죽은 사람들을 위해 세례 받는 사람들이 무엇을 하겠습니까? 죽은 사람이 살아나지 못한다면, 어째서 그들을 위하여 세례를 받습니까? 또 무엇 때문에 우리가 끊임없이 위험을 당해야 할 터입니까? 주님 예수께서 당하신 고난과 죽음은 진실로 새로운 시작일 것이 분명합니다. 그렇습니다. 그러므로 오직 믿음! 믿음으로 담대한 순종만이 생명의 도리가 될 터입니다. 순종하는 사람마다 성령께서 도우실 것입니다.

어느덧 갈릴리의 친구 아리우스와 마카리우, 그 외에 광야로 나갔던 수많은 친구들도 덩달아 환대하였다. 그러나 예수는 그들의 장막 집이 무너지는 순간의 참담한 모습이 얼핏 떠올라 한숨을 쉬었다. 모두가 참혹한 죽음을 당했던 것이다. 목이 잘렸고, 십자가에 매달렸고, 창을 받아 몸통이 찢겼고, 굶주려 피골이 상접했고, 짐승에 찢겼고, 말발굽에 짓밟혔고, 머리통이 깨어졌고, 뱀에게 물렸고, 전갈에 쏘였고, 사자에게 뜯겼고, 골짜기에 추락했고, 그 뒤를 따르는 백성들이 무수하였다. 예수는 그들의 원한과 탄식과 하소연을 듣고 있었다. 이윽고 그는 입을 열었다.

– 너희는 근심하지 말거라. 아버지 하나님을 믿으니, 또 나를 믿어라. 믿고 기대하라. 오직 사랑으로 기다려라. 감사하고 찬양하며, 잠시만 더 기다려라. 내 아버지 집에 있을 곳이 많고, 또한 각각 그대들의 처소를 준비하러 내가 왔느니라. 알아듣겠는가?

성령의 사람 예수는 저도 모른 새 평소의 습관이 드러난 것을 느끼며 활짝 웃었다. 하늘과 땅과 세상이, 아니 낙원이 날빛보다 활짝 밝아지는 그런 웃음이었다.

어린 천사가, 아롱거리며 채근하였다.

– 주님이여, 이제는, 가셔야 할 때가 되셨나이다.

향기로운 말씨에 성령의 예수는 고개를 주억거렸다. 해야 할 일이 많은 터이다. 다 이루었으나, 믿음의 역사를 위하여, 오직 믿음으로 받아들이는 순종과 은총을 위하여, 아직도 해야 할 일이 많은 것을 알고 있었다. 부활의 확증을 보여야 한다. 아니, 실상 자신은 지금 무덤 속에 머물러 있어야 하는 때이다. 안식의 때인 것이다. 음부에 잠시 내려가 생명의 길을 제시하려는 속셈이었으나, 이미 아버지의 뜻을 보았다. 아버지의 지혜를 보았다. 더 이상 근심하거나 두려워할 일은 아무것도 남아 있지 않았던 것이다. 하지만 생명의 사랑은 어찌할 수가 없었다. 막을 길이 없고, 두렵거나 거칠 것 없이 흘러넘치는 생수였다.

마침내 예수는 순식간에 돌무덤 앞으로 날아들었다. 세례자 요한과 요셉 양부가 빛나는 광채를 입고 동행하였다. 아아! 무덤가에는, 창을 든 경비병들이 모두 고개를 떨치어 후줄근히 취한 채 잠들어 있었다. 그러나 성결한 예수는 스스럼없이 무덤 문을 들어서며, 그대로 세마포에 싸여 누운 예수의 음습한 장막 집으로 입성하였다. 죽고 또 죽어야, 영원을 살게 될 터이다. 안식 후 첫날의 여명이 밝아오고 있었다.

4

새날의 빛이 밀려들었다. 빛과 함께 야훼 하나님의 뜻이 살아나고 있었다. 의지가 샘솟고 있었다. 생명의 가락이 솟구쳤다. 붉고 푸른 힘이 솟아올랐다. 거룩한 말씀이었다.

– 아들아, 일어나라!

이는 아득한 세월 전에, 야훼 하나님의 아들 예수가 함께 부르던 음성이었다. 빛이 있어라! 하늘과 땅은 나뉘어라! 각종 식물과 짐승과 새들이 날게 하라! 바다의 어족과 해물이 자라게 하라! 연신 부르짖고 이름을 부르던 일이 떠올랐다. 엊그제의 일 같이 선연하건만, 셀 수도 없이 무궁한 세월이 흘러간 셈이다. 빛과 어둠이 뒤섞이고, 낮과 밤이 암수의 긴용처럼 뒤채었다. 때마다 성자(聖子) 예수는, 아버지 하나님과 함께 기뻐하였고, 외롭지 않았고, 분주했고, 즐거웠다. 천하 만물과 더불어 야훼 하나님의 형상을 닮은 사람 사랑으로, 생명의 희락을 맛보았다. 안식의 날, 칠일은 한층 감미롭고 평화로웠다.

하지만 어찌 된 셈인지 슬픔과 근심이 밀려오기 시작했다. 사랑하는 사람살이에 일하는 엿새 동안의 수고로움이 차츰 고역이 되었다. 사람마다 땀과 눈물이 흐르기 시작했다. 빛과 어둠이 공존할 수밖에 없었기 때문이었다. 선과 악이 상존할 수밖에 없었기 때문이었다. 낮과 밤이 되풀이되어야 했고, 사람 사랑에 온갖 사물이 필요했기 때문이다. 이것이 창조의 질서였으니 말이다.

육신으로 살아야 하는 세상살이에 번거로움이 뒤를 따랐다. 먹고 마시고, 일하고 자고 쉬며, 또 되풀이되는 나날이 바뀌노라면 헐거운 숨결이 가팔랐고, 여백이 없지 못했다. 생육하고 번성하며, 다스리고 나누고 누리는데도, 번거로움과 안일과 권태도 따랐다. 온전한 신이 아니요, 사랑하는 사람이었기 때문이다. 남녀의 생존이요, 사랑의 이면에 미움과 시기와 질투가 굼실거리는 세상이 되었다.

마침내, ─ 보아라, 내가 만물을 새롭게 하리라! 하신 아버지 하나님 성부(聖父)의 이 뜻을 받들어 다 이루었다! 하고 선포하였으나 세상은, ─ 다 끝장이 났다! 하였고, 지중해로 스러지는 태양처럼 탄식하지 않았던가? 기대하고 기다려온 메시아는 죽었고, 이방의 세력들은 조롱하였고, 동족의 제자들은 뿔뿔이 흩어져버렸다. 십자가의 처참한 사망을 바라보며, 사악한 세력들은 축배를 들었다. 사탄은 사망의 승리를 선포하였다. 사망 권세에 빌붙어 일시적인 향락에 도취하였던 온갖 부류들은 광란의 춤을 추고 환호하였다. 세상을 정복한 어둠은 한층 골이 깊었다. 여명의 어둠은 더 한층 기승을 부렸다.

그러나 야훼 하나님의 말씀은 항상 살아 있었다. 스스로 존재하는 말씀이 육신이 되었던 예수는, 그 말씀대로 때를 따라서 이루어야 했다. 그것이 길이요, 진리요, 생명이었다. 그것이 아버지 하나님께 이르는 유일한 통로였다. 그 통로를 따라서 빛이, 생명의 빛이 해일처럼 밀려드는 순간, 어둠의 권세는 순식간에 썰물처럼 물러가고 있었다. 빛과 어둠은 공존할 수 없는 법이었다.

세마포의 안식처에 묶인 예수는 밀물처럼 몰려드는 생명의 빛을 받으며, 가슴 가득히 밀려든 긴 숨결을 토하였다. 참을 수 없는 희열이 몰려들었다. 야훼 하나님께로부터 발원하는 사랑이요, 생명의 열락이었다. 이윽고 그 몸이 풍선처럼 부풀며 세마포가 들썩거렸다. 미소로 영접하던 세례 요한과 헨리 요셉이 손을 내밀어 머리의 두건을 풀었고, 세마포의 튜닉을 벗겼다. 그 머리의 가시 자국을 보며 한때 목에 칼을 받았던 요한은 눈물을 흘렸다. 진정한 아픔은, 육체의 고통을 겪어본 자가 잘 아는 법이었다. 체휼하는 아픔이었다. 그래서 성육신의 과정을 치른 성자 예수였다. 목수 요셉은 아들 예수의 겉옷을 차곡차곡 개어두었다. 벌떡 일어선 성결한 예수와 빛나는 두 사내는 서로 정답게 포옹하였다. 부활의 온전한 육체와 거룩한 영체의 성결한 포옹이었다. 온전한 부활의 첫 열매였던 것이다. 다시 만날 주님 야훼 하나님의 때를 언약하면서, 예수는 세상을 향하여 가벼운 걸음을 옮겼다. 다가서는 무덤의 돌문이 스르르 활짝 열렸다.

무덤 밖에서 여인들이 두세 두세하며 눈물을 흘리고 있었다.

– 누가 우리를 위하여 돌을 굴려줄꼬?

그러나 돌문은 이미 열려 있었다. 막달라 마리아와 야고보의 어머니 마리아와 요안나였다. 막달라 마리아는 일곱 귀신이 들려서, 그

악취가 진동하던 여인이었다. 하지만 예수를 만난 후, 지난 삼 년간의 신고를 더불어 겪었던 수종자였다. 활짝 열린 무덤 문 앞에서 그녀들은 당황한 모색이 역력했다. 성령의 사람 예수는 정겨운 사랑으로 손을 내밀었으나, 그녀들은 알아보지 못하였다. 아하! 하고, 예수는 정체성을 느끼며 삼가기로 스스로 다짐하였다. 거룩한 부활의 몸이다. 여인들의 사랑이 새삼 갸륵했다. 그 사랑이 마침내 세상을 밝히는 불이 될 터이다.

갑자기 밝은 빛과 함께 요한과 요셉이 그녀들 앞에 섰다. 잠들었다가 날빛보다 더 밝은 빛에 눈을 떴던 경비병들은 질색하고 갈대처럼 쓰러져버렸다. 그녀들은 무서워 떨면서 얼굴을 대지에 묻었다. 요한이 가만히 입을 열었다.

– 어찌하여 살아 계시는 분을 죽은 자 가운데서 찾느냐? 그분은 여기 계시지 않고 살아나셨다!

그 순간 병사들은 슬금슬금 뺑소니를 치고 있었다. 세례 요한이 부드럽게 말씀을 이었다.

– 전에 갈릴리에 계실 때에 너희에게 하신 말씀을 기억해보아라. 나는 죄인들의 손에 넘어가 십자가에 못 박히고, 삼 일 만에 다시 살아나야 한다고 하시지 않았느냐?

그 말씨가 차츰 광야의 소리처럼 날카로웠다.

– 주여, 누구십니까? 천사인가요?

눈이 휘둥그런 막달라 마리아가 물었다. 그러나 요한과 요셉은 말 없이 물러서고 있었다. 주의 길을 평탄케 하려는 그들의 사명은 끝났던 셈인가!

성결한 예수가 다가서며 입을 열었다.

– 여자여! 두려워 말아라. 그리고 왜 우느냐? 누구를 찾느냐?

마리아는 그가 다만 동산의 관리인으로 짐작하고 말했다.

– 여보세요. 당신들이 그분을 가져갔으면, 어디에 두었는지 말씀해주십시오. 우리가 모셔 가겠습니다.

성결한 예수가 감동하여 다시 입을 열었다.

– 내 딸 마리아여! 나를 보겠느냐? 내가 살았느니라.

여인들은 한 입으로 랍오니여! 하고 부르짖었다. 죽음을 이기신 주님을 저들은 눈물에 젖은 흐린 눈으로 볼 수가 없었으나, 그 음성으로 느끼고 있었던 것이다. 순결한 믿음이었다.

– 나를 만지지 말라. 내가 아직 아버지께로 올라가지 않았다. 너희는 내 형제늘에게 가서, 내 아버지도 되시고 그들의 아버지도 되시며, 내 하나님도 되고 그들의 하나님도 되시는 그분에게로 올라간다고 전하여라. 다시 살아나신 주님을 증언하여야 하리라.

듣고 또 들었던, 생생히 떠오르는 주님 예수의 음성이었다.

그제야 여인들은 주님 예수의 말씀을 생각하며, 단숨에 달려가 제자들이 몰려 있는 다락방의 처소에서 소식을 알렸다.

– 주님의 무덤이 비었습니다. 빈 무덤을 우리가 보았고, 랍비 주님께서는 다시 살아나셨습니다.

하지만 선뜻 믿고 나서는 사람이 없었다. 이 무슨 허튼 소리인가? 정녕 헛것을 보았나 보다! 그러나 역시 베드로였다. 그는 여전히 통통 부은 눈을 번뜩이며 앞장을 섰다.

– 우리의 두 눈으로 보아야 할 것이 아닌가? 어서 가보잔 말이요.

그 뒤를 따라서 흩어졌던 제자들은 회오리바람처럼 무덤을 향하였다. 그들이 헐떡거리며 돌무덤에 달려갔을 때, 열린 문 앞에는 그림자도 얼씬거리지 않았다. 베드로는 무덤 속을 들여다보았다.

– 아아! 정녕 주님의 것이로다.

시체를 쌌던 세마포 천과 주님의 겉옷이 분명하였다. 그는 정신없이 되돌아서서 세상을 향하여 다시 뛰었다.

그날 정오의 햇빛은 유난히 찬란하였다. 우윳빛으로 맑게 갠 하늘에서 거칠 것 없는 태양이 대지를 향하여 양껏 광채를 부어주고 있었다. 비단과 같이 펼쳐진 구름은 늠실거리며, 부채질하듯 세상을 굽어보았다. 풍성한 빛과 서늘한 바람으로 포도와 대추야자며 온갖 과목은 열매에 단맛을 더하고, 비둘기와 새들은 먹고 마시는 대로 힘찬 날개를 가볍게 솟구치고, 가축들은 즐거운 탄성을 터트리며 살이 오르고 번성할 터이었다.

하지만 예루살렘 도성은 어딘지 모르게 신비한 기운에 휩싸여 들었다. 흉흉한 기분이라 할 수도 있었다. 숨결을 헐떡거리는 경비병들의 횡설수설하는 보고를 들은 제사장들과 서기관들은 긴급 회동하였다.

– 무덤이 순식간에 털렸다니, 네 놈들은 허깨비였다는 말이냐? 천사가 나타났다니, 그 무슨 잠꼬대인가?

죽었던 예수가, 부활하여 사라졌다는 말이었다. 그러기에 단단히 경비하라 하지 않았던가? 세상에 있을 수 없는 일이었다. 있어서는 아니 될 일이었다.

그들은 우선 사태 수습의 길을 모색하자는 취지를 모아, 경비병들을 단속하기로 하였다. 간교한 지혜가 말했다. 더 이상 책임은 묻지 않겠다. 입을 다물어라. 허튼 수작질을 말라는 말이다. 그 입에 재갈을 물려야 할 판이었다. 제사장들의 금고에서 은전 백 냥이 또다시 지불되었다.

― 너희들은 예수의 제자들이 밤중에 와서 우리가 잠든 사이에 시체를 훔쳐갔다고 전파하여라. 알아듣겠느냐?

꿀 먹은 벙어리가 되어, 진실만을 말하란 말이었다. 따라서 그들은 벌린 입을 다물지 못하고 단맛대로 소문을 퍼뜨렸다. 그 소문은 어느덧 근거 없는 진실의 꼬리가 되어, 유대인 가운데 널리 퍼졌다.

― 나사렛 예수의 시체를 도둑맞았다. 정녕 제자들의 수작이 분명하도다.

뇌물이란 그때나 지금이나, 항상 세상을 어지럽고 어둡게 하는 근본이었다.

5

예루살렘 도성에서 이십오 리나 되는 엠마오 촌락으로 향하는 발걸음이 있었다. 풍문을 좇아 향리를 버리고 예수를 따르던 두 사람이 서글픈 빛을 감추지 못하여 속내를 주고받았다. 나그네의 발걸음은 항상 세상사를 요리하는 맛으로 제격인 터이다. 그 맛을 모른다면 인생이란, 그 얼마나 삭막한 사막이라 할 것인가? 그들은 누가 듣기라도 하듯 소곤거렸다. 살아갈 재미가 줄어버린 것을 한탄하고 있었다. 청춘의 열정으로 타오르던 소망의 불이 꺼지고, 메시아의 기대는 헛물을 켜고 말았던 세상이었다. 태양의 빛도 단지 그들에게는 뜨거운 열풍이요, 심통이요, 고역일 뿐이다. 따라서 그들의 젖은 듯한 발걸음은 푯대 잃은 취한처럼 비틀거렸다. 야훼 하나님의 사랑이란 바로 그런 곳을 찾았다.

무지개처럼 홀연히 다가서던 성결한 예수가 입을 열어 물었다.

– 그대들이 주고받는 이야기가 무엇인가?

그들은 사사로이 끼어드는 동행에는 무관심했다. 만사에 흥미를 잃었던 터이다. 하지만 슬픈 가슴은 걸음을 멈추었다. 글로바라는 사내가 퉁명스럽게 말을 씹었다.

– 당신은 누구이기에, 예루살렘에 있었다면 근자에 그곳에서 일어난 일을 홀로 모르고 있다는 말인가?

– 대체 무슨 일을 말함인가?

성령의 사람 예수가 태연히 되물었다. 꼴을 지켜보던 갈리오가 입을 열었다. 그는 매사에 진지한 사내였다.

– 그렇게 궁금하시오? 나사렛 예수님에 대한 일입니다.

그는 침을 삼켰다. 얼굴에 새삼 그늘이 드리워졌다.

– 그분은 하나님과 모든 백성 앞에서 행동이나 말씀에 능력 있는 예언자였습니다. 그런데 대제사장들과 명색이 우리 지도자라는 유대인들이 그분을 로마의 법정에 넘겨주어 사형선고를 받게 하고, 즉시 십자가에 못 박아 죽였습니다. 우리는 그분이 진정 이스라엘을 구원할 메시아라고 잔뜩 기대했었는데 말입니다. 그러니 이제 세상 살 맛이 있겠습니까?

그때 듣고 있던 글로바가 소리를 높였다.

– 문제는, 오늘이 그런 일이 일어난 지 사흘째가 됩니다. 우리 가운데 여러 여자들이 우리를 놀라게 하는 기막힌 소식을 전했단 말입니다. 그들이 새벽에 무덤에 갔다가 예수님의 시체는 보지도 못하고

돌아와서, 천사가 나타나 그분이 살아났다고 말했다는 거요. 대체 세상에 이런 일이 있을 법한 소린가요? 더구나 우리 가운데 몇몇은 득달같이 쫓아가 보았지만 여자들이 말한 것은 텅 빈 무덤으로 사실임을 보았지만, 예수님은 만나지 못했다는 겁니다. 하늘 아래 세상에서 이런 일이? 대관절 어찌 되는 셈일까요?

그들은 서글픈 얼굴로 고개를 흔들었다.

― 너희는 정말 미련하고, 예언자들의 모든 말씀을 참으로 더디 믿는 사람들이로다. 그리스도가 이런 고난을 받고 자기 영광에 들어가야 하리라고 하지 않았더냐?

성령의 예수가 느닷없이 음성을 높였다. 그들은 힐책을 당한 듯 경악하였다. 예수가 차분하게 다시 말씀을 이었다.

― 들어라, 이스라엘이여! 전에 모세가 무어라 하였던가? 너희가 광야에서 만나를 먹었어도 다 죽으리라 하였으나, 내 뒤에 오시는 그분이 생명의 빵을 주시리라 하였지. 보라, 처녀가 잉태하여 아들을 낳을 터이니, 그 이름을 임마누엘이라 하리라. 이는 하나님이 우리와 함께하심이라 하고 선지자 이사야가 예언하셨다. 또한 선지자 말라기는, 전능하신 야훼 하나님께서 말씀하신다. 보아라! 유황불 같은 심판의 날이 올 것이다. 그날에는 교만한 자와 악을 행하는 자가 다 지푸라기처럼 불타서 없어질 것이며, 그들 중에는 하나도 살아남을 자가 없을 것이다. 그러나 내 이름을 경외하는 너희에게는, 의의 태양이 떠올라서 치료하는 광선을 발할 것이며, 너희는 나가서 외양간에서 풀려나온 송아지처럼 뛰어다닐 것이다. 내가 이것을 행하는 날에, 너희가 악인을 짓밟을 것이며, 그들이 너희 발밑에 있는 재와 같을 것이다.

너희는 내가 시나이 산에서 모든 이스라엘 백성을 위하여 내 종 모세에게 준 율법과 규정을 기억하라. 보아라! 나 야훼의 크고 두려운 날이 이르기 전에, 내가 너희에게 엘리야와 같은 예언자를 보내리라. 그는 아버지의 마음이 자녀들에게 돌아서게 하고, 자녀들의 마음이 아버지에게 돌아서게 할 것이다. 만일 그들이 회개하지 않으면 내가 가서 그들의 땅을 저주로 치겠다고 말씀하지 않았더냐?

이날이, 바로 그때가 온 것이다. 생명의 빵을 먹어보고, 듣지도 못하였느냐? 귀신이 쫓겨 가고, 문둥이가 새사람 되고, 소경이 눈을 떴다는 소문도 듣지 못했더냐? 크고 두려운 날에 선지 엘리야와 같은 광야의 요한이 왔었고, 이제 하늘에 울려 퍼진 십자가로 사망을 깨뜨린 부활의 소식이 바로 그것이다. 모세가 광야에서 뱀을 들었던 것과 같이, 그 이름을 믿고 바라보는 자마다 구원을 받을 것이요, 간악하고 교만한 자는 진노를 받으리라. 알아듣겠느냐?

엠마오 마을이 다가오고 있었다. 성령의 예수는 말씀을 마치며 그대로 지나쳐 가려 하자, 그들은 간절한 어투로 만류하였다.

- 주님, 랍비여! 이미 저녁때가 되었는데, 그대로 보낼 수는 없습니다. 저희와 함께 묵으시고 더 말씀해주십시오.

마침내 성결한 예수는 그들을 따라 석조 집으로 들어섰다. 글로바의 아담한 집에 식탁도 조촐하였다. 그의 아내는 낡고 초라한 차림이었으나, 정숙한 유대 여인의 품위가 돋보였다. 하지만 그 누구도 예수를 알아보지 못하였다.

- 랍비여, 어서 드십시오!

갈리오가 주인처럼 권하였다. 모세를 비롯한 선지자의 모든 말씀에, 그들은 내내 아연실색하고 있었던 터이다. 예수가 빵을 들고 축사한 후에 떼어서 그들에게 주었다. 비로소 그들의 눈이 밝아져 주님 예수를 알아보았다.

– 오오! 주님 나사렛 예수여!

그들이 부르짖고 덤벼든 순간, 성령의 예수는 훈풍처럼 빛의 꼬리를 끌면서 사라지고 있었다. 글로바가 경악하여 몸을 떨며 소리를 질렀다.

– 친구여! 길에서, 그분이 우리에게 말씀하시고, 모세의 성경 말씀을 설명해주실 때부터, 우리 마음이 속에서 뜨겁지 아니하던가? 아아! 정녕 부활하신 주님 예수께서 우리에게 나타나 말씀하셨고 보여주셨다. 어서 가서 전해야 하지 않겠는가! 이 소식을 전해야 하리라.

그들이 되짚어 예루살렘으로 향하는 발걸음은 문득 활시위를 떠난 쏜살과 같았다.

문을 닫고 둘러앉은 마가의 다락방은 열기로 가득 차 있었다. 주님 예수께서 말씀대로 살아나셔서, 새벽의 여인들과 시몬 베드로에게 나타나셨다는 것이 화제의 중심이었다. 뿔뿔이 흩어졌던 제자들은 서로 연민을 느끼며, 두려움과 기대에 찬 눈길을 주고받았다. 골고다의 동산에서 십자가를 바라보며 치를 떨던 마음이 미처 진정될 겨를이 없었다. 기쁨과 두려움과 설렘과 신비함에 젖어 가슴마다 들썩거리는 열기를 주체할 수가 없었던 것이다. 다시 만남의 기쁨이요, 그러나 죽음의 공포는 시퍼렇게 살아 있었고, 주님의 사랑에 대한 믿음과 죽었던 암흑의 절망이 소망의 신비로 눈앞에 다가온 현실을 감당하기 어려웠던 셈이다.

대체 주님 랍비께서는 어디에 계신가? 장차 우리는 어찌해야 옳다는 말인가! 생각의 갈피를 잡을 수 없었고, 그 누구도 입을 열어 말할 수 없었다.

　그때 문을 두드리며 들어선 엠마오 사람 글로바와 갈리오가 놀라운 소식을 보태기 시작했다.

　– 우리와 함께 길을 걸었고 먹고 마셨나이다. 더구나 성경을 풀어 주시고 말씀하실 때, 우리의 가슴이 뜨거웠습니다. 축사하신 빵을 나눌 때 우리의 눈이 뜨였습니다. 나사렛 예수! 주님의 모습이 분명했습니다. 하지만 그 순간 그분은 바람처럼 사라져버렸습니다. 이가 바로 산 생명의 소식입니다. 오로지 믿고 따라야 할 소식입니다. 어찌하여 선지자들의 모든 말씀을 더디 믿느냐 하고 책망하셨습니다.

　이렇게 두려움과 경이감으로 반신반의하고 있을 때, 홀연히 주님 랍비의 음성이 들렸다.

　– 너희에게 평강이 있을지어다!

　정녕 주 예수의 육성이었다. 헤르몬 산의 생수처럼 맑고 고요하면서도, 힘 있게 솟구치는 바로 그 음성이었던 것이다. 제자들은 깜짝 놀라워 서로 마주 보며 눈을 크게 떴다. 정녕 유령이 나타난 것은 아닐까? 그 머릿결! 크고 늘씬한 키에 이마는 트였고, 그 아래서 두 눈은 수정처럼 빛나고 있었다. 자색 세마포 튜닉이 성스러웠다. 아아! 이마와 머리에서 면류관의 흔적을 발견할 수 있었다. 눈이 부시고 시린 듯 모두가 고개를 숙였다.

　그때 성결한 예수께서 정중하게 말씀하셨다.

　– 왜들 그렇게 놀라며, 무얼 의심하느냐? 자, 너희 눈으로 내 손과 발을 보아라! 나 예수다! 만져보아라. 내 옆구리에 네 손을 넣어보아라! 유령은 살과 뼈가 없으나, 보다시피 나는 살과 뼈가 분명할 터이

다. 믿음 없는 자들이 되지 말거라.

그러나 제자들은 너무 기뻐하고 흥분하여 오히려 믿지 못하였다. 꿈인가 생시인가 하며, 서로 이상하게 생각하였다. 성령의 예수가 다시 입을 열었다.

– 여기 무엇 먹을 것이 좀 있느냐?

구운 생선 한 토막을 가져다 드렸다. 예수는 그 생선을 받아 그들이 보는 앞에서 천천히 먹어버렸다. 이윽고 예수는 그들에게 말씀하셨다.

– 내가 너희와 함께 있을 때 모세의 율법 책과 예언서와 시편에 기록된 모든 것이 이루어져야 한다고 말한 것이 바로 이것이다. 다 이루었다! 하고 신포하지 않았더냐? 들어라. 성경에는 그리스도가 고난을 받고 삼 일 만에 다시 살아날 것과, 또 회개하면 모든 죄를 용서받는다는 이 기쁜 소식이 예루살렘에서 시작하여 모든 민족에게 전파될 것이 기록되어 있다. 보아라! 저 성전을 헐라, 내가 삼 일 만에 다시 일으키리라 하였던 것을 기억하느냐? 너희는 이 모든 일의 증인이다. 다만 이제 내 아버지께서 약속하신 성령을 너희에게 보내겠다. 아버지께서 세상에 나를 보내신 것처럼, 나도 너희를 보낼 터이다.

말씀하시며, 예수는 제자들에게 숨을 크게 내쉬었다.

– 성령을 받아라! 너희가 누구 죄든지 용서하면 그들이 용서를 받을 것이며, 너희가 용서하지 아니하면 그들의 죄가 그대로 있을 것이다. 그러므로 너희는 하늘 위에서 내려오는 능력을 받아 성령의 사람이 될 때까지 예루살렘에 머물러 있어라.

6

열두 제자 중에 디두모라 하는 도마와 가룟 유다는 부활하신 예수와 첫 만남의 자리에 동참하지 못했다. 막달라 마리아와 수잔나와 요안나 등 일곱 여인과 남은 제자들뿐이었다. 유다의 길은 세상이 이미 아는 바였다. 그는 연신 중얼거렸다. 낱알을 씹어 뱉듯이 중얼거렸다.

– 우리를 배신한 예수! 우리의 믿음을 배반한 나사렛 예수를, 나도 버린 것뿐이란 말이야.

그는 끝까지 부르짖으며, 통분의 이를 갈았다. 랍비 예수에게는 모든 것이 가능하였다. 굶주린 백성들을 먹이고 온갖 질병을 고치는 사소한 일뿐만 아니라, 바람을 꾸짖고 파도를 잠잠하게 하던 그 능력으로, 보다 적극적이고 혁명적으로 저 피를 끓게 하는 로마 군병들을 물리치고 이방의 세력과 세상을 의의 길로 인도해야 할 예수였다. 그것이 우리와 민족의 한결같은 기대요 권고였다. 장엄한 대왕의 행보요 메시아의 길이었다.

그러나 그는 끝내 우리의 기대와 믿음을 배반하고, 자기의 고집을 꺾지 않았던 셈이다. 메시아가 종의 모습이라니, 랍비요 구세주가 제자들의 발을 씻기고 섬기며 사랑하라니, 있을 수 없는 일이었다. 그리고 그 치욕의 십자가에 죽어서야, 다시 살아서 무엇을 하겠다는 것인가? 더 이상 무엇을 기대할 터인가? 또한 도마는 다른 제자들이 그처럼 처참하게 죽었던 주님 랍비를 보았다고 흥분해 있을 때, 비위가 상한 듯 말했다. 무슨 잠꼬대 같은 소리들인가? 그 정신없는 말들을 이제 와서 나더러 또 믿으란 말인가?

내 눈에 분명한 사실은 십자가의 처참하고 절망적인 랍비 예수다.

그 가시로 엮은 면류관에 하늘도 신음했고, 채찍에 맞은 몸의 피와 땀에, 바람도 구름도 소나기처럼 눈물을 다 쏟지 않았던가?

– 아니오! 그런즉 말씀하신 그대로 다시금 살아나신 것이요.

막달라 마리아와 요안나가 입을 열었다. 안타깝게 호소하는 듯, 낭자한 그녀들의 음성을 들으며 베드로가 소리를 높였다.

– 내가 이 눈으로 보았다는 말이요.

– 당신의 말을 우리가 어떻게 믿어야 한다는 말인가? 그날 밤 하녀들도 당신의 말에는 코웃음을 쳤지 않았소!

엠마오의 글로바와 갈리오가 부활하신 주님을 보았다고, 함께 빵을 먹었던 우리의 두 눈을 의심하지 말라 하였다. 그러나 도마는 단호하게 주장하였다.

– 난 그렇게 호락호락할 수가 없다는 말이요. 세상에 누가 뭐라 해도 이제는 믿을 수 없소. 내 두 손으로 못 자국 난 주님의 손바닥을 만져보고, 또 그 못 자국 난 랍비 예수님의 옆구리에 손가락을 넣어보지 않고는 안 믿겠다는 말이요! 어쩔 셈이요?

이렇게 초조하고 불안하기 그지없는 나날도 쉴 새 없이 흘렀다.

안식 후 첫 주간이 지나고, 또다시 다가온 안식일은 한층 껄끄러운 슬픔의 날이었다. 한결 초조하고 검붉은 팔일이 지났다. 제자들은 단지 먹이 벌레만을 뒤쫓는 두더지처럼, 음습한 구석을 헤매다가 마가의 이층 다락방에 다시 모였다. 그들은 돌계단을 오르며 서로 눈치를 살폈다. 랍비 예수와 함께 최후의 만찬을 나누던 소망의 방이었다. 그 밤은 신비한 기대와 감동이 넘치던 흥분의 밤이었다. 하지만 가룻 유다는 사라졌고, 도마의 수척한 얼굴은 눈에 띄었다. 그의 눈은 뱀의 눈처럼 의심과 불안에 번뜩였다. 모두가 석양의 햇살이 비켜드는

방의 문을 걸어 잠그고 서로의 눈치를 살피고 있었다. 두렵고 고통스러운 세상이요, 믿을 수 없는 인심이요 세월이었다. 배신과 갈등과 사악과 폭력이 판을 치고 행세하는 예루살렘 도성이었다.

그때 느닷없는 주님 랍비의 귀에 익은 음성이, 문을 열었던 기척도 없이 날아들었다. 창문으로 비둘기가 설핏 날아들었다는 표현이 알맞았으리라.

– 나의 자녀들아, 평안할지어다.

정녕 주님 예수의, 그 맑고 차분하고 달콤한 음성이었다. 제자들은 눈을 번뜩거리며 주님을 찾았다. 의심으로 붉어진 눈들이 무지개 빛살로 부시고 가슴은 사랑과 흥분으로 진동했다. 서로 햇살을 가리듯 눈을 가렸다. 주인의 책망을 기다리는 가축들처럼, 제자들은 주님의 처분을 기다렸다. 그때 예수의 입이 다시 열렸다.

– 사랑하는 도마야! 네 손가락을 내밀어 나를 만져보아라. 내 손바닥에 손가락을 넣어보고, 네 손을 내밀어 내 옆구리에 넣어보아라. 그리고 믿음 없는 자가 되지 말고, 확실하게 믿는 자가 되어라.

그 음성이 너무도 애절하여 듣는 자들의 가슴에 이슬처럼 젖어들었다. 얼굴이 붉고 푸르던 도마가 감격에 떨리는 입을 열었다.

– 오! 주님, 나의 주님이시여! 나의 하나님이십니다.

그는 고개 숙여 경배를 드렸다. 그러나 성령의 예수가 입을 열었다.

– 너는 나를 보고서야 비로소 믿느냐? 진정한 믿음이란 보지 못해도, 그 말씀을 믿는 것이다. 나를 본 자는 아버지를 보았거늘, 보고 믿는 자보다 보지 못하고 믿는 자가 행복한 사람이다. 이 말을 꼭 기억하여라.

그러나 제자들은 다만 벌린 입을 다물지 못하였다. 예수가 맑고 고요한 눈으로 주변을 둘러보다가 다시 입을 열었다.

– 나는 새롭게 큰 믿음을 보았다. 전에 소중한 옥합을 깨뜨리고 나의 머리에 향유를 부어, 나 예수를 그리스도로 기름 부어 나의 장사를 예비했던 마리아처럼, 그날에 나는 이날을 기억하고 기념하라 하였던 것이다. 이제 보아라. 너희 가운데 사랑하는 요한과 나의 모친 마리아가 어찌하여 보이지 않는가? 바로 그들의 믿음이 나를 기쁘게 하는 것이다. 저 갈보리 십자가상에서 나의 말을 듣고, 아들 요한은 그 모친을 모시고 나사렛 마을로 내려가지 않았느냐? 또한 우리의 모친 마리아의 말씀을 내가 들었느니라. 그분은 절망하지 않았다. 낙심하고 슬퍼하지도 않았다. 나의 아들 예수의 고난은 너의 아픔이요, 그의 죽음은 나의 찔림이었다. 하지만 이제 그의 말씀대로 부활하실 터인즉, 어찌 두려워하고 슬퍼하고 한탄하랴? 다만 다시 만날 그날의 언약을 기다리고 있을 뿐이다 하셨느니라.

내가 이 말을 하고, 이 생명의 모습을 너희에게 보이는 것은, 그리고 더 많은 기적을 행하는 것은, 이제 세상은 너희의 말을 듣고 믿어야 구원을 받을 수 있기 때문이다. 그런즉 너희도 나의 죽음도 맛보고 나의 고난에도 동참하며, 나의 부활을 맛보아야 세상을 움직이는 능력이 임하지 않겠느냐?

시몬 베드로야, 네가 장차 어떠한 죽음으로 하나님을 영화롭게 할 것인가? 안드레와 빌립과 바돌로매야, 그대들이 장차 어떠한 죽음으로 아버지 하나님께 영광을 드러낼 것인가? 상상해보아라! 부활의 영광을 생각해보라는 말이다. 도마야, 네가 장차 어떻게 살아서 야훼 하나님의 은총을 드러낼 것인가 생각해보아라! 내가 주는 것은 결코 세상이 주는 것 같지 아니할 터이다.

성령 예수의 음성은 호소하고 탄원하듯, 전에 없이 절실하고 진지하였다.

— 그대들은 내가 하나님의 아들 그리스도라는 것을 믿고 구원을 받아야 할 것이며, 또한 세상에서 그대들의 말을 듣고 믿는 자마다 나와 같이 생명을 얻게 하려는 것이다.

베드로와 안드레가 합창하듯 외쳤다.

— 주님이여! 주님의 뜻이라면 바다에도, 불속에라도 들어갈 것입니다.

— 그 어느 곳이라도 바로 그곳에, 나 예수도 함께 있을 터이다. 이 말을 잊지 말아라! 이것이 능력이요, 세상을 이기고 마귀를 대적하는 힘이 될 터이니 말이다. 내가 너희를 고아와 같이 버려두지 아니하고 보혜사 성령을 너희에게 보내리라 하였지? 그가 와서 죄에 대하여 의에 대하여 세상을 책망할 뿐 아니라, 그는 진리의 영이라. 오로지 나사렛 예수를 세상에 널리 증언할 터이다.

예수와 가슴이 한결 부푼 제자들은, 말씀을 듣고 전하며 창밖을 바라보았다. 흐린 하늘에 별들이 귀담아 듣고 있다는 듯 유난히 빛나고 초롱거렸다.

여러 날 후, 곧 삼칠 주간이 흘러갈 무렵이었다. 꿈결 같은 세월이요 세상이라는 말이 실감날 듯하였다. 세상은 휩쓸던 파도를 잠잠하게 한 후, 아무런 일도 없었던 듯, 가진 자는 배가 불러서 헐떡거리고, 없는 자는 굶주린 짐승처럼 고파서 헐떡거리며, 밤은 밤대로 낮은 낮대로 시뻘건 태양 아래서 되풀이되는 일상으로 흐르고 있었다.

사람마다 무량하고 무렴한 하늘을 바라보며 무언가를 기대하고 기도했으나, 되는 일보다는 그저 그런 무심한 세월이 흐르고 있을 뿐이었다. 그러한 때에 부활의 예수는 갈릴리의 바닷가에서 제자들에게 자기를 나타내셨다. 그 전후의 실정은 이러했다.

시몬 베드로와 디두모라 하는 도마와 갈릴리 가나 사람 나다나엘과 세배대의 아들들과 그밖에 두서넛 나사렛 예수의 가련한 제자들이 함께 모여 있었다. 문득 헤아려보니 모두 일곱이었고, 여인들도 있었다. 모임의 동기는 아무도 몰랐으나, 그들은 한결같이 의기소침하였다. 마치 닻을 잃고 허둥거리는 쪽배와 같았다. 풍랑이 어디로 몰아칠 것인가? 갈대는 바람의 세력을 결코 꺾지를 못하는 법이다. 서로 반김도 없이 수척해진 얼굴을 마주 보던 시몬 베드로가 탄식하는 어투로 말을 뱉었다.

— 나는 물고기나 잡으러 가야겠다. 벌어야 먹고 살아갈 것이 아닌가?

— 저도 가겠어요. 나도 살아야지요.

그러자 너도나도 기다렸다는 듯 따라나섰다.

호숫가의 물결은 한결같이 발밑을 간질거리며 출렁대었다. 갈매기와 비둘기도 평화롭게 날개 치며, 예수의 제자들을 영접하고 있었다. 빌립과 안드레가 문득 전에 랍비 예수를 모시고 배를 저었던 일을 떠올리며, 재빨리 베드로의 배를 끌어당겼다. 배는 낡고 녹이 슬어 있었다. 배 안에 스며들어 출렁거리는 고인 물을 퍼내야 했다. 세배대의 아들 야고보와 바돌로매도 배에 올랐다. 요한은 보이지 않았다. 노질은 어쩐지 서툴고 어색하였으나, 물살은 순탄하였다. 삼 년이 넘도록 고기잡이는 옛일이 되었다.

물결에 철렁거리는 달 모습과 별들의 빛이 유난히 또렷하였다. 하지만 밤이 깊어갈수록 슬픔이 물살처럼 흘러 맴돌고 있는 듯했다. 그것은 마냥 빈 그물질이어서인지도 몰랐다. 뱃길도 잊었고 고기의 향방도 다 잊어버린 듯했던 것이다.

날이 밝아올 무렵, 허기진 그물을 싣고 배를 물가에 돌리려는 참이었다. 야고보의 배도 이미 닻을 내리고 있었다. 생각지도 못한 한 사내가 물가에서 기다렸다는 듯 말을 떨어뜨렸다.

― 친구들아, 고기를 좀 잡았느냐?

베드로가 생각 없이 대꾸하였다.

― 고기란 씨가 말라버린 모양이요. 모처럼 뱃길에, 그저 빈손입니다.

― 그물을 배 오른편에 던져라. 그리하면 고기가 많이 잡힐 것이다.

사내가 말하는 순간, 베드로는 몸이 떨렸다.

그물을 깊이 내려라! 하시던 주님의 옛 음성이 떠올랐던 것이다. 그날도 밤새껏 헛된 그물질로 얼마나 기진맥진하였던가? 제자들은 아무런 말도 못하고 급히 노를 저었다. 사람을 낚는 어부가 되게 하리라 하셨지! 그러나 모두가 한바탕 꿈이었다. 뭉게구름처럼 부풀었던 기대가 무너지자 실망과 슬픔은 뼈에 사무쳤다.

하지만 똑같은 일이 벌어지고 있었다. 말씀대로 서둘러, 그물을 배의 오른편에 내렸더니, 엄청난 고기떼가 몰려든 것이었다. 제자들은 꿈인가 생시인가? 도무지 분간할 수가 없었다. 바다의 깊은 곳과 배의 오른편은 무엇이 다른가? 얕은 곳과 왼편은 무엇인가? 야고보와 안드레는 잠시 생각하다가 그만두었다. 단지 그물을 추스르고 고기를 챙기기에 여념이 없었다. 팔뚝만 한 고기가 활기차게 뱃전을 두들기며 펄떡거렸다. 풍성한 고기를 보고, 호숫가에 서 있는 사내를 바라보던 제자들은 비로소 눈이 뜨였다. 그때에야 비로소 정신이 돌아온 듯 바돌로매가 소리쳤다.

– 주님이시다! 주님 예수이시다!

베드로 역시 눈을 크게 뜨고 있었다. 그는 주님 예수의 모습을 발견하자, 옛 습관대로 웃옷을 걸친 채 물결 위로 풍덩 뛰어들었다. 변함없는 사랑이요, 그리움일 터였다. 제자들은 급히 노를 저어 물가로 배를 대었다.

가득 찼던 고기는 일백 쉰세 마리나 되었다. 그물은 한 군데도 상하지 않았다. 전날의 수확을 떠올리며, 제자들은 신비로운 느낌을 새롭게 지울 수가 없었다. 벌린 입을 다물지 못하는 그늘에게 유날리 큰 키의 성결한 예수가 말씀을 이었다.

– 여기에 빵이 있으니, 지금 잡은 고기를 좀 가져오너라. 조반을 준비해야 하지 않겠느냐?

제자들은 침을 꿀꺽하고 삼켰다.

– 주님의 말씀은 내 발의 등이요 내 길의 빛입니다. 그 맛이 꿀이요, 송이꿀과 같습니다.

누군가 다윗 왕의 시가서를 낭송하였다. 물가의 바람이 달고 상쾌하였다. 고기 맛을 엿본 듯, 세 마리의 갈매기가 손에 잡힐 듯 날았다.

성령의 사람 예수가 다시 말씀하였다.

– 나는 생명의 빵이요, 너희는 고기를 잡았으니, 이같이 협력하여 의를 이루는 것이다. 자, 와서 아침을 먹어라!

물가의 육지에는 여인들, 막달라 마리아와 요안나와 수잔나가 둘러앉아 있었다. 아침의 태양처럼 모닥불이 벌겋게 타오르고 고기도

맛있는 냄새를 풍기며 구워지고 있었다. 진정 준비하시는 아버지 하나님이시다. 얼떨떨하여, 서로 눈치만 살피며 어찌할 바를 모르는 제자들이었다. 부활하신 주님과 제자들의 세 번째 만남인 셈이다. 냉큼 다가서지 못하는 제자들에게 예수는 손수 빵을 집어 나누어주었고, 익은 생선도 그렇게 나누어주셨다. 뱃세다 광야의 풍성한 만찬을 떠올리며, 제자들은 감흥에 젖은 눈물을 줄줄 흘리고 있었다.

시몬 베드로가 안드레에게 빵을 떼어주었다.

— 주님, 예수여!

안드레가 말했다. 단순한 착각이 아니었다. 그렇게 느꼈고 보았다. 안드레가 야고보에게 자기의 빵을 나누어주었다.

— 주님이여!

야고보가 말했다. 눈앞에 예수의 모습이 보였다. 야고보가 바돌로매에게 빵과 고기를 나누어주었다.

— 주님이여!

바돌로매가 감사했다. 단순한 착각이 아니었다. 그렇게 보였고, 분명히 느꼈던 것이다. 바돌로매가 도마에게 빵과 고기를 나누어주었다. 도마가 바돌로매에게 나의 주님! 하고 사례하였다. 도마의 눈에 랍비 예수의 크고 괴위한 모습이 보였다. 저는 주님을 세 번씩이나 부인했던 나약한 사람이었다. 그러나 주님 예수 사랑은 한층 뜨겁고 변함이 없었다. 저는 의심과 불신의 덩어리였다. 하지만 그 손과 옆구리가 결릴 때마다 눈물겹게 주님 예수의 사랑을 떠올리며, 그 눈에서 넘치는 눈물이 줄줄 흘러내렸다.

— 이제야 알겠느냐? 너희가 서로 사랑하여라. 그리하면 세상은 너희가 나의 제자요, 나 예수와 함께하는 사람인 것을 알게 되리라.

예수의 고요한 말씀에 아무도 대답할 말을 찾지 못한 채, 음식인지 눈물인지 분간할 수 없는 식사를 서로 나누었다. 오직 사랑으로 나누는, 실로 송이꿀보다 달고 오묘한 생명 과일의 맛이었다.

23장
하늘나라는 바람의 집인 것을

1

하늘나라의 음식은 대체 무엇일까? 하고 시몬 베드로는, 생각에 몰두하였다. 과실일까? 생선일까? 빵이나 우유일까? 도무지 실감할 수가 없었다. 음식을 먹고 옷을 입고, 잠을 자고 그 모든 일을 위하여 무엇들을 하고 사는 걸까? 안드레는 검은 머리를 긁적거리며 주님께서 언제 또 떠나가실 터인가 하고 궁금해 하였다. 바람과 같이 사라졌다가, 무지개와 같이 나타나는 주님 성결한 예수였다. 지금 저렇게 태연하게 식사를 하시다가도 언젠가는 홀연히 사라져 가실 것이 아닌가! 떠나시고 난 후의 빈자리는 세상이 텅 빈 듯 허전하고 암울했다.

야고보와 바돌로매는 맛나게 빵과 고기를 잡수시는 주님 예수의 입모습을 바라보며, 새삼 신기해하였다. 터부룩한 수염과 풍성한 머릿결이 보였으나, 부신 눈을 감추려들지 않았다. 바로 그 얼굴을 마주 볼 때마다, 그 파란 눈빛을 감당하기가 무렴하고 까닭 모르게 송구스러웠다. 겟세마네 동산에서 제사장들과 바리새인들, 그리고 창검으로 무장했던 로마 군병들 틈에 주님만 버려두고 숨 가쁘게 뿔뿔이 줄행랑을 놓았던 기억이 떠오를 때마다 다시 한 번 쥐구멍이라도 찾아들고 싶었다.

그러나 부활하신 후, 다시 나타나실 때마다 저 흔연하고 사랑스러운 모습이라니, 그 다정한 눈빛을 어찌 마주볼 수가 있겠는가? 나의 왕이신 주님이여! 차라리 심한 책망을 듣고 붙잡고 한바탕 통곡이라도 터트렸으면, 이 멍울 진 가슴이 풀릴 듯싶기도 했다. 도마는 가슴에 벅차고 오르는 황홀한 느낌으로 도무지 빵 맛을 알 수가 없었다. 진정 메시야요 세상의 왕이신, 부활의 주님과 함께 먹고 마신다는 사실이 믿어지지 않을 만큼 신기한 기분으로 그는 자신의 손과 손가락을 들여다보았다. 그처럼 무력하고 처참하게 죽었던 십자가의 랍비 예수가 다시 살아나셨다니, 도대체 인간의 상식으로 믿을 수 없고 있을 수도 없는 일이라고 다짐했었다.

미련하고 고집스럽게도 자신의 불신앙을 드러내었건만, 주님은 힐책이나 진노 대신에 손수 그 상처로 얼룩진 몸을 열어 보이셨다. 그래라. 그대 마음껏 만져보고, 손을 넣어보고, 다만 믿음 없는 자가 되지 말고 믿는 자가 되어만 다오! 나는 너의 진실한 마음을 믿느니라. 확고한 믿음이 마침내 사망 권세를 이기고, 세상을 이기고, 가난과 질병과 마귀 사탄을 이기는 권능이 되리라. 그래서 너는 더 넓고 크고 광활한 간난(艱難)의 땅 끝에서도 나의 증인이 될 터이다. 단지 너는 나를 본고로 믿겠느냐? 보지 못하고 믿는 자가 더 복이 있다 하신 이 한마디를 잊지 말아라.

하지만 부활하신 나의 왕 예수! 나의 하나님이시라고 고백했던, 이 확실한 믿음의 소득은 결코 우연이 아닌 셈이다. 이 어찌 크고 넓고 높아서 헤아릴 수도 없는 저 하늘과 같은 야훼 하나님의 사랑이요 권능이 아니랴? 그는 뿌듯한 심정으로 손에 들린 빵과 고기를 한꺼번에 입에 쓸어 넣었다.

한편 빵과 고기를 연신 구워대는 여인들의 손놀림은 분주하였다. 몇 명 되지도 않는 장정들의 식탐이 유다르다고 느낄 만큼 연신 빈손을 내밀었던 것이다. 그 수척해진 얼굴을 마주 바라보며, 탐스러운 손길에 노랗게 잘 익은 빵과 구운 생선을 얹을 때마다 자랑스럽고 흐뭇한 눈길이 따랐다. 빵과 생선에서는 모락모락 김이 서렸다. 뜨거운 열기가 살아 있었다. 어서 먹고 힘을 내소서! 주님께서 무슨 일들을 명령하실 터인지, 기대하는 순간이니 말입니다. 마치 출전을 앞둔 군병과 같은 기색이었나.

갈릴리 호수는 전에 없이 잠잠하여 이 새로운 만찬을 축하하는 듯했다. 주님 예수의 뜻을 받들어 불을 피우고 빵과 고기를 굽는 동안, 막달라 마리아와 요안나와 수잔나는 처음으로 수청 드는 여인들처럼 낯이 붉고 활기에 넘쳐 있었다. 남자들의 식사가 다 끝난 후에야 여인들의 차례가 될 터이다.

그때 성결한 예수가 흰 손수건으로 입가를 씻으며, 제자들을 둘러보았다.

– 좀 더 드십시오.

요안나가 두 손을 모으며 작은 빵을 내밀었으나, 성령의 예수는 고개를 저으며 입을 열었다.

– 음식의 맛이 어떠한가?

– 꿀떡꿀떡! 꿀꺼덕, 꿀맛입니다. 송이꿀보다 한층 달고 오묘합니다.

수염의 턱을 흔들며, 야고보가 달콤한 표정으로 말했다. 예수는 활짝 웃음을 터트렸다. 날빛보다 한결 밝아진 그 웃음이었다.

– 그 맛이란 바로 대지의 맛이요, 사랑의 맛이니라. 아니 그런가?

바야흐로 말씀의 향연이 시작될 기미가 보였다. 예수는 말씀을 이었다.

– 살진 고기를 먹으며 서로 다투는 것보다, 여간 채소를 먹으며 서로 사랑하는 것이 좋으리라! 모두들 기억하는가? 그대들 진실로, 이 사랑의 향기로만 살아갈 수 있다면, 마치 햇빛으로 살아가는 저 푸른 식물들처럼 말이다. 하지만 보이지 않는 뿌리와 가지에선 치열한 삶의 다툼이 벌어지고 있을 게야.

제자들 모두가 입질을 멈추며, 고개를 주억거렸다. 물이 흐르듯 자연스러운 어투였다. 음식은 한 순배가 끝나가고 있음이 분명했다. 주거니 받거니, 물을 마시며 귀를 기울였다.

– 그대들 남은 세상을 어떻게 살아가려는가? 먹기 위하여 산 것들을 죽여야 하고, 피부를 가리며 입기 위하여 짐승의 가죽을 벗겨야 하리라. 목마름을 달래기 위하여 어미의 젖으로부터 갓난것들을 떼어놓아야 하겠지. 더 많이 취하려면 더 많이 뺏어야 할 터, 그러므로 그 모든 행위를 하나의 진실한 예배와 축제가 되게 하라. 그것이 신령과 진정으로 드리는 예배이다. 진실로 주는 자가 받는 사람보다 복이 있다. 그대들의 식단은 날마다 일용할 양식으로 예배의 제단을 세우고, 그 위에서 숲과 평원의 순수 무구한 것들은 인간 속의 보다 순결한 것으로, 더욱 무구한 것을 위하여 희생이 되도록 하여라.

예수는 생각에 잠겨, 스스로 다짐하고 타이르듯 말했다. 유난히 고개를 주억거리는 베드로를 바라보다가 다시 입을 열었다.

– 그 열성과 적극성은 아무도 따를 사람이 없을 터이다. 오직 사랑의 열정이었다. 요나의 아들 시몬아! 그대가 진정 이 사람들보다 나를 더 사랑하는가?

제자들은 의아한 눈으로 눈부신 예수를 바라보았다. 요한의 아들 시몬을, 새삼 요나의 아들로서 새롭게 떠올렸다. 그는 성경의 유명한 배신자였다. 야훼 하나님께서, 저 큰 성읍 니느웨로 가서 그 타죄에 빠진 도성이 멸망할 것이라고 크게 외쳐라 하셨건만, 요나는 야훼의 낯을 피하여 다시스로 뱃길을 돌렸다. 그 결과는 고래 배 속에서 사흘간의 통곡이요, 회개와 결단의 열매가 풍성했던 역사적 사실이었다. 전에 한번, 기적만을 사모하는 백성들에게 주님은 밤낮 사흘을 물고기 배 속에 있었던 선지자 요나의 표적밖에는 너 보여줄 것이 없다고 하신 말씀이 기억 속에서 떠올랐다. 마침내 니느웨 성은 전무후무한 회개의 도성이 되었던 셈이다. 요나의 아들 시몬이라니, 이는 책망이신가, 아니면 칭찬이었던가? 단지 각성을 촉구하신 셈인가?

무렴한 낯빛으로 머뭇거리던 베드로가 대답하였다.

– 주님이여! 제가 주님을 사랑하는 줄 주께서 아십니다.

– 내 어린양들을 먹여라!

성령의 예수는 기다렸다는 듯 단정적으로 말씀하고 고개를 주억거렸다. 그러나 이윽고 그 입이 다시 열렸다.

– 요나의 아들 시몬아! 네가 나를 이 사람들보다 더 사랑하느냐?

– 그렇습니다. 주님, 예수여!

베드로는 두 번째 거듭되는 물음에 응수하듯 소리쳤다.

– 제가 랍비 주님을 사랑하는 줄 주님께서 아십니다.

– 내 양들을 쳐라!

예수는 베드로의 안색을 유심히 살피다가 단적으로 일렀다. 제자들은 어쩐지 가슴이 저려드는 느낌으로 둘의 대화에 귀를 기울였다. 하지만 성령의 사람 예수는 다시 물었다.

– 요나의 아들 시몬아! 네가 나를 이 사람들보다 더 사랑하느냐?

베드로는 이 세 번째 물음에 슬픈 심사를 드러내었다. 정녕 믿지 못하시는 주님의 음성을 들었다. 그럴 수밖에 없지 않았던가? 닭 울기 전에 세 번씩이나 네가 나를 부인하리라. 그는 차라리 내가 죽을지언정 하고 목숨으로 맹세했건만, 결과는 세상이 다 아는 사실이 되었다. 자기 자신을 믿을 수가 없었다. 그는 서글픈 심사로 말을 이었다.

– 주님이여! 제가 주님을 사랑하는 것을 주님이 아십니다.

그러자 성령의 예수는 분명한 어조로 말씀을 맺었다.

– 내 어린양을 먹여라! 먹이고 가르쳐라! 아버지 하나님의 양들이니라.

잠시 뜸을 들이던 예수가 차분하게 말씀을 이었다.

– 내가 분명히 말해둔다. 그대가 젊었을 때는, 스스로 자기 옷을 차려입고 원하는 곳으로 마음대로 다녔으나, 그대가 늙으면 그대 팔을 벌리고 다른 사람이 그대의 옷을 입혀, 그대가 원치 아니하는 곳으로 데려갈 터이다. 그러나 그대는 끝까지 나를 따르라.

예수가 이 말씀을 하신 것은 베드로가 어떠한 죽음으로 야훼 하나님께 영광을 돌릴 것인가를 알리기 위해서였다. 베드로는 예수의 빛살 같은 말씀을 반추하였다.

– 내 어린양을 먹이고 가르쳐라! 나를 따르라! 끝까지 나를 따르라!

그는 또다시 솟구치는 통곡의 눈물을 이를 지그시 깨물며 참았다.

– 주님과 함께, 주님처럼 죽으리로다. 하오나…… 주님께서 아십

니다.

  베드로가 문득 잠잠해진 호숫가를 돌아보며 뒤를 살폈다. 디베랴
로 돌아오는 길가에 예수님이 사랑하시던 제자가 뒤를 바짝 따르고
있었다. 그 뒤로 여인들과 제자들이 양떼들처럼 수굿수굿 따르고 있
었다. 젊은 그는 전날 다락방 만찬의 밤에 예수의 품에 기대어, 주님!
주님을 팔 자가 누구입니까? 하고 묻던 제자였다. 나와 함께 그릇에
손을 넣는 자니라. 그 묻고 답하던 말씀의 결과는 너무도 뻔하지 않
았던가! 아아, 형제 유다여! 그대는 어디로 갔는가? 선조 요나와 나
는 여기에 있지 아니한가. 야훼 하나님은 끝까지 사랑이시거늘…….
베드로는 스스로 헤아릴 수 없는 운명을 점치듯 입을 열었다.
  - 주님이여! 그렇다면, 이 청년은 장차 어떻게 되겠습니까?
  예수가 기다렸다는 듯 즉시 대답하였다.
  - 내가 다시 올 때까지, 그가 살아 있기를 내가 바란다고 해도 그
것이 그대에게 무슨 상관이냐? 너는 다만 나를 따르라! 참새 한 마리
도 야훼 하나님의 허락이 아니면, 그 머리를 떨칠 자가 없다고 하지
않았더냐?
  시몬 베드로는 고개를 주억거렸다.
  그러나 이날의 이 말씀 때문에, 그 젊은 제자는 결코 죽지 않을 것
이라는 예언의 소문이 제자들 사이에 떠돌았다. 그러나 예수의 말씀
은 이것이었다.
  - 그가 죽지 않는다는 것이 아니라, 내가 다시 올 때까지 그가 살
아 있기를 내가 바란다고 해도, 그것이 네게 무슨 상관이냐. 죽고 사
는 것은 온전한 아버지 하나님의 사랑이요 뜻이니라. 아니 그런가?

이 일을 증언하고, 자세히 기록한 사람은 바로 세배대의 젊은 둘째 아들 요한이었던 것이다.

성령의 예수는 흘러가는 하늘의 구름을 쳐다보며 혼잣말처럼 속 살거렸다. 이따금 가슴 저리게 성령의 바람처럼 향기롭게 떠오르는 시상(詩想)을 노래하며, 고요히 다스리는 모습이었다.

— 그대들 살기 위하여, 짐승이나 식물을 죽일 때엔 마음으로부터 속삭여다오. 그대 살해의 힘으로 나 역시 살해되고 있음을, 나 역시 때를 따라 먹히는 것일 뿐이다. 나의 손아귀 속으로 그대들을 인도한 법칙은 보다 힘센 손아귀 속으로 나 또한 인도함을 받는 것이다. 그 대의 피와 뒤섞이는 나의 붉은 피란 저 창공의 무수한 나무를 키우는 수액에 불과한 것일 뿐, 생명의 도리에 다름 아니다.

아아! 또한 가을이 되어 포도주를 짜기 위하여 그대들 포도밭에서 포도 알들을 따 모을 땐, 마음속으로부터 속삭여주어라. 나 역시 포 도밭과 같으니, 나의 열매 또한 포도주를 짜기 위하여 거두어질 터이 다. 그러면 나 역시 포도주처럼 영원히 항아리 속에 담겨지고 말 것 이다. 그리하여 눈보라치는 겨울이 되어 그대들 포도주를 따를 때면 하나의 잔마다 하나의 노래를, 그대들 마음속에 부르게 하라. 그리하 여 오직 아버지 하나님께 드리는 그 찬양 속에 지난날들과 포도밭과 포도주 짜던 추억을 간직하게 하여라. 나의 감람산 겟세마네 기도의 밤을. 아버지여! 이 잔을 내게서 옮기소서. 그러나 나의 원대로 마시 고 아버지의 뜻대로 이루소서 하였지. 이마를 적시던 땀이 포도주의 핏빛으로 넘실거리던 그 밤, 그대들 불멸의 추억으로 간직하고 살아 가는 것처럼, 그것은 곤곤할 때마다 힘이 되고, 굳센 믿음과 사랑으 로 성장하여 마침내 생명의 양식이 되는 것을 알게 될 터이다.

－ 주님이여! 오늘은 어디까지 함께 가실 터입니까?

－ 내가 항상 너희와 함께 있으리라 하지 않았더냐? 이것을 믿어라.

젊은 요한이 바짝 뒤를 따르며 혼잣소리처럼 묻고 있었다. 그는 파란 꿈이 깃든 듯 처량한 두 눈을 유난히 깜박거렸다. 얼핏 낮과 밤이 뒤채는 듯한 느낌이 들었다.

－ 그렇다면 죽음이란, 주 앞에서 무슨 의미가 있습니까? 그토록 처참하게 십자가의 죽임을 당했으나, 우리와 항상 함께 계시는 주님이여! 죄의 권능은 사망이요, 한 번 죽는 것은 사람마다 정하신 것이요, 그 후에는 심판이 있으리라 했습니다. 부활의 영광으로 마침내 사망아! 너의 쏘는 것이 어디에 있느냐? 하셨습니다. 이제 다시, 새로운 삶이란 무엇인가를 말씀해주십시오.

안드레가 형 베드로의 눈치를 살피며 소리쳐 물었다.

예수는 가던 길을 멈추며 잠시 뒤를 돌아보았다. 목자의 둘레에 양들이 모였다. 길가의 무화과나무를 향하여 차분한 걸음으로 다가서 자리를 잡았다. 예수가 고요히 입을 열었다.

－ 나를 보아라. 죽었다가 다시 삶을 누리는 부활의 생명이란, 이처럼 온전하고 또 영원한 것이다. 전에 말한 바 있거니와, 하나님이 세상을 이처럼 사랑하사 독생자를 보내신 것은 누구든지 저를 믿기만 하면 멸망하지 않고 영생을 얻게 하려고 하신 일이었다. 이처럼이란, 과연 무엇이겠느냐? 저 갈보리 동산 십자가에서, 오직 홀로 난 사람인 나를 끝내 버리시고 오히려 너희를 사랑하신, 그 큰 사랑을 생각해보아라. 아버지여! 어찌하여 나를 버리십니까? 하고 통탄했던 그처럼 말이다.

나의 절망의 탄식! 이는 오직 믿음과 사랑으로 가능한 아버지 하나님의 뜻이다. 내가 전에 한 번 말하였거니와 다시 이른다. 장차 세상은 나 성령의 사람, 예수 그리스도의 부활을 강하게 거부할 것이다. 그리스도께서 죽은 사람 가운데서 다시 살아나셨다고 전파되었는데, 어째서 그들 가운데는 죽은 사람의 부활이 없다고 하는 사람이 있을 것인가? 자세히 들어라. 사람마다 죽음을 두려워하는 것은 죽은 후의 일을 모르기 때문이다. 그대들 삶의 중심에서 죽음을 찾지 않는다면, 어떻게 그것을 찾을 수 있겠는가? 진실로 죽음의 혼(魂)을 보고자 한다면, 그대들의 가슴을 넓게 열어라. 삶과 죽음은 한 몸일 뿐, 강과 바다가 한 몸이듯이, 희망과 욕망의 저 깊은 곳에서 그대들은 말없이 미지의 나라를 깨닫는 것이다. 그리하여 눈(雪) 속에서도 꿈꾸는 씨앗들처럼 그대들의 가슴은 봄을 꿈꾼다.

꿈을 믿어라! 그리고 사랑하여라. 꿈속에서야말로 영원에의 문은 숨겨져 있으니, 믿음은 바람의 실상이라 하였지. 그러므로 만일 죽은 사람의 부활이 없다면, 나 예수 그리스도께서도 다시 살아나지 못했을 것이다. 그러나 죽은 사람이 어떻게 다시 살아나며, 어떤 몸을 갖게 됩니까? 하고 묻는 사람이 있을지 모른다.

― 바로 그렇습니다. 우리의 궁금증도 그것입니다. 아무리 궁구해도 도무지 새 생명의 실체를 떠올릴 수가 없습니다.

요한과 안드레가 한 입처럼 물었다.

― 들어라! 실상 그것은 심히 어리석은 질문일 뿐, 너희가 아직도 깨닫지 못했느냐? 그대들이 이 겨자씨, 아니 무화과나무의 씨를 뿌린다면 어떻게 되겠느냐? 뿌리는 씨가 죽지 아니하면, 결코 나무로

살아나지 못한다. 농부들이 뿌리는 것은 형체를 갖춘 식물이 아니라, 밀이나 그밖에 다른 씨앗일 뿐이다. 그러나 야훼 하나님이 자기가 원하시는 대로 다른 씨앗 하나하나에 본래의 형체를 주시지 않더냐? 육체라고 해서 다 같은 육체가 아니라, 사람의 육체와 짐승의 육체와 새의 육체와 물고기의 육체가 각각 다르지 않더냐? 하늘의 형체도 있고 땅의 형체도 있으나, 그 영광이 각각 다르다. 해와 달과 별의 영광이 다 다르다.

죽은 사람의 부활도 이와 같은 것이다. 영혼의 장막 집으로 무너진 몸은 묻히면 썩지만, 썩지 아니할 것으로 다시 산다. 천한 몸으로 묻히지만 영광스러운 몸으로 다시 살아나며, 약한 몸으로 묻히지만 강한 몸으로 다시 살아난다. 육체의 몸으로 묻히지만 영의 몸으로 다시 살아난다. 육체의 몸이 있으면 성령의 몸도 있는 법이다. 아니 그런가? 새겨들어라!

성경에 첫 사람 아담은 산 존재가 되었다고 쓰여 있지만, 마지막 아담인 나 그리스도는 살려주는, 생명을 주시는 성령의 임재(臨齋)가 되신 것이다. 그러나 영적인 것보다 육적인 것이 먼저 왔으며, 그 다음에 이렇게 성령의 사람으로 오지 않았느냐? 흙에 속한 사람들은 흙으로 만들어진 아담과 같고, 하늘에 속한 사람들은 하늘에서 성령으로 오신 성결한 예수 그리스도와 같이 사는 것이다. 그대들이 지금은 흙으로 빚은 사람의 몸을 지니고 있으나, 언젠가는 하늘에서 오신 그리스도와 같은 몸을 갖게 될 터이다. 나의 양이요, 친구들이여! 내가 그대들에게 말하지만, 육체의 살과 피는 하나님의 나라를 유업으로 받을 수 없으며, 또 썩을 것은 썩지 않을 것을 물려받을 수 없다. 내가 이제 한 가지 비밀을 말해주겠다. 그것은 우리가 영원히 죽지 않고 모두가 변화된다는 엄연한 사실이다.

보아라! 야훼 하나님 나의 날, 마지막 영광스러운 나팔 소리가 울릴 때, 눈 깜짝할 사이에 죽은 사람들이 썩지 아니할 사람으로 다시 살아날 것이며, 그대들 모두 변화될 것이다. 이 썩을 것이 썩지 않을 몸을 입고, 이 죽을 것이 죽지 아니할 몸을 입을 수밖에 없을 터이다. 이런 일이 일어날 때에는, 승리가 죽음을 삼켜버렸다는 성경 말씀이 이루어질 것이다. 그대들은 기억하느냐? 다 이루었다! 하고 외치던 나의 갈보리 동산 십자가의 선포를 들었느냐? 이것은 오직 믿음과 아버지 하나님 사랑의 결과였다. 그러나 그때에 믿음도 없고, 사랑은 커녕 미움과 원망으로 대적했던 무리는 어찌하더냐? 다 끝장이 났다 하지 않았느냐?

나 예수는 믿음으로 부르짖었다. 사망아! 너의 승리가 어디 있느냐? 사망 권세야! 너의 쏘는 것이 어디에 있느냐? 사망이 쏘는 것은 죄이며, 죄의 권능은 율법이다. 그러므로 나 성령의 사람, 예수 그리스도를 통하여 율법으로 이룰 수 없던 온전한 승리를 주시는 아버지 하나님께 감사하여라. 나의 사랑하는 자녀들아! 그러므로 굳세게 서서 흔들리지 말고, 죽음을 두려워하지 말고, 항상 우리의 전파하는 일에 열심을 다하여라.

이 복음을 위한 그대들의 수고는 결코 헛되지 아니할 터이다. 오로지 믿음과 사랑으로, 오늘 내가 이 일을 너희에게 맡기는 셈이다. 그런즉 나를 사랑하느냐? 서로 사랑하여라. 그리하면 내 제자가 될 터이요, 내 어린양을 양육하라! 하고 거듭거듭 당부한 것이다. 이제 알아듣겠느냐?

성령의 사람 예수의 말씀은 파도를 잠잠케 하던 풍랑 속의 음성처럼 엄정하였다. 모두가 고개를 주억거리며, 경이감에 사로잡힌 눈을 들어보았다. 그러나 제자들은 서로의 얼굴을 마주 들여다보고 있을 뿐이었다. 서로의 얼굴에서 주님 예수의 모습을 찾으려는 당혹감이 일었다. 말씀과 성령의 새 술에 취한 듯, 제자들의 모색은 신비할 정도로 아름답고 영화롭게 보였다. 어느 순간 예수는 임의로 왔다가, 스스로 성령의 바람처럼 사라져버렸다. 오직 그 입술의 말씀만이 듣는 사람들의 귓가에 무지개처럼 쟁쟁하였다.

2

낮이면 숨었고, 밤이면 이슬을 맞아가며 내내 걸었다. 아침부터 세상 천하를 치열하게 빈틈없이 밝히는 태양을 피하여 두더지처럼 사막의 오아시스를 찾아들어 숨었고, 달과 별이 떠서 천지를 아늑하게 감싸주는 밤이면, 여명이 눈뜨고 밝아올 때까지 걷기를 계속했다. 오아시스래야 약간의 습기가 있는 나무 그늘이거나 동굴이 고작이었다.

갈릴리의 디베랴 호숫가에서 주님 예수와의 세 번째 만남 후, 이제 다시 예루살렘으로 가야 하리라! 가서 나를 영송(迎送)하여라, 하고 당부하셨다는 요한의 말을 다른 제자들은 믿고 따를 수밖에 없었던 것이다. 언제 그런 말씀을 했던가 하고 모두가 의아했다. 홀연히 나타나셨다가 바람처럼 사라진 주님이셨다. 전에는 부활의 동산에서, 갈릴리로 가라, 거기서 나를 다시 만나리라, 하셨던 것이다. 젊은 요한은 예수의 오른편에서 항상 지근거리에 있었다.

그 입에서 많은 말씀이 전언되었다.

— 들어라! 이스라엘이여, 지금 저렇게도 당당하게 서 있는 도성 예루살렘은, 어두운 골짜기 깊은 곳으로 무너져 내릴 것이다. 그리고 그 폐허 가운데에 나는 홀로 우뚝 서게 되리라. 성전은 허물어져 먼지로 바뀔 것이며, 저 대리석과 헌물은 돌 하나도 첩 놓이지 못하리라. 성전 문 앞에서 과부와 고아들은 목 놓아 울 것이다. 우물쭈물하다가 피하지 못한 사람들은 두려움에 눌려 자기의 형체도 알아보지 못하게 되리라. 그러나 그런 혼란 속에서도, 너희 가운데 두세 사람이 함께 모여 내 이름을 부르며 하늘을 바라보기만 하여도, 너희는 나 예수의 모습을 보고 내 목소리를 다시 듣게 되리라.

귓가에 생생한 말씀으로 살아나기도 했다. 또한 감람산 기도의 밤에는, — 예루살렘아! 예루살렘아, 내가 너희를 암탉이 그 날개 아래 병아리를 모으려 함 같이, 몇 번이나 품으려 했더냐? 그러나 너희가 원치 아니하였도다. 오히려 그 갚음은 가시 면류관이요, 십자가의 형벌이 아니었던가! 부활하신 그날로부터 삼칠 주간이 지나갔고, 그동안 갈릴리 지역에서 세 차례의 만남이 있었던 셈이다. 다시 저 예루살렘에서 만나리라, 하셨다고 했다.

제자들은 목자 잃은 양떼들처럼 서로 어울려 길을 떠났으나, 나사렛 마을에도 들르지 않았다. 베드로의 뒤를 따라 열 제자와 여인들과 그 외에 상당수가 뒤를 좇았다. 나인 성 밖에서 하룻밤을 유숙했으나, 전에 송백관속의 죽었던 외아들을 일으켰던 과부댁에도 들르지 않았다. 길 가는 나그네와 사람들에게는 고개를 숙이고 지나쳤다. 양떼를 거느린 목자들도 서로 힐끔거리며 눈치를 살폈다. 영접하고 섬기던 모든 족속이 오히려 자신들의 신분을 들먹여가며 고자질하고 타매할 듯싶었던 것이다. 당신도 그 족속이라. 당신들의 말씨가 증명합니다. 하녀의 손가락질을 떠올리며 베드로는 끔찍한 심사로 고개를 저었다. 하지만 누구 하나 내색은 드러내지 않았으나, 서글픈 이심전심이었던 셈이다.

나인 성의 황량한 도로를 지나 한참을 걸어가다가, 은색 달빛을 헤치며 달려오는 로마 군병들을 마주쳤다. 깃발을 앞세운 당당한 행렬의 기척을 느끼자, 제자들은 재빠른 들쥐처럼 길가의 초라한 숲으로 몸을 숨기고 바위처럼 엎드렸다. 오십부장을 앞세운 이십여 명의 순찰대가 분명했다. 말들이 거친 숨결을 토하며 지나갈 때, 엎드린 제자들의 숨결도 떨렸고, 가슴은 회오리의 갈잎처럼 부풀어 솟구지고 있었다.

정녕 예수의 무리를 소탕하라는 총독의 엄명으로 세상이 눈을 부릅뜨고 있으리라. 로마의 살벌한 군병들은 창칼을 휘두르며 피에 굶주린 이리떼처럼, 소문난 구석구석을 뒤지고 있음이 분명하게 드러나고 있었다. 단지 그렇게 믿었고, 이처럼 사실이 드러나고 있었다. 실로 도성에서는, 유대인의 왕이라는 예수의 제자들이 예수의 시체를 훔쳐갔다고, 이제 부활의 헛소문으로 세상을 전보다 더욱 현혹하리라는 제사장과 바리새인들의 성화에 따라 비상령이 선포된 상황이었다. 온 세상에 탐색과 체포조가 뱀처럼 깔려 있을지도 모른다. 하지만 단순한 순찰대인지도 모를 일이었다.

베다니의 광야에서는 사흘을 머뭇거리며 쉬었다. 낮에는 회색 동굴 속에 엎드려 낮잠을 자고 빈둥거리며 쉬었고, 여인들은 빵을 굽고 나물을 데치며 음식을 준비했다. 어둠이 깃들어 밤이 오면, 요단 강가에 나가 고기를 잡았다. 전에 세례를 받고 광야의 소리가 산야와 세상을 향하여 울려 퍼지던 지역은 한물간 세월처럼 적막강산이었다. 하지만 어느 순간에 부활의 주님, 성결한 예수께서 설핏 나타나, 너희에게 평화가 있을지어다 하고 말씀하실는지. 막연한 기다림과 기대였다. 내일은 또다시 예루살렘을 향하여 길을 떠나리라. 저녁 식사를 마치고 제자들은 서로의 가슴을 들여다보듯 눈치를 살피며 입을 모았다.

— 오늘 밤은 푹 쉬어두는 게 좋을 듯싶구려. 아직도 이틀 길이 남았으니 말이지.

베드로가 입을 열었다. 이의 없이 모두가 동의하는 눈치였다.

강변을 따라 내려가다가 샬림 땅을 지나 그리심 산 쪽 시갈 성을 지나고, 남쪽으로 발걸음은 계속될 터이었다. 건조한 날씨에도 밤만은 서늘하고 풍성한 하늘의 은총이 함께하리라. 주님 예수와 함께할 때는, 아무런 염려나 계획이 필요하지 않았다. 오직 따르고 말씀을 듣고 순종하면 거칠 것이 없었다. 하지만 지금은 너나없이 머뭇거리고, 마치 땅속의 두더지처럼 더듬거린다. 내일 일을 염려하지 않았으나, 내일 일을 전혀 점칠 수도 없었다. 실로 갈 길이 막연했고, 행할 바를 알지 못했다. 함께하시는 주님은 어디에 계신가?

둥그렇게 떠오르는 달은 묵묵부답이었고, 별들의 속삭임은 한없이 멀고 아득하기만 했다. 하지만 대지의 평야에서는 서늘한 바람이 불었고, 바람 속에 감람나무와 백향목의 향기가 매연처럼 스미어 있었다. 밤 비둘기가 세 마리, 꼬리에 꼬리를 물고 날았다. 문득 노아의 방주에 감람 이파리를 물고 날아들었던 비둘기를 떠올렸다. 제자들은 까닭 모르게 들뜨고 설레는 기분으로, 숨결을 모으며 비둘기의 향방을 눈여겨 뒤쫓고 있었다.

그때, 홀연히 주님 성령 예수의 음성이 들려왔다. 무지개의 칠보색처럼 말씀이 살아 올랐다.

– 이스라엘의 아들들이여! 이리 모여서 내 말을 들어라. 내가 장차 너희에게 일어날 일을 일러줄 터이다.

말씨는 빛살처럼 거침없이 이어졌다.

– 시몬 베드로야! 그대는 나의 엄지 제자요, 나 예수의 능력이며, 내 기력의 첫 열매이다. 그대는 열정이 있고 탁월하지만 물결이 소용돌이치는 것 같아서, 장차 크게 뛰어나지는 못할 터이다. 그대는 나의 권능과 육체를 부정하였고, 그 일로 내 이름과 내 아버지를 욕되게 하였느니라. 그대 그 갚음을 인하여 나와 같은 십자가를 사양하고 거꾸로 승천하리라. 하지만 굳세고 담대하여라. 내가 그대를 떠나지 아니하리라. 그대는 나의 언약대로 교회의 중심이 되리라. 베드로, 곧 나의 반석 위에 내 교회를 세우리라 하였지. 내 이름의 교회는 세상의 끝날, 내가 다시 올 때까지 환난 중에 창성하리라……

제자들은 눈을 둥그렇게 뜨고 사면을 둘러보았다. 어디에도 훤칠하고 늠렬한 주님 예수의 모습은 보이지 않았던 것이다. 베드로는 흠칫 몸을 떨면서, 한 점 허공을 향하여 경배를 드리고 있었다. 어리둥절한 제자들 앞에 젊은 요한이 머리를 숙이고 있었다. 그 눈이 푸른 몽환에 사로잡힌 듯 먼 하늘을 우러러보고 있었다. 아아! 그 입의 말씀이었던가? 말씀의 여운이 나아드의 짙은 향기처럼 떠돌고 있었다. 그러나 고요한 음성은 또다시 흔연하게 바람결처럼 형성되고 있었다. 바람이 형상화하는 미미한 소릿결이었다.

― 요한의 아들 안드레! 그대의 눈은 밝고도 맑다. 그대는 나의 형제요 사랑이지만, 그대의 열정은 때로 지나쳐, 전에 열심당의 울타리를 벗어나지 못하는구나. 내 영혼아! 그들의 모의에 가담하지 말거라. 내가 그들의 집회에 참여하지 않으리라. 그들은 분노로 사람을 죽이고 재미로 양의 발목을 끊으리라. 그들의 분노가 맹렬하니 저주를 받을 것이며, 그들의 격노가 잔인하니 저주를 받을 것이다. 칼을 쓰는 자는 칼로 망하리라 했던 나 예수의 경고를 잊지 말아라. 내가 그들을 이스라엘 땅에서 사방으로 흩어버릴 것이며, 그 백성 가운데서 흩어버리리라.

그러나 흩어지는 불씨처럼 가는 곳마다 성령의 불길을 일으켜, 생명을 살리는 사랑의 사명을 명심하여라. 성령의 바람은 죽여서 살림이 아니라, 죽고 또 죽어야 새 생명으로 사는 법도를 기억하여라. 그대의 죽음은 뭇 사람의 가슴에 새겨지리라. 창을 받고 칼을 받을지라도 당당하여 결코 두려워하지 않았고, 굴복하지도 않았기 때문이다…….

정녕 주님 예수의 음성이었다. 그러나 그 진원은 얼핏 알 수 없었다. 베드로가 친동생 안드레를 향하여 입을 열었고, 그 눈이 빛나고 있었다. 하지만 베드로는 흔연하였고, 의외인 듯 고개를 주억거렸다. 제자들은 귀를 모았다. 연하여 성령 바람의 말씀이 이어지고 있었다.

― 야고보의 아들 유다야! 그대는 나의 아들이니라. 그대는 나의 찬양이요, 그대 형제들의 찬양을 받을 것이다. 그대 손이 그대 원수들의 목덜미를 잡을 것이며, 그대 형제들이 그대 앞에 절하게 될 것이다. 그대 유다는 먹이를 찢고 굴로 들어가 엎드리고 눕는 사자와 같

으니, 누가 감히 건드릴 수 있겠는가? 하지만 왕의 지팡이가 유다를 떠나지 아니할 것이다. 그 지팡이의 소유자가 오실 때까지 그가 통치자의 지휘봉을 가지고 다스릴 것이며, 모든 백성이 그대에게 복종할 것이다.

그대는 자기 낙타를 포도나무에 매고, 그 암 낙타 새끼를 제일 좋은 포도나무 가지에 맬 것이며, 또다시 그 옷을 포도주와 포도즙에 빨게 될 것이다. 그대의 눈은 포도주로 황홀하게 붉을 것이며, 그 이는 우유로 희게 될 터이다. 마침내 나의 왕권을 회복하리라. 그러나 끝내는 나와 같이 십자가의 승리가 있을 것이다. 그 피의 제단 위에 십자가의 교회가 세상에 성립될 터이니 두려워 말아라……

안드레의 눈이 붉게 타오르고 있었다. 그의 터부룩한 머리, 넓은 이마, 송충이처럼 꿈틀대는 두 눈썹이 황황하게 불붙는 듯했다. 삼가 범접하기 어려운 성골(聖骨)로 느껴진 것이다. 그 입이 비 맞은 꽃봉오리처럼 가만히 아물었다. 안드레의 입을 통하여 성령의 사람 예수는 영원한 장래의 말씀을 베풀고 있었던 것이다. 연하여 말씀은 요단강의 물결처럼 고요히 흐르기 시작했다.

– 세배대의 아들 야고보여! 그대는 빠른 발로 세상을 넓고 크게 진동시키리라. 해변에 살아 거처를 정할 터이니 그곳은 배가 정박하는 항구요, 그의 영토는 아덴과 고린도와 베뢰아 지방까지 머물게 되리라. 나의 교회가 든든할 것이나, 나의 근심이 끊이지 못하리라. 하지만 나의 뿌리를 흔드는 사단의 계략은 무너지고, 복음은 마침내 세계로 확장되는 발판을 수축하게 되리라. 그대는 신중하고 정결하여라. 고린도 교회가 한때는 나의 책망을 받을 것이나, 위로와 가르침과 은총도 모든 믿음의 족속에게 넘치게 되리라. 불타는 그대 정열대로,

그대의 죽음도 불꽃에 살라지려니와 그 향기가 세상에 널리 전파되리라. 부활의 영광을 살려 하나님을 크고 높게 찬양하여라…….

유다의 음성도 온전히 주님 예수의 말씀이었다. 키가 크고 수척한 몸 어딘가에서 흘러넘치는 맑고 청량한 음성이었다. 듣고 전하는 전언의 새로운 형상이었다. 신비로운 기운이 창공에 무지개처럼 펼쳐지고 가득하였다. 야고보는 눈물을 흘리고 있었다. 여러 제자들과 여인들이 스스럼없이 함께 울었다. 정녕 기쁨과 사랑의 진주와도 같은 눈물이었다.

– 빌립, 나의 사랑이여, 그대는 순결하고 진실하였다. 와 보라! 하고 선언하였지. 그 말씀이 마침내 세상을 고치리라. 그대는 양쪽 어깨에 짐을 잔뜩 싣고 꿇어앉은 건장한 낙타가 되리라. 복음의 짐이요 생명의 양식이 될 터이다. 주어라! 더 많이 주고 살리는 그대 생명이 풍성하리라. 그대로 인하여 나의 양떼와 제자가 뒤를 이을 것이며, 그대의 복음을 인하여 나의 짐이 한결 쉬우리라. 따라서 그대 상급이 남다를 터이니, 갈수록 겸손하여라. 한때 자고할 터이다. 그러나 그대는 좋은 휴식처와 아름다운 땅을 보고, 허리를 굽혀 등짐을 나르며 종이 되어 섬기게 되리라.

또한 그 몸을 찢는 죽음을 자못 웃으며 감당하므로 모든 허물이 덮어지고, 성령의 영광이 드러나고 교회가 든든히 서 가리라. 그대 이름은 아름다운 빌립보, 사데, 빌라델비아 교회로 땅끝까지 전파될 터이다. 겸손하여라. 끝까지 겸손하여라. 온유하고 겸손한 사람들, 이것이 나의 표상이 되리라…….

빌립은 깊은 눈에 가득 눈물을 흘리며 예언의 말씀에 고개를 주억거렸고, 뒤미처 말씨를 고르고 있었다. 그 홀취한 표정은 마치 어미 새의 먹이를 기다리는 참새처럼 활짝 타오르는 갈증으로 느껴졌다.

— 바돌로매여! 그대는 나의 형제요, 친구니라. 그대의 성실을 내가 보았고, 그대의 외로움도 내가 알았느니라. 그대도 이스라엘의 다른 지파들처럼 믿음의 백성을 다스릴 것이다. 그대는 또한 도로변의 뱀 이요 길가의 독사와 같아서, 이방의 말들을 물어 그 탄 자를 뒤로 떨어지게 하리라. 하지만 아버지 하나님이여, 내가 주의 구원을 기다리고 기대합니다 하고 나를 앙망하는 이방에 전파하는 큰 사랑의 그릇이 될 터, 십자가의 크고 넓은 사랑이다. 하지만 사랑이 크고 넓은즉, 아픔을 당하는 일이 많으리라. 겨자씨 한 알이 큰 나무 되어, 가지 많은 나무와 같을 터이니 말이다. 온갖 새가 깃들고 짐승이 둥지를 들게 되리라.

그대의 발길이 닿는 곳마다 나 예수의 이름으로 귀신이 쫓겨 가고, 어둠의 세력이 물러가며, 이방의 큰 별빛이 드러나리라. 그 인생의 죽음 또한 나와 같아서 미혹 당한 이방의 칼을 맞고도 두려움 대신 생명의 진리를 전하다가 마침내 종신할 터인즉, 부활의 영광도 나 예수와 같으리라…….

바돌로매는 평소와 같이 늠름한 자태로 묵묵히 말씀에 귀를 기울였다. 구릿빛 얼굴에 두 귀는 코끼리의 귀처럼 크고 넓었다. 그 진지한 모색은 보는 이를 감화하기에 충분하다 할 터이다. 하지만 어찌할 수 없이 기다렸다는 듯 그 입은 빠르고 우렁차게 열렸다.

— 마태오! 나의 친구여, 그대의 수고와 봉사를 잊을 수 없구나. 그대는 생업처럼 걷고 모으던 손으로 베풀고 나누어서, 나의 길을 평탄

하게 하였다. 그 일을 결코 빼앗기지 아니하리라. 그대 손이 풍성하여 많은 고침과 나눔이 계속될 터이다. 하지만 먹고 마신들, 그것이 어찌 생명의 양식이라 할 것인가? 광야의 만나를 먹고도 다 죽었던 선조들처럼 속고 속임이 계속되어 세상을 한탄하게 될 것이다. 그러나 하늘을 향하여 아버지 하나님의 큰 사랑을 베풀어라. 그대의 일터보다 그대의 열정으로 인하여 나의 사람들이 힘을 얻고, 용기와 배부름과 만족을 누려서 이루게 되는 업적이 쌓이게 될 터이다. 진정 주는 손길이 받는 자보다 복되리라.

그대의 생산물은 풍성하여 왕국의 음식물을 제공하게 되리라. 하지만 나를 위한 그대의 사랑은 마침내 목숨을 다하는 순교의 날에 완성된다 하리니, 그 죽음이 많은 열매의 결정으로 세상을 비추는 빛이 될 것이다. 또한 영원한 하늘나라의 터전을 위해서도 그대의 공로는 크나큰 공적으로 쌓을 터인즉, 그대 생명의 보람은 영원하리라. 두려워 말라. 잠시 받는 환난의 경한 것을 영원한 영광과 어찌 비교할 수 있으리오? 그대로 인하여 이방의 죄인들에게 소망의 빛을 비취게 될 터이다……

마태오는 거듭거듭 경배를 드렸다. 왕이신 예수 앞에 절대의 순종과 헌신을 다짐하는 자세였던 것이다. 그 눈에 감사와 희열의 눈물이 번쩍거렸다. 그의 머리채는 터번을 쓴 듯 풍성했고, 검은 눈은 깊고 코는 굵고 높았다. 솟구치는 눈물을 떨치며 그 입이 열리기는, 침묵의 기다림이었다. 그는 빠른 말씨로 부르짖듯 일렀으나, 정작 차분하고 엄숙한 예수의 음성으로 젖어들었다.

― 아들 도마여! 그대의 사랑은 유별하니라. 돌다리도 두드려본 후에 생명을 다하려는 그 충정을 내 어찌 경홀히 하랴? 그대의 발걸음

은 멀고 거침이 없으리라. 그대는 매사에 신중하여 마치 아름다운 새끼를 밴 암사슴처럼 사랑스럽다. 그러나 세상은 그대를 유혹하리니, 의심은 사단의 도구인 까닭이다. 따라서 그대는 가장 의심 많은 터전을 찾게 될 것이다. 그곳은 크고 심히 광활하여 야훼 하나님을 만나지 못한 백성들이 까마귀처럼 득시글대리니, 나 예수의 가슴이 저리는 세상이다.

그대는 그 백성을 위하여 살을 말리고 피를 쏟게 되리라. 이것이 진정한 사랑의 열매요, 그 생명은 영원에 이르리라. 그대로 인하여 나의 길이 열리고, 그대로 인하여 나의 생명이 빛날 것이며, 그 이름이 영광을 누릴 터이나 그 열매는 결코 풍성하지 못하리라. 정신의 혼백에 이를 터이나 영혼에 미치지 못하는 까닭이다. 그러나 낙심하고 두려워하지 말라. 나의 사랑은 온 세상을 이기는 힘이 되리라. 그대는 그 사랑으로 마침내 순교의 제물로서 온 세상에 빛이 되리라. 소멸하는 빛이 아니라 생명들이 소생하는 빛이 되리라……

도마는 고개를 주억거렸다. 그 눈에서 흐르는 눈물은 맑고 풍성하였다. 그는 자신의 손을 들여다보았다. 거칠고 심술궂은 듯, 큰 손이었다. 부활하신 주님의 손과 옆구리를 만져보았던 탐색의 더듬이 같은 손이었다. 그러나 즉시 그 입은 해바라기 씨알처럼 영롱한 말씨를 토해내기 시작했다.

– 세배대의 작은아들, 요한이여! 그대는 포도의 새싹처럼 여리고 젊고 아름답구나. 그러나 그대는 샘 곁에 심은 무성한 가지이다. 그 가지가 담을 넘는구나. 그 원수들이 무섭게 그대를 공격하며 활을 쏘고 추격하지만, 오히려 그 활이 견고하고 그대의 팔에 힘이 있으리

니, 이스라엘의 반석이시며 목자가 되시는 야곱의 전능하신 야훼 하나님의 능력을 힘입은 까닭일 터이다. 너를 지키시고 도우실 분은, 그대 아버지의 하나님이시다. 전능하신 하나님이 그대를 축복하실 터이다. 위로 하늘의 복과 아래로 샘물의 복과 많은 자녀와 짐승을 기르는 축복이 바로 그것이다.

네 아버지의 축복이 선조들의 그것보다 나아서, 높고 깊은 산처럼 한없는 그 축복이 형제들 가운데 뛰어난 요한의 머리에 내리기를 성령의 사람 예수가 원하노라. 이는 나의 모친을 끝까지 봉양하였고, 그로 인하여 영원한 세계를 펼쳐 보이게 될 터이다. 하지만 그것은 신령한 새 하늘과 새 땅이 되리니, 이를 위하여 그대는 세상과 격리되어 홀로 깊은 영광을 보고, 머나먼 세월을 계시의 사랑으로 나누게 되리라. 그대의 말을 듣는 자와 그 기록된 말씀을 지키는 자가 복이 있으리라. 그대의 죽음은 다른 형제들과 유다른 종신이 될 터이니, 그리 알라⋯⋯.

도마의 입은 조개처럼 오물거렸다. 말씀을 심비에 새기듯 듣고 섰던 요한의 눈물은 달콤한 환상이었다. 그는 눈물을 씻지 않았고, 말씨를 새김질하듯 단지 하늘을 우러러보고 있었다. 그러다 문득 깨달아 돌아서며, 넘쳐 오르는 말씨로 인하여 그 입이 열렸다. 당황하여 몰린 듯 숨결이 높았다.

― 나의 친구, 알패오의 아들 야고보여! 그대는 고요한 사람이었다. 가슴에 너무도 뜨거운 열정이 오히려 기대와 기다림의 입을 막았구나. 그러나 실상은 사나운 이리와 같아서 아침에는 원수를 삼키고 저녁에는 그 탈취물을 나누는 손이 되리라. 그대 가는 곳마다 야훼의 두려움이 팽배하리라마는, 이는 나의 싫어하는 바이다. 왜냐하면 야

훼 하나님의 사랑은 두려움을 모르기 때문이다. 오직 사랑으로 세상을 정복하게 되리라. 그대의 열정은 지나쳐 때로는 사방을 불태우는 화염으로 작열하게 될 터이다.

하지만 아침에 내리는 사랑의 이슬이 불타는 한낮을 지나, 어두운 밤에 또다시 새로운 사랑으로 세상을 적시는 오묘함을 잊지 말아라. 일흔 번씩 일곱 번이 아니라 원수까지 사랑하라는, 나의 계명을 깊이 생각하여라. 그리하면 나의 강림을 온전히 깨달아 알게 되리라. 나 성결한 예수의 기도와 말씀을 알게 될 터이다…….

실로 거룩한 향연이었다.

주님 성결한 예수의 예언의 말씀을 서로 듣고, 서로의 귀에 진하였다. 평소에 말수가 적고 선조 모세처럼 더듬거리던 입들이 억누를 수 없는 열정으로 폭발하듯 했다. 진정 성령의 바람이었다. 하늘의 별들은 서로 놀라며 끊임없이 쏘삭거리고, 하현달은 귀 기울여 들으며, 소 눈처럼 아멘 아멘! 하고 끔벅거렸다.

장래사를 밝히는 말씀이, 혼돈과 공허와 어둠을 물리치고 광명의 빛으로 상천하지를 밝히며 창조했던 새 시대의 역사와 같았다. 문득 토라 시대의 열두 족장에게 이르시던 조상의 말씀을 떠올리며 가슴이 설레었고, 예수의 마지막 교훈으로 새기며 감개가 무량하였다. 한 사람, 또 한 사람마다 누누이 이르시는 죽음의 경고가 달콤한 솜사탕처럼 가볍게 느껴지는 신묘한 밤이었던 것이다. 까닭 모르게 두렵고 어렵던 예루살렘 도성이 가물거리는 낯빛으로 눈 부릅뜨며, 다가서고 있었다.

3

열한 명의 제자들이 온전히 새 술에 취한 듯, 무지개의 각색 빛으로 충만한 모습을 보고, 이름 모를 향기처럼 신비로운 말씨를 새겨들으며 뒤를 바짝 따르던 아리마대 요셉은, 새삼스레 자신의 입장을 돌아보았다. 말씀의 향연은 끝나고 공중을 선회하던 비둘기는 떠나갔다. 실상 눈 깜짝하는 순식간의 일로 느껴졌다.

십자가에서 주님 예수를 모셔 내린 후, 유대인의 관원이요 같은 공의회 회원이던 니고데모와 함께 돌무덤에 장사하였고, 그 후에 새삼 주님 예수의 제자들을 따르는 한 무리가 되었다. 나는 무엇인가? 부활하신 예수께서 나의 처신을 어떻게 보실 터인가? 항시 마음에는 나사렛 예수의 말씀과 그 메시아이심을 믿고 기대하고 따르면서도, 막상 나서지 못했던 소심한 사람이었다. 그는 자책하듯 스스로 입을 열어 중얼거렸다.

— 하지만 그분은 영원한 슬픔과 죽음까지도 삼켜버리신 메시아이시다.

어느새 또 다른 말씀의 향연을 펼치고 들었다. 예루살렘 도성의 동문 밖이었다. 우람한 성전과 사제들과 통치자들의 저택이 즐비한 석조 거리가 마주 보이는 언덕에서, 제자들은 마지막 한숨처럼 쉼을 누리고 있었다. 대체 어디에서 언제 성령 예수의 모습이 나타나실 셈인가? 기다림은 사모하고 기대하는 기도가 되고 있었다. 너나없이 가슴 가득히 사모하는 사랑이었다. 말없는 기다림이란 자칫 연민이나 슬픔으로 변하기 십상일 터이다. 풍성한 감람 잎을 스치는 바람은 슬픔에 젖은 가슴처럼 귀를 기울이는 듯했다. 그는 성령의 바람처럼 살

포시 입을 열었다.

– 나는 진실로 인생을 사랑했습니다. 주님의 선물인 자녀를 사랑했고, 그 아름다운 열매를 내게 낳아주느라고 피와 땀을 쏟고 헌신했던 아내 소니아를 특별히 사랑했습니다. 항상 마음에 걸리고 짠한 점은, 소니아는 유달리 몸이 약했고 잔기침이 잦았습니다. 마치 산의 숲에서 홀로 우는 비둘기처럼 목이 길고 허리가 몹시 가늘었던 나의 사랑 소니아, 그녀는 나 없이는 하룻밤도 깊이 잠들지 못했습니다. 변명 같이 들릴 터이지요.

또한 나는 나의 형제들과 가난한 이웃들도 한결같이 사랑했습니다. 나의 커다란 기쁨 중의 하나는 그들의 소탈한 웃음소리를 듣고 그들이 힘찬 노동 후에 약간의 고기와 빵을 먹고 포도주를 마실 때, 야훼 하나님을 찬미하는 소리를 들을 때, 나는 진정 삶의 보람과 가치를 느낄 수 있었습니다. 하늘에 빛나는 해와 흘러가는 뭉게구름은 그 얼마나 값비싼 주님의 선물입니까? 더구나 밤이 오면, 한낮의 찌는 듯한 더위도 살랑거리는 감람 향기와 더불어 찬란한 꿈결로 다가오지요. 이 모든 것이 거저 주시는 주님의 선물인 것을! 별들의 속삭임, 아침마다 반짝거리는 밤이슬에는 주님의 은총이 방울방울 솟아오르고 있지요. 장미와 산딸기, 대추야자와 밤나무의 향기와 그 열매는 새벽이슬의 선물입니다. 더욱 놀랍고 기이한 사실은 이 모든 축복의 선물은 모두가 거저 주시고 기뻐하시는 주 하나님의 은총이라는 사실입니다. 어찌 감사하고 찬양하지 아니할 수 있겠습니까?

나의 넓은 밭에서는 밀과 보리와 가지와 오이와 콩과 각종 나물이 풀썩거리며 자랐고, 나의 과원에서는 포도와 석류와 무화과나무가 밤과 낮을 가리지 않고 열매를 맺기에 시샘을 냈으며, 낮의 태양과 밤의 별들은 그 모든 과일에 달고 시고 향취 나는 야훼 하나님의 입김을 불어넣기에 분주했습니다.

가난한 형제들은 나의 밭과 산과 과원에서 일하기를 기뻐했습니다. 내가 베푸는 보잘것없는 품삯을, 그들은 항상 감사로 받아갔습니다. 어찌하면 그들 가난한 동포들의 생활에 좀 더 많은 주님의 은총과 축복을 나눌 수 있을까? 이 일은 예루살렘 자치회의 공회원이던 나의 근심과 염려의 과제였습니다. 나는 입만 열면 말했습니다.

– 지금 거기에서 감사하고, 찬양합시다. 야훼 하나님은 사랑이십니다. 때리시다가 싸매시는 야훼 하나님의 가슴으로 다가갑시다. 감사하는 그 자리에 축복의 씨알이 심겨집니다. 대지에 묻혀 숨죽이고 심겨진 씨알은, 때를 따라 호마노 구슬처럼 싹이 나고 연한 순에 가지가 자라고, 피 냄새가 풍기는 꽃이 필 터입니다. 이윽고 토실토실한 열매를 맺습니다. 밤의 별 떨기가 수정처럼 이슬 뿌리고, 낮의 태양이 뭉게구름을 구슬려, 늦은 비와 이른 비로 가꾸어서 기르시는 생명의 축제가 열릴 터이니, 이가 곧 주님 사랑의 손길입니다. 마침내 알찬 열매를 거두게 됩니다.

그러나 나는 차츰 인생의 회의와 허무를 느끼기 시작했습니다. 그것은 나의 나이 오십의 생일잔치를 끝나는 날 밤부터, 내게 다가온 야릇한 망상이었습니다. 이 모든 것이 무어란 말인가? 한낮의 빛과 열기가 사라지고 나면 어김없이 어둡고 깜깜한 이런 밤이 찾아오듯이 죽음, 아! 그 사망의 음침한 골짜기의 손짓이 나를 향하여 나풀거리는 환상을 보았던 것입니다. 소니아의 가파른 숨결을 내리누르기도 했습니다. 나의 믿음과 애틋한 사랑과 소망의 소니아! 사실 나는 너무 잘 살았습니다. 아니, 너무 많이 살았습니다. 너무 많은 세월을 나의 친구들, 동족들이 자유와 해방과 메시아! 메시아의 영광을 부르 짖다가 처참하게 죽어가는 참상에 마음 아파하면서도, 운 좋게 살아남았다고 그저 기뻐하고 히히거렸습니다. 그러나 나도 죽는다, 아니 죽어야 한다, 죽고 나면 과연 무엇이 남는가? 하는 생각이 나를 짓눌렀습니다.

물론 나는 야훼 하나님의 사랑 속에서 영생을 믿었고 부활의 은총도 믿었던 것은 사실입니다. 그러나 내 앞에 흘러가는 세월을 타고 성큼성큼 다가서는 죽음의 밤을 보면서 나는 두려웠던 것입니다. 더구나 소피아의 죽음이란, 그것은 사랑의 실종이었습니다. 끔찍한 망상이었습니다.

모두가 헛되다는 지혜가 임했습니다. 부질없다, 나의 온갖 사랑도 보람과 기쁨도 캄캄한 저 사망 권세 앞에서야 모두 하찮은 것들이 아닌가. 이 모든 삶의 복락과 아내와 자녀와 세상까지도 순식간에 삼켜 버리는 죽음 앞에서 속수무책이 아닌가. 재물은 무엇이며, 반짝이는 희락과 사랑은 무엇이며, 명성과 사람들의 칭송은 대체 무엇이란 말인가! 아, 거침없이 낮과 밤으로 쉼 없이 다가서는 죽음의 여신이여! 나는 그대가 싫다. 정녕 싫다.

바로 그 무렵 나는 나사렛 예수의 머리에 삼백 데나리온이라는 엄청난 나아드 향유를 쏟아부었다는 마리아의 정보를 들었던 것입니다. 그리고 그에 대한 가룟 사람 유다의 반응과 예수의 찬사를 들었습니다. 그리고 내가 얻은 결론은 두 가지였습니다.

하나는 랍비 예수도 죽음 앞에서는 별수 없구나 하는 절망이었고, 다른 하나는 마리아의 영원한 사랑의 깊이였습니다. 저가 내게 기름을 부어 나의 장사를 예비하였고, 그리스도를 확증하였도다. 나의 이름과 복음이 전파되는 세상 끝 날까지 이는 증거가 되리라. 대체 이것이 무슨 의미의 말씀이었던가?

그 즈음 나사렛 예수의 입성 소식을 들었습니다. 호산나 찬송 소리도 들었던 것입니다. 나도 죽음을 준비해야지 하는 지혜의 소리도 들려왔던 것입니다. 주의 죽음을 위하여 내가 할 일이 무엇일까? 나는 궁리하기 시작했습니다. 아니, 나사렛 예수의 죽음이 과연 무엇을 뜻하는가? 나는 여러모로 나의 좁은 지혜를 짜 모아보기도 했습니다. 그러나 결론은 또 하나의 허무요, 민족적으로 영원한 절망일 뿐, 다른 아무런 의미도 발견할 수 없었습니다.

마침내 십자가의 행렬이 이어졌습니다. 실상 많은 세월 동안 흔히 목격된 정치적이고 사회적인, 그리고 계절 따라서 행해지는 종교적 행사에 지나지 않은 것들입니다. 그러나 그날은 달랐습니다. 새벽부터 나의 가슴은 뛰었고, 불법 공의회의 판결은 어처구니가 없었으나, 나는 뭔지 모를 기대와 설렘으로 간밤에 단잠도 이루지 못했으니까요.

나사렛 예수, 메시아가 잡혔다, 그가 빌라도 법정에서 재판을 받는다, 대체 누가 누구를 재판할 것인가? 나는 키 큰 총독 빌라도의 겁먹은 눈을 떠올리며 야릇한 심정에 사로잡히기도 했습니다. 정작 카이사르 황제라도 그분 앞에 서면 눈을 희둥거리고 갈피를 못 잡아 허둥거릴 터인데, 대관절 결과가 어찌되려나?

급기야 해골의 동산에서 요란한 망치 소리가 천지를 진동했습니다. 나는 그 소리를 나의 석류나무 정원에서 들었습니다. 나의 가슴은 떨리기 시작했습니다. 신음과 고통의 소리가 나의 내면을 온전히 사로잡았습니다. 그것은 온 세상에 대한 두려움이요, 온 천지의 아픔과 슬픔의 진통이었습니다. 그로부터 무려 여섯 시간의 산고는 인생살이 엿새 동안의 온갖 수고와 슬픔이요, 천지 창조 이후의 온갖 죄악과 사망 권세의 횡포에 짓밟힌 생명들의 환란이었습니다. 그것은 야훼 하나님의 진노의 짓밟음이었습니다. 야훼 하나님의 거룩한 품성이 토악질하는 역겨움의 토설이었습니다.

그때 비로소 나는 예수! 나사렛 예수, 그분의 죄가 무엇인지를, 머리와 이마를 찌르는 아카시의 섬광처럼 보고 깨달았던 것입니다. 그는 참으로 참람한 죄인이었구나. 만물이 함께 신음하고 탄식할 수밖에 없었던 죄악의 대속이었으니 말입니다. 역시 백성들의 소리 속에는 하늘의 음성이 숨어 있는 것을! 보아라! 세상 죄를 지고 가는 하나님의 어린양이로다. 이는 광야의 소리요 세례자 요한의 예언이었지요. 천상천하에 온갖 죄악과 그 결과의 사망 권세와 추락을 한 몸에 몽땅 짊어진 흉악 죄인 나사렛 예수! 그가 갈보리 해골의 동산 십자가 위에서 공의로우시고 거룩하신 야훼 하나님의 냉혹한 심판을 받게 된 터입니다.

드디어 길고 긴 하늘과 땅의 몸부림이 끝나고 한 영혼이 야훼 하나님의 긍휼하심을 입으며 다 이루었다! 하신 선포와 함께, 뇌성벽력과 폭우가 하늘로부터 쏟아졌습니다. 그 장엄한 가락이라니! 그것들은 천상의 음악이었습니다. 실로 좋은 음악은 귀를 맑게 하고, 좋은 그림은 눈을 밝게 하고, 좋은 시는 가슴을 뜨겁게 달구어놓을 것입니다. 바로 그날이 그런 순간이었습니다. 바로 그 순간 나의 가슴은 활짝 열렸고, 허무와 슬픔과 혼돈의 두려움과 사망의 권세가 태풍에 휩쓸린 먼지처럼 나의 생각과 시야에서, 그리고 나의 영혼의 장막에서 활짝 사라져버렸던 것입니다. 아니, 그것은 공허와 흑암 중에 쏟아진 영광의 빛이었습니다.

나는 환호작약하는 열정으로 평소 앞에 나서기를 뱀처럼 꺼렸던 총독 빌라도에게 달려갔고, 나의 가족들의 새 무덤 문을 열어놓고 향유와 몰약을 챙겨들고 나섰던 것입니다. 안면이 두터웠던 관원 니고데모가 따라나설 줄은 꿈에도 몰랐지요. 우리는 피할 수 없는 운명을 말했고, 인간 빌라도의 갈등을 보았습니다. 나는 단도직입적으로 말했습니다. 나사렛 예수의 시체를 내게 주시오. 그것이 바로 야훼 하나님의 자비를 입을 수 있는 최선의 길입니다. 총독 빌라도는 염소처럼 고개를 끄덕거렸습니다. 나는 니고데모와 함께 해골의 동산으로 달려갔습니다. 아! 거기서 내가 본 것을 나는 무어라 말해야 옳을까요?

어떤 친구들은 훗날 내게 은근히 물었습니다. 그분의 죽은 몸에서 향기가 솟았지요? 세상에는 없는 하늘의 방향(芳香)에 취했었지요? 하지만, 아닙니다. 그것은 절대로 거짓된 미혹의 소리에 불과한 것들입니다. 유감스럽게도 거기선 지독한 악취가 불타고 있었습니다. 단순히 죽고 부패해가는 시체의 냄새가 아니었어요. 사망의 독이 불붙어 거의 소멸되는 그 잔향(殘香)만으로도 나의 일행은 하마터면 혼절할 뻔했던 겁니다. 나와 니고데모의 코에서는 검붉은 피가 쏟아졌습니다. 그것은 사망의 악취였습니다. 천천만만의 그것들은 야훼 하나님의 진노의 유황 불꽃이 사르던 제물의 마지막 독소였습니다.

그러나 우리는 그 독소의 불살라지는 연기 꼬리에서 피어오르는 한 가닥 광채의 흔적을 결코 잊을 수가 없습니다. 그것은 바로 생명! 영원히 끝없이 이어질 성령 생명의 빛줄기였던 것입니다. 할렐루야!

나는 눈에 그렁그렁한 눈물을 쏟으며, 예수의 시체에 손을 대었습니다. 놀랍게도 나의 손길이 닿는 곳마다, 부드럽게, 부드럽게 예수의 몸은 생기를 찾아나갔고, 나는 그때 이미 나사렛 예수의 영광스러운 부활을 보았습니다. 그 참담한 죽음 후의 찬란한 영광을……!

나는 새삼스럽게 부신 눈을, 땀에 절은 손등으로 눌러 밝히며 영혼의 눈으로 보았습니다. 강인하고도 명철한 사고가 끊임없이 흐르고 있는 실핏줄 같은 흔적을 뚜렷하게 드러낸 수려한 이마, 그 이마에는 가시 면류관의 자국이 선명하게 드러나 보였습니다. 새삼 눈물겨웠습니다. 그러나 힘차고 요요하면서도 웅장하게 펼진 송골매의 양 날개와도 같은 눈썹, 천하의 세상만사를 긍휼히 여기는 듯한 위엄 높은 콧마루, 양쪽 코 날개의 깊은 선으로부터 좌우의 광대뼈(뼈)를 제압하듯이 새겨진 깊은 주름살, 담대하게 굵은 선으로 다문 선명한 입, 아래면이 넉넉한 짧은 턱……. 사방을 압도하는 듯한 장대한 체구에 걸음새도 어딘지 모르게 당당한 정취가 풍겼습니다. 차림새는 오연하고도 영광스러움을 제일로 치는 듯, 전체가 짙은 자주색이었습니다.

주님의 풍채는 어느 구석을 잡고 보아도, 삼시 세끼를 끓여먹기에 분주한 속인으로서는 범접하기 어려운 고고함, 자신만의 호활(豪活)한 의지를 굽히지 않는 당당함과 세상 그 무엇과도 교합하지 않는 초연한 성품을 여실히 드러내고 있었습니다. 비굴이나 미거함이란 미진(微塵)만큼도 눈에 띄지 않았습니다. 오히려 온 누리의 서기까지도 호흡처럼 빨아들일 영화로움이, 발목까지 닿도록 몸을 감싼 주님의 긴 슈바처럼 견고하게 전신을 감싸고 있었습니다.

나는 감동으로 온몸에 전율이 이는 것을 느꼈습니다. 내가 살아온 어떤 시간, 그 어떤 장소에서도 나는 이전에 그토록 고절(孤節)한 인간의 모습을 본 적이 없었습니다. 영혼의 아름다움과 위대함이라는, 막연했던 관념을 그렇게도 생생하게 실체로 드러내 보여준 인간의 모습을 결단코 본 적이 없었던 것입니다. 나는 잠시 착각에 빠져드는 머리를 저었습니다.

아! 저분이 바로, 민족이 꿈결처럼 대망하던 나의 조국 이스라엘의 메시아, 다윗 왕의 풍모이신가! 아니었습니다. 저분은 바로 야훼 하나님과 대면하여 말씀을 나누시던 온 민족의 메시아 모세 선조가 아니신가! 아니었습니다. 저분이야말로 첫 사람 아담 선조의 원초적인 생래의 모습이었습니다. 아니, 우리의 형상을 따라 우리의 모양대로 우리가 사람을 만들고, 그로 바다의 고기와 공중의 새와 온 땅과 땅에 기는 모든 것을 다스리게 하자 하셨던 야훼 하나님의 자기 형상, 곧 하나님의 형상이었던 것입니다. 나는 드디어 분명하고 확실하게 나의 이 믿음을 증언할 수가 있습니다. 실로 이 믿음은 바라는 것들의 실상입니다.

왜냐하면 그 후 사십일 만에, 나의 사랑 소니아가 결국 그 나약한 몸을 견디지 못하고 세상을 떠났지만, 나는 결코 슬픔과 절망과 통탄의 죽음이 아니라 찬란한 부활의 영광을 기대하는 행사로 치를 수 있었으니 말입니다. 단지 종말이 다가오는 그 밤에 나와 사랑하는 소니아는 오직 나사렛 예수! 이미 부활하신 몸으로 네 차례나 제자들과 수종자들에게 나타나셨다는 그 이름 예수를 부르며, 신령한 기쁨 가운데 운명의 시간을 기다리고 있었으니까요. 한 가지 아쉽지만 이 또한 주님 예수의 말씀대로 더 큰 행복으로 받아들이고 있는 점은, 바로 예루살렘 근교의 베다니 동산에서 승천하신 성결 예수님의 마지막 모습을 뵈올 수 없었던 것입니다.

왜냐하면 아내 소니아의 상주로서, 단 한 시간도 그 곁을 떠날 수가 없었기 때문입니다. 그것은 그녀와 나의 마지막 사랑의 교제였습니다. 아니, 영원한 소망의 예행(豫行)이었습니다. 그러나 나의 믿음은 결코 흔들리지 않습니다. 그날 예수님께서 하늘로 승천하시던 베다니 동산에는 열한 제자들과 더 많은 여인들과 주님의 일하심으로 새 생명을 누리게 된 소경과 문둥이와 각종 병으로 고생하던 무리 칠백여 명이 한자리에 모였었다고 합니다.

나는 그 장면을 너무도 생생하게 그려볼 수가 있습니다. 왜냐하면 눈만 감으면 성결한 주님 예수의 모습과 함께 선명한 그림으로 떠오르기 때문입니다. 그분의 입이 진주의 조개처럼 열리고 이어지는 말씀을 나는 믿습니다.

– 사랑하는 사람들아! 나는 하늘과 땅의 모든 권세와 영광을 받았다. 그러므로 너희는 가서 모든 족속으로 제자를 삼아 나의 아버지와 아들과 성령의 이름으로 세례를 베풀고 내가 너희에게 명령한 모든 것을 가르쳐 지키게 하여라. 내가 세상 끝 날까지 항상 너희와 함께 있을 터이다. 이 말을 믿는 자는 복이 있을 터이다. 나 성결한 예수는 온 교회에 이 모든 것을 증언하게 하려고 나의 천사와 성령을 너희에게 보내겠다. 나는 다윗의 자손이라 일컬었지만 실상 천상천하에 유일한 여인의 후손이며, 메시아의 빛나는 샛별이다. 지금 성령과 나의 신부가 어서 오소서! 하고 말씀하신다. 이 말씀을 듣는 사람들도 어서 오소서! 하고 말하여라. 그리고 모든 목마른 사람도 오게 하여라.

누구든지 생명의 물을 마시고 싶은 사람은 마음껏 마시게 하여라.

나 예수는, 장차 나의 성경에 쓰일 예언의 말씀을 듣는 모든 사람에게 경고한다. 누구든지 이 예언의 말씀에 무엇을 더하면, 야훼 하나님이 성서에 기록된 모든 재앙을 더하실 것이요. 또 누구든지 이 예언의 말씀에서 한 마디라도 제하여버리면, 아버지 하나님이 이 책에 기록된 생명나무와 거룩한 성에 참여하는 특권을 제하여버릴 터이다. 이 모든 것을 증언하는 분이 바로, 나 성결한 예수의 입이다. 이제 내가 속히 가거니와 다시 오리라! 보라, 내가 구름을 타고 올라가리라. 내가 이처럼 다시 오는 날, 사랑하는 너희와 온 세상은 나를 이처럼 볼 터이요, 나를 찌르고 멸시하던 사람들도 보게 되리라.

– 아멘! 주 성령 예수여, 어서 오시옵소서! 주 예수님은 항상 우리와 함께 계십니다.

이 말은 내가 사랑하는 아내 소니아의 장례를 치르고 신령한 기쁨에 취해 있을 때, 전하여준 동족의 관원 니고데모의 말씀이었습니다.

– 오! 니고데모여, 진정 그러한가?

나는 의심의 여지는 없었지만 본능적으로 입을 열었던 것입니다.

– 그렇다마다, 새삼 말하리요. 나의 친구 아리마대 요셉이여, 오로지 상천하지에서 말씀이 육신이 되셨던 여자의 후손 주 예수, 그 입의 소리입니다.

친구는 양떼구름의 함성처럼 부드럽게 말했습니다. 그대 문득 나는 까닭 없이 고개를 저었습니다.

– 아리마대 요셉이라! 진정 이는 나의 별칭이라 할 법했지만 참으로 하찮은 고향의 이름일 뿐이요.

요셉이라니, 어쩐지 당치도 않다는 생각이 들었던 것입니다. 하기야 그 옛날 사무엘 선지께서 한동안 살다가 떠나셨던 라마다임 터전이기도 합니다. 그 순간 나 아리마대 요셉은 훨씬 더 먼 날, 야곱의 후손으로 이방의 애굽 땅 천하에 구원의 은총을 베풀었던 요셉 총리의 자랑스러운 선지자가 무지개처럼 떠올랐습니다. 그 이름은 덧셈이라, 더하기라는, 뜻이기도 합니다. 아! 십자가란, 바로 플러스알파라는 셈입니다. 홀연히 얽히고설켰던 한 가닥의 실마리가 풀리는 듯했지만, 과연 무엇에 무엇을 더한다는 말입니까?

그러나 나는 참담한 심정을 금할 수가 없었습니다. 순간적으로 그 참혹한 갈보리 동산의 예수 십자가가 떠올랐고, 이는 바로 나의 서글픈 환상으로 남아 있는 목수 헨리 요셉을 떠올리게도 했습니다. 그는 광야의 사람으로 영원히 이름만 남기고 사라져간, 생명의 찬가이기도 했습니다. 그러나 우리는 모두가 하나에서 하나로 얽히고설킨 생명의 고리인 것을, 고개 주억거리며 나는 귀를 기울였던 것입니다.

― 내가 너희와 항상 함께 있으리라. 두세 사람이 나의 이름으로 모인 그 자리에 내가 너희와 함께하리라!

나는 그 장엄한 모습과 말씀을, 단지 듣고 믿게 된 것을 한층 큰 기쁨으로 맛보면서, 전에 귀로 들었던 세리 삭개오처럼 나의 모든 것과 사랑하는 소니아의 모든 유산을, 주 성령의 사람 예수의 가르침과, 그 제자들을 섬김과 온 성도들, 가난하고 환난에 쫓기는 사람들 모임의 터전을 이루기로 니고데모와 함께 엄숙히 합의하였습니다. 이는 바로 우리 사랑의 기쁨이요 완성으로 믿었기 때문입니다. 이 믿음을, 어허! 하늘도 기뻐하시는가? 무지개의 빛을 거느리고 저물어가는 지중해에서, 비둘기 세 마리가 우리의 머리 위로 소리 없이 날아들고 있었습니다. (하권 끝)

✟ 작가후기

주님, 나의 왕! 나의 생명 예수께 감사하고 찬양합니다.

삼가 주 예수의 영원한 생애를, 불민한 둔필로 소설화할 수 있도록 건강과 사랑과 지혜로 채워주심을 생각할 때에, 남은 생애 동안 어떻게 보답하고 주님의 사랑과 그 나라를 위하여 헌신할까 재삼 궁구하게 됩니다.

바라옵기는 이 작품을 통해서도 주님의 영광이 드러나고, 교회와 선교를 위한 남은 생애를 살아가는 데도 유익한 가치가 될 수 있기를 간구합니다.

온전히 주 예수님의 인도하심과 뜻에 맡기고 깊은 단잠 들겠습니다.

부족과 누추함을 긍휼히 여겨주십시오. 거듭 감사하고, 그 크신 사랑과 은총을 소리 높이 찬양합니다. 할렐루야!

장차 주 예수님 앞에 머리 숙일 자신을 새삼 기려봅니다. 🐟